何静 胡辛 著

长河苍凉却温暖的灯光

——中国女性文学焦点透视

中国社会科学出版社

图书在版编目(CIP)数据

长河荒凉却温暖的灯光——中国女性文学焦点透视 / 何静，
胡辛著 . —北京：中国社会科学出版社，2012.6
ISBN 978 - 7 - 5161 - 1280 - 9

Ⅰ.①长… Ⅱ.①何…②胡… Ⅲ.①中国文学－当代文学－
妇女文学－文学研究 Ⅳ.①I206.7

中国版本图书馆 CIP 数据核字(2012)第 191571 号

出 版 人	赵剑英
责任编辑	任　明
特约编辑	刘京臣
责任校对	孙洪波
责任印制	李　建

出　　版	中国社会科学出版社
社　　址	北京鼓楼西大街甲 158 号 (邮编100720)
网　　址	http：//www. csspw. cn
	中文域名：中国社科网　　010 - 64070619
发 行 部	010 - 84083685
门 市 部	010 - 84029450
经　　销	新华书店及其他书店

印　　刷	北京奥隆印刷厂
装　　订	北京市兴怀印刷厂
版　　次	2012 年 6 月第 1 版
印　　次	2012 年 6 月第 1 次印刷

开　　本	710 × 1000　1/16
印　　张	24.75
插　　页	2
字　　数	440 千字
定　　价	68.00 元

欢乐对于我像掠过头顶的鸟鸣一样短暂／而悲哀像千年古树在心中生长／有一些语言我不能说出／有一些语言见到思想就疯子一样地逃亡／我有着健全的声带和舌头／可是失去了表达的功能／朋友们，陌生人啊／如果你理解我，我就不必说／如果你不理解我，我有什么必要说呢？

　　　　　　　　　　　　　　　　——伊蕾《流浪的恒星》

目 录

绪　论

中国女性文学纵览

第一节　中国女性文学溯源与寻踪

人类，是由女性与男性组成的。

女性曾有过辉煌的母系社会。原始初民中的女性无论在经济生产还是繁衍后代都处于支配统治人类社会的重要地位。但是，随着社会生产的发展、社会分工的出现，在原始社会后期，父权制形成了，"母权制的颠覆，乃是女性遭受的具有全世界的历史意义的失败"[①]。

这本是历史的进步，无奈男性主体意识无限地恶性膨胀，或许原本出于对父权制的本能的维护，女性从一切社会活动中被排斥出去，沦为劳动、生育、供玩乐的工具，"女人不是人"了。在有着悠久封建历史的古老中国，为不是人的女人设计制作的规范化的框架便分外牢固精致。从哭嫁歌中蕴涵着男权替代女权的习俗，到婚礼中祈子的种种习俗，到生育中"仍生男子，载寝之床，载衣之裳，载弄之璋……仍生女子，载寝之地，载衣之裼，载弄之瓦"（《诗经》）的天壤之别，到"妇人在家制于父，既嫁制于夫，夫死从长子，妇人不专行，必有从也"（《穀梁传·隐公二年》）的封建礼教的严酷，展示着女性因袭着历史的重负，同时也对自身的历史悲剧长期认同。

漫漫几千年的历史，是男性的历史，然而，却始终有一种声音、一种书写，哪怕微弱，哪怕淡薄乃至断断续续，却千真万确地记录着女性无奈的生存和抗争。女性写作如同细雨，在男人为中心的历史长河中实在难以搅起惊涛骇浪，可是，文字细雨的呼喊毕竟洞穿了几千年女性的缄默和男性的一言堂局面。

这就是从无名到有名的女性写作，为女性生存荒凉如黑夜的河道上点燃

---

① 　[德]马克思、恩格斯：《马克思恩格斯选集》第 2 卷，人民出版社 1972 年版，第 561 页。

了灯，发出依稀微弱却分外温暖之光。

当历史行进到 20 世纪中叶，当空白之页不再是只记录男性的书写，不只是留下女性贞洁的斑斑血迹，当女性也拥有了某种哪怕是极其有限的话语权，女性的文字细雨以黑的墨汁与白的乳汁濡染着空白，这种叛逆与解构的女性写作特质始终具有先锋性和挑战性。

今天，中国女性文学已成为当代中国文学一道多姿多彩的热点风景。不仅创作呈现旺势，本土的"红罂粟"、"红辣椒"及西洋的"蓝袜子"丛书皆给受众带来一惊一乍，掀起形形色色的热闹；而且女性文学理论研究也成了气候，西风东渐，经典女性主义、自由主义女性主义、马克思主义女性主义、激进女性主义、心理分析女性主义、现象学女性主义、后现代女性主义、生态女性主义等等，林林总总众语喧哗不无惊世骇俗，多元化理论系统和多元化学科状态呈现出开放的格局，文化尝试便进行于无限空间中。这无疑为几千年来的哲学洞开了一扇新窗或新门，那就是用女人的眼睛看世界，从这里看到的世界与以往是如此的不同。

一　女性文学的命名

究竟什么是女性文学？女性的独立意识是什么？当今是进取、是张扬，抑或退化失落？女性先得是人再是女人最后是超越女人——有这么个螺旋式的升华过程么？无论如何，关注争论终归是好事、幸事，而无声无息地被湮没，是女人太漫长的历史。

"女性主义"一词源于西方，泛指欧美发达国家中主张男女平等的各种思潮。韦式《新世界词典》中女性主义词条指妇女在政治、经济和社会应与男性享有平等权利的原则。《牛津哲学词典》则认为女性主义是对社会生活、哲学以及伦理学的探讨，它致力于纠正导致迫害女性以及轻蔑女性特有体验的偏见。《美国学术百科全书》认为女性主义主张妇女具有所有的公民权利，这包括与男性一样的政治上的、经济上的以及社会中的平等。《不列颠百科全书》谓妇女解放运动也称为女性主义运动，是一个追求妇女平等权利的社会运动，要求给妇女同男人一样的社会地位，以及自由选择自己事业和生活方式的权利。从西方四大辞书"女性主义"定义来看，女性主义并不仅仅局限于取得与男性相同的权利，而是更深入到意识形态领域，挑战和颠覆男性文化，试图补充、修正和重新建构两性文化，追求的是一种体现性别差异的平等。由于女性主义理论的来源广泛，所以存在很多不同的流派。诸多不同流派的女性主义理论各有交叉也各有特色，它的多元化理论系统和多元化学科状态呈现出一个开放的格局，萨特的"人的自由选择"或许正能说明它作为存在的合理性。

"五四"运动时期女性主义传入中国，最初把它译为"女权"或"女权主义"，20世纪80年代以降，仿佛约定俗成似的本土化，多称为"女性主义"。女性主义的确在一定程度上改变了现代人的思维、感觉与行为，重塑了性别、自我与发展的概念，重新诠释了人与社会、人与自然的关系。

中国关于女性文学的定义，一样具有多义性和开放性。

对女性文学的界定，一般有以下三种说法：

一曰凡是表现女性独立意识和价值追求的作品，无论作者的性别是男是女；

二曰女人写女人，女作家以女性为主要叙述对象，表达女性独立意识和价值追求的作品；

三曰只要是女性作家写的，充满女性独立意识和对男性中心社会抗争的作品，无论其作品是否以女性为主角。

第一种界定基本上为女性文学研究者所否定，因为如此命名，外延委实太大，而且男性作家具有女性意识的并非寥寥无几。第二种和第三种当今并驾齐驱。

其实，在英语里，"妇女文学"为"women's literature"，其中的"'s"已经明确标示其意为"妇女们（写）的文学作品"。

伍尔夫在《妇女与小说》中说："对本文的标题可以有两种理解：它可以是指妇女与她们所写的小说；它也可以是指妇女和关于妇女的小说。作者故意含糊其辞、模棱两可，因为，和作为作家的妇女们打交道，最好还是尽可能地富有弹性；很有必要给自己留有充分的余地，以便探讨除了她们的作品之外的其他事情，因为，作品在相当程度上受到与艺术毫不相干的环境条件的影响。"[①] 王绯在《女性与阅读期待》中指出："女性文学的第一世界是作家以女性的眼光观照社会生活，以表现妇女意识、妇女的情感与生活为主要艺术追求的文学世界……女性文学的第二世界则是指女性作家以辩证的目光（中性的眼光）观照社会生活，在艺术表现上超越妇女意识超越妇女世界的那部分作家。"[②] 但是超越可能么？"超越"面临的最大的陷阱，便是一不小心就坠入父权文化、男性话语的窠臼。

---

① ［英］弗吉尼亚·伍尔夫：《论小说与小说家》，上海译文出版社1986年版，第49页。
② 王绯：《女性与阅读期待》，陕西人民教育出版社1991年版，第11页。

但不管怎么说，女性主义的理论和女性文学怎么看都为几千年来的哲学洞开了崭新的门窗，或者说为人类提供了一双崭新的眼睛，从这里看到的世界与以往是如此的不同！简言之，女性主义实际上就是一种哲学方法，一种如何看待世界的方法，因而，它自有它标新立异之处。

二　茫茫源头的叹息

中国女性文学的源头在哪里？

孟悦、戴锦华在《浮出历史地表》绪论中言："两千多年始终蜷伏于历史地心的缄默女性在这一瞬间被喷出、挤出地表，第一次踏上了我们历史那黄色而浑浊的地平线。"①

这一瞬间指的是19世纪和20世纪之交，是"五四"时代，中国现代女作家作为一个性别群体的文化代言人浮出历史地表，从此有了真正意义上的中国女性文学。也可以说中国女性文学女性意识的自觉觉醒是在"五四"。

那么，这以前的漫漫几千年湮没于坚硬的历史地壳内的被禁锢的中国女性有过自己的声音吗？评论家陈惠芬说："当历史将女性无情地排斥在一切社会活动之外的时候，女性却用'文学'保存了自己；而当女性解放终于蔚为时代风气，发展到一个更高层次的时候，女性则更以文学而'发现'自身。"但是，"在西方文化中的父权制观念是，本文的作者是父亲、祖先、生殖者及美学之父，他的笔是一种像他一样具有生殖力的工具"②。父权制观念将文学妇女拒于门外，因而，法国女权主义者埃莱娜·西苏号召："这是一个破旧立新的时代，更确切地说，是新的冲破旧的，女性本质冲破过去的故事。由于没有基础建立新的话语，却只有一片千年的荒土要打破，因此我所说的至少分两个方面，有两个目的：击破、摧毁；预见与规划。"③

然而，回溯源远流长的中国文学长河，女性的作品宛若女性生命的灯盏，稀稀疏疏寥寥落落，可是毕竟于荒凉中见明亮乃至耀眼，有着自己的温暖的光。

溯其源头，说法有二。

①　孟悦、戴锦华：《浮出历史地表》，河南人民出版社1989年版，第1页。

②　[美]桑德拉·M.吉尔伯特、苏珊·格巴：《阁楼里的疯女人》，引自[英]玛丽·伊格尔顿《女权主义文学理论》，湖南文艺出版社1989年版，第117页。

③　[法]埃莱娜·西苏：《美杜莎的笑声》，引自张京媛主编《当代女性主义文学批评》，北京大学出版社1995年版，第188页。

　　一是认为大禹的妻子涂山氏女之短歌"候人兮猗"拉开了中国女性写作的序幕。《吴越春秋·越王无余外传》载："禹三十未娶，行到涂山，恐时之暮，失其度制。乃辞云：'吾娶也，必有应矣！'乃有白狐九尾，造于禹。禹曰：'白者吾之服也，其九尾者，王者之征也。涂山之歌曰：绥绥白狐，九尾庞庞；我家嘉类，来宾为王；成家成室，我道彼昌；天人之际，于兹则行。明矣哉！'禹因娶涂山，谓之女娇。"那时还是对偶婚制望门居的时代，夫妻相会，每旬只在辛壬癸甲这四天，况且大禹又是位一心治水公而忘私的英雄。涂山氏女派人在涂山氏阳迎候大禹，久久不见其来，涂山氏女在焦虑中作歌曰："候人兮猗！"如果"候人兮猗"算作源头，那么中国女性文学则一开始就定错了调。涂山氏女短歌的潜台词当是"我不是我自己的呵！""候人兮猗"成为涂山氏女人生的内涵，等待丈夫成了女人的本分和期望。大禹是公而忘私的英雄楷模，涂山氏女则是大禹的陪衬乃至反衬。想想看，从那以后几千年来"主内"的女人等待丈夫成了中国社会的人文景观乃至自然景观，几乎不分东南西北的风景名胜处皆有望夫石这一不朽的景致，女人被定位于男人的属物，尽管社会将封闭的女性美化为坚贞坚韧的爱情化名，但这人生太悲凉又荒凉。

　　二是中国第一位女诗人当推许穆夫人。许穆夫人是卫宣姜的女儿，许国国君穆公的妻子，故称许穆夫人。卫懿公不理朝政，一心爱好养鹤，对鹤的爱甚至荒唐到让鹤乘坐大夫才可以乘坐的轩车。自然，这导致人心离散、国衰民弱。公元前660年，狄人伐卫，"将战，国人受甲者皆曰：'使鹤！鹤实有禄位，余焉能战？'"于是，狄人大败卫国军队于荥泽，并杀了卫懿公。眼见卫国将亡时，幸而宋桓公连夜率师败亡之众五千人接过黄河，居于漕邑，立卫懿公之子戴公为君。翌年，戴公死，文公即位。在国难家难风雨飘摇、祖国危亡之时，许穆夫人不甘做一个束手无策的旁观者，她不顾许国君臣的阻挠，策马急驱，毅然返卫，吊唁卫君，并向同情卫国的大邦呼吁救援。然而，许国大夫还是不依不饶，他们跋山涉水追赶她，传达许国国君的命令，劝她立即回许国。也许这就是"嫁出去的女，泼出去的水，还管什么娘家的事"的女诫吧！许穆夫人忧愤填膺，斩钉截铁地回答：无论你们怎么不赞同，我决不回车返许，我对祖国的思念是不能阻止的！

　　"我行其野，芃芃其麦。"车马终于驶进了卫国原野，扑入许穆夫人眼帘的是长势茂盛的绿油油的麦田，一个女人的情怀与大地万物融为一体，她决定："控于大邦，谁因谁极。"她要去向大国陈述，取得它们的援助！

　　虽说"人言可畏"，但她无所畏惧，从"女子善怀，亦各有行。许人可尤之，众稚且狂"到"大夫君子，无我有尤！百尔所思，不如我所之"，她吐出了自己的心声。这个女人不寻常，她有主见，不动摇，她瞧不上这帮骄横狂妄实则怯弱自私的许国诸臣，对他们发出了激越的斥责之声，并认定他们即使有上百种主意，都不如她自己选择的方向。

《载驰》一出，这激荡着爱国精神的诗篇，是这样惊天动地，即广为传颂。《左传·闵公二年》记载，齐桓公闻之，派公子无亏帅车三百乘、甲士三千人，帮助卫人防守漕邑。以后，又联合诸侯迁卫都于楚丘，使卫国得以灭而复存。

《载驰》一诗，悲愤动人，收入了《诗经·鄘风》。西汉末年，刘向编《古列女传》，又专为许穆夫人立传，盛推其"慈惠而远识"。

"国家兴亡，匹妇有责"中有着一个女子独立的心声。

如果视《载驰》为中国女性主义的源头，倒很有超前意识，因为《载驰》早早地点出了女性角色与事业的抗争话题。

《诗经》中还有不少诗篇写女人劳作之歌、守望之苦、被弃之怨、失子之痛等等，虽无具体的作者，但几千年来，女性鲜活生命之音一直附托其上。

三　历代女性作家寻踪

先秦诸子的百家争鸣，有的只是男人的声音，女性的声音被湮没了。汉朝的班昭，是位才华横溢的才女，但她心平气和甚至低眉顺眼地编写了一部约束女子的《女诫》，这是男人的思想借女人的声音表达吧？汉魏时期的蔡文姬"博学有才辨，又分于音律"，但她命运多舛，幼年随同被陷获罪的父亲蔡邕亡命流亡，后嫁河东卫仲道又遭夫亡。未几，在汉末大乱中，为胡骑所掳，在南匈奴滞留12年，嫁给胡人生有两儿。后来曹操赎回她，她又只得别夫离子，再嫁陈留董祀。嗟呼！女人所遭之罪集大全于此女子。她的五言《悲愤诗》的的确确浸透了女人的悲愤！有此篇足矣，且不去辨骚体《悲愤诗》和《胡笳十八拍》的真伪。

唐代是中国诗歌的黄金时代，留下诗篇近五万首，独具风格的著名诗人约56个，可是翻开文学史，找不到一个女性的名字！唐朝倒有一种特殊的妇女阶层——苏雪林称之为"半娼式的女道士"，这些女道士吟风弄月，诗名最著且有专集流传下来的仅李冶和鱼玄机，还有一位是被戏称为女校书实是官妓的薛涛。这三位沦落才女，作品多为赠答诗。她们的风流韵事似比她们的诗作更招人青睐。薛涛寂寞晚年退居成都浣花溪畔的遗址，至今还有人凭吊。这些怕只能看作男人波澜壮阔的诗海边遭人践踏的小贝壳而已。

　　宋朝的李清照堪称伟大。她是中国文学史宋代文学唯一"在籍"的女性，是世人所公认的"婉约派"的正宗词人。李清照的晚年，国破夫亡，只身漂泊，唱出过"生当作人杰，死亦为鬼雄。至今思项羽，不肯过江东"的掷地有声的诗句，词篇仍多"寻寻觅觅，冷冷清清，凄凄惨惨戚戚"的深愁惨痛，但这正蕴涵着国家兴衰之感的沉痛。南渡前的李清照的词篇以极强的艺术魅力还原了女人作为人的可爱形象。不是吗？这个少女，敢蹴秋千，哪怕"袜刬金钗溜"；敢泛舟"沉醉不知归路"，晚归时"误入藕花深处"还嘻嘻哈哈"惊起一滩鸥鹭"，何其活泼健康！这个少妇，毫不掩饰别离相思之苦，"才下眉头，却上心头"；秋日独酌，"莫道不消魂，帘卷西风"，怎能不"人比黄花瘦"？出身上层封建士大夫家庭的闺秀歌唱爱情何其大胆热烈！李清照的成就离不开她的父亲和丈夫的"反传统"，那就是对女子的尊重。他的父亲李格非是元祐后四学士之一，学者兼散文家，怕是大不同于那些道貌岸然刻板僵化的士大夫的；尤为可贵的是才华稍逊妻子的赵明诚，这位金石考据家在欲与夫人比高低输定后还能心悦诚服，甚至更爱更敬重李清照，就有超越时代超越男性集体无意识的高度。要晓得打母权制颠覆之后，几千年的男性中心社会酿成男性心理积淀是不能容忍妻子比自己聪明且有才华的，至今也不例外。所以李清照南渡前词篇中的女性形象至今也还是女人理想王国中的风景。李清照晚景凄凉，1127年"靖康之变"，赵宋王朝匆匆南逃，1129年8月赵明诚病逝，9月金兵南犯，47岁的孤苦的李清照拖着文物书籍颠沛流离四处逃难，"这次第，怎一个愁字了得！"据传她为生存所迫曾改嫁张汝舟，但遇人不淑，李清照奋起抗争，才重获自由身。但改嫁一事却被一些道学者视为"不终晚节"！自明清至今，为李清照辩诬抱不平者大有人在，论证李清照并未改嫁，是他人造谣污蔑云云。历史真相究竟如何？难道改嫁未改嫁对李清照为人为文会有本质影响吗？若未改嫁也不能说明她就恪守了"从一而终"的封建道德观，只是"曾经沧海难为水"吧；若改嫁了身心就不再是冰清玉洁？就不配当第一女词家？甚是荒唐。相反，若真有诉讼离婚之事却更凸显出她是一个有血有肉活生生的女人，当她身陷传统男性的樊篱时，一样饱受欺凌和屈辱，但婉约派女词家骨子里的刚烈坚毅，由此可见一斑。

　　朱淑贞的命运更悲苦，婚姻不幸，又得不到娘家人的理解，抑郁以终。"月上柳梢头，人约黄昏后"成了"不见去年人，泪满春衫袖"的伤痛回忆。这首《生查子》收在她的《断肠集》中，但一说为欧阳修所作，我宁愿信是朱淑贞的，因是断肠人之断肠声也。

　　元代诗坛沉寂，戏曲的发展中虽有少数女子介入，但无甚影响。我倒想引管仲的后代管道升的一首小词，28岁的她嫁给大书法家赵孟頫为妻，夫妻恩爱十余年后，赵想纳妾，给妻一首小词："我为学士，你做夫人；岂不闻王学士有桃叶、桃根，苏学士有朝云、暮云？我便多娶几个吴姬越女无过分。你年纪已过四旬，只管占住玉堂春！"管道升回《我侬词》一首："你侬我侬，忒煞情多，情多处，热如火！把一块泥，捻一个你，塑一个我。将咱两个，一齐打破，用水调和，再捻一个你，再塑一个我。我泥中有你，你泥中有我；与你生同一个衾，死同一个椁。"都说管词温柔敦厚，真情感人。但这其中是否蕴藏着年过四旬女人的悲凉和一相情愿的忠贞不渝呢？据说见异思迁的赵孟頫读词后打消了纳妾之念，但管道升跟《氓》中女子的追忆和悔恨相比，与卓文君的《白头吟》怨恨愤懑、决绝刚烈相比，女性的独立意识是前进还是倒退了呢？

　　到明末清初，资本主义因素萌发，商品经济发展中以家族为单位的妇女创作颇为热闹。清朝文人李渔、王渔洋、袁枚、毕秋航等都招收女弟子，辅导她们学习诗文。另据钱单夫人的《清闺秀艺文略》统计，清代近三百年间，可查考的女作家达2322人，以至梁乙真可作一本《清代妇女文学史》。18世纪中叶，乾隆进士袁枚招女弟子，一时间闺阁女流纷纷投靠，袁枚的三个妹妹"随园三姝"更以诗闻名于世。

　　与仕宦大家闺秀的作诗风气相映衬的，是流传民间的女作家自编自唱的弹词文学，如陈端生的《再生缘》、陶贞怀的《天雨花》、丘心如的《笔生花》和程蕙英的《凤双飞》等，多写才子佳人、世态炎凉的故事，写出了女子的命运和追求，表达了倾慕自由解放的愿望。

　　"五四"前后，"创办女子学堂和倡导不缠足，是社会上颇为时髦的事情"。又"据不完全统计，1901—1911年涌现出的女子团体达40多个，女子报刊30余份。"①牺牲于辛亥革命前夜的鉴湖女侠秋瑾，可谓横空出世中国第一个女权主义者，她的《勉女权歌》是划时代的妇女解放宣言："吾辈爱自由，勉励自由一杯酒。男女平权天赋就，岂甘居牛后？愿奋起自拔，一洗从前羞耻垢。若安作同俦，恢复江山劳素手。"只是她作为一个爱国志士的形象光华太强烈了，以至这位集诗词、歌赋、杂文、弹词、译文等于一身的女作家高扬的中国女性文学旗帜并不特别引人注目，她只是寂寞孤独地

――――――――――

① 闵家胤主编：《阳刚与阴柔的变奏》，中国社会科学出版社1995年版，第350—351页。

绝唱。

综观中国历代女性的文学创作踪迹，是否可勾勒为这样两句话：一句是没有谁离得开身世之感，皆以情自慰又以情感人；一句是也没有谁离得开封建桎梏，不同的是有的挣扎而不可脱，有的自觉或无觉地被禁锢着而已。

第二节　浮出历史地表

1916 年，中华书局出版了谢无量的《中国妇女文学史》，这是中国第一部以性别为标准的研究妇女文学的专著。全书分为三编四十章，以时间为纵线，囊括上古、中古到近世的中国妇女文学。可以说，开辟了"妇女文学"之称谓，将其引入文学研究的范畴，研究的是古往今来所有女作家创作的作品。

谢无量之后，有梁乙真的《清代妇女文学史》、胡云翼的《中国妇女与文学》等。胡云翼的《中国妇女与文学》对"女性底文学"进行了社会和审美的探讨："一部二十四史，只是一部男性活动史。""虽说学术史上不曾有女哲学家、经济家、史学家，然而在文学方面，女性却留下卓越的成就，使一部中国文学史还笼罩着女性文学的异彩，给予我们一点读文学史时的安慰。""因为中国文学是倾向婉约温柔方面的发展，而婉约温柔的文学又最适宜于妇女的着笔，所以我们说，妇女文学是正宗文学的核心，这句话不见得大错吧。"[1]

1934 年谭正璧出版了《中国女性文学史》，以"女性文学"作为定型的术语，替代了"妇女文学"。

一　第一代：事业·爱情·姐妹情

真正意义上的中国女性文学，当诞生于"五四"时代。中国女性文学理论研究者大多这样界定。的确，"五四"时代，"中国女性那从来没有年代的凝滞的生存延绵，恰借民族生存史上的巨大临界点跨进历史的时间之流；中国现代女作家作为一个性别群体的文化代言人，恰因一场文化断裂而获得了语言、听众和讲坛，这已经足以构成我们历史上最为意味深长的一桩

---

① 谭正璧：《中国女性文学史》，光明书局 1934 年版。

事件。"①

　　陈衡哲、冰心、庐隐、冯沅君、苏雪林、石评梅、凌淑华、袁昌英、陆晶清等作为女性性别群体登上了文学舞台。

　　陈衡哲记叙留学美国女子大学新生一日琐屑生活情形的《一日》，发表于1917年胡适编辑的《留美学生季报》上。胡适说："当我们还在讨论新文学的时候，莎菲已经开始用白话文创作了。"②莎菲即陈衡哲的笔名。《一日》可说是新旧文学更替中惊雷前的一滴小雨，虽成不了气候，但总还是一滴小雨点。接下来陈衡哲的《洛绮思的问题》、《一枚扣针的故事》等，直面知识女性面对事业与爱情、婚姻、家庭间的两难选择问题。解决问题的方法是宁静的偏执：女主人公选择了独身。真的是鱼与熊掌不可兼得，舍鱼而取熊掌也。

　　冰心在中国女性文学史上是值得大书的。"得天独厚"是对她的文学生命更是对她的个人命运的赞叹。冰心的女性意识是清醒的：世界上若没有女人，这世界至少少了十分之五的"真"，十分之六的"善"，十分之七的"美"。③她曾直言不讳：看到或听到"打倒贤妻良母"的口号时，总觉得有点刺眼逆耳。她始终奉行爱的哲学，母爱、童心、自然美是她永恒的母题。她早期的《繁星》、《春水》、《寄小读者》以行云流水的文笔讴歌母爱。但她的一系列问题小说，从1919年9月晨报发表的第一篇小说《两个家庭》，到1980年夺得全国优秀短篇小说奖的《空巢》，那问题及解决问题的方法似乎是终点又回到了起点，历经61年，冰心思维却早已成为定式。

　　庐隐、冯沅君、苏雪林和陆晶清皆是北京女子高等师范学校的同窗。茅盾称庐隐是"五四"的产儿。潮涨潮落，冲撞着第一代女作家的心。冯沅君连着发表了几篇短篇小说《旅行》、《慈母》、《隔绝》、《隔绝之后》，那以大胆笔触勾勒的叛逆之女性形象跃然纸上，震惊了一代读者。鲁迅以为，那是"五四运动之后，将毅然与传统战斗，遂不得不复活其缠绵悱恻之情"④的青年的真实写照。如果说冯沅君还只是将她的表姐之事演绎成系列小说，而石评梅则是以柔弱的生命在爱中寻寻觅觅，难以抉择难以舍弃，在泪与火中自我拷问。庐隐的《象牙戒指》是以女性独立的视角审视爱情：女人不能只在回忆中讨生活，爱不是人生的全部。在第一代女作家群中，庐

　　①　孟悦、戴锦华：《浮出历史地表》，河南人民出版社1989年版，第1页。

　　②　陈衡哲：《小雨点》（胡适序），新月书店1928年版，第6页。

　　③　冰心：《关于女人》后记，人民文学出版社1985年版。

　　④　鲁迅：《鲁迅全集》第6卷，人民文学出版社1981年版，第244—245页。

隐是女性意识最强烈、女性话语最急切的一个。她的小说《海滨故人》可谓开了本土写"姐妹情谊"之先河。她们的真情理想在现实中已碰得支离破碎。庐隐短暂的人生，也似乎浓缩了女性的全部悲苦：小时遭家庭嫌弃，两次婚姻遭遇社会不容，最后死于难产！

第一代女作家群整体素质比较整齐，皆认真执著让人肃然起敬。她们多出身名门世家书香门第，有深厚的国学传统和文化根基；又都接受了现代高等教育，还有出国深造者，在东西方文化的碰撞交融中汲取精华；更有幸的是她们大多与"五四"新文化运动的先驱者有着种种的交往，如鲁迅、茅盾、胡适等，或为师或为友，获益不浅。但是，在"五四"的涨潮落潮间，她们似乎不约而同地走了由女作家而女学者之路，后多执教于大学讲坛。

二　第二代：女人别样的"生死场"

第二代女作家群体风貌则变异多姿。十年内战和抗日战争相继爆发，这群女作家在时代的炼狱中艰难成长。腥风血雨动荡不安，她们来自社会各阶层，也许"出走"的原因仍大多基于反抗包办婚姻追求女性独立，但只身闯荡严酷的现实，她们的经历太富冒险精神，太充满传奇，她们睁大了眼睛看整个阶级社会，于是她们的作品几乎无不打上时代和阶级的烙印，富有强烈的政治色彩。

1926 年冬，湘女谢冰莹逃婚来到武汉，报考了中央军事政治学校女生队，即随军北伐。在每日八九十里的艰苦行军中，她抽隙写作，记录北伐时代的涛声。发表于孙伏园主笔的《中央日报》上的报告文学《从军日记》轰动了国内外。十年后她写的《一个女兵的自传》再次震撼国内外，被译成七种文字。但是新花木兰的人生经历并没有改变女性的命运。

1937 年 2 月 7 日夜在罪恶的枪声中倒下的 5 位左联作家中，冯铿是唯一的女性。冯铿的《红的日记》中，红军女同志同男同志一样，"溅着鲜红的热血，和一切榨取阶级、统治阶级拼个你死我活"的意识就是那时代女性的独立意识。

也并非不写爱情。也是湘女的白薇，30 岁才为文坛瞩目。她的剧作《打出幽灵塔》的女性悲剧当归咎于土豪劣绅，《炸弹与征鸟》这对姐妹的迷惘失落当归咎于出卖阉割革命的男人们，那么《悲剧生涯》的白薇的悲剧呢？是否可以说，即便革命胜利了，女性命运的解放也并非同步到位呢？女性解放还存在一个非阶级压迫的性别歧视。

第二代女作家群中最杰出者是丁玲和萧红。可以说，没有哪一位女作家像丁玲那样，与中国革命中国政治纠结得如此难解难分！但恰恰又是丁玲，独立的性别主体意识在她的不少作品中表现得特强烈特鲜明，也可以说在她的心中对女性生存现实的清醒的焦虑和独立自强的声音始终未曾泯灭。《莎菲女士的日记》在这商品化半殖民化的都市生活中，为"五四"精神感召的一代又一代的女性走到哪里去？莎菲则并不掩饰她对异性的渴求欲望，但是只会哭的苇弟和徒有其表实则灵魂卑污的凌吉士绝非她之所爱，她终将他们甩掉了，一脚踢开了，但是她的出路在哪里？依旧只能在黑暗中。1930年后丁玲的创作似努力地消弭这种女性自我，然而就在她到了陕北且居文化宣传领导者角色时，她的三篇小说《我在霞村的时候》、《夜》、《在医院中》和两篇散文《三八节有感》、《风雨中忆萧红》又"故态复萌"，仍用女人的眼睛看世界，她要"为女同志说几句话"。"人是要经过千锤百炼而不消融才真正有用。"这句话大概可成为女性的座右铭。《风雨中忆萧红》直抒胸臆："有一次我同白朗说：'萧红决不会长寿的。'当我说这话的时候，我是曾把眼睛扫遍了中国我所认识的或知道的女性朋友，而感到一种无言的寂寞。"[1] 还有什么比这话语对女性生存困境更感伤乃至更悲凉的呢？

1942 年 1 月 22 日，在沦陷了的香港玛丽医院，萧红寂寞地离开了人世间。萧红经历了"九一八"事变和香港沦陷，流亡半生，尝尽了人生的滋味，但是在白眼冷遇之外，她还是得到过温暖真情的。1926 年冬，鲁迅为她的《生死场》作序言，给予高度评价。茅盾亦以父亲般的温情为《呼兰河传》作序。妊娠、生育、死亡，难道这就是女人们在劫难逃的生死场？

第二代女作家群多拓展视角，像大家闺秀林徽因写出《九十九度中》这人生的横切面，罗淑写出底层妇女命运的《生人妻》，但我们仍可以说，中国女作家还没有谁像萧红这样将底层女人生存境况作过如此原生态的粗粝得让人毛骨悚然的描摹！真是满目荒凉。然而，大彻大悟的萧红在自家人生历程上却清醒地糊涂着。那大彻大悟的女人的眼睛为什么管不住自己的心？她有过男人，却从无正式婚姻；她做过母亲，却从未得到儿女。在彻骨的荒凉中，她感叹，女人的天空是低的，羽翼是稀薄的。所以即使大鹏金翅鸟的她也始终矛盾着分裂着："不错，只要飞，但同时觉得……我会摔下来。"

三　第三代：还原写"原生态"女人

如果说写爱情是第一代女作家张扬个性解放的主题，写革命是第二代女

---

[1]　丁玲：《风雨中忆萧红》，《谷雨》第 5 期，1942 年延安。

作家拓展视野的选择，那么四十年代的沦陷区则出现了既规避时代政治又无爱可写便还原写"原生态"女人的女作家，代表人物当推张爱玲和苏青。

何为"原生态"女人？柴米油盐酱醋茶、婚丧嫁娶养儿育女，仿佛抽空了社会性，只剩下"饮食男女"；社会化了的男人，是怎么也回不到绝对的"食色，性也"状态的。

人世间没有爱。张爱玲最喜欢用的字是"荒凉"，最爱描写的风景是月亮。不过，她的荒凉是华美喧闹的香港的荒凉，十里洋场的上海的荒凉，衰败的高门巨族一代一代女人的荒凉，形形色色的女人为婚姻这女子最大的职业而战的荒凉，真是华丽与热闹深邃处彻骨的荒凉。张爱玲眼睛里的女人不论性恶性善或不恶不善，不论遭际结局如何，她们中的绝大多数是生命的"强者"。可不论你如何冲撞——没有爱！张爱玲是大彻大悟的。张爱玲用华丽细腻的文笔，萧瑟恍惚的语调讲述女人的故事："一个美丽而苍凉的手势……"只是大彻大悟的她却也作过徒劳的寻爱，在自家的婚恋上留下不堪回首的阴霾。

苏青自称是一个男性化的女子，的确，在她的不少散文中出言痛快淋漓、理直气壮，甚至口无遮拦地为女人呐喊。"苏青最好的时候能够做到一种'天涯若比邻'的广大亲切，唤醒了往古来今无所不在的妻性母性的回忆，各个人都熟悉，而容易忽略的，实在是伟大的。她就是'女人'，'女人'就是她。"[1] 这只怕是对苏青及作品最中肯的评价。

综上所述，早在"五四"时代，陈衡哲的《一枚扣针的故事》、庐隐的《海滨故人》，及以后白薇的《悲剧生涯》、丁玲的《莎菲女士的日记》、萧红的《生死场》、张爱玲的《金锁记》等都浸透着日后崛起的女性主义理论的种种母题：事业与婚姻、姐妹情、爱情、母性、男性形象等等，已见女性视角及女性修辞方式的自觉。当然，中国女性文学喷发出历史的地表后，几度夕阳红，但留下的亦不过是苍凉而美丽的手势。

第三节　潮流：起落间的迷茫与执著

一　艰难的抉择

1949年中华人民共和国成立了，中国人民从此站起来了。中国妇女被

---

① 　张爱玲：《张爱玲文集》第四卷，安徽文艺出版社1992年版，第231页。

赞为"半边天"。那原本低的女人的天空是否从此高远蔚蓝任凭女人展翅飞翔呢？中国女作家历经解放 17 年的与男作家一样的创作后，便是遭受磨难的沉寂的十年"文革"，冰刀霜剑之后文坛迎来了万紫千红的春天，而蓬蓬勃勃的女作家群以她们作品的质量和数量让世人侧目，以致文坛不得不叹息"阴盛阳衰"。西风东渐，随着女性主义理论的译介，中国女性文学大旗高举，汇聚其下的潮流汹涌澎湃，但是起起落落，并无太大的凝聚力更无强烈的承继性趋同性，各说各的各写各的唧唧喳喳自说自话仿佛是女性书写的景观。可是评头品足的评论家理论家总爱急急寻找框架尺子来定型量长短：前代、中代、现代、后现代、理想写实、新写实、私人生活、小女人，等等，然而，合适吗？

面对当代女性文学，评论家的学术视线多集中于新时期以后的女性文学，对 17 年女性文学采取"一锤定音"的做法。有评论简单地认定 17 年没有女性文学，是女性忘却了女性自己的时代。然而，17 年文学何尝提醒"男人别忘了是男性"呢？性别差异在当时是一个不屑一提的话题。在激情燃烧的岁月，个性融化于整个时代的鲜红集体之中。尽管如此，17 年女作家在文学史上的知名度和影响度并不低。《青春之歌》、《乘风破浪》、《春草》、《高高的白杨树》、《静静的产院》、《长长的流水》等长短篇小说、散文均在广大读者中产生了深刻的影响。尤值一提的是宗璞的《红豆》和茹志鹃的《百合花》，在大量"恢弘叙事"中这两例女性的倾诉却是格外的哀婉动听。《红豆》里的女大学生江玫正跨越时代的门槛，遭遇爱情与革命的选择，宗璞并没有回避这份选择的沉重与复杂，留下了这一个女子长长的感叹。《百合花》在文本中采取的虽是"同志式"的叙述模式，但女性的细腻和柔情在小说中如月光流泻。有人说《百合花》的主题是"军民团结，同生共死"，并没有女性意识。但要知道，如果说女性意识只能是性别概念的话，那么女性意识于女人来说都没有多大价值了！革命意识与女性意识并不冲突。女性与人性当是统一的，很简单，把女人不当人就是没人性。在"男女都一样"的年代，女性作家仍放飞女性翅膀，拓展出属于女性自己的写作空间。当然，女性问题说到底是一个历史问题，一个关于人类本身的问题。"文革"十年是整个文学荒漠化的"灾难季节"，非人化的写作环境不仅窒息了作家的艺术思想，也扼杀了作家的艺术生命。男女作家和文学中的男女都成为空洞之物，一切都在沉默中等待爆发……

应该正视的是，这期间，女性视角女性书写因种种原因，或消逝或淡化或遮蔽了。陈思和主编的《中国当代文学史教程》以为："翟永明在 1984

年完成了她的第一个大型组诗《女人》，其中所包括的二十首抒情诗以独特奇诡的语言风格和惊世骇俗的女性立场震撼了文坛。"①

二　云端的翱翔

新时期以来的女性文学可谓一波四折，在"反思历史——渴求爱情和事业的双丰收——审视性爱——探索性心理"的转折链中，中国女性文学叙述的核心由女性的外部世界逐步向女性内部空间挺进。

新时期初，仿佛是"五四"再潮，女性文学亦再次崛起，主要以"人"的发现为动力，借助人文主义思潮，女性作家开始了"反思历史"的旅程。茹志鹃的《剪辑错了的故事》和刘真的《黑旗》以她们独有的历史智慧，对社会历史进行了深刻的反思，杨沫的《自白——我的日记》，杨绛的《干校六记》，张洁的《从森林里来的孩子》，宗璞的《我是谁》、《蜗居》，都以极大的热情揭示了十年内乱中人的悲剧。的确，新时期初女性文学是以反思历史、重新发现人为其主导的，如张抗抗所说："我写的多是'人'的问题。是这个世界男人和女人所面临的共同的生存和精神危机。"② 从人的立场出发，而不是从女性的立场出发，关心人的命运而不仅仅是女性的命运，是女性文学在"反思历史"阶段的文学特征。

20世纪70年代末到80年代初，"女性话题"和女性写作作为"别种声音"凸现。张洁的《爱是不能忘记的》石破天惊，张辛欣的《我在哪儿错过了你?》让人欢喜让人愁，陆星儿的《啊，青鸟》，程乃珊的《女儿经》，无论雅俗，女人们仍在等待爱情、渴求《在同一地平线上》的起飞。爱情是高尚纯洁的理想境界，好男人是高大宽厚供人仰视的背影。张洁的《方舟》载着女人间的情谊躲避人间风雨，胡辛的《四个四十岁的女人》，被称为"可以说是80年代的中国女性探讨自身处境与问题的代表性作品。"③ 其中的姐妹情可称"永恒"……1980年代女性作家在主体意识上更注意人文主义和女性意识的立体结合，她们都尽力追求女性作为人在更高层次上的权力和人格与男人的平等，时代给予了女性独立思考和选择爱的权利，因而与"五四"时代第一代女作家群书写的主题和形式相比较，似有着"螺旋式"的上升。由"人的发现"到"女人的发现"，从关怀历史到关怀女性命运到

---

①　陈思和：《中国当代文学史教程》，复旦大学出版社1999年版，第354页。

②　张抗抗：《我们需要两个世界》，《文艺评论》，1986年第1期。

③　林丹娅：《当代中国女性文学史论》，厦门大学出版社1995年版，第245页。

女性自觉状态恢复到用女性的眼光来认识自己。女性的爱情、女性的事业、女性的婚姻成为写作的中心,女性的命运成为文本中的"主角"。小说的女主人公多以主动的姿态来抗拒在家庭和爱情之中的"附属物"的命运。然而一切都蒙上了理想色彩。

三 迷惘中的执著

1980 年代后期以降,女性文学的主题转换和技巧的变化极其迅速。从追寻女性的自我价值到女性的自我体验到探索女性"全面"实现自我的轨迹都并存于此。迷惘中的执著、执著中的迷惘,而对女性传统审美意识亦进行了挑衅型的反叛。张洁从《爱是不能忘记的》走进《方舟》走进《祖母绿》,爱在哪儿?《红蘑菇》用自己的手颠覆撕碎爱的脉脉含情的面纱,结局让人毛骨悚然,"梦白"这个名字便一针见血。到长篇小说《无字》,已历尽爱的沧海桑田,欲说还休,一切都被解构。笔名残雪的邓小华的一系列作品:《污水上的肥皂泡》、《山上的小屋》、《苍老的浮云》、《黄泥街》等始终令人瞠目结舌,这种一反清丽秀美的传统尺度的女性书写,在丑陋、紊乱、晦涩、梦呓的铺陈中凸现现代寓言,全然的审丑倾向。也许有人会说,残雪的写作并非女性特质,可残雪自己回答得好:"法国的女权主义者克里斯蒂就从女权视角推荐我的两篇作品。我天生有种独特的个性,这就必定会成为女权主义者。"[1] 王安忆的女性探索一开始就另辟蹊径,《荒山之恋》、《小城之恋》、《锦绣谷之恋》到《岗上的世纪》,审视性爱,对女性自身的欲望作现代性的阐释,从而把女性的生命本能和现实之间的矛盾展示在读者面前。铁凝的《麦秸垛》、《棉花垛》、《玫瑰门》、《大浴女》等,对女性命运女性关系的阐释愈来愈深入犀利。但王安忆、铁凝们并没有放弃"母亲的情愫",其性爱成分多带有母爱的情感,"妇女却从未真正脱离'母亲'的身份,在她的内心至少总有一点那善良母亲的乳汁。她是用白色的乳汁写作的"[2]。写人不写其性,是不能全面表现人的,也不能写到人的核心。审视性爱,对女性的自然属性进行展示,无论是在写作上还是在现实中都有其重大意义,但任何过度的宣泄,都会适得其反,甚至无异于自觉清醒的沉沦!至于姐妹情,如果说这话题在张洁的《方舟》里得到建构和拓展,那

---

① 胡辛:《追求一种特殊的美——残雪访谈录》,《文学报》,2000 年 5 月 18 日。

② [法]埃莱娜·西苏:《美杜莎的笑声》,引自张京媛主编《当代女性主义文学批评》,北京大学出版社 1995 年版,第 196 页。

么王安忆的《弟兄们》却给予了无情的解构。1980年代末期,方方、池莉、迟子建、徐坤等以青春女性特有的敏感和力度,准确把握了人物的生存状态,她们写女人也写男人,或以形而下的经验直接性表露,或以形而上的哲理性象喻思考,对主流意识形态话语的宏大叙事进行了反拨,开启了1990年代女性文学的多向度取向和多元化选择的新纪元。

四　个人化的写作

埃莱娜·西苏说道:"写你自己,必须让人们听到你的身体。只有到那时,潜意识的巨大源泉才会喷涌。"①她传承弗吉尼亚·伍尔夫提出的以实现"双性同体"为目标的女性写作理论,以消解顽固的二元对立立场中的女性他者位置。露西·伊瑞格瑞则将文化和生理因素相结合,她提出独特的女性谱系,核心为建立新型的母女关系以取代俄狄浦斯三角关系中的男性中心。

假如说1980年代的女作家的创作多以两个世界——女性的外部世界和自我世界兼顾为主的话,1990年代以降的女作家则更自恋"私人生活"。女性文学发生蜕变,成为当代文学中的灼热之"焦点"。陈染、林白、海男等年轻女作家进行着新的女性书写的纪实和虚构,在《一个人的战争》和《私人生活》中,传达女性的生命本能与现实的矛盾和困惑,并成为一种群体性写作趋势。《一个人的战争》是一篇不同于以往的女人心路的记述。其惊世骇俗处是她头一遭写出了以往人们所不敢写的,大胆言说和叛逆思考至少让人们大吃一惊。作者对语言的感受力像是天生的,文字于她,真是如鱼得水。当然这是一次致命的飞翔。是突围还是溃败?谁知道呢?主角叫多米,就像多米诺骨牌,轻轻一击,全线崩溃,既如是,也溃得流畅华美。不过,想当初,郁达夫的《沉沦》不也是"当时很惹起了许多非难"②吗?

在当代女性写作中,曾有人亦庄亦谐地归纳了老、中、青"三巫":"老三巫"为张洁、张辛欣、张抗抗;"中三巫"为王安忆、铁凝、残雪;"新三巫"为陈染、林白、海男。女巫者,《现代汉语词典》解释为:以装神弄鬼、搞迷信活动为业的女人。可若要追根溯源,可不是这么个意思。巫者,古代称能以舞降神的人。《国语·楚下》:"在男曰觋,在女曰巫。"唐

---

①　[法]埃莱娜·西苏:《美杜莎的笑声》,引自张京媛主编《当代女性主义文学批评》,北京大学出版社1995年版,第194页。

②　吴中杰:《中国现代文艺思潮史》,复旦大学出版社1996年版,第88页。

代白居易有诗句："巫山庙花红似粉，昭君村柳翠于眉"，说的是巫山神女庙；五代刘蜕有诗句："役巫女兮鼍鼓坎坎，风笛摇空兮舞袂衫"，描绘的是女巫师。皆集神秘飘逸于一身。

　　而我们应该看到的是：这仍是一个起起落落、既执著又迷惘、既飞腾又坠落的"尴尬局面"。1990年代女性书写在开辟一个属于自己的女性话语舞台时，又在这个"舞台"上成为"被看"、"被展示"的角色。"私人性"书写越发挥得淋漓尽致越深入其隐秘空间，其文化现实命运就有可能越尴尬越悲惨。商业社会、市场经济所带来的女性异化，在流传、阅读过程中的"炒作"、"误读"、"改写"、"被看"的遭遇，先锋派女作家的女性觉醒的"语言乌托邦"会被撕裂成碎片，碎片则很可能造成一叶障目的结局。文化探险是要付出代价的。如若抵挡不住这种种有意无意的"侵略"和"袭击"，女性写作的颠覆性和超越性都只能沦落为一次次软弱无力的自我宣泄而已。女性独立意识是女性文学创作和女性主义批评理论的最根本的支撑点，脱离了独立意识，无论是创作还是理论研究，所谓女性主义一切言行都只能是作秀，是为了商业炒作或自身的别样兜售。

　　当然，我们不必太悲观，随着女性写作不断深化的历程，女性文学获得了空前的创作空间和突破点，但同时女性文学本身也日益进入了两难境地。因为女性主体性的寻觅与张扬并不是一项单纯的文本虚构工程，女性话语的边缘化地位没有改变，"双性同体"和"伙伴关系"，都只能是个遥遥无期的理想，必须走向未来的女性文学注定再次踏上茫茫征途。

第一章

嵌进空白之页的女性写作

新千年的第一个十年正在流逝，在消费时代的喧嚣中回眸 20 世纪 80 年代改革开放的潮起浪涌，能不感慨万千？那期间，繁杂纷扰的西方文化思潮于百年间第二次涌入中国，从 19 世纪末的早期象征主义到 20 世纪末的后现代等各种流派扑面而来，然而，植根于西方文化土壤的女权主义理论，在 20 世纪 80 年代初，却并未像叔本华、萨特、弗洛伊德等西方学说思潮那般火暴流行，虽然女权主义独具一格的先锋品质已引起少数学者的关注，但在文坛，创作者理论者均实在对其语焉不详。

人们还在摩挲着新鲜的结痂伤痕，还在反思。面对劫难的历史从政治从思想从体制等方面思考，还很少有人从性别的角度去考量。自 1949 年全国解放后，毛泽东响亮地提出：时代不同了，男女都一样，男同志能做到的事，女同志也能做到。"妇女能顶半边天"的说法，为另一半边的夸奖，亦为女性自身的自豪。谁也不曾想到还会有什么"性沟"。要知道，非常岁月，无论是男性还是女性皆在劫难逃。同时，从伤痕从反思中抬眼的人们又感应着时代脉搏的大变动，呼唤改革锐进。

弗吉尼亚·伍尔夫《一间自己的屋子》的呼号，西蒙娜·德·波伏娃《第二性》"不是生就的，而宁可说是逐渐形成的"① 呐喊，已隔膜着岁月的距离；创建于 20 世纪 60 年代的西方女权主义文学理论学科，绚烂多姿的喧哗与骚动尚未越洋过海。"80 年代初，女作家并不以'女性'群体的面目出现……女作家的创作，并没有刻意追求与'女性'身份相适应的独特性。"② 这似乎延宕了女性文学在中国文学史上苏醒的时日，其实，张辛欣的《我在哪儿错过了你？》（1980）与《在同一地平线上》（1981）、张洁的《方舟》（1982）、胡辛的《四个四十岁的女人》（1983），皆涉及女性主义

---

① ［法］西蒙娜·德·波伏娃：《第二性》，陶铁柱译，中国书籍出版社 1998 年版，第 309 页。

② 洪子诚：《中国当代文学史》，北京大学出版社 1999 年版，第 357 页。

的种种母题。当然，"以翟永明的组诗《女人》在 1985 年的正式发表为标志，'女性诗歌'在 1980 年代中期成为第三代诗歌中可观的一部分。所谓'女性诗歌'是那种'回到和深入女性自身'，表达她们基于独特的生命体验所获取的人性深度的诗歌。"① 固然，在进行时的当代文学史中，"十七年"、文革时期、改革开放初期中女性视角女性书写因种种原因，或消逝或淡化或被遮蔽了，但其实早在现代文学三十年中，大多女作家的作品就已浸透着女性主义理论的种种母题：独立意识、事业与婚姻、姐妹情、母性、爱情、男性形象等等，已见女性视角、女性思考及女性修辞方式的自觉。女作家们"透过传统对女性的种种定义，不断超越将女性本质化的写作倾向，通过对历史间隙一次又一次的描述，不断改写包括她们自身也曾参与构筑的历史。于是，女性与历史无法摆脱地纠缠在一起，'她'或者进入这样的历史，或者进入那样的历史，总之要在历史中承担一个角色。这种独具女性主义意味的叙述历史或解构历史的倾向，拓展了文学维度，使叙事获得新的契机，也使女性写作在今后的历史言说中更为可观。"②

第一节　笔的阳性代指与女性的空白之页

一　神圣的塔与进攻的笔

漫漫岁月，女性没有历史，没有文学史，没有家族史，没有名字！

书写，一直到 19 世纪，仍是男性的世袭领地。笔，似乎是阳性的象征、权力的象征，宛若山巅河畔镇妖的宝塔般庄严神圣矗立于天地之间。宝塔这个特定的意象象征父权对女性占有和控制，镇压女性对男性的反抗和颠覆。君不见，雷峰塔下沉沉压着白蛇娘子素贞？巍巍华山下压着三圣母？二郎神是三圣母的亲兄弟，法海和尚则与许仙白素贞夫妇毫不相干，但打着的旗号都是"镇妖"——凡是胆敢轻举妄动的女性无论曾经是神是妖现一律为妖孽！若要翻身，还得靠她们的儿子的手脚和嘴巴，方能武劈山文祭倒宝塔，乃弗氏之俄狄浦斯恋母情结也。

在父权制中心社会，创造力定义成了男性的专利，作者成了他的文本

---

① 洪子诚：《中国当代文学史》，北京大学出版社 1999 年版，第 308 页。

② 董之林：《女性写作与历史场景——从 90 年代文学思潮中"躯体写作"谈起》，《文学评论》，2000 年第 6 期。

的父亲。无怪乎西方女权主义者桑德拉·吉尔伯特和苏珊·格巴在《阁楼里的疯女人》中直问："钢笔是阴茎的隐喻吗？杰拉德·曼利·霍普金斯似乎认为如此。在 1886 年写给朋友 R. W. 狄克逊的一封信中，他吐露了自己关于诗歌理论的一个关键看法。艺术家'最基本的素质'，他宣称，是'熟练的技巧，这种技巧是一种男性天赋，是划分男人和女人的分界线，它使思想成为文字，成为诗歌或成为任何东西'。他还说道，'仔细思忖之后，我觉得我所指的技巧不像生命中的青春期。男性才具备创造天赋。'即是说，男性不只是揣想的，而且是实际的文学才能的根本。在某种意义上说（甚至超过比喻意义）诗人之笔是一个阴茎。"[①] "而雅克·拉康在试图批评他称之为菲勒逻各斯中心主义时，把文学过程也定义为阴茎之笔与处女膜之纸。"[②]

虽然，男性对女性俯视鄙视时也有"仰视"："女人向下的作用发生了逆转，她不再是把男人引向大地，而是把他引向天堂。歌德在《浮士德》结尾处宣告：永恒的女性，召唤我们向上。"[③] 但仍然改变不了几千年来男性中心社会对女性的压抑和扭曲，处于沉重压迫和痛苦深渊中的女性，其迷茫的困惑、执著的寻觅较之男性深重得多，因而也丰富得多。

"女性对男性的反抗也许与历史同在，但记录于历史的是 15 世纪的一个女子克里斯蒂娜·德·皮桑第一次拿起笔捍卫女性，她写的《爱上帝之书简》对教士进行了猛烈抨击。她坚持认为，假如小女孩受到良好的教育，她们就会和男孩子一样很好地'领悟艺术和科学的一切奥妙'。"[④]

17 世纪，有闲的女人致力于艺术和文学，有地位或有名声的女人开始渗入男人的世界，出现了女演员。到了 18 世纪，女人的自由在继续扩大。有知识、有抱负的女人在创造机遇。一个叫阿弗拉·贝恩夫人（Mrs. Apha Behn）的中产阶级寡妇，像男人那样靠写作为生。但直到 19 世纪她们也往往被迫隐姓埋名。她们连"自己的一块活动空间"也没有。维多利亚时代

---

① ［英］玛丽·伊格尔顿编：《女权主义文学理论》，胡敏等译，湖南文艺出版社 1989 年版，第 114 页。

② ［美］苏珊·格巴：《"空白之页"与女性创造力问题》，引自张京媛主编《当代女性主义文学批评》，北京大学出版社 1995 年版，第 165 页。

③ ［法］西蒙娜·德·波伏娃：《第二性》，陶铁柱译，中国书籍出版社 1998 年版，第 210 页。

④ 同上书，第 122 页。

的英国把女人关在家中；简·奥斯汀把自己关在家里是为了写作。科学家们声称，女人是"一个只能用来生殖的亚种"。①

19 世纪工业革命为女性赢得一个崭新的时代。马克思和恩格斯认为妇女解放有可能成为无产阶级解放的一部分。恩格斯指出，女人的命运同私有制的历史联系密切；父权制取代母系制是一场灾难，它使女人受着世袭财产的奴役。但是，产业革命却是对那种权利丧失的补偿，它将导致女性的解放。②

1867 年，约翰·斯图尔特·密尔在英国议会上发表演说，在历史上第一次正式提出给妇女以选举权。女权主义者代表大会于 1892 年召开，虽然徒有虚名，但毕竟有了破天荒的第一次。19 世纪末到 20 世纪初毕竟掀起了世界女权运动的第一个高潮。

但是，女性想展示自己的才华吗？且慢，还不如让男人读你。"而埃兹拉·庞德的确就用'你就是首诗，尽管你写的诗并不成功'这样惊人的句子形容女诗人 H. D. 。当文学创作的暗喻被性别的透视镜穿透之后，女性这个性别就被确定为文本肌质。"③ 女性，仍被定义于"被读被写"的位置。

于是，1929 年弗吉尼亚·伍尔夫（Viopnia Woolf）发出了祈祷式的呐喊："给我一间自己的屋子！"《一间自己的屋子》，以其夸张、反讽的风格，提出了许多有关妇女和文学的严肃问题，使女权主义文学理论得以初见规模。在《一间自己的屋子》、《女人的职业》、《妇女和小说》等论文中，伍尔夫思考的问题主要有：文学中有没有明显的女性传统？性别歧视怎样反映在文学活动中？妇女作家在文学创作中遇到了怎样的困难？

伍尔夫提出一个女人如果要想写作——"如果她有一间自己的房间，对此我却不敢保证；如果她拥有五百英镑的年金，但这一点还有待证实——那么，我想，就有一些意义重大的事情发生了。"④ 一些男性作家却针对这一点很不以为然，抨击女人太物质。他们自以为是地认为难道写作需要成本吗？英国作家阿诺德贝内特不无得意地声明，他写出不容易写的若干长篇，一年并无百镑的收入，甚至连五十镑也没有，他的房间也没上锁。而且不无

---

① ［法］西蒙娜·德·波伏娃：《第二性》，陶铁柱译，中国书籍出版社 1998 年版，第 123—124 页。

② 同上书，第 133 页。

③ ［美］苏姗·格巴：《"空白之页"与女性创造力问题》，引自张京媛主编：《当代女性主义文学批评》，北京大学出版社 1995 年版，第 165 页。

④ ［英］弗吉尼亚·伍尔夫：《一间自己的房间》，人民文学出版社 2003 年版，第 73 页。

俏皮地进一步声明:"自从我获得金钱和可以上锁的房间之后,伦敦所有的高雅之士就一起断言,我再也不能写作了。"这样的说法就像大灾之年大臣向皇上禀报老百姓没饭吃时,皇帝摇头晃脑地反问:难道他们不会吃肉吗?这个社会,男性和女性在家庭、在社会、在自我认同存在着的质的差别,根本就不平等。

女性写作,很难,很难,但是,女性终于拿起了笔,而且一发即不可收,女性写出自己真实的生存境况、切肤的生命体验,唤醒女性认识真实的自我;女性打碎长期用作放大的哈哈镜,还原男性的真实面貌;女性梳理整合女性与女性、女性与男性的种种关系,追求女性与男性在同一地平线上的携手并进,这便是女性写作的宗旨所在。

1949 年 11 月西蒙娜·德·波伏娃出版了《第二性》,这才走出了"萨特的终身伴侣"的依附阴影,作为独立女性的独立著作,横空出世,轰动一时,却也遭到众多责难和攻击。

其时,她已是法国当代文坛颇负盛名的女作家和社会活动家,是存在主义的干将之一。这样一位伟大之女性,实质上也是一位矛盾的女性。《第二性》可谓女性血泪之声,却融进了知性的铺陈和理性的思辨。她以丰沛的知识积淀、严密的逻辑推理高屋建瓴,第一卷《事实与神话》中分别以生物学、心理分析学与经济哲学的观点对女性进行探讨,并详细论述从原始时期到法国革命之后,西方妇女所处地位的历史演变过程及解析有关女性的种种神话。第二卷《今日妇女之生活》,观照女性自童年至青春期成为女人、结婚生育到老年的整个人生历程的身心发展以及种种旁逸斜出,探讨出女性"第二性"并非天生,而是后天形成的。如果说第一卷是在大历史的大视阈中宏观论女性,那么,第二卷就是对女性个体的成长历程作微观探讨。

波伏娃认为,从生物学和心理学意义上看,两性之间的差异,并不比两个单个人之间的差异更大,而从整个社会历史过程看,女人却被降低成了男人的对象,被铸造成了男人的另一性,即第二性,女性被拒绝给予、女性自己也拒绝接受和男人一样地成为具有自主选择和自我设计能力的主体的权利。

以往的男性作家的文学作品中对女性形象多以歪曲性表现,而这种歪曲性表现——女人的神话——在日常生活中占着相当重要的地位。所以波伏娃对这种神话造就的神秘性的清算,便是对妇女冲破种种来自物质和精神上的束缚的行动的召唤。

女性是被规定的,她们没有进行选择的权利,因而也就没有义务为这个本不属于她们的世界承担责任。这也就是说，这个世界在损害了女性的同时，实质上也损害了它自身。一直被压抑着的妇女很难建立自信心，自信心的缺乏又使她们无法用较高的标准来要求自己的创作。

历经岁月，这部纵横捭阖、将女性的历史命运与现实抗争熔于一炉的著作充满了理性、智慧和激情，影响了一代又一代的女性主义者。在《第二性》中，显示了波伏娃绝不输于男性作家和理论家的思想性、学养性、论辩性，而且更彰显出女性的情感和体验。其知识的渊博多元，才华的恣肆汪洋，激情的汹涌澎湃，思辨的犀利敏捷，推理的严密逻辑，令人高山仰止、景行行止。正是西蒙娜·德·波伏娃的女权主义宝典《第二性》清算了男性文学文本中的性别歧视，同时，为研究女性文学传统和创作困境的女权主义文学研究奠定了厚实的基础。

隔着岁月，她仍在与一代又一代的女性对话。

二　斑斑血迹与千古贞操

充满神秘的是，女人的月经周期与月亮运行周期一致，仿佛合着星辰与潮汐的命运，所以，诗意的"女人是月亮"由此而生。女性的生命史由鲜血浇灌。斯芬克斯之谜——小时有四条腿、长大后两条腿、老了是三条腿——这，是人。女人呢，从青春期到绝经期，几乎每一个坎都得付出鲜血的代价：第一次从女儿成为女人的初潮，为人妻的新婚第一夜，做母亲生产胎儿冲出玫瑰门时，都伴随着鲜血的流淌！更不要说每月阴晴圆缺！不能不正视的是，女性停经之日仿佛是突然而至，也并非"两条腿阶段"的结束，只是人到中老年阶段，因此还有近乎一半的不能生育、可能也距离爱情更遥远的"无性别"人生，这种非凡的轻松对女人而言却又有种无形的沉重。

对鲜血不乏赞颂和感叹，唯独对女性的月经和产妇生育的流血，充满了矛盾的悖论，就如史前文化中充满女性崇拜、生殖崇拜一样。很久以来，一些印第安人还把一块在经血里浸泡过的织物放到船头制服河妖；景德镇烧炼瓷器的柴窑窑门是一个赤身裸体的正在分娩的女人，但令人不解的是，直至1949年解放前，景德镇柴窑禁忌是：女人不得进入！因为女人晦气，更不用说行经期的女人了。在西方，女性月经也被视为恶的魔力。庄稼花园，蜜蜂肉类，行经期女人会对其形成毁坏，碰酒酒酸，摸奶奶酸，见糖糖黑。产妇生育地不仅认为不洁，而且是邪恶之地，男人是不准许贸然入内的，如此等等。这种迷信有其神秘起源，也是对女人之所以为女人的特殊之处的恐惧。

男人与女人终究是不一样的。无论哪个种族的男人的豪言壮语都有"流血牺牲"，但男人的血被视为极其珍贵的，多流淌于大战争小斗殴中。男人的衰老是渐进式的，男人的生育能力几乎可延续到生命的终止，其青春期的出现也没有鲜血的代价。他，几乎就是他的身体。

男性在对女性居高临下的征服、占有、支配的优越感欲望中，始终还潜藏着某种恐惧和犹豫。如波伏娃指出的那样，"十分明显地反映在处女神话当中。由于时而为男性所恐惧，时而为他所渴望乃至需要，处女似乎是女性神秘的最完美形式。因而她既是它的十分令人不安的表现，也是它的令人神迷的表现。"①

"空白之页"这一词组源于伊萨克·迪尼森的短篇小说《空白之页》的故事。美国女权主义理论家苏珊·格巴以为借此故事生动有力地说明了妇女创造力的问题。而我以为，空白之页或染上斑斑血迹或依旧空白，有着太多的阐释空间。是女性生命的血泪控诉，是女性无言的叛逆，是女性难言的缄默……

故事说的是：在葡萄牙某地一个奉从卡梅尔教团教规的修道院中，一群修女岁岁年年种植着亚麻，用亚麻来制作最精美的亚麻布。这些精美的亚麻布的用途是送到修道院不远的皇宫里去，做历代国王们婚床上的床单。原来，亚麻布床单是新婚之夜的纪念，或曰见证。因为新婚第二天，这块床单上必须有斑斑血迹，尔后，庄重地向众人展览，以证明皇后是百分之百的处女。接下来，这块床单就被隆重热烈地送到修道院，这块中间印有血迹的床单——"一个王后名誉的证人"在修道院里被装裱好，镶上框，下框上还镶嵌一块刻着王后名字的薄金属片。② 这一帧帧奇特的画挂在一个长长的陈列室里，成了永不过期的奇特的画展，供世世代代的人们顶礼膜拜。因为这里陈列的便是一代一代王后的贞节，每每来到修道院的朝圣者或参观者，最感兴趣的也的确是此陈列室，哪怕鲜红的斑斑血迹已变得深重又黯然。人们久久地伫立在亚麻布的床单前，仰视着或陈旧或依然新鲜的斑斑痕迹，想象着其中隐秘着怎样的故事。一个个故事也由这"血迹斑斑"而蒙上一层层贞节的色彩！然而，也有例外，在一帧帧奇特的画中，竟有一帧是洁白的床

---

① ［法］西蒙娜·德·波伏娃：《第二性》，陶铁柱译，中国书籍出版社1998年版，第178页。

② ［美］苏珊·格巴：《"空白之页"与女性创造力问题》，引自张京媛主编《当代女性主义文学批评》，北京大学出版社1995年版，第165页。

单，且没有金属薄片，难道洁白倒象征着污点和不贞洁？抑或贞节的极致？还是另有隐情？

画幅、画框、斑斑血迹——女性生命的展览馆，宛若印象画派的杰作，又宛若一页页有血迹无血迹的无字天书，藏匿了太多的内容和内涵。感叹之中，中西交融，说来有意思，还极符合中国画的审美倾向：留出空白，删繁就简三秋树，标新立异二月花。

西方有"空白之页"，东方有"无字"。它们象征着什么？"空白之页"即"无字"，自母系社会被颠覆后，人类文明史便让位于父权制，女性彻底失败。作为一个性别整体，被驱逐于社会政治、经济，乃至艺术创造之外，成为被奴役被看的对象，沦落于"他者"和"第二性"的从属地位，处于"缺席"的"失语"状态。从此，男性中心社会把女人不当人，女人如同牲口、工具一般是男人拥有的物，同时还是男性泄欲和繁衍生殖后代的工具。几千年的女性被淹没蜷缩于地底，缄默几千年！"空白之页"并非意味着女性有旺盛的创造力，恰恰是无能为力！

"你是谁，你来自何方，奇怪的斯芬克斯？"空白之页，实质上有着无穷之解。

在胡辛的《蔷薇雨》中，百年徐家书屋里的僵尸般的老祖母每当孙女、曾外孙女初潮时，都必须进行"女诫"教育。古老的织布机房中，老祖母以一方家织的本白土布，一钵金不换墨汁和一支如椽毛笔，让成为女人的曾外孙女用笔蘸上墨汁溅于本白土布之上，尔后，要初潮女孩在盛满清水的铜盆中搓洗，可是，怎么也洗不白了！于是乎，告诫晚辈女孩：名声，清白名声比女人自家的性命还要宝贵！初潮与处女贞操融汇一处。老祖母的三孙女徐希玮因为懵懂地将贞操给了不负责任的凌云，未婚而孕，为了家族的名声，只能远走他乡19年！

贞操如同锁链禁锢着女性的身体和思维，又仿佛成了一次性的无价之珠宝，应该毫无保留地奉献给自己认为值得奉献的男人。男性如此认为，女性亦不例外。像无产阶级革命家奥斯特洛夫斯基的长篇小说《钢铁是怎样炼成的》中，保尔·柯察金第一次被关押进沙皇的牢房时，同室还关进来一个无辜的可怜女孩，夜间，女孩真诚激动地对保尔说：把我的处女宝给你吧！纯洁的保尔没有接纳，当然，很快将女孩提审，她的处女宝也就被野蛮地夺走了。张洁《祖母绿》（1984）写出了另类"爱，是不能忘记的"，将对爱的乌托邦一往无前转化成沁骨的缕缕悲凉。在爱的祭坛上，《祖母绿》把贞节献给不值得的男人！

《祖母绿》中的女主角曾令儿，曾是圣洁、痴情、才华出众的女大学生，她曾舍命从老虎滩头的涡流中救出溺水的初恋之人左葳；在左葳身患肺结核又不愿休学时，她照料他、为他补课，哪怕自己瘦了一身肉；"反右"斗争中她义无反顾地替左葳承担"右派"的罪名，尽管她清醒地知晓这意味着她断送了自己的政治前途和青春岁月，却无怨无悔。就在发配去边疆改造与左葳分手的前夜，她用贞操为左葳"献身"，一个夜晚走完了一个女人的一生，以致怀上了他的孩子，是所谓的爱情的种子，或许是为了爱的纪念？在政治与道德的双重罪孽中她独自将儿子抚养成人，儿子成年后又意外溺水身亡！二十年炼狱般的忍辱负重始终没有冻僵和改变她那颗无穷思爱的心。改革开放后，曾令儿重新找回了自己事业上的价值，也看清了左葳畏葸卑劣的灵魂，可是，她还是为他再一次奉献出了本来应属自己的声誉和地位，难道就因为这是一个获得过自己处女宝的男人吗？

而貌似一副硬汉子模样的左葳有过什么担当呢？当曾令儿犹如一株风雨中的小草孤零零地受批判时，他坐在会场一角低垂着脑袋一言不发；当得知曾令儿有私生子时，他为自己解脱"一个晚上不会那么巧"，同时认为曾令儿的"堕落"正好超度了他的罪过！他删除了她，做了党委副书记卢北河的丈夫，实质上，如果没有一个当党委副书记和研究所副所长的老婆，他什么都不是。这真是个怯懦无能又自私无比的伪君子。

《祖母绿》的本意可能是颠覆解构男性性别神话，改写男性英雄的叙事模式，塑造一位刚硬坚韧的女性形象，但终究还是不小心又跌进男性中心社会为女性挖掘的受难的神圣处女之陷阱中了，连"天使的愤怒"都淡化消解了而不觉。无论是曾令儿也好，卢北河也罢，她们所爱的左葳只是一个徒有其表的男人，从这点看，她们还不如 20 年代的莎菲对凌吉士的透彻的透视！尤其是卢北河向她抱怨说："我们多年来，争夺着同一个男人的爱，英勇地为他做出一切牺牲，到头来，发现那并不值得"时，曾令儿的回答竟是："别这样说。你爱，那就谈不到是牺牲。"然而这种宏大的包容、恒久的忍耐的爱值吗？当人们为曾令儿的故事备觉伤感时，是否翻然猛醒女性被"第二性化"的麻木与愚钝？是否可以这样说，为了挚爱而主动承受着人生急风暴雨的曾令儿，她收获的仍只是男人的卑鄙和残忍的自私。她的隐忍和宽容，与其说是崇高的慈悲，不如说是"心死"的哀伤。

从《爱，是不能忘记的》中的钟雨到《祖母绿》中的曾令儿，张洁在思考中动摇。

第二节　元叙事与钢戟般的女性写作

　　弗吉尼亚·伍尔夫认为，在英国，女作家始终引起人们的敌意。仿佛文化绝非任何女人的属性，绝非女性群体的属性。企图拿起笔操纵笔写作的女性，那简直是冒天下之大不韪，因为在男性眼里，这是对男性世袭领地的侵犯，是对男性话语权的争夺，尽管根本不是剥夺，但男性世界难以接受这种挑战；而有这种念头的妇女，自身亦有一种僭越的恐惧。

　　伍尔夫在《自己的一块活动空间》中，虚构了一个莎士比亚的妹妹朱迪思，并把她的贫乏而有限的生活同莎士比亚的博学而冒险的生活进行了对比，在莎士比亚生活的 16 世纪，她的妹妹，不，任何一个富有天赋才情的女人，又不甘心命运的摆布，那么其结局不是发疯、自杀，就是孤独地在村外小屋里终老一生，从巫女到巫婆，令人恐惧又遭人嘲讽。

　　所以，女性一旦有权拿起笔，那写什么？苏醒的生命意识叩响女性生命之门，她们很自然地走向探索女性生命奥秘之路，发掘女性生命深藏的潜质潜能。但同时，我们是否还可以这样推论：如果她们受到与优秀男性同样的教育，又有着与优秀男性同样丰富的阅历，那么，她们也不一定就受制于仅仅写女性真实的生命，"巾帼不让须眉"，她们极有可能以元叙事创作。何谓元叙事？元叙事就是大叙事，具有合法化功能的叙事。元叙事是指启蒙运动关于"永恒真理"和"人类解救"的故事，这类元叙事在各种话语中占有一种优先和特权的地位，即成为所谓的权威话语。具有为其他叙事制定规范、提供解释和揭示意义的主导性话语形式。

一　女人心与男子气

　　让我们把目光回溯到中国伟大的"五四"运动前夕，看看在历史的这一瞬间，喷涌出历史地表的中国第一个用白话文写作的女作家陈衡哲写了什么？

　　陈衡哲（1893—1976）——司马长风在所撰《中国新文学史》中，称赞"她实是新文学运动第一个女作家。"认为"此外被遗漏的还有第一个女作家陈衡哲……"① 的确，《一日》是陈衡哲在胡适编辑的《留美学生季

---

① 司马长风：《中国新文学史》，上卷，香港昭明出版社 1976 年版，第 146 页。

报》发表的处女作，时间是 1917 年。胡适在陈衡哲短篇集《小雨点·序》中写道："当我们还在讨论文学问题的时候，莎菲（指陈衡哲）却已开始用白话做文章了。《一日》便是文学革命讨论初期的最早作品。"①

这种种击节赞赏，我虽为同性，但以为如此评价未免言过其实，在中国新文学运动史上，第一位白话文作家理所当然是鲁迅，他的《狂人日记》，虽刊在 1918 年 5 月号《新青年》（四卷五期）上，但这才是新文学第一篇白话小说。《狂人日记》长八千字，分十三节，一气呵成。并无引人入胜的情节，但借一个狂人的精神活动，对中国传统和社会作了锥骨敲髓的讽刺，读来令人毛骨悚然，显示了大家非凡之笔力。所以，无论是思想性、艺术性此小说皆为中国现代文学值得骄傲的开山之作。当然，陈衡哲毕竟是第一个用白话文写了篇文章且公开发表了的女性，这也是可载入史册之真实。但《一日》的内容和形式都太浅陋，是一篇流水账般的日记体。以一个中国女留学生的眼睛记录在美国的中国留学生一日的生活，只是初具现代小说雏形，也鲜为国内读者知晓，故算不得新文学正式诞生的标志。

当然，如果说《狂人日记》是新文学的第一声春雷，那么《一日》便是惊雷震响前的一滴小雨点，不能让其人间蒸发了无痕迹，但也别太夸张。

《一日》中，写了女留学生在寄宿宿舍的琐屑生活，还有学习、补考、与老师的关系、同学间的交往等等，其中有写女留学生对战地伤兵的怜惜和捐助，从中体现出陈衡哲信奉的是人道主义、有着深挚的同情心和悲天悯人的态度。陈衡哲自己在《一日》"前言"中说："这篇写的是美国女子大学的新生，在寄宿宿舍中一日间的琐屑生活情形。既无结构，亦无目的（主题思想），所以只能算是一种白描（无多大意思的流水账）。"② 此话并非谦辞，而是自知之明的评价。

由是，中国女作家第一篇写上空白之页的文字，并非当今女性主义文学所倡导的写女性别于男性的生存境况、女性独特的生命体验，而是以一个中国早期漂洋过海的"先知先觉"的知识分子的眼睛看世界，并没有凸现女性的性别经验，说是一所美国男子大学或男女混合大学学生一日的琐屑生活，我看也未尝不可。

戴锦华在《镜城突围——女性·电影·文学》中如是说："女性在今日文化中遭遇的是镜城情境，在男性文化之镜中，她要么是花木兰化装成男

---

① 陈衡哲：《小雨点》胡适序，上海新月书店 1928 年版，第 6 页。

② 同上书，第 17 页。

人，要么就是在男性之镜中照出男人需求的种种女人形象，是巫，是妖，是贞女，是大地母亲。只有在女性自身体验的忠实写作中，才能打破所有镜子，让它成为哈哈镜。"① 也许，走在那个时代前列的女子自立自强的最直接的道路便是：不能变成男子，那也必须有男子气，像一个男子那般对待生活。是否可以这样认为，在陈衡哲这中国现代第一代女作家的心中有潜藏的"花木兰"的身影呢？

陈衡哲同时代的人对她的印象是：陈衡哲自幼有男子气，直言快语，豪爽不羁。陈衡哲在她的自传中如此自描："我有些行为，好像是矛盾的，譬如说：喜欢写文章，而怕毛笔字；颇喜饮酒，而最不想干杯；勇于改过，而对原则却不愿牺牲；喜爱朋友，却厌恶应酬……"

"自幼有男子气"的陈衡哲，其成长经历与同代的一般中国女性是不同的，而与中国早期走出国门、呼吸海外空气的男性知识分子相近，有着相同的理想和追求。陈衡哲笔名莎菲，湖南衡山人，落籍江苏武进。1893 年她呱呱坠地于湖南衡山一个名门家庭。祖父陈梅生，清末翰林，历任知府、盐运使、御史等，父亲也在朝为宦。陈衡哲虽未上过小学，但是，在严格的家塾中亦接受了中国传统文化的教育。与此并行的是她的外祖母家是一个深受西方文化浸染的家庭。她的舅父庄思缄为官广州时，经常接触欧美文化，思想很新。舅父对她的人生观的形成起了至关重要的作用，他说："世界上的人对于生命的态度有三种：一是安命，二是怨命，三是造命。"舅父勉励她应勇敢地造命。日后陈衡哲便响亮地喊出："与其得到一个侥幸的成功，还不如获得一个奋斗的失败。"陈衡哲的姑母也是一位新派，追求自立、奋进向上。1914 年夏，清华学堂开始招考官费留美女生，陈衡哲正是在姑母的鼓励下，从蔡元培创办的爱国女校毕业后，考进了美国瓦沙女子大学专修西洋史。瓦沙女子大学为美国五所最有名的女子大学之一，出国留学是陈衡哲人生的重要转折。

留美期间，胡适称自己与任鸿隽、陈衡哲是"我们三个朋友"②。1918年，陈衡哲在瓦沙女子大学毕业后，又入芝加哥大学深造。1920 年获硕士学位后，北京大学校长蔡元培开放女禁，电聘她为北大教授。她于该年夏天回国，秋天与任叔永（鸿隽）结婚；身为化学家的任鸿隽，对陈衡哲的文学才华十分赞叹。胡适对陈衡哲的才气亦极为赏识。有着这样美满丰富健康

---

① 戴锦华：《镜城突围——女性·电影·文学》，作家出版社 1995 年版，第 173 页。

② 胡适：《我们三个朋友——赠任叔永与陈莎菲》，《新青年》，1920 年第 8 卷第 3 号。

的情感生活的女子，在那个时代当为凤毛麟角。她不曾经历残酷人生，可能不明底层女性的悲惨生存境况，但她将所信奉的人道主义，悲天悯人的态度和深挚的同情心，融汇于作品中，这是在情理之中的。抗战爆发后，任鸿隽、陈衡哲一家在香港、昆明、重庆等地辗转流离，艰难度日，但陈衡哲仍写下近百万字的散文。抗战胜利后陈衡哲才举家由川返沪，此后一直定居上海。解放后，陈衡哲任上海市政协委员，但因年老体衰，没有参加任何社会活动，甚至几年不下楼，只是在家料理家务，读大字线装古书，借以消遣。也因制度的变革，其政治、思想和创作观念难以赶上时代，一切写作都停止了。1976 年，因肺炎病重逝于上海广慈医院。

阿英在《关于陈衡哲创作的考察》中对她的评价是："她的题材也不像一般女作家取材范围的狭小，她确实是跳出了自己的周围在从事创作。根据女作家一般的现象说，她的创作已经离开了'多愁多病'的'女人味'而取材于广泛的人间。"① 她的散文《运河与扬子江》，酷似一首气势磅礴的抒情诗，写扬子江，也像写中华民族。运河"成也由人，毁也由人"，扬子江却把"千山凿穿"，用生命奋斗而来的，因此"无人能毁"。

王平陵在《三十年文坛话沧桑录》中指出："陈衡哲女士在这如火如荼的新旧文学论争中，至少发生过助燃作用。"

陈衡哲的本职是高校历史教授、历史学家，文学不算本行，但是她的并不多的作品，却如细雨，如火焰，滋润过、闪烁过中国新文学史。

无独有偶。像陈衡哲一样，庐隐（1898—1934）又是一个富有男子气的"五四"女子！

冯沅君在惊悉庐隐去世后这样回忆她："她那微近男性的谈吐，她那时以傲慢的举止，她那对于爱的热烈的追求，这些使她的老友对她常有微词的地方都可以显示我们，她是有个性的，有使她不落于庸俗的个性。"②

她，面庞清瘦，短小精悍，十分刚强。脾气爽快，待人诙谐，胸无城府，光明磊落。谈锋极健，个性极强，凡事由她自己做主。表面是一个乐天主义者，内心却是一个悲观的人。这是她的同窗们对她的几近一致的评价。

庐隐，姓黄名英，1898 年 5 月 4 日生于福建闽侯，与冰心同乡，毕业

①　黄人影编：《当代中国女作家论》，上海书店印行 1933 年版，第 256 页。
②　冯沅君：《忆庐隐》，《人世间》第 12 期，1934 年 9 月 20 日。

于北京女子高等师范。庐隐是她发表《海滨故人》时用的笔名。活跃的庐隐成为文学研究会最早的女会员，编号是"13"，要知道，发起人是 12 位男作家。1934 年 5 月 13 日，庐隐因难产后子宫破裂去世。

比陈衡哲小 5 岁的庐隐与陈衡哲的成长之路是不同的，庐隐传奇的一生是空白之页的另一种演绎，她的众多作品就是受压抑的女性创造力的喷发。庐隐之生之爱之死，她的整个人生可以说承受了中国女性的全部苦难，亦艰难地捍卫了女性的尊严。但是，庐隐之路，更具有"五四"时代知识女性乃至非知识女性寻觅求索的典型意义。

庐隐的学生时代正逢国家多事之秋，她"整天为奔走国事忙乱着——天安门开民众大会呀，总统府请愿呀，十字路口演讲呀，这些事我是头一遭经历，所以更觉得有兴趣，竟热心到饭都不吃，觉也不睡地干着"①。"无论是国家，是社会，是世界，是天地万物，都不是与我心没有喜戚关系底"。②

诚如茅盾（未明）先生所言："庐隐与'五四'运动，有'血统'的关系。庐隐，她是被'五四'的怒潮从封建的氛围中掀起来，觉醒了的一个女性；庐隐，她是'五四'的产儿。""我们现在读庐隐的全部著作，就仿佛再呼吸着'五四'时期的空气，我们看见一些'追求人生意义'的热情的然而空想的青年在书中苦闷地徘徊，我们又看见一些负荷着几千年传统思想束缚的青年们在书中叫着'自我发展'，可是他们的脆弱的心灵却又动辄多所顾忌。这些青年，是'五四'时期的'时代儿'，庐隐，她带着他们从《海滨故人》到《曼丽》，到《玫瑰的刺》，到《女人的心》，首尾有十三四年之久！"③

她的忧国之情、爱国之心，在庐隐后期的作品中尤见元叙事意识强烈。其强烈的政治意识、社会责任感和爱国主义激情，燃烧于她的创作生命之中。长篇小说《火焰》就是 1932 年"一·二八"淞沪战争爆发时的同步报告文学类的小说。庐隐耳闻目睹十九路军和上海市民奋勇抵抗日军进犯之种种情景，日军灭绝人性的凶残，十九路军不畏牺牲的爱国主义情怀，使庐隐的心难以平静。暑假，她提笔创作《火焰》。苏雪林正是此时曾造访她所居的上海英租界静安寺愚园路愚园坊 20 号的。"她那时正在写一本《淞沪血

---

① 钱虹编：《庐隐选集》（上），福建人民出版社 1985 年版，第 578 页。

② 同上书，第 6 页。

③ 未明：《庐隐论》，《文学》第 3 卷第 1 号，1934 年 7 月 1 日；引自肖凤、孙可编：《庐隐选集》，百花文艺出版社 1983 年版，第 454 页。

战故事》，布满蝇头细字的原稿，一张张摆在写字台上，为了匆忙未及细阅。"①想来就是于她去世后 1935 年出版的《火焰》了。《火焰》有战事酷烈的记叙，有军民情的铺叙，有母子情、爱情的渲染，还有日本人个体良心未泯的展现，所以，内涵是丰富的。在叙事视角的选择上，除第 1 节以第三人称视角叙述之外，全篇其他 15 小节则以陈宣的第一人称视角叙述，陈宣为第 19 军第 18 营第 5 连上等兵，湖南人。在"一·二八"淞沪战争中陈宣与老乡铁匠第 1 营第 4 连小排长张权、温柔雅静的读了两年大学的排长黄仁、黄仁的广东老乡第 2 营第 17 连列兵谢英，还有铁道炮队队长湖北人刘斌，这五人合合分分，历经虹江路口的厮杀、宝山路的守卫战、青云路的炮火、八字桥的恶战、吴淞炮台和两岸拂晓战事的酷烈，庙行火线的鏖战，在江湾闸北吴淞一带的防地战斗了 20 多天，最终只有陈宣失去了一条腿活了下来，另 4 位壮烈为国捐躯。他们目睹日军的烧杀淫掠，日机对商务印书馆、东方图书馆的狂轰滥炸，亲眼见证在日寇的大炮、铁甲车、坦克车、烟幕弹、化学武器的疯狂进攻中，中国军队以简陋的武器奋勇抵抗、血染战场；见证大刀队的神勇无畏，他们用生命和鲜血实践了自己的誓言。而此时，国民党政府却下令将 19 路军撤往福建，伤员们痛苦地喊道："中国政府除了不抵抗之外，没有别的办法，他们只顾做一天官，刮一天地皮，全不管民众是怎样地愤怒！"庐隐此时虽不是左联战士，但其激昂高亢伸张民族正义的爱国主义精神，及对国民党的腐败深恶痛绝，是力透纸背的。同时，庐隐还以笔当投枪，发表了 20 余篇泼辣的杂文，抨击国民党统治的黑暗，同情革命，追求光明。这也是她以生命燃烧出的最后的火焰。

尤值一提的是，庐隐于 1933 年 7 月 2 日在时事新报副刊《青光》上发表了一篇悼文《丁玲之死》。那是同年 5 月，丁玲被国民党秘密逮捕后，传闻她已遇难。庐隐在此文中不仅赞叹丁玲，而且对已被杀害的福建老乡胡也频烈士的印象是："想起也频那样一个温和的人，原来有这样的魄力，又是伤感，又是钦佩。"还直抒胸臆："时代是到了恐怖"，"我不但为丁玲吊，更为恐怖时代下的民众吊了。"②抨击黑暗，伸张正义，这需要无所畏惧的勇气和正直。

---

① 苏雪林：《关于庐隐的回忆》，引自肖凤、孙可编《庐隐选集》，百花文艺出版社 1983 年版，第 474 页。

② 钱虹编：《庐隐选集》（上），福建人民出版社 1985 年版，第 40 页。

　　二　元叙事与女性写作

　　中国现代女作家丁玲，83 岁的生命史镶嵌进中国革命中国政治跌宕起伏的历程之中，曾屡次成为风口浪尖上的"新闻人物"，尝尽苦辣酸甜；但偏偏正是她，始终在双目之外还睁着第三只眼，对女性生存境况之艰难分外清醒，并不忘大声疾呼。当然，她的元叙事作品却也是不容忽视轻视的。丁玲"以第一个革命女作家的姿态，打破了冰心、庐隐等因思想创作上的停滞所带来的沉寂。"①

　　20 世纪中国历史风云在丁玲的身心镂刻下深深的烙印。丁玲（1904—1986）是"湖南临澧人，原名蒋冰之，母姓丁，笔名随母姓。"② 丁玲四岁不到时父亲去世，母亲自强不息，竟考上了常德女子师范学校，与向警予是好友；丁玲也认识毛泽东夫人杨开慧。1921 年丁玲闯荡上海，进了共产党最早创办的第一所平民女校，后又经瞿秋白介绍进了上海大学中国文学系学习。再离上海去北京，做了一个半流浪性质的"公寓大学生"，沉浸在梦醒了无路可走的彷徨和痛苦之中。1927 年丁玲在寂寞和痛苦中开始了小说创作，处女作《梦珂》和成名作《莎菲女士的日记》抒发的不仅是"五四"落潮之后时代的痛苦和求索者的痛苦，而且是石破天惊的女性意识高扬之作。

　　丁玲在《一个真实人的一生》说："1927 年大革命失败后，国民党反动派的大屠杀，不能不让我进一步思考，中国的出路在哪里？人民的出路在哪里？我很自然地站在人民一边，我的思想日益左倾。"③

　　1930 年 2 月中国左翼作家联盟成立，同年，丁玲加入中国左翼作家联盟。

　　1931 年 2 月，胡也频等左联战士被国民党逮捕并遭杀害。

　　1932 年胡也频等遇害一周年之际，丁玲成为中国共产党党员。1932 年 7 月，她主编的《北斗》杂志被国民党勒令停刊，她转任左联党团书记。

　　1933 年 5 月，丁玲、冯达被国民党"蓝衣社"绑架囚禁于南京道署街 132 号特工总部。是年冬把两人转到莫干山，随后又解回南京囚禁于曹公馆，1934 年 4 月搬出曹公馆，1935 年春又把她转移到南京郊外苜蓿园。

---

①　钱理群、温儒敏、吴福辉主编：《中国现代文学三十年》，北京大学出版社，第 299 页。

②　司马长风：《中国新文学史》，上卷，香港昭明出版社 1976 年版，第 164 页。

③　丁玲：《一个真实人的一生》，《人民文学》1950 年第 12 期。

　　这一段岁月丁玲至晚年也记忆犹新，她在《魍魉世界》中以无可否认的事实和细节回忆了她被国民党绑架后囚禁南京的往事，毫无隐讳地还原了历史的真实，其字字血、声声泪的倾诉凸显了丁玲清白的人品和不屈的抗争。

　　1936年在中共组织的安排下，丁玲终于脱身，投奔长征后的中共中央所在地陕北保安。毛泽东专为丁玲的到来赋诗词一首《临江仙·给丁玲同志》："壁上红旗飘落照，西风漫卷孤城。保安人物一时新。洞中开宴会，招待出牢人。纤笔一支谁与似？三千毛瑟精兵。阵图开向陇山东。昨天文小姐，今日武将军。"延安时期，丁玲历任边区文协副主席、执委，西北战地服务团团长，《解放日报》文艺副刊主编等职。1949年第一届文代会丁玲当选中华全国文学工作者协会副主席，1950年被任命为文协党组书记。1951年获斯大林文学奖。

　　1955年起丁玲先后被诬为两个反党集团的主要成员，横遭批判和斗争；1957年又被错划为文艺界的"最大右派"，被开除党籍、公职。被下放到北大荒养鸡场。"文化大革命"中又锒铛入狱，被"四人帮"关押秦城监狱五年，可她仍将《马克思恩格斯全集》从头读到尾。1975年出狱，被发往山西长治市郊老顶山公社嶂头村落户。1979年1月重返北京。至1984年中组部9号文件，彻底恢复名誉。

　　从上述丁玲政治生命的粗线条的勾勒中，我们看见的是一个女性作家与国民党反动派横眉冷对毫不妥协的清坚决绝的身影；而当她回归红色怀抱，于革命征程几乎走向文坛引领者的位置时，却如同她自己的感叹："我不幸，也可说是有幸总被卷入激流旋涡，一个浪来，我有时被托上云霄，一个波去，我又被沉入海底。"① 这可以说是丁玲人生的真实写照，她的感叹有着彻骨的清醒，还有那么一点无法回避的无奈。中国女作家中，丁玲的大器和大气是首屈一指的！

　　仿佛是一种命定，丁玲的中篇小说《水》、长篇小说《太阳照在桑干河上》和短篇小说《杜晚香》是她直面中国农村、农民的革命主旋律之作。这些元叙事作品与她的女性意识极其强烈的作品可谓并驾齐驱，成为中国文学史无法绕过去的话题。

　　《水》最早发表于《北斗》1931年9月20日、10月20日、11月20日第1卷第1、第2、第3期，后与其他小说结集为《水》，1931年由上

①　丁玲：《我怎样跟文学结下了缘分》，1981年11月6日在美国纽约哥伦比亚大学的演讲。

海湖风书局出版。而就在这一年的 2 月 7 日深夜丁玲丈夫胡也频被国民党反动派杀害于上海龙华警备司令部，他们的孩子尚不足一百天。而丁玲就在这伤亲之痛中担当起《北斗》主编的重任，又以深沉遒劲的笔力为人们描摹了一幅《水》中农民抗争图："天将朦胧的时候，这队长，这饥饿的奴隶，男人走在前面，女人也跟跑。咆哮着，比水还凶猛的，朝镇上扑去……"这一年中国十六省遭受几十年不遇的特大水灾，腐化堕落的官员嫖赌逍遥，只收捐不修堤，堤坝很快崩塌，洪水淹没了山地、村庄，冲走了亲人，境遇悲惨的农民仍不屈不挠地同水灾作生死搏斗，那一幕幕的场景惊心动魄。活下来的灾民们在饥饿和瘟疫蔓延中逃亡流浪，只见饿莩遍地，农民根本买不起涨了六七倍的米谷！面对地主、官僚的欺骗，在残酷的阶级斗争中，幻想破灭了。官逼民反，农民只有揭竿而起。暴动才是唯一的出路。"起来是要起来的，可是不是抢，而是拿回我们的心血，告诉你，杂种，只要是谷子，都是我们的血汗换来的。我们只要我们自己的东西，那是我们自己的呀"！这毕竟是丁玲从对知识女性个体生命的关注到对劳苦大众群体的关注。小说气势恢弘，刻画了农民群体形象。虽然日后丁玲曾感叹：《水》"原先预备写八万字"，却"潦草的完结"！《水》，在中国现代文学史上，不仅是一部反映 1931 年中国大水灾的作品，而且它还为左翼文艺创作如何反映现实斗争的重大题材提供了实践经验。冯雪峰认为《水》的发表是"新小说的诞生"[1]。茅盾则认为《水》不论在丁玲个人或文坛全体，都表示了过去的"'革命与恋爱'的公式已经被清算。"[2] 美国学者夏志清则认为丁玲的《水》"这个故事的主题具有重大的人性意义，如果处理恰当，不管作者的观点如何，这个故事应该能成为一个动人的悲剧。由于作者的重点落在马克思主义的宣传及文字的美化上，丁玲明显地忘记了在灾荒下灾民的心理状态。"[3] 我们并不完全认同他的褒贬，但从中也看出《水》展现了重大社会题材和宏大风格。"灾荒"与"灾民的心理状态"脱节，只能说是一个知识女性记录了真实的环境，但还未能挖掘进人物的心田。

　　长篇小说《太阳照在桑干河上》与丁玲挨批判的"一本书主义"相看两不厌。这是一部"反映时代面貌"的"宏大叙述"，获得斯大林文学奖。

① 冯雪峰：《关于新的小说的诞生——评丁玲的〈水〉》，《北斗》1932 年 1 月。

② 茅盾：《女作家丁玲》，《茅盾论创作》，上海文艺出版社 1980 年版，第 216 页。

③ 夏志清：《中国现代小说史》，香港中文大学出版社 1979 年版，第 232～233 页。

其拧绳式结构拓展并活跃了故事展示的时空。它打破了按时间顺序的线型结构，多条线索交织交错，情节展开跳跃式、感人的细节和气氛渲染增强了这部史诗式长篇的艺术活力。而丁玲本人自 1946 年至 1948 年，几次参加河北地区土地改革运动，是其厚积薄发的基础。这位功力深厚的女作家在社会大变革中，以高屋建瓴之磅礴气势对华北桑干河畔暖水屯农民在党的领导下夺回土地和劳动果实的历程进行了一次成功的缩影，全书紧紧围绕土改这一政治性主题进行政策诠释和情节展开，丁玲以敏锐的洞察力为这一翻天覆地的历史事件留下了文学化的社会文献。同时，因了深入生活的积淀和作者饱满的革命激情，丁玲将笔触深入进人物的心理状态。无论是恶霸地主钱文贵的疯狂挣扎，还是时代涌现的先进农民形象，都没有流于简单化、表面化、脸谱化，而是通过他们复杂真实的心理活动来深刻展示他们各自性格的本质特点。在实际真实的生活状态中，展现农村中盘根错节、微妙复杂、牵一发而动全身的阶级关系。先进农民的斗争精神和思想风貌，也伴随着重重顾虑和种种挫折，作品以此深刻地揭示出：斗倒地主分到田地并不是最终的胜利，农民彻底改变精神面貌，真正成为土地的主人，才能赢得土改斗争的真正胜利。这是《太阳照在桑干河上》的思想深度和力度。至于女性视角中黑妮形象的塑造，虽落墨不多，但成为永不褪色的鲜活的亮色，闪烁于桑干河畔。

　　丁玲的另一部巨制《在严寒的日子里》，丁玲在《答〈开卷〉记者问》中自称是"长篇小说《太阳照在桑干河上》姊妹篇"。这是一部反映解放战争时期农民斗争的长篇小说，但遗憾的是这部号称 80 万字至少也有 55 万字的长篇，读者仅见到 1979 年《清明》创刊号上发表的前二十四章约 10 万字，而且文笔枯涩，何故？耐人寻味。

　　丁玲不短的短篇小说——1.8 万字的《杜晚香》是她复出后的第一部小说，其中也充满戏剧性的遭际。先是遭到《人民文学》编辑的退稿，后经《十月》编辑刘心武的真诚约稿，并已下印刷厂，千钧一发之时，严文井、葛洛从印刷厂取出，仍在《人民文学》1979 年 7 月号发表。如刘心武的回忆文章所言："此事可谓当年中国大陆作家作品与政治交融的一大例证，可回味处甚多。"[①]

　　写模范，丁玲不是第一次。1944 年 6 月丁玲曾写了《田保霖》，抒写了田保霖和党同心协力建立新民主主义新靖边热心为人民服务的事迹。毛泽东

---

① 刘心武：《〈杜晚香〉与丁玲的平反复出》，《羊城晚报》，2009 年 4 月 11 日。

看后写信约见她与欧阳山。那晚从枣园出来，丁玲豁然开朗——"我的新的写作作风开始了。什么是新的写作作风呢？就是写工农兵。"①

与《风雪人间》丁玲自叙 1958 年去北大荒劳动改造直至"文化大革命"的生活遭际不同，《杜晚香》用的是全知视角，但这第三人称视角实质上又融汇了作者的第一人称视角。

《杜晚香》开篇是 1942 年春天陕北塬上担着小小饭食担给父亲送饭的杜晚香，那年她 8 岁，5 岁已丧母。结局是 1965 年年底的夜晚，杜晚香作为全垦区的标兵向全场职工做工作汇报，曲终人静，"猛地，礼堂里轰地响起了春雷似的掌声"。这个女人 31 年的历史中，从受后母虐待到 13 岁嫁到有四个儿子的李家做童养媳，是中国农村少女悲凉又平常岁月的缩影。1951 年则是晚香生命史的转折点。丈夫李桂披红戴花辞别高塬深沟去抗美援朝，同时，土改复查队进了村，工作组的大姐打开了杜晚香的心窗，晚香当了妇女主任，入了党。这是中国农村妇女"质的飞跃"。丈夫归家后又被安排去四川军事学校上学，再集体转业到东北屯垦戍边，在北大荒当拖拉机手。杜晚香便飞向北大荒，在农场做家属，在她的努力下，终成为垦荒战士，又成长为全垦区的标兵。

对《杜晚香》的评价，不少评论者不以为然，认为"在北大荒的日子里，杜晚香全然没有考虑过家庭生活、夫妻情感、生儿育女等属于女性自然生命过程中无法回避的问题，甚至于连'女儿性'、'妻性'、'母性'……这些更为细致的女性心理特征，她身上也完全消失了。她成为一个无'性'的形象。"②

然而我们以为丁玲笔下的《杜晚香》的文学形象的意义是重大的。姑且不去追究杜晚香是实有其人还是文学加工，《杜晚香》是报告文学还是虚构小说，仅从文本本身来看，丁玲以她炉火纯青的笔力，质朴流畅行云流水的叙述，塑造了这么一个从旧时代到新时代、伟大出于平凡的中国农村女性形象。在这个女人生存成长的大历史背景中，有陕北边区土改、抗美援朝、土改复查、建设北大荒这些中国革命建设的重大事件，但是，女主人公却是"边缘化"的。她的少女时代受后母的虐待，在婆家的劳累与阶级斗争主旋律并无甚干系，因为娘家婆家皆为贫苦农民；即使土改中，"这沟里没有地

① 丁玲：《〈陕北风光〉校后记所感》，转引自白夜《当过记者的丁玲》与《丁玲的微笑》，《剪影》，新华出版社 1981 年版。

② 许传宏：《析丁玲晚年的文学价值取向》，《当代作家评论》，2001 年第 4 期。

主，没有富农，少数地块是自己的，大片大片的是租种别村的"，于是，种
种"新闻对于一个蒙昧的小女子，也无非像塬上的风、沟里的水，吹过去，
淌下来那样平平常常"。在北大荒，杜晚香做的也只是在家属区打扫厕所和
家家门前，帮助人家买粮、买油、看看孩子、做鞋子、补衣服；当了职工，
勤奋播种收割；对偷公家东西的人，敢当面斥责；困难时期到秋收后的地里
去拾落，却把捡来的黄豆、麦粒，一麻袋一麻袋的扛到场院去了。参加夏天
收割的辛劳与欢乐，带大城市来的女知识青年去十里外的树林里背柴的艰
辛——回来时，冰化了，要过六七寸深、丈把宽的水沟，杜晚香赤脚背了一
个又一个……"就像庄稼吸收阳光雨露那样，一些好人、好事，好话都能
浸润在她的心灵里边，血液里边，使她根深叶茂，使她能抵抗一切病毒。杜
晚香没有慷慨激昂，有的只是亲切细致"——这些话语何其淳朴到位！

　　杜晚香的精神不是轰轰烈烈地干了什么，而是朴素的高尚、人性的包容
和不屈不挠，无论遭遇什么都能坦然承受，与其称赞杜晚香是一个女性
"活雷锋"，不如说她就是地母。杜晚香在北大荒生了个女儿，但文中只带
过一句，全力展示的是她在土改复查时受大姐启发得出的感悟："她觉得能
为更多的人做事比为一家人做事更高兴"。所以，丁玲毫无保留地表白：
"杜晚香就是我自己，虽然我不是标兵……但那种体会，那种感情是我的，
就是写的我自己，是写杜晚香，也是写我自己。"① 正因为叙述者与主人公
视角的交融，所以，这部作品拙朴中见隽永，其中镶嵌于主人公行迹的景物
描写其色彩其味道沁人心脾，丁玲的心血和情感已流淌于杜晚香的血脉中，
客主不辨了。

　　丁玲，作为历史的亲历人，对人生的阅读、体验和感悟，丰富的伤痛中
已然渗透进出生入死的无情残酷，她对自我与外部世界的关系审视-再审视
中会调整乃至改变视角，情随事迁，她的前后审视可能一以贯之，也可能差
异极大，还有可能判若两人。诚如王蒙所言：她像"爱护自己的眼珠一样
爱护自己的政治可靠性，忠诚性，政治信用性亦即她的一个老革命老共产党
员的政治声誉"②。因为她的生命自青春期始就与政治纠结难分，无论是她
自己还是研究她的人们又如何能将两者剥离？如果她仅仅有《莎菲女士的
日记》而没有时代主旋律的作品，她又如何是中国唯一的丁玲？又如何能
使全世界文学界都瞩目于她，无论是充满希望抑或非常失望。丁玲生命的悲

　　① 丁玲：《文学创作的准备》，湖南文艺出版社 1983 年版。
　　② 王蒙：《我心目中的丁玲》《读书》，1997 年第 2 期。

欢荣辱、成败安危与政治难解难分，哪怕是女性意识极其强烈的作品，也绝非遗世独立。丁玲与周扬一辈子的恩恩怨怨，除却政治的、思想的、文艺观的、历史的等等矛盾之外，还应该有性别的。虽屡遭重挫，但丁玲始终没有被彻底打倒，更没有销声匿迹，她为人为文有一种傲视男性世界的强大和尖锐。

貌似柔弱的萧红短暂的一生却历经血与火的熔铸，她的别具一格的视角，直面惨淡人生的坚韧，不像小说的小说风格，很快就让鲁迅先生认定她是最有前途的女作家。

萧红（1911—1942）原名张乃莹，1911 年出生于黑龙江省呼兰县一个封建地主家庭。1933 年她以悄吟为笔名发表处女作《弃儿》，同年 5 月《王阿嫂的死》"一上场便获得好评"①，1933 年秋，与萧军合集的《跋涉》在哈尔滨自费出版，仅印 1000 册，但立即震动了哈尔滨文艺界，并遭到日伪的查禁。其时，两萧与金剑啸、罗烽、白朗等人组织了"星星剧团"、"维纳斯画会"，进行反满抗日活动。1934 年夏，为避日伪迫害，又恰收到友人舒群由青岛召他们去的急信，便于 6 月 13 日由哈尔滨出走，于 6 月 15 日到达青岛。民族恨国家仇，痛定思痛，厚积薄发，9 月 9 日，萧红《生死场》杀青，萧军的长篇《八月的乡村》仍在创作中。由萧军提议，并执笔写信给鲁迅先生，鲁迅先生回信时间为 10 月 9 日晚。不久，青岛地下党遭破坏，舒群等被捕。10 月下旬，两萧离青岛赴上海。11 月 31 日，两萧应约在上海内山书店见到了鲁迅先生，再到北四川路的一家俄国人开设的咖啡馆进行了亲切的谈话，鲁迅先生交给他们急需的 20 元钱生活费。12 月 19 日，他们应邀参加了鲁迅先生在梁园豫菜馆设的"宴会"，并由鲁迅先生介绍结识了左翼作家茅盾、聂绀弩、叶紫等人。

于是，《生死场》和《八月的乡村》摆上了鲁迅的案头："这本稿子的到了我的桌上，已是今年的春天，我早重回闸北，周围又复熙熙攘攘的时候了。但却看见了五年以前，以及更早的哈尔滨。这自然还不过是略图，叙事和写景，胜于人物的描写，然而北方人民的对于生的坚强，对于死的挣扎，却往往已经力透纸背；女性作者的细致的观察和越轨的笔致，又增加了不少明丽和新鲜。精神是健全的，就是深恶文艺和功利有关的人，如果看起来，他不幸得很，他也难免不能毫无所得。"②

① ［美］葛浩文：《萧红评传》，北方文艺出版社 1985 年版，第 29 页。

② 萧红：《生死场》（鲁迅序），黑龙江人民出版社 1980 年版，第 7 页。

　　鲁迅对《生死场》给予了很高的评价，甚至可以说是赞叹。"生的坚强，死的挣扎"，而且"力透纸背"，读者的心谁不会随之战栗？《生死场》所蕴涵的生死命题，是人类最基本最重要的命题，文学的高度和深度都已在其中。实话实说，《生死场》书名比起《八月的乡村》就不知大气雄浑和深刻几多！"敢于正视淋漓的鲜血，直面惨淡的人生。"《生死场》的问世，"给上海文坛一个不小的新奇和惊动"。①

　　鲁迅为《生死场》作的序很短，总共902字，然而时空跨越，纵横捭阖，大时代背景：四年前闸北的战火，五年以前，以及更早的哈尔滨；小出版氛围：中央宣传部书报检查委员会，奴隶社，奴隶的心！——尽收眼底。两次叹"对于生的坚强和死的挣扎"，一次出现"坚强和挣扎"，是萧红《生死场》的魂；"明丽和新鲜"源自"女性作者的细致的观察和越轨的笔致"，鲁迅的眼已透视出《生死场》的女性特质。短序结尾又有："现在是一九三五年十一月十四日的夜里，我在灯下再看完了《生死场》，周围像死一般寂静……——但是，如果还是扰乱了读者的心呢？那么，我们还决不是奴才。"② 一个"再"字，将鲁迅对来自沦陷区青年作家的无限关爱和扶持溢于言表。

　　半个世纪后美国学者葛浩文先生认为《生死场》"作者原意只是写出她个人日常观察和生活体验中的素材——她对家乡的农村生活以及他们在生死边缘挣扎的情况"，③ "贯穿《生死场》全书唯一最有力的主题就是'生'与'死'相走相亲、相生相克的哲学。"④ 其实并没有走出鲁迅评价的视阈。葛浩文似乎强调《生死场》被政治化误读了，但是，反法西斯战争题材、抗日爱国反帝主题与生死哲学绝不是水火不容的关系。20世纪三四十年代是中华民族面临生死存亡的特殊年代，"抗日救亡"是时代的呼声和普遍社会心理，《生死场》所张扬的抗日情绪和抗日行为的正面描写，恰恰是"中华民族到了最危险的时候，每个人被迫着发出最后的吼声"！正是这样才奏响了时代的最强音，如果抽去这些，删除背景，仅仅展示原始愚昧、麻木混沌的乡村生命真相，只有人和动物一起忙着生忙着死的生死轮回的悲惨图景，只有对生命的冷漠与亵渎，只有生命失去意义和人性的泯灭，那么《生死场》中还有"生的坚强和死的挣扎"么？还能震撼读者的灵魂么？

----

① 许广平（景宋）：《追忆萧红》，载《文艺复兴》第1卷第6期，1946年7月1日。

② 萧红：《生死场》（鲁迅序），黑龙江人民出版社1980年版，第8页。

③ ［美］葛浩文：《萧红评传》，北方文艺出版社1985年版，第53页。

④ 同上书，第58页。

　　胡风在《生死场》读后感中关注书中"写出了愚夫愚妇底悲欢苦恼"，"他们蚁子似地生活着，糊糊涂涂地生殖，乱七八糟地死亡"，但书中的"愚夫愚妇们"终于觉醒，"悲壮地站上了神圣的民族战争底前线"。胡风评萧红是"一位有才华的用现实主义创作方法，为民族解放战争，为控诉旧社会暴行进行过斗争的革命女作家"①。胡风在《生死场》的后记中充满激情地赞叹萧红："这是用钢戟向晴空一挥似的笔触，发着颤响，飘着光带，在女性作家里面不能不说是创见了。"② 到底透过民族矛盾的浓雾厚云透视出女性性别话语的创见。

　　《呼兰河传》写作始于 1937 年，完成于 1940 年底的香港。这期间，萧红从上海渡日本返上海，又上北平再回上海，后去武汉、临汾、西安、再回武汉，赴重庆，终去香港，拖着羸弱的身体和受伤的心灵辗转漂泊，民族危亡，思乡之情怎能不郁结心头？她的确没有投入抗日战争的火线，也没有再吹奏出黄钟大吕的时代强音，她的《呼兰河传》里没有英雄，没有彻底的人物，只是一群小人物，芸芸众生，但是他们却是"时代的广大的负荷者"，"他们虽然不过是软弱的凡人，不及英雄的有力，但正是这些凡人比英雄更能代表这时代的总量"。"他们没有悲壮，只有苍凉。悲壮是一种完成，而苍凉则是一种启示。"③ 萧红似以不经意间的审美趋向，表达了自己独特的历史感受。《呼兰河传》不是作者的个体自传，也不是某一个呼兰人的传，它是一幅幅呼兰河人的群像群传，是民众集体的生活相，囊括了生活与文化，物质与观念。这一幅幅古老又鲜活，陈腐又喧闹的民俗图，其实已超越了民俗事象本身，而同构了历史与现实，社会与人生，使本来淡化了的社会背景凝固成深沉的历史感，同时又腾升出苍凉的时代感，化成超越时空的背景，给人以无穷的意蕴和切肤的感悟：这就是中国！这就是中国人！鲁迅在《坟·论争了眼看》中说："真诚地、深入地、大胆地看取人生并且写出他的血与肉来。"④ 萧红如孙犁所言，毕竟"汲取的一直是鲁门的乳汁"⑤，萧红正是在呼兰河的孕育中，以血泪和生命开出的一支文学奇葩，带着一路的尘沙。所以，《呼兰河传》貌似远离了抗战现实，但实质上是《生死场》的前传，也是萧红成长的地域史的铺述与挖掘，是我们古老民族

　　① 萧红：《生死场》（胡风读后记），黑龙江人民出版社 1980 年版，第 122 页。

　　② 同上。

　　③ 张爱玲：《张爱玲文集》第 4 卷，安徽文艺出版社 1992 年版，第 177—178 页。

　　④ 鲁迅：《鲁迅全集》第 1 卷，人民文学出版社 1981 年版，第 241 页。

　　⑤ 孙犁：《孙犁文论集》，人民文学出版社 1983 年版，第 372 页。

生存环境的缩影。

　　当然，与《生死场》一样，《呼兰河传》中无处不在的女性视角，有别于男性书写的明丽和新鲜，如茅盾在《序》中所说："问题不在《呼兰河传》不像是一部严格意义的小说，而在它于这'不像'之外，还有些别的东西——一些比'像'一部小说更为'诱人'些的东西：它是一篇叙事诗，一幅多彩的风土画，一串凄婉的歌谣"①，《呼兰河传》如司马长风所称赞的是"出类拔萃的杰作"②，如美国学者葛浩文的评价："《呼兰河传》是中国当代文坛上一部非常独特的小说"，是萧红写"个人'回忆式'文体巅峰之作"。并指出"文学评论家们在时空上距战时的中国越远就越认为该书是写作技巧上最成功之作。"③

　　想当年，《呼兰河传》问世后，石怀池在《论萧红》中曾贬斥作者"现实的创作源泉已经枯竭"又"耻于诉说个人的哀怨"，于是无可奈何地"在往昔的记忆里搜寻写作的素材"罢了，在《呼兰河传》中，"生活的真实似乎已降到次要地位了，那优美的农村图景，浓厚的地方情调，和作者私人的怀旧的抒情，被提到一定的意义——萧红已经无力的现实搏斗，她屈服了。"④ ——这真是对萧红的苛求和屈解，也可谓"男人怎知女人心"了！

　　热衷于写作重大社会题材的作品，崇尚"宏大"风格的女作家其实决不仅止于上述几位。如传奇女子陈学昭（1906—1991），为人为文，亦耿直坦荡，光明磊落。1934 年冬，她在法国获得文学博士。回国后投入革命，但在历次政治运动中，在婚姻家庭里，因具有尖锐敏感的个性而招致种种祸患。陈学昭的自传体长篇《工作着是美丽的》构思于 1946 年，从吉林到延安，再经解放战争年月，一边行军一边写，写写停停，直到 1948 年底完成了上卷。1949 年 3 月初版，1954 年再版。1965 年以前，义断断续续写第二部，历经非常岁月，终于在 1979 年，两卷才得以合出。这部四十多万字的长篇中，女知识分子李栅裳从历史的深处从闭塞保守的农村小镇走来，到开放而殖民地化的大城市，从无产阶级革命的发源地巴黎到中国的革命圣地延安，从千里冰封的东北平原，到风景秀丽的江南水乡，从 20 世纪初到 70 年代末，曲折坎坷千锤百炼，工作着，终究是美丽的。而认同工作着是美丽的女性并非个别现象，这是中国当下的真实。当代女作家张洁也没有因传统性

---

①　茅盾：《生死场》序，黑龙江人民出版社 1979 年版，第 9 页。

②　司马长风：《中国新文学史》，上卷，香港昭明出版社 1976 年版，第 164 页。

③　［美］葛浩文：《萧红评传》，北方文艺出版社 1985 年版，第 144 页。

④　石怀池：《石怀池文学论文集·论萧红》，耕耘出版社 1945 年版，第 92—105 页。

别意识的局促而视阈拘泥，在驾驭和把握重大的历史题材和统摄波澜壮阔的社会生活方面，可谓得心应手，这与张洁这一代解放后培养的知识分子不分男女的集体无意识有关，还与她自己工作阅历的开阔视阈有关，长篇小说《沉重的翅膀》便见证了 20 世纪 80 年代中国社会面临的改革大业沉浮起落，重工业部副部长郑子云在推行改革方案中遭遇的重重阻力，曙光汽车制造厂厂长陈永明敢说敢干敢担当，他们的艰难前行还相伴着纯真的爱情，其政治与情爱，光明磊落与阴谋诡计，大刀阔斧与曲里拐弯跃然纸上。

陈衡哲、庐隐、丁玲、萧红们明明是女人心，却偏偏有男子气，她们是女中豪杰，中国革命历史的大背景大风浪如此惊心动魄，即便原本为争取个性解放的女性裹挟其中，因身临其境，也不得不历经了血与火的锤炼，因而阶段性乃至长期放弃性别视角的写作，亦合情合理，顺理成章，她们用男作家一样的话语，记录时代风云，自觉地将女性解放融入阶级的斗争、民族的解放之中，张扬宏大叙事主题，元叙事成了中国现当代女作家难以割舍的情结，因而也成为时代最强音的奏响者。钢铁是怎样炼成的？钢铁是这样炼成的。这，并不仅仅属于男性。

谁说女儿不如男呢？

三　战火中的青春记录

男人们爱说：战争让女人走开。这样说似乎显示着男子气概，将女性笼罩于男性的呵护之下。但是，战争却不但没有将性别划分开来，反而让女性蒙受更多更大的灾难。女性挺身而出——"古有花木兰，替父去从军；今有娘子军，扛枪为人民"。诗人田间在《给萧红——一九三八年四月十七日夜西安为告别萧红姐而写》："中国的女人都在哭泣/在生死场上哭泣/在火边哭泣/在刀口哭泣/在厨房里哭泣/在汲井边哭泣/呵，让你的活跃的血液/从这战斗的春天底路上/呼唤姐妹/提醒姐妹/——告诉她们/从悲哀的家庭里/站出来——到客堂吃饭/上火线演讲/去战地打靶……/中国的女人不能长久哭"自古至今，中国女性在战火中献出青春并不罕见。

北伐战争中，有个小姑娘横空出世，她就是出身于湖南书香门第的谢冰莹（1906—2000）。12 岁的女学生为逃婚，满腔热血从军，在艰苦的北伐行军途中，小姑娘以膝当桌，在天地间记录真实的从军的日子，《从军日记》是一颗划破夜空的信号弹，她的纯粹性引起新闻爆炸的效果，赢得读者赢得赞赏。此后出版的《女兵自传》中，她却发出了这样的慨叹："想不到我们所期待的明天竟是埋葬我们的地狱"！大革命失败，女兵们被解散，谢冰莹仍然挣脱不了家庭的罗网、社会的桎梏，以致几次想自弃。但她终究走过岁月，活到高龄。

左翼女作家冯铿（1907—1931）是真正以生命和青春献给了革命的女性。冯铿身为"左联"最初成员之一，1930 年参加中国左翼作家联盟成立大会。她对中国红色苏维埃政权所在地——瑞金充满了向往，所以，她写于 1930 年的小说《红的日记》（又名《女同志马英的日记》）融汇了她对革命明天的憧憬，甚至于虚构进作品之中。红军女政治工作者马英的日记中，她认为革命的女人首先要忘记的就是自己是一个女人，应该跟男人一样积极投身进革命斗争之中，枪才是"铁情人"，应该说《红的日记》是最早展示苏区生活，尤其是女红军生活的作品之一。无论今天怎么从艺术性看冯铿留下来的这些红色作品的种种不足，但冯铿表达了一个作为作家的女性革命者当年的思想境界：将此前的女性个性解放纳入大革命的大潮流之中。1931 年 2 月 7 日夜，冯铿与柔石、胡也频、殷夫、李伟森一起被国民党枪杀于上海龙华，枪杀文人是极其下流之事，枪杀女作家就更叫人毛骨悚然了，国民党还真不把这位女作家当女的了！鲁迅以愤怒又深情的《为了忘却的纪念》给中国人留下了永恒的纪念。

柳溪（1924—）是一代文宗纪晓岚六世女孙，毕业于北京师范大学历史系。1943 年冬参加革命，亲历解放战争，1995 年她的长篇小说《战争启示录》（上下卷）获中宣部"五个一"工程奖。《战争启示录》刻画了坚定的共产党人李大波、成长中的女学生方红薇和日蒋两面特务曹刚这 3 个人物独特的生活经历，全方位、多角度、多侧面地反映了历时八年的抗日战争的全貌，既有描写红格尔图、百灵庙浴血奋战的场面，又有敌伪营垒里血淋淋的"通州兵变"；既有描写北京、天津、保定、上海我"地工"出生入死、深入虎穴的巧妙斗争，又有日本人内部上层高级将领——"南进派"和"北进派"，"海军派"和"陆军派"之间争权夺利的矛盾。作品再现了错综复杂的阶级矛盾和民族矛盾，揭示了日、蒋、伪在战争期间的鲜为人知的交易和内幕，成为当下反映战争题材作品中的佼佼者。如柳溪自己所言："我对他（她）们无限怀恋，当我把他（她）们的故事写进我的小说时，自然也掺进和追忆了我无悔的战斗的青春。"

当然，女性作家笔端的宏大叙事与男性作家的元叙事总有着这样那样的疏离或偏离。题材的选择、取舍与裁剪会有不同，叙事的主题立意和风格会有不同。女性作家可能会不同于主流趋向，但同样可以写出史诗品质的作品。

被誉为最后的大家闺秀的宗璞，是著名哲学家冯友兰的女儿。冯老在女儿六十岁时题了对联一副："百岁寄风流，一脉文心传三世；四卷写沧桑，八年鸿雪记双城。""四卷"指的是宗璞的长篇史诗《野葫芦引》，为《南渡记》、《东藏记》、《西征记》和《北归记》四卷。宗璞自1985年春至1987年底，第一卷《南渡记》杀青；2000年盛夏，第二卷《东藏记》方出版，这期间，1990年11月，冯老仙逝，宗璞大病，又遭视网膜脱落之苦，却顽强地以口述终此长篇；2005年《东藏记》获得第六届茅盾文学奖；第三卷《西征记》已于2009年出版。前三卷已成经典，人们翘首以待第四卷。

王蒙怀着敬意赞叹宗璞"真是大家风范呀"！对已出版的前两部书，认为"作者的风格，一贯是细腻的，但此二书都喷发着一种英武，一种凛然正气，一种与病弱之躯成为对比的强大与开阔。这一代人与继承自上一代人的价值观念是有它的生命力的。说下大天来，对于国家、人民、民族、文化与教育的命运的关心仍然是一种优良的传统，以身许国仍然是值得敬重的。"①

宗璞说过她喜欢小说，因为小说是蒸馏过的人生。这部史诗气概的长篇巨著，借历史框架展开的虚构小说，渗透着宗璞的岁月历程和人生感悟。遥想卢沟桥"七七"事变时，宗璞还是个十三四岁的少女，跟随父兄，自北京南渡昆明，耳闻目睹西南联大8年时光中师生们于逆境之中弦歌不辍，父兄辈坚韧不拔、以国家民族的命运为己任。亡国之痛、流离之苦，给宗璞留下了不可磨灭的记忆，她是真切了解抗日期间北校南迁全过程中的前辈学人风貌的。那个时代的精神——知识分子追求学问、渴望民族解放和热爱自由的精神，渗透于一片片的白色页岩中。

第一卷《南渡记》始于"七七"卢沟桥事变。宛平城的战火、安定门外的激战，7月29日，中国军队仍只有撤退。1938年7月明仑大学历史系教授孟樾率夫人吕碧初、长女峨、次女嵋、儿子小娃，连襟澹台勉（华北电力公司副总经理）、吕绛初家族及其周边的几位亲属与朋友，离开沦陷了的古城北平，开始了流亡生涯。

第二卷《东藏记》主要以昆明为背景。明仑大学与另两所著名大学在长沙一起办校，迁到昆明。在西南边陲城乡，是一次艰苦的重新"创业"，因陋就简自不必说，尤其是要躲避日机频繁的空袭轰炸。在那样险恶的环境

---

① 王蒙：《读宗璞的两本书》，《中华读书报》，2001年10月31日。

里，一群智慧的、勇敢的、深明大义的高级知识分子坚持以他们的兼通中西学问的人文和科学精神，培育和陶冶着下一代，他们时刻不忘自己的天职，矢志不渝。1943年间，盟军占领了太平洋上许多岛屿。日寇垂死挣扎，用主力部队开始了大规模的战争。桂林、柳州失陷，贵州省的独山也一度失陷。嵋考上了大学。然而，由于战事吃紧，教育部已派人去西康考察，准备搬迁。

第三卷《西征记》。校方与教育部反复磋商，最终决定与昆明共存亡，不再搬迁。盟军提供了大批新式武器和作战人员，为了与中国军队沟通，急需翻译。于是，教育部征调四年级男生入伍。明仑大学举行动员大会，多数学生义无反顾。上高二的小娃跃跃欲试但没有成功。嵋的表哥读大三的澹玮则做了远征军翻译官，冒着枪林弹雨上树架线时连中三弹，被送到绮罗医院时恰遇读大一已参加野战医院救护的嵋，虽然她为玮输了血，但玮终因伤势过重去世。1945年1月28日，中国远征军两路会师通车。嵋与同学们才重返昆明。

1945年8月15日清晨，中央广播电台广播了日本正式投降的消息。次年，孟樾、吕碧初和嵋、合子随着明仑大学师生返回阔别八年的北平。峨曾暗恋一个人，另一个真正爱她的人又因她的缘故死于车祸，从此万念俱灰。她决意终身留在云南，在点苍山植物站探究植物的奥秘。

这部史诗品格的长篇巨制是在为知识分子立传。宗璞以如椽之笔，展示了这段民族灾难的历史背景中，中国知识分子和他们的家庭的遭际和心灵创伤，但是，性格迥异境况不同的知识分子们依然恪守人格操守，忠诚地守护着教育这块事关子孙后代的神圣"阵地"。"我们进行这场保卫国家民族的战争，不仅要消灭反人类的法西斯，也要将'人'还原为人。"

宗璞在《东藏记》的后记中言："我写得很苦，实在很不潇洒。但即使写得泪流满面，内心总有一种创造的快乐。我与病痛和干扰周旋，有时能写，有时不能写，却总没有离开书中人物。一点一滴、一字一句，终于酿成了野葫芦中的一瓢汁液。"

王蒙曾用"口吐兰花"形容宗璞的小说，李子云则借用了古人的"兰气息，玉精神"六个字。宗璞这部长篇仍保持"兰气息"、"玉精神"。满纸"书卷气"、"文人气"，理性、典雅、含蓄、匀称，古典主义的"高贵的单纯，静穆的凝重"迷漫书页，是名副其实的锦心绣口、阳春白雪。

茹志鹃（1925—1998）笔下的小说，战争题材却没有描写炮火硝烟的正面战场，农村题材也没有表现轰轰烈烈的土改和农业合作化运动，往往偏离流行的大主题大场面，别样视野流连于边边角角的小花野草。如脍炙人口的《百合花》，却成为17年文学史中独具一格的璀璨明珠。《百合花》写于1958年3月，文本故事发生在1946年的中秋节，从清晨下过小雨到半夜月挂中天发起总攻，一天24小时都不到。"我"——文工团创作室的女同志，由主攻团的团长分派离前沿三里路的包扎所去，带路的是刚参军一年的19岁团部通信员。下午2点，小通信员向老乡家借被子遭拒，后来才知晓，刚过门三天的新娘子舍不得借出她唯一的嫁妆——"一条里外全新的新花被子，被面是假洋缎的，枣红底，上面撒满白色百合花"。但新媳妇到底很快拿出了这床被子。半夜，回团部的通信员为保护担架队员，扑在即将爆炸的手榴弹上而壮烈牺牲。新娘子见了，移过油灯，先是"庄严而虔诚地给他拭着身子"，再是"一针一针地在缝他衣肩上那个破洞"，最后是"在月光下，我看见她眼里晶莹发亮，我也看见那条枣红底色上洒满白色百合花的被子，这象征纯洁与感情的花，盖上了这位平常的、拖毛竹的青年人的脸。"故事戛然而止。无名战士和无名农妇"没有爱情的爱情牧歌"[1] 悠扬于战火之中。其时有批评家很不以为然："选取大题材，把人物放在尖锐斗争中，并用强烈色彩烘托，用粗线条勾勒，恰恰是作者的短处，她的能力不能运用自如地发挥出来。"[2] 也有的虽无贬义，但认为是对主流趋势采取的一种疏离姿态。其实驾驭宏大题材与摘取时代主流中的小浪花并不绝对排斥，毛泽东词《重阳》："岁岁重阳，今又重阳，战地黄花分外香。"茹志鹃笔下摇曳的是战地小黄花，在枪林弹雨战火纷飞中，其美学格调诗学品味有其特殊意义，而讴歌奏响的同样是军民鱼水情的主旋律。当然，这可以说是女性性别先天的视角细腻的感触由里及表的叙述渗出。

茹志鹃女儿王安忆，可谓"青出于蓝而胜于蓝"。纵览其洋洋洒洒的长中短作品，涉及战争题材似罕见。然而发表于《十月》1998年第1期的《天仙配》，却让我们眼前一亮。严格地说，这并非战争题材，但与《百合花》异曲同工。

夏家窑打井时，把孙惠家的独苗18岁的孙喜喜给埋在石头里了，孙惠老两口也不想活了，村长想了三天三夜，决定做主给他与小女兵结门阴亲。"咱们给烈士找婆家也没错。"受重伤的小女兵是1947年春上，胡宗南进攻

---

① 茹志鹃：《我写〈百合花〉的经过》，《青春》1980年11月号。引自《中国当代文学研究资料·茹志鹃研究专集》，浙江人民出版社1982年版，第45页。

② 伊新整理：《关于茹志鹃创作风格的讨论》，《北京日报》1962年12月25日；引自《中国当代文学研究资料·茹志鹃研究专集》，浙江人民出版社1982年版，第177页。

陕甘宁的时候，沿着古时挑炭的旧道，挣扎着硬是爬进了夏家窑孙来家的草堆里，熬了七天七夜，终因伤势过重而去世，全村人把她像亲人一样埋葬在村口高岗子坟地里。结阴亲时，村长给小女兵取名凤凤。不想三年后，县、乡领导来到夏家窑查找小女兵下落，原来，小女兵的初恋之人已是一位省级领导干部，而今离休了，全力以赴发誓一定要找到她的下落。小女兵名李书玉，牺牲那年 17 岁。老人要将其遗骸迁入烈士陵园。但村长知道"刨坟"是大事，也担心孙惠老两口活不成了，几经较量，几经周折，老人遂了心愿，夏家窑也把事情办了个圆满。一万五千字的不短的短篇，有头有尾的一个故事，不用说 1947 年春受伤的小女兵与夏家窑村民悲凉却温馨的七天七夜足以展示军民情，单说迷信落后的冥婚习俗，虽觉荒诞，但其实也不着痕迹地流泻出半个世纪以来村民们早把小女兵当成村中一员了，起坟一幕，依旧迷漫着浓厚的陋俗习气，但村里人对小女兵难舍难割的亲情亦溢于言表。村长哽咽的话语是：这多年来，夏家窑把她当自家闺女看。老人则哑着声说：她信仰共产主义，是无神论者。两者的冲撞却不觉尖锐无情，因超生而开除了党籍的村长愚昧中溢出人性人情味，老干部原则性的坚守中让读者感动的是对初恋的一往情深。《天仙配》内涵丰富厚重，貌似荒唐性的故事情节化腐朽为神奇。

随着"五四"运动思潮涌出历史地表的中国女性知识分子，她们在男性知识分子精英的引领和帮助下，拿起并有权掌握手中的笔后，中国传统读书人的"先天下之忧而忧，后天下之乐而乐"的胸襟和人格，自然而然熏陶和濡染着她们的为人为文，良好的教育，开阔的视野，丰富的阅历成就着她们，元叙事成为她们难解的情结，也在情理之中。同时，生命意识苏醒的同时性别意识不再沉睡，在运用宏伟的元话语元叙事时女性话语边缘叙事也成了她们自觉或不知不觉的选择与担当。

法国后现代思潮学者让-弗朗索瓦·利奥塔说："我将使用现代一词来指示所有这一类科学：它们依赖上述元话语来证明自己合法，而那些元话语又明确地援引某种宏伟叙事，诸如精神辩证法，意义阐释学，理性或劳动主体的解放，或财富创造的理论。例如，按照理性的双方可以达成一致意见这一观念来判断，具有真理价值的陈述在陈述者和倾听者之间导致共识的规律便能够成立：这就是启蒙叙事，在这类叙事中，知识英雄总是朝着理想的伦理政治——终端——宇宙的和谐迈进。从此例可以看出，如果利用暗含着一种历史哲学的元话语去证明知识的合法性，随之引起的疑问便将是有关那些支配社会制约关系的机制的合法性，它们本身也需要合法化证明。因而正义同真理一样都受到宏伟叙事的关照保护。""用极简要的话说，我将后现代主义定义为针对元叙事话语的怀疑态度。"①

作为后现代主义的女性主义对元叙事的确持怀疑和解构的态度，但是，在具体的女性作家的笔端，却极可能矛盾着又统一着，尤其是 20 世纪八、九十年代前涌现的女作家群。这既有女性"巾帼不让须眉"的自强抗争，又与元话语元叙事的主流意识权威地位一统天下有关，"这些因素也具有另外一种秩序，即常规所加诸于它们的秩序，由于常规的仲裁者是男人，他们在生活中建立了一个一系列的价值秩序，而小说在很大程度上依据生活，因此男人的价值观念在小说中也是举足轻重的"②。而且，女作家们尚未完全建立自己的女性话语系统，伍尔夫说："现有的语句是男人编造的，它们太松散，太沉重，太庄重其事，不合女性使用。而小说的覆盖面是如此宽，作者必须找到一种寻常的、惯用的语句，以便把读者轻松自然地从书的一头带到另一头。因此女作家必须自己创造，将现有的语句修改变形，使之适合她的思想的自然形态，使之既压不垮、也不歪曲她的思想。"③ 历经岁月的磨炼，女作家们会走向成熟，会自如地创造并运用女性话语来进行或边缘或主流的叙事。

---

① ［法］让-弗朗索瓦·利奥塔：《后现代状态：关于知识的报告》，车槿山译，三联书店 1997 年版，第 26 页。

② ［英］弗吉尼亚·伍尔夫：《一间自己的房间》，人民文学出版社 2003 年版，第 73 页。

③ ［英］弗吉尼亚·伍尔夫：《伍尔夫随笔集》，海天出版社 1995 年版，第 182—183 页。

第二章

母系史的寻找与重构

历史神话笼罩着女性的天空，从呱呱坠地到牙牙学语，女孩所见所闻，"她所属于的历史的和文学的文化，催她进入梦乡的歌谣和故事，都是对男人的喋喋不休的赞美。是男人建立了古希腊、罗马帝国和法国，以及其他所有国家；是男人在世界上探险，发明工具，并开发世界；是男人在统治世界；最后，也正是男人用雕塑、绘画和文学作品，充实了世界。儿童读物、神话、故事和童话，全都在反映那种来自男人们的自尊与欲望的神话。所以，小女孩是通过男人的眼睛发现这个世界，看到自己在其中的命运的。"[①] 西蒙娜·德·波伏娃如是感叹。

弗吉尼亚·伍尔夫亦慨叹：英国"文学中的妇女形象，直到最近还是由男性所创造的"[②]，在这种作品里，"关于我们的母亲、祖母、曾祖母，又留下了一些什么印象呢？除了某种传统之外，一无所有。她们有一位是美丽的；有一位头发是红色的；有一位曾被王后亲吻过。除了她们的姓名、结婚日期和子女数目之外，我们一无所知"[③]。

历史中的"女人"是在这种男性写作中被完成的。女性最初的真实的历史到底是怎样的？母系社会在人类的历史上是否留下了真实的辉煌的履痕？母系社会被颠覆后，丧失了话语权的女性已然没有了历史，她们被湮灭、被遗忘、被抹煞，但是否仍有女人们一代一代口口相传，将那远古的女人的故事断断续续地流传至今？伍尔夫说："只要稍加思索，我们即可明

① ［法］西蒙娜·德·波伏娃：《第二性》，陶铁柱译，中国书籍出版社1998年版，第332—333页。

② ［英］弗吉尼亚·伍尔夫：《妇女与小说》，《伍尔夫作品精粹》，瞿世镜译，河北教育出版社1991年版，第398页。

③ 同上书，第402页。

白：我们所提的问题，只有以更多的虚构来作为解答。"① 这，是否可理解为"纪实在虚构中穿行"的小说创作？

西苏则执守女性主义立场，大声疾呼："妇女必须参加写作，必须写自己，必须写妇女，就同被驱离她们自己的身体那样，妇女一直被暴虐地驱逐出写作领域，这是由于同样的原因，依据同样的法律，出于同样致命的目的。妇女必须把自己写进本文——就像通过自己的奋斗嵌入历史一样。"②"写吧，不要让任何人，任何事阻止你，不要让男人，让愚笨的资本主义机器阻止你，它的出版机构是些狡诈的、趋炎附势的戒律的传声筒，而那些戒律则是由与我们作对并欺压我们的经济制度所宣布的。也不要让你自己阻止自己。自鸣得意的读者们、爱管闲事的编辑们和大老板们不喜欢真正的替妇女伸张正义的文章——富于女性特征的本文。这类文章会吓坏他们。"③

女性写作拿起笔，无论是对旧历史的解构，揭穿男性中心历史的偏见和虚假；还是以女性对历史独特的体验进行写作，对历史进行新建构；抑或对旧历史间隙的见缝插针或旁逸斜出的补充；总之，她们已将女性嵌入人类历史之中。

第一节　女性历史的追根溯源

女性要拨开迷雾，寻觅出女性历史的源头。恩格斯在《家庭、私有制和国家的起源》中回顾了妇女的历史。他指出，"在石器时代，土地归氏族全体成员所有，原始体力的不完善限制了农业发展潜力的发挥。所以，女人的体力对庭园种植业是胜任的。在这种原始的劳动分工中，两性在某种程度上构成了两个阶级，这两个阶级之间是平等的。男人狩猎捕鱼，女人则留在家里。但家务劳动也包括制陶、编织和庭园种植之类的生产劳动，因而女人在经济生活中起着重要作用。"④

"使用石器时代的工具不需要花费多大力气。经济状况和宗教都一致地

---

① ［英］弗吉尼亚·伍尔夫：《妇女与小说》，《伍尔夫作品精粹》，瞿世镜译，河北教育出版社 1991 年版，第 398 页。

② ［法］埃莱娜·西苏：《美杜莎的笑声》，引自张京媛主编《当代女性主义文学批评》，北京大学出版社 1992 年版，第 188 页。

③ 同上书，第 190 页。

④ ［法］西蒙娜·德·波伏娃：《第二性》，陶铁柱译，中国书籍出版社 1998 年版，第 58 页。

把农业劳动留给了女人。随着家庭手工业的发展，它也成了女人分内的事情：她们编织草席和篮子，她们制造陶器。女人常负责物物交换活动，商业掌握在她们手中。所以通过她们，氏族的生命得以维持和发展。孩子、衣服、庄稼、器皿，以及群体的全部繁荣，都有赖于她们的劳动和魔力——她们是公社的灵魂。"①

也许，女性历史的印迹留进了那些粗糙的远古陶器中。

一　窑门的女性图腾

胡辛以千年瓷都景德镇这一地域为背景，2000 年由花城出版社出版了长篇小说《陶瓷物语》。"这是一部土洋结合的书，是一部皇瓷镇源远流长史与当代沸腾又浮躁相拥又相撞的书，是一部琐琐屑屑的陶瓷技艺与人生感悟浓得化不开的书。"② 此前，她曾以清丽明快的色彩绘出《瓷城一条街》，又以涩墨重彩涂抹成《地上有个黑太阳》，《陶瓷物语》则是大刀阔斧探寻女性历史的另一种书写。千年瓷都景德镇炼瓷至今的古柴窑窑门是怎样的呢？

　　窑门，是一赤裸着的女人，而那女人正叉开双腿竭尽全力在分娩！坐着分娩，至今在偏僻落后的山村仍保留着的最原始的分娩方式。那女人就这般赤身裸体地强坐着，一对丰硕的奶子涨鼓鼓又红彤彤，似已储藏了足够的奶水来哺育即将诞生新生命；厚颜无耻地劈开的两腿中，神秘的生命甬道依旧神秘，只有翻滚着的烈焰洋洋得意，是在催生，也是在杀生，要等三天三夜后，熄火，再将这赤裸的女人的窑门砸个稀巴烂，透个一夜，仍有一阵阵热浪涌出，等不得凉透，一字料板已搭向热窑。十来个窑巴佬把井水浸得湿淋淋的烂草帽扣在脑壳上，戴着至肘的帆布套筒，身着厚帆布背褡或褡肩，旧时是娘们用层层厚布打行针缝制出来的，手巧又有情意的就在其上行出花草蝴蝶鸳鸯，便生出粉红的故事；不过看起来却无缠绵，只像煞身着铠甲出征的古代武士。脚上多着湿漉漉的烂草鞋，像当年转战山野的红军战士赴汤蹈火。这时的窑里，就像大火过后的大森林，那一根根匣钵垒起的焦褐色"老树"，却不仅不倒，反而更见硬直！窑巴佬一个个鱼贯而入鱼贯而出，怀捧几匣钵，

---

① ［法］西蒙娜·德·波伏娃：《第二性》，陶铁柱译，中国书籍出版社 1998 年版，第 78 页。
② 李玉英：《白色土的倾诉》，《文艺报》，2001 年 12 月 18 日。

高过人头，热心热肚，是缓不得却也急不得的。一只只匣钵里便藏着火的结晶——瓷。一般来说，都还能过得去；倒窑惨重的，一砸窑门就知晓，那经历大火的林子不争气地糊焦成一片。要是解放前，窑主就要顿足捶胸，再一屁股坐到泥地上，一把鼻涕一把眼泪，边哭边诉，比死了亲人的老娘们哭得还要伤心入骨。眼下这种情况近乎绝迹，这是技术水平提高之故。当然，即便偶尔出现这种倒霉的事，瓷厂厂长也不会要死要活地哭闹，公家的呗，伤心什么呀，又不会扣自家一分钱工资；有责任感的，也许会歉疚自责，过些天也不没事了？倒掉一两根的，是常事；这就叫"皮包货识不破"，科技再发达，也不可能完全做到"人定胜天"，就像人不能完全控制自家生个什么样的子女一样。镇巴佬从来懂得这点，也不敢在窑里胡说八道胡作非为，有禁忌的，这叫"镇巴佬心理积淀"。出窑时见着精美绝伦的瓷器、叫人狂喜狂喊的时候也有，但少；那是窑变奇效，真正的鬼斧神工、浑然天成。①

仁立窑门前，小说家便觉着一种异常的冲动和释放感，无比遥远又深沉的人类声音在心头回响，小说家似乎正认识并返回自己灵魂的故乡，寻觅到回返生命最深邃的源头的小径……视野中便幻化出史前艺术中法国拉赛尔的执牛角的女裸像、奥地利威林多夫女神像、我国最早的生殖神——青海乐都县柳湾三坪台出土的母形裸体人像。"为人们最熟知的威林多夫的维纳斯就是这一时期（第一繁荣期）的作品。它是一件夸张了乳房和腹部的石灰石女像。孟通裸女是由滑石雕刻的女头像，也特别夸张了乳房和阴部。布桑波利女神是一个象牙雕刻的女头像，在西伯利亚马尔泰和中俄哥斯丁基及瓦工利诺发现的骨、牙女像近二十件，其造型特点大都与上述者相同。"②

窑门亦给我们女性崇拜的图腾昭示。远古社会的初民们无法释开生命之谜，凭着直观的现实，以为生物的大量繁殖能够刺激人类的蕃庶，而人类的生殖更可以诱发生物的丰茂。这种心态的积淀，便产生了一系列的图腾崇拜仪式，原始艺术古代文学中以生殖女神为爱神和美神。窑门的奇异怪诞的原始色彩作为一种文化意象获得了广阔的象征意义，流泻着永恒又莫测的变动。推究柴窑状如蛋窑又名卵窑。乐平方言，称蛋为卵；景德镇方言，蛋称子。卵也罢，子也罢，皆与生殖繁殖密切相关。窑门实则是集体无意识的载

① 胡辛：《陶瓷物语》，花城出版社2000年版，第84—85页。

② 邓福星：《艺术前的艺术——史前艺术研究》，山东文艺出版社1986年版，第52—53页。

体，它积淀着人类有史以来的经验和感情最深层的部分。

　　然而，恰恰在这充满女性崇拜的古柴窑中，历代对女人的禁忌是最严酷也最考究的。柴窑昔日严禁女人入内，否则会倒窑。满窑前，窑户老板先要在窑门上张贴风火神像举行祭祀仪式，尔后点火烧窑，直到熄火开窑，窑屋不分昼夜，皆要点燃荧荧如豆的油灯。窑屋里古色古香的椅子是把桩师傅的"专座"。这一切如果仅仅看作封建迷信，或轻描淡写为简单而热闹的民俗场面，那未免肤浅。这实质上蕴涵着悠长深远的文化积淀和文化渗透，这是男性文化的张扬和渲染。当窑门仍绵绵联结着漫漫深沉的历史那一端时，窑屋禁忌便是对女性崇拜的反叛和补充。古老的窑屋、徒有虚名的瓷器街，富有传奇的罗汉肚、走向世界的陶瓷学院……是现实历史未来回首又超越的扑朔迷离的小说境界。于是就有了第一个闯窑的女人——泼辣风流的骚寡妇！立马就有捍卫祖宗规矩的把桩师傅报以拳脚。在这对异性文盲盲目的文化的生死搏斗中那一窑的瓷却烧得分外好，寡妇和把桩师傅莫名其妙也顺理成章做了相好。不是悲剧不是喜剧也不是正剧，也不能算一出闹剧。与其说是对男性为本位的儒家文化的诅咒和挑衅，不如说是人对两难氛围的混沌模糊状态的又一次非自觉的懵懂的碰撞和突破，人们（包括把桩师傅）对骚寡妇闯窑的认可，也可以说是对女性神秘的追慕回归。

　　这样的女性历史溯源，自然仅仅只是"一家之言"，也仅仅停留在对历史的虚拟之中，并非历史考古。

　　《陶瓷物语》以"天圆地方"电视台拍摄皇瓷镇的专题片为前行链条，在拍摄陶瓷的历史和制作过程中，撰稿的女子见到了20年前的大兄林陶瓦——已是鼎鼎大名的古陶瓷学者，学者仍有一颗未衰老的心，无论是对事业爱情抑或经济大潮；而从英格兰来到这方水土朝圣的神秘的母女俩，又与白色土有着另番纠缠……家族谜、古瓷案中，演绎一出出缠绵悱恻欲说还休的情与爱的故事。老一代的艺人，有的无可奈何花落去，只有唱一曲生命与手艺的挽歌；有的却硬是从绝处逢生，居然领导艺术时尚的新潮流！茭草师傅、把桩看火师傅、雕塑龙凤瓷的、做观音做五子罗汉的等等，他们自有他们的表演空间和恩怨哀乐，用"一声叹息"是概括不了他们貌似简单实则丰富的哀乐人生的。这个时代的人们，到底要什么呢？这氤氲不散的两难神秘氛围便弥漫于景德镇地域小说中。

　　然而，小说视野中的陶瓷文化陷于永恒的两难之中。那视野中矗立的城雕就叫："陶"与"瓷"。制陶者是一半裸女人，制瓷者是转动辘轳的男子。造型粗犷、气韵沉雄，古朴的文化气势将中国陶瓷发展历史凝固其间。由母系到父系社会，由陶到瓷。当然，人类社会发展史与陶瓷史不能进行生硬的牵强附会的类比，但是，陶瓷家们面对瓷的女性气质分外困惑，他们追寻瓷的阳刚之气哪里去了？小说视野中的陶瓷家们不论老少不分男女如痴如醉如疯如癫地寻寻觅觅，他们为5000年前荒野上的陶文明而撼动，试图找回陶瓷生命本体的律动。《"百极碎"启示录》中的大兄、《瓷城一条街》中的谷子、《地上有个黑太阳》中的火崽、《陶瓷物语》里的林陶瓦、毕一鸣等都想从瓷中重现粗糙粗野粗犷，从而敲破厚厚的文化外壳，归真返璞，让生命还原于没有外衣的生命。可是，能成吗？陶瓷者渴求陶瓷不只是陶瓷者的载体，而是生命本体的冲动。难道女性气质的瓷不是生命本体的律动？由陶到瓷到对陶的气质的回归，不只是审美情趣周而复始的圆的变幻，小说者能否透过这氤氲不散的两难神秘氛围，将其深刻内涵阐释出来呢？那小说视野中的陶瓷文化即演绎为《易经》太极图，《易》的纲是阴阳，阴阳实质上也就是男女。阴阳不灭，两难又哪有尽头？

二　额尔古纳河的百年沧桑

迟子建的长篇力作《额尔古纳河右岸》则以一90岁的酋长的女人的沧桑回首重现了大兴安岭地区鄂温克民族的百年历史，所有历史因此成为一种回忆和倒叙。这个少数民族以放养驯鹿和狩猎为生，总是与大自然水乳交融，既神秘又原始。他们住在树搭成的帐篷"希楞柱"中，迁徙时把东西放在"靠老宝"树上，生病时让萨满跳神，死了则搁在高高的树杈上风葬。从生到死与森林浑然一体，浪漫诗意酿就空灵色彩。额尔古纳河的左岸曾是这个民族的故乡，额尔古纳河的右岸，更是积淀着无穷的森林宝藏以及深厚绵长的民族文化和情感。那种神奇、神秘的力量，那份清澈、深沉的挚爱，似一曲古老的民族赞歌，又似一曲哀伤的历史挽歌，一幅少数民族的苍凉历史画卷缓缓舒展，一个陌生族群的悠悠历史和人脉传承就这样潮起潮落。在自然界的力量，民族文化、宗教与习俗以及历史的风云变幻中，展现出更加复杂的人性内涵。

那挥之不去的百年沧桑，那多姿多彩的自然万物，那根深蒂固的习俗和宗教，那一族群特有的语言标志衣着器物，那只有韵律而不知其含义的人名地名，那远离主流却亦逃离不了的历史风云变迁的影响，历史的碎片镶嵌又凸显出这一特殊族群的特殊生存空间，在迁徙中正在改变和失去的一切。

迟子建将苍老女人的叙述完成于一天，文本结构也分为"清晨"、"正午"和"黄昏"三个单元，最后以"尾声"作结。是自然界的一天，也是一个女人从少女到妇人再到日暮途穷的老妪的一生。这是一个民族的一个世纪的"命运交响曲"，部族四代人从民国、抗战到今天的改革开放，历经生老病死、悲欢离合，一个弱小的原始游牧民族在现代文明的感召下，走出原始游牧，是现代文明的进步，却也是被"蚕食"的失落和无奈，这一片人类"原始风景"栖息之地丧失殆尽。

鄂温克族叙述者老女人与死亡相连。少女时父亲林克在狩猎中被雷电击毙，她的母亲达玛拉痴迷跳舞，终在篝火旁孤独地旋转而死。她生命中的第一个男人拉吉达"入赘"乌力楞，并成为族长，后来在一次寻找驯鹿的途中被活活冻死在马背上。她的二儿子安道尔则被大哥维克特误以为野鹿而枪杀。她与生命中第二个男人酋长瓦罗加相遇于黑熊的追逐，共同生活30多年，但最后酋长到底死于黑熊之掌。不久她的大儿子维克特酗酒而亡。世事苍凉，死亡气息迷漫着鄂温克族的女人们，妮浩萨满每跳一次神救一个人，她自己的孩子就会死去，但她宁愿牺牲自己的孩子救别家的孩子。这些悲伤的女人们对生活依旧充满热爱，灵魂永恒地飞翔。

迟子建说："真正的哀愁是一种悲天悯人的情怀，是可以让人生长智慧、增长力量的。""哀愁的生长是需要土壤的，而我的土壤就是那片苍茫的冻土。是那种人烟寂寥处的几缕鸡鸣，是映照在白雪地上的一束月光。哀愁在这样的环境中，悄然飘入我的心灵。""我所耳闻目睹的民间传奇故事、苍凉世事以及风云变幻的大自然，它们就像三股弦。它们扭结在一起，奏出了'哀愁'的旋律。所以创作伊始，我的笔触就自然而然地伸向了这片哀愁的天空，我也格外欣赏那些散发着哀愁之气的作品。""我们的脚步在不断拔起的摩天大楼的玻璃幕墙间变得机械和迟缓，我们的目光在形形色色的庆典的焰火中变得干涩和贫乏，我们的心灵在第一时间获知了发生在世界任何一个角落的新闻时却变得茫然和焦渴。""是谁扼杀了哀愁呢？是那一声连着一声的市井的叫卖声呢，还是让星光暗淡的闪烁的霓虹灯？是越来越眩目的高科技产品所散发的迷幻之气呢，还是大自然蒙难后产生出的滚滚红尘？"[①]

哀愁是一种淡淡的却刻骨铭心的忧伤，对失去的追忆可能在女性更为纯粹又执著。

---

① 迟子建：《是谁扼杀了哀愁》，《黑龙江日报》，2006年5月10日。

第二节　对大历史的一种改写

　　家族小说是中国小说史中最强大的一个类种，从《金瓶梅》、《红楼梦》到《家·春·秋》，再到《白鹿原》，男性作家笔下的家族史虽有女性群像，而且曹雪芹褒女抑男之说亦令人敬佩，但是，毕竟是男人眼中女人的哀伤和呜咽。当代寻根小说派顾名思义就是寻根探源，虽充满现代性，但仍是扣紧家族不放；有新写实主义称号的苏童、余华、叶兆言等，《妻妾成群》、《活着》等，亦不舍父系族裔命脉的书写。

一　从莽原到弄堂的寻根

　　这时出了个王安忆，《纪实和虚构》如一面探勘大旗，被她猛地挑起，迎风猎猎，去寻找早已佚失的母系家谱。这是创造世界的方法之一，是充满自信的不同于男人对历史的追根溯源。这个女孩——一个"同志"的后代，"是乘了火车坐在一个痰盂上进的上海"，这个未满周岁的女孩当时正拉稀，进上海的当夜，急诊室间"打针引起的哭号声惊破了上海幽雅的夜空"。是否可以这样揣摩作者文字深处的意义，那就是她是这样的水土不服，又是这样胆大妄为地与旧上海拼个惊天动地。上海，不是王安忆的家园，至少不是她的精神家园。错过了争雄世纪的辉煌，人生变得很平凡，于是，王安忆把妄想寄托于寻根溯源："我好像身处一个梦境，几千年的岁月从我沉睡不醒的身躯内穿行过去。种族与血液好像是一个不灭的火把，在没有尽头的生命长河里相传，火光熊熊地照亮了今天，过去和将来则冥在黑暗之中，祖先们努力留给我们一点消息，暗示我们短促的生命，其实已走过了漫长的路途。"①

　　王安忆曾郑重声明："《纪实和虚构》完全是一个虚构的东西，虽然它所用的材料全是纪实性的"。话虽这样说，但读文本，却发现叙述者"我"的人生轨迹与王安忆本人重叠，王安忆母亲茹志鹃与文本"我"的母亲人生经历亦同轨，"我"寻觅的正是茹姓之家族史，那么读者不得不认为作者是有意为之，你是在读一部自传体小说。至少一半是纪实，一半是虚构。小说共十章，奇数章节为纪实，是作者，即叙述者在上海成长的经过。从未满

---

　　① 　王安忆：《王安忆自选集·漂泊的语言》第四卷，作家出版社1996年版，第248页。

周岁随南下干部的父母进入上海，到读小学、上中学，遭遇文革，下放邻省农村，上调回城，为人之妻，家长里短、絮絮叨叨，充满了物质性的生活；偶数章节为虚构，放飞女性娇柔又强健的想象翅膀，在漫漫中华民族史的时空中天马行空上下求索，煞有介事地翻查历史典籍故纸堆，考据茹氏柔然族的来龙去脉，其母茹姓家族血源竟来自北魏时的蠕蠕族，茹姓祖先雄伟豪放、血脉强悍，充溢着生命力的原始奔腾，在金戈铁马中是这般气吞万里如虎！引经据典，言之凿凿，其实纯属虚构也。与其说王安忆受西方新历史主义理论的影响，不如说是女小说家对勃勃生机的生命原生态的追怀和渴求，这种驰向蛮荒之地的诗意幻觉，恰恰是王安忆寻根的意义所在。

当然，读后掩卷，收回遐思之翅膀，回过头去思，猛省悟，王安忆借"我"的寻根，以母亲为树冠往回建构一株硕大无比倒长的树，其出发点是改写男性大历史的雄心勃勃。但可惜的是，一不小心，没有从母亲到外婆姥姥，而是又拽到外公、外公的父亲、外公父亲的父亲……即她母亲的父系家族的血脉兴衰史，虽纵横捭阖、瑰丽诡谲、出演着变幻莫测的神话般的传奇，但于女性历史的建构而言，不说刚出门就找晕了头，但说到底也只能算是浅尝辄止。不过，这一部茹姓男性历史毕竟是因了姓茹的母亲而为，满目也还是女性视野中荒凉奇诡的风景，所以不能说是无功而返，仍让人耳目一新且热血沸腾！列维·斯特劳斯曾指出："母系血缘关系只不过是女人的父亲或兄弟的权威，它反过来会扩大到兄弟的村落。"[①] 王安忆落入窠臼，其实也早在意料之中。

最后章节中，家族镶嵌于民族史的线索与个人在国家史中的历史记录，合而为一，并归结到作者对创作历程的反思。

如果说《纪实与虚构》在寻找母亲茹家的家族史时，上下千年，驰骋万里，虚构想象飞翔；那么，《长恨歌》中，王安忆则以女性的视角，以女性主义诗学策略，将王琦瑶这一个女人的生命史与上海的现代史纠葛一处，难解难分。女人与弥漫缠绕着女性气质的这座都市相辅相成，筋骨相连、血脉相承，互为认知而成长。

《长恨歌》对王琦瑶的出场，历经第一章四个小节恣肆汪洋般的铺垫和着意渲染后，方款款而出。即经"弄堂"—"流言"—"闺阁"—"鸽子"这般层层剥笋才见着上海弄堂女儿"王琦瑶"这一符号，不是抽丝剥茧，而是破茧化蝶。

---

①　引自西蒙娜·德·波伏娃《第二性》（上部），中国书籍出版社1998年版，第81页。

　　开篇即是弄堂:"站一个制高点看上海,上海的弄堂是壮观的景象。它是这城市背景一样的东西。""上海的弄堂是形形种种,声色各异的。""千人千面,又万众一心的。""阡陌纵横,是一张大网。它们表面上是袒露的,实际上却神秘莫测,有着曲折的内心。""上海的弄堂是性感的,有一股肌肤之余似的。它有着触手的凉和暖,是可感可知,有一些私心的。""却是有一股噬骨的感动。"①

　　弄堂生流言:"这感动不是云水激荡的,而是一点一点累积起来。这是有烟火人气的感动。""那是和历史这类概念无关,连野史都难称上,只能叫做流言的那种。""它不是那种阳刚凛冽的气味,而是带有些阴柔委婉的,是女人家的气味。""流言其实都是沉底的东西","这城市里的真心,却唯有到流言里去找的。""流言是混淆视听的,它好像要改写历史似的,并且是从小处着手。它蚕食般地一点一点咬噬着书本上的记载,还像白蚁侵蚀华厦大屋。"②

　　闺阁的传奇:"闺阁通常是做在偏厢房或是亭子间里,总是背阴的窗","这是上海弄堂里的一点冰清玉洁。""说不好就成了海市蜃楼,流光溢彩的天上人间,却转瞬即逝。""是八面来风的闺阁,愁也是喧喧嚣嚣的愁。""是上海弄堂的天真,一夜之间,从嫩走到熟,却是生生灭灭,永远不息,一代换一代的。闺阁还是上海弄堂的幻觉,云开日出便灰飞烟散,却也是一幕接一幕,永无止境。"③

　　鸽子的视野:"它们是唯一的俯瞰这城市的活物,有谁看这城市有它们看得清晰和真切呢?许多无头案,它们都是证人。它们眼里,收进了多少秘密呢?""这城市里最深藏不露的罪与罚,祸与福,都瞒不过它们的眼睛。""天空下的那一座水泥城,阡陌交错的弄堂,就像一个大深渊,有如蚁的生命在作挣扎。""它们是人类真正的朋友,不是结党营私的那种,而是了解的,同情的,体恤和爱的。""鸽子是这城市的精灵。"④

　　弄堂、闺阁、流言和鸽子,全是阴柔女性的。

　　王琦瑶当然还是一个女性符号:"王琦瑶是典型的上海弄堂的女儿"。"王琦瑶是追随潮流的,不落伍也不超前,是成群结队的摩登。""她们无怨无艾地把时代精神披挂在身上,可说是这城市的宣言一样的。""在这时尚

---

①　王安忆:《王安忆自选集·长恨歌》第六卷,作家出版社 1996 年版,第 3—6 页。

②　同上书,第 6—10 页。

③　同上书,第 12—16 页。

④　同上书,第 16—18 页。

的社会里，她们便是社会基础。""其间那一股挣扎与不屈，则有着无法消除的痛楚。""这痛楚的名字，也叫王琦瑶。"弄堂墙上爬山虎"的长寿也是长痛不息，上面写满的是时间、时间的字样，日积月累的光阴的残骸，压得喘不过气来的。这是长痛不息的王琦瑶。"① 王琦瑶一生的调子早早地就定下来了。就像《红楼梦》第五回"贾宝玉神游太虚镜 警幻仙曲演红楼梦"，自有定数。

故事从1945年底到1986年春节过后，前后四十余年，若说大的背景，倒也条分缕析，清楚明晰。抗战胜利后的上海兴兴轰轰的"选美"活动，国民党军政要员李主任内外交困焦灼仓皇；解放后的公私合营；1957年冬天外面世界正发生着大事；1960年的春天这个城市虽谈不上"饥馑"，但人人谈吃，食欲旺盛；1965年这城市安定、富裕、奔殷实、小康；1966年夏天程先生是最早一批自杀者中的一人，这城市大大小小，长长短短的弄堂，那些红瓦或者黑瓦、立有老虎天窗或者水泥晒台的屋顶，被揭开了。多少不为人知的秘密暴露在光天化日之下。1976年的历史转变，1978年的改革开放，1980年代面临的思想解放、出国潮、1985年的怀旧心态和欲的狂舞并存。

但是，王安忆的笔墨并不着意于此，除了程先生从顶楼跳下的死直接与政治相关，政治人物李主任死于飞机失事，蒋莉丽死于肝癌，王琦瑶本人死于人渣长脚，与政治并无直接的因果干系。即使是梳清历史大线索，王安忆也是惜墨如金的，严家灯泡厂、康家的旧厂的公私合营一笔带过，"文革"也只有"此处空余黄鹤楼"一小节，十年几页翻过，薇薇已15岁，到了1976年的日子。

王安忆注目的是"上海生活"的芯子——"穿衣吃饭，细水长流的，贴切得不能再贴切"②。"吃穿住行"不厌其精不厌其烦，突出的是"饮食男女"。也如她在文本中几次三番点到的两个字："活着"。虽然余华已有书名在先，但是，此"活着"不同于彼"活着"。

29万字的《长恨歌》分三部11章44节。第一部的时间为1945年底至解放前夕的旧上海，主要笔墨在"住"和"玩乐"上。弄堂、闺阁、爱丽丝公寓，既有制高点的俯瞰，又有穿巷走弄的身临其境，兼顾旮旮旯旯每个狭缝和犄角，以及室内种种摆设情调；上片场、去拍照、参与"上海小姐"

---

① 王安忆：《王安忆自选集·长恨歌》第六卷，作家出版社1996年版，第23页。

② 同上书，第18页。

的竞选，娱乐化消费，市民兴趣，哪能不兴兴轰轰？

第二部从外婆的邬桥重返上海，平安里 39 号 3 楼是 17 年的见证时空。"这小天地是在世界的边角上，或者缝隙里，互相都被遗忘，倒也是安全。"暖锅里的菠菜粉丝、珍珠米大小的酒酿圆子、上下翻滚的蛋饺，八珍鸭、半只鸡炖汤、半只白斩、盐水虾、皮蛋、红烧烤麸、热炒鸡片、葱烤鲫鱼、芹菜豆腐干、蟛子炒蛋，都是些老实本分、清清爽爽的菜肴，熨帖细致，平淡中见真情。下午茶的糕饼汤圆，虽简单，却可口可心：刚出炉的苏联面包，山楂片芒果干，桂圆红枣莲心，桂花赤豆粥；冬日围炉，烤朝鲜鱼干，烤年糕片，坐一个开水锅涮羊肉，下面条，炉边用一盘小磨磨糯米粉。糯米圆子的细滑，酒酿的醇厚，还有酒酿汤里的嫩鸡蛋……都写得兴味浓浓。炒栗子的甜糯，瓜子的香，白果的苦……有许多吃食在炉上发出细碎的声音和细碎的香味，将那世界的缝隙都填满的。这世界的整块砖和整块石头，全是叫这些细碎的填充物给砌牢的。并非珍奇异味，而是因了它的家常，它的居家过日子，怎样循环往复都吃不厌的。

这让小说中的萨沙体味到，不，应该是要让所有读者体味到："一种精雕细作的人生的快乐。这种人生是螺丝壳里的，还是井底之蛙式的。它不看远，只看近，把时间掰开揉碎了过的，是可以把短暂的人生延长的。"[①]

困难时期程先生与王琦瑶的再度相遇，是以吃为主。这吃不是那吃，这吃是饱腹的，是相濡以沫的。"凡是浴血浴泪过来的，找的不是男子汉，是那体己和知心，你搀我，我搀你。要说都是弱者，两条心扭成一股劲，就是这地方的最温存和最浪漫。"[②]

第三部从 1976 至 1986，又是一个十年时光。上海的弄堂在颓败，破旧粗粝，曲折深长、藏污纳垢，"可它却是形散神不散，有一股压抑着的心声"[③]。15 岁的薇薇她们这一代又如王琦瑶们的从 15 岁做起，从播映老电影、高跟鞋和电烫头发这生活美学范畴做起。全神贯注地做人，眼睛只盯着自己，没有旁骛。不想创造历史，只想创造自己的，没有大志气，却用尽了实力的那种。王琦瑶结交的人也越来越三教九流：进螃蟹的、卖蟋蟀的、电影院前卖高价票的、证券交易所里抢购股票认购证的、倒外汇的，形形色色、林林总总。流言散播，"马路新闻，无非是偷情和杀人两大题目"[④]。王

①　王安忆：《王安忆自选集·长恨歌》第六卷，作家出版社 1996 年版，第 183 页。

②　王安忆：《上海的女性》，《海上文坛》1995 年第 5 期。

③　王安忆：《王安忆自选集·长恨歌》第六卷，作家出版社 1996 年版，第 353 页。

④　同上书，第 310 页。

琦瑶为"偷情"留门，却被长脚杀死，魂断平安里。王琦瑶的悲剧性命运折射出上海的历史变迁，也为细腻精当又富家常气的海派文化奏响一曲哀婉的挽歌。

有评论者认为王琦瑶"无疑是被王安忆当作了上海的城市精神的象征。这精神就是物质和心灵双重欲望不息，以一个底层女孩子的自觉飞翔，在种种人生选择上的周到计算，心灵成长经历的挣扎与孤独，最终体现为与上海融为一体的气质。"① 未免对王琦瑶言过其实，有拔高之嫌。但王琦瑶确实是上海的代表，虽然她不是名门闺秀，不是交际花，不是影视明星，她只是典型的上海弄堂的女儿，倘若也要在社会舞台上占一席之地，终须有个名目，这名目就是"沪上淑媛"。王琦瑶在与她生命中的几个男人的来来往往中完成了自己的传，似乎也"穿透"了各式男人：摄影师程先生为王琦瑶的美折腰，一辈子守身如玉援手她；军政要人李主任不由分说就俘虏了王琦瑶，将其空锁爱丽丝公寓，然而，李主任机毁人亡，开始即结束！从乡下重返上海滩的王琦瑶与毛毛细舅康明逊做了一段没名分的露水夫妻，当康明逊不能承受压力时，王琦瑶只是冷笑一声道：你放心！各自守着各自的心，过着有些挣扎的日月。王琦瑶独自生下了薇薇；当薇薇23岁出嫁后，26岁的老克腊与王琦瑶又有了一段不了情！王琦瑶求的是男人的心！也正因了这段短暂的错爱，长脚行窃不成，生生扼死了王琦瑶，56岁的她生命终结。柔软的王琦瑶身心其实具有上海女性的"硬"，"上海女性的硬，不是在攻，而是在守。男女交手的情景是有些惨烈，还有些伤心……""你没见过比她们更会受委屈的了，不过不是逆来顺受的那种，而是付代价，权衡过得失的。你决不能将她们的眼泪视作软弱，就是这道理"。"正是在命运决定的当口，她们坚决、果断、严思密行，自己是自己的主人。希望就在自己的一双手上。她们都是好样的"②。从某一视角来看，她们也确实是"英雄"。王安忆说得好："要写上海，最好的代表是女性，不管有多么大的委屈，上海也给了她们好舞台，让她们伸展身手。而如她们这样首次登上舞台的角色，故事都是从头道起。谁都不如她们鲜活有力，生气勃勃。要说上海的故事也有英雄，她们才是。她们在社会身份的积累方面，是赤贫的无产者，因此也是革命者。"③

---

① 荒林：《王安忆小说：自我的成长与孤独的承担》，《广播电视大学学报》，2003年第2期。

② 王安忆：《上海的女性》，《海上文坛》1995年第5期。

③ 同上。

　　不是上海出生，却分明是上海成长的王安忆，上海其实早已是她的家，是真正的家，如张爱玲所言："真的家应当是合身的，随着我生长的。"① 王安忆对上海既有站在制高点统领式的俯瞰概览，更有穿街进弄细致入微的体贴。所以，她不是王琦瑶，她的根不在上海，但她又是王琦瑶，从五六岁起就跟着上海一起长。只是王琦瑶一辈子走不出上海的弄堂，像水里的鱼，跳不出水；王安忆却是一只鸽子，从千家万户窗口飞掠，凌空而起，泣血而归。繁华与罪恶，善良与精明，大智大慧与小奸小坏，皆了然于胸，却依然同情、体恤与爱。

　　大智慧的王安忆最擅长的就是化腐朽为神奇。《长恨歌》把一个原本极通俗的女人的故事，有香艳，有传奇，有言情，有浮华，有卿卿我我，有生离死别，有心酸眼明，有凶杀……包罗万象的俗故事，升华成为一个女人与一座城的哲理思辨。王安忆将视野投向历史演变政治洪流裹挟中的女性个体的生存，以审美笔触津津乐道她们的日常生活，于娓娓道来中建构起都市女性的近百年历史，成为对主流历史的一种拓展、补充、注释和沟通对话。在记录于史册的政治大事件主流话语的夹缝中，增添了芸芸众女鲜活的个体生命和日常生活的点点滴滴。宏观的元话语元叙事与这些老少女子的确命脉相关，重大的历史巨变改变着她们赖以生存的城市，又怎能不对她们的人生轨迹有着这样那样或重或轻的左右呢？但是，不管怎样翻天覆地的变化，她们跟大政治又总是若即若离，日子还是要过的，柴米油盐酱醋茶，琐细平实的日常生活永远也阻隔不断，爱情友情人情甚至虚情总是孤独人生"相濡以沫"的渴求，如若去掉一切浮文，剩下的不就是"饮食男女"么？也正是庸常生活让她们夷然地活下去，这些熟视无睹的人间纤维，组成了她们活生生的过去。王安忆笔墨的女性生命传奇实质上对主流历史观进行了温和的修正和补充。

二　回归温厚苍然的塬

　　如果说王安忆是上海高空飞翔的鸽子，那么，张洁则是啼血的杜鹃。用"字字血、声声泪"来评点张洁的长篇小说《无字》，可以说没有丝毫夸张。王安忆始终是一冷静的旁观者，当然决不冷酷；张洁却是将自己的身家性命都搭了进去，是东方的杜鹃、西方的荆棘鸟，一辈子歌唱一次，将整个身体扎向荆棘丛，这一次就是生命的最后一次。难怪张洁会说："我以前写的所

①　张爱玲：《张爱玲文集》第四卷，安徽文艺出版社1996年版，第102页。

有小说都是为这部小说做的练习……哪怕写完这部长篇马上就死，我也甘心了……"这部长篇，据张洁称，写了整整 12 年。张洁的女性立场岂止是清坚决绝，简直就是鲜明偏执。她借吴为斩钉截铁说出："不论叶家或是顾家，还有很多那两个姓氏的男人，有头有脸地过着很好的日子，奇怪的是吴为从未寻认过叶家或是顾家男人的血脉，好像她和来自这两家男性的血脉无牵无碍。甚至叶莲子过世，除了顾秋水谁也没有通知。不论叶家或是顾家的人，与叶莲子，与她们母女的死别之痛，有何相干？送叶莲子登程，只能是她们两个人之间的事。即便通知顾秋水，也只是为了对他说那句话：'你们之间的恩恩怨怨，这回是彻底完结了。'阴狠地把顾秋水永久地钉在赖账不还的负数上。"①

但展读近 80 万字的《无字》（第一部由上海文艺出版社 1998 年 12 月出版，2002 年由十月文艺出版社出齐全套三部，2011 年由人民文学出版社再次出版）后，掩卷沉思，却发现在大历史大框架中叶家和顾家的血脉经络钩沉分外清晰分明，虽然在叙事时空中常常回叙、插叙，乃至错叙。叶家顾家乃至胡家的家族史沉重曲折、跌宕起伏，与中国现当代史纠缠难解，或者说男性的命运笼罩于岁月的大历史之中，无论是赤贫叶家，还是木匠顾家，乃至钟鸣鼎食之胡家，莫不如此。而墨荷、叶莲子和吴为这三代女性的命运只是深深地嵌进男人的历史中，尤其是苦命的叶莲子！

《无字》三部二十章，加上后记，有"不管三七二十一"的不顾一切。扉页上有"献给我的母亲张珊枝"，开篇亦点明是为叶莲子写部书：

尽管现在这部小说可以有一百种，甚至更多的办法开篇，但我还是用半个世纪前，也就是一九四八年那个秋天的早上，吴为经过那棵粗约六人抱的老槐树时，决定要为叶莲子写的那部书的开篇——

"在一个阴霾的早晨，那女人坐在窗前向路上望着……"

只这一句，后面再没有了。

这个句子一撂半个多世纪……②

历经《沉重的翅膀》的练笔后，《无字》构架气势不凡、凝重恢弘，目力所及，大老中国百年历史尽收笔下。从曾外祖父老家满族四大发祥地之一

① 张洁：《无字》（第一部），人民文学出版社 2011 年版，第 109 页。
② 同上书，第 1 页。

到东北林海雪原的石灰窑子，从墨荷嫁到二十里外的私塾秀才的叶家，到孤女叶莲子随父亲和继母去到锦州；从顾秋水斗殴被学校开除、投奔东北军112师，到转战各地于武汉与叶莲子结为夫妻；此后，西安事变、投奔延安、天津洪灾、冲过封锁线、寻夫香港、香港沦陷、桂林往事、柳州教书、离别宝鸡、大别山风雨、解放南京、进驻上海、北京、再见北京；反右斗争，五七干校，新时期小说，出国访问，房地产开发等等，等等，无不涉及。在男人们的东冲西突转战南北中，甚至在一些重要的历史关头和地点，顾秋水与胡秉宸差不多总是擦肩而过。"比如在抗战初期的武汉，1938 年至1939 年的延安，四十年代的重庆、天津等地，如两条交叉线，而不是平行线"①。女人们貌似随波逐流挣扎煎熬，但实质上在男女二元对立的叙事框架中，墨荷、叶莲子和吴为三代女性苦难的生存历史，其情爱与婚姻生活的多灾多难和遭遇遗弃的命运，使女性叙述的女性历史分外悲凉醒目，虽在男性中心社会中是在劫难逃的历史宿命，但正因如此，女性的觉悟和彻骨的清醒就格外庄严崇高。

　　这是因为张洁是一个女性意识觉醒很早的女性知识分子，从她是第一个籍贯不随父而随母的女性就可窥见其鲜明的女性意识和有过伤痛的人生阅历，所以，《无字》里的男性的历史是给女性历史作衬托用的，在这部以纯粹的女性视角、女性话语、女性叙事、女性真情构筑的女性家族史中，外祖母墨荷、母亲叶莲子和女儿吴为三代血脉相继，"莲，出于淤泥而不染"，墨荷和叶莲子，明喻女性如荷如莲，在男性中心社会的污泥浊水中亭亭玉立，虽柔弱无助，但质本洁来还洁去。墨荷与莲子，又明喻母女情深。其哀愁、寻觅、沉默的不屑、辗转反侧、悲怆、抗争绵绵不绝于字里行间，是女性的史诗。王蒙在评该书时称其为"极限写作与无边的现实主义"，"用无边的字来表达文字，难矣哉！然而在成功的与不那么成功的文学书写后面，我们感到了作者的比一切有理有力与无理无力的文字更动人的滴血的破碎的心。"②

　　如果我们将其还原为顺叙线型结构，那么，外祖母墨荷的生卒时间大约为1872—1906 年。墨荷的祖先是游牧民族，她出生在林海雪原中石灰窑子一溜大瓦房内，大马车兼鸡鸭鹅狗热热闹闹的大院落，还有长年的雇工。若划成分，必是地主无疑。在娘家，墨荷是大门不出、二门不迈的小

---

① 张洁：《无字》（第一部），人民文学出版社 2011 年版，第 153 页。

② 王蒙：《极限写作与无边的现实主义》，《读书》2002 年第 6 期。

姐，因父母之命媒妁之言，嫁到二十里外"书香门第"叶家，叶父是村里唯一的私塾先生，还是个秀才，但分明已落到赤贫。丈夫叶志清刚被一家银行录用，就因逛窑子挪用公款，被人通缉！叶家婆婆和小姑待墨荷十分刻薄。墨荷日夜不停地操持家务，喂猪、喂鸡，做饭，缝衣做鞋……分明成了家中的一个长工。而婆婆和小姑仍变着法儿折磨她，因了她的沉默是对她们的轻蔑。叶志清则把她当作生育投篮的篮筐，那时的生育可是桩凶险的事。在秀春之前，墨荷有过三个不能成活的孩子；在秀春之后，又有过三个不能成活的孩子。34 岁时，墨荷在生育中凄凉地死去，而且被婆家酷烈地火化！

叶莲子的生卒时间大约为 1901—1992 年，在老家原名秀春，硬是喝着那发了酵的高粱米粥上的稀汤——泔水活下来的；墨荷一直坚持让女儿跟着爷爷到私塾去念书和临帖。但秀春五六岁时就痛失母亲，父亲很快娶了继母，此后，在继母的淫威下，她早早地干起了家里田野的劳务，而且是在饥渴之中。再后来，跟着父亲和继母到了锦州，总算上了小学，想去教堂发愿当修女时，发生了"九·一八"事变，于是汇入大逃亡苦旅。1934 年，东北军包天剑 112 师换防至河北省定县，小军官顾秋水看上叶莲子，向叶家求婚，为脱离继母的虐待，少言寡语的她自愿嫁给他，生下女儿吴为。却不知这个二道河子老实巴交的木匠的儿子，仅仅在婚后两年给过她家的温馨，从此，带给她的是无穷无尽的苦难！顾秋水 16 岁时因斗殴被学校开除后，便把脑袋别在裤腰上，为军阀混战卖命。枪林弹雨腥风血雨，东北、山西、湖北、江西、河北、陕西、北平……1937 年顾秋水在北平别离叶莲子和几个月的吴为，没留下一个子儿，便随包天剑投奔延安，再到重庆，赴香港，一别四年，杳无音信！可怜她们母子一个冬季连白菜也没有吃过一棵！包家的司机董贵实在看不下去，将她们带到天津包家老家，租住在天津河南中国地贫民窟院子里，仍旧是饥寒交迫。1938 年春末，吴为出麻疹差点丧命！走投无路，叶莲子落到给包家二太太当了女佣。1939 年夏天，海河决口，滔滔洪水中，仅剩母女俩困居三楼二十多天，死活无人过问！水退后，叶莲子又屈辱地劳作，受尽寄人篱下之辱。1940 年夏包家分崩离析，叶莲子娘儿俩回二道河子婆婆家，亦受欺凌。得知顾秋水在香港后，叶莲子母女往徐州上火车到淮安，穿越日伪封锁线，历尽种种危险，才抵达香港。然而，顾秋水却已与风云杂志社烧饭女佣阿苏姘居。视她们母女为眼中钉，百般凌辱，香港沦陷后，顾秋水还原为兵痞，竟然与阿苏一屋共居，当叶莲子的面做爱！用这个办法"把她的神经一根根从血肉的包裹中剥离出来，让它们没有一点掩护地暴露在鞭子底下，再细细品味那一根根神经在抽打中如何痉挛、伸缩"①。在叶莲子的梦魇中，赤身裸体的顾秋水又猛烈暴打母女俩，真是禽兽不如！直到 1942 年 2 月初逃出香港，辗转到了桂林，方可以分房而居。顾秋水曾再回香港一趟，还参与策动过驾机起义、营救张学良将军等事宜，并赴北平、天津敌占区活动等。可对叶莲子母女，顾秋水仍穷凶极恶。叶莲子为自食其力，在柳州一小学教书，不幸又遭遇特大火灾，母女死里逃生，不得不再回到如狼似虎的顾秋水身旁，在公愤中，阿苏方离开。1944 年 8 月底，衡阳失守，顾秋水带她们先乘火车离开桂林，再改乘运货"黄牛"，九死一生抵达重庆，又转道陕西，顾秋水把叶莲子母女交给了宝鸡"工合"的陆先生，就随邹可仁到华北"地下抗日"去了。1944 年的宝鸡之别不但没留下一个子儿，而且连知情知意的话也没有了！

　　1945 年抗战胜利，叶莲子正准备"天津寻夫"时，顾秋水寄来区区五元和信一封，以制止这一行动。直到 1952 年，叶莲子才再接到他要求离婚的一纸休书。大年三十，叶莲子母女赴京，在离婚协议书上签了字，几十年的旧梦，就这样真正一干二净地没了牵挂。没想到的是，这个厚颜无耻的顾秋水垂垂老矣时，"忽然想起世上还有自己的一些骨肉"，造访吴为家，又央叶莲子让吴为将他的户口迁来北京，"虽让叶莲子顿感流年似水，一切都随之而去，然而毕竟还有被流光遗落在岸旁的*丝丝缕缕*……"②

　　吴为，小名南南，1937 年紫藤花开时，出生于北平东四七条后面的一条胡同里，三间朝北的房子尽里头的一间。1944 年的冬季，七岁的她，蹲在宝鸡"工合"办事处的灰砖墙外，等着母亲下班。这是她们母女俩第二次遭遇顾秋水的抛弃。很快，"工合"遣散，为了生存，她们来到西安，投靠张学良将军的姐姐张冠英老夫人，但很快张冠英老夫人也无法维持了。又不知经过多少磨难，在热心人帮助下，才"冒名顶替"在零狐村领一半工资教小学，这一教就是整整十年。母女俩栖身于丹阳观。仍遭受不公、受尽欺凌，少女吴为是早熟是萎缩？她怕与人交往，却沉浸于苍茫的塬的黄昏和夜幕之中。"在塬和渭河的对峙中，原本辽阔的天地被挤压得越来越窄，直至纠缠为一体，你中有我、我中有你地分不清哪儿是塬，哪儿是渭河，更不要说夹在当中，如一粒尘埃的小姑娘吴为"。"夜晚，当叶莲子批改学生作业的时候，吴为就坐在丹阳观山门的门槛上，向着黑暗凝望"。"十岁的她，

---

① 张洁：《无字》（第二部），人民文学出版社 2011 年版，第 265 页。

② 张洁：《无字》（第一部），人民文学出版社 2011 年版，第 180 页。

不明不白地叹出一口气，又叹出一口气。"① 18 岁，吴为考上北京的大学，离开关中，一去不回头，直到母亲去世之后，才重返塬上寻根。

如果说顾秋水带给叶莲子和吴为的伤害是流氓无产者的无赖无耻，是兵痞子的劣根性，那么，吴为成名前后与胡秉宸的"生死恋"的惊世骇俗和分崩离析，又该作何解释呢？

胡家是曾经的钟鸣鼎食之家，其昌盛始自端溪砚的开采，后来又从雕砚琢砚，发展为收藏而发财致富。生父是日本早稻田大学的留学生，在家族的银行里做着一份经理的工作，人生于他们不过是一场惬意的消遣。胡秉宸品学兼优、全校闻名。抗战爆发，他决定当兵。胡秉宸到延安不过 6 个月就入了党，当他从零狐村转赴重庆时，已是连级干部。抗战胜利后，林伯渠在毛泽东与蒋介石二人谈判裁军问题前，就此在周公馆召集会议，统一认识，征求意见也召集了胡秉宸。不论到大别山送情报，或领导地下工作，或侦破"军统"在重庆的通信系统，或建立秘密通道……胡秉宸样样杰出。在历史的关键时刻，胡秉宸总是那风口浪尖上的人物。

吴为后来迷恋胡秉宸，和胡秉宸的革命经历有很大关系。对吴为来说，胡秉宸是她终生的英雄。但恋情的发端，却是胡秉宸的主动引导。当历经十面埋伏坎坷艰难山回路转，终柳暗花明且有情人终成眷属后，胡秉宸却又与年已 60 岁的吴为离异，从终点又回到了起点。第三代知识女性吴为爱又如何？"无畏"的结局难道说还只能是"无为"？痛定思痛，谁之错呢？

"革命可以解决政治问题，可以废除歧视压迫妇女的各种文化制度，但是不能一劳永逸地许诺女性的情感诉求。进入历史主流的冲动，经常消解在动荡人生的焦虑中。"②

在《无字》中，吴为慨叹："我们没有故乡，没有根。我们是一个漂泊的家族，从母亲，到我，到禅月。如今的我，更是一无所有。"③ 然而，没有故乡没有根者，岂止是这一个女性家族？

上哪儿去寻根？"一张纸和一支笔飘然落在吴为的面前，有人对她说：写吧，这就是你的出路。"女性写作是女性自我救赎的路径之一，吴为要寻找她与母亲的停泊地，寻找从未嫌弃过她们，如生身父母的塬！

---

① 张洁：《无字》（第一部），人民文学出版社 2011 年版，第 313—314 页。

② 季红真：《母系家族史的写作与焦虑》，《文艺争鸣》2007 年第 4 期。

③ 张洁：《无字》（第一部），人民文学出版社 2011 年版，第 47—48 页。

　　她的墕，再度以一尘不染的纯净包裹着她、护卫着她，使她自小在光明世界中受到的惊吓，消散得无踪无影。星光和月亮也不敢造次、不敢随意照耀的墕，挟带着分不出天地的一脉沉黑重又向她靠拢。她顺着嵌钉在重甸甸、黑沉沉的墕上，如逗号、句号、顿号、惊叹号、破折号的灯火，九曲十八弯地重又开始对墕的阅读。那如无伴奏合唱的尾声，凝重而迟缓地游移在墕上的夜气，一如她少年时的沉郁，不但将熬过一天安危终于安息下来的苍生，也把受尽磨难的她浸浸在它的温厚之中。

　　既无退身之地也无进身之地的吴为，因墕的认同而了然，而苍然……现在更是明白，墕何止是她和叶莲子的停泊地！

　　她的背景可不就是墕！

　　有这样的墕在下面托举着她，难道不是最厚实的铺垫？①

　　"象喻"是中国古代诗学提出的一种诗性阐释方式。它最根本的特点是借助一些生动具体、含蓄隽永的自然美的意象或意境来喻示解释对象的内在风神和整体韵味。张洁充满情感呼唤的"墕"是怎样的象喻？那星光和月亮也不敢造次、不敢随意照耀，挟带着分不出天地的一脉沉黑的"墕"是否是中国女性历史的象喻？张洁借吴为明确彰显女性写作的意义，从女性个人史的书写出发，穿越"几乎没有灯光的历史的长廊"②，悄然踏上了寻觅女性与女性家族史、女性与中国女性浩茫历史的不归路。中国一代又一代的女性虽仍被压抑被扭曲，但丰富的痛苦使她们愈发张扬鲜活生命个性，一代又一代的女性生存境况终归在奋进中发生点点滴滴的变化，而女性寻找女性历史发掘女性历史叙述女性历史已成为可能和可行。

　　埃莱娜·西苏言："写作这一行为将不但'实现'妇女解除对其性特征和女性存在的抑制关系，从而使她得以接近其原本力量；这行为还将归还她的能力与资格、她的欢乐、她的喉舌，以及她那一直被封锁着的巨大的身体领域；写作将使她挣脱超自我结构，在其中她一直占据一席留给罪人的位置（事事有罪，处处有罪：因为有欲望和没有欲望而负罪；因为太冷淡和太'热烈'而负罪；因为既不冷淡又不'热烈'而负罪；因为太过分的母性和不足够的母性而负罪；因为生孩子和不生孩子而负罪；因为抚养孩子和不抚

----

　　①　张洁：《无字》（第一部），人民文学出版社2011年版，第314页。

　　②　［英］弗吉尼亚·伍尔夫：《妇女与小说》，《伍尔夫作品精粹》，瞿世镜译，河北教育出版社1991年版，第398页。

养孩子而负罪……）"① 因而，写作作为一种语言实践活动，面对男性的世袭领地和男性创造力专利的神话，女作家拿起笔，在空白之页书写女性生命和还原女性历史，这是一种根本性的改变主体的颠覆性力量，其反叛和挑战精神已将女性喑哑几千年的荒土犁开。

第三节　妇女必须把自己写进历史本文

妇女必须拿起笔，把自己写进本文。因为整个历史都是男性撰写的，女性没有历史，如果说女性有那么断章残简般的碎片史料，那也是男人"创造"的。男人始终在根据他们大脑的策划设计并主宰着女人的命运。无论是西方尊崇的大母神、地母，还是东方的土地婆、雷母等等，那只是折射出男性出于对大自然的敬畏。男人对同为人类的女人所做的最重要的事情是折断她的翅膀，让她休想飞翔！

而女人们要飞翔，必须凭借语言。这个世界离不开语言。人的一生都在语言的陷阱中挣扎，不是我们在说语言，而是语言在说我们。语言是控制着文化和主体思维方式的力量。恰如埃莱娜·西苏所说："每一件事都决定于语词，并且只能是语词……我们应该把文化置于它的语词中，正如文化把我们纳入它的语词和语音中一样……任何政治思想都必须用语言来表现，都要凭借语言发挥作用，因为我们自降生人世便进入语言，语言对我们说话，施展它的规则……甚至说出一句话的瞬间，我们都逃不脱某种男性欲望的控制。"②

一　浸淫女性血泪的呼兰河

处于社会最底层的劳动妇女，至今仍受制于教育与文化的不足，不仅她们母辈、祖辈的历史可能已湮没无闻，就是她们自己的人生历程也是默默无闻，因而，努力发掘历时性劳动妇女的生存历史，共时性地记录或农村或城镇平民妇女的现在进行史，尤其是进行中国农村妇女生活调查，是女性作家应尽的义务和神圣的权力。因为"呈现的极致就是实录"。

---

① ［法］埃莱娜·西苏：《美杜莎的笑声》，引自张京媛主编《当代女性主义文学批评》，北京大学出版社1995年版，第194页。

② 转引自张岩冰《女权主义文论》，山东教育出版社2001年版，第117页。

　　萧红是出类拔萃的一位女作家。她对底层劳苦女性的关注和展现，同情、理解的悲悯情怀中更有身临其境的心灵共鸣，而她却并非出身于底层，亦是一地道的知识女性，所以，她深刻的洞察力、穿透女性苦痛本源和别具一格的表现手法，不仅是同代女作家中，而且在整个的现当代女作家中都属特立独行的。

　　同作为女性意识清醒的女作家丁玲与萧红，她们的叙事策略的不同在于，丁玲的写作，常将元叙事与女性边缘叙事隔离开来，而萧红则在元叙事中镶嵌进女性的边缘叙事，即使你想掰也掰不开。

　　无须讳言，萧红的写作，无论是融入战火纷飞的大时代抑或呈疏离态，都呈现女性独特的个体性和私语性，也许于主流话语而言有边缘叙事倾向，但是，在岁月长河的淘洗中，她对女性生命尤其是女性身体的极端敏感、真心关注和深切拷问，却越来越显示出其重要性、深刻性和无可磨灭的先锋性。如上一章所言，写在后的《呼兰河传》当是写在前的《生死场》的前传，是我们古老民族生存环境的缩影，萧红以女性聪慧敏锐的目光，对乡土与民俗既审美也审丑，将两者天衣无缝地镶嵌起来，纷繁杂陈的民俗事象在她的笔下呈现多种的美学品格和功能。家乡呼兰城的民俗长画卷徐徐展开：有看火烧云的景观，有食豆腐的谐趣，有唱秧歌、野台子戏的火红热闹，有四月十八娘娘庙会求子的虔诚与骚动，有小团圆媳妇的婚俗，有扎彩铺的鲜艳与悲凉，有跳大神的荒诞与神秘，有产妇葬礼的凄惨……一幅幅民俗图像如走马灯似地依次到来，似热闹隆重，却更见其单调呆板，然而终究给这方水土灰暗的日常生活平添了大红大绿粗线条的原始色彩。这方水土上赖以生存的人们呢？麻木又敏感，愚昧又蛮横却又实在没有害人或自害的意思，他们只是照着几千年传下来的习惯思索与生活，该怎么办就怎么办而已。这一幅幅古老又鲜活、陈腐又闹腾的民俗图像实在已超越了民俗本身，而是同构了历史与现实、社会与人生：这就是中国！这就是中国人！重新觉悟到因年深月久而日常生活化了的痛苦，虽习惯了却硬是彻骨。民族生存是这样地沉滞与悲凉。它实是一幅美善与丑恶镶嵌的民族性格和人生视景的长画卷，是对民族惰性的鞭挞。从这点来看，《呼兰河传》又怎能不算元叙事呢？但是，《呼兰河传》的女叙事者与书中女孩的视角重叠，叙事者要展现的主要还是中国女人们的生存困境的严酷，伴随着永恒的灾难。神权、政权、族权和夫权是捆绑在她们身上的四大绳索。在无穷无尽的苦难中，她们麻木又坚韧地、屈辱又顽强地、卑贱又崇高地活下去、繁衍后代、活下去……

　　《生死场》是女性刺向不平天地的钢戟，的确是对东北人民觉醒奋起抗日的宏大元叙事，但同时，叙事者无处不在无时不有的女性视角已将女性的生命体验和感悟融会进自己的文本中，女性边缘叙事进而融入历史与文化的空间，触目惊心地凸现出女性生存的悲剧命题。乡村的女性，无论老少，不分美丑，聪慧的愚蠢的，勇敢的怯懦的，皆无爱情可言，皆在疾病苦难前无依无助，皆要像牲畜那样忙着生忙着死，生命如猪如狗如鸟般，沦落为苦难的轮回，无休无止。她们在家庭内外皆遭受到男人的欺侮。金枝在目睹日军暴行、失去家乡流落哈尔滨街头，却仍遭中国男人的强暴，她怎能不羞恨？"'从前恨男人，现在恨小日本子。'最后她转到伤心的路上去：'我恨中国人呢？除外我什么也不恨。'"① 并非她不辨是非不恨鬼子，而是现实让她感到男人都一样，"男人是炎凉的人类！那正和别的村妇一样"②！

萧红将女性生存的血泪浸透书页，在男性话语的世界用碎片的拼贴强撑起一个女性话语的新空间。萧红正是以女性的文化立场和话语方式来表达对父权制文化的抗辩，表达其人文的终极关怀。

当代学者李小江教授在 1989 年就主编了中国第一套妇女研究丛书，由河南人民出版社出版。她在这套丛书的序中指出："妇女研究是本世纪 60 年代以后人类科学走向综合发展的产物，是人类长足进步、科学反思自身的结果。它可以作一门新兴学科——妇女学，以女性为对象进行专门研究，填补传统人文学科的空白；又可以作为一种方法，从有性的人的角度去审视人的全部存在：历史的和现实的，自然的和社会的。"③ 首批策划出版的丛书为：《夏娃的探索——妇女研究论稿》、《女性审美意识探微》、《上古华夏妇女与婚姻》、《女性观念的衍变》、《性与法》、《神秘的圣火——性的社会史》、《潜在的冲击——妇女经济活动论》、《风骚与艳情——中国古典诗词的女性研究》、《浮出历史地表——现代妇女文学研究》、《迟到的潮流——新时期妇女创作研究》等，大多已出版，有的还一版再版。李小江说："从1990 年代初期开始做'20 世纪妇女口述史'，十几年过去了，我们一直没有停步"④，"2000 年开始，我们在大连大学性别研究中心建立了'妇女口述史档案室'"⑤，妇女口述史研究全方位铺开，2003 年主编出版了"20 世纪（中国）妇女口述史丛书"，创建的"妇女口述史档案室"，现存有 1920

---

① 萧红：《生死场》，人民文学出版社 1981 年版，第 93 页。

② 同上书，第 48 页。

③ 李小江主编：《妇女研究丛书》序，河南人民出版社 1989 年版。

④ 李小江：《口述历史与档案工作》，《中国档案》，2006 年第 1 期。

⑤ 同上。

年代至今，涉及 30 多个民族、10 多个国家的千余份口述资料。"口述（口头传承）其实是一种非常古老的记史方法，但'口述历史'作为史学类别进入正统的历史研究领域却是一件很晚近的事，与当代史学价值观念的平民化趋势和当代历史变迁的频率加快有密切关系。"① 以往我们"对历史人物的界定是与'盖棺定论'联系在一起的，很容易忽视对'当下'的事件、'身边'的信息和'活着'的人物做历史关注，这都影响到对口述资料的认识和采集。"② 李小江的妇女口述史及研究显然是非常有意义的事。

二　万物开花中的妇女闲聊

新时期铁凝的短篇小说《哦，香雪》（1982）备受赞誉。让我们看到了农村小女子的新希望。一心一意掩藏在大山那深深的皱褶里的台儿沟小站，火车只在那停留一分钟。台儿沟的小姑娘香雪为了用 40 个鸡蛋换带磁铁的塑料铅笔盒，被火车带出去三十里地，当她黑夜走山路归家时，怀揣着那现代化的铅笔盒——山里人对现代文明的向往与憧憬。将过隧道时，她弯腰拔了一根枯草，插在小辫里，因为娘说，这样可以"避邪"，然后向前冲去。正是这几乎可忽略不计的细枝末节，因为它的浓郁的民俗味，还原了香雪的山村姑娘的本色，更让人感到香雪的真实和亲切。《哦，香雪》以横截面的一小碎片的一瞬，留下了山村姑娘清丽隽永、久远的美的感受。

然而，林白别开生面的《妇女闲聊录》却给了我们农村妇女的另一番不容人乐观的风景，或许有着妇女口述史的别样开拓？2003 年 7 月林白的《万物花开》由人民文学出版社出版，《妇女闲聊录》及《妇女闲聊录》补遗作为附录放入；在《妇女闲聊录》前林白有个题记说明："木珍是我家的亲戚，从湖北农村来，小学毕业，比她的丈夫有文化，喜欢读书，读金庸和岑凯伦，还有《家庭》杂志，说话爱用书面语，比如说老婆，一定用'妻子'，她大概认为老婆这种字眼粗俗。她说话的方式并不是我一贯认为的农村妇女的方式，那种所谓土得掉渣的，那不过是文人的臆想。她说的事也如此，跟我经验中的农村相去甚远。总之我认为她是一个有趣的人，她的闲聊也一样有趣。"③ 这附录当是 2001 年木珍在北京东四十条的闲聊。《十月·长篇小说》2004 年寒露卷刊出的《妇女闲聊录》与附录版分为五卷加另卷。

---

① 李小江：《口述历史与档案工作》，《中国档案》，2006 年第 1 期。

② 同上。

③ 林白：《万物花开》，人民文学出版社 2003 年版，第 171 页。

卷一"回家过年"和卷二"从小到大记得的事"是新增加的篇章,可看成叙述者李木珍的成长口述史;卷三"王榨(人与事)"和卷四"王榨(风俗与事物)"即 2001 年木珍的闲聊录,有些微改动,也有添枝加叶,活色生香;卷五"现在"和另卷"在湖北各地遇见的妇女"也是新增添的。目录下明确"时间:2004 年三月 地点:北京东四十条 讲述人:木珍,女,39 岁。"是否可以这样推测,卷二卷三的内容木珍又闲聊不已?闲聊就是闲聊,不如"史记"的一本正经,但闲聊出来的也是史篇。木珍实有其人,但也可能是女小说家的"圈套",或子虚乌有或"嘴在浙江,脸在北京,衣服在山西,是一个拼凑起来的角色"① 呢?

《妇女闲聊录》和《万物花开》的关系,林白自陈:"大概相当于泥土和植物的关系吧。"② 泥土孕育了万物花开,"泥土"更见事物的本质本源,"万物花开"则已经过园丁花匠的培育嫁接,乃至基因改造,所以,《万物花开》虽以大头为叙述者,但分明是林白的叙述,玩的是现代后现代杂交技巧;只是"原先我小说中的某种女人消失了,她们曾经古怪、神秘、歇斯底里、自怨自艾,也性感,也优雅,也媚惑,但现在他们不见了",取而代之的是不满 16 岁的乡村少年大头;原先的小资立场易位民间立场,原先的半自传体性质的私人生活悄然转换为乡村视野粗鄙却鲜活的欲望图腾世界。《万物花开》第一部"墙壁",极短。"瘤子就是我脑子里的花,灰色、重叠、花瓣紧凑。"长着五个瘤子的大头浑浑噩噩又清楚明白。他光屁股面对墙壁站着,是在性暴力横冲直撞的监牢里。老大原是个大学生,让他们讲跳"开放",于是大头想起小梅。第二部"游荡",很长。与其说大头在乡村到处游荡,不如说全知全觉无所不能的瘤花在给穷乡僻野的村子王榨日常生活摄像录音。乡村弥漫充盈着肉欲和生殖气息,如田野万物恣意花开,纵情声色,任其自然。男男女女,色钱交换,盘根错节,混乱交织,偷情却也不无感情,是欲望使然,是不无邪恶的游乐,也是盲目的反叛,对卫道的突围。这人类最古老的"无烟工业"在今日农村的繁盛,是喜还是忧?人们眼开眼闭的认可甚至是不乏人性人道的理解,是进步是倒退?瘤花灿烂,油菜花金黄;二皮叔的放生刀、剃毛刀、晃钩、砍刀、锉把、尖刀,长刀短刀,宽刀窄刀……刀锋寒光在游荡中霍霍生风。第三部"七姐妹",较短。

---

① 鲁迅:《我怎么做起小说来》,《鲁迅全集》第四卷,人民文学出版社 1981 年版,第 513 页。

② 林白:《万物花开》,人民文学出版社 2003 年版,第 171 页。

是第一部大头蹲监狱的缘由细说，也是瘤花的头尾呼应。河南来的一个穷困潦倒的"大棚"演出团，跳"开放"的小梅"仰着脸，脸上一片傲岸，跟电视里的时装模特一样"，"胸前的两坨肉赤裸裸地出现在灯光下"，细胖能不被诱惑？当细胖用钱把小梅喊到竹林里，在推推搡搡中小梅跌倒，被锋利的竹茬尖扎死了！细胖老爹给4000元钱让大头替人受过，不，是顶罪。"灰色的花瓣在月光里上下翻飞，有时也像蝴蝶，也像树叶，也像眼睛"，"它们长在我的身体里又从我的身体飞升，整个世界历历在目"①。正是篇末点题。大头就是林白，俯瞰乡村，情怀悲悯。

《妇女闲聊录》无论经过还是没经过林白手脑的加工，它呈现在读者面前的是原生态的记录，是木珍这一个出外打工见过世面的农村妇女走了很久后的频频回望，貌似东扯葫芦西扯瓢的"闲聊录"，展示的分明是农村妇女当代的横断面，并非仅仅是碎片的拼贴。

时代变革潮流滚滚而来，乡村的女人们身不由己为其裹挟。在轰隆隆的时代列车上，进城闯荡的农妇们，一站几十个小时，没水喝，不能上厕所，却无怨无悔，坦然面对。走南闯北，流动迁徙，卖衣服贩鞋，做百货卖首饰，灶具内衣化妆品，倒腾假货，开家具厂，修表修电器，也都水得很……赚钱又好玩，过年到底要回家！

千百年的乡村生活在沉滞中却有着绚烂多姿流光溢彩，饮食男女、七情六欲、生老病死，原汁原味的乡间的人和事扑面而来。木珍如数家珍的饮食民俗事象，不过是用来酢、炸、爆、腌、腊、与豆腐萝卜煮着吃的青鱼草鱼胖头鱼，不过是干腌菜、湿腌菜和红苕的五六种吃法，不过是面、馒头、千层饼、包面（饺子）、面条、炖肉、不老肉、炒肉和卤肉，放水蛋、整蛋、炒鸡蛋放葱、煎鸡蛋、卤蛋和腌鸭蛋，还有当零食的黄豆炒。就是酒席，亦不过必须鱼、肉、豆腐三大样，可硬是让人口舌生津。即使是"面朝黄土背朝天"的劳作，养鸭养猪教牛犁田贩牛叫打牛鞭，丝网围水塘捞鱼撒网打鱼，鸭鸡猪狗牛羊，各是各的叫唤，种花生、种黄豆、种绿豆、拾柴火，野生杂草和各种树的名称，本无足挂齿的日常生活，却被木珍说得有滋有味，于平淡无奇中咀嚼出生活的色香味。更不用说米变成糖这样甜美的手艺了。

至于人生仪礼的铺陈亦是娓娓动听：出嫁时的蜡烛姑到姑娘出门要哭嫁，生孩子要吃油面，外婆家送来黑母鸡和毛身衣，喜家婆边洗孩子边唱

---

① 林白：《万物花开》，人民文学出版社2003年版，第167页。

歌，再到过周岁；小孩过生日早上吃粑、米发糕、起家糕；吃斋的婆婆过生日，除了办酒席，还放两场电影；女孩子来月经叫"大姨妈"，或叫"客"，或叫"好事"，夏天来"客"，有腥味；老辈子用布，老了就没有月经了，像男人一样。病了有偏方，无论是治咳嗽、吃撑、外伤、牙痛，都有；人死了，王榨的人挺爱看热闹。老死的人葬在祖坟山；喝甲胺磷的，洗肠都不行，剧毒；跳塘死的，抓小鱼淹死的都有；生孩子死的鬼，叫月地大姐，是最可怕的鬼。治鬼用牛赶犁。放土铳。这就扯到精神民俗了。王榨的人过年放烟花比大城市还绚烂。玩龙灯求子求福，唱庙戏唱谱戏，正月初一拜庙，求黄幡放鞭炮，信迷信治病，给庙里师傅"赶生"（拜寿）、"办生"（做生日），管下界的六十多岁的百六九，会看相会捉生魂，没犯七就得讨米，做功德超度灵魂，用锯末做的"路灯"，孩子度灾吃豆子。"三月三，鬼上山"，七月八也是鬼出来的日子，这天要泼水饭。秋菊得了五保户的一个金菩萨，结果没生儿子，没后代的人的东西是不好随便得的。

　　如果以为这就是虽有点迷信但仍流淌原汁原味的原生态风物人情的生命力，似乎有点过于乐观了。在外做生意成了老板的，各个都嫖娼，一个接一个闹离婚。而农村人找一个媳妇，从头到尾，要二万。种田每年还要交一千多块钱！税太重了，田没人种。石头客每年都借粮。妻子因丈夫打牌赌博打架不绝。疤子发誓不打，拿起一把菜刀，把小指头砍了，伤还没好，又打。一些人家不养老人！认为老人活得太长，夺了儿孙的福?！指望儿子考上大学的不多，考上大学也得花好几万，供不起来，有那几万块，就留着给儿子娶媳妇了。王榨的人花钱却花得最厉害：上厕所都骑摩托，厕所就在村口。村里人说，这过的才是日子。生活是轻还是重？

　　如果以为木珍们是新型的贤妻良母，那就错了。她们可以几天几夜搓麻将，不睡觉，不吃饭，不喝水，不管孩子，不做饭，不下地。高中毕业的桂娇，打孩子却要打个痛快，拿镰刀往孩子头上啄。李丽懒得很，家脏得不行。孩子辍学做童工，王榨习以为常。舞龙灯是娱乐，打群架是争面子也是好玩，真不可理喻。偷鸡摸狗，偷秧苗，偷学校的建筑材料，偷鸭子，偷鱼塘誉为晚上搞活动，偷西瓜的把守瓜的人吓晕了更是好玩，更是匪夷所思。

　　尤其是错综复杂的男女两性关系纠结其间，与其说是生机勃勃万物花开，不如说是混乱荒唐还麻木其间，又尤其是女人！快四十岁的双兰谁给钱就跟谁睡，没钱休想，脱了裤子也不干；木匠的妈妈让三儿媳跟大儿子睡，说，你闲着也是闲着。桂香跟大眼好，大眼还跟老婆说。绍义丈夫病亡，之前她跟细枝的公公望良好，丈夫死后，改嫁妹夫，妹夫给炸死后，就跟了鱼客银山，银山已有个哑巴妻子。润芳睡觉不关门，被人睡了，还以为是老公喝酒回来了。外号叫李胖儿的瘦女人离开丈夫，跟孙胖儿的丈夫好上了，后来又出走，嫁给算命的瞎子，钱用光了，又跟大仙……后跟了一个补鞋的。细牛皮也没离成，他就跟妓女同居了。木菊跟她大姐看上同一个男的，趁她姐夫不在家，这两姐妹就跟这个男的睡，三个人睡在一张床上！四类苗跟老婆陈红离婚，打个昏天黑地，竟然拐了个400度近视眼16岁的闺女李文化。为生儿子借种的张姓女子，跟泰山北斗又不清不楚；矮个的哈巴带回一个白白的河南女孩，没结婚就怀了孕。木珍到城里打工，冬梅跟男人打牌时，亲一下就跟你亲一下，还让人摸。六七十多岁的老头也跟。只要有大头羊，不管你胡子长。还跟木珍的丈夫小王。外号线儿火的女人大概跟了六七个，给钱就行，跟小王大哥天不收偷情，天不收又跟刘巧好上了，线儿火竟然还跟踪他们！腊梅跟线儿火的丈夫好，又跟四伢的岳父。外号叫和尚的女人，喜欢打扮，丈夫驼子坐牢后，谁都跟，村里竟没有一个童男子了！和尚的女儿在广州打工，未婚而孕！三躲也是未婚而下个孩子！谁家都有女儿，现在大家都这样！冬梅的女儿香苗父亲死后，才十七岁，就到外面做鸡呢，跟一个64年生的干爸，其实就是做二奶……

　　一代又一代的女人，就这样沉沦？难道肉体的放纵果真是"致富"的出路和反抗的一种形态？所以，李木珍津津乐道的讲述流泻出来的乡村生存的乐趣和理由，让人觉得可哀。中国农村的种种景象绚烂与腐败交织，先进与倒行交错，没落与再生参差，快乐与痛苦并存，好玩与残忍坦然自若。这种麻木的快乐，令人战栗得好玩，实质上是乡村当今的病态和隐患所在。再看木珍，似乎并不能充当农村妇女的典型代表，即便是走出乡村的打工嫂的代表，也不是太妥。木珍的确外出打工赚了钱，有了经济能力，但她娘家人也不能等闲视之，父亲的木匠活儿是方圆百里做得最好的，她的兄弟也不少。大舅在北京，是个特级工程师，大舅妈在黄岗高中教书。即便木珍的老公虽有相好的冬梅，但能做米糖、懂养鸭经的小王绝对没有抛弃这个家的想法，小王的哥哥天不收当村长，还当过治保主任，他也乱搞女人，但毕竟不同于暴发户王大钱的弃妻。所以木珍的闲聊有那份从容淡定，甚至眉飞色舞。而更多的农村妇女却在麻木般的沉浮中经受难以言说的沉重和严酷，虽然不无滑稽，有时叫人哭笑不得。种种奋力突围，能改变后乡村时代妇女的生存悲剧吗？

　　但不管怎么说，林白带着广西北海小城湿润的海风，浸淫着珞珈山畔武汉大学的学养，历经广西电影制片厂的摸爬滚打，终北上京都定居，又平白无故下岗，只有整日操练文字。痛苦到底是磨炼人，在一部部作品为生存也为艺术的丰收中，重回武汉创作的这两部作品毕竟让人耳目一新，不，简直是振聋发聩。林白以历尽人间沧桑又淡定从容之风度，引领我们走进中国乡村腹地的生活景观，面对当代乡村形形色色的女人，直面她们承载现实生活的重荷和寻求逃避的种种方式，贴近她们的心，理解她们的精神诉求和出路，至于读者有什么样的感受是读者的事了。

人类的历史是以男性为绝对主体的男性记录撰写的所谓权威历史，在这些厚重的浩若烟海的历史书册中，女性的历史被掩蔽甚至被湮灭，偶尔留下的星星点点，也仅仅是作为"他者"为男性的光辉历史作陪衬和点缀而已，以往的历史是男性记录撰写的。"有个不出名的女权主义者叫普兰·德拉·巴雷，她这样指出：'男人写的所有有关女人的书都值得怀疑，因为他们既是法官，又是诉讼当事人。'"① 任何男性对女性历史的记述，任何男性作家对女性命运的叙述，客观上都不能超越其男性的视角，在漫长的人类历史中，居高临下的男性对女性的生存状态生活经验的领域有意视而不见，那么，男性怎能了解、认知这个领域呢？

而女作家拿起笔，站在不同于以往男性中心叙述历史的立场，颠覆解构以男性承当主体之历史，而以女性的视角、女性的感受，女性的言说，发掘记录以往被放逐的"他者"女性的生命史，从而从陪衬和点缀走向主体，这必将带来历史叙事的多元化，对于过往权威男性历史叙事是一次游离和反叛，同时又是一种补白和重建。

女性写作，就是要把女性的生命真实嵌进几千年的空白之页！"当妇女作为作家进入创作表现过程时，她们也就进入了一个用特殊方法铭刻妇女神话的历史。"② 女性只有自己从事创作，才能改变女性被控制在奴隶般缄默无语的地位，以女性的声音来表达自己真实的历史境况，最终实现对男权文化的突围。

中国现当代女性作家以女性视角观照历史，以女性的性别经验去想象和重构为主流历史叙事所遮蔽和遗失的女性生存历史，重新塑造被男性历史话语贬抑的女性形象，历史已然呈现出别样的内涵。

---

① ［法］西蒙娜·德·波伏娃：《第二性》，陶铁柱译，中国书籍出版社1998年版，第17页。
② ［英］朱丽亚·斯温蒂斯：《维多利亚时代中写作和工作妇女》，剑桥大学出版社1985年版，第35页；引自范志忠《寻找被逐者的精神家园——试论新时期中国女性电影的文化意蕴》。

第三章

虚构与纪实中的亚当与夏娃

《创世记》，这本是一个恢弘的题目。

无论东方西方，创世纪都有着"时代纪念碑"似的壮烈。

女人不是人，女性是"第二性"，这在所谓文明发达的西方，别无二致，甚至有过之而无不及。《旧约全书》洋洋五十章，开篇即是"创世记"。上帝起先造了一个男人，就是人类的始祖亚当。但是他没有劳动的帮手，"上帝就用那人身上所取的肋骨，造成一个女人。领她到那人跟前。"上帝用六天创造了天地，第七日歇了他一切创造的工，定为圣日；可见女人的分娩生育权都给剥夺了。"上帝把她赐给亚当是为了使亚当免于孤独，她的起源和她的目的均在她的配偶那里。"① 他们生活在伊甸园，但夏娃受了蛇的诱惑，与亚当贪吃了禁果；于是上帝惩罚蛇，必用肚子行走终身吃土，且世世代代与女人彼此为仇；而女人呢，被惩罚多多增加怀胎的苦楚，生产儿女的苦楚，恋慕丈夫管辖的苦楚；男人呢，被惩罚终身劳苦，才能从地里得吃的，而地必长出荆棘和蒺藜来，直到归了土！你是从土而出的，你本是尘土，仍要归于尘土；并将他们逐出伊甸园……"'女人啊！她曾通过在伊甸园的违抗向上帝报以服务；在她与他之间建立了深刻的理解；通过堕落她用那肉体赎罪！'她就是罪恶之源。"② 所以，夏娃虽是上帝用亚当的一根肋骨造的，但是在夏娃与亚当之间，夏娃却是主动者，亚当则是被动的，你信否？无论东西，女性总是必须充当男性的替罪羊。

中国古代神话传说中，"天地混沌如鸡子，盘古生其中。万八千岁，天地开辟，阳清为天，阴浊为地。"（《艺文类聚》卷-引《五运历年纪》）"首生盘古，垂死化身，气成风云，声为雷霆，左眼为日，右眼为月，四肢五体

---

① ［法］西蒙娜·德·波伏娃：《第二性》，陶铁柱译，中国书籍出版社 1998 年版，第 165 页。

② 同上书，第 260 页。

为四极五岳，血液为江河，筋脉为地理，肌肉为田土，发髭为星辰，皮毛为草木，齿骨为金石，精髓为珠玉，汗流为雨泽，身之诸虫，因风所感，化为黎氓。"（《绎史》卷-引《五运历年纪》）开天辟地是盘古。但造人的是女娲。在中国，尚有女娲造人之说："俗说天地开辟，未有人民，女娲抟黄土作人。剧务，力不暇供，乃引绳于泥中，举以为人。故富贵者，黄土人；贫贱者，引絙人也。"（应劭《风俗通义》《太平御览》卷七八引）女娲除造人外，《淮南子览·览冥训》又有补天一说："往古之时，四极废，九州裂。天不兼覆，地不周载。火爁焱而不灭，水浩洋而不息。猛兽食颛民，鸷鹰攫老弱。于是，女娲炼五色石，以补苍天；断鳌足，以立四极；杀黑龙，以济冀州；积芦灰，以止淫水。"当然，绝不能说中国的神话传说是尊重女性之表现，而是尊贵卑贱之等级森严使然，但至少还原了女人"分娩生育"的事实，女娲乃人面蛇身之女性。

　　名见经传的西方伟人们的言论，亦有不少充满着对女性的轻蔑和歧视。瓦西列夫的《情爱论》第2章第1节"笼罩在永世的夏娃身上的诅咒"，就专门搜集了男性学者名流乃至拿破仑等对女性的攻击谩骂。柏拉图说："妇女在数量上超过男子的程度相当于她们的本质按长处说不如我们男子的程度。"亚里士多德则认为妇女的思维能力"程度极其浅薄"，"自然界总是力求创造男人，它只在力不从心或是偶然的场合才造出女人"。老学究波里尼说："物质和妇女是缺乏理性的混沌，是犯罪物，是强盗的森林，是肮脏的物体……我要说，女性是调皮的、脆弱的、朝三暮四的、娇滴滴的、藐小的、不正派的、受人鄙视的、低贱的、卑劣的、遭人唾弃的、不体面的、凶狠的、有害的、可耻的、冷漠的、不成体统的……这是铁锈，是荨麻，是莠草，是瘟疫……"文艺复兴时代妇女屈辱的地位有所缓和，但一切并不乐观，就连卢梭也认为"妇女的第一个品质，也是最重要的品质，就是温顺。""妇女永远应该从属于男子或者男子的见解。"拿破仑采取了一些措施来改进妇女的教育，但是，他声称，培养妇女只有一个目的，就是培养下一代英雄人物。他本人"对一切有天分、有学识的妇女都感到厌恶。"叔本华认为："大自然用尖爪和利齿武装了狮子，用长牙武装了大象，用獠牙武装了野猪，赋予墨鱼以搅浑水的物质，而赋予妇女的则是……装腔作势的本领。从这个天生的根本缺点……派生出虚伪、不忠、背叛、忘恩负义。"尼采亦是狂热地仇视妇女，在他眼里，妇女是"猫"，充其量也只是"奶牛"，"女人是最危险的玩偶"，"男子的幸福是'我要'。女人的幸福则是'他要'。""妇女最大的本领是撒谎。"这套理论的结晶，便是尼采的"名言"：

"是去找女人吗？别忘了带上你的鞭子。"悲观主义者魏宁格则认为：男子是精神生物，而妇女则纯粹是肉体生物，是"性欲本身"。妇女"没有本性"，一个纯粹的女人是"一具空的容器"。妇女缺乏想象力，缺少对各类艺术：音乐、诗歌、绘画、建筑的审美观。妇女完全"没有了解客观真理的愿望"。她老是拘泥于细枝末节，因为她本质上是不郑重其事的。"女人能够说话，可是不会议论"；"女人老是说谎，连她在客观上说的是真理时，也是在信口雌黄。"瑞典作家斯特林堡则说："两性平等，这是退步，是荒谬绝伦的事……"①

　　凡此种种，不一而足，充斥的是对女性的贬斥侮辱式的诅咒，其目的无非是从根本上摧毁女性的自尊自信，用以维系和巩固男性世界几千年一统天下的威严的历史神话的延续。

第一节　女人与男人不一样

　　波伏娃在《第二性》中指出："男人喜欢做的一个白日梦就是让事物浸透着他的意志——塑造它们的形式，刺入它们的本质。而女人尤其是'他手中的泥'，这块泥是被动的，任他加工，任他塑造。"②　"她是大地，而男人则是种子；她是水，而他是火。创造往往被认为是水与火的结合；是温暖和潮湿引起了生命体。太阳是大海的丈夫；太阳和火是男神；大海是母性符号组成的、大量存在的最一般概念之一。"③　自母权制被颠覆之后，父权社会一开始就清醒地意识到，必须制定法典来将女性规定为"他者"，永远处于男性的依附地位，只能是男性的客体。女人常被比做水，其中原因之一是可以当作一面镜子。弗吉尼亚·伍尔夫阐释女人是一面特殊的镜子："几千年来，妇女都好像是用来作镜子的，有那种不可思议的微妙力量能把男人的影子反射成原来的两倍大。"④　女人是他者，"由于是主体心目中的客体，被看成自在，因而被看成是一种存在。在女人身上明确体现了生存者内心中的

---

　　①　［保加利亚］瓦西列夫：《情爱论》，赵永穆、范国恩、陈行慧译，生活·读书·新知三联书店1984年版，第45—58页。

　　②　［法］西蒙娜·德·波伏娃：《第二性》，陶铁柱译，中国书籍出版社1998年版，第165页。

　　③　同上书，第169页。

　　④　［英］弗吉尼亚·伍尔夫：《一间自己的屋子》，文化生活出版社1947年版，第143页。

需要，男人希望在经由她去追求完美的过程中，达到自我实现。"①

一　隔着性沟看"爱情"

柏拉图在《会饮篇》中对"人"之男女有另一和谐之解。他借阿里斯托芬之口，说神话中的人是一种圆球状的特殊物体，四只手、四条腿、观察相反方向的两副面孔，一颗头颅四只耳朵。人的胆大妄为使奥林匹斯山上的众神忐忑不安。宙斯又不想灭绝人类，于是决定把人一分两半，"在腌制花揪果之前把它剖开，或是用一根头发切开鸡蛋那样"，于是就变成了现在这样的人。从此，"每一半都急切地扑向另一半"，他们"纠结在一起，拥抱在一起，强烈地希望融为一体"——这样就产生了尘世的爱情。

这则神话充满了两性和谐之理想，人本来就由男人女人合成，人为的分开使男女急切地寻找另一半，然而，人间果真有这么执著寻觅爱情的男男女女？即使有，遗憾的是，寻找另一半很难很难，也许花费毕生的精力，也难以寻到！你以为找到了你的另一半，很快发现是赝品，人生苦短，常常是马马虎虎凑合吧，"人与人彼此相爱的情欲就种植在人心里。它要恢复原始的整一状态，把两个人合成一个，医好从前截开的伤痛"。"爱欲（情欲和性欲）其实就是被分开了的本质力求被恢复成一个辨证统一的整体。"②

但是，对待爱情男人与女人是不一样的。

另一则神话爱情故事倒与现实贴切。说的是盐水女神与廪君的相爱，但廪君有远大理想必须远征，盐水女神却恋恋不舍，为阻拦他外出，盐水女神天明即化为飞虫，遮天蔽日，使廪君不得出行。廪君解密后，也不说破，只以青缕作为信物赠予盐水女神，并没有感到危险的盐水女神天明又如法炮制，不想化为飞虫时，因有青缕为记号，廪君毫不手软地将她射杀。男人与女人对待爱情的不同态度可见一斑。女人缠绵，恋恋不舍，爱情成了女人生存的目的；而男人，爱情与事业相比，不只是忽略不计，一旦爱情成为事业的绊脚石，则残忍地将女方除之！

为什么会这样？无他，女人与男人生理不同心理不同，几千年形成的集体无意识不同，至今所处的位置和社会境况仍有很大的不同。所以，从神话到现实，何能奢谈爱情万岁？并不把爱情放在第一位的男性偏偏拥有主动选

---

① ［法］西蒙娜·德·波伏娃：《第二性》，陶铁柱译，中国书籍出版社 1998 年版，第 166页。

② 朱光潜译：《柏拉图文艺对话集》，人民文学出版社 1988 年版，第 240 页。

择爱情的权力，爱情至上的女性却永远处于被选择的被动地位。即便在妇女解放、女性"自立、自尊、自信、自强"精神高扬的今天，能把握寻找选择"另一半"主动权的女性也绝对不会是多数，况且，男性世界能容忍和接纳女性的主动寻找选择吗？况且男性所要寻找选择的女性的标准与女性所要寻找男性的标准以及各自努力的目标也难以一致，甚至是南辕北辙。

男性视阈中的女性，是花。王尔德说过：第一个把女人比喻成花的是天才，第二个是庸才，第三个则是蠢材。但是，即便亿万年后，男人对女人最好的比喻亦莫过于花。热烈敢越轨的红玫瑰和沉静守妇道的白玫瑰是男人寻找选择中患得患失的女性符号。"也许每一个男子全都有过这样的两个女人，至少两个。娶了红玫瑰，久而久之，红的变成了墙上的一抹蚊子血，白的还是'床前明月光'；娶了白玫瑰，白的便是衣服上沾的一粒饭粘子，红的却是心口上一颗硃砂痣。"①

伟大的莎翁也说：女人如蔷薇，转眼就凋零。生命如花。玫瑰也好，蔷薇也罢，都只看见从蓓蕾到绽放的娇艳，都只闻到花的馥郁的清香，谁凝眸缤纷花期过后的青枝绿叶？谁注目柔韧茎上尖锐的小刺？也许是徒劳的防卫？也许不无偏执，甚至不无尖刻，但正是这没有花季的青绿支撑着生命的全部，包含花。

女性寻找选择什么样的男人？舒婷的《致橡树》道出了当代女性的心声："我如果爱你——/绝不像攀援的凌霄花/借你的高枝炫耀自己/我如果爱你——/绝不学痴情的鸟儿/为绿荫重复单调的歌曲/也不止像泉源/常年送来清凉的慰藉/也不止像险峰/增加你的高度/衬托你的威仪/甚至日光/甚至春雨/不，这些都还不够/我必须是你近旁的一株木棉/作为树的形象和你站在一起……"

女人寻找选择的是木棉树一样的男人，而且自己也要做与之比肩而立的一棵木棉树，男人愿意吗？

西蒙娜·德·波伏娃说得透彻："男人觉得他们在生活的某段时间可以成为热情的情人，但没有一个可以称得上是'伟大的情人'；他们在最心荡神移时也不会完全退让；即使跪在情妇面前，他们也仍想占有她；他们在自己生命的深处依旧是主权的主体；被爱的女人只不过是其中的一种价值；他们希望把她并入自己的生存，而不是希望把生存完全浪费在她身上。相反，对女人来说，爱就是为主人放弃一切。如塞西尔·索瓦热所指出的：'女人

---

① 张爱玲：《张爱玲文集》第二卷，安徽文艺出版社 1996 年版，第 77 页。

陷入情网时必须忘掉自己的人格。这是自然法则。女人若没有主人便无法生存。没有主人，她就是一束散乱的花。'"① 这段至理名言的应用者当然包含她与萨特。

无法逾越的性沟酿就"爱情"这个字眼，对男女两性有着完全不同的含义，不同性别的误读酿出人间多少悲剧！爱在女性而言，简直是如宗教般执著虔诚的奉献；在男性而言，只不过是事业功名之外的装饰而已。拜伦就直言："男人的爱情是与男人的生命不同的东西；女人的爱情却是女人的整个生存。"

但话说回来，爱情毕竟是人类永恒的主题。关于爱情，保加利亚伦理学家基里尔·瓦西列夫在名著《情爱论》开篇即说："爱情，就是像一道看不见的强劲电弧一样在男女之间产生的那种精神和肉体的强烈倾慕之情。"②

爱情事关男女，这等于是废话，谁不知晓？然而，所谓女性爱情新观念："我爱你，但是与你无关。"——这叫一相情愿的单相思，其后果是自戕；所谓爱情是忘我的、无私的，当然，你为爱你的人可以"忘我"，但如若你要求对方"勿忘我"，那是他的事，真的与你无关。一切诚如英国作家哈代所言："呼唤人的和被呼唤的很少能互相答应。"所以，"各个时代关于爱情都有形形色色的议论和箴言，既有诗意的赞颂，又有痛切的抱怨；有虔诚，也有庸俗；有兴高采烈，也有沮丧颓唐；有青年时代的鲁莽，也有对命运的诅咒。"③

二　丁玲的"我心依旧"

20 岁的丁玲的中篇日记体小说《莎菲女士的日记》当写于 1927 年，发表于 1928 年 2 月《小说月报》。前一年，在叶圣陶先生的推崇下，她发表了处女作《梦珂》，可称为莎菲的先声。19 岁的少女梦珂，来到上海求学，但红鼻子先生对女模特的无耻言行让她愤然离校闲居姑母家。当她沉浸于二表哥晓淞间的朦胧初恋时，却发觉二表哥和另一男友澹明都是玩弄女性的老手！梦珂梦醒，再度愤然离去！然而，出路何在？谁能想到不久后，被誉为空前绝后的初现银幕的女明星林琅就是她呢？谁能感受到她隐忍于这种纯肉

① ［法］西蒙娜·德·波伏娃：《第二性》，陶铁柱译，中国书籍出版社 1998 年版，第 166 页。

② ［保加利亚］瓦西列夫：《情爱论》，赵永穆、范国恩、陈行慧译，生活·读书·新知三联书店 1984 年版，第 1 页。

③ 同上。

感的社会里的痛楚呢？

《莎菲女士的日记》3 万字，丁玲借助最私密性的日记文体让莎菲的欲情感受既绵密细腻又一吐为快，在中国现代文学史上，女作家如此大胆地充溢着强烈的反叛精神言说可谓石破天惊。茅盾在评价《莎菲女士的日记》时说："其中所显示的丁玲女士满带着'五四'以来时代的烙印的，她的莎菲女士是心灵上负着时代苦闷的创伤的青年女性的叛逆的绝叫者……莎菲女士是'五四'以后解放的青年女子在性爱上的矛盾心理的代表者！"20 岁的丁玲的绝叫是绝望抑或绝望中的新生？

莎菲所处的时代，汹涌澎湃的"五四"早已落潮，1927 年大革命的失败，使"五四"时代的文化巨变成为历史的定格，"五四"时期挣脱封建文化的桎梏、倡导个性解放、呼唤"人"的觉醒的声浪渐归沉寂，但是，中国知识女性毕竟经历过"五四"浪潮的洗礼，第一代女作家毕竟已浮出历史地表，以她们自觉或不自觉的女性性别之声呐喊过倾诉过，从湖南家乡走出的丁玲以她的泣血之声，"好似在这死寂的文坛上，抛下一颗炸弹一样，大家都不免为她的天才所震惊了"。① 她以有别于"五四"以来第一代女作家的别样话语，作为第二代女作家的代表言说女性的心声，真正地惊世骇俗。

比起"五四"大潮中以个人的恋爱婚姻自由为奋斗目标的知识女性，莎菲女士比她们走得更远，比她们要求得更多，追求得更执著，尽管势单力薄，但孤傲倔强的性格决定了她决不向黑暗势力妥协，这使她陷入孤独的愤懑挣扎和苦痛之中，内心深处产生了巨大的无以宣泄的精神苦闷。目标却并不十分明确，是模糊的、朦胧的、渺茫的。莎菲可以理智地处理自己的感情却又不知在爱情之外生命的出路何在，所以她的精神探索以到一个"无人认识的地方"消耗生命而告结束。

莎菲所追求的爱情是怎样的呢？"我总愿意有那么一个人了解得我清清楚楚，如若不懂得我，我要那些爱，那些体贴做什么？"②

老实忠厚的男子苇弟实际比莎菲大四岁，凡遇到事情只会"呜呜咽咽地哭"，他的懦弱和对莎菲的一味顺从使她感到的只是厌烦，对他的忠实感到"无法忍受的抱歉"，莎菲清醒：爱情不仅是"找一个老实忠厚的男人作一生的归宿"，它有着太丰厚的内涵，苇弟就只能是苇弟。

----

① 毅真：《中国当代女作家论》。

② 丁玲：《丁玲文集·莎菲女士的日记》，北京燕山文艺出版社 1998 年版，第 41 页。

　　那么漂亮潇洒的凌吉士呢？莎菲毫不隐讳凌吉士那鲜红的嘴角从一开始便引发了她内心深处的欲望，外表美丽的凌吉士曾激起她情感的冲动，她被他美男子的风仪倾倒、吸引甚至愿意对他以身相许，但正是这位引莎菲在爱情的微笑中度过了清晨的凌吉士，使莎菲认识了"人生这玩意"而灰心想到死。这个在爱情上给莎菲带来最大希望的男子，却在人生路上给她致命的失望，陷她于更大的痛苦和折磨中。因为他只是一个玩弄女性的高手，在美的外表下有着卑劣的、空虚堕落的灵魂。他所追求的生活理想，是纸醉金迷，需要的是能应酬他买卖场的太太，需要的是长得标致的白胖儿子，而作为他的陪衬的女人当是甘愿为他牺牲的女人，他向莎菲暗示这就是女人的本分，他压根儿就不懂爱情，或曰根本就排斥乃至恐惧那种基于两性平等的爱情。这当然是先锋与叛逆的莎菲所不屑的，莎菲识破他的荒淫卑劣后，诅咒自己"我岂不是把我献给他任他来玩弄来比拟到卖笑的姊妹中去"①！从对凌吉士仪表美的癫狂中醒来后，莎菲说"我应该怎样来解释呢？一个完全癫狂于男人仪表上的女人的心理！自然我不会爱他，这不会爱，很容易说明，就是在他丰仪的里面是躲着一个何等卑丑的灵魂！可是我又倾慕他，思念他，甚至于没有他，我就失掉一切生活意义了；并且我常常想，假使有那末一日，我和他的嘴唇合拢来，密密的，那我的身体就从这心的狂笑中瓦解去，也愿意。其实，单单能获得骑士般的那人儿的温柔的一抚摩，随便他的手尖触到我身上的任何部分，因此就牺牲一切，我也肯。"② 为何人生理想与道德观念迥异，志不同道不合，但莎菲仍然无法摆脱对他的思念倾慕？与其说这是她的病态、怪癖，不如说这是她的真实心态，是灵与肉的煎熬、理智与情感的撕掳！是异性间的自然吸引，性欲使然。正如她嘲讽毓芳与云霖分居是"禁欲主义者"，不相信恋爱是如此的理智，如此的科学！肺病侵蚀着她的身体，痛苦咬噬着她的心灵，她渴望得到别人的理解，可却又疏远别人，当然也被他人疏远。因而，她是何等渴求哪怕一个人的理解，这就是对爱情的热烈执著的寻觅，企盼理想化的灵与肉的完美结合！但无有答案，终归于黑暗的沉寂。尼采曾痛苦地呼喊"我不属于这个时代"，那么，莎菲也不属于她那个时代，她只是一个时代的早产儿，因而具有另类的先锋的姿态。

　　当然，梦珂、莎菲并不等于丁玲本人，丁玲自己就说过："我从来都既

---

① 丁玲：《丁玲文集·莎菲女士的日记》，北京燕山文艺出版社 1998 年版，第 61 页。

② 同上书，第 73 页。

不像梦珂也不像莎菲那样多愁善感，我倒是很能快活的人。我写的并不是我自己。"① 但是，莎菲们的渴求、寻觅和叛逆，到底有着丁玲的寄托和共鸣，小说结尾处"我可怜你，莎菲！"这个"我"，既是莎菲的孤苦自叹，也是丁玲对莎菲的悲悯，是否还有丁玲自己的影子呢？莎菲寻找真正的爱人以失败告终，而就丁玲本身而言，她曾说过："我最纪念的人是也频，最怀念的人是雪峰"，在这纪念与怀念间，含着多少迷惘与矛盾呢？

司马长风在《中国新文学史》第二编"诞生期"第 12 章专门有一节"莎菲女士的日记"，高度评价之："《莎菲女士的日记》是丁玲的成名作，也是成长期短篇小说的重大收获。这篇小说当时所以吸引了文坛的注意，不只因为它的内容在女子性生活上具有石破天惊的大胆描写，同时也因为在技巧出色，清新洒脱，卓然不群。如多人误以为它只是以性的暴露或描写性变态取胜，那不是误解便是胡说。实质上是非常严肃和精心结构的一篇小说。它不但不渲染盲目的肉欲，反之做了尖锐的批判。主题在探讨灵与肉的冲突。"②

钱理群等主编的《中国现代文学三十年》在评说丁玲时第一句话则是："丁玲是'五四'以后第二代善写女性并始终坚持女性立场的作家。"③ 一锤定音分外准确。在现代文学史中，"莎菲"既使年轻的丁玲崭露头角，又给她的人生带来灾难，但历经岁月淘洗，依然光彩照人。在现当代女作家中，丁玲是第一个大胆勇猛地以莎菲之日记倾吐出女性在灵与肉、情与欲的渴求，充满着冲突与煎熬，在一吐为快中，她既用犀利的解剖刀毫不留情地剖析男性的身心，同时也深入女性生命和灵魂作自审，这种锥心蚀骨真实真诚的痛楚，这种敢说敢为的激情和勇猛，可以说此后的女作家都只能望其项背。故而被人称许为："能够深入体会丁玲这些作品内涵，而又熟读当代女性主义先驱、法国女作家西蒙娜·德·波伏娃的人，大都会说：丁玲堪称中国的波伏娃"。④

《莎菲女士的日记》这篇新女性叛逆精神的杰作，是丁玲的女性宣言，是划破夜空的号角，声声唤醒中国女性冲决罗网，向束缚女性的古老陈腐的传统观念作出大胆的挑战和持久的斗争。尽管丁玲的人生与政治始终纠结难缠，但她的女性意识也一样始终未曾泯灭，堪称永远的"莎菲"。

---

① 丁玲：《生活、思想与人物》，引自袁良骏：《丁玲研究资料》天津文艺出版社。

② 司马长风：《中国新文学史》上卷，香港昭明出版社 1976 年版，第 165 页。

③ 钱理群、温儒敏、吴福辉主编：《中国现代文学三十年》，北京大学出版社 1998 年版，第 299 页。

④ 蓝棣之：《现代文学经典：症候式分析》，清华大学出版社 1998 年版，第 114 页。

第二节　女人的天空是低的

　　莎菲的寻找，或曰丁玲的寻找绵延至萧红、白薇、张爱玲的纪实性质的寻找，来到宗璞笔下的哀婉的虚构性质的《红豆》，直至王安忆笔下的米尼们的错误，其实，张爱玲的《色·戒》早已在纪实与虚构间明白无误！即便是卫慧、棉棉们，她们亦是在清醒中糊涂。一切早已为萧红感叹过："女人的天空是低的，羽翼是薄的，而身边的累赘又是笨重的。"① 如果说萧红的命运就是一首悲怆的交响乐，粉碎了女性对男人的所有美好幻想；那么，白薇爱情婚姻的"欲哭无泪"，则从另一视角印证了男性集体无意识的不可动摇；张爱玲的"不了情"终究沉淀为"多少恨"，她的分外清醒亦不能改变男人的世界；更不用说芸芸女众生了。

一　无边落木萧萧下

　　萧红（1911—1942）在现代文学史上是不可或缺的一页。

　　萧红的命运本身似乎比她的作品更耐人寻味，在她身上，父权、夫权、男权的压迫和桎梏是如此地沉重，而帮助她挣脱打碎男权锁链的优秀男性不可谓不多，同时还有帮助者与施虐者又很自然地体现在同一人身上的现象！所以，她是大幸的又仍是不幸的。

　　萧红的出身和她所受到的教育，在同时代的女性中还属于佼佼者。萧家是小地主，衣食无虞。父亲张廷举曾任呼兰县教育局局长，并带头创办女学，萧红从小受到正规教育。但这并不意味着这个烙上文明的封建家庭能给女儿一个健康成长的空间。恰恰相反，生母姜氏性情乖戾，况且萧红9岁时即失去母亲；"常常为着贪婪而失掉了人性"的父亲和继母对萧红尤见冷酷专制，萧红童年的精神家园仅仅寄托于祖父和"后花园"："每每在大雪中的黄昏里，围着暖炉，围着祖父，听着祖父读着诗篇……从祖父那里，知道了人生除掉了冰冷和憎恶而外，还有温暖和爱。"② 小学毕业后的萧红为读中学与家庭爆发激烈的冲突并如愿以偿。18岁时祖父去世，"父亲的家"已

---

　　① 聂绀弩：《在西安》，引自萧军《萧红书简辑存注释录》，黑龙江人民出版社1981年版，第160页。

　　② 萧红：《萧红选集·永久的憧憬和追求》，人民文学出版社1981年版，第3—4页。

无温情可言。19 岁时萧红以优异成绩毕业于东省特别区立第一女子中学，为抗包办婚姻，如同娜拉般毅然离家出走，经哈尔滨转北京，然而她与表哥陆宗舜在家庭的经济封锁中只有重返家乡，她被囚禁在伯父所居的阿城福昌号屯；当萧红第二次出逃到北京时，令人费解的是，孤独的她竟戏剧性地屈服于追到北平的未婚夫王恩甲，与他同居并怀孕！萧红是怎么改变初衷的？抑或从大伯处逃出即与王恩甲同居？相关史料不多且不确，只能推断，或许她虽然抗婚，但并不了解王恩甲，与他接触后，反而对他有了好感；或许，王恩甲像凌吉士一般，善于迷惑女性，萧红身不由己坠进了"未婚夫"的陷阱；或许，萧红在北京举目无亲，所投奔的好友李洁吾的妻子又对她猜疑，无所依靠、饥寒交迫中，王恩甲的"热情"融化了人世的冷漠……无论是什么样的缘由，有一点，萧红的抗婚对象最初只是抗拒封建的父亲的专制！但这一场本"有名有实"的婚姻，却在萧红身怀六甲与王回到哈尔滨时又出现了戏剧性的变化，那就是他们滞留于东兴顺旅馆！从此或可推断出王家可能很守旧，不能接受未婚而孕的事实，哪怕这本是家庭包办的未婚夫妻！等到囊中羞涩并欠下六百多元债务时，王恩甲借口回家取钱，却一去不复返，被遗弃的身无分文的萧红成了人质被扣押在旅馆中，旅馆老板扬言要将她卖去当妓女抵债！当今研究者有探研出新资料云王恩甲是因家庭变故而未能返回哈尔滨，因他的父亲王廷兰其时任抗日爱国将领马占山部骑兵团上校团长、省防军第一路（呼兰）统带，在执行任务时壮烈牺牲。[1] 这样，纨绔子弟王恩甲便无力偿还债务了。但窃以为王恩甲推脱不了抛弃的罪责。一个男人，而且是将做父亲的男人最起码应尽的责任，是不容有任何托辞的。

21 岁的萧红在对父亲的绝望后紧接着是对未婚夫的绝望，还有对男友陆宗舜、李洁吾无可依靠的失望，充满叛逆的决绝的她对男人的世界还能指望什么呢？

然而，绝路逢生。就在萧红走投无路之时，萧军出现了。

萧军对萧红，是有恩有爱的。萧红投书《国际协报》副刊，主编老斐委托萧军去了解她的困境。于是，有了 1932 年夏的伟大的会见，他和她"偶然相遇，偶然相知，偶然相结合在一起"，有了"偶然姻缘"[2]！其时哈尔滨松花江发洪水，"道外"几乎一片汪洋，萧红趁机从二楼逃出，待萧军游水和搭船来接她时，她已逃至"道里"萧军为她留下的地址中。萧军拯

① 秋石：《两个倔强的灵魂》，作家出版社 2000 年版，第 9 页。
② 萧军：《萧红书简辑存注释录》，黑龙江人民出版社 1981 年版，第 144 页。

救萧红于水深火热之中，这是萧军对萧红的"恩"。萧军对萧红不仅仅是"拯救"，还有透过即将临盆的身体和显得邋遢的衣着，从她的眼睛和小诗中感受到的"美"，这是爱。

两萧患难与共，生死莫逆，萧红的散文集《商市街》是感人的纪实；两萧是志同道合的，两萧都参加反满抗日的活动，都热爱文学。正是在萧军的鼓励下，萧红走上了文学创作之路。历经坎坷曲折，终在鲁迅先生的扶植下，萧红的《生死场》和萧军的《八月的乡村》得以出版，从而奠定了两萧在中国文坛上的牢固地位。从萧红与萧军的情感生活来看，应属于互补类。萧军，是粗犷的北国男子汉，身体健壮，喜欢以枕筒瓦和木段段当枕头，被萧红亲切地喊做"小狗熊"；而萧红是柔弱的北国女性，萧军喊她"小麻雀"、"小海豹"、"小鹅"。萧军性情暴烈，对于任何外来敢于侵犯他的尊严的人或事，常常是寸步不让，动辄以死相拼。鲁迅先生逝世周月时，萧军到万国公墓鲁迅坟前，把新出版的《作家》、《译文》、《中流》各样焚烧了一本，这事被张春桥、马吉烽看见了，在他们的小报上污蔑鲁迅先生、讽刺萧军。萧军找到了他们的地址，约他们夜间在徐家汇相见，萧军把马吉烽痛揍了一通，他们就此闭嘴。这当是莽夫萧军很可爱的地方。同时，弄文学的萧军一样痴迷七月七的牛郎会织女，一样流连忘返于雷峰塔的残址，断桥的遗迹，他自言："虚妄尽管它是虚妄，美丽依然还是美丽，因此流连还要流连，怅惘也还要怅惘！"这样一位可敬可爱的男人如何叫萧红主动放弃？两萧从情感裂痕到分道扬镳，成为萧红终极悲剧的前奏，令人扼腕长叹，不由得不探寻个中缘由。

从晚年萧军编辑的《萧红书简辑存注释录》中可以清晰地看到两萧都为情感裂痕的补救作出了最大的努力，如1936年7月17日，萧红只身渡海赴日本东京；回国后又去北京等，为的是让两人暂时分开一段时间；而萧军给萧红的信中也真诚坦言："前信我曾说过，你是这世界上真正认识我和真正爱我的人！也正为了这样，也是我自己痛苦的源泉。也是你的痛苦的源泉。可是我们不能够允许痛苦永久啮咬着我们，所以要寻求，试验……各种解决的法子。就在这寻求和解决的途程中那是需要高度的忍耐，才能够获得一个补救的结果。否则，那一切全得破灭！"[①]而且，双方情感并未完全破裂，但是，最终仍是决裂。这里边，D·M的插足固然是客观原因，但并非根本原因。

---

① 萧军：《萧红书简辑存注释录》，黑龙江人民出版社1981年版，第156页。

　　根本的原因是两性之间的性沟和无法沟通。直到萧军的晚年，萧军丝毫不认为自己有任何过错，相反，理直气壮，振振有词。萧军始终以大男子主义的面貌出现，置萧红于被保护被救助被俯视之地位，从根本上来说两萧从未有过平等的地位，哪怕萧军是真诚地出自好意。

　　1978 年 9 月，老年萧军在他的海北楼提笔分析决裂之因："在我的主导思想是喜爱'恃强'，她的主导思想是过度'自尊'。""俗语所谓'同病相怜'，只有是'同病'才能够做到真正的'相怜'"，而他，"由于自己是健康的人，强壮的人，对于体弱的人，有病的人……的痛苦是难于体会得如何深刻的。所谓'关心'，也仅仅是理性上的以至'礼貌'上的关心，很快就会忘掉的。"[①] 其实，这段肺腑之言，指的岂止是身体的差别，性别的不同也在其间！萧军的潜意识里有着根深蒂固的男性中心思想，这种居高临下的俯视的"爱"是萧红难以接受的，这便使两萧之间存在着无法填平的距离感。萧军自说："她常常关心得我太多，这使我很不舒服，以致厌烦。这也是我们常常闹闹矛盾的原因之一。我是一个不愿可怜自己的人；也不愿别人'可怜'我！"[②] 但他为何不想一想，他对萧红的责任感，或许不自觉地转化为一种俯视性的包办和施舍，这在自尊的女性来说，又如何感到舒服呢？

　　萧军对萧红离他而去，一直深感委屈。1979 年 9 月 25 日萧军于银锭桥西海北楼寓所中回顾自己走过的路后感叹："我这人一向最大缺点就是有一点'轻敌'，和《三国演义》上的许褚差不多，也常常喜欢赤膊上阵，因此就被弄得遍体器伤了！正如金圣叹所批：'活该'！我也承认自己'活该'。"[③] 萧红曾骂过萧军是具有"强盗"一般灵魂的人！萧军感到受了伤害，萧红所骂也的确欠妥，何况萧军的家乡"土匪"颇多，但是他说："如果我没有类似这样的灵魂，恐怕她是不会得救的！"此话亦是以恩人自居，两性之爱如若始终停留在"施恩"与"受恩"之中，又何来平等而言呢？萧军还言："一个不敢于杀人的人，一个连树叶落下来全怕砸到自己头上的那种绝对利己的所谓老鼠一般的'人'……他们是不会冒着任何可见的损害和危险而去救别人的。——虽然敢于杀人的人，不一定就是肯于救人的人。""我曾经有自知之明地评价过自己，我是一柄斧头，在人们需要使用我时，他们会称赞我；当用过以后，就要抛到一边，而且还要加上一句这样

---

① 　萧军：《萧红书简辑存注释录》，黑龙江人民出版社 1981 年版，第 32 页。

② 　同上书，第 17 页。

③ 　同上书，第 130 页。

的诅咒：'这是多么蠢笨而蛮野的斧头啊！……'"①

萧军还强调："她的朋友看了我的照片，断定我是'很厉害'的人物，并且很有派（魄）力。……她替我很高兴！但我知道她不真正欣赏我这个'厉害'而'很有魄力'的人物；而我也并不喜欢她那样多愁善感，心高气傲，孤芳自赏，力薄体弱……的人，这是历史的错误！历史也做了见证，终于各走各的路；各自去寻找他和她所要寻找的人！……""我爱的是史湘云或尤三姐那样的人，不爱林黛玉、妙玉或薛宝钗……"② 似乎青年时期的他在爱情上为萧红做出了重大牺牲，爱了自己并不爱的女人，并为她作了担当！在爱情问题上如此刚愎自用的男人能给寻求独立自主的女性以真正的爱吗？

萧军并不讳言他曾背叛过萧红。"在爱情上曾经对她有过一次'不忠实'的事，——在我们相爱期间，我承认她没有这不忠的行为的——这是事实。那是她在日本期间，由于某种偶然的际遇，我曾经和某君有过一段短时期感情上的纠葛——所谓'恋爱'——但是我和对方全清楚意识到为了道义上的考虑彼此没有结合的可能。为了要结束这种'无结果的恋爱'，我们彼此同意促使萧红由日本马上回来，这种'结束'也并不能说彼此没有痛苦的！"瞧瞧，直到老年他还如此看重自己和第三者分手的"痛苦"！尽管他也说了："如果说对于萧红我引为终身遗憾的话，应该就是这一次'无结果的恋爱'，这可能深深刺伤了她，以致引起她对我深深的，难于和解的愤恨！她是应该如此的。"③ 当然，也可见萧军是坦白的，也是诚挚的。说到底，他毕竟是个男人，同样是一个有着千百年种族心理积淀的男人，不会也不屑理会女人的感受，或许他认为萧红对他太苛求，也太理想化了，因而为她几年后的不幸埋下了苦种。事实上萧红在生命的最后阶段仍思念着萧军，认为萧军知道她的境况一定会来到她身边时，萧军其实早已另结连理，重组了自己的家庭，并且与王德芬白头到老。萧军需要的可能是传统加现代型女子，既要对他谦恭忠实、不声不响、言听计从，又得知书识礼、健康开朗、像蜜蜂一样吃苦耐劳的有"妻性"的妻子。直到老年，萧军还斩钉截铁地说："萧红就是个没有'妻性'的人，我也从来没向她要求过这一'妻性'。"④

① 萧军：《萧红书简辑存注释录》，黑龙江人民出版社1981年版，第36—37页。

② 同上书，第114页。

③ 同上书，第119—120页。

④ 同上书，第159页。

作为女性的萧红与萧军到底是不同的，萧红是极认真地爱着萧军的。萧红明白自己与萧军的体质差异："军：你亦人也，吾亦人也，你则健康，我则多病，常兴健牛与病驴之感，故每暗中惭愧。"① 从日本归来的萧红再上北京，寄给上海萧军的信中充溢着烦乱的凄楚，但仍爱着萧军。"在人生的路上，总算有一个时期在我的脚迹旁边，也踏着他的脚迹。（总算两个灵魂和两根琴弦似的互相调谐过）（这一句似乎有点特别高攀，故涂去。）"② 她祈求上苍："这回的心情还不比去日本的心情，什么能救了我呀！上帝！什么能救了我呀！我一定要用那只曾经把我建设起来的那只手把自己来打碎吗？"③ 尽管萧红并不是贞女般与萧军结合的，但她的心却始终孤傲贞洁，始终捍卫着女性的人格和尊严，因为她始终摆脱不了受侮辱与受损害的酸楚和屈辱感。所以在西安她会对聂绀弩说："我不懂，你们男人为什么那么粗暴，拿妻子作出气包，对妻子不忠实。"④ "你知道吗？我是女性。女性的天空是低的，羽翼是稀薄的，而身边的累赘又是笨重的！而且多么讨厌呵，女性有着过多的自我牺牲精神，这不是勇者，倒是怯懦，是在长期的无助的牺牲状态中养成的自甘牺牲的惰性。"⑤ 她与他是两团糅合后再捏出的泥人，你中有我、我中有你；她与他却又是两只刺猬，彼此多刺，难以太亲近；她是用小提琴拉奏出来的流水般哀伤的小夜曲，他却是钢琴或者管弦乐器演奏出的奏鸣曲或交响曲！萧红以柔弱的女性之声深切地呼唤着人性的尊严和男女平等，让女人像真正的人那样生活。

D·M 的介入，成了萧红与三郎分手的导火索。1938 年 4 月，萧红随D·M 从西安到武汉，宣布结婚。此举颇受朋友非议，但在萧红，未尝不是自觉自愿的选择，是不屈不挠自讨苦吃的寻觅！当然，等待萧红的只能是更无边际的孤独，她的寻寻觅觅又一次作为男权社会的"他者"而告终。其实在西安时萧红已对聂绀弩表白，"她是讨厌 D·M 的，她常说他是胆小鬼、势利鬼、马屁鬼，一天到晚在那里装腔作势的"⑥！所以懵懂的她大约又懵懂了一次，萧红的确富有女性全部的优点和全部的弱点。永恒地矛盾永恒地

---

① 萧军：《萧红书简辑存注释录》，黑龙江人民出版社 1981 年版，第 105 页。

② 同上书，第 114 页。

③ 同上书，第 117—118 页。

④ 聂绀弩：《在西安》，引自萧军《萧红书简辑存注释录》，黑龙江人民出版社 1981 年版，第161 页。

⑤ 同上书，第 160 页。

⑥ 同上书，第 162 页。

彷徨永恒地寻觅永恒地选择，哪怕为了一点点爱，她也有飞蛾扑火的勇气。然而，诚如她自己所言："我似乎注定了要一个人走路！"同年8月，武汉遭到大轰炸，沦陷前夕，D·M突然南下，仍留在武汉的萧红，身上仅有5元钱！幸亏友人蒋锡金从生活书店和读书生活社分别给她预支了一百元和伍拾元稿费，才得以度日。9月，冯乃超夫人李声韵与她同行，从汉口到宜昌，冯乃超夫人突然大咯血住院，萧红只得只身前往重庆，仿佛命定要一个人走路！在夜的码头上遭遇警报，人群乱纷纷逃散，萧红给绊了一跤，仰面朝天倒下，许久起不来，周遭死一般寂静，偶有一两只小虫子飞过，她却连爬起来的力气都没有！1939年春，萧红终于抵达重庆，D·M却没有做好接纳她的任何准备！萧红与罗峰、白朗夫妇同住江津，生一男孩，数日"夭殇"。也就是说，从危险的逃难到可怖的生育，D·M始终不在她的身边。她只能一次又一次地感叹："我总是一个人走路，以前在东北，到了上海后去日本，现在在重庆，都是我自己一个人走路，我好像命定要一个人走路似的……"①1939年夏，萧红才与D·M同居北碚嘉陵江边复旦大学《文摘》社的房子里，周遭是个农场。冬，搬至黄桷树镇上名秉庄的房子里，住在靳以的楼下。靳以曾著文，言D·M对萧红一副居高临下的凶狠劲，斥责她不会写文章；同时，又把一切杂事推给萧红，包括由他惹起的与四川女佣的纠纷！1942年1月22日病重的萧红在沦陷后的香港玛丽医院寂寞去世，D·M又时常缺席，身旁只有一位小老乡骆宾基。此前，因庸医误诊，切断了她的喉管，她不能出声！真个成了失语的女性！1942年1月19日，她在纸上写："我将与蓝天碧海永处，留得那半部'红楼'给别人写了。"又写"半生尽遭白眼冷遇……身先死，不甘，不甘。"②

　　萧红与D·M婚后的3年零9个月的时空可谓"欲说还休、欲说还休，却道天凉好个秋！"萧红在错综复杂的矛盾彷徨中，在理性与情感的纠葛中，在嫌厌与向往的两难中，终于选择了她心目中的"胆小鬼"，大概以为在胆小鬼身边她总可以做自己的主吧，错，错，错。"势利鬼"是不可能改变"男性中心"的势利的，比起鲁莽的三郎，在对待女性的歧视和轻贱方面，只能是有过之而无不及。尽管在当事人几乎都已离开人世后，还有人著书述说D·M与萧红如何恩爱有加，但这连道听途说都不是，只能是欲盖弥

---

　　①　梅林：《忆萧红》，《梅林文集》上海春明书店印行，1948。引自王观泉编《怀念萧红》，东方出版社2011年版，第161页。

　　②　萧军：《萧红书简辑存注释录》，黑龙江人民出版社1981年版，第179页。

彰的结果。萧红这一次的抉择是怎样的不近情理却又在情理之中！是怎样的令人费解却又明白无误。我们是否可以这样推测：萧红毕竟还是个女人。她的抉择是对萧军的由执手之爱而至愤恨的报复，也是女性对男性的无意识或有意识的依赖，是对爱的渴求——哪怕只要一点点爱！畸态的孽缘折射出创痛的心灵渴求爱情的慰藉。

　　然而，没有患难与共的经历，没有相濡以沫的情感，没有时间的验证，又何必去苦求"一见钟情"的小情人呢？况且这"一见钟情"中还含有太多的鄙视和冷峻！其种种行径，似已超出了男女之情的慨叹和评判了，那是做人的起码准则的要求。萧红对其始终的无言是绝望后无望的漠然吧。

　　在人世间仅活了 31 年的萧红，她的一生都在寻觅在逃离，在逃离中寻觅，在寻觅中逃离，其叛逆者的不归之路留给她的是无穷的痛苦。与她同居或有婚姻关系的三个男人，给她的都不乏伤害，不论曾给过她拯救或爱情与否。她与萧军结合时，怀着王恩甲的孩子，1932 年秋，她在哈尔滨市立第一医院生一女孩，与其说无钱付医药费而抛弃于医院，不如说因为不是萧军的孩子而放弃！她与 D·M 结婚时，怀着萧军的孩子，1939 年春，她产下一男孩，长得极像萧军，而且很健康！与其说几天后婴儿"夭殇"，不如说是因世俗的不容而被剥夺了做母亲的权利！她两次生育，两次做母亲，却同样被迫放弃了孩子，这是怎样的不幸。所有这一切让萧红对男性既有依附的无奈和求全的委屈，更有被伤害的痛苦和愤恨！

　　萧军曾概括归纳她的人生："幼年的她的生活是黯淡的、孤零的、无助的，如同瑟瑟秋风的荒原上一株茬弱的小树，冰天雪地里一只畸零的小鸟！"而她的青春，"精神上是被摧残的，感情上是被伤害的，人格上是被污的，肉体上是被伤毁的！"[1] 萧红自己也屡屡慨叹："病苦的人生啊！服毒的人生啊！""我哭，我也是不能哭。不允许我哭，失掉了哭的自由了。我不知为什么把自己弄得这样，连精神都给自己上了枷锁了。"[2]

　　萧红的大幸，是她的短暂而凄凉的人生中，承受过两位大师自上而下却并非俯视或施舍的光照的温暖和爱。

　　鲁迅先生是她的精神支柱："我们刚来到上海的时候，另外不认识更多的一个人了。在冷清的亭子间里读着他的信，只有他，安慰着两个漂泊的灵

---

① 萧军：《萧红书简辑存注释录》，黑龙江人民出版社 1981 年版，第 20 页。

② 同上书，第 117 页。

魂！……写到这里鼻子就酸了。"①

1946 年 8 月，茅盾先生在《呼兰河传》遭遇非议后为其作序，倾注的是真诚的"父爱"："今年四月，第三次到香港，我是带着几分感伤的心情的。""……看一看我的女孩子那时喜欢约了女伴们去游玩的蝴蝶谷……""……愿意忘却，但又不忍轻易忘却的，莫过于太早的死和寂寞的死……"②他是将萧红与自己一年前因流产感染而去世的女儿沈霞放在一起追忆哀思的。

萧红还曾蒙受过三位男子的理解和认同：聂绀弩、骆宾基、靳以为萧红留下的文字，白纸黑字是历史的见证，也是"路见不平，拔刀相助"的侠义精神，给萧红也给人世留下温暖或可说是友爱。

对于萧红来说，女性意识支配她去讨回女性的独立与尊严，但潜意识中对男性的依附又使她背离了女性的独立自主，在隐忍与屈从中失去独立与尊严。她的悲凉在于清醒地看到了自己的悲剧而无力自拔。她在临终前说："我一生最大的痛苦和不幸却是因为我是个女人。"③ 在这种环境下，寻找男子汉实际上成为了一个不切实际的空想，男人的集体无意识决定了男人对女人的冷漠无情甚至野蛮残忍，似乎是天经地义的。波伏娃说："做一个女人，即便不是一种缺憾，也至少是一件怪事，一个女人要'成功'，就必须得到男性的支持'。"④ 因此，在女性尚未成为真正的独立的"人"之前，"寻找"是徒劳的，因为"男子汉"们认为"寻找"的女人是怪物是不可思议的，也许这正是萧红痛苦悲凉的命运根源所在。

23 岁的年轻的萧红写作的文本，何以对中国底层女性的生存现状有如此深刻的描摹和理解？何以对男权中心社会对女性的习以为常的蹂躏有如此透彻的洞穿力？真个是力透纸背！这种敏锐的洞察力和独特的女性感受，完全有别于男性作家的书写，其个人身世之感，不论有意无意，是会融进文本之中的。

应该说萧红得到了好些可称之为伟大的男性的帮助，但是，她那颗脆弱敏感的心，已历尽生活磨难和情感蹂躏，《生死场》里的女人们倾注了她太多太多的女人的悲凉悲怆的感受。金枝的形象是否融汇了她的切身的感受？被诱惑被朦胧被抛弃的惨痛，对怀孕和生育的难言的苦痛，有过孩子却不能

---

① 萧军：《萧红书简辑存注释录》，黑龙江人民出版社 1981 年版，第 79 页。

② 茅盾：《呼兰河传》序，黑龙江人民出版社 1979 年版，第 1—2 页。

③ ［美］葛浩文：《萧红评传》，北方文艺出版社 1985 年版，第 152 页。

④ 白舒荣、何由：《白薇评传》，湖南人民出版社 1993 年版，第 41 页。

做母亲的悲痛，积淀于她年轻的心田，她用女人的眼睛看女人，同时，亦用女人的眼睛看男人。男人和女人生命本体的体验和感受是如此不同！

萧红，憧憬着温暖与爱，做着凄美眩惑的梦幻；而时代又呼唤着她，战火和死亡压迫着她；她处于两难抉择的苦痛中。她在她的笔下，将女性生存的处境看得清醒透彻，可她自己，却依然一次次栽进不能自拔的情感的泥沼。

其悲剧命运为她的作品中的浓浓的悲剧意识奠定了坚实的基础。

二　白薇的悲剧生涯

白薇（1894—1987）虽归于第二代女作家，但年龄比第一代女作家还要长一些。白薇是历经人生的重重折磨，过了而立之年才找到文学这一情感宣泄口的。白薇原名黄彰，对笔名的解释，自言，"薇"并非蔷薇的薇，而是空寂又奇穷的薇草。这种蕨芽，长在山窝里或树荫深处，是为人无视的小草。本姓黄的她还要改为"白"，实乃"含尽了女子无穷无尽的悲凉"①。

白薇的创作涉猎剧本、诗歌、散文和小说。其剧本《苏斐》、《琳丽》、《打出幽灵塔》以火辣辣的爱憎和纠结难解的两性情感形成高潮迭起的戏剧冲突，不无稚拙；长篇小说《炸弹与征鸟》以出身官宦之家的余玥、余彬两姐妹的自我命名折射出时代女性的抗争和无奈。命运多舛的余玥从受虐媳妇到妇女解放运动的一线女战士重重突围仍身陷囹圄，这只征鸟早已绝望地感到周遭的黑暗包围！而以"炸弹"自命的纯洁天真的女学生余彬应征到革命队伍试图以"炸弹去炸毁黑暗"，可她发现变不了炸弹，依旧不过是做男子的摆设花瓶而已！争取独立自由的新女性，无论你有出征飞翔的意志抑或炸弹般的气概，也难以在战场情场寻觅到女性的自我，几千年的男性中心社会为女性打造的铁定框架即便在激烈的社会动荡中也难以砸毁。这部连载于《奔流》而因种种缘由并未完成的长篇，其实也象征着女性寻觅的难以完成。

自传体长篇小说《悲剧生涯》当时的社会影响可谓振聋发聩。白薇在男女私生活的狭窄的小天地里，敢于正视女性身心千疮百孔的淋漓鲜血，更敢于直面男性自私顽劣不负责任的无所谓态，在犀利解剖自己心扉的同时，也将男性的体面风流撕了个粉碎！在激流潜流交混、女性价值追寻沉浮的大时代中，以一己挣扎煎熬穷困潦倒的病体女躯，撕心裂肺控诉男性爱的背

---

① 　白舒荣、何由：《白薇评传》，湖南人民出版社1993年版，第41页。

叛、情的堕落，这种拼却性命的呐喊实在是惊天动地，因为这并不是白薇这一个女作家的特例，而是许许多多女性难以启齿的婚恋家庭生活经历中遭遇的难言之隐，白薇却将其暴露于光天化日之下。这恰如女作家关露在《评白薇的〈悲剧生涯〉》所言："关于这点，是作者伟大和超人的地方，因为也有许多女性都有着她同样的生活和心理。然而，许多人是惧怕真实，惧怕把真实的自身去向人披露。"也诚如女剧作家安娥所说："白薇这个痛苦的名字，将来绝不会从正义的文艺史、革命的妇运史上把她抹掉。"①

《悲剧生涯》展示了碧苇与威展的十年爱情纠葛。众所周知，碧苇即白薇，展威是诗人杨骚的代指。展威之名是否可理解为一展男性之威呢？杨骚不同于《打出幽灵塔》中的胡荣生，胡荣生是土豪劣绅，是封建专制家长，是贩毒者，是性掠夺者性暴君，可谓丧尽天良十恶不赦。而杨骚其人，毕竟是左联早期的一个成员，创作出版过诗剧《心曲》、《受难者的短曲》及长篇叙事诗《乡曲》等。他与鲁迅先生过从甚密，正是他领着白薇去见鲁迅的，白薇的作品也多在鲁迅主编的刊物上发表。1932 年 9 月杨骚还与蒲风、穆木天等人发起成立中国诗歌会。白薇的《悲剧生涯》发表出版后，至少引发妇女界的同情和支持，杨骚虽然有话要说，但事实终归是事实，白薇与他彻底分手。1940 年白薇到了重庆，身患热病，欧阳山将杨骚找来，杨骚表示定痛改前非，但是白薇断然拒绝，决心不再做爱情的游戏。皖南事变后杨骚被疏散至新加坡，1952 年从印尼回国后担任华南文联领导工作，1957 年 1 月 15 日去世，享年 58 岁。从传统的观念来评析，杨骚称得上一个好同志，守大节，只是生活作风小节问题。如若再对杨骚的身世分析，家乡福建漳州，生父是面粉工人，大哥煤炭工人，二哥细金工人，可谓根正苗红。但其养父是前清举人，有名士之风。杨骚的泛爱是否受名士风流之濡染？

《悲剧生涯》的深刻意义恰恰在这里，它反映出了男女不同的视点不同的是非观不同的人生态度，即几千年社会传统的观念就是如此，白薇何必大惊小怪？但白薇偏偏作出了血肉控诉，控诉的还是这么一位好同志！

碧苇之名一如白薇，苇虽柔细但坚韧，碧即纯净。碧苇在日本结识展威时，展威正失恋且欲自杀，是碧苇拯救了他，两人遂坠入热恋，但很快展威玩失踪，碧苇则苦苦追踪；在杭州相聚后展威又回了漳州，三年后突然又来到碧苇身旁；此后，威展时而疯狂热恋，时而无情变心，时而痛心悔改，时而故态复萌，碧苇只不过是他的"人生的桥"，只不过是他的"爱的游戏"

①　白舒荣：《一个热情、痛苦、坚强的灵魂——白薇》，《新文学史料》1981 年第 4 期。

的配角而已。碧苇始终处于被动地位，爱人在爱她时可以随心所欲同时爱另外几个女人且心安理得，当爱人离弃她时，她只能一次次或寻觅或等待这无情的爱人；当爱人一回回焦头烂额回到她身边，她又只有一次次原谅他的不忠和背离，承担起爱的义务给他爱抚温暖；她被爱人传染性病但他还振振有词责备她不尽妻子的职责，她就只剩下重病缠身奄奄一息的身子和千疮百孔还添新伤的破碎的感情，重复反复迭出，让她欲自拔又难以自拔，真个是"爱得死去活来"整整十年！这是一个出走又倒退的娜拉，在苦难中挣扎爬出又重陷进苦难的知识女性，直到1935年她生命垂危中爱人仍置她不顾，才让她彻底绝望，痛苦而坚决地结束这一切彻底分手，且永远不再。

　　白薇的苦痛和灾难，只有女性最能理解，杨骚的屡犯不改且强词夺理，男性社会对他亦是宽容和理解的，不分古今，无论东西，碧苇的悲剧在威展在男性世界不过是风流韵事之一桩桩，虽说威展的风流对碧苇的伤害是致命的，但碧苇的控诉对展威的人生却不会构成致命的打击。这实际上是千百年男尊女卑的社会烙印，已成为社会男女的集体无意识，白薇的呐喊是挣脱传统婚恋观的觉醒的女性的抗争，与传统观念的相争相撕搂表现出男人和女人是不一样的，俗话说"公说公有理，婆说婆有理"，"清官难断家务事"，其实已言出性别决定话语的不同，在两性世界中两性关系根本就是不公平的。白薇痛彻地认识到："'五四'以后抬头起来的妇女，时代的黑手又把她们拖回家庭、拖回坟墓去；同时躲进了坟墓的千代朽物的封建男权，又被拖回来显威肆虐，由是妇女问题，成了大家目前来闹闹的不痛不痒的流行问题。"[1] 男女看待问题切入视点不同，观念不同，情感不同。碧苇将爱情视为奉献，对爱情专一，她爱的是展威这个男人；然而，展威对女人只有索取，而且是无条件的索取，哪怕他的确是一情感丰富才华横溢的诗人，他要的是众多女人的爱，当然，更要碧苇无私奉献的爱。这幅作者自言的"时代产儿的两性解剖图"，直接展现了女性生存和情感经验世界的惊心动魄，在男性话语的汪洋大海中发出了一个女子虽无助但坚决的声音。那时的白薇已很清醒，她称："……一切罪恶，我并不责备他，抱怨他，推本究源，还是封建社会给了男人种种为非作恶的宽容和机会，他们敢这样藐视女子，玩弄女子，甚至把一个女子陷到死境还不肯负责！"杨骚不过是封建社会中千千万万的男子恶魔中的一个罢了！

　　白薇以超常的勇气不顾一切地展示了女性受性压迫性奴役的处境，无论

---

① 白舒荣、何由：《白薇评传》，湖南人民出版社1993年版，第153页。

是心身还是笔端始终激荡着女性鲜明的独立意识和强烈的反叛精神。

白薇的坚韧，出自她坎坷人生经历的磨砺。她诞生于传奇的家族之中。祖母曾为太平天国的女兵，父亲是早期同盟会会员，在她的血液中应有着反叛的基因。然而，在她五六岁时她的母亲因喝了一寡妇家的蛋花汤，就与寡妇家结了娃娃亲，这是风俗使然。泼辣刁钻的婆家却对她竭尽虐待之能事，她逃回娘家，却为父亲不容，幸而母亲这回帮助她逃到衡阳再转长沙读书，父亲却又追来要将她带回家乡，万般无奈之中，白薇逃到日本。在日本艰难的打工求学中，于1924年盛夏，结识了失恋的杨骚，从此这剪不断、理还乱的情感纠葛达十年之久。白薇对亲情、爱情的爱恨交加，既渴求又深知其伤害的痛，所以她对亲情爱情对父母爱人一直是持双重矛盾的态度的，如孟悦、戴锦华所言："对于一个心头烙满骨肉亲情留下的创伤，爱情留下的创伤，贫困和恶性疾病留下的创伤的女性而言，对于一个被父亲、被友人、被热恋的恋人出卖的女性而言，对于一个在民族危机中欲赴疆场而无资格的女性而言，白薇的写作也许是现代女作家中最具自传性的一个。"①

让人百思不得其解的是，白薇正是在与杨骚情感的痛苦纠结中实现了创作的丰产，当她与杨骚了断之后，心或许归于了平静平和，但同时似乎也影响了她的创作，以至于无声无息。

至于沉樱和梁宗岱的婚姻其实又不是一场悲剧生涯的翻版么？只不过典雅温和一些罢了。他们原本是彼此倾慕对方的文采而自由恋爱结婚的，此前梁宗岱为家中包办婚姻还闹得沸沸扬扬，那么梁宗岱理应珍惜吧，况且自1935至1945年婚后十年沉樱几乎停下了手中的笔，生育抚养三个孩子，为了这个家女作家付出了创作生命。然而，抗战胜利后，梁宗岱回到家乡百色，却对一粤剧女演员一见钟情，沉溺其间，沉樱无法忍受他的背叛，与梁分居，独自携三个孩子随母亲弟弟妹妹去了台湾，就这样一直到老。一个柔弱的知识女性独自肩负起全家的重担，谁能不肃然起敬？而且与白薇不同，她一直没有放下手中的笔。她对梁宗岱的感情亦是爱恨交加。留在大陆的梁宗岱虽命运坎坷，但他似乎并没有为对不起沉樱而忏悔过，这也许就是女人与男人的不同。

再看当代张洁的带着血泪的自传体长篇小说《无字》，其撕心裂肺的锋利和深刻，再次展示出"时代产儿的两性解剖图"，不能说书中女主人公吴为完美无瑕，亦不能说书中男主人公胡秉宸罪恶滔天，但张洁写出了即便社

①　孟悦、戴锦华：《浮出历史地表》，河南人民出版社1989年版，第205页。

会地位文化维度高层次的男女私生活一样难以融合和千疮百孔，除非一方彻底举手投降。

三　米尼自找的错误

张爱玲曾有"高尚的下流坯"一说，男性中心社会至今也在生产"高尚的下流坯"。试看今日世界，这总统那总统的性丑闻不绝于耳，男性的性丑闻似乎算不得什么恶事，反过来还可能成为生命力旺盛有魅力的标志呢。所以，女性的解放谈何易！如果说现代女作家以自家充满血泪痛楚的婚恋让我们窥见"高尚的下流坯"景观，那么，当代女作家王安忆对感化性质的女子监狱 14 个感化对象的采访后，诞生的虚构小说《米尼》，则是下三烂男性诱逼女性堕落的龌龊下流残酷小史。《米尼》这本小说是王安忆等上海作家于六月暑天前往皖南白茅岭女子劳教所住了一星期，采访了 14 个感化对象后有感而作。出发时，她并不知道她要写什么，或准备写什么。这些女人形形色色，有卖淫的、有盗窃的，她们说出的"故事"真假难辨，大多是谎言，但是，"在她们的世界里，道德与价值的观念、法则是与我们这个世界里，由书刊、报纸及学校里的教育所代表的法则、观念不相同的。她们生活在一个公认的、合法的世界之外，她们是如何抵达彼岸的呢？"① 于是，"工匠"王安忆"在很长久的时候，我一直在想这个女人的故事。那长江轮上的邂逅，越来越像是一次从此岸到彼岸的航渡，一个女孩，从这一个世界渡到那一个世界，其间是一条什么样的道路？那一个世界，究竟是怎样的面目，快乐还是不快乐？米尼的到来，就是为了帮助我回答这些问题的。"②

米尼是上海弄堂里的小市民之女，1960 年她 8 岁时父母去了香港打拼，但也只是在城市贫民阶层挣扎，她与哥哥姐姐跟着孤独苦闷的阿婆留在上海生活，成为一不完整的异化之家。米尼聪明、精刮、极端自私，亲情缺失使她分外向往男女之爱，只要有一点点爱，就会有飞蛾扑火的义无反顾的勇气。米尼与王琦瑶一样都有着上海女人的柔弱的坚韧，默默承受命运的施予和打击，对爱总有一份心不死的寻觅和等待，所以，无论低贱下作沦为小偷和妓女的米尼，还是始终不忘"上海淑媛"尊贵的王琦瑶，都不能善终。她们的坎坷遭遇和悲惨结局的确是男人给的，但说到底还是她们自找的。她

---

① 　王安忆：《王安忆自选集》第四卷，作家出版社 1996 年版，第 302 页。

② 　同上书，第 292 页。

们活在情感的错位中，情感的收支严重失衡。当然，两部小说都不乏宿命的悲凉。

《米尼》的开篇即满布宿命色彩："公历 1972 年 12 月的凌晨，米尼将生产队分配的黄豆、花生和芝麻装了两个特大号旅行袋，一前一后搭在肩上，与她的同学们回上海了。"夜行中，"这一瞬间，米尼无比清晰地感觉到地球是一个巨大的弧形苍穹笼罩。她觉得，以后发生的一切，在这时是有预兆的。""很多日子以后，米尼有时会想：如果不是这一天回家，而是早一天或晚一天，那将会怎么样呢？这一天就好像是一道分水岭，将米尼的生活分成了两半。"但与其说是宿命，不如说在男性中心社会里，女性又如何能逃离这无所不在的宿命呢？

身处底层的米尼与阿康的婚恋也可演绎为初恋到婚变、堕落到救赎、坠入深渊三部曲。女知青米尼的确是主动缠上阿康的，但仅仅几天，惯偷阿康就被逮起遣送回安徽判了三年劳教，而这时的米尼却不改初衷，怀了孕的她以"节妇"般的坚贞死心塌地等着阿康。为了生存，她竟无师自通干起了小偷的活！然而，阿康是否会为米尼所感动，出来后改邪归正在安徽小镇上好好过日子？非也。米尼对阿康的爱没有掺杂一丝物质欲求，无私奉献、不计后果，但阿康酒后吐真言，充满了歹毒的怨恨："我的生活道路，就是从碰到你的那一日起，走错了，一步错，步步错。""你这样的女人，就像鞋底一样。""你这个白虎星，谁沾上你谁要晦气！"当一家三口回到了上海后，阿康的越轨终引发婚变。

离婚后的米尼回到阿婆家，直至阿婆去世，父母从香港回来奔丧，这一段日子是米尼生活无望的岁月，但也是她隔绝堕落回归庸常的日子，只是，阿康主动奔丧的举止又使她误读成"爱"，其实只是她一相情愿的不放弃，将最初的纯粹变糊涂的爱。他们放着夫妻不做，却偏要做一对偷情的男女，再与平头的交往和群交，她不再有廉耻之心，如阿康所言，"非但没有脱出旧的圈套，反又落进了新的圈套，圈套套圈套"。自此，米尼重投罗网入卖淫团伙，流窜深圳做皮肉生意，逃命安徽，一步步走向命运的深渊。米尼常常在想：男人是个什么东西？她觉得她与男人在一起，她是个人，而男人则更像是畜生。其实，她自己也已沉沦为下三烂、垃圾、人渣，连同他们的儿子查理。她的堕落可称"为了爱"的堕落，女性纯粹的爱遭遇道德沦丧的男性，哪能不陷进罪恶的泥沼而不能自拔，从而走向堕落与毁灭呢？这就是可鄙可怜可悲的米尼。

米尼的命运却又发生了根本性转机，在香港的母亲给她办理签证，等待着米尼的可能会是另一种新生。米尼此时的直觉已感知危险逼近,只是弄错了源头,她以为会是儿子查理,而以为阿康会与她同喜,其实,阿康对此却只有嫉恨,嫉妒且生出强烈的恨。他决不放过她!在狱中他立即供出了米尼,原本更恶毒,而且蓄谋已久:他要等到米尼办好了签证,再去到派出所,以一个觉醒的嫖客的身份告发米尼,"让米尼从希望的顶峰直跌到深渊。他见不得别人的希望,尤其是见不得米尼的希望,米尼的希望于他就像是服刑一般,使他绝望。米尼就好像是他自身的一部分,他不允许这部分背叛另外的那部分。"① 他为什么这般痛恨米尼呢?米尼对他可以说已经做到了"无私奉献"的地步,可他居然还心毒手狠地要置米尼于死地,真是让人毛骨悚然。但如果冷静地想想,也很简单,男人与女人不一样,像阿康这种下三烂下流坯子,只不过暴露得非常彻底,不加一丝伪装而已,不像一些披着权贵、学者、大款等各式外衣的男人那般阴柔许多。王安忆为阿康在拘留所里写了一段心理活动:"当他住在拘留所里,在那灯光照耀,明亮如昼的深夜里,他想到自由在街上行走的米尼,觉得她好像在天堂里一样。他是绝不允许他在地狱,而米尼则在天堂。"② 也许,这就是男人。这就是男人的思维。无论你高贵还是卑贱,富有还是贫穷,强悍还是懦弱,面对女人,千百年集体无意识使然。王安忆把男性内心深处最复杂最龌龊最不可理喻的东西挖掘了出来。这也可称为从女性内心搭桥进入彼岸男性内心看了个究竟。

被称为新新类写手的棉棉《啦啦啦》触及社会底层的男男女女的生存与爱情,她似以不经意的口吻讲述物质与情感的种种。第一人称"我"的女孩,名红,她与赛宁相爱,但是这个赛宁既前有邻居女孩,后又以做香港男孩多比的家教为由,偷偷与乐队女子旗相爱,直到旗挑明此事。赛宁却理直气壮认为自己既爱旗,但又不能没有红。历史虽已翻过了好些页面,但是赛宁身上仍负着杨骚的影子。爱情是专一的吗?爱情必须忠诚吗?对,那只是男性对女性的苛求,而男性自身并不排斥异性的她。棉棉的《糖》中"我"感叹:"因为我们都受过男人的伤害;我们都不相信男人;我们都爱男人;我们都像浮萍一样;最重要的是我们都曾生不如死死而复生,我们的人生都特别不容易。""上海女孩喜欢把性当成武器,她们通过性要其他的东西,她们善于压制自己对高潮的渴望。她们要什么呢?要她们眼里的西

---

① 王安忆:《王安忆自选集》第四卷,作家出版社1996年版,第292页。

② 同上书,第147—148页。

方。或者她们要一个绿色的本。而老外男人要什么呢？他们要一片金黄色的丝缎般的皮肤和一张看似无辜的中国宝贝的脸。"读着感到特别的沧桑，是与她们年龄不相称的沧桑！

卫慧对男人的这一本性似也看得入木三分。她在《我是一支烟》中将女人的整个生命喻为一支烟，"头三口是新鲜的活泼，最后三口是凝重的醇厚，在这三口中间，便是毫无激情地燃烧生命了"。被人爱一次，只不过是将你点燃，你的命运逃脱不了被扔进躺满同样结局的烟头中间。在《上海宝贝》中，卫慧以俏皮的语言说，"男人总是在女人眼皮底下做出色胆包天的事，他们会说'爱你和对你忠实与否是两码事'，多数男人不适应一夫一妻制，他们缅怀古代的后宫里藏三千粉黛的艳史。"① 倒也说出了古今中外男性的种族心理积淀。但是，卫慧棉棉们的透彻是女性独立意识的前进还是倒退呢？了然后的无所谓甚至习以为常，那是一种新的麻木和沉沦，这种麻木和沉沦是难以觉醒的："也许别的女孩子认为现代的女性应该独立，但我毕竟希望做个女人而不是无性的人，做女人的好处就是，可以让别人为自己挡风遮雨，因为我需要……" 当然，卫慧在《我的禅》中还这样叹息过："有的时候，女人跟一头猪做爱是为了惩罚自己，然后如火中凤凰涅槃再生。这是女性自我提高的一种途径。" 而这种途径是否太惨烈了呢？

第三节　女人的戒指　男人的圈套

伍尔夫在《一间自己的屋子》里如是说："女人几百年来都是坐在屋里的，所以到现在连墙壁都渗透了她们的创造力。这种创造力和男人的创造力大不相同。假使阻止这力量的发展或是浪费了它，那我们可以说是一件十分可惜的事，因为这创造力是数千年来最严厉的规矩换得的，没有别的东西可以代替。"② 中国现代女作家们拿起笔，以别于男性的巨大创作力创作出别于男性作家的作品。

在中国现代文学史中，庐隐是第一个以女性的视角来看女人写女人的。庐隐在日记体小说《归雁》里就有这样的感叹："唉，天，它给我一只夜莺的眼，永远追求人们所忽略的夜之神秘；它给我的是玻璃球的头脑，我看透

---

① 卫慧：《卫慧文集·上海宝贝》，陕西旅游出版社 2000 年版，第 73 页。

② ［英］弗吉尼亚·伍尔夫：《一间自己的屋子》，文化生活出版社 1947 年版，第 55 页。

一切事实的背景，因此，我无论在什么好的环境里，我只感到不满足，我总是不断的追求，所以我的好梦比谁都容易醒。而今呵，我造成我自己为一首哀艳的诗歌，我造成我自己为一出悲剧中的主人。"仿佛女人额头上应长着第三只眼，大大地睁着，冷峻地恐惧地注视着生之网，欲挣不能欲罢不忍。庐隐以女性视角对女性本体生命价值作清醒的认识，对两性之爱保持清醒的警惕，女人不能永远地在回忆中讨生活，不能永远地把自己的生命系在死去了的爱人身上，或许这是过来人的觉醒的认识，是清醒的女性意识、女性价值的体现。

一　从《象牙戒指》到《色·戒》

无须隐讳，庐隐的《象牙戒指》中的戒指，这小道具是作为象征之物的。这部长篇近乎传记文学，描述的是石评梅与革命家高君宇的恋爱故事。庐隐直言，她作此长篇的目的：是为了"忠实地替我的朋友评梅不幸的生命写照，留个永久的纪念。"

才女石评梅（1902—1928），山西平定县小河村人，出身于书香门第。她是庐隐北京女子高师的同窗好友，才华横溢的女作家。石评梅学名石汝璧，乳名沁珠。《象牙戒指》中的女主角姓张名沁珠。小说中的男角倒是化名的，两个恋人分别为伍念秋和曹君。

石评梅历经两次恋情，第一次是有妇之夫吴天放，他向她隐瞒了实情，使她在情感上留下了难以治愈的伤痕。第二次是高君宇，他是党的早期领导人之一，为革命事业积劳成疾鞠躬尽瘁。高君宇品德高尚，对石评梅是极认真诚挚的，已婚且有个孩子的他，还专程到老家办理了离婚手续。象牙戒指为高君宇从广州购来的一对"定情"之物。但是，石评梅认为自己已是枯萎了的花篮，再也承受不了爱了！因而，反反复复矛盾徘徊，她对他的爱是缠绵悱恻又苦不堪言的。当高君宇突然病逝后，石评梅自责不已，终日以泪洗面。不到半年，她也染脑炎去世，经两家协商，在一片白杨一片芦苇一片坟茔的陶然亭旁，便有了高君宇与石评梅的并墓。庐隐参加了石评梅的葬礼，当陆晶清捧起一抔黄土走上去洒向土冢时，庐隐在她身后轻声念出了："一抔净土掩风流。"这对男女可以称为那个时代爱情的典范，然而《象牙戒指》的立意却并不侧重于讴歌这段刻骨铭心的爱情，而是对女主人公哀婉缠绵的断肠恋的劝诫，庐隐喊出的是：爱情，并非女人人生的全部！否则，爱情就成了圈住女人一生的牢圈了。可以说，庐隐的眼光是锐利的，超前的。

在《象牙戒指》中，张沁珠的女友们对她陷于情感不能自拔，各自的评述是："你真是一个奇怪的人物，沁珠。你真是很显著的生活在许多矛盾中，你爱火又怕火，唉！我总担心你将来的命运！"①"唉，可怕的爱情，人类最大的纠纷啊！"②"爱情从来就没有单纯性，就如同美丽的罂粟同时是含有毒质的。"③

对套在沁珠左手无名指上的象牙戒指，"我"认为是"枯骨似的牢圈"！担忧的是"它要圈住她的一生吗？……也许……唉，我简直不敢想下去。曹的那一只干枯的无血的手指上——在他僵冷成尸的手指上也正戴着这一只不祥的东西呀！当初他为什么不买一对宝石或者金光灿烂的金戒指，而必定看上这么一种像是死人骨头制成的象牙戒指呢？难道真是天意吗？——天只是蔚蔚苍苍的呀？……我真越想越不解。"④

沁珠也不是没有觉悟："唉，天呀！仅仅这一句话，我的心被她的话敲得粉碎。她的话太强有力了，我承认她是对的。她是勇猛的，但是我呢，我是柔纤的丝织就的身和心，她的话越勇猛，而我越踌躇难决了。"⑤

《象牙戒指》结尾部分，"我"有这样的慨叹："唉，沁珠呀！你为了一个幻梦的追逐，而伤损一颗诚挚的心，最后你又因忏悔和矛盾的困境，而摒弃了那另一世界的事业，将生命迅速的结束了，这是千古的遗憾，这是无穷的缺陷哟！"

但是我们的悲叹，毫无回响，却响起白杨残酷的冷笑，它沙沙瑟瑟地说："世界还在漫漫的长夜中呢，谁能打出矛盾的生之网呢？"⑥

庐隐以知识女性敏感、细腻、感伤乃至有点神经质的笔触，描绘出那一代知识女性的彷徨苦痛与寻觅，张扬着个性解放，又分明流露出人事无定的宿命观。庐隐的小说，从一开始就蒙上了一层淡淡的悲戚，或许这就是她命运多舛的预兆？

庐隐的女性意识、姐妹情谊甚至同性恋倾向与她对男性世界清醒的认识有关。《沦落》是篇女性意识浓郁深沉的作品。爱是什么？报恩的手段能是爱吗？否则就是忘恩负义？这个课题，自古至今怕都让人们探讨不尽。少女

---

① 钱虹编：《庐隐选集》（下），福建人民出版社 1985 年版，第 246—247 页。

② 同上书，第 249 页。

③ 同上书，第 262 页。

④ 同上书，第 306—307 页。

⑤ 同上书，第 328—329 页。

⑥ 同上书，第 333 页。

松文为了报答海军军官赵海能从海里救起她的恩，竟将清白身躯献给了有妻室的他，于是她伸头戴枷——夫权的桎梏和绞索死死地禁锢着她，他不允许她爱别人；而她则羞惭自己无处女身躯，便也只能眼见她所爱的人娶别的女子，自己沦落在悲哀的深渊中。对女人，可怕的不是外界社会"塔"的压迫，最可怕的是自己心灵深处的贞节牌坊，那是自己用心血垒起的塔，"贞节"成了报恩的资本，成了埋葬自身幸福的坟墓。

赵海能的骨髓中积淀着父权制的凶残和蛮横："我热烈的感情，能像温柔的绸带缠着你，使你如醉般的睡在我的臂上，但你若背过脸去，和另一个少年送你的眼波，我也能使这温柔的绸带，变成猛鸷的毒蛇，将你如困羊般送了命。""你或者要祈祷上帝，使可怕的战事——无论为什么而战，只要将我因此送了命，你便可以很自由了，这一层我不能禁止你，而且真到这时候，我看不见听不见了，我也不愿再管了。只是我活的时候，我绝不能使曾经和我接近的人，更和别人演一样的剧！"[1] 在这个男人的眼中，女子还有什么独立的人格呢？男性的"爱"如此专横且恐怖，又还有什么爱可言呢？

在这里，我们不得不发问：是什么使庐隐如此清醒？不错，庐隐从呱呱坠地起就为家庭所嫌弃：只因为她来到人世间的瞬间外婆去世，便被母亲视为"小灾星"！而她小时偏偏爱哭爱闹，以至她父亲携家眷乘海船赴任湖南长沙知县时，父亲一怒之下，欲将她从奶妈的怀里夺来扔到海里！她6岁时父亲病逝，一家人投奔任清朝农工商部员外郎兼太医院御医的舅舅，在北京过着寄人篱下的生活。9岁时，母亲把她送进美国人办的教会学校——"一所专门收容无产阶级者"的慕贞学院去读小学，庐隐受尽病魔和孤独的折磨。辛亥革命后，她才在大哥的帮助下上了师范，18岁开始了在北京、河南、安徽等地的教书生涯。1919年秋，考进北京女高师国文部。庐隐的亲身经历已深深感受到社会对女性的歧视和压迫，即便亲情也不例外。

庐隐是不幸的，但她又是幸运的，因为她在断然了结了与表哥林鸿俊的婚约后的两次婚恋毕竟是刻骨铭心的。她不顾一切与有妇之夫郭梦良结合，至1925年10月郭梦良去世，短短几年，生活清贫，处境艰难，但抗争精神不灭。1928年，一个还在清华大学西洋文学系攻读的青年诗人李唯建来到了她身边，只因他比她小10岁，他们的婚恋又一次惊世骇俗！自1930年8月，双双东渡到日本旅行结婚后，不满4年，即1934年5月13日，庐隐因

---

① 钱虹编：《庐隐选集》（上），福建人民出版社1985年版，第213—214页。

难产后子宫破裂去世。庐隐临终时神智十分清晰，李唯建的回忆文章中记载着她临终前的话："宝宝……囡囡……"——这是她遗下的两个女儿！尔后才是："唯建，我们的缘分尽了，我把你的印象一起带去吧……"① 庐隐，终还原为一个最普通最平常的女人，惦记在女人的心上的，一是儿女，二是丈夫！

"世界呀，我爱过了。"这么一个深爱过而且被深爱过的女人，在她的文本中的爱应该是炽烈的忘情的绚丽的，但非常遗憾，她从未抒写过"海枯石烂"般的爱，那所谓的爱的绝唱是不情愿的、哀婉的，甚至是警惕的！对男性的警惕，犹如额头上长着第三只眼睛，日夜张开，牢牢地看着自己的心。

庐隐的痛苦是女人的痛苦。她要冲击没有女性话语的时代，无论是上意识还是潜意识，这是庐隐的深沉之处，也是庐隐及作品的魅力所在。庐隐最早的笔名为隐娘，写过《隐娘小传》；很快改为庐隐，是"不识庐山真面目，只缘身在此山中"之意？女人，你能认识你自己吗？

无独有偶。张爱玲的短篇小说《色·戒》也是以戒指经营故事，深刻地表现了女人为爱付出的惨烈代价。这部短篇小说写作于 1950 年，可直到 1978 年 4 月 11 日才于《中国时报》人间副刊发表，等待了 28 年的时间，这与出身官宦之家的张爱玲对政治的敏感有关，必须经过时间的冲淡才敢将这般敏感的题材公诸报端，同时，也印证了张爱玲对 1940 年民国女子郑苹如参与刺杀大汉奸、76 号魔窟头子丁默村的事件在脑海中难以磨灭。从小说的发表到 2007 年李安将《色·戒》改编成的同名电影，又历经 29 年。从张爱玲的小说中挑出这篇非名篇，已获奥斯卡金像奖的李安自然有他的良苦用心。这样，就有史实、小说、电影三种文本，小说对史实的想象虚构，电影对小说的二度阐释，其视点、主题、立意、男女主人公形象皆各个不同。

从史实来看，郑苹如系浙江南溪人，父亲系国民党元老郑钺（又名郑英伯），留学日本，参加同盟会，娶了日本名门闺秀木村花子为妻。双双回中国后，郑钺曾任上海复旦大学教授、江苏高院第二分院的首席检察官等职。郑苹如毕业于上海法政大学，抗日战争爆发，19 岁的郑苹如即秘密参加中统，以其过人胆略智慧和天生丽质与日伪接触获取情报，22 岁参加策划暗杀丁默村并担当眼线，因身份暴露被捕，坚毅不屈，而被丁默村枪决，

---

① 庐隐:《庐隐选集》，百花文艺出版社 1983 年版，第 468 页。

血溅沪西中山路旁的一片荒地。其父坚拒日伪软硬兼施之诱降，女儿牺牲后仅一年便抱恨而终。其弟于 1944 年保卫重庆的空战中壮烈牺牲，正是满门忠烈。可谓大视野大格局大事件，一曲忠烈慷慨之悲歌。

张爱玲的小说却是一个女小说家视角中的小视野小格局，时间为半天半夜，从下午易家麻将桌到两个咖啡馆再到印度人的珠宝店刺杀失败，最后回到易家。其立意是"色·戒"。"色"是孟子曰"食色，性也"之"色"；"戒"的表层是小说文本中重要道具钻戒，深层是女性面对"色"之警戒。张爱玲笔下的王佳芝简化为一单纯女学生，但一群学生刺杀汉奸的爱国行径历时两年后仍由原班人马重操旧戈，可见并非一时激情而是血总是热的。但是，功亏一篑，已进入暗杀罗网的易先生却在一刹那逃脱，是因为王佳芝低声发出"快走"两字！只因两字之祸，丢了自家和暗杀团所有学生的性命。王佳芝这一激荡着爱国热血的奇女子，为什么会在一瞬间心慈手软，以致酿成灭顶之灾？张爱玲的笔触对王佳芝在"紧张得拉长到永恒的这一刹那间"① 作了心理分析，她本是清醒的："不是为钱反而可疑。而且首饰向来是女太太们的一个弱点。"② 也没有判断她爱不爱他，而是他的有点悲哀的侧影在她看来是一种温柔怜惜的神气——"这个人是真爱我的，她突然想，心下轰然一声，若有所失。"③ 女人的心为"他真心爱我"而撼动！而男人呢？张爱玲以更多的笔墨花到易先生的心理活动上。"陪欢场女子买东西，他是老手了"，赠戒不过是情场老手猎获女性芳心的伎俩而已，不过，在王佳芝却误读成了"真情表白"！他杀了王佳芝，却还沉浸于别样的感慨中："她还是真爱他的，是他生平第一个红粉知己。想不到中年以后还有这番遇合。"情不自禁沾沾自喜："她临终一定恨他。不过'无毒不丈夫'。不是这样的男子汉，她也不会爱他。"而且自鸣得意："得一知己，死而无憾。他觉得她的影子会永远依傍他，安慰他。虽然她恨他，他最后对她的感情强烈到是什么感情都不相干了，只是有感情。他们是原始的猎人与猎物的关系，虎与伥的关系，最终极的占有。她这才生是他的人，死是他的鬼。"④ ——这一大段心理旁白，将一个冷酷无情、卑鄙无耻的丑恶男人的龌龊内心暴露无遗！张爱玲以不动声色的笔调，悲悯地展示出女性与男性对感情的错位与误读。女性是"他要"，男性是"我要"。女性的真心不过是愚蠢，男人对

----

① 张爱玲：《张爱玲文集》第一卷，安徽文艺出版社 1996 年版，第 272 页。
② 同上书，第 262 页。
③ 同上书，第 273 页。
④ 同上书，第 275—276 页。

女人视如草芥，阴冷残酷，虚伪还虚荣！所以，张爱玲的《色·戒》在感伤女性无谓献身的同时，对男性的自私无耻亦不无嘲讽，女性寻求情感归属何其虚妄，男性情感属性本无的彻骨寒意。这强烈的幻灭和反讽，正是张爱玲所要揭示的男女关系残酷的一面。这是人生的荒诞，人性的真相，人类的大悲。事实上，张爱玲对男女之爱的差别乃至错位是有切肤之痛的。在写于1947年4月的《华丽缘》这篇纪实散文中，对在乡间看的一出社戏有感而发，戏中一表兄与表妹从调情到偷情，回家途中在庙中祝祷又为一小姐惊艳云云，张爱玲就有如是感叹："有朝一日他功成名就，奉旨完婚的时候，自会一路娶过来，决不会漏掉她一个。从前的男人是没有负心的必要的。"①《华丽缘》的副标题则是："一个行头考究的爱情故事"。那正是她去温州寻找胡兰成的路途中。

与史实对照，小说源于生活又不等同于生活，本无可厚非，小说中"快走"两字在史实中与郑苹如并无干系，虽然伊人已逝。那么是张爱玲的杜撰？非也。如若没有这两字，可能张爱玲不会如此放不下这则素材。冷静分析，只能是丁默村自编自导自演为自己脸上贴金，散发情感的幻象而已，女小说家张爱玲不过依流言加工罢了。

李安导演的《色·戒》公映以来，轰动是事实，但众说纷纭，贬褒皆有。他对张爱玲创作的初衷是背离的，对文本本身实质也是错位误读的。借助电影的声画色彩，李安解读的是对于女人而言，"到女人心里的路通过阴道"，哪怕你是侠女刺客；对于男人而言，生存境况的无比压抑可通过汹涌澎湃的性爱得到释放和缓解，这样的性爱深层含有对真正的情爱的渴望，这样的男人是令人同情和理解的，哪怕他是心狠手毒的汉奸卖国贼。李安自言："我觉得张爱玲需要一点爱，她真的很缺乏。我有一段时间很恨她，写这么残酷的东西。活在地面，好像在地狱。这样悲伤，这样悲惨。写中国的百年尘埃还不够，还要这么残酷，我拍电影不能这样，我要给她一点爱。"②其实，李安把爱全给了易先生，四五十岁的矮子、有点"鼠相"的易先生由当今第一小生梁朝伟所饰，男角的内心独白、与女角的对白，或狂暴或静默的表情，无不流泻出对男性处境的无比同情，消解了原小说中男性的无情与无耻；而王佳芝则由新鲜青葱的汤唯饰演，强调的是她的清纯、幼稚，声

① 张爱玲：《张爱玲文集》第四卷，安徽文艺出版社1996年版，第263页。

② 新浪娱乐：《独家对话李安：给她一点温柔一点爱》. http：//www sina com cn 2007年10月30日。

画突显的是"每次跟老易在一起都像洗了个热水澡，把积郁都冲掉了"，而丢掉了后面一句："因为一切都有了个目的"——杀他！而以虐恋式的画面表达性爱情爱的翻江倒海，仿佛这对男女真的沉溺于原始的丢却一切的两性关系中，而六克拉粉红钻石的炫目镜头和脱口而出的"快走"，将性爱情爱物爱煮于一锅，当然消解了张爱玲原小说反讽的深刻，更不用说对史实的背离，以致堕落成一部情色电影！

铁凝在《大浴女》中有一生动又富有哲理意味的细节，那是高尚的下流坯方兢在甩掉尹小跳后，小跳女友唐菲找他理论时，他托唐菲带给尹小跳一只白金红宝石戒指，但是已走出危情困境的尹小跳居然将这只戒指掷到路边的法国梧桐的树枝上！因为在她眼里，"戒指这玩艺儿，有时候像个句号，有时候像个无底洞，照我看还是句号的好。""在这个世界上，能用钱买到的东西都是便宜的。"① "世界上没有什么东西能够比完整的戒指更破碎了。"② 这棵从此戴着戒指的树以她的清高和憨厚遮蔽了许多秘密。尹小跳把树看成是女人的手臂，大地宛若女人，女人又回归地母，有这样的胸襟，就不再为戒指圈住。

几代女作家皆对"戒指"情有独钟，个中韵味，耐人寻味。

二 或白或红，你只是玫瑰

张爱玲的《红玫瑰与白玫瑰》是一个男人与四个女人的纠葛恩怨，中心是这个男人和他的情人与妻子的故事。是否可以说《红玫瑰与白玫瑰》中张爱玲反串男性的视角，在"看与被看"中反讽男性的自恋自私自卑自傲？同时洞察女性生存的卑微和左冲右突的无济于事？

小说中的佟振保出身寒微，寡母、弟弟、妹妹都指望着他。他发愤图强，上了爱丁堡大学纺织工程，半工半读赤手空拳打天下。出洋得了学位的他回国供职于一家老牌子英商鸿益染织厂，且步步高升。宛若站在世界之窗的窗口，面对一空白的扇子，只等他笔酣墨饱落笔作画。男人和女人的天是不同的。

佟振保却也有痛苦，那是选择女人的痛苦，这种痛苦是事业以外装饰性的痛苦。在国外留学时他有过两个不要紧的女人。第一个是他唯一的一次旅行巴黎时，下等妓女结束了他的童子鸡生涯，他的耻辱是他做不了她的主

---

① 铁凝：《大浴女》，春风文艺出版社 2000 年版，第 200 页。

② 同上书，第 348 页。

人。第二个是他的初恋杂种女子，柏拉图式的爱。对自己的操行，他既惊奇赞叹，又充满了懊悔。

　　回国后他与老同学王士洪的妻子王娇蕊搞上了，她是一华侨，也是留洋生。这是一个火热的、放浪的女人，振保喜欢，她成了他的热烈的情妇——心中的红玫瑰。而娇蕊却认真起来，她爱上了他，要嫁给他！这样的女人是娶不得的！佟振保为所有的男人作了"正确的"答案，因为男人拥有的是社会属性。佟振保"他要一贯地向前，向上。第一先把职业上的地位提高。有了地位之后他要做一点有益社会的"，而选错了女人为妻，"社会上是决不肯原谅我的"！"兄弟如手足，妻子如衣服"，这件衣服需合体更需得体！像王娇蕊这样的都市上流"荡妇"，虽有着泼辣的生命力和魅惑力，一寸寸都是活的，但她的心是一所公寓房子谁都能住，这样的女人，怎能做妻子？

　　他毅然决然斩断了情丝，娶了温良恭俭让的圣洁的白玫瑰为妻——国内差大学的好学生孟烟鹂却是个乏味的女人！乏味透了的他于是宿娼嫖妓、放浪形骸、抛家不顾。而她爱振保，因为振保就是她的天。可他从不爱她，她依旧只有空洞白净，她是孤独的。振保没有想到的是圣洁的妻孟烟鹂，竟也有淫荡之时！原以为这个笼统的白、单薄的白，如病院里的白屏风般的女人会将周围的恶劣的东西隔了开来。没想到在黄梅雨的一天，她居然委身于她家的裁缝——脸色苍黄、脑后还有几个瘌痢疤的裁缝！贞妇写下淫荡的一页。他的家成了可怕的家。他却砸不掉自造的家，他的妻，他的女儿，就是自己他也砸不碎！不，他舍得砸碎众人眼中顶天立地的好男人的形象吗？他只有变本加厉狂嫖滥赌，然而请放心，第二天起床，他改过自新，又变成了好人，仍是一个最合理想的中国现代男人。

　　佟振保更没有想到的是，他的女儿7岁时，却与娇蕊在公共汽车上邂逅。虽然她胖了、老了，但也成了像样的母亲，她带着孩子去看牙医，而且对他说："是从你起，我才学会了，怎样，爱……"无言对答的振保竟然眼泪滔滔流下来！本来在这种场合，必须有人哭泣，应该是她，可他却无法控制自己。

　　佟振保的"床前明月光"黯然了，佟振保的"心口上的朱砂痣"消失了，全都破碎了，有的只是"胸前的一粒饭粒子"和"一抹蚊子血"，都破碎了而已，所以佟振保的放浪形骸比所有的男子更合法合理、合情合理！

　　不过，请放心，"男人不比女人，弯腰弯得再低些也不打紧，因为他不难重新直起腰来。"① 女人就不行。"一个女人上了男人的当，就该死；女人给当给男人上，那更是淫妇；如果一个女人想给当给男人上而失败了，反而上了人家的当，那是双料的淫恶，杀了她也还污了刀。"②

张爱玲对这点是悟得很透的，社会能接纳男人选择女人的"痛苦"，社会却不能容忍女人被选择的痛苦的宣泄，尤其不能容忍女人的死而后生的突围。

玫瑰，玫瑰，会夷然地处处开着。那玫瑰的刺无论进化还是退化，怕都不会消失殆尽的。《倾城之恋》中的白流苏非等闲之辈，虽是处境艰难万般委屈，亦是能战能守能进能退把握得住自己的厉害女人！《沉香屑·第一炉香》中柔美无助的葛薇龙更不是省油的灯，而是个与世有争的女子。更不消说她那关起门来做小慈禧太后的姑奶奶了。《琉璃瓦》中的一群女儿与《花凋》中的一群女儿，虽在锦绣丛中长大，其实跟捡煤核的孩子一般泼辣有为。即使小可怜郑川嫦，也在临死前偷偷上街看了世界最后一眼，这生命的最后一跃！但说到底，世上有哪一样感情不是千疮百孔的呢？更不要说男女之间的爱情了。

张爱玲自己本人的感情经历亦如是。1944 年 2 月，胡兰成对她穷追不舍，这是她的初恋，也是她一生中唯一充满真情和激情的爱恋。12 年后她与 65 岁的美国作家赖雅结婚时，更多考虑的是在美国立足的生存需求。但当已结过两次婚，并有许多女友的胡兰成与张爱玲成婚后，是否珍惜她的感情呢？婚后一两个月，1944 年秋，胡兰成赴武汉任职，即移情别恋，与汉阳医院 16 岁的护士小周同居。1945 年 12 月，在逃亡途中，胡兰成又与比他大两岁的孀妇范氏结婚。1946 年 2 月，张爱玲擅自去温州找胡兰成，却被恼怒的胡兰成安排在旅馆栖身。20 多天的逗留，张爱玲已感觉到他与范氏的关系非同寻常，但仍虚幻地只要求胡兰成在她与武汉的小护士之间作出选择。遭拒绝的张爱玲伤心返沪时终于确认了这个现实并下了分手的决心。1947 年 6 月，胡兰成收到张爱玲的简短的决绝信："我已经不喜欢你了。你是早已不喜欢我了的。这次的决心，我是经过一年半的长时间考虑的，彼时惟以小吉故，不欲增加你的困难。你不要来寻我，即或写信来，我亦是不看的了。"③ 在这场投入了张爱玲全部感情的短暂婚恋中，她是一个受伤害者、

---

① 张爱玲：《张爱玲文集》第四卷，安徽文艺出版社 1996 年版，第 66 页。

② 张爱玲：《张爱玲文集》第二卷，安徽文艺出版社 1996 年版，第 77 页。

③ 胡兰成：《今生今世》，台湾远行出版社 1976 年版，第 347 页。

被遗弃者。胡兰成之所谓"欲仙欲死"，不过是在沦陷区特定环境中，扮演的一场情恋拉锯战：在形式上，是一本牛郎织女加才子才女式的浪漫传奇；在实质上，则是一出精神大于肉体、"痴心女子负心汉"式的类型悲剧。她亦不过是他的或白或红的玫瑰而已。

第四节　欲说还休：忘了不能忘记的爱

一　"无字"的结局

新时期伊始，从《森林里来的孩子》让我们认识了张洁，虽然小说中的主角是少年男和中年男，但崇高和坚毅的颂扬中却让我们触摸到女性的清纯和细腻；接下来的《爱，是不能忘记的》（《北京文艺》1979 年 11 期）更让我们感受到清晰的女性性别意识的爱的渴求，虽然仅仅是一种纯而又纯不食人间烟火的柏拉图式的精神恋爱，绝不涉及性，但在禁欲主义的历史语境中，却催人泪下，让人怦然心动，早春气息中刻骨铭心的爱的呼唤似乎让丁玲笔下的莎菲终于找到了答案。然而，《方舟》在彰显姐妹情的同时已质疑男性的"爱"，《祖母绿》则是对男性失望乃至绝望的平和的回眸，《红蘑菇》已梦见疯狂，爱情已从缥缈的云端坠落到庸常的日子；到了《无字》，所有的梦与爱都撕碎成一瓣瓣，文字的细雨俨然凝为冰雹，毁灭了一切，我们流着泪，咀嚼着字字血声声泪，不禁回望一千三百年前的武则天的"无字碑"，便有了心酸眼亮的一刹那，才知晓当了皇帝的女人也不过就是女人，留给世人还是欲说还休的"无字"。

王蒙先生对作为老友的张洁的自传体长篇小说《无字》如是感慨："在吴为的情史背后，是中国人民近一二百年来甚至几千年来背离封建追求幸福的哀史，从卓文君到崔莺莺，从陈妙常到杜十娘，中国女人到底有几个人得到过爱情尤其是懂得了爱情？太惨了！然后从阿 Q 的革命到钱秀才的英语，从莎菲的悲哀到虎妞的违背父命的自由恋爱，从繁漪的发疯再到吴为的癫狂，从鸣凤的投水到陈白露的安眠药到小东西的悬梁，从刘巧儿团圆到杨香草终于离开了小女婿，从知青的'孽种'到'被爱情遗忘的角落'，以及欧阳予倩到魏明伦的潘金莲再评价，从封建的仍然长命百岁与现代性本身的不足恃（现批判现代性是很时髦的喽）……都反映了中国男女告别封建追求现代性这一进程的悲壮、愤激，有时候深刻有时候浮浅、有时候血腥有时候轻薄、有时候伟大有时候渺小、有时候英雄主义有时候丑态百露的可叹可悲可惜可笑与可歌可泣。从这个意义上说，吴为的唐突与碰壁、聪敏异常与意气用事的私人故事仍然联结着历史的大内容大变迁，具有不可替代的典型意义。"① "这是一部充满了疯狂的激情和决绝的书，是作者的力作，是作者全身心的投入，是一部豁出去了的书，是一部坦白得不能再坦白，真诚得不能再真诚，大胆得不能再大胆的书。我称其为极限写作，就像横渡渤海湾与英吉利海峡是极限运动一样。"②

从刻骨铭心的"爱"到锥心蚀骨的"痛"，女人将生命燃烧为灰烬。爱过、恨过，仍痛着，又能怎样呢？王蒙希望女性写作能宽容些同时他亦极宽容地对待女性写作，他认为："如果你爱过一个人，哪怕是最后上了当，可以不可以珍藏一点有关他或她的记忆？'道一声珍重，道一声珍重，那一声珍重里有甜蜜的忧愁'（徐志摩诗），即使爱情的乌托邦破灭了，记忆的诗篇会存留下来。"③ 这是退一步海阔天空的宽容，对人亦对己。就像月白风清之夜的二胡声，虽然苍凉，拉过来又拉过去，远兜远转，可话又说回来了，依然回到人间（张爱玲语）。尽管也知道："在我们撕碎一个偶像的时候，其实也撕碎了自己"，④ 但女性写作总有不顾一切者，哪怕冒着把对生命和世界的珍重也撕碎了的代价，也得一吐为快。这，也是一种让人肃然起敬的勇敢。

回过头去思，《爱，是不能忘记的》是以女主人公钟雨的女儿珊珊的内视角叙述的，在她不忍烧毁的母亲的笔记本里，从头到尾读一遍时，"那些只言片语与我那支离破碎的回忆交织成了一个形状模糊的东西"，渐渐体悟出母亲的心在"爱，是不能忘记"中怎样挣扎和熬煎。但是写着写着，内视角不知不觉转为全知全能的外视角，大量的内心活动和感叹一不小心成了钟雨或曰女作家自己的表白。并非这种爱的感觉不真实，只是横截面的一些碎片组合，远距离的朦胧模糊并遮蔽了钟雨和读者的视野，这个如此令钟雨刻骨铭心的男人是怎样的超凡脱俗呢？小说中只出现过 160 余字的正面形象："一个满头白发、穿着一套黑色毛呢中山装的、上了年纪的男人。那头白发生得堂皇而又气派！他给人一种严谨的、一丝不苟的、脱俗的、明澄得像水晶一样的印象。特别是他的眼睛，十分冷峻地闪着寒光，当他急速地瞥向什么东西的时候，会让人联想起闪电或是舞动着的剑影。要使这样一对冰

---

① 　王蒙：《极限写作与无边的现实主义》，《读书》，2002 年第 6 期。

② 　同上。

③ 　同上。

④ 　同上。

冷的眼睛充满柔情，那必定得是特别强大的爱情，而且得为了一个确实值得爱的女人才行。"① 一个 13 岁的女孩子的眼里居然有这么多的形容词比喻出的形象其实很是抽象乃至虚幻，无疑是钟雨给恋人的高分评语。这个让钟雨顶礼膜拜的上了年纪的男人，三十年代在上海做过地下工作，一位老工人为掩护他而牺牲，出于道义责任，他接纳了他的无依靠的妻儿，组成了世俗的完整和谐的家庭，他原本不相信什么爱情。但是，她在对他的仰望中，却滋生出不可名状的爱欲，是否亦可以这样推断——是他从神龛上垂首传递给她爱欲之念，才使她动了欲念？但是，他与她都屈从于社会的压力、道德的约束，从来没握过手！唯一一次的柏油小路上的散步，既无言语交流，身体又离得很远，走得又很急，背景则是毫无诗意的初春的夜。有的是"为了看一眼他乘的那辆小车，以及从汽车的后窗里看一眼他的后脑勺"的焦渴和纠结，眼睁睁望着他的"后脑勺"渐行渐远；有的是听他作报告时，"隔着距离、烟雾、昏暗的灯光，窜动的人头，看着他那模糊不清的面孔"②；有的是他送给她的一套契诃夫小说选——爱情信物；她与他一辈子接触过的时间累计起来计算，也不会超过二十四小时！或许正因如此，他才不仅伟大，而且神秘还神圣。非常岁月中，他被迫害致死，她默默地为他在手臂上缠上黑纱。斯人已逝，苦恋的种子却在钟雨的心底发芽生根，竟然长成了一棵大树，"它的根越来越深地扎下去，要拔掉这生了根的东西实在太困难了"③。

他虽死犹生，活着带她与他的灵魂在柏油小路上一次次幽会，"那二十七本一套的，一九五○年到一九五五年出版的契诃夫小说选集"呀，二十多年天天非得读它一读，一出差她就得背着！真像得了魔怔似的。她将对他的无穷思念倾诉于写着"爱，是不能忘记的"笔记本上，他时时刻刻生活在她的幻觉幻影中，真是活见鬼了，直到她也去世。如若两人生命真正终结了，这段刻骨铭心的苦恋倒也修成了正果，距离产生美，伟大与距离又成正比，那么完美的男人与痴情的女人谱出一曲生死恋，细细咀摸秦观诗句"两情若在久长时，又岂在朝朝暮暮"，是言之有理的，近距离的生活，彼此的身的揸近与心的碰撞，鸡毛蒜皮又何止一地？零距离会击碎彼此美好的镜像，对于天生爱做梦的女人，当然是致命的。

不知是天公作美抑或造化弄人，《爱，是不能忘记的》男女主角都好好

---

① 张洁：《张洁文集·爱是不能忘记的还有勇气吗》，作家出版社 1997 年版，第 376 页。

② 同上书，第 378 页。

③ 同上书，第 379 页。

地活着，时代的进步观念的嬗变，让她与他走到了一起续写后传，让她对他的了解，当然也有他对她的了解，深广到对彼此家族渊源的梳理和透彻，女作家感叹："毕竟胡秉宸生长于小桥流水的细腻精致，吴为生长于塬的大象混沌，如此风马牛不相及的两个人怎么可能融会在一起？能在一个点上交叉已是几世缘分，又何必试图将这两条线合并为一条？"① 固然，一方水土养一方人，但是细腻精致与大象混沌的结合不正是互补需求么？从生物学的观点看来，差异越大结合越优秀呢，怎么会水火般不容？其实深究其间，那就是在男性的眼里，身为女性的吴为怎么能具有大象混沌的塬的气派呢？而男性，是既可以大气磅礴，亦可以小桥流水，君不见风流名士文弱书生自古至今一直为社会所包容且欣赏么？所以，男女性别的沟壑难以填平才是"无字"悲剧的根源所在。

母系家族墨荷、叶莲子的婚姻虽不能仅仅归咎于遇人不淑，但两代男人造成的千疮百孔的家庭给少女吴为笼罩上终生都挥之不去的阴霾，因而，少女吴为在生理和精神上似势不两立："她的身体开始渴望男人，她的精神却抵制、抗拒着男人。一个时期内，她对男性的生理渴求曾战胜她对男人的精神审判，直到遇见胡秉宸之前，都可以算做她生理渴求对精神审判的全胜时期。"然而，男人留给她是怎样的记忆呢？丈夫的冷酷，情人的无情，两性关系是如此痛楚！丈夫是绝对不能容忍妻子的"失足"，必须以百倍的疯狂恶毒的诅咒将她钉到历史的耻辱柱上，让她永世不得翻身。所谓的情人则临阵脱逃，乃至反戈一击，只有孤独的吴为默默承担一切，在成长的代价中收获的女性经验，并不比她的前辈轻松。但她仍然在很长一个人生阶段并没有放弃寻找一个男子汉的梦想，因为一个男人——胡秉宸重新点燃了吴为的希望火花，"妄图依靠那个男子汉战胜她对男人的恐惧，结束她对男人的审判，推翻她对男人的成见，完成一个旧式女人或正常女人的梦想，而非人们通常理解的恋父情结，却一次又一次陷入绝境"！她迷恋了他几十年，等于是花费了一生的时间去认识他，但总算彻底认识了的这个男人是怎样的呢？原来并不比别的男人高尚真诚到哪里去，反而最终给她带来的是绝望。原本的"生死之恋"以悲剧或曰"闹剧"收场，但亦不能仅仅声讨这一个男人的个人品德，这些不同层面的男人的趋同表现其实不足为奇，因为男性有着千百年的性别积淀，形成了集体无意识。面对女性，他们有的只是征服欲，一旦到手，并不会珍爱；他们在情爱性爱中哼点带"黄"的小曲、以居高

① 张洁：《无字》第三部，人民文学出版社 2011 年版，第 293 页。

临下的俯视打击挫败女性的优越感掩饰自己的无能是男性惯用的伎俩；面对女性，他们缺乏责任心或干脆说不必有责任心，遇到危难，自然是以女性的血肉身躯来抵挡，又何必顾及女性的心灵创伤？他们骨子里的爱虚荣爱面子是远远胜过女性的，当女性功成名就社会地位提升时，男人们又是另一副嘴脸：胡秉宸在出席某些重大场合时，非得让吴为陪同前往，为的是"我要向人们显摆显摆，我还有你这么个老婆！"而另一些男人，"前妻"、"曾经的情人"、"作家吴为未来的女婿"也成了他们喋喋不休炫耀的本钱，更不要说曾经有过私生子之类了。"前妻"是为了印证他曾经拥有的历史，"曾经的情人"是为"想当年我还睡过她"沾沾自喜，唯恐天下不知，"未来的女婿"是子一代男性的厚颜无耻中还包藏祸心的传承，所有这一切不过是男性对女性卑鄙的但被视为理所当然的讹诈勒索！

　　吴为怎能不从对男人的幻想和迷信中醒来？怎能不对男性世界洞若观火？尤其"在胡秉宸介入这一战事后，潜伏下来的精神审判又开始浮升，并带着更加老辣、成熟的眼光，俯视、审判着男人"[1]。对男人，她不是以牙还牙，而是"铁下心肠站在男人之上，剖析他们，审视他们，这难道不是比报复更为彻底的报复？难怪她和男人做爱的时候，冷静得像部 X 光机，从来不能全身心地投入"[2]。话说回来，如此冷静深刻犀利到近乎"歹毒"的女人，又怎能将婚姻和爱情进行到底呢？并非她起始就如此歹毒，而是因为这些男人是她的"导师"才使伤痕累累的心变得铁硬。她以女性人生、女性经验对男性淋漓尽致毫不留情的解剖，是对一个时代的男性神话的拆解，当然，"只好落入与男人势不两立、孤走天涯的下场。"[3] 当然，她再不把男人当回事，他们也就再不能伤害她了。但是，无爱的人生也等于荒漠的人生，这可能是最大的伤害吧。

　　事实上，女作家的笔如犀利的解剖刀不只是举向男性，同时也自审女性。其实，早在《爱，是不能忘记的》中钟雨的女儿就有这样一段话："我觉得那简直不是爱，而是一种疾痛，或是比死亡更强大的一种力量。"只是，女儿的结论下早了："假如世界上真有所谓不朽的爱，这也就是极限了。她分明至死都感到幸福：她真正地爱过。她没有半点遗憾。"[4] 事与愿违，无他，女性对男性的爱忠贞不渝、坚韧持久；男人要的只是性与虚荣，

①　张洁：《无字》（第二部），人民文学出版社 2011 年版，第 268 页。

②　同上书，第 267 页。

③　同上书，第 267 页。

④　张洁：《张洁文集·爱是不能忘记的还有勇气吗》，作家出版社 1997 年版，第 384 页。

其他无所谓。

二　"请让我过去吧"

　　写于 1988 年的《玫瑰门》是铁凝的第一部长篇小说，"以女性自我意识而言，《玫瑰门》是新时期文学的第一部长篇小说。"① 这部长篇主要以非常岁月为大背景，以男性世界为参照，用一种全新的至少是当时较罕见的内审视角，返身探视女性自身和女性性别世界。在女人与男人的战争之外，女人与女人之间，婆媳、姑嫂、母女、祖孙、邻里的重重矛盾的较量中女性真实的生存境况，让人震撼、警醒，同时又有认同的无奈和茫然。铁凝自述是以"第三性"的视角对女性进行剖析，其实不然，她是用彻底的女性视角解构了男性中心书写对女性形象泾渭分明的界定，并且在善恶纠结难解难分中剖析了男权统治下女性的反抗和畸变的过程，揭示出真正奴役和压抑女性心灵的往往并不是男性，恰恰是女性自身。这种从容的正视女性本相，是对人性、人的欲望和人的本质的挖掘。

　　婆婆司猗纹、姑爸这对姑嫂为第一代女性，儿媳宋竹西、女儿庄晨为第二代女性，外孙女苏眉、苏玮、孙女宝妹为第三代女性，长篇结尾呱呱坠地的曾外孙女或许就叫狗狗的为第四代女性，这样四代组成有血缘或非血缘的女性家族史。司猗纹被丈夫庄绍俭殴打留在额头上的月牙疤痕是岁月、男性烙刻下的纪念；而狗狗难产出生后产钳亦留给她一月牙形的疤痕，这当是铁凝刻意为之，女性的生命史当然不会轮回，然而，谁又能保证呢？但不管怎么说，在这环环相扣的纵向的女性生存的历史链条中，女性主体意识的逐步觉醒是伴着代际而进步的，当然历经痛苦的挣扎、对自我的否定之否定和误入旁门左道等变异。

　　"玫瑰门"显而易见是女性之门的象征，是人类生殖之门，也是或情感或色欲之门，铁凝并不规避这正是由玫瑰之门掀起了的一场场惨烈又诡谲的或隐晦或赤裸裸的玫瑰战争。玫瑰战争中的女人与男人是不一样的，女人与男人的付出更是不一样的。

　　司猗纹的父母亲认为，随后她自己亦认同她一生的不幸缘起便是玫瑰门，她将初夜献给了她的初恋——学生地下党员华致远，从此，梦魇伴随着她的一生。她出身于一个知书达理的大家族：祖上在前清做过御前行走，父亲曾在江南某省充任盐铁专卖，属幕僚阶层，即便晚年做起了寓公，亦是丰

---

① 贺绍俊：《铁凝评传》，郑州大学出版社 2005 年版，第 107 页。

衣足食，还大方地接济破落了的亲家庄氏。父母厚爱独生女司猗纹，企盼她学业有成。她16岁时家里送她上教会学校圣心中学，父亲的原意是要她远离内忧外患风起云涌的社会活动，可她偏偏就被罢课游行所吸引，并狂热地爱上了邻近男校的地下党员华致远！在四书五经、二十四史与湖畔诗派等旧新文化的杂糅影响下，学兼中西健康活泼积极进取的大家闺秀似乎在改写旧式女子的人生轨道。"她十八岁的那场淅淅沥沥的秋雨涤荡的便是她所受的全部家庭教育和她做姑娘的无比坚贞。"相对腥风血雨的大革命，她出演的只是一场布尔乔亚式的恋爱小悲剧而已。在众叛亲离的高压中她不得不出嫁，然而，正是这"献身"被夫家上下视为"失身"。20岁出嫁当新娘的她在教堂与庄绍俭交换戒指的一瞬间，第一次为自己的不洁忏悔："她很被眼前这挺拔和高大所感动，在感动之中她第一次懊悔起自己的不洁了，她第一次想起用不洁来形容了一下自己"①。她本已自动重走旧式女子之路，但无奈夫家的不依不饶和丧尽天良的折磨，物极必反，使她不得不再次逃离，终使她分外珍爱"献身"的闪亮。在满是创伤、残忍和荒谬的"文化大革命"动乱岁月，对"还在走的走资派"华致远的外调，揭开了尘封的隐私，但是她坚定地保了华致远，认定他是一个纯粹纯洁的坚定革命家。"原来只有想到那个年代想到华致远，她的灵魂才能纯净如洗。她深信这次的接待无愧于她的灵魂也无愧于华致远，尽管华致远供出了与她的一切。也许正因为华致远无保留地供出了与她的一切，她更要有保留地英勇、果敢。"②在司猗纹还有为真爱点燃过灵魂的瞬间。要知道，她应付过形形色色的内查外调，主动揭发检举同台唱样板戏的达先生，甚至诬陷自己同父异母的妹妹司猗频，使她在遭遇亲生儿子的偷盗且热油泼乳房后又受致命打击。这，或许就是女人，她把她最宝贵的也最苦难的初恋永恒地放在理想主义的爱的祭坛上。她在生命垂危一息尚存时，还执著地让苏眉打的带她去"偷窥"已患脑萎缩的华致远，真可谓海枯石烂忠贞不渝。以自证她有过自己辉煌的一切，有过自己那池水般的清澈，那睡莲般的纯洁。其实，华情人又有什么真情可言呢？他何尝实践过那个秋雨之夜的承诺："终有一天他会回来接她，因为他爱她"！如果说他确实如当年报纸下端登载的消息所言："某省某县乡民聚众闹事，反民首领华致远被缉拿"，那么，这段不了情还笼罩着革命理想主义色彩，但，他活着，老了还是顾问，是的，他并没有忘怀她，否

---

① 铁凝：《铁凝自选集·玫瑰门》，作家出版社1997年版，第200页。

② 同上书，第461页。

则，不可能出现那么准确的"外调"（其实质也是一种出卖）！也不可能对苏眉的到来一次次问"这是谁"，更不可能一次次对某部电影的"卖烟的姑娘"一次次定格——只因为那个女群众演员太像司猗纹，而苏眉又酷似年轻时的司猗纹！男人的这个小把戏无非是"生是他的人，死是他的鬼"的自我抚慰，是无伤大雅的，他不需要付出什么。垂垂老矣的他对苏眉的"有几分警惕又有几分惊惧"，是他一生对司猗纹态度的缩影。而女人是不同的，司猗纹为了这份情付出的是青春、婚姻的代价，是冒着可能遭遇飞来横祸的"证明"，是生命和情感的最后寄托。见着了黑瘦小老头的最后一面，她对世界就不再有太多的留恋了，这样才撒手的。而这位顾问："歇顶歇得厉害，光亮的头颅只被一圈柔弱稀疏的头发围绕着，使人想到婴儿的头顶初次在母亲的阴道口显露的那一瞬间。"[1] 我们是否可以这样说，在男女情感问题上，他一直处于司猗纹的无私奉献之中，受着司猗纹的近乎母性的呵护。

司猗纹对朱开吉的忠诚，哪怕因重婚罪朱被判坐牢一年，司猗纹缓期一年也无怨无悔，她把与朱开吉在一起的岁月静好的短暂日子称为幸福的时光；等到朱开吉出狱，他们继续为离婚结婚战斗的时候，庄绍俭却不玩了，也许是被色淘空也许是生存同样的没指望竟死在他的初恋之人的怀里；而朱开吉也因肺病于清明去世没熬出头！这样，司猗纹选择了继续支撑庄家门户，但她每年的清明都会去到朱家看望他的老母，无名分的婆媳间有着一份淡定持久的情分，从这点看来，司猗纹又是一个重情感的人，尽管只是维持一种轻付出的形式；而深入地看，也就是女人，其实只要一点点真爱，这一点点真爱，也许就能使这个女人变得很美好。朱开吉博得她的好感，不过是出于善良，在他们都被卷进"股票门"损失惨重之时，他用自己雇的洋车将她们母子送回家，"人在危难中哪怕听见一句安慰话也会使你感激不已"，况且不止于此，朱开吉的出现使她感到头顶上有了一块明朗的天，借助新的婚姻法，她争得一份自身的权利，死灰复燃一般想到了那权利的另一面：离婚。她已因"失身"为庄家偿还了几十年的债，只差搭进她这条命。如今的她是生命毁灭之后的再生。

反过来，男人的骄横真是不可理喻。如果说司猗纹没有守住她的"贞节"以献给丈夫庄绍俭，那么，庄绍俭又何尝是什么闺男？他早已跟天津名门闺秀齐小姐如胶似漆，未能如愿后竟夜不归家放浪形骸，所以，双方亦

---

① 铁凝：《铁凝自选集·玫瑰门》，作家出版社 1997 年版，第 461 页。

不过打了个平手，然而，庄绍俭却要在新婚之夜摆谱，他打开洞房所有的灯，在"光天化日"下对司猗纹进行报复声讨，完事后又去嫖妓！儿子庄星女儿庄晨降临后，司猗纹的处境并没有改变，庄绍俭毫无责任心，独自去了扬州盐运使公署谋了个课长，一年余音信杳无，司猗纹只有拖儿带女找上门去，却又遭刚从妓院归来的丈夫的羞辱！奈何！只有仓皇北归，儿子却在途中病逝。在风刀霜剑严相逼的境况下，她继续支撑门户。庄绍俭后来去了天津，春节归家时，带给她的是花柳病！而解放后庄绍俭过年回到家中时，再给她带来的灭顶之灾——庄绍俭贪污公款，于是她卖掉父亲给的宅子还加上她的私房钱，这才化免了他的牢狱之灾！她成了他释放灾难之所！这样的无情绝义的男人还加上灾星，无胜于有！

　　所有这一切，印证了西蒙娜·德·波伏娃所言："我们现在可以明白了，为什么从古希腊到当代，对女人的指控有那么多的共同特征。她的地位也同样一直在经历着表面变化，而这种地位决定了女人的所谓'特性'：她'沉迷于内在性'，她乖张，她世故和小心眼，她对事实或精确度缺乏判断力，她没有道德意识，她是可鄙的功利主义者，她虚伪、做作、贪图功利，等等。所有这些都有真理的成分存在。但是我们唯一必须提到的是，这里所说的各种行为没有一种是雌性荷尔蒙或女性大脑的先天结构强加给女人的：她们是由她的处境如模子一般塑造出来的。"①

　　时隔 12 年，铁凝推出另一部女性自审的长篇小说《大浴女》（春风文艺出版社 2000 年版），编辑在扉页上这样介绍故事梗概："一个美丽善良的母亲为了两个女儿，为了家，不期有了外遇……然而，来自各方的心理黑暗，却像潮一样弥漫了这爱的鲜活的结晶……多少年过去了，所有人发现这生命并未死去，负罪感随岁月发酵，改变着每个参与者的个性、爱情和命运。"② 如是描述大概出于商业运作的需求，《大浴女》的深刻在于洞穿，洞穿女性神话，展示女性本质本体，当然同时洞穿了男性神话，洞穿了千百年来的男性中心造成的社会的畸形对女性的身心的占有和伤害。

　　尹小跳、尹小帆两姊妹的父母在非常岁月下放到干校——苇河农场，母亲章妩回城治病为延长假期竟与唐医生有了一个私生女尹小荃，这给这个平常的家庭带来了不平常的"地震"，尤其是对懵懂却知情的 12 岁的尹小跳

---

① ［法］西蒙娜·德·波伏娃：《第二性》，陶铁柱译，中国书籍出版社 1998 年版，第 543 页。

② 铁凝：《大浴女》，春风文艺出版社 2000 年版，扉页。

而言。招人喜爱的 2 岁的尹小荃在尹小跳尹小帆姊妹的眼皮下死于"意外"，这成了善良的尹小跳一生无法解开的死结，而对于新新女性尹小帆，却成了对姐姐制约和讹诈的法宝！这一对姐妹关系与《玫瑰门》中的苏眉苏玮有天壤之别，尽管昨天的苏玮已见尹小帆的身影，但毕竟没有尹小帆行得远且决绝。尹小帆对姐姐尹小跳有的是抢夺，姐姐身上的一件短风衣她欲占为己有，姐姐过去时的老情人方兢，美国的年轻恋人麦克她都照单全收，连陈在对尹小跳的感情她都嫉恨！尹小跳不得不感叹："尹小帆是多么忙呵，忙就是参与，忙就是破坏，忙就是破坏加参与，忙就是参与加破坏。不参与不破坏就不足以证明她的存在。"① 厚颜、贪婪、冷血、自私——为了达到目的，可以不择手段，不达目的，誓不罢休，这正是争权夺利的男权社会人性异化后的残忍信奉，尹小帆不过是在新时代新女性的潇洒开放外表上，全盘照搬传承了男性打天下的"本领"，连亲姐姐也不放过而已。在尹小帆的所作所为中，真实地重叠着另一个男人方兢的身影。新时期的春风让在政治运动中备受摧残和磨难的方兢如枯木逢春，他活跃于电影界，自编自导还自演，从《美丽生命》到《冬眠》到《赶快回家》，从北京到福安到广州到旧金山到马德里到丹麦到芝加哥……他是多么忙呵！而且这个有妇之夫还要忙着应付形形色色的送上门的女性或诱惑涉世未深善良单纯的女孩，对刚认识的尹小跳即露骨地表明他对女人的态度："我对女人基本上是来者不拒。女人们大多是冲我的名气来的，还有钱吧。当然还有一批是甘愿献身什么都不为的。她们很可怜，因为在很多方面……我其实十分肮脏——"② 其实他自己是个性无能者，在各种女人身上做着试验，到底是尹小跳"拯救"了他。他写给尹小跳 68 封寡廉鲜耻的信，把肉麻当有趣，把龌龊当纯洁，把淫秽当情欲，把流氓当风流，把无赖当执著，把放肆当坦诚！他向不同的女人说着同样的话："你是我最爱的女人"，"你是最不寻常的"，便轻易地俘获了女人的心。女编辑尹小跳最初对他顶礼膜拜，"隐隐约约觉得她在这个备受折磨的男人面前是担当得起他要的一切的，如若他再次劳改，她定会伴随他一生一世受罪、吃苦，就像俄罗斯十二月党人的那些妻子，甘心情愿随丈夫去西伯利亚厮守一辈子"③。甚至"当方兢和她最尽情的时刻忘形地狂喊'我想操遍这世上所有的女人'时，她仍然不能领悟

---

① 铁凝：《大浴女》，春风文艺出版社 2000 年版，第 370 页。

② 同上书，第 27 页。

③ 同上书，第 30 页。

这言词带给她所有的难堪"①。然而,方兢却只是玩弄而已,他提出结婚又坚拒结婚,反复无常,荒唐放纵,厚颜无耻还理直气壮,在给尹小跳带来感情灾难的同时也使尹小跳洞穿了男性神话。

王蒙曾对女作家的"洞穿"有过期望,但又被她们深切的"洞穿"吓了一大跳,对女性笔下的男性形象,"对各式人等包括一些男性的精神的解剖分析",他拍案叫绝,仿佛忘记了自己的性别。其中对《大浴女》中对于方兢的描写,就认为"实在是很有深度。由于政治潮流也由于我们的小儿科式的大众化人物的观念,一般文学作品对于受过迫害的那些人是给以相当正面的悲剧化处理的,而那些被错划过右派被关入过大墙的人也无不自然而然地扮演起了背负十字架的圣徒角色。但是苦难在使一些人升华的同时,却也使一些人堕落,方兢的苦难抹掉了他的差不多所有美好的情愫,而造就了他的厚颜、贪婪、冷血、自私,用书中他自己的话,就是说苦难加基因使他变成了一个不折不扣的无赖。"②

尹小跳正是在洞穿了这个不折不扣的无赖的自私卑琐后,以自信奋斗的独立精神拥有了自己的一方天地,这时的方兢又来到福安,以为只要他一声呼唤尹小跳就会乖乖地投入他的怀抱,然而,见面时他狂乱的拥抱得到的是她严肃的一声"请您别这样!"她要离去时他竟然拦在门口,然而她平和地对他笑笑:"请让我过去吧。"③ 对昔日再没有一丝怀恋,那64封信烧成了灰,化在水里让尹小跳喝了,消灭了。"黑水在她的体内游走,方兢书写的汉字布满了她的四肢她的五脏六腑。她的身体被那已经逝去的久远的真爱所充盈,心中没有恨,只有飞向未来的憧憬。"④ 自此,死水微澜都没有了,微波不兴透出的是内里的刚强坚毅和感情把握的淡定。这是跨越,不再为失去的(或曰曾被抛弃)所羁绊,因为那是不值得留恋和珍爱的东西。世界很大,人生很短,成就自己终归还得靠自己,关键是得重新找回失落的你自己。

的确,"女性观念压倒男性观念的时机已经成熟,在今日的动乱中,后者明显地趋于崩溃……在男人的想象中歌唱的女人总是失落的女人,但她——尽管男女双方都受到考验——必须成为新生的女人。她首先应该重新找到自己,学会认识自己,不靠男人的可疑援助,径自穿过男人在她周围建

---

① 铁凝:《大浴女》,春风文艺出版社2000年版,第166页。

② 王蒙:《读〈大浴女〉》,《读书》2000年第9期。

③ 铁凝:《大浴女》,春风文艺出版社2000年版,第353页。

④ 同上书,第330页。

立起来的那些地狱"①。

　　无论是男人的主观意愿还是客观现实，男人都不会也无能力充当女性的救世主，女性要靠自己救自己。历经20世纪80年代中国女性文学对"男子汉"的呼唤和寻找的无望无果后，1990年代后的女性写作无论老少几乎不约而同将男权文化秩序中的角色进行了置换。一方面，女性形象多顽强坚韧，历经苦难挫折依然崇高坦荡，而男性神话遭遇解构，男人形象被置于被看的位置，多委琐卑劣虚伪肮脏，形成鲜明对照，经受无情的解剖；另一方面，男性成了女性写作指控的对象，女性即使沦为丑恶，那也是男性社会造成，而且仍不丢失女性生命的顽强与激情；这样的颠覆与解构、掷地有声的批判自是大快女心，一改"男尊女卑"为"女尊男卑"。但是我们必须清醒地看到，如此从一个极端走向另一个极端，只能是加深性别之沟壑，女性写作所展现的救赎图景无疑是没有前景的，双性和谐仍只会是遥遥相望的彼岸！

　　历史行进到今天，无须过度指责女性写作始终为男性话语所遮蔽，也不要过度抵挡男性叙述始终无视女性生存与经验，交流、沟通、理解、宽容，始终是解决一切问题走向和谐的最佳方案，当然也包含男女双性和谐。女性与男性从性别区分来看，无疑有太多的不同，然而，每个人与每个人也都是不同的，世上没有两片相同的绿叶。所以，无论男女，求同存异，既有独立之精神，又有包容之胸怀，那么，双性和谐就不会是太遥远的将来。

　　对女性的完全彻底的独立，我们可能是悲观论者，因为世上除了女人就是男人，女人要独立又能独立到哪里去呢？如果说男性渴求女性成为他们避风的港湾，那么，女性同样渴求男性成为她们灵魂栖息的航船。"人类的心脏是没有性别的，男人胸膛中的心灵与女人胸膛中的心灵以同样的方式感受世界。"②

---

　　① ［法］西蒙娜·德·波伏娃：《第二性》，陶铁柱译，中国书籍出版社1998年版，第273页。

　　② ［法］埃莱娜·西苏：《从潜意识场景到历史场景》，引自张京媛主编《当代女性主义文学批评》，北京大学出版社1992年版，第233页。

第四章

婚姻是女人最大的事业

男大当婚，女大当嫁，家庭是社会的细胞。无论是从人的生理心理需求的自然属性，还是人类繁衍社会发展需要的社会属性来看，婚姻都是人生的大事、人类的大事。但是，结婚似乎对于女人更为重要。西蒙娜·德·波伏娃说："结婚，是社会传统赋予女人的命运。现在仍然如此。大多数女人，有的就要结婚，有的已经结婚，有的打算结婚，有的因为没有结婚而苦恼。对独身女人的解释与界定与婚姻有关，不论她是受挫的、反抗的，还是对婚姻制度满不在乎的。因此，我们必须通过婚姻分析来进行这种研究。"尽管"女人处境中的经济演变，在不断动摇着婚姻制度：它正在变成两个独立人的自愿的、自由的结合。缔约双方的义务，既是个人的也是相互的"[1]。但是，"婚姻对于男人和女人，一向都是完全不同的两回事。男女两性是彼此必需的，但这种必需从未在他们之间产生过相互性的地位"[2]。

现代婚姻对于女人的重要，积极而言，是女人最大的事业；消极而言，现代婚姻是一种保险，由女人发明。皆为张爱玲如是说，或曰张爱玲赞同如是说。所以，她笔下的女性，不论种族出身教养文化性格等等怎样的不同，对婚姻却都有一种执著，甚至是偏执。将婚姻视为事业，那么，丈夫是事业的维系，儿女则是事业成果，靠的是别人，哪怕是至亲骨肉。将婚姻当作买保险，较切实际一点，买保险不存在赢，只是遭遇人生灾难的时候能得到一定的经济补偿，从而在精神上也得到慰藉；想幸福平安又获得保险，那只能是违法地"骗保"。

张爱玲的脍炙人口的《倾城之恋》最明白无误地表达了她的婚姻保险观和兼容的人生态度：明明知道人世间没有爱，偏偏要去寻觅爱；明明知道

---

① [法]西蒙娜·德·波伏娃：《第二性》，陶铁柱译，中国书籍出版社 2004 年版，第487 页。

② 同上书，第488 页。

人生就是磨难，偏偏要去经历磨难；明明知道比起外界的力量，人是多么渺小，何能支配生死离别这等大事，可偏偏要说："死生契阔，与子成说。执子之手，与子偕老。"该诗句出自《诗经·邶风·击鼓》，卫国人被征调到南方打仗，平息陈宋两国纠纷，久戍不归，思念家室！"生和死都在一块，我和你誓言不改，让我俩手相搀，活到老永不分开"——好像我们自己做得了主似的。这是最悲哀的一首诗，可它的人生态度是肯定的。

婚姻不同于恋爱，不仅仅是两个人的事，两个家族的事，还是契约，是文化，是社会制度。称它是柄双刃剑亦不为过。婚姻的利益与麻烦，美国有句俗话：结婚仿佛金漆的鸟笼，笼子外面的鸟想住进去，笼内的鸟想飞出来。法国也有类似的话：结婚如被围困的城堡，城外的人想冲进去，城里的人想逃出来。钱锺书的长篇小说《围城》便是最形象的诠释。

中国女子的这种别无选择的选择是自古以来的命定，在漫长的封建社会等待女子的唯一生路就是出嫁，孔子说过"非敬妻也，为敬亲焉"。只要是一个享有贤惠名声的正妻，一般而言，其地位在封建婚姻制度下还是有点保障的；同样，只要娘家还有势力，最起码婚姻的名分就还能留存。

当然，"不论东方还是西方，传统文化赋予女人生命的意义就是为爱情和家庭而献出自己的一切。而一个女人有无价值，则主要看她是否对丈夫忠贞，对子女慈爱，是否愿意牺牲自我的一切来成全男人的幸福，来换取婚姻和家庭的安定与和睦，因为婚姻与家庭的安定与和睦是男人幸福生活中必不可少的前提。"[1]

因此，虽然历经时代的变革，但对婚姻的郑重已成为女性的集体无意识，如同俗话所说："男怕选错行，女怕嫁错郎"！就在男女差别极度缩小的信息时代的当今，"干得好不如嫁得好"依然是客观现实，并成为各种媒介乐此不疲并生出种种碰撞的讨论话题！对于"事业"的界定也愈来愈宽泛，各行各业是事业，做"贤妻良母"、守护家庭亦是一种事业——关乎社会和谐稳定，关乎后代教育；问题的实质和关键是：应该由每个女人自己来抉择，而不是传统观念世俗偏见的逼迫就范；而且以"做贤妻良母"为事业者，家庭、社会能给她们以必需的保障。

---

① 梁巧娜：《性别意识与女性形象》，中央民族大学出版社 2004 年版，第 61 页。

第一节 女性的奥秘

一 贝蒂·弗里丹的洞察

歌德名句："永恒之女性，引领我们飞升"①，声震林木，响遏行云，穿越时空。女性引领男性前行，不仅是伟大，而且是神秘，弥漫着女性的奥秘。但问题是无论古今，不分中外，"男主外、女主内"仿佛是铁板钉钉般天经地义不可动摇。

从生理学的角度来看，"卵子在本质上是主动的，而它的细胞核在表面上却是被动的。它的自我封闭的密集形体，引起夜之黑暗和内部之平静。它表现了古人认为代表着有限世界和具有不可久性的原子领域。卵子是静止的，它在等待；与此相比，自由的、纤细的、敏捷的精子，则像一种焦躁不安的生存。"② 但是，"以此为依据推断说女人的位置在家里，这未免欠考虑——可就是有这种欠缺考虑的人。"③ 西蒙娜·德·波伏娃已推翻了此言说。

但传统男权统治的社会的标尺就是"男主外，女主内"，"天高任鸟飞，海阔凭鱼跃"，那是男人们大展鸿图的空间，女性的空间是幽闭的，闺房、卧房、厨房、产房——女儿们从生到嫁到产子到死，被禁锢于此间，行动遭禁，自由遭禁，心灵遭禁。大门不出、二门不迈，任凭父亲、丈夫和儿子掌控。中国封建礼教言：妇女"在家从父，出嫁从夫，夫死从子"；她从生到死，都不是自己的，是从属于男人的。男权社会为何如此严厉严酷地禁锢女性的言行自由？男耕女织难道是为了照顾女性柔弱的体质吗？答案绝非如此美妙动听。

也不仅仅在中国。当代女权主义理论家贝蒂·弗里丹的论著《女性的奥秘》是继西蒙娜·德·波伏娃《第二性》后又一枚掷向男权中心社会的重磅炸弹。女性的奥秘何在？这位美国温和型的女权主义者以调查事实和理性解析为我们揭穿了"女性的奥秘"的谎言。那是第二次世界大战后，美国经济萧条，失业严重，但几乎所有的传媒却不遗余力地宣传女性的奥秘就

---

① ［德］歌德：《浮士德》，钱春绮译，上海译文出版社1982年版，第737页。

② ［法］西蒙娜·德·波伏娃：《第二性》，陶铁柱译，中国书籍出版社2004年版，第15页。

③ 同上书，第16页。

是回到家中，守护家庭，做一个名副其实的主妇。当主妇们幽居家庭，倚着曳地窗帘，这种陶醉和幸福感是由衷的，这就是女性的奥秘！然而贝蒂·弗里丹却丝毫感觉不到幸福，郁闷的她采访了许多这样的主妇，她们亦不仅没有幸福感，而且万分苦恼失落！原来所谓"女性的奥秘"充斥着虚伪性，这种论调认为女人的本性只有通过性被动，受男性支配，培育母爱才能实现。女人没有独立的个性需要加以隐匿，即便在心里内疚的情况下，她只是为丈夫和孩子存在。鼓吹这种论调者竭力引导女性往这条路上走去。"她们的唯一梦想就是当无可挑剔的贤妻良母，最大奢望就是生5个孩子并拥有一幢漂亮的住宅；她们从来不去想家庭之外的世界上与女性无关的各种问题；她们希望由男人去做重大的决定。她们为自己作为女人的这种地位感到光荣，在调查表上沾沾自喜地填写上：职业：家庭妇女。"① 所以，所谓"女性的奥秘"幸福图景是男人世界对女人的合谋的哄骗！所谓"女性的奥秘"，是一股使女性安于做母亲和妻子的力量，这种力量是社会强加于妇女的。社会的压力来自商人的推销术和精神分析者的推波助澜，也来自诸如诺曼·梅勒等男性作家对女性的仇视。这种"奥秘"不仅损害了女性，使妇女在失去了个性的同时也失去了人性，而且也伤害到家庭中的子女和丈夫。妇女的出路在于接受更好的教育并承担有报酬的工作，换句话说，就是女性必须取得经济上的独立。"女性的奥秘"与波伏娃所说的"对象性存在"如出一辙，对妇女出路的选择，弗里丹也同波伏娃一样，以经济独立为根本。

　　"女性的奥秘"这类哄骗，也并非"原创"。西蒙娜·德·波伏娃在《第二性》中就曾生动地描绘过："于是'贤妻'是男人最珍贵的财产。她十分彻底地属于他，以致有和他一样的本质。她有他的姓氏，信奉他的神，而他为她负责。他称她是他的'老婆'。他为妻子感到骄傲，就像他为他的房子、土地和羊群感到骄傲一样，有时甚至更加骄傲。通过她，他在世界面前展示了他的权力：她是他的尺度，他的现世命运。在东方人看来，一个女人应当是丰满的，这样人们就能够看到她的营养状况良好，她就能够为丈夫增光。一个穆斯林拥有的妻子越多，把她们打扮得越俏丽，他得到的评价就越高。在资产阶级社会，女人必须起的一个作用就是要有优雅的风度：她的美丽、魅力、智力和典雅，都是她丈夫财富的明显外在标志，如他定做的汽车车身那样。若他是富有的，就会用裘皮和珠宝来打扮她；要是不太富有，

---

　　① ［美］贝蒂·弗里丹：《女性的奥秘》，巫漪云、丁兆敏、林天畏译，江苏人民出版社1988年版，第12页。

他就会夸耀她有德行和会持家。而最穷困潦倒的人，要是得到一个能侍候他的女人，就会认为他毕竟有了一点财产。"①

　　女人们必须在男人们鼓吹设计好的"幸福"中，在日复一日单调乏味的家务劳动中陷入了疲惫不安与苦闷空虚，感到自我的并未实现。为什么女人们没有朝"女性的奥秘论"鼓吹者所期望的满足现状呢？贝蒂·弗里丹一针见血地指出，家务不是一种事业，而是应该尽快尽可能有效完成的事。婚姻和做母亲不是女性自己天生的职责，女人们要找到自我，认识到自己是人的唯一办法就是通过自己创造劳动。她还鼓励女性们对家庭主妇这个形象说"不"，要走出家庭，通过寻求事业来完成自己的价值实现。同时弗里丹还指出："这并不是意味着她必须同丈夫离婚，抛弃孩子，丢掉家庭，她不一定要在婚姻与事业之间作出选择。"② 也就是说，贝蒂·弗里丹并不完全反对女人回到家中，生儿育女，做家庭主妇，但是，这一切应由女性自己来选择，而不是由男人帮你来做决定，而且还要哄骗你承认这是你发自内心的需求和人生之幸福！

　　当然，女人要获得选择权并非指日可待。愿望是美好的，但女性真能在婚姻、家庭与事业中实现两全其美吗？且不说女性本身意识的觉醒程度问题，依旧的男性中心社会是否会如此轻易地让女性们实现此图景呢？

　　1919 年的"五四"运动是一场巨大的裂变，反封建、呼吁民主与科学和社会改革的呼声，使经历了漫长的夫权社会、沉睡了几千年的中国女性意识，也被震醒了。于是有了女性的期待、不满、向往与愤怒，有了女性的欢笑、哭泣、撞击与颠覆……新思潮、新文化给沉闷的旧中国带来了清新的空气，唤起了一代新知识女性的觉醒。她们走出家门，走上街头，投身革命，而作为人学的文学，中国现代文学中中第一代女作家拿起笔写得最先锋的是对事业的追求，写得最切实的是对婚姻自由的追求。同时她们自身也为自己的婚姻自己做主而抵御传统的禁锢与世俗的偏见，只是，千百年的对男性仰视视角，加之引领"五四"新潮流的男性太富有人格魅力，因而使她们笔下的男性被理想化了，这些被美化的男性仿佛成全了她们的笔端和现实中的婚姻梦，事实上，如冰心、陈衡哲、冯沅君等的确有了美满的婚姻理想的归宿，然而，她们代表的并非普遍现象，爱情与婚姻的断裂，婚姻前后的大相

---

　　① ［法］西蒙娜·德·波伏娃：《第二性》，陶铁柱译，中国书籍出版社 2004 年版，第 205 页。

　　② ［美］贝蒂·弗里丹：《女性的奥秘》，巫漪云、丁兆敏、林天畏译，江苏人民出版社 1988 年版，第 299 页。

径庭，新婚姻的旧枷锁、新式丈夫的老式背叛等等，使女作家们在女性结束了被注释、被命名的悲哀历史之后，面对所谓的爱情婚姻陡然有所警惕，她们不得不开始小心的审视、谨慎的探索与不屈不挠的寻求。原来不仅社会为男性女性设置的社会角色是这样地不同，而且男性的传统思维定式和在新时代的新的思维趋势也与女性是这样地不同！所谓合理合情的生命状态两性关系方式原来对女性是如此的不公和屈辱！

听听萧红切身的感悟和心的倾诉："你知道吗？我是女性。女性的天空是低的，羽翼是稀薄的，而身边的累赘又是笨重的！而且多么讨厌呵，女性有着过多的自我牺牲精神，这不是勇者，倒是怯懦，是在长期的无助的牺牲状态中养成的自甘牺牲的惰性。不错，我要飞，但同时觉得……我会掉下来。"① 这是由女性生命的生存经历做的答案，在爱情、婚姻与事业的关系上，女性犹如面对鱼与熊掌的难以兼得！

二　永远的"洛绮思问题"

中国第一个以白话写作准小说的女作家陈衡哲以《洛绮思的问题》提出了事业与爱情、婚姻难两全的冷静得近冷酷的答案。

《洛绮思的问题》（《小说月报》1924 年 10 月号）讲述了在美国求学的女博士生洛绮思与导师瓦德白朗教授的情感故事。洛绮思 25 岁拿到博士学位，同时传出与 40 岁的瓦德订婚的喜讯。瓦德是哲学大家，洛绮思是他的高足，志同道合，又两情相悦，这似乎预示着一个新知识女性事业与婚恋双丰收的美满前景，但仅仅半个月，洛绮思变卦了，她很焦虑，因为她自称是个有"野心"的女子，希望今后在事业上有所作为，因而不得不面对走向婚姻就无力全身心地投入工作的现实。她认为："结婚的一件事，实是女子的一个大问题，你们男子结了婚，至多不过加上一点经济上的负担，于你们的学问、事业是没有什么妨害的；至于女子结婚之后情形便不同了，家务的主持，儿童的保护及教育哪一样是别人能够代劳的？"② 在洛绮思的心目中，做一个卓有成就的哲学家还是相夫教子的贤妻良母这两者之间是非此即彼的抉择，所以，她主动要求毁约，瓦德教授虽很悲痛，但亦理解她，认为"天上的天鹅，是轻易不到人间来的"。他们克制也可以说扼杀了彼此的爱

---

① 聂绀弩：《在西安》，引自萧军《萧红书简辑存注释录》，黑龙江人民出版社 1981 年版，第 160 页。

② 陈衡哲：《小雨点》，新月书店 1928 年版，第 106 页。

恋，解除了婚约。洛绮思终生未嫁，成为一所著名女子大学的教授，著作等身，有着国际声望。但40多岁时，就在她自家廊下的摇床上竟然做起了白日梦：梦见她与瓦德在一起，而且还有两个可爱的孩子！依照弗洛伊德的梦的解析的心理分析——梦里呈现的往往是现实中匮乏的和向往的！洛绮思事业的理想实现了，拥有了靠自己独立奋斗获得的事业成就，却留下了人生的遗憾，怎么说也弥补不了家庭的残缺和丢却爱情的凄凉，虽说瓦德始终抹不掉洛绮思的身影，但这更增添洛绮思不尽的感慨。婚恋与事业的不可兼得，这也许就是女人永恒的悲哀。但也不必否认少女时代洛绮思的忧虑，一经解除婚约，瓦德很快与一大学的体操教员结婚成家，男人是可以什么也不缺的。《洛绮思的问题》实质上提出的问题是："女性以对婚恋家庭的拒绝来换取成功"值不值？满纸的惆怅、梦醒后的荒凉让读者尤其是女性读者难以作答。但陈衡哲毕竟塑造出这样一位女性——将事业视为生命的女性，哪怕失去爱人和家庭，也即回答了做"贤妻良母"并非女性唯一的选择。同时，洛绮思的观点与贝蒂·弗里丹的观点是相同的，当瓦德有几分不屑地说到马德夫人以"抚育子女看做人生的唯一目的"时，洛绮思是这样回答的："你不要小看了马德夫人。像她这样的女子，也是不易多得的。你看她的子女，何等聪明，何等可爱；我常常自想，若使每个女子都能做一个彻底的贤母，那么，世界上还有别的什么问题呢？"[1] "但不幸各个女子的思想和性情，是不能一样的。即以我为论，你想像马德夫人一般的生命——无论我怎样的敬重与赞美她——能使我快乐心足吗？"[2] 在那个时代，这样的观点这样的见识——选择什么由每个女人自己做主——是让人振聋发聩的。

陈衡哲的另一篇小说《一枚扣针的故事》塑造出一个理想的完美的男性马昆。据胡适在1928年3月21日为《小雨点》写序时称，这个故事是真的，"一支扣针，我似乎不曾得读原稿；但我认得这主人，去年我在美洲还去拜望她，在她家里谈了半天"[3]。马昆和西克同时恋着"人格、才学、美丽"令人倾倒的姑娘，但马昆为了遵守忠于朋友这一道德信条，毅然决然地退出。姑娘嫁给西克生儿育女后，西克病逝，马昆又因不愿让她的"爱儿爱女感到分毫的窘困"而不敢爱她！有钱又有才学的马昆终身不娶，始终以一个老友的身份关心她，临终将全部遗产赠与她。马昆制造了无性无欲

---

① 陈衡哲：《小雨点》，新月书店1928年版，第108页。

② 同上书，第109页。

③ 胡适：《小雨点》胡序，新月书店1928年版，第1—2页。

的男性爱情神话，这个男人和这种男性至高无上、纯净透明的爱应该说只是极个别的，这是女性梦寐以求的理想境界，但马昆和西克夫人比之洛绮思和瓦德，更是"在云端翱翔"的柏拉图式的精神恋，实在离凡俗尘世太远太远。

陈衡哲作为最早留学美国的一批知识新女性中的一员，耳闻目睹中国旧女性的不幸，在追求自立、奋进向上的姑母引领下，她了然中国知识新女性的生存处境和心理需求，希冀新女性在与政治、与社会、与家庭的种种关系中，能有女性独立的寻觅和追求，要着眼于人生与社会，要关切现实，要有人性与温情。她认为妇女解放不仅仅要取得经济上的独立，而且要"心理与人格方面的解除桎梏，它所希求的，也不是浅薄的享乐，而是志愿的吃苦。"（《复古与独裁势力下妇女的立场》）她笔端的知识女性在事业与婚恋上的矛盾与抉择，虽也存在模糊朦胧的认识，但毕竟是积极的探求。而对沦为官僚财阀的姨太太的女学生，她认为这是社会的黑暗和女性的耻辱。

诚如阿英（钱杏邨）在《关于陈衡哲创作的考察》所言："她能在作品中暗示积极的人生见解，以及创作关于问题的小说"[1]。"因此，我们研究作者的创作，应该注意到她的作品中所暗示的问题，如为现今时代一切受教育女子共有的结婚与学业的影响问题，爱情与义务的战斗的问题，以及人生的态度的问题等等。"[2] 但归根结底，洛绮思的问题只是女性单方面的问题，与男性实在没多大关系。难于解决的问题方作成"问题小说"。一个极富男子气的女作家陈衡哲，在她心灵的深处仍是女性生命的呐喊。

1949 年中华人民共和国成立后，妇女被称为"半边天"，"时代不同了，男女都一样，男同志能做到的事，女同志一样能做到"。中国妇女，尤其是城市知识女性，无论是曾经的闺阁还是昔日的寒门，她们走出了家门，走上各自的工作岗位，与男人同工同酬，同参与社会生活，而且还有婚姻自主权，中国女性似乎不再为社会性别角色这一问题所困扰，至 1980 年代，男女平等的阳光已普照了中国女性 30 余年。但是，张辛欣的《我在哪儿错过了你》（《收获》1980）和长篇小说《在同一地平线上》（《收获》1981），张洁的《方舟》（1982），胡辛的《四个四十岁的女人》（1983）却仍然纠缠于"洛绮思的问题"。孟悦、戴锦华深刻而且犀利地一语道破："获得这

---

① 钱杏邨：《关于陈衡哲创作的考察》，《当代中国女作家论》，上海书店印行，1985 年，第251—252 页。

② 同上书，第 252 页。

一集体象征所允诺的独立平等，又以消失自我为代价——不仅消除自我与角色的差异，而且消除个体差异。这样，问世不久的女性的历史，在与民族群体历史进程的歧异、摩擦乃至冲撞中，走完了一个颇有反讽意味的循环，那就是以反抗男性社会性别角色始，而以认同中性社会角色终。在这个终点上，女性必须消灭自己以换取允诺给女性的平等权利。"①

　　《我在哪儿错过了你》和《在同一地平线上》两篇小说中的女主角"我"都是以对中性社会角色甚至男性认同来换取社会地位的。《我在哪儿错过了你》中的"我"的职业是电车售票员，但她把写剧本当成孜孜以求的事业，并终获得成功；她与传统女性的温柔秀美绝缘，其言谈举止穿着打扮就是个粗犷的假小子，这是因为"社会生活，要求我像男人一样！我常常宁愿有意隐去女性的特点，为了生存，为了往前闯！不知不觉，我变成了这样！"②《在同一地平线上》的女知青"我"，为了拼搏考上电影学院，实现自己的导演梦，不惜流产，不惜离婚，艰苦劳累更不在话下，以顽强地超越自己的极限而赢得一个十分钟小品的成功出演，几乎成了个"男人"。似乎女人要做一个独立的而且有独立价值的人，首先必须消灭自己的性别。

　　但是，她们的内心其实仍旧很柔弱，对自己的抉择和所作所为充满了矛盾动摇，她们渴求着男性的呵护和理解，这本无可厚非，就像事业型的男性渴求女性成为他们休憩的港湾一样，然而，难。男性和社会都会认为她们是走火入魔的异化的女人，不可理喻。

　　《我在哪儿错过了你》中的男子汉有着海洋一样宽阔的心身，又有着温柔细腻忠贞不贰的情感。他是航海系的毕业生，因为政治上被陷害而入狱；等待落实政策的日子里操起大学时做话剧队长的本领，当上了导演；大学时的女友文静要强，可惜死于非命，他一直怀念她。在拥挤混乱的电车站台他被"我"拽下，"我"也上不了电车时，他奋力帮助并伤了自己的手腕！他欣赏"我"的作品，他与"我"有过书桌旁的争辩，有过音乐会后一站站走下去的温馨，他对"我"有兴趣，因为"你像她，又不像……我希望你改改你的性格，凭着女性本来的气质，完全可以有力量……"。但问题是"女性本来的气质"究竟是怎样的气质呢？固然，"在每天那不能停下不走的电车上，我不能不挤，不能不吆喝"；"而在事业上，我也身不由己。于是我又回到那些失败的稿子上，继续写下去，就像驴又回到磨道上转下去一

---

①　孟悦、戴锦华：《浮出历史地表》，河南人民出版社 1989 年版，第 31 页。

②　张辛欣：《我在哪儿错过了你》，《收获》1980 年第 1 期。

样……"她的确想为他改变自己，然而，本性难移！因为她还留着清醒："你啊，看重我的奋斗，又以女性的标准来要求我，可要不是我像男子汉一样自强的精神，怎么会认识你，和你走了同一段路呢？"[①] 他终落实政策上了远洋轮出海，她也就这样错过了。其实，错过就错过罢，哪怕这个男人从外到内的一切都融进了她的心里，但是，说到底，"我还得靠自己站起来"！

如果说《我在哪儿错过了你》还只是停留在女性对男子汉太少的叹息中，是新的"莎菲"在新时期的寻寻觅觅；那么，《在同一地平线上》则是找到了所谓男子汉后再度的失落与怅惘。对于女性，事业与婚姻家庭仍是鱼与熊掌不可兼得的矛盾。

《在同一地平线上》是一对夫妻的"双声"倾述。他们都从社会最低点爬出来，非常岁月都与学业事业错过，而新时期点燃了新的希望。当过运输司机、搬运工的男的，没有学历证明，没有文凭，就凭着自己的笔，找回了少年时的画家梦，以画虎尤以画孟加拉虎闯出艺术生路，为了更好地发展，费尽周折调工作、上户口到北京，又使出浑身解数争取出画册、上电视做宣传乃至不择手段钻营于上层；他希望他的妻子——他所爱的女人做他的助手，为他做文字工作，一切为了他；然而，女的亦不甘于工厂的平凡，她忙于听夜大学的课，她写剧本，她考上电影学院导演系。为了事业，她毅然决然人工流产，与丈夫已到了离婚的地步！可她仍然爱着他，他也依旧爱着她。

抛开男性女性之别来看，这是两个事业心很强的人，所以，她与他很像。只因为传统的男性中心社会为男女制定了不同的标准，所谓"男主外女主内"，所以，她的独立追求在男性眼里变成了桀骜不驯，夫妻之间像是两股强劲的反方向作用力，拧得很。

比起海洋系毕业的坐过牢也依然纯净的男子，这个孟加拉虎式的男人多了功利心，他野心勃勃，不惧怕也不理睬任何咒骂和阻力，他知道人既由自己的欲望驾驭着，又被命运扒拉，只有在这两种力之间挣扎着向前，人是一个化合物，他对自己的心坦白：承认已被扭曲，承认堕落过。这样的男子反而更真实可信。如果男人不像孟加拉虎那般在恶劣的生存环境中，猛烈、胆大、灵敏地猎食，在充满形形色色的交道、争斗和敷衍的喧嚣的城市中何以生存并发展？他对妻子是钟情的，从相遇的那一刻起，他就认定她是他的另一半："就是她！"他认定她在事业上能与他走到底，白头偕老。然而，他

---

① 张辛欣：《我在哪儿错过了你》，《收获》1980 年第 1 期。

失望了："我本来想找个助手，没想到又添了一个对手。"他欣赏他的妻子，她懂得他，还懂得他的画；她文思泉涌，是他的最好的文字助手。他的要求真的不算过分，古往今来，有多少智慧的女子为相夫教子而默默奉献一生呵。

但是，她不。她为了能上大学，宁愿人工流产宁愿离婚宁愿吃苦头也要圆自己的导演梦，付出这一切能看到的只不过是一个十分钟的小品！一切不过刚刚起步，今后的路还很长很坎坷崎岖还不知有没有尽头。而她舍弃的正是《我在哪儿错过了你》中的"我"所苦苦寻觅的，她寻找到了男子汉，却这么轻易地就放弃了。女性独立意识、独立价值的追求，所要付出的代价太昂贵了。

问题是，都为了事业的男女，丈夫对妻子的事业是不能容忍的，他希望她放弃她自己的事业，安分地做男性附庸的角色，要求她一切为了他！而妻子对丈夫的事业是崇拜的兼容的，她尽自己的所能为他服务，但是她不能彻底丢掉自己的事业！她对他没有任何要求，只是希望他理解她、包容她，她希望："他是世界上唯一的这样一个人，我把全部感情和思想的依托放在他那儿。我们在身体上彼此再也没有保留的，隐秘的地方。"然而，"他不肯把更多的时间和精力放在我身上，他不会肯那么久久地站着，由着我靠着他。他没有这种需要，没有这个耐心。他要干他的事……"①

不同视点不同欲求不同目标，使男女主人公不得不处于咫尺天涯的无法沟通和永不妥协之中，否则，女性就只有乖乖地回到几千年的男性中心社会为女性打造的形象铁质框架之中。所谓同一地平线上，无论是出发的始点还是目标的终点，都只不过是女性的虚幻乃至虚妄的海市蜃楼，也许看得见但永远无法抵达。女作家借女主人公之口说出："等到我自己什么也没有了，无法和他在事业上、精神上对话，我仍然会失去他！"②并非女性要强不要强的问题，而是男性把女性推到不得不依靠自己的路上。这给了女性清醒而沉痛的回答：女性不变的爱的本能与保持自我独立之间是命中注定难以取舍的挣扎。基于两性平等上的爱情仍然是地平线的海市蜃楼，可望而不可即。

更有甚者，张洁的《方舟》中三位知识女性梁倩、荆华和柳泉的前丈夫们则毫无优秀可言，无论他们是名男人雅男人还是凡男人俗男人，都实在卑鄙凶恶自私得无以复加！既与西方男人马昆绝缘，更无冯沅君在《旅行》

---

① 张辛欣：《在同一地平线上》，《收获》1981 年第 6 期。

② 同上。

中女学生镌华的自由恋人士轸的温文儒雅、纯净自律。时代的前进反而让相当一部分男人退化异化。忘了不能忘记的爱，因为女性前面的路还很长很长，为了独立为了事业，你得忍受孤独的前行，你要寻觅"洛绮思的问题"的解答，试图另辟蹊径，以为终会柳暗花明又一村，没想到，"洛绮思的问题"从20世纪初一直延展至20世纪末，越过千年，蔓延至新世纪，不只是回到了起点，而且，物质时代的物质生活，使人的动物性欲求膨胀，精神遭遇挤压退至边缘，"洛绮思的问题"就更成其永远的问题了。

三　蔷薇雨里女人到中年

　　谌容的《人到中年》（《收获》1980年第1期）是一部讴歌知识分子，为知识分子的生存状况呼吁的催人泪下的小说。打倒"四人帮"后，干了18年的眼科大夫陆文婷已到中年，为了补回失去的10年时间，她摒弃一切杂念，忘我地扑在工作上，但繁重的工作（看病手术，各式病人的思想工作，老太太秦波的干扰等等）、艰难的生存环境（12平米小屋）、沉重的家庭重负（买菜做饭、儿女尚小，佳佳肺炎），终于让陆文婷在一上午做完三个手术后，因心肌梗塞倒在回家的小胡同里。然而，可能令谌容都没有想到的是，最感人的是陆文婷与学冶金的丈夫傅家杰纯净的爱，那贯穿始终的裴多菲的诗如汩汩清泉流淌进读者观众的心田，原来两性关系竟有如此纯净完美的境界。尽管焦头烂额的陆文婷曾黯然自白："或许，一生的错误就在于结婚，不是人常说吗，结婚是恋爱的坟墓……"家庭的重担如沉重的十字架背负在他们身上，但是，傅家杰始终不改初衷，愿意是激流，是荒林，是废墟，只要"我的爱人"是小鱼、小鸟、常春藤，永远相依相伴。他成了"既能研究上天的尖端技术，又能深入厨房拳打脚踢的"家庭妇男。这不能不说是其中最有力量也最为动人的艺术构成部分——"叙事者对身处于社会关系中的两性关系的出色想象。这个被叙事者附丽于世俗烟火的'爱情想象'的存在，它的意义并不能等闲视之，因为与其说它表征新时期早期的女性，要建构一个真正平等的双性理想世界的意识潜流的确存在的话，毋宁说它是对其他女性文本只提供无性别差异的社会场景暗示的一种明确性补充。"①

　　胡辛的处女作《四个四十岁的女人》（《百花洲》1983年第6期）正是在读了谌容的小说看了改编的同名电影后的有感而作，因为现实生活中

①　林丹娅：《当代中国女性文学史论》，厦门大学出版社1995年版，第176页。

"傅家杰"罕见！《人到中年》将现实中的夫妻位置掉了个个，怎么说傅家杰也成了绿叶。《四个四十岁的女人》则还其真实感，平实朴实许多。学者林丹娅认为"是较早直面女性问题，专事呈现现代成熟女性形象的小说"。"这个文本可以说是80年代的中国女性探讨自身处境与问题的代表作品"①。四个同龄女友柳青、钱叶芸、魏玲玲和蔡淑华的命运因其太具普适性，因而更让人扼腕长叹。她们是从小学到初中同窗九载的同龄女友，初中毕业时，柳青继续升学，都以为她的志愿是当作家，但她却说她向往《乡村女教师》中的瓦尔瓦拉·瓦西里耶夫拉；钱叶芸上了文艺学校，她要当小潘凤霞，潘凤霞可是赣剧皇后；魏玲玲上了助产学校，她崇拜的是终生未嫁的林巧稚；蔡淑华则参加了工作，先在纺织厂，后调入区妇联。分别二十年后在省妇女保健医院邂逅，于是掏心掏肺地倾心长谈，在这一个时段，忘了男人忘了婚姻忘了家庭忘了事业，只剩下姐妹情谊，然而，她们所叙的却逃脱不了男人、婚姻、家庭和事业。忠于且乐于琐琐屑屑妇联工作的蔡淑华，遭到丈夫的不满和抱怨，在丈夫眼里，为了这压根算不上事业的妇联的工作而没有照顾到家庭儿女，那是傻。钱叶芸与丈夫同台演出本应志同道合，但婚后的生育使她不堪重负，然而他与母亲一条心，不想"养了只鸡婆不下蛋"，而且生了女儿还想抱儿，无奈之下钱叶芸做了绝育手术，这可引来了灭顶之灾，婚姻破灭还坏了名声，这样，离了两次婚，结第三次婚，接到对方儿女的贺词是"狗尾续貂"！魏玲玲看起来轻松幸福：丈夫是著名的主刀大夫，儿子被称为神童，自己在医院办公室，但她总是怀念在山村抢救难产产妇的一幕！仍旧是独身女人且身患癌症的柳青，至今仍在一所乡村小学教书，真的成了瓦尔瓦拉了！但是她并不觉得自己不幸，因为她得到了她所教的孩子们的真挚的爱。"世界呀，我爱过了。"她播撒广博的爱收获广博的爱。这样的事业可能在不少人眼里视为可敬而不可爱，仿佛是苦行僧，但是，至真至诚的奉献难道不是人类最伟大的事业吗？"叙事者从现实中用形象概括出的这四种现代女性生活类型，使她们具有普遍性，代表着中国女性的全部生活形态。叙事者胡辛用'女人为什么要有自己独立的节日'问于'三八'国际妇女劳动节的方式，表示着对这一个属于国际性的、历史性的、全人类性的女性所面临的两难处境的叹息和思索。"②

　　长篇小说《蔷薇雨》（百花洲文艺出版社1990年版）是胡辛对爱情、

---

①　林丹娅：《当代中国女性文学史论》，厦门大学出版社1995年版，第245页。
②　同上书，第246—247页。

婚姻与事业的又一次深度思考。一座古老的红城,水利厅总工程师徐士祯的七个女儿也历经爱情、婚姻与事业的种种挣扎撕掳。徐家据传是汉代高儒徐孺子的后裔,但徐总的第五个女儿徐希玓却远离书香,直接跟厨房打交道。上小学时老师念了白字,成了"勺子",下放到兵团时分配在厨房干活,回红城后竟下嫁给庸俗的小市民家的钱金苟,小两口还下海开了家餐馆就叫"勺勺居",不管徐总多么的不情愿,可这一对平庸的厨房夫妻活得蛮滋润,勺子还派出到国外做厨师。徐家的老六徐希玑也出格,就在徐家书屋门前开了个"小玑发廊",因其当众辱没门庭徐总愤然掷杖砸了牌子;她还跟无业游民、撑船佬的后人黑皮热恋,但她也生活得快乐。老五老六似乎昭示着婚姻就是过日子,平平淡淡才是真。徐家的其他五个姐妹不甘平庸,希冀有一方自己的天空,拥有自己的事业,结局是要么以婚姻破灭为代价,要么在千疮百孔的婚姻罗网中挣扎不已。

老大徐希璞嫁给了门当户对、又是世交的冯家,丈夫冯春甫官居厅级,女儿已成才,希璞自己则是口碑极佳的主治医生。从表面来看,大璞是婚姻事业双丰收的女性,从"洛绮思的问题"中突围出来。然而,仅仅因为她不愿意当冯厅长的"逗角"虚情假意应酬高官,就让冯春甫大发雷霆:"你自私!你冷酷!你根本就不像个女人!"以致"逐出家门"。在冯春甫的心目中,时代再不同,但"进得厨房,出得厅堂"的女人才是个女人。后来虽息事宁人,但是婚姻家庭的裂痕如瓷的破碎,再也无法愈合了。

老二徐希玫的命运更让人欷歔感叹。非常岁月,军人石平林为了她,为了她的家,心甘情愿舍弃了自己的政治前程。他是她,也是她徐家的恩人。可正因为这"恩",使二玫倍感沉重。她不愿始终生活在他的"爱"的笼罩之下,离开了石平林任厂长的百花纺织厂,白手起家,创立红玫瑰时装公司,因丈夫对自己的误会,她选择了离异。但是,女人的天空毕竟是低的,在商海沉浮中,她不幸被奸商暗算卷入了文物盗窃案而身陷囹圄。当钟情的石平林来探监时,她却狂暴地赶走了他,她不知他们唯一的女儿也失踪了。她的悲剧是她自找的,她为什么不能小鸟依人般生活在爱她的男人的婚姻里边呢?一个一辈子只爱一个女人的男人珍稀呀,有一个忠实的丈夫一个温馨的厨房一个完整的家不是很多女人梦寐以求的吗?

老三徐希玮在书中着墨最多,她的坎坷她的灾难是时代的悲剧,但具体的仍是没有婚姻的悲剧!未婚而孕的她不能为世代清白的书香门第徐家所容,又为干部子弟凌云所背弃,尽管他不知情,但奉趋炎附势的母亲之命去应选东床驸马,就已经说明一切了。绝望的阿玮只有独自承受厄运的打击,隐居深山做了 18 年的乡村教师。后来她写了一部长篇小说而小有名气，这才重回家乡。可就在徐家书屋门前的刹那间，见到的竟是凌云与七妹七巧相拥！死灰的复燃原来不是爱竟是恨与怨！凌云此后的纠缠不休是真心忏悔抑或猫玩老鼠的生物惯性？剪不断，理还乱。就连貌似小可怜且知根知底的辜述之教授都敢倒打一耙出卖她，她怎么能不在婚姻的门外久久徘徊呢？

　　没有婚姻的还有老四徐希瑶，这个高学历的书呆子女子，却不顾一切跟着"卡西莫多"式的席大鹏私奔，可怖的是还遭到他的"抛弃"，流落海南岛的橡胶林中，幸而被二姐夫找了回来。当二姐家婚变后，她又苦恋起二姐夫而不可得。婚姻，婚姻，女人上哪去寻觅理想完满的婚姻？

　　徐家七巧则全然的新派，原本纯洁的她与老练的姚鸿一样，很快在物质社会的熏染下以婚姻作为跳板，让年纪轻轻的自己快速地走上许多女人一辈子也走不到的路标，漂洋过海，自以为阅尽人间春色。一个将自己嫁给美国富翁姚品笙的无性无欲的痴呆儿子姚宝宝，一个快速成为美藉华人的填房，殊途同飞，乘上了同一架飞往美利坚的飞机。现代化生活中，婚姻岂止是跳板，婚姻就是飞机。

　　尽管当代女性，尤其是知识女性在爱情、婚姻与事业的纠结中仍然彷徨困惑，但回溯对比现代女作家笔下形形色色的向着女结婚员奋斗的女人们，当今女性毕竟在前进，虽有停顿，甚至倒退，但毕竟在螺旋式上升。

第二节　婚姻是女人最深的伤痛

一　没有鱼更没有熊掌

　　张爱玲曾言："我的小说里，除了《金锁记》里的曹七巧，全是些不彻底的人物。他们不是英雄，他们可是这时代的广大的负荷者。因为他们虽然不彻底，但究竟是认真的。他们没有悲壮，只有苍凉。悲壮是一种完成，而苍凉则是一种启示。"[1] 但还是张爱玲，对《金锁记》（《杂志》1943 年 11 月）里彻底的人物曹七巧牵挂不已，历经 23 年的风雨路，记忆的筛子反复筛滤而仍漏不掉的东西抓挠着她的心，1966 年，她又在香港《星岛晚报》上连载长篇小说《怨女》，这是对《金锁记》的追忆和扩充。

---

　　[1]　张爱玲：《张爱玲文集》第四卷，安徽文艺出版社 1992 年版，第 177 页。

　　《怨女》中的柴银娣就是《金锁记》里的曹七巧，虽然改名换姓，但她的故事轮廓与曹七巧大致一样：都是麻油店的女儿，都有过青春的丰满娇俏，都有过喜欢她和她喜欢的年轻男人，可为了金钱之欲，都高攀簪缨望族的二少爷，无论是姜家还是姚家的二少爷都是又聋又瞎、鸡胸鹤背的残废人。这样的婚姻让她们像是死了做了鬼了，成了女人无法痊愈的最深的伤痛！但为了金钱，她们都得熬。七巧熬了15年，银娣熬了16年，终于得到了卖掉青春，不，卖掉一生换到的几个钱。可又都有个小叔子三爷撩拨，却陡地都发现他不过是哄她，要的是她的钱！她们能不狂怒？在荒凉孤独的人生中，她们的灵魂能不畸变？

　　但曹七巧与柴银娣也有所不同。少女曹七巧是在兄嫂的"金锁计"中"卖"进了姜家，她未曾有过选择权；柴银娣虽也怨恨兄嫂，但也是她自己放弃药店伙计选择了姚家的。因而，曹七巧的疯狂更彻底，是超出了怨的恨；最初为了黄金的贪欲，她锁住了爱情；爱情在她身上失却，便需要儿女媳妇的青春和幸福来作抵偿！儿子女儿恨透了她，娘家的人恨她，婆家的人恨她，她最终是用黄金的枷锁住了自己。《金锁记》是泄恨，曹七巧是极端的病态，极端疯狂的女人！《怨女》是诉怨。她的一生像她做大姑娘时做鞋面锁边时的花样——"错到底"。长篇小说反而删去了女儿长安这个人物，《金锁记》里曹七巧用疯子的审慎和机智活活拆散了30岁女儿的婚恋的令人发指情节也就随之删去了；《金锁记》中儿媳妇死去、扶正不到一年就吞鸦片死了的绢姑娘的结局，在《怨女》中改成孙辈成群的窒息的热闹，于是，曹七巧式的疯狂的"恶"与"恨"便冲淡了许多，柴银娣或许显得更可信更真实些，但是，就人生的悲剧感的震撼力而言，曹七巧却仍胜过柴银娣，曹七巧是现代文学史上让人读之难忘的"女狂人"形象，那金钱、婚姻与情爱的种种碰撞、撕拽、咬噬、扭曲、变态，人性的自私的淋淋漓漓的展露，在曹七巧身上更为深沉与尖锐。老了的曹七巧，这个"骨瘦如柴的小老太太，穿一件青灰团龙宫织缎袍，双手捧着大红热水袋，身旁夹峙着两个高大的女仆。楼梯上铺着湖绿花格子漆布地衣，一级一级上去，通入没有光的所在。"[1] "衰老了的她似睡非睡横在烟铺上。她挪了挪头底下的荷叶边小洋枕，凑上脸去揉擦一下，那一面的一滴眼泪她就懒怠去揩拭，由它挂在腮上，渐渐自己干了。"[2] "她还有泪。这是一缕温湿的微风，抚弄着七巧墓

---

① 张爱玲：《张爱玲文集》第二卷，安徽文艺出版社1992年版，第128页。

② 同上书，第130页。

上的野草。"① 平民女儿曹七巧悲惨的一生却变异成了令人发指的故事，本该让人同情的血泪悲剧却变成了异化女人的丑恶史，还有什么比这更惨烈的呢？

婚姻给曹七巧造成最深的永远无法愈合的伤痛，三十年来曹七巧戴着黄金的枷。她用那沉重的黄金枷锁扼杀了情爱，用黄金枷角劈杀了自己的亲人，扯上那么多人替她殉葬。曹七巧扭曲的人格、变态的疯狂的灵魂是因了黄金梦。

但是，这样的答案放到铁凝的《玫瑰门》里，对司猗纹、姑爸们的变态行径却解释不通。这一对姑嫂可谓同代女性中的幸运者，大家闺秀的她们都享受了高等教育，可称时代的新女性。少女时代的她们，都是青葱鲜活而且追求进步向往革命敢为爱情赴汤蹈火的，她们不差钱！然而，婚姻还是毁灭了她们。司猗纹因为坏了名声没有处女身可奉献而遭夫家的厌恶和百般作践，因为姑爸长相为丈夫不容而遭抛弃；因而一个虽有公婆丈夫家庭儿女，但生不如死；一个虽了无牵挂但异化为不女不男的姑爸最后屈辱惨死。本来是极其值得同情的两个受害女子，但是她俩异乎寻常的"抗争"却像是搬起石头砸自己脚的蠢人一般，在令人同情的同时又不免生出厌恶，婚姻对她们的伤害是惨痛的，但她们沉溺于此不能自拔则是可怜又可嫌的。

先看庄绍俭的妹妹这位大小姐，比起她的哥哥，可称得上善良单纯，健康活泼。豆蔻年华的她身材匀称，梳两条乌黑的大辫子，穿着裙子读女校，真是青春焕发。在新旧之交的冲撞中，她对情爱并无越轨之举，连非分之想都没有，她遵从父母之命媒妁之言的婚姻，虽然对方只是个规矩家庭的规矩少年，她仍对未来有着憧憬和期盼。然而，她当过新娘，可她却没结过婚。三天就灰头土脸地回了娘家。无他，少年在新婚之夜当了逃跑新郎，是被她的下巴吓跑的！她的下巴是天生地大，可是，相书上下巴大不是福贵之相吗？惧怕大下巴的新郎一跑无踪无影，新女性就被这致命的一击击倒了。经过死去活来的煎熬，回归娘家的她终翻然猛醒，猛醒的结果是更换性别！长辫子的她留起了男人的分头，健康的胸部被她用布条束死，仿佛这样就让过去的女儿身死去；她着男装，抽烟袋，举止行为都模仿男人，似乎这样她就变性为男人了。她强迫自己也强迫周遭的人忘却她原本的女儿身女儿名，自

---

① 傅雷（迅雨）：《论张爱玲的小说》，引自《张爱玲文集》第四卷，安徽文艺出版社 1992 年版，第 420 页。

称为姑爸，俨然进行了从姑到爸的洗礼。这是多么的愚昧和不可思议。分明是封建包办婚姻酿成的苦酒，如果婚前两人见过面有过交流，何曾会发生这样的婚姻闹剧？如果这个原本也打算屈从命运的男子多一点宽容，少一点歧视也不至于闹出如此之大的动静。其实既然女方婚前都偷看过男方两眼，难道男方没偷看过女方吗？总之过错不在这个女子。其实这个丢了颜面的新娘是可以让时间医治创伤的，仍可能有新的生活，有新的婚姻，即使终身不嫁，也能够自己养活自己，但这个女子想不开，一次失败的婚姻就毁了她的一生。令人发指的是单身独居的她在"文革"中被造反小鬼残酷折磨而死的方法，竟然是性别戕害——用铁棍戳进她的下身！到底还了她女儿身，这真是残忍的警醒和象征。

再看小说中一号女主角司猗纹，少女时代的她比小姑激进浪漫有主见许多，性格决定命运，她与姑爸有着截然不同的命运。如果说姑爸是婚姻战争的惨败者，那么她则是婚姻战争中的不屈不挠的保卫者和突围者，尽管千疮百孔，但她怡然地活着，直到80岁高龄才恋恋不舍地离开人世。《玫瑰门》中司猗纹的人生，掐头去尾，似可概括为司猗纹的婚姻保卫战。第一阶段从20岁到40岁，司猗纹的婚姻保卫战一是对丈夫庄绍俭从忍辱争取到心死放弃，二是对公公庄老太爷从谦卑恭顺到颠覆性的制服；第二阶段从40岁到80岁，除却与朱开吉的婚姻突围失败的短暂小插曲，司猗纹进行的仍是婚姻保卫战的拓展战，即为庄家——当然主要是为真正的一家之主的她自己的家庭保卫战，包含防守、进攻、攻守兼备、出卖、追踪、捉奸、反奸等形形色色的战术。

18岁少女司猗纹对华致远的充满了女性主体自觉主动的爱的奉献，其中蕴涵正义爱国、追求进步等元素，同时，也有因华致远对她的承诺而给了她对渺茫婚姻的期待。所以，她尚未出嫁就付出了婚姻的代价。

20岁的司猗纹嫁到庄家，她的确竭尽全力回归这桩父母之命的传统婚姻，承受着丈夫庄绍俭一次次变态的凌辱、虐待、玩弄、抛弃，她只是忍辱负重，主动热烈献身；又生儿育女，循规蹈矩，恪尽妇道，已然回归为一个传统的妻性十足的女人，哪怕庄绍俭无比恶毒地一次次粉碎了她的挣扎般的"赎罪"。但如若将她归为"贤妻良母"类，可能她还不至于善良又愚昧到"贤良"的地步，只是已然没有事业的她，怎能不咬紧牙关坚守庄家少奶奶的位置呢？

司猗纹却没有洞穿庄绍俭对她的"仇恨"的根源所在——那就是她已然失去了贞操，这就是无法弥补的罪孽。要知道，"中世纪的僧侣哲学加深了传统男人对妇女的歧视。贞操被郑重其事地宣布为人类最崇高的美德"①。在男人眼中，"处女的身体有一股僻远山泉般的清新，一副欲放蓓蕾般的娇容，一种太阳永远照不到的珍珠般的光泽。""他以破坏处女贞操这一必然行为，把那个身体毫不含糊地变成了被动客体，证实了他对它的获取。这种观念清楚表现在骑士传说中。骑士艰难地穿过丛生的荆棘，要去摘下一枝至今尚未飘逸芳香的玫瑰；他不但找到了它，而且毁了它的根；正是在那时他才把它归为己有。"② 庄绍俭认为他蒙受了奇耻大辱，却又屈服于司家的财势而没毁婚，所以，他只有用无止境的变本加厉的残酷欺凌来掩饰缓解内心的煎熬和恐惧。

　　人类社会只对女性贞节观有种种特殊要求，而对男性绝无"贞节"之求，在男性，逆"贞节"，不只是权力、地位的象征，同时还是生命力奔腾的象征呢。女性是"第二性"，"她是附属的人，是同主要者（the essential）相对立的次要者（the inessential）。他是主体（the Subject），是绝对（the Absolute），而她则是他者（the other）。"③

　　司猗纹的人生就比传统的旧式怨妇还要荒凉惨烈，吞咽了太多的泪与血的她在 40 岁时染上了庄绍俭带来的花柳病，她以一场恸哭结束了她的前 40 年。她愿意忘我，在忘我中让自己烂掉，她在治花柳病时"习惯了大模大样地把自己劈在床上的姿势"④，她试图用这姿势里邪的气势，恶的力量找回女性的主体性和主宰力量，"等待着她那干净的灵魂从这不干净的肉体不干净的阴道里穿越出来，让那灵魂无牵挂地向上升腾，向无人无物的境地升腾"⑤。然而，这种以邪治邪以恶抗恶的疯狂报复又怎能找回女性的主体性？当然，主宰庄家指日可待。

　　公公庄老太爷既死要面子又不甘清贫，既要自尊又经不住虚荣所惑，他对"不洁"的长媳自以为有居高临下的生杀大权，无论司猗纹无数次力挽狂澜才使庄家转危为安，解放前以娘家的资助才使夫家没有倾败，刚解放，又是她变卖家产才让挪用公款的庄绍俭免去牢狱之灾；但庄老太爷一概不领

　　① ［保加利亚］瓦西列夫：《情爱论》，赵永穆、范国恩、陈行慧译，生活·读书·新知三联书店 1984 年版，第 48 页。

　　② ［法］西蒙娜·德·波伏娃：《第二性》，陶铁柱译，中国书籍出版社 2004 年版，第 181 页。

　　③ 同上书，第 4 页。

　　④ 铁凝：《玫瑰门》，作家出版社 1997 年版，第 208 页。

　　⑤ 同上书，第 207 页。

情，平白使刁，挑拨司猗纹与子女的关系，而且在日记中诅咒司猗纹，这反倒提醒了她："使她第一次想到为什么一定要助纣为虐呢？"① 于是，即以其人之道还治其人之身，请君入瓮。"她决定拿自己的肉体对人生来一次亵渎的狂想"②，从这一无所畏惧摄人魂魄的近乎恐怖的乖张行径来看，本应是知识女性规避、烟花娼妓惯用的小把戏却被司猗纹嫁接成功，这是一招有胆有识的促狭行径，是近代版的《聊斋志异》，让本已衰败的庄老太爷从内心到形式都彻底崩溃投降，如此，不仅痛快淋漓地宣泄了她对庄家父子的刻骨仇恨，颠覆了翁媳间的上下关系，而且夺得、维护和巩固了司猗纹在庄家的不可动摇之地位，成为顶梁柱式的一家之主。虽然，"她无时不在用她独有的活的方式对她的生存环境进行着貌似恭顺的骚扰和亵渎，而她每一个践踏环境的胜利本身又是对自己的灵魂的践踏"③。但"在毒水里泡过的司猗纹如同浸润着毒汁的罂粟花在庄家盛开着"④。到底是她不露声色打垮并消灭了公公，赶跑了丈夫！是男权中心社会酿就的毒汁，催开了司氏印记的恶之花。

50 岁的司猗纹，在新婚姻法的感召下，毅然决然地抛却她拼却大半生苦苦争夺来的老旧婚姻家庭，开展了迅猛的新的婚姻攻克战，嫁给了朱吉开，她的胆量和决断仍源于对这一次新的婚姻的期待，为了另一块明朗的天！但因结婚在离婚前，认为再次蒙受了奇耻大辱气急败坏的庄绍俭一纸诉状告到法庭，结果司、朱被判了个重婚罪，出狱后的朱吉开暴死，司猗纹再度要离婚时，庄绍俭疯狂地用酒瓶砸了她，不久也似争先恐后地死在了情妇齐小姐的怀里。命运多舛的司绮纹，她屡屡想通过肉身的反抗来净化灵魂，如亚里士多德所别言："灵魂是使人成为人的东西"，但司猗纹的灵与肉却剥离着，相互撕扯着，她以不幸中积蓄的力量报复"仇人"以战胜厄运，殊不知反使自己的灵魂一次次被玷污、人性一次次被扭曲，等于自虐，何其悲哉！

司猗纹在一年中承受了她爱的和恨的两个男人的死亡之后，痛定思痛，婚姻是女人最大的事业？家庭是女人赖以生存的根基？她左冲右突半生，屡屡突变加渐变中她结满老茧的心别无选择，她不能一无所有，她留

---

① 铁凝：《玫瑰门》，作家出版社 1997 年版，第 203 页。

② 同上书，第 208 页。

③ 盛英主编：《〈玫瑰门〉恳谈录》，《二十世纪中国女性文学史（铁凝篇）》天津人民出版社1995 年版。

④ 铁凝：《玫瑰门》，作家出版社 1997 年版，第 208 页。

在了已跌进贫民生活境况的庄家。然而，她的心仍不甘，于是她"站出来"脱胎换骨劳动——糊各式各样的纸盒、锁各种布料的扣眼、砸男女老小穿的鞋帮、到革命家庭当老妈子、做小学教师，很是百折不挠，为的是她眼里的"事业"！然而她到底站不出来，只有回归她平生最惧怕的——当家庭妇女！在多少人感到大难临头的非常岁月，她却以为自己"站出来"的机遇又来了，她主动献出房产、明清家具和埋藏的赤金如意；她对街道主任罗大妈大拍马屁，曲意奉承，为的是能在街道上露脸读报，能夜间巡逻，能演唱样板戏——这些是她不是家庭妇女而有"事业"的标志。为了这她不惜出卖达先生，抓住竹西大旗偷情之事该出手时就出手，不惜给少女眉眉带来伤害。她的一生都在不屈不挠地争斗，为婚姻争斗，为"站出来"争斗，但是，没有熊掌更没有鱼！何来女性主体性的确立？何来女性自我救赎？在她生命的最后5年瘫痪在床时，一如张爱玲笔下的曹七巧，一级一级走向没有光的所在。她最后看一眼华致远，只不过是生命的回光返照罢了。

司猗纹的儿媳妇宋竹西在叙述人苏眉的视野里颇有好感，哪怕她分明先后夺走了少女眉眉朦胧的异性朋友大旗和叶龙北。评论界对竹西形象亦好评如潮，大约是进化论观念使然。但冷静地审视，竹西就那么可爱且高尚吗？竹西的意义和她的出众处是敢为风气之先，她真实又强烈地张扬出了自己内心的欲求，有着飞蛾扑火的勇气。更重要的是竹西不乏善良，这才使她为欲望驱使的种种行径让人生出同情和理解，而不觉得她淫。但竹西其实也还是婚姻的捍卫者。竹西对个性和性皆懦弱无能的丈夫庄坦的宽容和忍耐，说白了，还是因为他是她的丈夫。丈夫死后她对大旗的诱惑追逐，其实只是纯粹的肉体本能欲望，但在事情败露后，竹西主动以婚姻来结束性游戏，到底表明了婚姻在她心中的重要位置。最后，她对叶龙北又一次主动的追逐，也还是在与大旗办完离婚手续之后，这其实也还是一种对婚姻的祭奠和不容亵渎。所以，看起来果敢坚强、勇猛前卫，敢于设计自己的生活轨道，但实质上仍逃脱不了传统的樊篱。

海德格尔言："历史是生存着的此在所特有的发生在时间中的演历……它们都关系到作为事件'主体'的人。"① 一代一代的女性难以走进历史，来自千百年来牢不可破的男性中心社会制度和传统文化，来自于与她们生活在同一屋檐下的男性，也来自她们自身，无处不在无时

① ［德］海德格尔：《存在与时间》，三联书店1999年版，第429页。

不有的多重的性别压迫使不同层次不同个性的女性都难以抗争，或许这就是女性的宿命。

二　走出绣房走不出厨房

在现代文学史中，有新闺秀之称的凌叔华（1904—1990）是不可遗忘的。她曾被人称为"新闺秀派"的代表作家，与"闺秀派"作家冰心、绿漪，"新女性派"作家冯沅君、丁玲齐名。凌叔华出生于一个封建士大夫的书香之家。在妻妾成群的高门巨族中长大；凌叔华就读天津河北省立第一女子师范学校时感受到"五四"运动，翌年考进燕京大学外文系，在新文化的熏陶下开始了文学创作。鲁迅在《中国新文学大系·小说二集导言》中说："凌叔华的小说……她恰和冯沅君的大胆、敢言不同，大抵很谨慎的，适可而止地描写了旧家庭中的婉顺的女性，即使间有出轨之作，哪是为了偶受着文酒之风的吹拂，终于也回复了她的故道了。这是好的，——使我们看见和冯沅君、黎锦明、川岛、汪静之所描写的绝不相同的人物，也就是世态的一角，高门巨族的精魂。"[1] ——这，正是凌叔华小说的题材特色，她为处于新旧交替时代的封闭式的高门巨族中的女性：旧闺秀新闺秀，少妇老妪在历史巨变时代浪潮的冲击中留下了文字的摄像，记录下她们面对恋爱、婚姻、家庭的微妙的心理变化。

凌叔华笔下的旧太太们，无论旧家庭的形态如何变，她们对丈夫依附的寄生关系始终没有变。《有福气的人》中的有福气的好命章老太，四儿三女八个孙子一群外孙，还有了重孙，四代同堂，成天被儿媳孙媳簇拥着热热闹闹，貌似《红楼梦》里的贾母一般，但晚辈对她都是玩虚的，外热内冷，表里不一，算计的只是她的值钱的古瓷和珠花，又不幸被她听见，她"虽然脸色依旧沉默慈和"，但步履却沉重起来，"福气"中悲凉浮起；《送车》中的白太太和周太太无所事事穷极无聊，她们都很看重自己是父母之命明媒正娶的旧式婚姻，但又厌烦家的拖累"把自己熬得老母狗似的"，于是，鄙薄自由恋爱"三填"的徐太太，絮絮叨叨数落佣人才是她的乐趣；《太太》里的太太沉迷打牌赌钱又常输钱，家中百事不管，女哭儿闹，她还将老爷外出应酬的狐皮袍子火爪马褂等交蔡妈偷偷拿去典当，引发夫妻吵架，但她还是打牌第一，这位太太是别样的醉生梦死；《中秋夜》中的敬仁太太却又"认真"得偏执，中秋之夜非得固执地要有急事的丈夫吃了团圆鸭才能走，

---

[1]　鲁迅：《鲁迅全集》第 6 卷，人民文学出版社 1998 年版，第 250 页。

结果误了丈夫的事，终导致离异，越怕不团圆越毁了团圆，真叫不幸言中。这些旧式太太们或喜或悲琐琐屑屑了无生机的日常生活，已掩藏不住旧家庭早晚分崩离析瓦解的彻骨悲凉。凌叔华已将笔端深入到了女性、婚姻、家庭与历史的分外真实的关系之中。

禁锢于闺阁中的大小姐，最大的事业理所当然是婚姻。凌叔华的《绣枕》（《现代评论》1925 年 3 月），可说是一富有象征意义的精致短篇小说。温婉的大小姐用了半年的时间精心绣一对靠枕：翠鸟凤凰、荷叶石山。为翠鸟配了三四十样线，为荷叶配了十二色线，为绣凤凰尾巴配了四十多色线，不仅如此惨淡经营，而且，特别怕被玷污，脏兮兮的小姐儿想看一眼都不成，她自己"那荷花瓣上的嫩粉色的线她洗完手都不敢拿，还得用爽身粉擦了手，再绣"，就这样虔诚纯洁精细地从冬绣到酷暑。其父要将这对绣枕送到白总长家，以帮她提亲，可喜的是白总长的二少爷还没提上合适的亲。然而，两年过去了，大小姐仍待字闺中。一个偶然的机缘，见着自己的绣枕已"遍体鳞伤"且"分崩离析"了！原来送去的当夜，这对绣枕就被酒醉者呕吐弄脏，又被打牌者当成脚垫，再打发给了佣人。这篇小说有意思的是无论是主宰大小姐婚姻的白总长，还是下人张妈、小妞儿、王二嫂，都有姓氏，偏偏大小姐无姓无名，只是一个闺阁女子的符号。这些闺阁女子采取传统的保守方法心诚无比经营自己的婚姻，然而只能是奢望，未成"正果"就遭遇无情的玷污、践踏，落得个被损害、被毁灭的结局。绣枕流淌少女的心血和汗水，同时也是怨女哭泣的见证。无怪乎许多年后台湾女作家林海音会说《绣枕》对她的影响太深了。

《吃茶》中的芳影，比大小姐要幸运些，她已经能跨出家门，和异性有所交往，她将女友淑贞的哥哥王斌——这个留学回国的青年对她的礼让和体贴，误以为是爱情，而沉迷于爱的幻想中，但王斌的结婚请帖打破了她的幻想，芳影，仍只是一个虚幻的美丽的影子，仍是一个没有真正走出樊笼的悲剧性女子。

《茶会以后》里的阿英、阿珠姐妹比芳影又前行了一步，她们的身体已频频参加了男女青年聚在一起的茶会，但她们的内心却依旧是又羡又怕，口头上依旧要作诸多的否定。旧思想旧风俗旧习惯的根深蒂固的封建精神枷锁依然禁锢着她们的痛苦的内心。

张爱玲笔下女性吹奏的"结婚进行曲"又比凌叔华的新旧闺秀要主动自觉许多，无论是绵里藏针者或泼辣外露者，都清醒认识到为了谋生就要结婚！张爱玲慨叹："以美好的身体取悦于人，是世界上最古老的职业，也是极普通的妇女职业，为了谋生而结婚的女人全可以归在这一项下。"① 而"现代婚姻是一种保险，由女人发明的。"② 中篇小说《沉香屑·第一炉香》（《紫罗兰》1943 年 5 月）中的女学生葛薇龙，是上海一守旧的中产人家的女孩子，因战事举家迁至香港，两年后又因家境窘迫搬回上海。她却舍不得学业更舍不得香港，主动投靠了姑母梁太太，这富翁的遗孀需要无数的情人来填满心里的饥荒，看中薇龙来做诱饵！于是葛薇龙进入了所谓高等华人的上流社会，几番周折后，她在梁太太操纵下结了婚，嫁给了梁太太的猎物乔琪乔。但等于卖给了他们，整天忙着，不是替乔琪乔弄钱，就是替梁太太弄人。她感慨：她与那群下等妓女有什么分别呢？有。"她们是不得已，我是自愿的！"③ 虽彻悟，却不能自拔。为了"幸福"生存而结婚，无异于长期卖淫。也许不无偏激，但分明是残酷冷峻的现实。

《倾城之恋》这则上海—香港来来往往的婚恋传奇，虽有着香港沦陷的"倾城"现实背景，有着"机巧、文雅、风趣、精致到病态的外壳"④，但仍不过是一个自私的根本不想结婚的男人范柳原和一个以残剩的青春作赌注的迟暮少妇白流苏之间的"婚姻战争"。

33 岁的范柳原因经历坎坷和当下的富有使他饱经世故又玩世不恭，他需要娼妓、情妇，却不需要妻子，因为结婚需要虔诚和责任，他没有。他看上白流苏，是因为他觉得爱低头的她是真正的中国女人；28 岁的白流苏的自私却是出于自怜自卫。离婚了的她在颓败压抑的娘家再也住不下去了，范柳原对她成了一根救命的稻草，婚姻于她是最大的事业，从上海来到了香港浅水湾是做命运的赌博。但这个男人对她只有美丽又磨人的调情，真真假假的捉迷藏。她只有重回上海娘家，一个秋天，她已经老了两年！熬到 11 月底，范柳原电报召她去香港时，她忍无可忍却仍是一腔委屈地去了。第二次的出走是痛苦的被屈服。她逃不出他的手掌心，她只有做他的情妇。可他也只需要她一个礼拜，便要上英国，就在他走的第二天——香港陷落了，城市倾覆了……战争却成全了她。范柳原回到白流苏的身边，与她结了婚，倾城之恋是个平凡的归宿。"在这不可理喻的世界里，谁知道什么是因，什么是果？谁知道呢？也许就因为要成全她，一个大都市倾覆了。成千上万的人死

---

① 张爱玲：《张爱玲文集》第四卷，安徽文艺出版社 1992 年版，第 74 页。

② 同上书，第 67 页。

③ 张爱玲：《张爱玲文集》第二卷，安徽文艺出版社 1992 年版，第 49 页。

④ 傅雷（迅雨）：《论张爱玲的小说》，引自《张爱玲文集》第四卷，安徽文艺出版社 1992 年版，第 423 页。

去，成千上万的人痛苦着，跟着是惊天动地的大改革……流苏并不觉得她在历史上的地位有什么微妙之点。"① 世界是荒凉的，在这兵荒马乱的时代，钱财，地产，天长地久的一切，全不可靠了。靠得住的只有她腔里的这口气。还有睡在她身边的这个人。"倾城之恋"结成正果："总有地方容得下一对平凡的夫妻的。"② "死生契阔，与子成说。执子之手，与子偕老"，这是人生苍凉的彻悟，虽然他们并不彻底。

在张爱玲的笔下，形形色色的"女结婚员"走马灯似地行进，乱哄哄你方唱罢我登场：《琉璃瓦》中姚先生的 7 个女儿：铮铮曲曲心心纤纤端端簌簌瑟瑟，《花凋》中遗少郑先生的女儿们兰西露西沙丽宝丽等等，前景都只能是当"女结婚员"，家中的喜怒哀乐也多围绕着"结婚"；即便《红玫瑰与白玫瑰》中西洋化的浪漫女人王娇蕊，动了真情亦认真起来，下决心"从良"再嫁；《年青的时候》中的沁西亚，一个家境很穷，白天在洋行工作，晚上在夜校做打字员的俄国女子，也把结婚看得无比隆重，尽管是嫁给一个没出息的俄国下级巡官，婚礼中她仿佛下定决心，要为自己制造一点美丽的回忆，一辈子就只这么一天！

历史的这一页已然翻过，中国女性走出闺阁已逾百年，绣房不再是女性守望的天空和最后的停泊地，做"女结婚员"至少不是女性唯一的"职业"了。然而，20 世纪末，极富巾帼不让须眉气概的徐坤的短篇小说《厨房》（《作家》，1997）却如一声断喝：自强不息的女性呵，你走得出绣房，却难以走出厨房！小说以宿命式哲理话语揭开序幕："厨房是一个女人的出发点和停泊地。"正是在厨房阴霾的笼罩下一个现代女性枝子演绎了一个不可思议但又分外真实的厨房的故事。她曾义无反顾地走出厨房，然而终又渴望并主动返回厨房却不可得，这是怎样的荒唐又荒诞。枝子毕业于名牌大学，绝对的自由恋爱绝对的自主婚姻，组建了小家庭，"厨房里色香味俱全的一切，无不在悄声记叙着女人一生的漫长。女人并不知道厨房为何生来就属于阴性。她并没有去想。时候到了，她便像从前她的母亲那样，自然而然走进了厨房里。"但久而久之，她发现并没有新意，她也只能落得个灶下婢的位置，厨房成了笼罩她人生的狭窄天地，日复一日厨房在她眼里成了机械重复、无聊琐屑、腌臜沉重、永无尽头的磨难，碾碎了她昔日的志向和才华。女人不是月亮，她以所向披靡的勇气舍弃了一切，别夫离子，投入商海单打

① 张爱玲：《张爱玲文集》第二卷，安徽文艺出版社 1992 年版，第 88 页。
② 同上书，第 86 页。

独斗，历经多年的拼搏，不惑之年的她终锤炼成了一名挺立浪头的弄潮嫂，闻名于商界内外。事业成功后的她，却像《洛绮思的问题》中的洛绮思一样出问题了，她想要回当初被她毅然决然割舍的身后的家，"不知为什么，就是想回到厨房，回到家。""在一个个孤夜难眠的时刻，真是不由自主地常要想家，怀念那个遥远的家中厨房，厨房里一团橘黄色的温暖灯光。"当然，此时此刻的她，有家也难回了。正是在追悔莫及中，她遭遇了画家松泽，她爱他的画的狂野，更爱他人的狂野。她投资让松泽办了一次个人画展，并大获成功，随后的一天，她主动走进松泽的厨房，为松泽操办起了生日晚宴，以便实现自己作为松泽厨房女主人的愿望。然而，事与愿违。枝子回归为传统女人，她只是树上的一个枝子，她企盼男子汉松泽是一棵松，不，只要是一棵树就行，然而，貌似狂野的松泽却根本不是啥子松，人家还要当攀枝花呢，他不过是新势态下另一形态的吃软饭的，他要的只是枝子的钱办画展以名利双收，有了名利还怕缺女人？况且他并不缺玩玩白相的小女崇拜者们。所以一旦枝子沉浸于爱的甜蜜中，风情老手的他以其老练揣摩出枝子是认真的时候，一切戛然而止，他决不会为这个半老徐娘负任何责任，更不用说组建家庭。他对枝子的"留情"，仅仅因为这个女老板是他的投资商，必须考虑将来的用途，不能太绝情而已。他温和地送她回到她自己的住所，仍抱妄想的她提议他上去坐坐，但遭婉拒，眼睁睁看着他的皇冠在夜幕中一点一点远去，她才彻底死心，这才发现，她直到现在还紧紧攥在手里的是他厨房里的那一袋垃圾——鳜鱼的内脏、莴笋皮、水芹菜根、蒜皮、葱根、姜皮、河藕皮、卷心菜老叶——眼泪立时无比汹涌地流了下来。艰苦卓绝的示真爱的"厨房用语"只落得一袋垃圾的下场。厨房成了女性进行自审的中心意象，从厨房走出的女人又重新渴求回到厨房，这是女性生存现实中难以面对却又不得不面对的困境。

　　"干得好不如嫁得好"仍是当今社会的流行语，成为各级妇联，各类传媒争相讨论的话题，舆论对那些"宁愿坐在宝马车上哭，也不甘坐在自行车后笑"的女子似很是"怒其不争"；但同时，影视剧和各类电视节目中的女性形象又大多有意无意仍然倾向于男性中心社会对女性的规范，当今社会，"女性生活的重点依旧是家庭、朋友和人际；男人生活的重点依旧是地位、事业、成功、权力"[①]。"荧屏女性职业特点，常常被叙事者策略性地取

---

　　① 〔法〕吉尔·里波韦斯基：《第三类女性——女性地位的不变性与可变性》，田常晖、张峰译，湖南文艺出版社2000年版，第258页。

舍得只剩下符号性着装和工作环境的偶然闪现；她们的时代性、职业性、社会性、独立价值和尊严，靠加倍努力和智慧与丈夫共同支撑生活天空的事实，被结构性地消解、忽略不计了。"①

当代女性的生存境况仍如学者戴锦华所言："在一个以男性为唯一规范的社会、话语结构中，承受着新的污蔑、无语的重负，承受着分裂的生活与分裂的自我：一边是作为和男人一样的'人'，服务并献身于社会，全力地、在某些时候是不胜任地支撑着她们的'半边天'；另一边则是不言而喻地胜任着女性的传统角色。"② 那就是："既要对镜贴花黄做一个标准幸福的女人，又要在一种化妆下建功立业。"

徐坤的长篇小说《春天的二十二个夜晚》（春风文艺出版社 2002 年版）中女主人公毛榛不明白青梅竹马、志趣相同的丈夫陈米松为何突然离家出走，并毅然决然提出离婚，她几乎崩溃。但是貌似突如其来的婚变，其实是冰冻三尺非一日之寒。"男大当婚，女大当嫁"是物种的自然又必然的趋势，"男主外，女主内"是几千年的男性中心社会形成的规矩和态势，尽管时代不同了，男人能做的事，女人一样也能做，但在男人的意识里，起码是在潜意识里，是不太能完全接纳比自己强的女人的，男人要的是"被崇拜"，女人必须崇拜男人，哪怕是作秀。"阴盛阳衰"的局面导致优秀女人或曰强势女人未婚婚姻高难度已婚婚姻破碎的局面，说到底仍是传统因袭作祟。《厨房》中的枝子，《春天的二十二个夜晚》中的毛榛，两个女人的命运并没有根本的不同，她们都是好女人，渴求事业的成功，也渴求婚姻的温暖，非此即彼的生活不是她们的终极目标，她们也许没有陈衡哲笔下的洛绮思单纯和决断，但是她们比洛绮思更真实更食人间烟火，她们把洛绮思在梦中的遗憾和需求，大胆强烈地化做实际行动，虽然碰得头破血流，但世上有什么希望和幸福不是经过艰难奋斗而获得的呢？"厨房是一个女人的出发点和停泊地。""一个人的家不能算家，一个人的厨房也不能叫做厨房，爱上一个人，组成一个家，共同拥有一个厨房才是完美的。"③ 什么时候男人和女人共同拥有一个厨房，那才是幸福的婚姻。

厨房的魔力就连前卫女作家卫慧在《我的禅》中也深有感触："我不明白自己为什么不直接请他离开，而是做了一顿早餐。见鬼！我常常连自己的

---

① 左芳：《警惕影视女性形象的集体陷落》，《文艺报》，2001 年 8 月 16 日。

② 戴锦华：《可见与不可见：当代中国电影中的女性与女性电影》，转引自李小江等主编《主流与边缘》，生活·读书·新知三联书店 1997 年版，第 162 页。

③ 徐坤：《厨房》，《作家》1997 年。

早餐都懒得做啊。与 MUJU 冷淡下来的原因之一是我不热爱烹调，而 MUJU 却是美食家，我们从做菜引申到女权主义与后女权主义，为此吵了不少架。有一次他的前妻还到我与他同居的公寓来向我示范如何做菜，如何热爱厨房，如何在厨房里发现生活的美与禅意。他的前妻与现任的有钱丈夫生了两个孩子，她美丽丰满，满头金发，乐意把一天的四分之一时间花在厨房，她向我展示：一个女人若不能在厨房里游刃有余，那么她就是一个失败者。"看来前卫女也透彻厨房、女人、男人三者的微妙关系，再前卫也超越不了厨房呵。

　　但是，女人真的留恋厨房吗？莫非又是一自欺欺人的"女性的奥秘"？林白在《说吧，房间》里描绘得栩栩如生："这是一幅无法审美的图案，但我从前在它们之中却过了整整五年。我在它们的空隙中（置身其中就会有空隙，就像水面并没有一道缝，当我们跳进去，我们自身就成了缝隙）睡觉、吃饭、做菜、洗衣服，我的头顶是锅盖、鼻子尖顶着锅铲，左边的耳垂挂着去污粉，右边的耳垂挂着洗洁精，左边的脸颊是土豆，右边的脸颊是鸡蛋，我的肩膀一碰就碰到了大白菜，它富有弹性凉丝丝的帮子在我的皮肤上留下的触感一直延续至今。"① 真不知这是女性生命不能承受之轻抑或重？

第三节　热闹深邃处的荒凉

一　螺旋式前行

　　一方水土养一方人。民俗当为地域文化最为斑斓的外衣，又最忠实形象地折射出民族心理和个性。尤其是在"加冠礼"、"笄礼"这男女成年仪礼早已消逝的汉族，婚礼便备受个人、家庭乃至社会的高度重视了。况且，婚俗本是沿袭性较强的民俗事项，虽几经改革，但寻着时机便会将古俗今风杂糅一块轰轰烈烈有声有色铺陈一番，似乎这样才向世间宣告这对男女的成熟，该承担起家族和人类延续的天职了。

　　池莉的《太阳出世》（1990 年）揭幕即浓墨重彩地为我们描摹了武汉三镇 20 世纪 90 年代第一个元旦的婚俗图：就喜欢显的武汉人，"目前武汉市最流行最时髦的迎亲交通工具是'麻木的士'；即好酒的汉子们踩的人力

---

① 林白：《说吧，房间》，春风文艺出版社 2004 年版，第 90 页。

三轮车。"赵胜天迎娶李小兰，"迎亲雇用了二十辆'麻木的士'。六辆坐人；十四辆拉结婚用品。头天晚上穿小巷把东西运到李小兰家；元旦这天下午从李小兰家大张旗鼓接出来。冰箱彩电录像机音响全自动洗衣机，不锈钢厨房用品，抽油烟机，高级缎面绣花被八床摞成一座小山包。还有一支竹竿高高地挑着煤气户口卡。二十辆'麻木的士'，披红挂彩，花团锦簇……"①五光十色，热闹喧嚣，既古老又鲜活，既浮躁又欢腾，展览着富贵锦绣，又更宣泄出浅薄庸俗，因为结婚终归是人生的一件大事。为争先斗殴打落一颗门牙的赵胜天和李小兰这一对小夫妻由此揭开了人生的真正序幕，继而演出一幕幕混杂甜酸苦辣的人间喜剧。

如此婚礼铺陈，不由得让人联想起半个多世纪前女小说家苏青的长篇小说《结婚十年》（四海出版社 1937 年）卷首的"新旧合璧的婚礼"——旧中国宁波城 1932 年的婚俗图，不过除了教堂中新郎新娘的三鞠躬谓之"新"外，新娘视点中舒缓展现的全是旧婚俗烦琐热闹的礼仪，竟是热闹又荒凉，神秘又沉重。如："只有处女出嫁，才可坐花轿，寡妇再醮便只可坐彩轿，不许再坐花轿。若有姑娘嫁前不贞，在出嫁时冒充处女而坐了花轿，据说轿神便要降灾，到轿时那位姑娘便气绝身死了。"②花轿成了验证女子贞操的窥测器，那轿神——本是为了抗拒恶霸抢亲而吊死在轿中的女子，皇帝加封她为轿神后，她却不再与男权抗争，掉转头来专门检查女子贞节，成了一名狰狞的女判官。坐在轿中还绝对不能动，否则动一次便须改嫁一次，动，就是不安分的征兆吧。还有"类哭嫁"场面，洞房花烛夜的闹房，谓之"越闹越发，不闹不发"；还有在众目睽睽中新娘"三日下厨房"。读了书的新娘也不能少"入厨房"大礼！

婚俗面面观中，无一不是被颠覆的女性失败的标志和痕迹，女性作为人的形象已消失，女人在缤纷杂陈的婚俗中接受种种明明暗暗实实虚虚的检验指正，从而纳入社会为女人设计制作的分外牢固又精致的规范化框架。

20 世纪 90 年代的新娘李小兰不会去追溯热闹婚俗遥遥始端中的女性失落与女性禁忌，高中毕业参加了工作的她是潇洒的开放型，也是现实的，婚礼豪华何乐而不为？时代毕竟不同了，李小兰们虽仍在世俗和平庸的包围之中，但已没有太深沉的女性重负。

然而，无论是父母之命媒妁之言，还是自由恋爱，都无法规避繁衍后代

①　池莉：《池莉文集》，江苏文艺出版社 1995 年版，第 332 页。

②　苏青：《结婚十年》，四海出版社 1937 年版，第 2 页。

是结婚的重大目的。1930 年代的苏怀青因为怀孕，只得中断她的大学学业，只得折断刚刚绽开的罗曼之花，回到婆家，她是被动接受命运的安排。1990 年代的李小兰本想享受两年新婚生活后再要孩子，可孩子却迫不及待地来了，等上了"人流室"，大夫一句话点醒了她："女人总归要过这一关的"，她便主动地迎接命运的挑战。

然而相隔六十年的两个婆家家族却没有不同，他们都虔诚又迫切地祈子。无论是处于新旧文明杂糅交错畸形社会的徐家还是现代文明都市的赵家，都在两个女人的肚皮里押上最后的赌注，都顽固地认定：不孝有三，无后为大。女儿是不算后代的！等到瓜熟蒂落，苏怀青和李小兰都经历了短暂又漫长的煎熬，经历新生命撞开玫瑰门的撕心裂肺的剧痛，她们生下的偏偏都是女儿！

"一个哑爆竹！""好吧，先开花，后结子！"六十年前的人们这样嘲弄着调侃着。苏怀青的婆母则借口产妇的房是"红房"，信佛的人不愿踏进去，进了下世有罪过，因而义正词严地不正眼看一眼儿媳妇和孙女！六十年后的赵家老太婆大失所望后，竟一屁股蹾在妇产科门口的楼梯上，两只手背不停地抹泪。

怀青婆母和赵家老太婆大概都忘却了自己的悲剧性别。事实是：六十年的变迁，要将几千年根深蒂固的世俗观念彻底改变，又谈何容易！

六十年前苏怀青女儿的满月酒倒是热热闹闹的。然而等到香烛点好，苏怀青欲抱女儿作揖时，却遭到婆母冷冰冰的阻拦：女孩子是不用拜菩萨的！这是怎样的"弄瓦之喜"？苏怀青在热闹的满月仪礼中吞咽着屈辱和痛苦，直面热闹中的荒凉。李小兰一样遭遇婆家冷遇：无人伺候坐月子，她从打包换尿布做起，上医院上户口上粮油履行四万里绕地球半个圈的折腾，还有请保姆的窘迫，咬紧牙关买英国"能恩"奶粉的"壮举"等等，可喜的是李小兰有丈夫的并肩作战，他们硬是我行我素，硬是没做满月，硬是做了个别开生面的周岁，他们潇洒地挣出世俗的偏见，不到一年，在新生命成长的磨炼中，在女儿一天不同一天的成长中，赵胜天也"天天向上"；李小兰更在变，在磨炼中意志变得顽强，胸怀变得宽容，无论是对那薄待她的婆母，还是"抢"了她位置的同事。她希望她和女儿都成为那种"腹有诗书气自华"韵味的女性！结局是喜剧，一个生机勃勃的三口之家如朝阳东升。女人的价值得到男人的认同，赵胜天认识到：女人真不容易，人类诞生真是不容易啊！这个老而又老的人性之谜，在李小兰赵胜天这对小夫妻心中轻而易举解开。时代毕竟在进步，常态的生活常态的感情，"唤醒了往古来今无所不在的妻性母性的回忆，各个人都熟悉，而容易忽略的，实在是伟大的。"① 然而，在热闹的深邃处仍是一种苍凉，女小说家是有意无意掩饰了这份苍凉？还是将这份苍凉融会进太阳出世撼人心魄的一瞬间？

从《结婚十年》到《太阳出世》，苏青和池莉分别描摹的相隔六十年的中国知识男女的婚姻图景，让我们触摸到婚姻形态从昨天流淌到今天，虽有螺旋式的前行，但是，其婚姻的本质潜流并无太大的改变。

张爱玲的不足万字的小说《鸿鸾禧》，不见绮靡，不闻传奇，淡淡的戏笔，却也囊括了当今中国新派和旧式的婚礼，倾注了几代女人的并非自觉的彷徨、迷惑与哀怨，而这一切，又是女人们心甘情愿甚至求之不得的，可悲又可哀的女人。

《鸿鸾禧》（1944），写的是出身凋落大户的邱玉清，尽管高贵如广告上的"高尚仕女"，又兼学问深见识广，但因为穷，也成了个老处女才出嫁，嫁给近年来"发迹"的暴发户的与她"同龄"儿子娄大陆。是下嫁还是高攀？谁说得清。婚姻是唯一讲家世的时候，婚姻又是彻底暴露穷，嫁汉为谋生的时候。婚前就受小姑们的编排挤兑，可她却极任性地大花家里好不容易凑齐的陪嫁钱，买衣料、买软缎绣花睡衣、相配的绣花浴衣、织锦的丝棉浴衣、金织锦拖鞋、金珐琅粉镜，有拉练的鸡皮小粉镜……见什么买什么，来不及地买。为什么？因为心里有一种决撒的、悲凉的感觉：一个女人一生就只有这么一个任性的时候。

结婚是恋爱的坟墓。结婚是女人的葬礼。在小姑子的眼中，披上婚纱的新娘玉清就是银幕上最后映出的雪白耀眼的"完"字。而踩着结婚进行曲徐徐步进礼堂的新郎新娘男女傧相的辉煌行列中，粉红的、淡黄的女傧相像破晓的云，黑色礼服的男子像云中的燕。只有穿着白色的新娘，半闭着眼像复活的清晨还没有醒过来的尸首！当证婚人正经又滑稽的致辞、介绍人轻佻又冗长的致辞后，新娘踩着乐曲出去时，白礼服似乎破旧了些，脸色也旧了些。辉煌又悲壮的瞬间逝去，自此走的是下坡路。中国女人，一结婚立刻由少女变成中年妇人，省略了青春少妇这一阶段。抛撒红绿纸屑、拍结婚照、用茶点、下池子跳舞，不过是青春尾声的点缀。这就是上海绝对的新派家庭的婚礼。那拍出来的照片上的新娘，纱拉了下来，不仅没有朦胧美，而且面目模糊得像是无意中拍进去了一个冤鬼的影子！冤鬼。所有的女人都不是人，是冤鬼。大大小小深深浅浅的冤的鬼影。青春是婚姻的赌注，目的地到

---

① 张爱玲：《张爱玲文集》第四卷，安徽文艺出版社 1992 年版，第 231 页。

了，剩下的一寸寸陷进习惯的泥沼，像她们这种女人，有的只是疙里疙瘩的小噜苏、壅塞的忧伤、种种的委屈与猥琐。青春老去，红颜褪色，她的命运绝不会比婆母娄太太好到哪里去。

世人眼中，娄太太是远远配不上丈夫娄嚣伯的。但她竟也跟了丈夫三十年，生了四个儿女，可是丈夫和儿女们也一次一次无数次发现她的不够！她没有自我，她孤凄又繁荣，她的生命形同一种奢侈的浪费，只不过装点着丈夫的富贵与清华。虽过了时，却还有一种消极的重要性，像画卷上打的图章，少了它就不上品了。娄太太感觉儿子的新式婚礼像是小片小片的，断了碎了。她怀念的是她小时候站在大门口看到的婚礼："花轿前呜哩呜哩，回环的，蛮性的吹打，把新娘的哭声压了下去；锣鼓敲得震心；烈日下，花轿的彩穗一排湖绿，一排粉红，一排大红，一排排自归自波动着，使人头昏而又有正午的清醒白醒，像端午节的雄黄酒。轿夫在绣花袄底下露出打补丁的蓝布短裤，上面伸出黄而细的脖子，汗水晶莹，如同坛子里探出头来的肉虫。轿夫与吹鼓手成行走过，一路是华美的摇摆。看热闹的人和他们合为一体了，大家都被他们之外的一种广大的喜悦所震慑，心里摇摇无主起来。"[①] ——这是中国旧式婚礼的剪辑，虽是剪辑片断，却有种一贯的感觉。只有在中国，历史仍在日常生活中维持着活跃的演出。呜哩呜哩是唢呐，中国人办红事是唢呐，办白事也是唢呐。唢呐声压下了新娘的哭声，新娘的哭声却不等于女性反抗的呐喊，漫漫岁月，女性因袭着历史的重负，却也对自身的历史悲剧长期认同。依附男人，女人最怕的不就是"失嫁"么？旧式婚礼呈现女性人生礼仪的真髓，像京戏的色彩，还是京戏像婚姻与死亡的色彩？哀愁中有着明朗、火炽的色彩，即便悲剧，也是热闹、喧嚣、大排场的。女人难得有这么一回轰轰烈烈的出演！这种重复性的延续仍可归于循环往复，热闹深邃处透出女性世界的荒凉！因而，中国女性不谈爱情的婚姻现状，烦恼人生的家庭现状仍让人触目惊心。

巴尔扎克说过："不论处境如何，女人的痛苦总比男人多，而且程度更深……感受，爱，受苦，牺牲，永远是女人生命中应有的文章。"

二　60年的轮回

世纪老人冰心，从1900出生至1999辞世，纵览百年人生，她可谓全福之人。她是舰长的长女，知识母亲的知己，三个爱弟的慈姐；与学者丈夫吴

---

① 张爱玲：《张爱玲文集》第一卷，安徽文艺出版社1992年版，第232页。

文藻同留学美国，举案齐眉又事业有成，儿女成才，孙辈绕膝……所以，尽管她从未游离于中国内忧外患的动荡坎坷中，但与她的同代人相比，她一生却没有遭遇过太大的情感波折和致命的打击，事业平稳，爱情永恒，家庭完满。童年时期的父爱母爱家族爱，青年时期的两性爱姐弟爱师生爱学友爱，中年老年时代享受众人的敬爱，她都一一体味过，可称为名副其实的全福老寿星。如此完美幸福的身世让她得以冰清玉洁，同时也成就她一生为母爱、童心、自然爱而歌唱，成为温和的爱的撒播女神。也许正因为如此，她的作品似可概括为两字：清浅。虽浅，却分外清澈；虽清澈，但毕竟少了点彻骨的深刻。她的笔墨在严酷、犀利方面较淡，而多真善美的清浅吟唱。她的发自内心的爱，能为不同阶层不同性别不同年龄不同思想的人所接受；她始终清白又淡泊地为人，无论哪个阶级执政也敬她三分，无论文坛有多少派于她皆若即若离；她始终平静又纯净地为文，不太见轰动效应，却留下淡淡的长久，温馨了八十年。这是奇迹，也是必然。因为她是传统文化的改良种，而且是个儒派女性。

　　冰心由许地山、瞿世英介绍较早加入文学研究会，入会登记号为74号。短篇《两个家庭》（《晨报》1919.9.18—22）是她的第一篇问题小说。文笔清丽成熟，构思缜密清晰。这篇小说与其说是19岁女子从现实生活素材中提炼而成，不如说是她的理想憧憬：家庭怎样才是幸福的？女人怎样才谓之好妻子？又怎样才是跟得上时代的新女性？新式的"相夫教子"是怎样的？一言以蔽之，这里蕴涵着冰心虽稚嫩却已定型了的人生观。小说首尾呼应，点出题意：强调家庭虽小，但"家庭与国家关系"大着呢！《两个家庭》中，陈华民先生和我的叔伯三哥同大学毕业，同去英国留学，同回国，同找了职位，陈先生的职位和薪俸还比三哥高些。可是陈先生却由一个胸有大抱负的青年沦落成酗酒苦闷之辈，很快患了第三期肺病，凄然结束了短暂的一生。三哥呢，回国后虽不尽如人意，却很有自强精神，工作之余还翻译外文。问题的症结在哪里呢？妻子！陈先生的妻子是个宦家小姐，不理家政，天天只知应酬宴会搓麻将，三个孩子没好好教育，下人们更是无所不为。事业上不得意的陈先生，回到家里又是一个乱糟糟的世界，他怎能不自暴自弃？三哥却有个好妻子亚倩，理家政，精明强干；教育儿子小峻，懂礼貌有知识有自立精神，可谓科学教子，更难得的是连老妈子她都教以学文化认字看账。最最难得的是与夫君共成事业——"红袖添香对译书"。这样的理想家庭，虽然冰心日后以自家的实践完成了建造，但是，却将社会的顽症、婚姻的复杂、人生的不可测都简单化了，当然简单得可爱，简单得纯洁。

　　时隔 61 年，冰心八十高龄时，以短篇小说《空巢》获得 1980 年全国优秀短篇小说奖，《空巢》或许亦可用《两个家庭》做题目。一个是老梁的家：这位留学美国得了博士学位、回国任大学教授的老梁，解放前夕乘"抢救教授"的飞机离了故都，后定居美国。妻子美博，儿子梁平。一个是"我"的家："我"与老梁大学同屋同级，同去美国留学，回国后又同在一个大学教课。妻子华平，与美博也合得来，故女儿取名陈美。解放前夕留在大陆。三十多年后，老梁为撰写《中国的宦官制度》，来大陆搜集材料，自然来到"我"的家中作客。"我"的家虽也遭受了十年浩劫，但眼下家中洋溢着"满"的生气、人气：妻子女儿在厨下忙碌，外孙女小文放学归来更添生气，又是不准姥爷抽烟，又是念唐诗……老梁的心头就更空落落的。太平洋彼岸，他只有一个空巢！在美国的头十年，他和美博玩命地工作，可等到梁平成家立业，他也到了退休年龄，美博却去世了。梁平的媳妇是美籍意大利人，不做饭菜，不愿生孩子，却爱养两只波斯猫！老梁孤零零独居，连饭也很少做，只有一个研究明史的朝鲜学生偶尔来和他做饭吃饭。为了生活下去，还得著书、弄版税，一切都难，最难的是巢太空了！两个家庭：一个空巢，一个满巢。问题似乎仍是出在女人身上，这回是儿媳——不像女人的美籍意大利女人！答案是：还是社会主义好。看来，冰心诚如有的评论家所描述的那样：是"长不大的女儿"。① 事实上老年人的孤独感、"空巢"感，并不仅仅由社会制度所决定，这里面有着极其复杂的人的感情、代沟、历史文化等诸方面的原因，当然社会制度也是一重要原因。冰心将老梁姓梁，也非空穴来风。《白香山诗集》："梁上有双燕，翩翩雄与雌。衔泥两椽间，一巢生四儿。一旦羽翼成，引上庭树枝。举翅不回顾，随风四散飞。雌雄空中鸣，声尽呼不归。却入空巢里，啁啾终夜悲！"老梁晚年凄凉，如一只形单影只、衰老无力的老燕，盘旋于空巢内外。老陈虽经历了十年浩劫，但"总是远望着玫瑰的天边"，要把"失去的光阴夺回来"，是一只虽饱经风霜而仍青春焕发的老鹰。人赞《空巢》描写亲切朴素，真实自然。形淡如水，质朴如土，却有酒的馥郁、花的芳香和色彩。但不管怎么说，空巢也好，满巢也罢，都不可能找到婚姻、家庭与事业"满堂红"的万能钥匙！

　　三　回归平常人家

　　人的心灵若想诗意地栖居，那么，爱情就是人性内在的诗性所在，浪漫

---

① 孟悦，戴锦华：《浮出历史地表》，河南人民出版社 1989 年版，第 71 页。

情调理想色彩都有。然而，池莉的《不谈爱情》却直截了当解构了诗性品质的爱情，消解超凡脱俗，坠入现实庸常，在日常生活中适应困境寻求两性平衡平稳关系。想当初，小市民出身的吉玲正是以"浪漫爱情"捕获高级知识分子家庭的庄建非的，就读武汉大学的她依旧把婚姻当做事业来经营，樱花树下精心设计的一幕，是文学中的爱情在现实中的作秀，她看中并算计庄建非，只是以他为桥，走出底层娘家背景，如愿以偿后理所当然回归庸常。但是婚后的风波使她不得不再度与娘家人联手再度出击保卫婚姻，确保她在庄家的地位，逼使庄建非就范，她又赢了。不能说她卑鄙，社会底层的磨炼使她早早地认同了现实生活的法则，她必须迫使庄建非醒悟，作为丈夫，作为父亲，必须承担起责任和义务，婚姻是多重的社会契约，婚姻组成了家庭，家庭就是过日子，这是很现实的，风花雪月的谈情说爱，已然画上句号，否则，你就必须为婚姻的危机家庭的破裂付出代价，所以，都必须退一步才有海阔天空。而这种人生态度婚姻观念，在池莉的《烦恼人生》中已表达出声声叹息。印家厚对自己的老婆自己的家的确是烦恼多多，被生活磨蚀得粗粗糙糙的老婆，憔悴且不讲道理，而女徒弟雅丽却如清风拂面，然而，他还是斩断了婚外的两情相悦，并非他有多么的高尚，而是轻举妄动将给他的烦恼人生带来更大更多的烦恼甚至是灾难。在世俗人生中，家庭婚姻逃离不了现实生活形态，规避不了社会秩序。爱情的诗性想象本质，浪漫主义情怀，在婚姻的社会化内容，义务、责任等理智性、实际性内容面前，只是镜中花、水中月，是梦幻，过于脆弱。鲁迅先生的《伤逝》里，冲决封建罗网的子君说："我是我自己的，他们谁也没有干涉我的权利！"[①] 她勇猛地与涓生走到了一起，然而，爱又如何？涓生感叹："大半年来，只为了爱——盲目的爱，——而将别的人生要义全盘疏忽了。第一，便是生活。人必生活着，爱才有所附丽。"[②] 结局是悲凉又荒凉的。爱情首先得附丽于现世生活——譬如每日"川流不息的吃饭"，必须在日常生活的世俗化原则中接受审视和考验。庸常的婚姻家庭经得起摔打，牢固许多。池莉的小说《来来往往》中的段莉娜对康伟业就是一堵怎么也走不出的墙！尽管康伟业初恋却错过的第一个女孩戴晓蕾是他忘不了的梦，但只不过是缥缈的梦而已；尽管他下海并与白领丽人林珠有过一段刻骨铭心的爱，但害怕世俗婚姻的林珠很快斩断情丝；尽管他后来遭遇时雨蓬仿佛是圆他初恋之梦，但两人

① 鲁迅：《鲁迅全集》第 2 卷，人民文学出版社 1998 年版，第 112 页。
② 同上书，第 121 页。

之间只有金钱交易。他不爱段莉娜，无论是高干家庭的段莉娜俯视他时还是发财致富的他背叛她时，两人关系始终不平衡，但那又怎样？他还得回归无爱的婚姻与家庭，这就是现实的凡俗生活。池莉前期文本的婚姻战争弥漫着凡俗尘埃浓郁的烟火气息，并不特别关注女性的独立意识和性别体验。

　　但是，唯有物质婚姻才是牢靠的吗？都说"贫贱夫妻百事哀"，但罗淑的《生人妻》（《文季月刊》1936年9月）里却回荡着贫贱夫妻间的真挚情意。那是沱江边的一对刈草卖草的夫妻，眼见就要饿死，九叔公让丈夫将妻子卖给胡家堰塘的吝啬鬼胡大，丈夫迟疑难决，往日忠厚沉默的人竟变得对妻子十分暴躁。妻子知道原委后，又见丈夫赎回了她用了二十几年花纹都磨光了的银发簪，霎时间，"银簪直是一柄锋利的剑，给他们划开了心的隔膜，就从那裂缝中涌出纯朴的真诚的感情。"[1] 为了让丈夫活下去，女的跟跄离去，却似乎记起了一件大事："当家的呀，你那件汗衣洗了晾在桑树上，莫忘记收进来！"[2] ——两个日常生活的细节，反衬出卖妻的丈夫对妻子的愧疚和不舍，更见妻子对丈夫的真情，读来让人心碎。生人妻嫁过去，还得挂红放炮、洗澡冲掉晦气；她不小心熄了蜡烛打碎了酒盅，当场就遭胡大毒打；更有甚者胡大弟弟乘胡大醉酒还要强暴她！她只有逃离，待天明时分回到自己家中，只见人去屋空。罗淑用淳朴无华的文字，勾勒出一对贫苦善良夫妻虽相濡以沫却只得生离死别。

　　这种淳朴真切的夫妻情在迟子建的短篇小说《亲亲土豆》（《作家》1995年第6期）里，写得心酸又感人。秦山和李爱杰这对礼镇农家中年夫妇，他们原本老老实实地种土豆过日子而已，似乎与浪漫爱情绝缘。可是迟子建从土豆花的颜色和香气飘荡在农人劳动中写起，这就有了诗意。却又突然跌进深渊——37岁的秦山已是肺癌晚期！住院的三天农妇李爱杰背着丈夫的痛哭、与同室病人妻子的醉酒是无法应对死亡的煎熬，秦山问妻子要了300块钱又突然离开医院，像是伏笔，却又很快破解，为妻子买旗袍是丈夫临终前给妻子的礼物。他们相依为命一起面对死亡，一起希冀战胜死亡，没有呼天抢地，没有热烈悲壮，没有动员社会援助，淡定从容，从短暂的治疗的日子到最后的回归土地，终不得不屈服于命运的安排，却不悲观，反而渗透出乐观，李爱杰给了丈夫一个不同寻常的葬礼，在秦山的棺材落入坑穴并扬上微薄的冻土后，李爱杰将五麻袋敦敦实实的土豆一一倒在坟上，"只见

① 罗淑：《罗淑选集·生人妻》，四川人民出版社1980年版，第11页。

② 同上书，第11页。

那些土豆咕噜噜地在坟堆上旋转，最后众志成城地挤靠在一起，使秦山的坟豁然丰满充盈起来。雪后疲惫的阳光挣扎着将触角伸向土豆的间隙，使整座坟洋溢着一股温馨的丰收气息。李爱杰欣慰地看着那座坟，想着银河灿烂的时分，秦山在那里会一眼认出他家的土豆地吗？他还会闻到那股土豆花的特殊香气吗？"① 爱情的浪漫、婚姻的灿烂、事业的光辉全都闪烁在这土豆堆土豆花的特殊的香气里了，洛绮思的问题在李英爱这里不再是问题，谁说她有的只是庸常的卑贱的过日子的婚姻呢？这就是庸常中的婚姻光辉，这对土豆农家柴米夫妻演绎出人世间最真挚最撼人心魄的爱。小说到这里戛然而止的话也是催人泪下的，然而，女作家的才情却仍在喷薄，或许这一细节是来自真实的生活：

"李爱杰最后一个离开秦山的坟。她刚走了两三步，忽然听见背后一阵簌簌的响动。原来坟顶上的一只又圆又胖的土豆从上面坠了下来，一直滚到李爱杰脚边，停在她的鞋前，仿佛一个受宠惯了的小孩子在乞求母亲那至爱的亲昵。李爱杰怜爱地看着那个土豆，轻轻嗔怪道：'还跟我的脚呀？'"②

用"神来之笔"来形容也未免单薄，生活的气息、民俗的魅力、深植的乐观、象喻的运用、爱情的诗性，都有，让你回味无穷。似有欧·亨利短篇小说《麦琪的礼物》的精巧构思，但《麦琪的礼物》是日常生活流的小悲欢，《亲亲土豆》却看破生死，大悲恸大喜欢。

王安忆的长篇小说《富萍》（2000 年）中的富萍，说的也是追求现世安稳婚姻的故事。扬州乡下女孩富萍与李天华已订婚约，她去看望李天华的在上海帮佣一辈子的奶奶，却无意间"闯上海"了，因为她来了上海就不想再回去。富萍若浮萍，淮海路、梅家桥、棚户区，她都转了个遍，闹市的商铺、电影院、戏院，隔着篱笆看女中学生……到棚户区上过舅舅的垃圾船，在破旧的梅家桥一间潮湿的披屋结识了一对孤儿寡母，儿子一条腿还残疾，靠糊纸盒为生。她却最终毁了与李天华的婚约而嫁给了他！似不可思议却又在情理之中。她选择了自己的婚姻，过上自己想过的日子，有一个温暖的家而已。小说结尾的"大水"中，富萍在她划向彼岸的小船上，"炉子一

---

① 迟子建：《亲亲土豆》，《作家》，1995 年第 6 期。

② 同上。

直燃着，飘着鸭的肉香……婆婆问怀里那个小的：你知道他们是什么？是观音边上的莲花童子，专来送子的。富萍一下子红了脸，低下头去，再没抬起来。"① 富萍的腹中已孕育了新的生命。与其说《富萍》所写的是上海城乡边缘人的生活，探寻外来者如何融入城市扎根的历程，不如说只不过是王安忆的"纸上建筑"而已。恰如她自己所言："我所描写的城市和人，渐渐在现代化的强大模式中崩溃、瓦解，这大约就是所谓的现代化崇拜的力量……我完全不知道将会有什么样的前景，来取代这迅速消解的生活。在这力量面前，文学太虚无了，我只是在纸上建立一个世界。"②

令人百思不得其解的是，本来诗情画意应该萦绕于知识分子的婚姻和家庭中的，但遗憾的是这样的作品却并不多见，倒是 20 世纪凌叔华的几部短篇小说至今读来仍回味无穷。她的《酒后》(《现代评论》1925 年 1 月)，丁西林将其改编为独幕喜剧，是否可以这样说，《酒后》诗性的一幕折射出"五四"新知识女性新婚姻新家庭的新的亮光呢？《花之寺》亦如是。新知识女性初为人妇促狭式的轻喜剧，大胆细腻转守为攻的婚姻插曲传递出家庭中女性的新的身姿和风采。当然也展现出女作家特有的清逸风怀和细致敏感。

《酒后》中的采苕，在与永璋、子仪酒后中，竟生出大胆、浪漫、离奇念头：要当着丈夫的面亲吻一下醉睡的老同学，那老同学婚后大约很是不幸。这要求又竟然得到丈夫的允许！有点荒唐，但不乏温馨浪漫。是个有意思的短篇。

《花之寺》中的诗人幽泉和爱妻燕倩，不知是希望平静的生活起点涟漪还是别的什么原因，调皮的燕倩假装成一崇拜诗人幽泉的年轻女学生，写信要他赴花之寺约会。诗人居然瞒了妻子，踏雪幽会——当然，他会着的是他的娇妻！这也是一篇有意思的短篇小说！（凌叔华是受弗洛伊德心理分析的影响而构思这篇小说？是对男性心理进行无情的解剖？是对人世间所谓"一生只爱这一个"的爱情的解构？不，并没有这般严重）也许作者的文笔太美，笼罩着小说的氛围依旧是轻柔浪漫的，妻子不是因为猜疑丈夫而阴谋地设下的圈套，丈夫亦不是因为真心要背叛而去赴约，是一种说不清道不明的诱惑力和猎奇心态让他们有了花之寺的一幕。如何组成幸福的新家庭呢？凌叔华在探讨，但她找不到理想的答案，只是从暴露矛

① 王安忆：《富萍》，湖南文艺出版社 2000 年版，第 255 页。
② 王安忆：《作家的压力和创作冲动 王安忆说》，湖南文艺出版社 2003 年版。

盾这个角度来反映。

富于女性的笔致，细腻而干净，她的小说是纯粹的文学，真的艺术；女人的灵巧的构思，出奇制胜的效果，体现了女人的智慧。

但是这种有情调情趣的婚姻生活必须男女双方都有较高的素质，有相互信赖的根基，有默契感，还必须掌握一个度，否则小则造成婚姻的裂痕，大则造成婚姻的破裂。

卫慧的处女作《爱情幻觉》（《小说界》，1996 年第 1 期）虽然青涩，但是，周影与比她早 8 年毕业的同一所大学中文系的师兄楠之间由友情到结婚过日子，不过一年的时间，并没有什么古典浪漫主义。但周影隔壁的和她同名的近 30 岁的老姑娘阿影的乖僻，还有送玫瑰花的身影模糊的男人，留电话号码却接不通的男人，当是真实的爱情幻觉，也许作者要表达的就是一种情绪如梦如烟，弥漫着淡淡的怅惘。影，只不过就是影，但却能穿过所有的记忆。

卫慧的另一短篇《跟踪》里的一对老夫少妻则是坠入庸常中狭隘窒息了爱。老夫是编导，少妇是演员，理应演绎浪漫的故事。少女时的她正是在他的扶植提携下崭露头角的，于是由精神的崇拜到肉体的皈依，少女嫁给比她长 20 岁的他，但婚后始终没生孩子。久而久之，老夫对少妻很是放心不下，以编导的眼光很是注重细节，他不时发现蛛丝马迹，譬如在床垫下少妇放了避孕套，譬如少妇出门时丝光袜上的一点口红印本在左脚上，回家时却变成了右脚！等等，于是他时时刻刻跟踪她，少妇实在忍受不了，在挣扎逃脱中，不幸撞倒在飞速而来的车轮下，活生生地死在老夫的眼皮子底下！这样的婚姻家庭可谓奢侈的人间地狱。卫慧对丝袜上一点红的左右调换似情有独钟，在《上海宝贝》中，朱砂和丈夫李明伟结婚 5 年，有安稳优雅的婚姻却没有爱，无名的裂痕出现了，丈夫便怀疑妻子有外遇，有一个晚上竟然追问妻子腿上的丝袜为什么左右调过来了？原来早上他如侦探就留意了这一细节。男人撕下了温文尔雅的伪装，体贴异常转眼变成了非凡的施虐。回归平常人家，而不是坠入低级庸俗的折磨。

爱是什么？张爱玲有篇不足四百字的短文《爱》，写的是一个历经沧桑的老女人，总也忘不了十五六岁时，在后门口的桃树旁，对门的年轻人轻轻地说了一声："噢，你也在这里吗？"那是个春天的晚上。

这是真的。这是胡兰成过继给俞家的庶母的真事。只不过后门口是杏树，不是桃树。胡兰成大概故意要说成桃树——这是他的本命树。

张爱玲不过是实录，是备忘？是感悟？

　　"于千万人之中遇见你所要遇见的人，于千万年之中，时间的无涯的荒野里，没有早一步，也没有晚一步，刚巧赶上了，那也没有别的话可说，惟有轻轻地问一声：'噢，你也在这里吗？'"①

　　毕淑敏的短篇《紫色人形》里，一块折叠整齐的油布打开后，洁净的豆青色油布中央，有两个紧紧偎依在一起的淡紫色人形——乡下医院管库的老大妈讲述了她年轻时亲历过的故事：在婚礼之夜遭遇火灾的重度烧伤的夫妇，因伤势太严重，医生只好将他们全身赤裸，抹上厚厚的紫草油，身下铺上油布。但他与她都不呻吟，给对方唱别人听不懂的歌。终于男人发出了一声低沉的呻吟，女人知道大限已到，要求将她和他放在一起——这样留下了紫色人形！这仿佛是一张巨大的"爱"的纪念邮票，虽然太惨烈，但仍弥散着经久不衰的温馨。

　　卫慧在《上海宝贝》里也两次言说相似的故事：在重点大学读书的一对恋人周末回到老衖堂家中，不料遭遇火灾，知道已无法离开这里，于是他们只在大火中心疯狂做爱。他们被烧焦的赤身裸体拥得很紧，无法分开。青春、爱情在烈火中交融，以爱抵御死亡的恐惧。又有一对致力于火山研究的法国夫妇，终身致力于研究世界各地的火山，他们生时曾言："就算有一天我们葬身于其中，那也是一种无法言喻的幸福。"后果然葬身于火山爆发的岩浆中，也许他们实现了事业与爱情的火的涅槃。

　　桃树说太平淡，烈火紫色说又太惨烈。爱，究竟是什么？

　　柏拉图在《会饮篇》中讲述到远古的人类分为三种：男人、女人和阴阳人，每个人都有两副面孔，两副四肢，是由现在的两个人合成的，宙斯因为害怕人的力量，又不想灭绝人类，便将人劈成了两半，变成了现在这样的人。从此，人类便开始了寻找另一半的历程，这便是人类的爱情产生的原因。所以我们每个人只是人的一半，人类只有找到他失去的另一半，才是完整的人。"就是像这样，从很古的时代，人与人彼此相爱的情欲就种植在人心里。它要恢复原始的整一状态，把两个人合成一个，医好从前截开的伤痛"。② 柏拉图的这段论述与当代女权主义文学批评中"双性同体"的本质相关。

　　弗吉尼亚·伍尔夫就认为，双性同体是妇女进行艺术创作的最佳心灵状态。"我不揣浅陋，勾勒了一副灵魂的轮廓，令我们每个人，都受两种力量

---

① 张爱玲：《张爱玲文集》第四卷，安徽文艺出版社 1992 年版，第 80 页。
② 朱光潜译：《柏拉图文艺对话集》，人民文学出版社 1988 年版，第 240 页。

制约，一种是男性的，一种是女性的；在男性的头脑中，男人支配女人；在女人的头脑中，女人支配男人。正常的和适意的存在状态是，两人情意相投，和睦地生活在一起。如果你是男人，头脑中女性的一面应当发挥作用，而如果你是女性，也应与头脑中男性的一面交流。"[1] 因而，"任何写作者，念念不忘自己的性别，都是致命的。任何纯粹的、单一的男性或女性都是致命的，你必须成为男性化的女人或女性化的男人。……任何写作，只要怀有此类有意识的偏见，注定都将死亡。它无法再接受营养。"[2]

双性同体，两性和谐，是人类理想的未来。然而，这必须得男性与女性双方共同的努力。五千年的父系文化不可能在短短几十年就彻底改变，女性写作的理智与情感，既是对现实的认同，又必须是一种超越。要实现两性间政治的、经济的、社会的、文化的平等，走向两性和谐会有一个艰难的漫长的进程。但是，道路是曲折的，前途是光明的。

---

① ［英］弗吉尼亚·伍尔夫：《一间自己的房间》，贾辉丰译，人民文学出版社 2003 年版，第 85 页。

② 同上书，第 91 页。

第五章

女性谱系和母女关系的新建构

国产的女性女娲，是中华上古神话中的创世女神，与西方造人的男性上帝地位等同。中国女娲的两大历史功绩：一曰造人，二曰补天治水。其文化意义是不仅繁衍人类，而且确保人类赖以生存的伟大母亲的象征。中国女娲烙刻着创世时期孕育后代、开启黄土地上农耕文明的历史踪迹。女娲，是我们能在中华古籍中找出的最早的女性形象，是中国史前文明探源的重要研究对象。她是中华民族的共同人文始祖，那么，是否可以说这是古老中国对母性的敬畏抑或依赖？

母爱一直是人类的颂歌，就像女诗人所比喻的那样，她们是闪光的恒星，运转的生命之源就是女性的生命之躯。她们，以柔弱之躯，负载着"在光明的太阳下得到所有人的爱"这样崇高的理想，蕴涵着"欲望和繁殖"，延续生命，令世界永恒不朽的伟大本能。对母爱的歌颂是超越时代，超越国别，甚至超越阶级性的。

斯大林在《联共（布）党史简明教程》的结语中就引用过古希腊著名英雄安泰的故事。据神话说，他是海神波赛冬和地神盖娅的儿子。他对生育、抚养和教导他成人的母亲是非常依恋的。安泰是公认的力大无穷的英雄，因为精疲力竭时只要往地上靠一靠，就又所向披靡了，因为他是大地母亲的儿子。他的敌手盖尔里斯窥破了这一秘密，把他举在空中，在空中扼死了他。斯大林认为布尔什维克党很像希腊神话中的英雄安泰，也同安泰一样，其所以强大，就是因为他们同自己的母亲，即同那生育、抚养和教导他们成人的群众保持联系。只要他们同自己的母亲、同人民保持联系，他们就有一切把握，始终是不可战胜的。

毛泽东同志则言：我们共产党人好比种子，人民好比土地，我们到了一个地方，就要和那里的人民结合起来，在人民中间生根开花。

无怪乎世界电影先驱格里菲斯在他的超前影片《党同伐异》中，就将四个不同时代的故事的交叉蒙太奇运用以母亲摇摇篮的手来连接，真可谓

"摇摇篮的手摇动天下"。

然而在我们对母亲顶礼膜拜之时，我们是否忘却了天底下的母亲其实也都是凡人，她们不是神话传说中的女娲，不是地神盖娅，她们并不能无所不能；她们亦有自己的欲求，我们不能无限掠夺母亲的资源，而仅仅要求母亲无私奉献！正如弗吉尼亚·伍尔夫剖析的那样，"妇女的价值观经常与另外一个性别的人所制造出来的价值观不同，这是很自然的。然而占上风的却是男性的价值观。粗略地说，足球和体育是'重要的'，而对时装的崇拜和买衣服则'微不足道'……这些价值观念必然从生活转移到小说。批评家断定某书重要，因为它写的是战争；某书无足轻重，因为它写的是在起居室里的女人的感情。战场上的场景比商店里的场景重要"①。而实质上，战争的确是大事，但生孩子也绝对不是小事，而是天大的事。

法国女权主义理论家埃莱娜·西苏说过："妇女却从未真正脱离'母亲'的身份（我指的是在她的角色作用之外：不是作为称呼而是作为品格和才能之源的'母亲'）。在她的内心至少总有一点那善良母亲的乳汁，她是用白色的墨汁写作的。"② 如果仅仅是作为称呼的"母亲"，那样的女性的所谓母性并非天性使然，而是几千年菲勒斯中心社会的压迫禁锢铸造所成。也许正因为女性长期被压迫于历史地下，浮出历史地表后也始终被挤兑之边缘，根本不可能处于主流之中，所以女性始终不曾脱离本真状态，比之男性，自然属性压倒社会属性，是几千年的角色定位使然。

张爱玲对母爱的透视又令人寒心："母爱这大题目，像一切大题目一样，上面做了太多的滥调文章。普通一般提倡母爱的都是做儿子而不做母亲的男人，而女人，如果也标榜母爱的话，那是她自己明白她本身是不足重的，男人只尊敬她这一点，所以不得不加以夸张，浑身是母亲了。其实有些感情是，如果时时把它戏剧化，就光剩下戏剧了；母爱尤其是。"③ 似乎是对女性太冷酷太偏颇的一击，然而，歪打正着？她还说："在任何文化阶段中，女人还是女人。男子偏于某一方面的发展，而女人是最普遍的，基本的，代表四季循环，土地，生老病死，饮食繁殖。女人把人类飞越太空的灵

---

① ［英］弗吉尼亚·伍尔夫：《自己的一间屋》，王义国译；引自刘炳善编《伍尔夫散文》，中国广播电视出版社 2000 年版，第 533—534 页。

② ［法］埃莱娜·西苏：《美杜莎的笑声》，引自张京媛主编《当代女性主义文学批评》，北京大学出版社 1995 年版，第 195—196 页。

③ 张爱玲：《张爱玲文集》第四卷，安徽文艺出版社 1992 年版，第 163 页。

智拴在踏实的根桩上。"①

　　无论怎么说，自古至今，不分东西，母爱都是被至诚歌颂的一个神圣主题。这样，母亲在被奉为慈爱宽容无私等美德之代表的同时也被抽象化神圣化为生命抚育的能指，用以指涉一切值得崇仰爱戴的事物。"母亲"成了荆棘金冠，让女人痛苦地荣耀着。

　　"母爱"这一母题在中国现当代女作家笔下，也获得了尽情的书写。早在现代文学发端之初，冰心就轻唱着母爱的颂歌走上文坛，时隔半个多世纪，她的歌声依然余音袅袅；但同样从现代文学发端，同为女性的母女关系在女性文学中却早早地呈现出两难处境，冯沅君笔下对母爱的欲说还休欲哭无泪，张爱玲笔下异化扭曲的母性似乎时时警示着母性的另一面。到了当代女性文学，对母性的赞颂与某种视角的质疑，再到异化的母性更是屡见不鲜，如何看待这种种现象？两代乃至三代女性的母性谱系应如何重建？

第一节　女儿性、母性与妻性

一　母爱颂歌一以贯之

　　鲁迅先生在《而已集·小杂感》中说："女人的天性中有母性，有女儿性，无妻性。妻性是逼成的，只是母性和女儿性的混合。"②

　　所谓"女儿性"，当指男女两性在先天生理结构上的种种不同造成不同性别成长中的相异特质。诸如少女初长成，即要出现"初潮"，直到老年绝经；生命与规律性的月经相伴而行，如月之盈亏，潮之起落。相对男子而言，她们在体力体质上要单薄柔弱些，如同水做成的，性属阴柔。当然，世间有清澈清纯之水，亦有浑浊污秽之流，涓涓细流温柔细软，惊涛拍岸震天动地，一旦它们汇入海洋成碧波万顷又不可不谓大气磅礴。张爱玲言，"完美的女人比完美的男人更完美。同时，一个坏女人往往比一个坏男人坏得更彻底。"③ 但她同时又说，"女人纵有千般不是，女人的精神里面却有一点'地母'的根芽。"④ 这点"地母"的根芽，就是母性，渴求生育，渴求养

---

　　① 张爱玲：《张爱玲文集》第四卷，安徽文艺出版社1992年版，第71页。

　　② 鲁迅：《鲁迅全集》第3卷，人民文学出版社1996年版，第531页。

　　③ 张爱玲：《张爱玲文集》第四卷，安徽文艺出版社1992年版，第71页。

　　④ 同上书，第73页。

育，爱护雏幼，释放自己生命中与生俱来并随生命不断成长积聚的爱。

艾丽丝·罗西在《妇女生活中的孩子和工作》中剖析说："从生物学上来讲，男人只有一种天生的倾向性——把他们引向妇女的性爱倾向——而妇女有两种天生的倾向性：对男人的性爱和生儿育女。"

由此看来，"女儿性"和"母性"似乎都是女性作为雌性动物的性别本能属性，是雌性生理上的先天属性，也是其内心世界中最基本的欲望。母亲形象因其"作为女人最坚强的原始本能与她最伟大的文化职责的高度融合"① 具有了神性色彩。

当"五四"的惊雷掠过古老的中国大地，蜷缩于地心的中国女性浮出历史地表时，女作家们以前所未有的勇敢，进行了中国有史以来第一次惊世骇俗的女性群体书写。其中，直接针对"母性主义"的现实展开书写。无论怎么看，母亲与子女的关系终究是人类最基本的一种人际关系，回归本体，歌颂具体的母爱，或是质疑，这比一切庞大叙事的喻指都要动人得多。

苏雪林的第一部长篇小说《棘心》是自传体小说，书名《棘心》，取《诗经》中"棘心夭夭，母氏劬劳"开头两字。棘是一种难以生长的树木，棘木初生称棘心，世人多以人身自比如棘心那样稚弱，需要靠慈母的养育才能成长，故称人子思亲之心为棘心。这部长篇展现的是女性杜醒秋在法国三年的留学生活，很多地方就是作者年轻时代的经历，但立意不言而喻。

冰心则一生全心投入对母爱的真诚讴歌。母爱、童心和自然美是她一生创作的主题。少女时代的冰心对孩子的爱就刻骨铭心，1921 年 6 月 23 日，她在西山写了一段《可爱的》，发表于《晨报》："可爱的/除了宇宙，/最可爱的只有孩子。/和他说话不必思索，/态度不必矜持，/抬起头来说笑，/低下来去弄水。/任你深思也好，/微讴也好；/驴背上，/山门下/偶一回头时，/总是活泼地，/笑嘻嘻地。"

冰心对母亲的深情和依恋，从《往事》（7）② 可见一斑：

　　　窗外雷声作了，大雨接着就来，愈下愈大。那朵红莲，被那紧密的雨点，打得左右欹斜。在无遮蔽的天空之下，我不敢下阶去，也无法可想。

　　　对屋里母亲唤着，我连忙走过去，坐在母亲旁边——一回头忽然看

① 王绯：《新纪元：空白之页上的女性书写》，《现当代文学研究丛刊》1995 年第 11 期。
② 冰心：《往事》（七），《小说月报》第 13 卷，1922 年第 10 期。

见红莲旁边的一个大荷叶，慢慢的倾侧了来，正覆盖在红莲上面⋯⋯我不宁的心绪散尽了！

雨势并不减退，红莲却不摇动了。雨点不住的打着，只能在勇敢慈怜的荷叶上面，聚了些流转无力的水珠。

我心中深深的受了感动——

母亲呵！你是荷叶，我是红莲。心中的雨点来了，除了你，谁是我在无遮拦天空下的荫蔽？

与之呼应的有《繁星》（159）

母亲呵！／天上的风雨来了，／鸟儿躲到它的巢里；／心中的风雨来了，／我只躲到你的怀里。

这散文诗句意境的确清浅，可也的确是每个享有过母爱的人的真实的感受，有谁是你一生的无须交换的依恋无须条件的庇护？只有母爱。母亲以她博大、宽容、无私的爱为儿女提供遮风避雨的港湾。

也许有人责难冰心的较为顺畅的人生经历只能给她肤浅的生命感悟，但她从不为此争辩什么："爱在左，同情在右，走在生命之路的两旁，随时撒种，随时开花，将这一径长途点缀得花香弥漫。使穿枝拂叶的人，踏着荆棘不觉得痛苦，有泪可落，也不是悲凉。"这种爱难道不就是纯粹无私的母爱吗？

冰心笔下的母爱／童心合二为一的代表作可推《超人》（《小说月报》，1921 年 4 月第 12 卷第 4 号）。这篇归入问题小说之列的短篇既提问题又开药方。这药方便是母爱的哲学。此时，"五四"的落潮使处于时代巅峰的青年重被摔入失望的低谷，徘徊于人生的十字路口，有继续昂然前行的，更有颓丧空虚的。《超人》中的男主人公何彬信奉尼采哲学，将自己喻为超人，引尼采语录"爱和怜悯都是恶"作为自己人生的座右铭，他为自己的虚无厌世，颓唐消沉找到了一个哲学的注脚。尼采的所谓意志的哲学，力的哲学，即认为超人的力量将把人世提到无量的高，而许多平庸愚蠢的弱者不仅于社会毫无建树，而且徒然浪费无数能力，使超人不得产生。在意志力哲学中，首先要泯灭的便是爱和怜悯。何彬因而变得极度的冷漠憎恶，他对程姥姥说："世界是虚空的，人生是无意识的。人和人，和宇宙，和万物的聚合，都不过如同演剧一般：上了台是父子母女，亲密得了不得；下了台，摘了假面具，便各自散了，哭一场也是这么一回事，笑一场也是这么一回事，与其互相牵连，不如互相遗弃；而且尼采说得好，爱和怜悯都是恶……"①他对周围的一切无动于衷，但他毕竟不能坚守。厨房里跑街的孩子禄儿摔坏腿后整整六夜凄惨的呻吟终究打乱了他的心，第七天他让程姥姥送去了钱给禄儿医脚。禄儿愈后，几次要来致谢，他仍旧漠然。直到他要搬家了，禄儿悄悄给他送来了一只花篮和一封信："……我想先生一定是不要的。然而我有一个母亲，她因为爱我的缘故，也很感激先生。先生有母亲么？她一定是爱先生的。这样我的母亲和先生的母亲是好朋友了。所以先生必要收母亲的朋友的儿子的东西。"② 于是何彬被感动了，呜呜咽咽地痛哭起来，他走了。留给禄儿一封信："……世界上的儿子和儿子都是好朋友，我们永远是牵连着呵！"③ 母爱、童真唤醒了何彬试图埋葬的人性，冰心的动机可谓良苦，母爱是动人的，但如果把她作为医治社会问题的万能药方，就未免一相情愿了，"爱的哲学"很美丽，但也不免苍白无力。世界，人生，社会也许太复杂，爱与恨是情感的两极，却未必是社会矛盾的两极。所以诚如茅盾所说："冰心女士把社会现象看得非常单纯。她认为人事纷纭无非是两根线交织而成；这两条线便是'爱'和'憎'。她以为'爱'和'憎'二者之间必有一者是人生的指针。"④ 陈源亦言："《超人》里面大部分的小说，一望而知是个没有出过学校门的聪明女子的作品，人物和情节，都离实际太远了。"⑤贺立波则在《歌颂母爱的冰心女士》中不客气地指出："在她的作品里充满了耶稣式的博爱和空虚的同情。请问在剥削被剥削矛盾的社会里，你能高举爱的旗帜吗？算了吧！空虚的博爱有什么益处？请你研究现实社会的组织吧。"

　　1931 年 2 月，冰心生下长子宗生（吴平）。这一年只写了一篇短篇小说《分》（1931 年 5 月 8 日于海淀），很可能是有感而发，在医院同时降生的两个婴儿，因了父亲一个是教授另一个是屠夫，其生存状况不同使两个婴儿即将面临迥异的命运，从"爱的哲学"到"分"，冰心的心似有所触动，仅有母爱又怎么样呢？但无论贫富贵贱，母亲的怀抱都为孩子遮风挡雨。

---

①　冰心：《冰心选集》，四川人民出版社 1983 年版，第 79 页。

②　同上书，第 83 页。

③　同上书，第 85 页。

④　茅盾：《冰心论》，转引自卢启元：《冰心作品赏析》，广西人民出版社 1983 年版，第 142 页。

⑤　陈西滢：《西滢闲话》，《创造季刊》第 1 卷第 4 期。

冰心始终直言自己对"打倒贤妻良母"的口号觉得有点刺眼逆耳，她的坚定与她对母亲的挚爱是分不开的："关于妇女运动的各种标语，我都同意，只有看到或听到'打倒贤妻良母'的口号时，我总觉得有点刺眼逆耳……我希望她们要打倒的，是一些恹弱依赖的软体动物，而不是像我的母亲那样的女人。"冰心认为自己的母亲"是一个典型的贤妻良母，是丈夫和子女的匡护者。"她出心底里发出："母亲，你是大海，我只是刹那间溅跃的浪花，虽暂时在最低的空间上，幻出种种闪光，而在最短的时间中，即又飞进母亲的怀里。"①

亦如冰心自述："关于我的母亲，我写的不少了。二十年代初期，在美国写《寄小读者》时写了她；三十年代初期，她逝世后，我在《南归》中写了她；四十年代初期，我以'男士'的笔名写的《关于女人》，这本书中写了她；同时在那时候，应《大公报》之约，再写《儿童通讯》，在'通讯三'中又写了她。"无论母亲活着还是离世，冰心对母亲的爱不变。1929 年12 月，冰心收到父亲谢葆璋的电报，母亲杨福慈病重，她即乘快车到天津，再改乘轮船赶到家中。没想到短短日子即阴阳两隔，1930 年 1 月 7 日晚 9时 45 分，慈母与世长辞，冰心将一绺头发、胎发和斐托斐名誉学位的金钥匙，一起交母亲带去。当我们读到这个细节，当知冰心那些清浅的文字出自母爱的厚土！

冰心两万余字的叙事散文《南归》，翔实地记录了母亲最后的日子，包括每日征象。母亲去世前两天是父亲的生日，又是父母结婚三十周年纪念，女儿为父亲做寿，有意要母亲装新娘子，在煊赫中犹见生死的无奈。

无独有偶。当代女作家张洁在长达十余万字的自述《世界上最疼我的那个人去了》中有这么一个真实的细节：不论走到什么地方都把妈的一点骨灰带上。而且，妈入院时穿的一套衣服，她收了起来，"将来，不管由谁来给我装殓，千万给我穿上，不管春夏，无论秋冬。"② 女儿对母亲的挚爱溢于言表。从衣服上看母女情，还有一细节，即 1958 年张洁念大学的时候，单亲家境穷困，当小学教员的母亲特意给她买了一件蓝色海军呢的长大衣和一条纯毛的苏式彩条围巾，为的是女儿也到了该谈恋爱的季节了，张洁感叹：以我们家当时的经济情况而言，这笔开销可谓惊天动地的壮举。

冰心的母亲和张洁的母亲都是旧时代读过书的人，把她们称为当时稀罕

---

① 冰心：《寄小读者·通讯二十八》，《晨报副镌》1926 年 8 月 7 日。

② 张洁：《张洁文集·世界上最疼我的那个人去了》，作家出版社 1997 年版，第 27 页。

的女知识分子大致不错。只是张洁的母亲遇人不淑，遭际艰辛困苦；而冰心的母亲与父亲倒是琴瑟相调，患难与共。这两位知识女性对子女的爱都是全心全意的，女儿对母亲的爱亦是刻骨铭心的，冰心对母亲去世的记述虽悲凉，但终究以家庭的和谐幸福为反衬缓冲了荒凉；而张洁母亲去世的记录虽是出院后的家中还有看护，但母女相依为命的凄凉无助仍是力透纸背的。

　　《世界上最疼我的那个人去了》全文不知张洁母亲名甚，只知姓张，是名副其实的无名氏，是有意为之？直到张洁鸿篇巨制《无字》出炉，扉页上有"献给我的母亲张珊枝"，才知这位母亲有如此美好又含象喻的名字！珊枝，如歌剧《红珊瑚》的主题歌歌词所言"云来遮雾来盖，云里雾里放光彩；风吹来，浪打来，风波浪里把花开"。张珊枝的光彩是因了女儿的成名和外孙女儿的优秀。她前前后后独自带大了两代女人——女儿张洁（小名小洁）和外孙女唐棣（小名书包）；对小洁和书包的爱，简直把张珊枝的心撕成了两瓣，皆是她穷其一生，千辛万苦、东刨一口食，西捡一块布，榨干最后一滴血养大的！

　　张洁与母亲相依为命54年，是在共同的艰辛苦难中煎熬出来的。母女俩的人生紧紧地纠结在一起，两人的历史无法剥离，感受无法分离。所有的大灾大难，都是一起闯过来的。所以，54岁的张洁，失去了80岁的母亲，这本来是"顺其自然"之事，张洁却无法面对。她饱受煎熬，担惊受怕，当手术成功后，她又急于求成，希望母亲坚强，坚强，再坚强，早日恢复，抵制脑萎缩，指望"妈像一匹趴槽的老马，又挣扎着站起来了。一站起来就想和我一起在只属于我和她两个人的人生跑道上迅跑"[1]。然而，最终是虽非要妈活下去，但妈终撒手西去，即便如此，母亲仍旧处处为女儿着想。张洁用了七个排比段进行梳理：

　　　　她没有在手术台上走，免得我为签字手术而自责；
　　　　她没有在我逼她起立坐下的时候走，让我有机会用其实是对她无尽的深爱做一些弥补；
　　　　她拼却一命留给我最后一个满足："高兴。高兴，我的思想问题解决了一半"，让我以为我的努力终于成功，她又有了活下去的自信、愿望和勇气，那不也就是给我以勇气和希望；
　　　　她还有机会对我说，她就爱吃我做的莲子、小豆粥，为我日后的回

---

① 张洁：《张洁文集·世界上最疼我的那个人去了》，作家出版社1997年版，第152页。

忆留下些许的安慰：她走的那天还算快活；

让我有机会在她说"虽然我老了，可是还是活着对你们更好"的时候，以明心迹地说声"那当然"；

她给了我陪她坐一会儿的时间，让我能够对她说："妈，过去老也没能抽时间陪您坐一会儿，现在终于可以陪您坐着聊聊天了"，而她又给了我最后的谅解，"我也不会说什么，也说不出什么……"

留给我一个了结我们这辈子缘分的机会，让我能够对她说一句："妈，请您原谅我。"那是她最后对我的疼爱。也是上帝对我的恩惠、对我的了解，他知道我不过是要妈更好地活下去，只是我的办法过于拙劣，又急于求成。①

在这部纪实作品中更多的是女儿对母亲的爱与感悟，也正因为在 54 岁时失去了母亲，才真正懂得了只有母爱，才是这个世界上最真实、最宝贵的，因而，"要比在 4 岁的时候成为孤儿苦多了。我一生碰到的难堪、痛苦可谓多矣，但都不如妈的离去给我的伤痛这样难熬。"② 所以，"我终于明白：爱人是可以更换的，而母亲却是唯一的。"③

这部长篇自述记录了母亲从发现脑垂体肿瘤到去世两个多月的全过程：发现肿瘤，病情病状，寻医问医，检查住院，签字开刀，手术等待，术后恢复，出院难题，寄居婿家，艰难锻炼，急于求成、一圈紫癜、不正常体征、反反复复，心肌梗死，撒手而去、入殓火葬……全部的细节拼贴，相关的日志纪实，生活的琐屑质感，生命的无奈和现状的焦灼，一切的一切，极容易引起中老年读者的心的共鸣，情真意切，催人泪下，读后真给人锥心蚀骨的痛。实乃从未有过的悲哀和苍凉，以及欲语还休的惜别和伤感，奈何。

在《世界上最疼我的那个人去了》中，了然了的张洁说："现在我不后悔了，我要她原谅的地方太多了，不如像无以倾尽的无字碑那样铺在她的脚下。"④

于是张洁 80 万字的长篇小说《无字》终于诞生，那是《世界上最疼我的那个人去了》的追根溯源，两部作品合璧成母女的前世今生。

张珊枝化为长篇小说中的叶莲子（起先叫秀春）。先看叶莲子与母亲墨

① 张洁：《张洁文集·世界上最疼我的那个人去了》，作家出版社 1997 年版，第 163—164 页。

② 同上书，第 171 页。

③ 同上书，第 182 页。

④ 同上书，第 156 页。

荷的母女关系。在父为子纲、夫为妻纲的封建桎梏下，大家闺秀墨荷默默承
受命运的安排，下嫁到叶家，充当丈夫的投篮工具。女性主体意识的被压抑
和被剥夺，她似乎忽略了女儿秀春，往日里母女情淡淡的，但一旦面临生离
死别，墨荷的母性就呼天抢地般汹涌而出，比如秀春被猪撞昏厥时，比如在
外祖父的丧宴上，秀春空心吃了一瓣蒜，辣得捂着心口嗷嗷叫时，虽然只不
过是一场场虚惊。而当生了七胎仅存秀春的墨荷又面临第八胎降临时，因为
老王头死了，按习俗她避到菜园草棚子里待产，大家都把她遗忘了，包括她
的丈夫，唯有六岁的女儿惦记着她。然而，秀春看到的是全身肿胀得如一枚
吐丝做茧的桑蚕，一张像脸又不像脸的东西，倏忽间菜秧子上的千朵万朵开
着的花即刻显出凋敝，女儿的小手伸向妈妈，妈妈捉住她的小手，母女二人
灵魂同时出窍，明明白白只能束手待毙、肝肠寸断！墨荷终于明白，只有这
个身高不过炕沿，只能捡食缺损的榛子仁儿，又不常带她回娘家的六岁小女
儿，才是真真确确，一心想要解救却又解救不了她的人。这一场将母女情深
演绎至高潮。女儿与母亲心连心，母亲放不下的也只有女儿。

　　再看叶莲子与女儿吴为的母女情。为母的缺失夫爱，为女的缺失父爱，
母女情正是在孤苦伶仃饥寒交迫相依为命中建立的，也正是艰苦时代的患难
与共，母性以孱弱的身躯独立承担了对女儿的养育和呵护，成为一种虽只能
是涓涓细流般的精神资源，但一样有海一般的宽厚和力量，并鲜明对照出所
谓的夫妻之间两性奴役关系的屈辱和不平，作为丈夫和父亲的顾秋水的毫无
责任心和寡廉鲜耻！吴为还在叶莲子的子宫里时，叶莲子喝了一个冬天的棒
子面粥，在粥里撒点盐面，连一点儿下饭的咸菜都没有。吴为出生后，父亲
顾秋水难得在她们母女身边，一次次分离到一次次遗弃到一次次公然的侮
辱！在天津寄人篱下的日子里，连个白面、玉米面的二面馒头都吃不上，当
董嫂送过来两个时，母亲给女儿吃，十个月的女儿竟知晓往母亲嘴里送！在
宝鸡饥寒交迫的日子里，盛着饭菜的白色搪瓷茶缸子热在炭火上，七岁的女
儿与母亲总是不约而同地对视一眼，早早地就有了同甘共苦的默契沟通。而
当吴为大学毕业，成家立业，但又因私生女事遭遇离婚，于是母亲叶莲子、
女儿吴为和外孙女禅月这一缺男户仍得患难与共。她们的相濡以沫仍然体现
在"吃"上的呕心沥血，因为这关乎吴为尤其是禅月的营养，关乎性命。
叶莲子在肉摊前候着便宜的七分钱一斤的猪棒骨，用把破斧头将其敲骨吸髓
后熬汤；叶莲子在瓦缸里自制腌雪里蕻，雪里蕻炒肉丝成了她的看家菜；叶
莲子夏天则候着摔裂了的贱卖的西瓜；叶莲子自制豆腐乳，晒黄酱，腌韭菜
花，发豆芽，蒸各种包子；叶莲子做各种衣服、棉鞋、单鞋……叶莲子还背

着吴为卖过血，她豪迈地微笑着，因为这就是她的千秋大业！叶莲子视禅月为自己的女儿，她不再像从前一个人拉扯女儿苦斗那样哭天不灵、叫地不应，在她的晚年，两个有出息的"女儿"在为她牵肠挂肚。

在这样的双代单亲家庭环境中成长的禅月，像吴为小时一样早熟，为她过生日的几块小蛋糕，她用力把蛋糕塞进姥姥妈妈紧咬着的牙缝，而那掉下的蛋糕渣儿，再小心翼翼舔进嘴里，能让她们咂摸出无穷的滋味：是这样的母女情深！

正因为无论是在颠沛流离的战争岁月中，抑或是和平年代的困难时期，女儿的苦难成长史铸就了对母性的依恋敬仰情结和对男性神话的彻底颠覆，心灵留下烙刻般的记忆，吴为怎能把对哪个男人的情爱放在叶莲子或是禅月的血缘之上呢？尽管母女之间的爱与男女的欢爱其实并不矛盾，本可以兼容并蓄，但是小小年纪就对男性世界彻悟了的吴为的确难以做到。难怪胡秉宸会突然对吴为说："我从没有得到过你的心。不，不是有关男女的问题……我说不准确。"[1] 张洁对此作了透彻的分析："她对胡秉宸的爱，只能是一种可以交出生命，却无法交出完整的心的爱。"[2] 所以，母女之间休戚与共、知心贴肺的情结，其实质是对有形或无形的两性或严重奴役或依然不平等关系的一种本能的防御，无论你是清醒的理性的或是懵懂的盲目的跟着感觉走。

当然，女儿对母亲的爱，说到底不可能像母亲对女儿的爱那样绵密周到、竭尽全力，纪伯伦的诗句叹得好："你是弓，你孩子犹如飞箭从弓上发出。那射者瞄准无限路上的目标，他用力将你弯曲，好让他的箭射得又远又快。让你在射者手中的弯曲成为一件乐事吧。"[3] 吴为和禅月皆是借叶莲子这张弓而射向前方的箭。箭与弓怎能同日而语？箭是无法回头看那把借以向前的弓的，而弓却永远盯视着那借它而射向前方的箭。

母性滋生的母爱，母爱铸就的牢不可破的母女关系，是一种和谐坚贞的女性谱系，信然。

二　母爱的无私与盲目

无论历史如何贬斥漠视女性，但是，女人作为母亲却在人类社会中有着

---

① 张洁：《无字》，第一部，人民文学出版社 2011 年版，第 102 页。

② 同上书，第 103 页。

③ ［黎巴嫩］纪伯伦：《纪伯伦全集·先知》第四卷，1994，第 115 页。

无可撼动的位置。西蒙娜·德·波伏娃在《第二性》中指出："这是男人在她特别热衷于自己的生殖角色时——月经期、孕期和哺乳期——倾向于避开她的原因。恋母情绪（对它应重新加以解释）并不否认这种态度，反而含有这层意思。只要女人代表世界的以及模糊的有机发育的隐隐根源，男人就会在她面前处于守势。"① 法国作家莫罗阿在《人生的五大问题》中这样评价女人的母性："在如此悠久的历史中，人类之能建造如此广大复杂的社会，只靠了和生存本能同等强烈的两种本能，即性的本能与母性的本能。必须一个社会是由小集团组成的，利他主义方易见诸实现，因为在此，利他主义是在欲望或母性的机会上流露出来的。"② 母性的利他、无私、宽容、牺牲和奉献之爱有史以来一直高高地摆放在人类的祭坛上，供尚未成为母亲或已成为母亲的女人们仰视和学习。没有母性爱之光辉，人类的生命链条怕难以环环相扣。但是，当母性之光无限极端化时，女性个体生命的独立价值也在炙烤中为之消融，"伟大、崇高"变成了"被奴役、被榨取"，变成了与贞节牌坊同义的纪念碑。还是西蒙娜·德·波伏娃说得一针见血："当母性宗教宣布所有的母亲都是神圣的时，曲解便开始了。母亲的奉献有时可能是完全真诚的，不过这种情况十分罕见。"③

惠特曼说过：全世界的母亲是多么的相像！母性是女人的天性。但是，当人们如果无限讴歌母性母爱的无私时，歌颂者和被歌颂者往往都是盲目的。

有这么一则外国童话：王子爱上了邻国的公主，可是这位公主生性刻薄，她要求王子必须用他母亲的心作为礼物来求爱！王子很爱他的母亲，怎么也开不了口。皇后明白儿子忧郁的缘由后，果敢地让人剖出了她的心，交给王子。王子又惊骇又窃喜，急急捧着母亲的心赶去邻国。深夜，他得穿过一片森林，天太黑，他又心慌，结果狠狠地摔了一跤，把母亲的心也摔掉了。这一摔，把王子给摔醒了，他感到羞愧，居然要了母亲的心?！止不住失声恸哭。这时，他听到了他所熟悉的声音，是母亲的声音：孩子，你摔痛了吗？

这则童话从乍听的撼动会很快走向恐怖，因为无论是为儿的还是为母的

---

① ［法］西蒙娜·德·波伏娃：《第二性》，陶铁柱译，中国书籍出版社 1998 年版，第 176 页。

② ［法］莫罗阿：《人生五大问题北京》，生活·读书·新知三联书店 1986 年版，第 123 页。

③ ［法］西蒙娜·德·波伏娃：《第二性》，陶铁柱译，中国书籍出版社 1998 年版，第 582 页。

都缺乏最起码的理智，更不用说那位未来的儿媳妇了。这是最美的却也是最丑的是最善的也是最恶的，当然，不可能是真的只能是假的故事了。但这则荒诞的故事却是现实生存中母亲母爱母子关系的荒诞展示，因为它宣扬的是盲目的"母爱"！从这则童话中我们可指认出被父权制包装扭曲了的母性形象，这是男性中心社会对母性的要求：母亲应当心甘情愿接受男性的奴役和掠夺，无私无畏还得无怨无悔！同时，这则童话也不无狡猾地确定了下一代与上一代女性关系的不可兼容，婆媳之间也是一种母女关系，从而得出结论：女人最大的敌人是女人！

女性主义批评者多萝西·凯利在讨论"性别与修辞"时曾经指出："在研究文本中用来命名和界定女性特质的修辞结构时，我们要注意这些结构呈现的两种倾向。多样化的隐喻基本上把女人分作纯洁的花朵、母亲和充满欲望的野兽。这两类隐喻都把女人从自我隔离开来，并且在一种象征性的阉割中切掉了女人的部分本质"①，男性中心体系的社会主流意识把母性的生理属性无限制地放大，直至把这一生理属性描述为女性类别的最本质性征，母性的光荣是以女性的本质被切割为代价的，母性填充并遮蔽着女性独立价值的内涵。西蒙娜·德·波伏娃分析得十分透彻："由于卷入了物种的大循环，她不顾时间和死亡去肯定生命：她由此看到了不朽；但她通过自己的肉体也感到了黑格尔的话的真实性：'孩子的出生就是父母的死亡。'黑格尔还说，孩子正是'那种外在于他们的爱情之物'，反之，孩子将'在同自身根源的分离过程中'获得他自己的存在，'而在这分离过程中，那根源将找到它的终点'。对于女人来说，她自己的这种投射，也是她死亡的预兆。"②

对于一些女性而言，无论有没有婚姻有没有爱情，只要留个孩子，也就留下了纪念！这是母性的精神升华还是母性的愚昧堕落？

铁凝在她的中篇小说《麦秸垛》中不无悲凉地写出了两代女性生存意识和生存状态的尴尬，无论是端村本土大芝大娘的故事，还是插队知青陆野明、沈小凤和杨青的"三角"故事，端村麦秸垛里外发生的故事似乎各归各，又割不断牵扯，而且都牵扯到"我……得跟你生个孩子"！

大芝大娘是弃妇——让解放后进城当了干部的丈夫给离了的为数不少的农村妇女的缩影，但她硬是不管不顾地跟到城里，硬是要前夫跟她睡一夜，

①　陈顺馨：《中国当代文学的叙事与性别》，北京大学出版社1995年版，第112页。
②　[法]西蒙娜·德·波伏娃：《第二性》，陶铁柱译，中国书籍出版社1998年版，第582页。

仿佛要留下铁实的纪念，于是有了小芝。小芝在情窦初开时，竟恋上了富农子弟小池，为了让小池看她又粗又长的辫子，结果将头颅绞进打麦机，在麦秸垛前"献身爱情"。小池后来娶了个拐子拐卖的四川小女人花儿，生下个前夫的种——五星，当花儿前夫追到端村时，带走了花儿，五星给大芝大娘留了下来。在大芝大娘家塞满照片的玻璃镜框，就装满了前夫一家子、女儿小芝、五星等的照片，就像《青草垛》中大模糊婶的生育器官绰号一样模糊杂乱。大芝大娘的一双大奶子充满了母性，喂养了小芝，没有乳汁时还贴心贴肺养大了五星。这样的母性是让我们仰慕还是怜悯？

二十年过去，大芝大娘的抉择居然在貌似前卫的沈小凤身上重演！杨青与陆野明这一对知青本是两情相悦，因了杨青的自重，陆野明心甘情愿被驾驭，可后来的插队知青沈小凤插足其间横刀夺爱，于是夜间看电影归来路过麦秸垛时，沂蒙山的"乳汁"似乎刺激了青春的性骚动，但陆野明适时站了起来；而经不住二次看电影后的夜归，不该发生的事情到底是发生了。可悲的是，两人间只有性，没有爱。陆野明对沈小凤只有厌恶。因了厌恶而做爱，用弗洛伊德的学说——男性就愿与比他低级的女人做爱，男的要被崇拜——倒也说得通。当然，此事闹得沸沸扬扬，沈小凤也实实在在声名扫地了。过年时，她也不回家，去到大芝大娘家，等到开春后，陆野明回到端村时，他明明白白告诉沈小凤："你走开，我过去。"沈小凤却提出了一个要求："我……不能白跟你好一场"，"我……得跟你生个孩子"。天变地变，生存背景在变，女人的抉择却没变，这么前卫自主意识这么强的沈小凤到底还是重蹈覆辙，成了又一个大芝大娘！这种向男性的"性乞讨"，可发生于愚昧的农妇的心身，可发生于懵懂的女知青的心身，也可发生于白领女性所谓的"纪念"！女人始终不过是男人用来传宗接代和泄欲的工具，甚至可以成为男人欲得到一双皮鞋的交易品。而女人则心甘情愿充当男人所指定的角色。"这种献祭注定她走向死亡"①。铁凝以冷峻犀利而不乏悲悯的目光，透视两性关系之极端的不平等，自审女性自觉不自觉的自轻自贱亦是造成不平等的不可推卸之责任。社会历史积弊与女性心灵深处的病灶的恶性循环，铸成女性性别悲剧和历史宿命。这种"性乞讨"的目的却似乎被"母爱"的光环所笼罩——"生个孩子"做"纪念"，而通过苦难的生育延续生命链条，其实正是女性本体身份的迷失，恰如"贞节牌坊不是耸立在古老中国的大地上而是压迫在女人的心田"一样，这种"性乞讨"无论男性的"施

---

① ［美］吉尔伯特·格巴：《阁楼上的疯女人》，北京大学出版社 1992 年版，第 52 页。

舍"与否，都是女性残酷的自虐。

这种本来是不可理喻的现象，却不仅仅发生在落后的农村文化程度低的农村女性身上，在城市，乃至西方高度物质文明的文化女子身上，亦不罕见，也从未绝迹。生育成了爱情婚姻遭遇失败时绝望中的救命稻草，成了死灰复燃中的星星之火，无论她们是无意识还是有意识为之。母性的光辉笼罩了她们生存现实的失落、无奈和苍凉。正如女性批评者艾晓明所指出的那样：这是"女性主体性的又一种失落形式，她们无法以别的方式，以精神、意志、理性的行为来处理自己的感情，决定自己的婚姻、爱情。如此彻底的出让身体，显示出巨大的性别差异面前女性的无力、被动。把生命价值寄托于感情的代偿——生育，这种传统观念依然束缚着女性"①。

迟子建的中篇小说《旧时代的磨坊》中各家的磨坊埋藏着形形色色的秘密，而付奎元老爷家的磨坊则埋藏着许多粮食！所以付奎元收留了欲被舅妈卖到妓院而逃跑的13岁紫燕，就在磨房占有了她，遂成为付家四太太；老爷其后又贪婪地霸占了丫头朱秀。为这，朱秀未婚夫小马倌程四两杀了老爷并伪装成老爷自杀现场，撞见老爷偷情的四太太却误以为老爷疼惜她而羞愧得想不开。磨坊的主题却并不在此，而是二太太为了生孩子的偷情，她在老爷在世时也许就在磨坊偷短工生了个傻儿子来福，终究心不甘，老爷大太太死后，她又招来年轻力壮的短工李德贵，一次次去磨房偷情，短工后来告知四太太："她让我来只想让我和她生一个孩子。"二太太如愿以偿，但是怀了身孕的她也熬不过命，终憔悴而亡。而其实短工就是四太太少女时，待她特好的表哥蟋蟀，可四太太斩断了过去。二太太也好，四太太、三太太也罢，作家笔下的女性在磨房内外已作为欲望的主体，直裸裸地表达了对生养这一欲望的渴求！使她们最终区别于无论是老爷还是短工的男性的欲望和价值追求，她们是盲目的，但毕竟是无私的。

陆星儿《女人的规则》中女主人公田恬虽然是新社会的知识女性，但说到底也还是怀着这样的盲目和无私走上母性的不归路的。这个相貌平平的三十多岁的女绘图员居然所向披靡地独自担当为有妇之夫生下个私生子，那情夫是她所在的研究所的党委副书记！她心甘情愿，"她希望从自己的生命里分出另一个生命——因为，这是留住他留住爱情留住生活的最后一个办法，像只无形的钩子，两头弯弯，能同时牵挂住两颗心。被这样地牵挂住，

---

① 艾晓明：《当代中国女作家的创作关怀和自我想象——以"红罂粟丛书"中若干小说作品为例》，《广东社会科学》1997 年第 2 期。

她才有依附，才可获得做女人最实在的一份感觉。"① 为了腹中的胎儿，她的内心变得强悍又"智慧"，用计谋搞到孕妇证，独自承受长达半年的禁闭式的寄居，就这样怀孕、生产、育婴！然而，当儿子小破仑两周岁前夕，这位党委副书记竟然向妻子招供了她，妻原谅他后，他像是理所当然地要求中断他们的关系。而这位仅两周岁的儿子呢？他不喜欢"好叔叔"，他最喜欢的是他自己！行文至此戛然而止，这个以儿子为生命的单身妈妈田恬清醒了吗？今后留给她的还有很长很长的路要走，等待她的肯定是酸苦辣涩多多而少甜。当初做母亲的清坚决绝，是高尚的盲目还是不值得的无私？又怎是"哀其不幸，怒其不争"能了得呢？

胡辛的《我的奶娘》（《百花洲》1986年）是一部关于苏区母亲的中篇小说。这部中篇小说讴歌的母性是非血缘的，或曰超越血缘关系的母性母爱。因了以一个女子第一人称的回忆叙述故事，所以，既是对历史对苏区女性的回忆故事，其实也是一个城市女孩成长的故事，或者说是借女孩成长的线索来写历史书页字里行间被隐去的那些女性的故事。

江西瑞金雇农奶娘的丈夫跟随红军长征去了，音信阻隔，她独自抚育儿子和一女烈士的儿子石丹，为保护石丹，她不得不牺牲自家的孩子！为生存计，她改嫁一善良的裁缝，但裁缝又惨遭杀害。她隐姓埋名到处流浪，后给一富家孩子金宝做奶娘，却又与仇敌狭路相逢，再度逃亡，历尽磨难，又不得不再改嫁了一个痞子式的老男人，与那男人生下一女儿也夭折，便做了一教师家女孩三蛮子的奶娘。等到全国解放，石丹的父亲已是一高干，将石丹接去了北京。奶娘成了痞子家属，虽见到了自己的前夫，但因痞子年老体衰，她没有离开山村，并且，把对生活失去了希望的自卑的金宝接到了身边。非常岁月中，石丹来到了山村，三蛮子也来到了山村，他们对奶娘收留金宝很不以为然，但是，奶娘以她宽厚的胸怀终让他们明白了一些做人的根本道理。当酷烈的政治风暴过去，当石丹、三蛮子想到要为奶娘"正名"，并终于获得正名要告知奶娘时，奶娘却在大雪天静静地离开了人世间。

女性主义学者艾晓明认为："小说显然想挑战极左年代通行的对人的简单划分，作者似乎杂糅了几种历史故事的亚类型（如江西革命斗争历史故事、自传性质的成长故事、家族贤明的主人与义仆的故事、痴情女子负心汉的故事、'奶娘'的红军丈夫进城后另娶等）来丰富奶娘的人性内涵，礼赞了超乎阶级、社会地位和政治变迁之上，涵盖并且化解苦难的母性的象征，

---

① 陆星儿：《女人的规则》，河北教育出版社 1995 年版，第 308 页。

作品以新的母亲神话参与了'文革'后文学对人性的呼吁。"①

　　是的，"我的奶娘"与小说《党费》（1954）中的女党员黄新及改编成电影《党的女儿》（1958）中的玉梅同，但同中有异。她们同是苏区妇女，身上都有着苏区妇女为了革命坚忍不拔、默默奉献、不畏牺牲的高贵品质；不同的是，黄新、玉梅是党的人，为党的事业英勇献身的壮烈行径撼人心魄、感天动地！她们寻找党组织的经历虽坎坷曲折，但她们的内心世界很单纯，没有复杂性；而奶娘只是红军战士的妻子，苏区一极普通的女性，她的经历坎坷曲折，两次改嫁，其内心世界是复杂矛盾的，世俗社会对她的定位和评价亦是复杂难言的，但是，在她身上一样闪耀着人性的光辉。奶娘坚韧如蒲草百折不挠、无怨无悔的光辉圈的深处其实残存着中国妇女传统"美德"的逆来顺受、听天由命，她面对老"痞子"的虐待所因袭的传统心理的确让人不无遗憾，她竟然心甘情愿地背着"坏分子"家属的重负照料老"痞子"的晚年，这种"宽容"和所谓的"博爱"总叫人咀嚼得不是滋味。当然，就是这样一位平凡甚至有缺憾的奶娘在岁月的流变中，其闪烁的母性之光辉，穿越漫漫70年，仍然催人泪下。红土地上普通农家女人战争年代的故事，可视为"女性生活史的再现与重构"。普通家务事儿女情穿插进惊心动魄的革命传奇，人性的善良取代了简单的阶级对立，在艰难中生存、在坚韧中拼搏，母性的情怀跃然纸上。奶娘到底还是那个奶娘，"你是怎样的人"难道非得用一纸证明么？奶娘去世时，陪伴她的是一个雪花飘飘的冬日，仿佛天地在为她送葬！

　　"'奶娘'的生活犹如一个载体，盛载了半个世纪中国的政治风云。与故事中的男性人物略有不同的是，她同时承担了几种不同社会势力中的男性带给她的屈辱和磨难。包容一切，承受和奉献一切，是'奶娘'形象呈现出的精神价值，这一价值与中国传统文化中贤良女性应有的美德有内在的统一性。"② 但掩卷深思，这礼赞中难道没有种种遗憾吗？

　　谌容的中篇小说《永远是春天》（1980）更是对舍身革命公而忘私的革命女性形象的高度礼赞。初读，女主人公韩腊梅的形象催人泪下，回味却有更多的遗憾。

　　小说在叙事上以一个男人向女作家追述一个女人革命一生的故事这样的

---

　　① 艾晓明：《当代中国女作家的创作关怀和自我想象——以"红罂粟丛书"中若干小说作品为例》，广东社会科学 1997 年第 2 期。

　　② 同上。

倒叙为框架，而故事本身实际上基本为顺叙。叙述者是省委副书记李梦雨，被叙述者是韩腊梅。这本是一个"洪常青救吴琼花"的套路故事：1941 年在百鸟山泉县一带，24 岁武工队教导员李梦雨从恶霸地主的皮鞭下救出了 17 岁孤女丫头韩腊梅。一年后，她成为一名出色的武工队员，并在李梦雨的介绍下入了党。为获取情报，党组织派韩腊梅打入鬼子中队长的翻译唐文祥家做丫头，她屡屡送出情报，在面临牺牲的千钧一发中，李梦雨率武工队救出了她。1943 年，他俩结了婚，很快有了身孕。又因革命需要两人分开，后来县委通知李梦雨：腊梅在反扫荡中牺牲了。但这只不过是故事的开头，或者就只是个引子和悬念，故事的进展是 20 年后已任省委副书记的李梦雨到北京看病时在医院偶遇韩腊梅，才知她并没有死！他们的女儿山妮一直留在救腊梅的百鸟山采药老人家。而韩腊梅就在他属下水利局第三工程大队任党委副书记，她忠贞不渝地实践她在革命战争年代的理想：挖河！她独自居住在东大街小天巷 37 号大杂院中，只有十一二平方米的居室，这使李梦雨满心失落和歉疚，但韩腊梅觉得很充实，因为她和普通人在一起。韩腊梅早在 1954 年就知道李梦雨的境况，为了不打扰他的家庭，也为了他身上渐渐滋长的官气，她没有见他。

昔日的夫妻不能重圆，但骨肉总得团聚。无奈女儿和母亲一样倔强，又回到山里，初中毕业就回农村干活，还当了团支部书记。接下来是"文革"十年，无论是李梦雨这个大"走资派"还是韩腊梅这个小"走资派"，都经受了非人的批斗折磨，而韩腊梅在叛徒顾向文诬陷李梦雨时，还挺身而出，"惹火上身"。1971 年春天李梦雨恢复工作，但仍然是起起落落，而韩腊梅始终在修河。1976 年 7 月在特大暴雨的水库工地上身体已遭损坏的她大出血晕倒，尔后在医院去世。这给李梦雨留下了永恒的痛，因为韩腊梅没有看到"四人帮"倒台，她是死不瞑目的。

这个故事名副其实高扬主旋律，但又似乎有所偏离，它还是触及战争给家庭、给相爱的人带来的分离和难以弥补的憾！韩腊梅是作为无私的党的女儿的光辉形象出现的，但因为有个女儿山妮，也就涉及母性，她对自己的女儿山妮像是放弃了培养，理所当然地把女儿留在山里，让她在山民们的呵护中健康成长，自有着她的眼光和策略。山妮也的确健康地成长，这种事实也并非完全虚构，在一些革命老干部家中都有过这般的真实感人的故事。但是这并没有普适性，环境、教育对人的培养是不可否认的。因此《永远是春天》这个故事似乎过于理想化，韩腊梅对自己女儿缺失母爱，其母女情深也似建立在理论的描绘上。但话还得说回来，为了大爱而舍弃小爱，正是革命者的胸怀。韩腊梅作为母亲的胸怀，是有着超越血缘的博大的母爱。

第二节　母性的从质疑到异化

一　爱怨交加的母女深情

　　露丝·伊瑞格瑞在《他者女人的反射镜》论著中，指出从柏拉图到黑格尔到弗洛伊德、列维·斯特劳斯等西方哲学家一以贯之对女性气质呈压抑状，在西方哲学理论传统中，女性一直被定义为非理性的，一种需要被超越的否定性——他者，一个没有阴茎的不完整的男人，同时，也是男人可以随意变更和交换的客体。在男性作为文化史中有话语权的主体的时代，作品中的主体总是被表达为男性，在这个男性中心性别社会中，女性没有主体可言，女性只是男性的另一种形式而已。女性只能在对象性的客体地位中安分守己，才能保障男性主体有相对的稳定性。当然一旦女性不安分这种被动的他者地位，那么，男性主体的稳定性即被动摇被颠覆被破坏，所以，为维护男性牢固的主体地位，男性对话语权必须牢牢掌控在手，而决不允许女性染指。而女性这种颠覆性力量的建立，必须要建立在一种"女性谱系"上。女性谱系，即一种新型的母女关系。露丝·伊瑞格瑞在借鉴精神分析学的某些观点基础上，将文化与生理因素相结合，提出以建立女性谱系取代俄狄浦斯三角关系中的男性中心，在这种女性谱系中，挖掘出母女之间原本就存在的关系，并将潜在的关系重新延续，这种新的母女之间的关系将上升为主体与主体之间的关系，母亲不再被排斥在社会价值之外。

　　在前俄狄浦斯阶段，女儿对充满创造力的母亲是认同的，然而到了俄狄浦斯阶段却以父亲为爱恋对象，这种母女关系的割裂，既是对母亲的放弃，也是对母亲的另一种认同，即认同男性社会所指认的母亲符码——被阉割了的、没有话语权的、被动的母亲，女儿舍弃了本是充满创造力的母亲。但与其说母亲创造力丧失，不如说母亲的创造力被剥夺，父权制文化竭力要抹杀人诞生于母亲的身体这一事实，所以，西方男性神话造人的上帝是男性，当然是"母亲的母亲"；中国造人的虽是女性女娲，但是她还有个男性哥哥兼丈夫的伏羲管着。这样，被排斥于社会价值之外的母亲缺失了菲勒斯所代表的创造力，她只能生孩子、喂养孩子，而不能给孩子以创造力。母亲的无价值状态实质上也是对女儿的放逐，母女之间潜在的力量关系的纽带就这样早早地被人为地切断了，无论是母亲还是女儿，都处于孤立无援的境地，都失去了身体与精神可以寄托的家园！露丝·伊瑞格瑞提出建立至今尚未建立但十分迫切和必要的女性谱系，以消解男性中心，让母亲与女儿之间建立主体与主体之间的联系，无论是母亲还是女儿，既是独立的各自担当的，又是互相包容的理解的，彼此之间不是相互隶属相互代替，当然，更不存在相互剥夺相互折磨，一言以蔽之，女性不再是对象性存在，这就是女性代际关系的生存论意义上的最好的解答。

在男性中心社会中对母女关系的变异和质疑从"五四"时期第一批涌出历史地表的女作家的笔端就已见端倪。如冯沅君的《隔绝》和《隔绝之后》就直逼母女关系的两难境地。较之于冰心笔下神圣崇高的母爱，冯沅君笔下的母爱的执著却成为女儿追求自身幸福的障碍。"五四"的惊雷给中国大地送来德先生和赛先生——民主和科学，青年人被压制的人性获得复苏，他们憧憬着自由渴望着自由，首先体现在婚姻爱情的自由上，这无疑是对几千年封建父权统治下的"父母之命，媒妁之言"的反抗。冯沅君的《旅行》如石破天惊，刻画出那个时代青年知识男女冲破封建罗网勇猛又单纯的爱情行径，但正因为"旅行"之风言风语让家乡的母亲不安，为维护封建父权治辖下的封建伦理道德，母亲不自觉又自觉地与压抑青年争取婚姻爱情自由的封建势力缠绕在一起，谎称病重将女儿骗回家，又将女儿禁锢起来，逼女儿应允旧的婚约，最终导致女儿以死抗争的结局。女儿在对自由幸福的爱情婚姻的向往和与慈母的依恋和孝顺中苦苦挣扎，要挣脱封建势力的束缚，叛逆家庭，就不可避免地与母亲发生冲突，而女儿又没有勇气断然斩断母女深情去选择性爱，于是，在冯沅君的笔下，就出现了"我的一生可说为爱情拨弄够了。因为母亲的爱，所以不敢毅然解除和刘家的婚约，所以冒险回来看她老人家。因为情人的爱，所以宁愿牺牲社会上的名誉，天伦的乐趣。"[①] 在这般两难痛苦抉择中的时代的女儿，既感染这时代的召唤，以追求自由婚姻，完成爱的使命为她们的人生目标，又在面对母亲的隔绝时，心中不可避免地升腾起深深的负罪感，这种负罪感使她们驻足，徘徊不前。最后在母爱与性爱的两难抉择中，选择以身殉情作为自己追求的结局。她们身上也许有着太多的弱点，她们的结局也许只能算弱者的逃避，但她们毕竟曾经勇敢地迈出了这一步。作为梦想的追求者，她们的目标不可谓不明确，她们的态度不可谓不坚定，只是她们的脚步有点犹疑，心神似乎不定，而这一切，只是因为母爱在她们心中是实在的重，绕不开，超不过。慈祥的母

---

① 冯沅君：《隔绝》《创造季刊》第二卷第 2 期。

亲，也许带着唯愿子女幸福的面具，在自己也不一定知情的情况下，将可怜的女儿逼上绝路。以身殉情，似乎既不负母爱，又不负理想的追求，但这条悲壮的路通向的却是母爱性爱两无的客观现实，这是一个特殊的时代。这个时代加在女儿身上的是地狱般的磨难，而在这种磨难中，女儿终究还是走向地狱。

冰心那纯真圣洁的母爱颂歌似乎在冯沅君这里起了点波折，冰心母女心心相印的关系也有了阻隔，但母性尚未完全扭曲，母女尚未落到互为仇敌尖锐对立的境地。在冯沅君的笔下，虽然结局是惨烈的，但母女之间的情感还在，冲突仍是温和的，深深的爱仍然在她们之间维系着。

冯沅君没能给她笔下的女儿们指出一条实在的出路，女儿们只能在两难中苦苦挣扎，在挣扎中毁灭。但她的作品已经展示了新女性的存在与不断成长，已断然揭除了冰心笔下蒙在"母爱"上的那层温情脉脉的面纱，展露出在这层面纱下掩盖着的造成母爱性爱取舍两难的男性中心文化桎梏下的母女关系的变质和扭曲，女性开始了新的探索。

时至 20 世纪八九十年代，当代女作家陈染笔下的母女关系虽不像沅君笔下结局那么悲惨，但仍然承传了那份变异和两难，是爱怨交加。

黛二小姐如影随形地或穿行或隐匿于陈染的不少文本中。黛二和母亲一个年届三十，一个年近七十，两代寡妇同居一个屋檐下相依为命却又相互撕掳，呈现更亲密也更孤独的关系。"黛二母亲专注的目光，在她们空洞阴森的房宅里是一把冰制的尺子，又是一束火苗蹿跳的探测仪。黛二必须在恒温的规则中成长。"① 两个新旧知识女性，都拥有异常敏感的神经和情感，稍不小心就会碰伤对方，撞得一塌糊涂。黛二成了母亲的全部，因为女儿黛二是她唯一的果实，是她疲惫生活的唯一支撑。她对女儿是一种专横的爱，她要占有女儿的一切，女儿的内心世界、感情世界，她要用那顽强不息、亘古如斯的爱的刻刀将女儿雕塑成又一个她！她不能容忍自己不知晓女儿的一点一滴，所以，窥探、捕捉女儿的踪迹成了母亲理所当然的行径，而女儿感受到的是被监控，而不是爱！她不愿被母亲窥视到她的内心，不愿被她分担，她也无法分担。黛二总觉得母亲会隔着门窗从窗帘的边边沿沿的缝隙处察看她，感到一双女人的由爱转变成恨的眼睛在她的房间里扫来扫去。而母亲一感到被冷落或不被注意时，就会从女儿的朋友中抛出一位"假想敌"与黛二论战一番，所以黛二在心里发誓一定要离开这个用爱心来折磨她的女人。

---

① 陈染：《潜行逸事》，河北教育出版社 1995 年版，第 29 页。

然而等到黛二真的要出国浪迹天涯时，对母亲又充满了生离死别般的牵挂，她给母亲留言："这是希望的开始，而不是从此没有了希望。我们的目的是能够在一起，而不是分开。现在的状态是暂时的，我一结婚就接您出去，团聚。"① 她无法把握母亲的又爱又恨的情绪，她知道孤独是全人类所面临的永恒困境，她很怕有一天会发生什么意外的事。她宁肯自己去死，也不想活着失去母亲。所以母女相处同一屋檐下的日子既温馨亲密又剑拔弩张几乎是在爱与怨的交叉中度过，仿佛是爱和恨两端摇晃的钟摆，因而寻求独立的黛二更感孤独。

　　然而，造成母女关系紧张无援的责任方全是母亲么？向彬的《心祭》（1982）道出了人世间母女关系扭曲的另一种真相，而且是颇为普遍的真实。《心祭》中"我"的母亲是穷苦人家的女儿，母亲的一生，承担着历史女性的全部苦难。她15岁时就给姓王的人家做小妾，是牲口式的买卖，被当作纯粹的生育机器：她一连生8胎，历经了数次"坐对时"这残忍恶俗的折磨虐待：坐在一层厚炕灰上，灰灰铺层干草，直到子宫里的血流尽，如果她坚持不了，歪倒了，立刻有人把她扶好续继坐下去，因为"妇女生产时流的血是最脏的，如若用它泼鬼，连鬼也得倒霉"。8胎都是女儿，重男轻女的习俗，使她备受歧视；丈夫早逝，她便衣食无着，只有茹苦含辛地干活操劳。自小青梅竹马的"表舅"相助，却遭族人"驱逐"！待到全国解放，五个女儿都有了工作，而且还受到了良好的教育，这使母亲终于过上了舒心的日子。然而，母亲却有母亲的心思，母亲最终决心改嫁给一直默默关心她的"表舅"，这时，有文化的女儿们从爱护母亲，当然更爱惜自己的"名"和"实"出发，不明白不愁吃不愁穿的母亲为什么会有这样的想法？！"残酷"地裁决了母亲这"不体面"的爱的死刑！母亲的眼神立即黯然了，从此，她深感羞惭，更加沉默寡言，生怕再"得罪"女儿们，一直到离开人世。从沅君的《隔绝》《隔绝之后》到向彬《心祭》问世，半个世纪逝去，当年母亲对女儿爱情婚姻的"隔绝"演进成女儿对母亲爱情婚姻的"隔绝"，母亲虽然没有过激地以死抗争，但女儿们对母亲的"爱的裁决"，无疑是一纸情感死缓判决书！当时，她们似乎觉得合情合理，直等到她们历经非常岁月后反思，才明白对人的感情、人的信念、人的憧憬的凌辱和践踏是可耻行径。母亲的悲剧的根源，诚如女儿的反思所言："这并非天外横祸，它的某些可悲的因素，也许早就渗透在你我的血液和骨髓中了"。"妈

---

①　陈染：《潜行逸事》，河北教育出版社1995年版，第262页。

这一辈子，没人疼没人爱，像个独魂儿一样，孤孤单单。"于是有了这篇质朴又深刻的《心祭》，那种沁入心脾的悲凉是引世间女儿深思的。但说到底，这种渗透进女性血液和骨髓的可悲的因素，不正是男性中心社会男性中心文化对女性的奴化奴役所致吗？母亲的经历和遭遇，熔铸了千百年的封建伦理道德对女性的压迫和歧视，也积淀了所谓妇女获得了解放的新时代中对女性的无形的压迫和歧视。这压迫与歧视来自女性的外部，也来自女性的自身。

二　母性的异化与质变

张爱玲笔下的母性的解剖比冯沅君走得更远，挖得更深。她称她的小说中唯有《金锁记》里的曹七巧是个彻底的人物，在疯狂的曹七巧的身上，传统母性土崩瓦解，她成了个彻底颠覆了传统母性的疯女人。然而她的疯狂并非天生的，从当初活泼的麻油店的大姑娘到含垢忍辱的少妇，再到熬成了支撑门户的母亲和婆母，给她的人生体悟是：人世间没有爱，哪怕一点点，有的只是算计榨取。什么都不是真的，都靠不住，只有金钱让她有些许安全，她得守住赖以生存的那点家当。以她封闭的视野和一个寡妇人家的能量，再乖戾、阴毒、刁钻、疯狂，泄恨报复，也只能施虐于女儿儿媳等身边亲人，儿女亲人似乎也成了她不幸人生的活见证，于是她用沉重的黄金枷锁劈杀劈伤自己的亲人的同时，在她心里可能就等于销毁了不堪回首的过去。说到底，曹七巧母性的极端丧失，人性的极端扭曲，正是男性中心社会男性中心文化对女性的束缚、蹂躏和践踏的结果。

徐坤的《女娲》（《中国作家》1995 年第 9 期）则可称为大胆解构民族历史中母亲形象的颠覆之作。对于母亲李玉儿，徐坤自认为此形象的目的在于"来解构一部生生不息的民族历史"。"女娲"代指变态母亲李玉儿这一生育机器，她的生命史和生殖史旺盛又恐怖，给人惨烈之印象。

《女娲》的故事从 1930 年腊月二十三写到 1990 年腊月二十三，可谓六十年之变迁。但是，在女人的眼里，历史是日常的："小鬼子走了老毛子来，国民党败了后来了共产党，轰轰烈烈的土改闹起来……"对于于家，前面的日子，是十岁的李玉儿被寡母以十块大洋和五斗高粱的代价卖给了于家坳于祖贤家当小团圆媳妇；后边的日子，是于家第五代孙子博士于德全光宗耀祖且生下儿子于一新举行百日抓周的时日。当然，也是李玉儿被卖作童养媳的六十周年纪念。

起始，李玉儿受尽婆母于黄氏的百般虐待，但她却健健旺旺地长大了。

四年后夏季的一个暴雨之夜，李玉儿懵懂地被公爹于祖贤睡了，且生下了孽种于孝仁！于黄氏简直变成了一只受伤号叫的母兽，而比她小两岁的丈夫于继业直到父亲去世后才与她圆房，而只会重复一句"操你娘"的于孝仁则不屈不挠地捣乱。短短四年间，李玉儿受尽婆母的虐待、公公的扒灰、丈夫的冷眼和乱伦之子的折磨。

继而，于继业不知以怎样变态的心理给李玉儿数不清的欺凌和暴虐，李玉儿却像块好地，撒了种子就能结秧。不必间种，不用休耕，岁岁不闲，年年不空。相继生下二儿于孝义、老三于孝业后，老四于孝顺、老五于树枝都遭夭折，于是新老四于孝祥又接上了捻儿，老六于桂枝、老七于凤枝，老八于孝廉又夭折，填上来的是老儿于孝忠、老闺女于杏枝。数数，总共生了七个儿子四个闺女，存活五儿三女。丈夫于继业对李玉儿的轻贱仇恨报复仿佛要将她陷入循环往复生死轮回的无限深渊！

等到"孽债"紧锣密鼓全部到齐时，38 岁的于继业撒手西去，那是困难时期的 1960 年，于是一家三代十口的生存全由李玉儿承当。李玉儿的手指则一刻都没有闲过，她得给人缝补浆洗，还要给家里摊煎饼拉磨，率领着一家孩儿老小，无比坚忍地走着岁月。这期间，侏儒兼傻子于孝仁居然真个把亲娘给操了！二儿仇恨老大更仇恨李玉儿，简直就是李玉儿的生死对头，他心里只有奶奶，后来离家去油田，把自己扮成孤儿，一去杳无音信。三儿孝业会读书，找了个城里女子做媳妇，却被"多年媳妇熬成婆"的李玉儿所折磨，千方百计破坏他俩的感情，最后，只有舍弃亲儿搬开另过。四儿孝祥先偷窃后痛改前非且孝顺，后来一直在外做建筑。两个女儿于桂枝、于凤枝双双去了昭乌达盟插队，结果二女儿骑马去牧场遭高压电击而亡。李玉儿把大女儿强行拖回家中，好不容易才进了五金电器小工厂。为了不让三女杏枝下放，她故意让三女受电焊刺激，结果差点变成盲人，到北京做个大手术，又养了半年后才渐渐好转，知道原委的三女一气之下又去了昭乌达盟插队。老儿孝忠参军提干，却不幸在一次实战演习中身亡。从这些李家孝字辈儿女的成长史梗概梳理中可看出李玉儿可谓忍辱负重、费尽心机，母性尚存。

等到终于有一天，老四孝祥领着一支建筑队杀回了家乡，本来这是李家废旧图新振兴家业之时，但是，李玉儿的心态却失衡了，她对儿女有了强烈的占有欲，既费尽心机捣乱老四找女朋友之事；又对大女儿的婚姻深恶痛绝，想方设法要把出了嫁的女儿拉回家来。为了达到这一目的，竟然去肉联厂告发女婿贪污。这些情节不由人将李玉儿与熬成婆母的曹七巧联系起来。

李玉儿也有真情之人，那是于家长工孤儿长顺，抗美援朝时长顺参了军，荣转归来少了一只胳膊。当年，是他背着撕心裂肺哭闹的玉儿进了于家门；于家衰败后，又是他驾着大车，拉上他们主仆婆娘儿孙和一盘磨，进城度过最初的一段最困苦的生活。于家父子死后，他与玉儿生下个怪胎！怪胎扔了，那胎盘倒是给于家老小包了一锅四合面包子！真情坠入荒诞！

李玉儿该是怎样的女娲呢？她的身子被于家三代男人使用过，还有情人长顺。她的生育史充满苦难、辛酸和荒诞，但当她由儿媳熬成婆婆后，果然从"受虐"向"施虐"转化：既告发儿子，又告发女婿；既毁掉女儿的眼睛，又毁掉儿子的爱情；还来劲地向孙子辈灌输他们父母的坏话，造成家庭一片混乱。母性的扭曲、丧失和变异，使母亲沦于鄙俗、丑陋和凶恶，然而，李玉儿由"受虐"到"施虐"的转化，难道不是由前代循环而至吗？老太婆于黄氏的恶行是否又是由上一代传承而来的呢？老太婆于黄氏的命却很硬，本已丧失记忆，几乎变成了植物人，可是忽地又在于家坳的土地上奇迹般地复活起来。老太婆的朽而不死，于一新抓周抓到老太太于黄氏的黄铜烟袋，于黄氏才大咳一通后幸福地圆满地走完了她的一百岁生辰等的描述，是有着深刻的象征意味的，象征着男性中心封建文化是很难退出历史舞台的，一代一代，后继有人，博士又怎样？博士的儿又怎样？

徐小斌的《羽蛇》则涵盖的历史时段更长，谱写了从太平天国到改革开放五代女人的故事。羽蛇，是远古时代人类对于太阳的别称。羽蛇其实是"我"这个家族中的一个女人。若木小女儿叫羽，属蛇，于是有了这个生拉硬凑的"羽蛇"。75 岁的若木纤细秀弱如一片云竹，有种埋藏在血脉里贵族的芳香，然而在她高贵的外表下隐藏的却是狰狞阴险的灵魂，她不惜手段控制和攫取别人的生存。羽自小因被母亲、外婆视为"命硬妨男孩"、"不是好东西"而备受伤害，就像是没了肉仁的空蚌，成为空洞的"零"。零代表女人被压瘪的符号。这就是女人的宿命？若木与羽的母女关系只能是彼此厌恶与仇恨，而母亲要医院切除女儿的脑胚叶以维护女儿的心理健康，为的是使女儿永远成为一个"正常"人……

血缘是一棵树，在令人迷惑的错综复杂的形态中，"我"的母系家族树形结构图中，羽蛇是最羸弱而又最坚韧的枝条，在神话与现实的镶嵌中，一幅幅慈母爱女缺失、母女关系扭曲异化的图画中，一代代母女之间有的是对峙、对抗，"母亲神话"已然坍塌，母性逆变，人性滑落。

第三节　母女关系的回归与重构

一　母性的创造力与破坏力

女人是什么？母性又是什么？

张爱玲似乎是有心无心、有意无意、亦庄亦谐、亦调侃亦执著，或中庸或偏颇、或旁观或投入地，在她的小说、散文、随笔中作了回答。答案却是既矛盾而又兼容的。像苍凉的胡琴，临了又像北京人的"话又说回来了"，远兜远转，依然回到了人间。

张爱玲说："超人是男性的，神却带有女性的成分。超人与神不同。超人是进取的，是一种生存的目标。神是广大的同情、慈悲、了解、安息。像大部分所谓知识分子一样，我也是很愿意相信宗教而不能够相信。如果有这么一天我获得了信仰，大约信的就是奥涅尔'大神勃朗'一剧中的地母娘娘。……"[1]

张爱玲说："女人当初之所以被征服，成为父系宗法社会的奴隶，是因为体力比不上男子。但是男子的体力也比不上豺狼虎豹，何以在物竞天择的过程中不曾为禽兽所屈伏呢？可见得单怪别人是不行的。"[2]

张爱玲又说："女人常常被斥为野蛮，原始性。人类驯服了飞禽走兽，独独不能彻底驯服女人。几千年来女人始终处于教化之外，焉知她们不在那里培养元气，徐图大举？"[3]

纵观张爱玲鼎盛期的作品，不独女人写写女人视角独到，而且她笔下的女性，不论性恶性善或不恶不善，不论遭际结局如何，她们中的绝大多数是生命的"强者"！也许生在长在破落了的豪门巨族的张爱玲，睁眼看人世间时，与形形色色绝非因为忠厚而硬是无用的男人们相比，视野中的女人们便呈现着种种的强态：追求知识追求独立的新女性，强撑门户典当度日的旧女性，明争暗斗工于心计的长辈女性，不择手段出人头地的晚辈女性……张爱玲自己走过的路，又有哪一寸不是千疮百孔呢？可是终究走过来了，这就是女性、母性的生命力。女人，就是一条流淌的荡荡之河，充满了生命力和创

---

[1]　张爱玲：《张爱玲文集》第四卷，安徽文艺出版社1992年版，第72页。

[2]　同上书，第70页。

[3]　同上书，第71页。

造力，或者成为不顾一切的破坏力。

《连环套》（1944）因傅雷严肃严厉的批评而遭腰斩，但是，《连环套》的主题很鲜明，那就是：女人是河。女主人公霓喜是条腌臜混浊，却仍在流淌，也会溅起浪花的女人的河。流淌、浪花，是她不乏野蛮的原始生命力的腾跃；腌臜、混浊，因她自身的缺陷，更因这周遭的人世间的龌龊。

赛姆生太太——霓喜第三个丈夫赠给她的英国名字——从生物学的观点来看曾嫁人多次，而从法律的观点看来始终未曾结婚，等到她38岁的时光，终于第一次有个印度老妇上门来做媒！霓喜笑了。"她伸直了两条胳膊，无限制地伸下去，两条肉黄色的满溢的河，汤汤流进未来的年月里。她还是美丽的，男人靠不住，钱也靠不住，还是自己可靠。……走就走罢，走了一个又来一个。"① 自己其实也不可靠！人会老，女人更经不起老。印度老妇是为她的13岁的女儿来做媒的。"霓喜知道她是老了。她扶着沙发站起身来，僵硬的膝盖骨克啦一响，她里面仿佛有点什么东西，就这样破碎了。"② 破碎了也没完，肉黄色的满溢的河，仍得汤汤流向前去，怎么流的？文章被腰斩了，但斩处自成一节，一个精彩的"结"。

霓喜14岁时，她被广东村镇的恶养母以120元卖给了绸缎商人雅赫雅。霓喜替他做事管家、生儿育女，过了整整12年，而他就是不娶她！在相互的背叛后，在霓喜狂涛巨澜的彩色反抗高潮过后，其结局是被逐出绸缎店。她索索抖着搂住8岁的儿子和2岁的女儿，"她要孩子来证明这中间已经隔了12年。她要孩子来挡住她的恐怖。在这一刹那，她是真心爱着孩子的。再苦些也得带着孩子走。少了孩子，她就是赤条条无牵挂的一个人，还是从前的她。……"③ 她跟了57岁的同春堂药店老板窦尧芳，依旧没有地位名分，过了5年，又添了两个儿女，窦尧芳病逝，最后的结果是她背一个、抱一个、一手牵两个，光着身子出了同春堂。人财两空。她在人堆里打个滚儿，可一点人气也没沾。黄金的河在女肉上淌过，却连镀金都没留下。她后跟英国人汤姆生添了个女孩，但依旧落得人财两空。从光绪年间梳双髻的小姑娘，经民国到抗战，从香港流到上海，六十开外的她，仍染了头发、梳一个双心髻。5个入了英国籍的儿女事变后都进了集中营，她给他们每月寄去糖罐头之类。"结果她觉得什么都靠不住，还是投资在儿女身上，囤积了一

---

① 张爱玲：《张爱玲文集》第二卷，安徽文艺出版社1992年版，第231页。
② 同上书，第232页。
③ 同上书，第203页。

点人力——最无人道的囤积。"① 她的人生模糊混沌，有抗争更有堕落，是母亲更是荡妇。老了的她仍身手矫健，像一只老猫！"人本来都是动物，可是没有谁像她这样肯定地是一只动物。"② 这蛮荒世界的女人，"她倒像是在贪婪地嚼着大量的榨过油的豆饼，虽然依恃着她的体质，而豆饼里也多少有着滋养，但终于不免吃伤了脾胃。而且，人吃畜牲的饲料，到底是悲怆的。"③ 尽管悲怆，但蛮荒世界的女人，有元气荡荡的混沌，这就是原始的生命。"将来的荒原下，断瓦颓垣里，只有蹦蹦戏花旦这样的女人，能够夷然地活下去！在任何时代，任何社会里，到处是她的家。"④

铁凝的长篇小说《玫瑰门》中的主角司猗纹是为评论界津津乐道的形象。有人将她定位为恶母，如同书中所说："多年来司猗纹练就了这么一身功夫：如果她的灵魂正厌弃着什么，她就越加迫使自己的行为去爱什么"⑤。在这么一个人格分裂的女性身上，我们看到的更多是她的自私和欲望，是为了实现欲望的冷酷和残忍。但不可否认的是，在她身上硬是有属于女性的不屈不挠的坚韧力量，尽管力量的源泉并不纯正。一直到撒手人寰，司猗纹的脸都光华如初，因为那是"欲望造就的一张不可多得的脸，它被欲望滋润着也滋润着欲望"⑥。然而，司猗纹却并不是一个坏得彻底的女人，母性也并未在她心中完全泯灭。男性中心社会无论朝野皆言"母以子贵"，却并非一概而论。司猗纹嫁到庄家，生了两儿一女，却并没有改变她与庄绍俭的仇恨关系，也没有提升在庄家的长媳地位。相反，她一次次地忍辱负重，一次次地对庄家力挽狂澜化险为夷，换来的却是更深的嫉恨和莫名的指责。婚姻的不幸导致原本想回归贤妻的司猗纹性的变异，以致带来了母性的变异！回过头去想，在庄家毒汁的浸泡中，我们怎能苛求司猗纹始终保持醇厚的母性母爱呢？恶劣的内外环境迫使她练就十八般武艺，充满了生存的"创造力"，且生得更好！司猗纹与焦母式的恶婆、曹七巧式的恶母同出一辙么？品味全书，细细分析她对儿女、儿媳、孙女外孙女的情感，得出结论是她并没有坠入彻底的恶，相反，仍然有一点地母的根芽。

力图"改邪归正"的少妇司猗纹千里寻夫但遭凌辱，且又雪上加霜，

① 张爱玲：《张爱玲文集》第四卷，安徽文艺出版社 1992 年版，第 181 页。
② 张爱玲：《张爱玲文集》第二卷，安徽文艺出版社 1992 年版，第 176 页。
③ 张爱玲：《张爱玲文集》第四卷，安徽文艺出版社 1992 年版，第 181 页。
④ 同上书，第 140 页。
⑤ 铁凝：《铁凝自选集·玫瑰门》，作家出版社 1997 年版，第 56 页。
⑥ 同上书，第 511 页。

"火车就要到达北平时，庄星死在了司猗纹怀里。火车停了，司猗纹觉得眼前的北平并不是她的目的地。她只是牢牢抱住尚在柔软中的庄星，不知向哪里去。她心力交瘁筋疲力尽，她为什么要活着呢？她是谁?"[①] 进了庄家门，庄家父母对她只有呵斥、责怪和怨恨。蚀骨的哀痛如何释放？

二儿庄坦就是在庄星去世后司猗纹百般不情愿中诞生的。庄坦长大成人结婚生女，作为响勺胡同庄家唯一的男人，性格柔弱，没主见，办事不得力，从精神到肉体他好像都缺乏必要的根底，哪怕是人最起码的那点根底。司猗纹把责任都推到庄绍俭身上，对儿子失望和恼火，但她几乎对他没有任何指责和不满，相反，倒充满关爱。比如儿子总打嗝，她从竹西的眼里读出了俯视时，竟幻想有一种药乃至一种能装在人体之内的消声器来使儿子的肠胃得到平静，使竹西不再有那种俯视的眼光。她担心着儿子，甚至担心由这俯视而导致他们之间的悲剧。于是凭借了和儿子儿媳只有窗棂和高丽纸之隔的那个共同空间频频窃听，这才自我纠正了她的多心，因为儿子和儿媳是和谐的。"文革"时庄坦加入了外围组织"傲霜雪"，带回一只红袖箍，她真是欣喜若狂，费尽心机到处炫耀。庄坦突然去世的悲伤，似乎让婆媳有了一瞬间的和谐：竹西和司猗纹不约而同地流下眼泪。当然，司猗纹的"母爱"有着满是算计的自私——在将庄坦送去火葬场时，司猗纹不忘亲手在他腰间系了一条白棉布；她叫他为她戴着孝走，为她提前送终。

司猗纹对自己唯一的孙女宝妹虽未见太多的关爱，但从她对小苏玮吃喝拉撒无拘无束的通畅表现出来的不能容忍和小题大做到不可思议，这种嫉恨和冲天愤怒，其实折射出她对宝妹的另一种爱：对拉屎的废物宝妹的恨铁不成钢，因为从她那苍白的脸上司猗纹似乎又看到了庄坦。所谓便秘在宝妹，心痛在祖母，才这般愤世嫉俗。知识女性司猗纹的心灵深处还是重男轻女的，小玮眉眉毕竟只是外孙女。

司猗纹与女儿庄晨的母女关系是颇值得探究的，打年轻起就有那么一点不同凡响，虽然庄晨、庄坦姐弟俩皆屈从于司猗纹，庄晨的口头禅"怎么着都行"，便标志着她的随和和遇事不过脑子的马虎。在她与苏友军结婚前，就用这个准则和司猗纹生活了十七年。"这准则的合理使她们大多时候和谐可亲，使她们甚至不像母女也不像两个年龄悬殊的姐妹，更不像朝夕相处的女友。像什么，连她们自己也说不清。因为她们对彼此均无要求，没有要求自然也就免却了由这要求引出的一切不自愿和烦恼。没有要求她们的相

---

① 铁凝：《铁凝自选集·玫瑰门》，作家出版社 1997 年版，第 153。

处就出现了那种自由色彩"①。这是否有一种无意识的女性谱系的试建呢？至少有一种不同于旧式母女关系的新鲜萌芽在里边，可惜萌芽并未健康成长。司猗纹对庄晨，决不像曹七巧对自己的女儿长安那般刻薄恶毒，在非常岁月自顾不暇之时，她到底还是接纳了外孙女苏眉，虽然女儿付了不菲的生活费用，但也还是难得的；尤其是后来又接纳了小外孙女苏玮，尽管最终是不欢而散，但内中除了算计之外，还是有些许亲情在内的。

苏眉对婆婆司猗纹的逆反心理，经过小说的描绘和渲染，好像婆婆是多么的不胜其烦，多么的唠叨，但退一步从家庭教育来看，司猗纹烦人的细节又是小孩成长过程中多么重要的细节培训！譬如吃饭时你该坐哪儿该什么时候动筷子你拿剪刀递给别人该怎样的动作等等，并没有什么不对，讲礼貌懂规矩到底还是儒家文明所要求的。即便导致这部长篇小说高潮的司猗纹跟踪至香山鬼见愁的情节，一方面固然觉得这位70岁高龄的老太太太过于多管闲事，太干涉晚辈的隐私，而且事后还堂而皇之署名用双挂号寄信给外孙女婿揭发眉眉等等，变态且可恶；但从另一方面看，不也因为眉眉是她的外孙女吗？她当面对叶龙北是"勾引"的指责，也并非空穴来风，虽然两人之间有过节，但她已跟踪过竹西，了然竹西与叶龙北的关系。叶龙北虽然向眉眉轻描淡写承认过这档子事，但那又能怎样呢？难道说男人的肉体和灵魂允许分开吗？说到底，叶龙北的形象在这部长篇中并没有立起来，只觉得怪异而已。为什么竹西和眉眉都如此崇拜他？难以让人信服。司猗纹由此而遭天惩：下肢瘫痪，一躺五年，就觉得作者的下笔太重了。

司猗纹发现14岁的眉眉越长越像她时，那份欣喜和欣赏真正地溢于言表。没有窥测没有恶意，她拿出藏了多年的外国化妆品为眉眉装扮，因为眉眉是一面神奇的镜子，她仿佛让时光倒流，让司猗纹重返青春，重新看见了她十七八岁的时光：青春、朝气、新鲜、美好。"她为自己那生命之春终究得以延续而骄傲，这延续使她骄傲也使她惆怅。庄晨和庄坦从未给过她这样的骄傲也从未给过她这样的惆怅。"②谁不稀罕生命链条环环相扣？这不仅仅是隔代亲，而是折射出司猗纹的心底深处到底还有着一种原本已淡漠了的善良。

当然，司猗纹设计让苏眉见证竹西和大旗的奸情，确实是太残忍了。这也是苏眉带着妹妹不顾一切逃离响勺胡同的原动力。如前所述，我们并不否

①　铁凝：《铁凝自选集·玫瑰门》，作家出版社1997年版，第293页。

②　同上书，第405—406页。

认司猗纹为了生存得更好的自私乃至残忍，但"鱼在水中游"的图景无论是惨烈抑或温馨，对于女孩子的成熟都是无法绕过去的一关。眉眉在逃离时初潮来临是一种象征，女孩毕竟在惊吓中长大了，做了大人了。

司猗纹与儿媳宋竹西的关系，亦可用传统男权中心的婆媳关系来解析，司猗纹到底还是把竹西当成自家人的。她设计对竹西大旗捉奸成功后，她拿住大旗的外裤和内裤，还进行了条分缕析，是大声嚷嚷？是去居委会？考虑到会伤及竹西的名声，所以她才采取第三招：直接去找罗大妈，"通过罗大妈自己教育自己让北屋永远欠着南屋，不要再欺负孤儿寡母，因为这是人间最地道的可怜"①。以守为攻，敲山震虎。也正因为婆媳之间尚且留有一线情，没有彻底反目，才会有日后五年的竹西对司猗纹细致入微的护理和照顾；而不只是竹西为人率真，有职业道德这单一方面。所以母性的创造力和破坏力在司猗纹身上是合二为一、难解难分的。

《玫瑰门》中姑爸的被压抑被剥脱的母性转嫁猫身上描写是淋漓酣畅的。遭受婚姻打击的姑爸虽变成不男不女的独身人，但是，她在猫身上寄托了自己浓浓的母性，从她伺候母猫坐月子和对待猫儿子大黄就可见一斑。那年她去东城二表叔家伺候老黄猫月子，临近产期便去守护，又遇上老黄难产，直到大黄和同胞姐妹都那么被勒着脖子努着眼呱呱坠地，为此，不仅费了时间，也付出了精神代价——女猫生产不容易！又眼见它们长成绒球般的小猫时，她才回到响勺胡同自己的西屋，她带回的是老黄的儿子大黄。她想为了使自己和猫都不再难堪，就得养男猫。她对大黄的照顾可谓无微不至，胜过了对自己，就像对自己的亲生儿子一般，为此，她与大黄建立的也是胜过母子的关系，非常岁月中，因为大黄受到罗大妈一家的虐待致死，她忍了又忍，终还是如火山般爆发，最终导致惨死，她是为了大黄而死的。这也从一个角度揭示了"文革"的残忍，人还不如畜生通人性！

至于那位自认为代表革命的俗不可耐的罗大妈却也是十足的富有奴性的妻性和母性者，丈夫就是她的天，三个儿子三杆旗更是她的天，她对他们唯有心甘情愿的服从。

宋竹西对女儿宝妹儿子欢子的母性描写很淡，只是一个母亲而已。但是作为动手术医生的她对即将临盆的母鼠的解剖，是很让人惊悚的。这种发自内心的要"割"的欲望，使人感到竹西内心的绝望和变态！可惜往往料事如神的司猗纹却不了解竹西的流浪，她以为这块肥沃的土地的耕耘者只会是

---

① 铁凝：《铁凝自选集·玫瑰门》，作家出版社1997年版，第413页。

庄坦。

　　庄晨的母性如同她的弟弟庄坦一样也是很不成熟的，她与女儿之间与其说是母女关系，不如说像姐妹一般。但苏眉母性的苏醒和觉悟却写得很好。在这部长篇中，苏眉不仅以第一人称的"我"作为整个故事的叙述者，而且章节中每逢"五"就有一章不长不短的"苏眉与苏眉"的颇富哲理的对话内审，形成时空穿梭的多重叙事结构的心灵交响乐。9 岁的小学生苏眉来到北京响勺胡同外婆司猗纹家，历经种种变故，直到 14 岁荒凉离开；尔后再续上八十年代祖孙三代的再度交往，直至外婆去世，整个故事和眉眉内心世界的成熟交替进行。苏眉的成长伴随着社会翻天覆地的变革，更清晰的就是她周遭的人生世态相，与她朝夕共处的亲人们给予她的恩怨爱憎，她名副其实地在惊吓中长大：目睹"文革"的残忍，领教婆婆的自私，品尝人生给她的百味，无须规避她遭受的种种创伤和迷惑，但也正因此，她将分外成熟。她自己发觉她不仅越长越像年轻时的婆婆，就是老年的婆婆她也像极了！"她一次次矫正着自己。又一次次复原着自己。她惧怕着这酷似，这酷似又使她和司猗纹之间形成了一种被迫的亲近"①。后来，她终于对司猗纹有所理解，那是在婆婆生命就要离去而自己肚子里正孕育着新生命的时候，她变得宽容和慈悲了："苏眉望见婆婆那荒芜的宛若一带寸草不生的老荒地般的下部，却受着无名的感动。她不知这感动是源于自己肚里正在孕育的小生命，还是通过眼前这块老荒地她理解了司猗纹。也许世上真正的理解必先源于莫名其妙的感动之中。她想，也许丑不是一个女人直面过世界的这块老荒地，而是你认为这荒地丑。

　　"苏眉肚子里正孕育着生命，她土地肥沃……"②

　　1957 年出生的苏眉和比她大半个世纪的婆婆司猗纹，5 岁起她就与婆婆合不来，甚至故意作对。婆婆对她的伤害她无法忘怀，但后来总算明白："一个人的成长就是在他深夜被惊醒的那一时刻。""那的确是肉眼所能看见、全身心所能感受到的一种成长，如同苗壮的玉米在夜间的拔节，披挂着露珠的咔咔作响的拔节，一个过程出现了或者说一个过程完成了。"③"那积攒了好几千年的纯洁，那悲凉的纯洁，那自信得足以对我指手画脚的纯洁正是你惊吓了我，也许每一个女孩子都是一面被惊吓着一面变成女人的"④。既如是，我们又怎能说司猗纹不是在惊吓中变成女人的呢？

---

①　铁凝：《铁凝自选集·玫瑰门》，作家出版社 1997 年版，第 406 页。

②　同上书，第 515 页。

③　同上书，第 265 页。

④　同上书，第 266—267 页。

你爱一个人正是因为你恨她，只有深切的恨才能转化为疯狂的爱。

从不幸的司猗纹到宋竹西、庄晨再到苏眉苏玮，最后是苏眉女儿狗狗呱呱坠地，经历了四代女性。苏眉想为女儿取名狗狗，这是她那一脚在太平洋东一脚在太平洋西的妹妹苏玮为她的小狗取的名字，刹那间人与狗的故事，姑爸与名"大黄"的男猫的悲惨结局跃然纸上，而狗狗额头上的新月形疤痕又将庄绍俭留在司猗纹额头上的月牙形疤痕"纪念"相连，这折射出一代代女性毕竟整体在成长，女性在成长过程中付出了难以言说的痛苦代价，这其中女性的自我审视和自我批判尤为痛苦沉重，而且会不断面对迂回与反复，月牙形疤痕当是隐喻和象征。

二　异曲同工中女性谱系的建立

如果说萧红已将平民女性生育生存苦难的面面观浓缩于《生死场》，那么，张爱玲的《连环套》中霓喜毕生本能的一场场"突围表演"，宣泄的是女性生命力的原始奔腾；而池莉写于1990年底的《你是一条河》是对中国平民女人为母性而生存的生命史的重新梳理和反思，乔叶的《最慢的是活着》（《收获》2008年第3期）则是对祖母与孙女间女性谱系从解构到建构的可喜确认。

《你是一条河》可能是池莉迄今最好的作品，也是一部对母性的自然属性诠释得最真实可信的作品。这部四万余字的中篇小说，无论从哪个角度哪个层面来解析含金量都高得可以。首先它高度浓缩了自1964年冬至1989年夏，中国社会历经的各项政治运动：四清运动、文化大革命、破四旧、串联、夺权、张铁生交白卷、三查、恢复高考、严打、下海、"六四"等等，而湖北沔水镇底层劳动妇女辣辣的奋斗史就镶嵌于这对她和她的家庭影响或重或轻或近或远的政治背景中。一个三十岁的寡妇拉扯大七八个儿女的生存拼搏史是这样的不足为奇却又分外撼人心魄。七八个儿女的成长史形形色色奇奇怪怪，夭折的疯傻的遭枪毙的出走的怀上私生子的也有修成正果的考上大学远在北京的等等，但辣辣肯定不能归于有成就的母亲或成功的母亲一类，王家儿女的成长或曰命运与母性有关也无甚关系，然而明白无误的是这个女人压根儿就没有霓喜式的民间"积谷防饥、养儿防老"的意识，相反她把苦当成福，她感叹："儿子一个都没成家，孙子还一个都没抱上，苦了一辈子，为的什么？盼的就是儿孙满堂，享几天做奶奶的福呢。"[①] 眼泪往

---

① 池莉：《池莉文集》，江苏文艺出版社1998年版，第564页。

下流，养了下一代还想养下下一代，不觉辛苦只觉甜！

辣辣虽在儿女间的确有偏心，但正如她面对冬儿的不满说出的一番话："冬儿，你的心也太深太狠了！我再对不起你，你也是我十月怀胎，一把屎一把尿抚养大的啊！"① 她对子女确实也极少温情，更谈不上细腻，张口是骂，扬臂是打，但这是一个寡妇人家为了让王家儿女能生存下去，能过得稍稍宽裕些，她常年悄悄卖血，最终因卖血而过早地结束了她那本来十分强悍的生命体。55 岁去世，即使在科技落后的古代也绝非长寿，总得活过一个甲子吧。

这部中篇最让人动容垂泪的是结尾的神来之笔，辣辣在一息尚存时叹出的是：找回四清和冬儿。而早与母亲断绝音信的远在北京的冬儿忽然从噩梦中惊醒，她说：我妈死了！伪装成孤儿的她终于向丈夫敞开心扉，回忆起自己的母亲。这种母女之间的心灵感应玄也不玄。说明这一对仇敌般的母女实质上谁也没有忘记或曰忘不了谁！冬儿是在做了母亲之后开始体谅自己母亲的，她一直等待自己战胜自己的自尊心，然后带儿子回去看望妈妈。但是，晚了，母亲已带着牵挂走了。母女之间本可重新建立的新的女性谱系因阴阳两隔只有化成文字的遗憾和纪念。

小说开篇即惊心动魄：1964 年 11 月 11 日凌晨沔水镇好义茶楼突地坍塌，刚出门的辣辣亲眼目睹丈夫王贤木坠入水深火热中丧身！而王贤木泡茶楼是因为迷恋唱天沔花鼓悲调的蒋绣金。嗣后，辣辣曾投水自尽，但身为小学教师的叔子王贤良救了她；在灵姑的指点下："寡是守得苦，可也守得出女人的志气"，她决心守寡支撑王家门户。

而辣辣必须面对八个孩子：13 岁的老大得屋性格绵软，二女艳春则泼辣又自私，8 岁的三女冬儿懂事，是她的小棉袄，6 岁半的四儿社员孝顺扒家，4 岁多的五儿咬金暂且忽略，刚满两周岁的老六老七是一对花生双胞胎，男孩福子和女孩贵子，其实是粮店老李跟她的私生子女，还有遗腹子八儿四清！

八张嘴要吃喝拉撒睡，或许辣辣并不知晓什么坚守道德底线，但她是按照祖祖辈辈传下来的生存经验和做人准则来做人行事的：剁莲子、搓麻绳、拣猪毛，全家上阵苦做，靠自己的双手活命，不羞愧；然而文革让家庭加工业瘫痪，她只有求人走上卖血之路，后来孩子大了，她仍然秘密地卖血，没她卖血，家里谈不上宽裕！她拒绝了一个个求婚者，包括王贤良，但她守寡

---

① 池莉：《池莉文集》，江苏文艺出版社 1998 年版，第 564 页。

并非誓做贞节寡妇，早在丈夫在世时为了救命的米，就跟粮站老李苟合过，因为在她的意识中，这跟日后的卖血没啥不同，跟与血库头目老朱头起初的私通一样，是一种"公买公卖"。

而女儿冬儿与母亲辣辣的矛盾乃至仇恨就在于活着的方式和方法。"妈妈，我们不要那臭米。"原本是妈妈小棉袄的8岁的冬儿窥破了母亲与老李的隐私，母亲抡起胳膊挥向她的脸；而14岁的她对老朱头的异常敏感和排斥，对母亲不改嫁叔叔的不解等，使母女俩在男女关系问题上针锋相对、势不两立；加之死在怀里的福子，依恋她的半疯半傻的贵子，3年后归家的青春幻想性精神病患者哥哥，11岁就辍学当工人赚钱的自以为是的咬金，母亲对偷窃的社员的偏袒等，更加剧了母女俩的格格不入；母亲吐在《钢铁是怎样炼成的》扉页上的绿浓痰则成为冬儿无法治愈的伤痕；母亲在她与姐姐留城问题上的偏心狠心，她终于把割断她们母女情分的刀交给母亲！于是，"冬儿身子一松，维系着她的千丝万缕嘣地一声断裂了，她的心顿时像断线的风筝摇晃着飞向云空，冬儿由衷地笑了一笑，同时眼泪却瀑布一般奔涌下来。"① 其实，这是一对情深的母女！在冬儿心里，只有母亲是使她又恨又爱，又想离去又舍不得离去的复杂情绪所在！而辣辣抉择的艰难与明智，冬儿远去偏远的湖北口插队后，辣辣半年的发烧生病郁郁沉沉，都是因为对冬儿无时无刻的惦念！

母女彻底反目，成为"前世的冤家、今生的死对头"，没有沟通没有理解只有恨，女性谱系无法建立！当初，8岁的冬儿就想安慰母亲，意识到这个家里只有她们母女才能真正的互相帮助，互相爱护，然而诚如她给母亲寄出的绝交信所言："可您误解了我，我只想维护您，维护这个家……"②

是否可以这样说，小小的冬儿就知道分辨"臭"和"净"，她改名净生——干净地生活着的一个人，自称孤儿，在恢复高考后考上了武汉大学，毕业后在北京工作，有丈夫有儿子，终于实现了她的美好的理想。是知识改变了她的命运吗？那么，我们怎么解释艳春的脱胎换骨？是因了误打误撞遇上了贵人才换来富贵人生？得屋的疯难道说真是贫穷落后的破家禁锢了他的远走高飞？社员的偷盗恶习和在严打中死于"女色"，难道说一切皆为命中注定？贵子莫名其妙有了私生子只得嫁给三十多岁的瞎子，咬金对蒋绣金的追慕，并要娶蒋的女儿，遗腹子四清出现在电视上的北京，忽地闹出了个天

---

① 池莉：《池莉文集》，江苏文艺出版社1998年版，第560页。
② 同上书，第570页。

大的奇迹，皆为王家父母的遗传基因？我们能回答的是身为人母的辣辣为儿女竭尽全力，然而，却是这样的无能为力！

辣辣也极悭吝地祖露出母性温柔的一隅：有对 11 岁的咬金在河岸上吹小号时那温柔的一抱；有在襄河边，辣辣递给贵子的一个红布包，在女儿耳边说："这是五百块钱，好生藏着，日后自己贴着用。"辣辣在贵子正要上船的那一刻搂过女儿狠劲亲了一口，黑暗中她感到了女儿温热的泪水。当长年卖血严重地损害了她的肌体，死之前她支开了咬金，自己穿好考究的寿衣和锃亮的浅口高跟皮鞋躺在床上逝去，并让疯儿得屋穿上一身新衣服"安乐死"！她带走这个家庭的累赘，即使死，她也自己收拾自己，不麻烦儿女！

处于社会最底层的平凡母亲就这样不屈不挠地领着子女走过日常穿越运动顽强地生存下来，固然世事变迁，丈夫奇死、小叔子从斯文到掌权到自杀，粮店老李从被开除到新富，然而柴米油盐酱醋茶的日常生活却永远不变。辣辣是一条母亲河，这条河并不纯清，看起来粗野，还有腌臜，但这条河流淌着母亲的乳汁、汗水，还有百分之百的鲜血，一样是无私的高尚的母爱，是宽容、博大、深沉的母爱。池莉笔下辣辣的母性书写粗犷，更近于原生态的生活描写，因而更具有真实的力量。平实深刻中弥漫着平民女性生命和生育的坚忍和无奈。

但是，读着《你是一条河》，我们会扼腕长叹，仿佛对辣辣母性的感叹只是作家本人，而不是她的儿女们！母女之间新的女性谱系始终没有建立成，是隔着岁月的代沟？是文化教养的厚薄而生出的障碍？是城乡的差距折射出的观念的迥异？

欣慰又欣喜的是我们在乔叶的《最慢的是活着》中看见了祖孙关系的新的女性谱系的建立，跨越了年龄的、文化程度的、城乡的阻隔，相隔两代，而不仅仅是相隔一代的老少女性和解了、理解了，有了相互的沟通，有了共同的认识，真好。

张洁在《世界上最疼我的那个人去了》写到她的母亲把外孙女唐棣也算做自己的女儿，张洁认为：她是完全有权力这样说的。姥姥实质上对自己的女儿书包起到了母亲的作用。这种隔代亲的感觉民间都有，乔叶的中篇小说《最慢的是活着》，第一人称"我"的视角的追忆，就将祖母和孙女儿之间的母女情演绎得别致又真实，这种真切的母女情历经岁月的琐碎磨合，由敌视到认同，分外感人。"我想起了我的祖母。——这表述不准确。也许还是用她自己的话来形容才最为贴切：'不用想，也忘不掉。钉子进了墙，锈也锈到里头了。'"①

这部小说的真实质朴平实是最打动人之处，而最有趣的是她一反母女关系写作的两个极端：要么好得不得了，母性高尚无私得让人仰视；要么异化，全然失去了地母的根芽，成了恶母。乔叶的有趣是写出了祖母的封建顽固、重男轻女、节俭吝啬、传统保守，回过味来却又是一个十分具有个性的可爱的老祖母，同一个屋檐下的祖母与孙女的相互"仇视"其实是另一种母女情深。

祖母不仅不爱小孙女儿李小让，反而处处嫌弃她，就是在这种种两极对峙的张力中，祖孙之间的故事分外有趣，她俩都从不掩饰自己，爱就是爱，嫌就是嫌。

祖母王兰英（1920—2002）生于豫北小城焦作，16 岁嫁到了焦作城南十里之外的杨庄，82 岁去世葬于此地。她重男轻女，且溢于言表。她轻贱甚至仇视女性性别，每当过小年给灶王爷上供；她祈求的就是让送子娘娘多给骑马射箭的少给穿针引线的。在她的意识里，儿子再多也不多。这种轻贱和仇视，并非她的个性使然，而是女性群体在漫漫历史长河男性中心社会生存的集体无意识使然，也是个体生命之旅的经验总结。一个文盲农妇，她的爱只能给男人：爱丈夫，爱独子，爱两个孙子，爱曾孙、曾外孙，当然，偶尔人性原欲的奔腾，所以还偷偷爱那个短暂的偷情"情人"。但这些男人在《最慢的是活着》中，其面貌都是模糊的、不确定的，或概念化的，有的只是从王兰英身体里汹涌出来的"母爱"。她比丈夫大 3 岁，在她的嘴里称为"人家"，经由她的嘴，知晓人家参军，并非积极，是因为不当不行了，后打仗牺牲了，她就成了烈属。她跟丈夫生过四胎，三胎夭折，只剩下小让的父亲，为了好养，取了个女孩的名字叫桂枝，小名叫小胜。桂枝在焦作矿务局上班，是个孝子，但患胃癌去世在她前头！她爱爱吃糖的大孙大宝，更爱长相酷似丈夫的二孙胖二宝，让他跟她同睡水曲柳大床，家里买来的二手单车也得给二孙骑。至于生了重孙重外孙，她将当年娘家送的一尺长三两重的银锁送上；如果生的是孙女外孙女呢？休想！然而大孙二孙都因腐败绳之以法，她误以为第三代男人又走在她的前头了。所以，她怎能不嫌弃自己？！她说："我没养好儿子，儿子走到了我前边儿，白发人送黑发人，老败兴。他不在了，我还在。儿子死了，当娘的还到人跟前举头竖脸，我没那心

---

① 乔叶：《最慢的是活着》，《收获》2008 年第 3 期。

劲儿。"①

　　祖母以为她对不起丈夫对不起儿子，这真是封建桎梏下男权对女性的精神奴役，但是，在祖母貌似认命的外表下，女性自身的坚韧的生命力、母性无私宽厚的奉献之爱却不知不觉地即自觉地顽强地支撑起了李家。丈夫去世后，她长年织布。每天都能卸下一匹宽二尺七寸、长三丈六尺的布，后来她学会了织花布，与其说她是出卖长布供独子的学费，不如说她如安徽歙县牌坊村寡妇深夜撒一百铜钱摸黑捡起以排解寂寞，只是最没有生计来源的农妇的"游戏方式"只有织布！她之所以不入党，不继续当妇女干部，困难时却争着进食堂做事，秋天派孙女们穿上口袋格外肥大特制的裤子去摘（偷）棉花，对粮食、蔬菜野菜的使用格外细腻，缝缝补补哪怕一块小碎片也当宝贝，路上看到一块砖，一根铁丝，一截塑料绳，她都要拾起来，一切的一切都是为了全家的生存，为了子孙填肚子。

　　当村小学教师的儿媳脑溢血去世，又走在她的前面。她能不信八字？"初一十五不算硬，生到二十硬似钉。"她生于阴历十五，孙女小让生于七月二十，对命硬似钉的孙女，她又能不嫌吗？祖孙同命中，她对少女小让的种种排斥乃至歧视、近乎苛刻的管教，对长大后的小让的种种忠告，其实也是一种母爱，当然，以变态的形式出现，所谓"爱之切，恨之深"，因为不仅长相酷肖她脾气其实也像她的小让就是一面镜子，照见了祖母自己！

　　因了男性的缺席或不争气，因了她的痛恨自己，她自觉地背负起支撑李家的重担，以至于儿媳百事不管，到死也还是个不承受风雨的"女儿家"，这样她的母性得到空前的淋漓尽致的发挥，她跟孙女小让的矛盾实质上是一种变异了的磨合：她看不惯并执意地要纠正小让的左撇子，不让小让睡在她的陪嫁水曲柳大床上；不让小让骑半旧的二十六英寸女车到镇上读初中；小让以死相拼，这才得逞。她悄悄将小让留在身边；当小让浪迹天涯，不停地换男友，她不得不提出忠告，一说人言可畏，再剔破貌似热闹中的心寡，终于对一辈子也打斗的孙女说出自己的秘密，她说最怕的是心寡。

　　小让多年之后也悟出：这是奶奶送给她的最初的精神礼物。"她一直是我的镜子，有她在对面照着，才使得我眼明心亮。她一直是我的鞭子，有她在背上抽着，才让我不敢昏昏欲睡。她让我知道：这个世界上，总会有人不喜欢你，你会成为别人不愉快的理由。你从来就没有资本那么自负，自大，

①　乔叶：《最慢的是活着》，《收获》2008 年第 3 期。

自傲。从而让我怀着无法言喻的隐忍、谦卑和自省，以最快的速度长大成人"①。小让的女友说："你应该去努力理解她行为背后的意义。她对待你的态度就是在对待她自己，对自己当然就是最不客气了。"②道出了人间的真理。

经历了真正的磨合，才有了在小说结尾处尽情抒写的美文式的感悟：

> 我的祖母已经远去。可我越来越清楚地知道：我和她的真正间距从来就不是太宽。
>
> 无论年龄，还是生死。如一条河，我在此，她在彼。我们构成了河的两岸。当她堤石坍塌顺流而下的时候，我也已经洄到对岸，自觉地站在了她的旧址上。我的新貌，在某种意义上，就是她的陈颜。我必须在她的根里成长，她必须在我的身体里复现，如同我和我的孩子，我的孩子和我孩子的孩子，所有人的孩子和所有人孩子的孩子。③

真是充满了哲理感悟的别样母爱的赞辞。

祖母王兰英就是地母，如张爱玲的一段文字所言："这才是女神，'翩若惊鸿，宛若游龙'的洛神不过是个古装美女，世俗所供的观音不过是古装美女赤了脚，半裸的高大肥硕的希腊石像不过是女运动家，金发的圣母不过是个俏奶妈，当众喂了一千余年的奶。"④

年轻的乔叶在《最慢的是活着》中也许容纳了太多的女孩成长史中的感悟，充满了感性感情，但是正是她的不经意间，营建了一个露丝·伊瑞格瑞所提倡的新的"女性谱系"。

铁凝对母爱的吟诵在她的散文诗般的短篇小说《孕妇和牛》中写得特别温馨和动人。

从集上暮归的孕妇牵着牛，牛是黄色的，名字却叫黑，黑也怀了孕，她与它走在乡间的土路上。俊女从山里嫁到了平原。这地盘本是清朝一个王爷的坟茔，陵墓虽被掘了，但那白花花的大牌楼立着，保佑了这地方的富庶，这就是风水。

孕妇从不骑黑，孕妇爱牛；牛爱孕妇，伏下身来让她骑。是一幅人与动

---

① 乔叶：《最慢的是活着》，《收获》2008 年第 3 期。

② 同上。

③ 同上。

④ 张爱玲：《张爱玲文集》第四卷，安徽文艺出版社 1992 年版，第 73 页。

物的和谐图。如果仅仅写到此，那未免清浅了点，铁凝笔锋一转，写出文盲孕妇对知识的渴求，源于母性的希望和职责。让放学的小学生给她纸和笔，她把这些海碗样的大字抄录在纸上带回村里去请教识字的先生。字是一种多么好的东西呵。那碑上的十七个大字：忠敬诚直谨慎廉明和硕怡贤亲王神道碑，前面十个字是多么地好，似乎对中国传统道德的精粹作了概括。孩子终归要离开孕妇的肚子，而那块写字的碑却永远地立在了孕妇的心中。那才是心中的好风水。

孕妇和黑在平原上结伴而行，是两个相依为命的母亲。又好比两位检阅着平原的将军。黑身上释放出的气息使孕妇觉得温暖而可靠，她不住地抚摸它，它就拿脸蹭着她的手作为回报。心中的这一股情绪就叫做感动。

从 20 世纪初冰心对母亲的依恋到世纪末张洁对母亲锥心刺骨的追忆，母性母爱是女作家永恒的赞歌；从冯沅君到陈染到向彬，面对母性母爱毕竟有了种种质疑和困惑，斩不断理还乱；从张爱玲的曹七巧到铁凝的司猗纹到徐坤的"女娲"，母性彻底被颠覆的女性毕竟在女作家笔下还有些许"留情"，表现在一是对母性扭曲失落社会文化根源的探究，二是女性创造力或异化后的破坏力的铺陈；谌容的《永远是春天》、胡辛的《我的奶娘》、铁凝的《麦秸垛》、迟子建的《旧时代的磨房》，无论是以革命的名义，还是仅仅为做母亲而言，都有意无意地在母性母爱的无私与盲目上让读者警醒和思考。这期间，母女关系一直浓浓淡淡流淌于字里行间。如果说池莉的《你是一条河》以最日常态的生活让人震撼，底层平民母亲的苦辣酸涩吃尽为何独独不见甜？新型的既独立又相互理解相互支撑的母女关系为何如此难以建立？那么乔叶给了我们一份较满意的答案，女性谱系就这样跨越岁月的长河而飞架建立，这是女性的大幸事。

第六章

方舟承载的姐妹情谊

女性文学作为一门综合的艺术，她涉及政治经济学、人类学、社会学、历史学、文化学等，它既具备先锋品质，又有在几千年女性生存经验积淀上的现实性。"姐妹情谊"（sisterhood）是女性创作常涉及到的主题之一，也是女性主义理论研究的母题之一。姐妹情谊要研究的内容首先是定义界定的多义性，二是文本之外历史与现实中女性之间是否存在这种同性情谊？三是"姐妹情谊"的形成是生存、心理、生理的需求么？四是文本姐妹情谊书写的积极意义和负面影响有哪些。可以说，姐妹情谊书写既是历史积淀、社会语境、文化现象在女性身上的投射，也是女性书写对整个外围生存环境做出的回应。

"姐妹情谊"不仅仅指文本中的女性关系的有血缘、无血缘的姐妹情谊，还有女性写作者对作品中的女性形象倾注的情感，以及女性写作者与女性读者之间的不可割断的关系。一言以蔽之，它是复杂的又是单纯的，是女性谱系中新的母女关系外的一种，多指相近年龄段的女性关系，年龄相差大的则可看成非血缘的母女关系了。"姐妹情谊"又不仅仅指涉女性关系，从姐妹情谊文本来看，无论是排除异性恋或是以异性爱作为对照或铺垫，皆透露出对异性爱中男性一方的深深失望和拒绝。

那么，究竟"姐妹情谊"指的是什么？

贝尔·胡克斯在《女权主义理论：从边缘到中心》中指出："姐妹情谊"主要是作为一个政治术语出现于女性主义运动中，并在二十世纪八十年代前后淡出了女性主义。但是，无论在西方还是中国，女性主义文学的创作与批评仍然把它当作一个关键性的范畴使用着，当然在使用时也带着极强的政治意味，正如肖瓦尔特所说，姐妹情谊标志着"女性团结一致的情感"，"从开始起，女小说家之间的相互意识及她们对其读者的意识就表现出一种潜藏的团结，有时这种团结成了一种时髦。"[1]

---

[1] 引自魏天真：《"姐妹情谊"如何可能？》，《读书》，2003 年第 6 期。

西方激进的女权主义认为姐妹情谊就是女性之间的性关系，即同性恋，是对几千年菲勒斯中心传统又正统的异性恋、异性婚姻的颠覆和反叛，因而，是作为性别的政治宣言和政治运动。而另一种温和的观点则以为应扩张其含义，"包括更多形式的妇女之间和妇女内部原有的强烈情感，如分享丰富的内心生活，结合起来反抗男性暴君，提供和接受物质支持和政治援助，如果我们还能从中听到反抗婚姻，'不驯服'行为，那么我们就领悟了女性历史和女性心理的深邃意义。"[1] 这种观点大约较能为东西方的不同层次的女性所接受。至于莉娜·费德曼所界定的"女同性恋"的关系"是一种两个女人之间保持强烈感情和爱恋的关系，其中可能或多或少有性关系，抑或根本没有性关系。共同的爱好使这两位妇女花大部分时间生活在一起，并且共同分享生活中的大部分内容"[2]，似乎是具象的个体间关系描摹，不扩而展之。总之，对"姐妹情谊"概念的界定是多元的。

而西方女权主义理论的先驱弗吉尼亚·伍尔夫和西蒙娜·德·波伏娃，她们的所言所著可以看成是姐妹情谊的驱动力。弗吉尼亚·伍尔夫呼唤"给我一间屋子"，西蒙娜·德·波伏娃痛定思痛撰写出女权主义的经典《第二性》，为什么？难道不是在为人类女性呼喊？不是在为人类女性争取平等的人的地位？不是在唤醒沉睡几千年的女性的独立又是什么？这就是姐妹情谊。后来美国女权主义者贝蒂·弗里丹在《女性的奥秘》一书中指出所谓的"女性的奥秘"，乃是源于男性中心社会一股使女性安于作母亲和妻子的力量，也许不同于以往的不由分说强加于人，但这种"温馨提示"更可怖，因为它使妇女心甘情愿接受这种"强加于己"的力量。对妇女出路的选择，弗里丹也同波伏娃一样，以经济独立为根本，同时她又致力提倡和呼唤女性间的姐妹情谊。

第一节 姐妹情谊滥觞

一 风吹西方天

公元前 6 世纪的希腊累斯岛上，女诗人萨福和她的女学生们吟诗唱咏，

---

[1] [美]艾德里安娜·里奇：《强迫的异性爱和女同性恋的存在》，玛丽·伊格尔顿编，胡敏等译，《女权主义文学理论》，湖南文艺出版社 1989 年版，第 39 页。

[2] Bonnie Zimmerman, What Has Never Been, from The New Feminist Criticism, 第 206 页。

描绘出一幅幅其乐融融画图。自 19 世纪末始，她被人称为女同性恋的鼻祖。累斯情结指的就是女同性恋。萨福，出身于贵族家庭，她曾开设女子学堂，教授的正是诗歌与艺术；而且萨福将咏唱的对象由神转向人，并用第一人称抒发个人的哀乐，因而创造了萨福体。她给她所钟爱的女学生们的诗作，因打上同性恋的烙印，故在漫漫几千年男性中心社会中被阻隔禁止，诗篇流失殆尽，仅存一首完整诗稿，余者皆为断章残篇，尽管如此，萨福仍未被历史湮没。

如此看来，姐妹情谊似乎一发端就等同女同性恋，其实不然，姐妹情谊与女同性恋之间不能画绝对等号，同性恋只是姐妹情谊之一种，是较极端的一种。至于源头与知识女性不可分割，从姐妹情谊更多的是一种文化选择来看，不无道理，在漫漫的岁月长河中，要将现实中客观存在的姐妹情谊展示于创作中，由口头流传到文字记载，是一种女性的觉醒，"是反抗男性中心主义的一种行为，不仅仅是一种'性选择'或'另一种生活方式'，它还是一种对传统秩序的根本批判，是妇女的一种组织原则，一种试图创造一个分享共同思想环境的表现，是女性在同类中寻找中心的尝试。"①

弗吉尼亚·伍尔夫的《达罗卫夫人》生动又深沉地描摹了这样的心态。克拉丽莎嫁给了议员查理德·达罗卫，但婚姻生活却强化了她对男性的距离感，而且促使她追忆和眷恋少女时代的生活。"自己虽然生过孩子却仍然保持童贞，这一想法恰如裹在身上的床单，无法消除"。同性恋女友萨利的音容笑貌铭刻于心，萨利无所顾忌的个性让她难以忘怀。有次洗澡，忘了拿海绵，萨利就光着身子沿着走廊跑去取等细节让她回味无穷。女性之间的相互依恋与对男性的隔膜和畏惧形成强烈对比。这实质上表明了觉悟女性对两性关系的不平等、不自由现状的不满和批评态度。在男性中心社会中，男性视女同性恋为邪恶关系，探其深层缘由，是害怕女性的团结威胁着男性统治，所以男性希望女人认同——"女人最大的敌人是女人"！女性之间无休止的争斗仿佛成了女性的集体无意识积淀！弗吉尼亚·伍尔夫试图颠覆这种男性强加于女性的性别记忆。

但是，姐妹情谊并不仅仅属于知识女性，相反，更多地存在于劳苦妇女之间。

1973 年美国黑人女作家托尼·莫里森以小说《苏拉》引起社会关注，黑人姑娘苏拉不屈从婚姻家庭这一传统文化为女性打造的框架，在外婆伊娃

---

① 林树明：《女同性恋女性主义批评简论》，《中国比较文学》1995 年第 2 期。

和母亲汉娜的影响下，尤其是与女友内儿真挚的强烈的不可分离的姐妹情谊的支持和帮助中，她找到了勇气和毅力，不屈不挠地创造自我，追求真正的幸福感。这一黑人女性形象光彩夺目，1993 年，托妮·莫里森荣获当年诺贝尔文学奖。

1977 年，美国学者芭芭拉·史密斯发表了论文《走向黑人女性主义批评》，成为黑人女性主义评论的萌芽，论文通过对《苏拉》的解读，指出这是一部女同性爱小说。认为苏拉和内儿之间的姐妹情谊，折射出黑人女作家托妮·莫里森对传统主流认同的异性爱、婚姻和家庭所采取的批评态度："她的作品自觉不自觉地提出了女同性爱和女性主义关于黑人妇女的自治及生活中相互影响的问题。"①

1982 年，黑人女作家艾丽丝·沃克的小说《紫色》又如石破天惊，翌年一举夺得美国三大书奖——普利策奖、国家图书奖和全国书评家协会奖。1985 年，著名导演斯皮尔伯格将其改编为同名电影，并一举夺得奥斯卡金像奖的 9 项提名，然而最终揭晓时偏偏与每项都擦肩而过，同时还引发了黑人的示威游行，如此这般，倒使《紫色》更享誉全球了。

《紫色》向我们展示出怎样的图景呢？

紫色花烂漫开放于美国南方原野。黑人姐妹塞莉和耐蒂忘情追跑于紫色花丛中。但是，她们却是不幸的。塞莉没上过学，她的继父一面辱骂她的笑是最丑的，一面强暴了 14 岁的她，并生下了一儿一女，又被继父强给了别人。继父还想打耐蒂的主意，母亲诅咒丈夫的堕落，替女儿们的未来担心，可她有什么办法呢？她的一生也是受欺负与凌辱的一生。不久母亲去世了。继父把塞莉嫁给已有三个孩子的先生，先生把她视为干活的牲口和泄欲的工具。三个孩子也对她充满了挑衅和敌意！幸而来了女歌手西格，西格是先生崇拜的有成就感的女歌手，但恰恰是西格的同性之爱唤醒了塞莉的自信自尊自强，塞莉挣脱男性的奴役，走上了实现自我独立价值的成功之路。而塞莉与被迫拆散的妹妹耐蒂的通信是她顽强活下去的精神支柱，无论分离于天涯海角，她们的心彼此惦念着、祝福着。塞莉在并无血缘亲的性情刚烈的前儿媳索菲娅遭受到灾难时，一样给予真诚的理解和帮助……《紫色》在展现美国南方黑人女子塞莉苦难的成长史时，彰显的是可贵的姐妹情谊。

艾丽丝·沃克还是一个女权主义理论家，《紫色》亦可以当做女权主义

---

① ［美］芭芭拉·史密斯：《黑人女性主文评论的萌芽》，引自张京媛《当代女性主义文学批评》，北京大学出版社 1992 年版，第 109 页。

理论来阅读，她以小说来阐释了女权主义理论。她在论文《寻找我们母亲的花园》中如是说："她们盲目地、跌跌撞撞地生活着；生命力被滥用，身体遭残损，痛苦使她们糊涂、迷乱。她们甚至认为自己不配怀有希望。在没有自我的抽象状态下，她们的身体变成了供男人使用的东西，她们变得不仅仅是'性交对象'，不仅仅是妇女，她们成了'圣徒'。她们没有成为完整人的信念，因为她们的身体萎缩了：她们的心灵变成了适宜于崇拜的圣殿。"① 艾丽丝·沃克以真诚和焦虑唤醒处于美国社会最底层的黑人妇女从生存现状中振作起来。

艾丽丝·沃克对黑人妇女们的"缝被子"作了多处渲染，不过是用破布、旧窗帘缝制成被子的活动，但因为姐妹们在一起缝制的快乐，伴随着西格的迷人的歌声，什么忧伤、矛盾都烟消云散了。所以，女权主义理论家肖瓦尔特如是评价《紫色》："是一条用文字写成的被子，它是由沃克继承的文学和文化这些广阔的背景的碎片组成的。"② 据说，这类活动连接着黑人遥遥的非洲之根，时至今日，在非洲妇女中还有秘密妇女社团和经济网络。自然，没有文化之根作为支点，人生飘忽无着落，尤其对女性而言。

但我们还要看到的是，这种缝被子的习俗，在中国一样存在。而今中年以上女性大约都有并不久远的记忆，那就是为小孩缝制百衲罗被子的民俗：婴儿诞生后，为婴儿健健旺旺成长之吉祥，家长（母亲、祖母、外婆）会真诚地从乡里乡亲处讨要各种色彩花纹的碎布角，尔后，村里的妇女聚在一起，将百样碎布角拼凑成被子给婴儿用，俗称罗被子。新婚大典前，新娘家得请年长的全福女人为新娘缝制新被子作为陪嫁等，这些习俗还延伸到城市。可见，"缝被子"之姐妹情谊的活动并不只限于黑人妇女，姐妹情谊与母女情深也往往交错融汇于一处，穿越时空。

二　雨湿东方地

在中国古老的大地上，姐妹情谊于岁月处处留痕。翻阅千年中国文学史，《诗经·国风·周南》中就有表现姐妹们采摘车前子的诗篇《芣苢》，这群女子的清新健康活泼态跃然纸上。"采采芣苢，薄言采之。采采芣苢，薄言有之。采采芣苢，薄言掇之。采采芣苢，薄言捋之。采采芣苢，薄言袺之。采采芣苢，薄言襭之。"这是古代妇女集体采摘车前草时的歌唱，一唱

---

① 转引自张岩冰《西方女权主义理论》，山东教育出版社 2001 年版，第 177 页。

② 同上书，第 182 页。

三叹，将劳作当成轻松的歌舞式节奏，何其健康、清新、快乐！清代方玉润在《诗经原始》中批阅："读者试平心静气，涵泳此诗，恍听田家妇女，三三五五，于平原绣野，风和日丽中，群歌互答，余音袅袅，若远若近，忽断忽续，不知其情之何以移，而神之何以旷，则此诗可不必细绎而自得其妙焉。"[①] 此诗作者不明，不像诗经《载驰》明确记载作者为许穆夫人，但这当是中国文学中很早的一首姐妹情谊之歌，极有可能是劳作妇女集体创作或某个聪慧女子所作。当然，我们不能以此验证古代劳动妇女的生活是快乐的，只能说是在母权制被颠覆后，女人沦为不是人的"物"后，妇女们在一起劳作时，姐妹情谊仍是她们在黑夜中的一盏灯，相互温暖着无望而冰凉的心。如果说汉乐府《孔雀东南飞》里，焦母与"十三能织素，十四学裁衣，十五弹箜篌"的聪慧贤良的刘兰芝有一堵无法逾越的老墙，刘兰芝只有以死相拼了；那么《西厢记》里莺莺与母亲之间幸亏有个红娘斡旋，红娘与莺莺名分上是丫头与小姐的关系，但她们实质上已逾越了主仆的阶级关系，而有了忠诚的姐妹情谊。红娘活泼善良，聪明机警，其助人为乐的精神不是一直让世人乐道么？人们甚至更爱看红娘的戏胜过崔莺莺的"扭捏作态"。俗语说：婊子无情，戏子无义。但是，《杜十娘怒沉百宝箱》里偏偏是个婊子杜十娘有情有义，她与她的当婊子的姐妹们还真有着一份真情谊，背信弃义的倒是书生李甲。

曹雪芹的《红楼梦》石破天惊！这部古典长篇巨著的最伟大处，是曹雪芹竟敢借贾宝玉之口说出：男儿的肉是泥做的，尽是混浊之气；女儿的骨肉才是水做成的。"凡山川日月之精秀，只钟于女儿，须眉男子不过是些渣滓浊沫而已"。真是对男性中心传统文化的彻底叛逆。一个大观园，除了贾宝玉，全是女的，尽管有尊卑贵贱之分，聪慧愚钝秀美平常之别，还有文化程度的高低不同，但是贾宝玉的眼睛里的女人皆是清新的、纯真的，绝对不是皇帝老子面对深宫六院七十二妃的感觉！曹雪芹的伟大在于他将一个虚拟的世界创造得比真实世界更为精彩、复杂、深刻。曹雪芹一生的遭际境遇给了他游离于主流社会之外的弱势眼光，使他能够以不同于其他男性的俯视或者虚伪同情的态度来看待和描写女性世界的神秘、瑰丽与不幸。那个古往今来都不曾有过的女性乐园是贾宝玉，也是曹雪芹本人所倾心营造的乌托邦，然而最令人扼腕的是这个美丽新世界在男权环境面前的不堪一击与幻灭。《红楼梦》中的女性不再是男性或者主题的陪衬，女性关系同样也不再苍

---

① 　引自周振甫《诗经译注》，中华书局1986年版。

白，值得一提的是如花似锦的大观园里虽然一样矛盾重重、杀机四伏，但是，不分主仆，无论贵贱，一律姐妹相称，怎么说也流淌着一股温情，尤其是紫鹃对寄人篱下的林黛玉的忠贞且有几分刚烈的姐妹情谊是催人泪下的。这是怎样的超前与祝愿！

遗憾的是这类歌颂女性之间姐妹情谊的作品并不是太多。在大量的文学作品，尤其当话本和长篇小说流行于街市巷陌，为老百姓所喜闻乐见后，无论口头还是纸质文本对男性之间的兄弟情谊无不百倍赞赏。刘备所言：兄弟如手足，妻子似衣裳。衣裳破了可换新的，手足却万万不可割断！这似已成了中国老百姓做人的一条非官方制定的民间准则。《三国演义》中的桃园三结义者，真正是生生死死讲忠义，刘备为了报兄弟仇，竟不顾事业的安危兴败，这在政治家的眼里是没有成大事的宏观大略，但在老百姓的眼里，当是刘备最令他们感动的地方。关羽的重义重兄弟情，亦成为民间祭奠的"神"，以至关公庙里的香火无论哪个时代都特别兴旺。说什么"问世间情为何物？直叫人生死相许。"真不如"士为知己者死"这种上下级关系的兄弟情响当当，比爱情还见高尚纯真，壮志凌云。直至今日，女性读书人也爱将此语常挂嘴边，因为这是极致的理直气壮的情的宣言。虽然，同性之爱实质上是人类史上"普遍存在的一种基本行为模式"[1]，但是在西方，一度成为禁忌，柏拉图认定的"神圣之爱"也只存在于男男之间。比较而言，在中国，男同性恋现象不绝于史，同性之爱能得到较大包容，是因为历代皇帝中男同性恋者不乏其人。清代学者纪昀在《阅微草堂笔记》中说："杂论称娈童始于黄帝"。男同性恋在中国古代又有分桃、龙阳、安陵、断袖、南风等称呼，"分桃之爱"其典故出自卫灵公和男宠弥子瑕的故事，在《韩非子》中有所记载；"龙阳"之称见《战国策·魏策》中魏王与男宠龙阳君的故事；"安陵之好"出自《战国策·楚册》中楚共王和他的男宠安陵君；"断袖"之称，则源于汉哀帝与其宠男董贤的故事；"我国著名社会学家潘光旦遍查史书，考出'前汉一代几乎每个皇帝都有自己的同性恋对象'这一史实。"[2]而上流社会文人墨客等视狎优等为风雅之事，亦对男同性恋起了推波助澜之作用。但所谓的宽容，也只限于男同性恋，女同性之爱的行为和历史是被抹杀的。女同性恋多被称为"磨镜"，虽然失宠于汉武帝的陈皇后与女巫，明代冯小青与杨廷槐夫人的故事流传于世，李渔的《怜香伴》、

① 李银河：《性文化研究报告》，江苏人民出版社 2003 年版，第 3 页。

② 李银河：《李银河性学心得》，时代文艺出版社 2008 年版，第 231 页。

丁耀亢的《续金瓶梅》、曹雪芹的《红楼梦》也提及女同性恋，但是，女同性恋自始至今皆未盛行过。

所以，回眸中国，无论是社会现实还是文学作品中，呈现表述的生活状态如若是男女生活，即表现为男女关系的，或表现男人与男人关系的所谓兄弟情谊，都可视为正常的、主流的；反过来，如若将女人与女人的关系凸现出来，张扬什么姐妹情谊，那很可能就会被视为异常了。因为女性始终生活于男性社会关系的图谱中，女性与女性之间的关系要么不存在，要么只是男性社会关系的延伸。虽然也有以地域命名的女性群体形象，如米脂婆娘、湘西女人、惠安女等，但那只是男性视阈中被看的中国传统女性模板，美丽多情、任劳任怨，直到女诗人舒婷的《惠安女子》注目那"站在海天之间/令人忽略了：你的裸足/所踩过的碱滩和礁石……"

清末民初时期的"自梳女"底层女性社团的异军突起倒是一值得关注之现象。那是因为随着珠江三角洲顺德、南海、三水等地蚕丝业的发达，育蚕、缫丝的劳作女工渐成群体时才张扬之并形成独有的风俗。据《广州民俗》记载，这方地域的少女都梳长辫，直到结婚时才由母亲或长辈将长辫绾成团髻。而自梳女是逃离并抗拒婚姻，一辈子永不嫁人的，所以，她们或长辫到死，或选择个吉日，用柏叶煮水沐浴后，由自梳的姐妹们将长辫绾成发髻，仍独老终身。自梳女之间情谊无价，病老死亡都会相互帮助。之所以出现这样的社团，是因为女人们目睹女人出嫁后的悲惨情景，而她们有了自己的收入，虽无比微薄，但也有了反叛的生存条件！对自梳女，也不必规避其中亦有隐晦的女同性爱，她们的"离经叛道"形成的原因之一或许是"把异性爱制度本身视为男性统治的竞技场"①。固然，异性爱是人类最基本的性爱模式，更是人类得以繁衍生存的本能，但同时必须穿透的是异性爱在父权制社会中打上了男性本位的烙印，女性多是被动和无助的，因而姐妹情谊一旦有了生长的土壤，表现出的真挚强烈往往超越所谓的兄弟情谊，哪怕也许会不堪一击。但是，有比较才有鉴别。在历经婚后生活的不如意乃至不幸，再回眸少女时代的生活，怎能不怅惘不锥心蚀骨？

姐妹情谊由现实存在到文学作品抒写，由寥若晨星的个体到舞文弄墨的少女少妇文学社团，始于明朝，跃动于清朝，其诗文怀恋闺中女友、抒写女性友情。当"五四"惊雷滚过古老中国天地时，姐妹情谊的书写才真正繁

---

① ［美］艾德里安娜·里奇：《强迫的异性爱和女同性恋的存在》，玛丽·伊格尔顿编，胡敏等译，《女权主义文学理论》，湖南文艺出版社1989年版，第38页。

盛。所以，"女同性恋是反抗男性中心主义的一种行为，不仅仅是一种'性选择'或'另一种生活方式'，它还是一种对传统秩序的根本批判，是妇女的一种组织原则，一种试图创造一个分享共同思想环境的表现，是女性在同类中寻找中心的尝试。"①

第二节　流淌岁月的姐妹情谊

中国女性写作中的"姐妹情谊"文本，可追溯到"五四"时期。庐隐的《海滨故人》、《丽石的日记》，石评梅的《玉薇》、《惆怅》，丁玲的《暑假中》、《岁暮》，凌淑华的《说有这么回事》等，皆以出格之态勇敢地张扬了同性之爱；半个多世纪后，于 20 世纪 80 年代初，姐妹情谊文本又一次涌出，张洁的《方舟》、胡辛的《四个四十岁的女人》、王安忆的《弟兄们》、刘西鸿的《你不可改变我》将对姐妹情谊的追寻、共鸣和拷问演绎得多姿多彩。1990 年代随着西方女权主义理论的译介和在本土的嫁接，陈染、林白们决然挑战男性中心传统，转向自我的同性世界寻找慰藉，其先锋姿态惊世骇俗。陈染的《无处告别》、《空心人诞生》、《破开》、《私人生活》，林白的《瓶中之水》、《回廊之椅》、《一个人的战争》等，将同性之爱渲染成摇曳诗情，令人向往。在张扬同性之爱的同时，亦是对男性世界的彻底失望。池莉的《小姐，你早》跨越了一大步，一反女小说家本人以往的不偏不倚，而大刀阔斧地高举姐妹情谊之大旗，痛快淋漓地颠覆了欺负女性的男性王国，成为女性文本中罕见的胜利篇章。徐坤的《相聚梁山泊》却在谈笑间又一次将"姐妹情谊"自我解构得灰飞烟灭。跨越千年后，姐妹情谊的呼唤之声渐渐减弱，而林白推出的《妇女闲聊录》、《万物花开》是否将姐妹情谊转向另一个维度？……

一　"五四女儿"的心连心

"五四"时代女作家之间的姐妹情谊，可圈可点，可歌可泣。比如北京女高师的庐隐、王世瑛、陈定秀和程俊英这"四君子"，比如庐隐与石评梅，比如冰心与王世瑛，比如凌叔华、苏雪林和方令孺"洛珈山三侠客"……也许拿起笔来的"五四"女儿们千百年来第一次以群体的形式在

---

① 林树明：《女同性恋女性主义批评简论》，《中国比较文学》1995 年第 2 期。

阳光风雨中手拉手心连心，第一次披露胸襟肝胆相照相伴相行，她们的姐妹情谊是如此纯净如此酣畅如此深沉如此无所顾忌。

中国现代文学史上第一代女作家群，几乎都来自"五四"运动前后的中国女校。也正是因了西方文化的进入和女子学校的创办，一时间，使上层家庭和知识分子家庭的父母有了将女儿送进女子学校的愿望和行动。虽然医理农工方面对新女性不无吸引力，但是首选文学尤为踊跃，因为原本就有袁枚女子家学之渊薮。女子学校成了这批新女性交往的公共空间，而这些新女性们大都有受重男轻女、包办婚姻、缠足之苦，相似的情感经历和对民主与科学的热烈追求，使她们产生心的共鸣，彼此的认同倾慕水到渠成般在姐妹情谊中寻到一方精神家园。

冰心与王世瑛的姐妹情谊倾泻在《我的良友——悼王世瑛女士》这篇悼文中。冰心感叹："一个朋友，嵌在一个人的心天中，如同星座在青空中一样，某一颗星陨落了，就不能去移另一颗星来填满她的位置。"① 冰心把朋友分为三类，一类是有趣的。一类是有才的，一类是有情的，她把王世瑛归为第三类"有情的"。"世瑛趣有余而才非浅，不过她的'趣'和'才'都被她的情盖过了，淹没了。"② 冰心与王世瑛有长达 30 余年的交谊，随着王世瑛难产去世，嵌在冰心心天的这颗星陨落了，再没有谁能替代这个位置了，冰心怎能不伤怀？

因女性独有的难产而亡的女作家绝非个别。1934 年 5 月 13 日，庐隐因难产后子宫破裂去世。庐隐去世后众姐妹的追思情真意切，冯阮君、谢冰莹、苏雪林纷纷作文纪念。苏雪林在《关于庐隐的回忆》中说到在北京女子高等师范，庐隐做尽了她一生中的好梦："庐隐到了北京以后好像换了一个人，走路时跳跳蹦蹦，永远带着孩子的高兴。谈笑时气高声朗，隔了几间房子都可以听见。进出时身边总围绕着一群福建同乡，咕咕呱呱。讲着我听不懂的福建话。"③ 庐隐对北京女高师的"四君子"如是描绘："在同班中结识了三个人，一个是王世瑛、一个是陈定秀、一个是程俊英。她的《海滨故人》中露沙系自指，云青、玲玉、宗莹似乎是分指她们三人。我当时曾有'戏赠本级诸同学'长歌一首，将同级三十余人，中国文学成绩较为优异的十余人写入。说到她们四人时有这样几句话：子昂翩翩号才子，目光

---

①　冰心：《往事》，东方出版社 2004 年版，第 138 页。

②　同上书，第 139 页。

③　引自庐隐：《庐隐选集》，百花文艺出版社 1983 年版，第 471 页。

点漆容颜美，圆如明珠走玉盘，清似芙蓉出秋水（陈定秀）。亚洲侠少气更雄，巨刃直欲摩苍穹。夜雨春雷茁新笋，露天秋准抟长风（黄英君自号亚洲侠少）。横渠（张雪聪）肃静伊川少（程俊英），晦庵（朱学静）从容阳明峭（王世瑛），闽水湘烟聚一堂，怪底文章尽清妙。"①

　　庐隐在自传中亦留下了一笔："这时候我有几个好朋友，她们和我年龄相仿，而且有一点相同——都是志趣不凡，同时也都是喜欢玩笑。因此我们在许多同学中，另成了一个小团体，在一天上课的时候，我们四个人，悄悄的传着纸条子，不知怎么谈起战国时的四公子来，其中有一个人，便提议，我们恰巧是四个人，以后就自称四公子吧。她们便封我作孟尝君，其余三人，也各占一份。我们起了这个绰号以后，并给全班同学一个启事，后面署名是四公子同启。因此我们这个绰号，不久便传遍了全校。后来她们提起我们，总是说四公子了。"②

　　庐隐与石评梅之间的姐妹情谊因了共同的情感的伤痛经历而更见炽烈决绝。她俩曾月夜泛舟、漫步谈心、陶然亭哭坟，以至借酒消愁愁更愁："我们如同疯了一般，一杯，一杯，接连着向唇边送，好象鲸吞鲵饮。也不知道什么时候，把一小坛子的酒吃光了，可是我还举着杯'酒来！酒来！'叫个不休！"③ 1928年9月30日石评梅突患脑膜炎去世，庐隐的《祭献之辞》④可谓肝胆俱裂："除非地球毁灭，此恨宁有已时！""你的死竟刻上一道极深刻的伤痕，在我创痛的心上，唉！评梅！我诚然'只有梅花知此恨'，然而梅花已经仙去，你叫我向谁说？你埋葬的地方，我们知道你一定愿在陶然亭，我们也愿意你在陶然亭……我们总当设法使你如愿！"又细细操办其后事："你的稿件，我当和清妹与你整理，作序，付印，将来的版税，自然要交给你的慈母。你的遗物：书，都放在学校的图书馆，留个永久的纪念，其他的东西，都交给你的舅父带回。"即使是嫡亲姊妹，亦不过如此。

　　难怪石评梅会在散文《惆怅》、《玉薇》中坦陈自己对同性的炽热的不可割舍的爱恋："除了我自己，绝没有人相信我这毁情绝义的人，会为了她使我像星星火焰，燃烧了原野似的不可扑灭。"⑤ 在女性作家对姐妹情谊书写的文本里，实质上被书写的对象成了一面镜子，将女性作家自我的感受显

　　① 庐隐：《庐隐选集》，百花文艺出版社1983年版，第472页。

　　② 钱虹编：《庐隐选集·庐隐自传》（上册），福建人民出版社1985年版，第579页。

　　③ 庐隐：《曼丽》，北京古城书社，1928。

　　④ 该文是庐隐为挚友石评梅不幸病逝而写的。

　　⑤ 石评梅：《石评梅文集》，内蒙古文化出版社2000年版，第76页。

影出来，让其正视乃至审视，那身体内曾经被久久压抑、忽略和遮蔽的生命欲求如火山爆发般汹涌而出。女性，在女性的性别群体中，寻找不仅仅依靠男性的救赎之路。

正因了"五四"女儿们自身在女子学校的亲历，所以，她们文本中对姐妹情谊的书写，故事往往仍在女子学校的时空中。

庐隐的短篇小说《丽石的日记》（《小说月报》1923 年第 14 卷第 6 号）是一篇对传统的性别秩序规矩的异性婚恋背叛反抗的檄文。文本头尾极短，是女校女生丽石死后一年，"我"看丽石临终前留下的日记的前因后果；正文是丽石从 12 月 21 日到翌年的 2 月 5 日，断断续续的 16 则日记。这些日记记叙和展示了多愁多病的丽石和沅青从友谊变成同性爱恋的心身感受。丽石不满学校单调板滞的生活和戴上道德假面具的教员，又目睹女友雯薇结婚三年的蜕变，从活泼的女孩变为吐血的病时好时坏的憔悴少妇！而归生与海兰的自由恋爱又因海兰"受名教的束缚太深"，爱情夭折，归生与海兰都只有收获苦痛；凡此种种，异性爱恋和婚姻在丽石的眼里成为残害青年血肉和灵魂的罪恶的渊薮，因而对其不无恐惧和厌恶。丽石与女友沅青肝胆相照、心心相印，终于一日不见如隔三秋兮，从友情走向同性爱恋。这实质上是对男权中心社会和封建伦理制度的一种不屈服的叛逆行径！雨后柳枝、阶前促织，沅青对丽石窃窃私语："我只要能找到灵魂上的安慰，那可怕的结婚，我一定要避免。"丽石的梦中，她俩泛舟清波，渐入芦苇丛，外边细雨淅淅沥沥，而她俩的世界不见雨形。雨停，月光清如翡翠，那溪边老柳下清雅的茅屋就是她俩的居所。在女儿国中构筑同性爱巢成了躲避男性侵犯的世外仙境。然而，梦境毕竟是梦境，同性爱恋为世俗社会所不容，沅青的母亲让沅青去天津读书，为的是与那里的表兄多交流，日后嫁给他。沅青不得不从母命，丽石柔肠寸断！但分离仅仅半个月，沅青竟来信劝说丽石丢弃不被社会认可的同性爱恋，而自言她与表哥已日渐情深；同时，还安排一男性特别显著的少年来追求丽石！丽石万念俱灰，终抑郁而死。同性爱恋何其脆弱，不要说不堪一击，不待外击，早就内裂了。

但是，脆弱的庐隐又是执著的。在执著中迷惘，在迷惘中执著依旧。中篇小说《海滨故人》（《小说月报》1923 年第 14 卷第 10、12 号）张扬的仍是存在于女儿们心中的排除男性和排斥对男性欲望的姐妹之邦，那份憧憬那份追求那份焦灼那份无奈，既寄托于强烈的女性意识和急切的女性话语之中，又于现实中碰得粉碎只留下空想乌托邦！《海滨故人》中，庐隐将五个天真烂漫的女学生之间的姐妹情谊描绘得如泣如诉，感人至深。同龄女友露沙、玲玉，莲裳、云青和宗莹海滨歇暑，快乐无忧。后露沙给云青的信中表示要在"海边修一座精致的房子，我和宗莹开了对海的舷窗户，写伟大的作品，你和玲玉到邻海的村里，教那天真的孩子念书。晚上回来，便在海边的草地上吃饭，谈故事，多少快乐。"① 可毕业以后的五女各有各的恋爱或婚姻上的痛苦，又忽别忽合，终尝到悲欢离合的人生真味。露沙是五人的"圆心儿"，她所爱的梓青却是有妇之夫，梓青却又不爱他的妻子！露沙随后又丧母，而且母亲在爱女未归之前便长逝了。所以露沙充满了悲凉的感伤："世界上的事情，本来不过尔尔，相信人，结果固然不免孤零之苦；就是不相信人，何尝不是依然感到世界的孤寂呢？总而言之，求安慰于善变化的人类，终是不可靠的，我们还是早些觉悟，求慰于自己吧！"② 另一个为了家庭而不去选择自己的爱的女子云青说："真想不到人事变幻到如此地步，两年前我们都是活泼的小孩子，现在嫁的嫁，走的走，再想一同在海边上游乐，真是作梦，现在莲裳、玲玉、宗莹都已结果，我们前途茫茫，还不知如何呢？……我大约总是为家庭牺牲了。"③ 这段话大概可看作此文的主旨。宗莹出嫁后久病，病愈后生了个孩子，"更不能出来服务了"；云青的恋人蔚然终于另外订了婚，云青也就解脱了，回南侍奉母亲，却又怎能忘怀蔚然？玲玉亦在苏州成立了小家庭，莲裳也有了归宿，所以，露沙致云青的信充满了感伤："日前曾与梓青，同至吾辈昔游之地，碧浪滔滔，风响凄凄，景色犹是，而人事已非，怅望旧游，都作雨后梨花之飘零，不禁酸泪沾襟矣！"④ 而结尾处则是：又过了一年，玲玉邀云青到西湖避暑，秋天绕道旧游的海滨，果然见有一所精致的房子，门额上写着"海滨故人"四个字。于是屋前屋后徘徊半天，直到海上云雾罩满，天空星光闪耀，才洒泪而归，临去的一霎，云青兀自叹道："海滨故人！也不知何时才赋归来呵！"

《海滨故人》五个女学生之间的姐妹情谊刻画得淋漓尽致。从学生时代对姐妹浓情、处女生活的尊视到嫁作他人妇的情感的淡漠再回望少女时代姐妹情谊，庐隐皆描绘得情真意切。然而，姐妹情虽浓，但面对年深日久的岁月的淘洗，她们的真情理想终难逃被现实碰撞的命运而变得支离破碎。丽石、露沙们虽是婚姻的反抗者，精神同性恋虽是她们精神的支柱，意志的基石，但是基石如沙漠，支柱也摇摇欲坠。她们必须走婚姻之路，姐妹情谊也

---

① 庐隐：《庐隐选集》，百花文艺出版社 2009 年版，第 82 页。

② 同上书，第 91 页。

③ 同上书，第 105 页。

④ 同上书，第 112 页。

终在婚姻面前低头，由淡漠而消弭。

　　如果说《海滨故人》开了中国文学"姐妹情谊"书写之先河，那么，两年后的《胜利以后》（《小说月报》1925 年第 16 卷第 6 号）仍是"姐妹情谊"的再度绵延。《胜利以后》仍然延续《海滨故人》的情感脉络，表现了毕业三年后的女子的空虚心情。生存在太狭小屋子里的主妇琼芳接到一别三年的女友沁芝的信，信中重提昔日游赏的海滨几楹小屋，回味前尘，五内凄楚。信中直言"对处女时的幽趣十分留恋"：清晨公园散步，旅行东洋观海上升明月……而今，成了家生了女儿的肖玉颓唐伤痛，感叹"还是独身主义好，我们都走错了路"！而抱定独身隐居乡村读佛经的文琪却硬被众人请出当小学校长，她却厌倦教育的虚伪，终结交男友；心高气傲的冷岫不顾一切与有妇之夫结合，结果呢？沁芝叹曰："唉！琼芳！我往常每说冷岫是深山的自由鸟，为了情爱陷溺于人间悲海里，这也是她奋斗所得的胜利以后呵！——只赢得满怀凄楚壮志雄心，都为此消磨殆尽呵！说到这里，由不得我不叹息，现在中国的女子实在太可怜了！"[1] 尽管姐妹情谊只不过是女性主义的理想乌托邦而已，但女性之间的倾吐和理解毕竟温暖着她们茫然寻觅的痛苦心田。

　　庐隐对女性语言叙事的追求并非深思熟虑，或许连有意识也谈不上，但她分明在使用语言时辟出一条与传统的男性语言有着本质差异的路，自然这是一条布满荆棘甚至难以行走的路，因而，她的语境充满焦灼与烦絮，半个多世纪以后，我们阅读她的早期作品，仍有这种切肤之感。伍尔夫在评论多梦西·理查森的作品时指出："她发明了，或者如果她没有发明，发展和使用了一种适合于她自己的句子，我们不妨称它为女性性别心理的句子。它比旧的句子更富有弹性，可以拉得很长很长，拉得住最细小的微粒，也容得下最模糊的形状。"[2] 我想，用这段话来状摹庐隐的语境，大概不会有太大的出入。庐隐自觉或不自觉地冲击着没有女性话语的时代。

　　上述第一代女作家的姐妹情谊的文本中，无论纪实抑或虚构，女校女生的同性之爱是"五四"精英知识分子女性挑战封建文化、颠覆父权专制的实践宣战。虽有涉及同性恋的，但注重的仍是真挚单纯的精神层面的渴求与希望，倾诉衷肠，抚慰苦痛，相互欣赏，既有相依相伴的温馨，又有志趣相

---

① 庐隐：《庐隐选集》，百花文艺出版社 2009 年版，第 264 页。

② 米歇尔·巴勒特弗：《弗吉尼亚·伍尔夫：妇女与小说》，引自 ［英］玛丽·伊格尔顿编《女权主义文学理论》，湖南文艺出版社 1989 年版，第 394—395 页。

投的默契，实质上是文化层面的选择和认同，是对女性所遭遇的男性中心文化的压迫欺凌的叛逆和反抗，其姐妹情谊使女性的生命之花格外灿烂格外坚韧。

同时代的凌叔华一不小心走得要远一点，但也可以说没走出男性被看的视野。说"远"一点，是她应杨振声之约对杨所写的《她为什么发疯了》进行详写与重写，《说有这么回事》对女同性恋有具体形象化的描写；说"没走出"窠臼，是女同性恋中对女性美欣赏的目光仍是男性制定的标准。

凌叔华的短篇小说《说有这么一回事》(《晨报副刊》1926 年 5 月 3日) 如庐隐故事的时空一样，故事同样是发生在女校：C 校。为学校十周年纪念，女生们排演莎士比亚名剧《罗密欧与朱丽叶》。柔媚妍丽的谢云罗饰朱丽叶，比她"高一班的学生，平日很爱说笑话，但很活泼的二十来岁高个子的北方人"影曼饰罗密欧。台上台下，戏里戏外，再加上女生们善意的起哄，两人竟有了一种奇异的感觉。排戏回到宿舍，影曼"望着她敞开前胸露出粉玉似的胸口，顺着那大领窝望去，隐约看见那酥软微凸的乳房的曲线"①，还有她那弓形的小嘴，浅浅的酒窝，于是在女生们的笑声中，情不自禁"把脸伏在云罗胸口，嗅个不迭"。又一个雨夜，趁着女学监不查宿，影曼就与云罗"同床共寝"。云罗半夜醒来，"忽觉到一种以前没有过且说不出来的舒服。往常半夜醒来所感到的空虚，恐怖与落寞的味儿都似乎被这暖融融的气息化散了"②。而醒来的影曼，"她的唇正碰在云罗额上，不觉连连吻她"。自此，她俩更是形影不离、如胶似漆，相互慰藉，甚至想厮守终生。是否因为两人有了"肌肤之亲"，才作出这样的性向选择？问题并非如此简单。云罗父亲和姐姐都已去世，母亲拉扯大她与哥哥，而云罗的哥哥最近连着来了七八封信，不为别的，就是催促云罗做他的顶头上司——太太死了两个月的科长的填房！这样的兄长，这样的科长，给少女云罗当是怎样的印象？男人和异性婚姻，填充的是厚颜无耻的物欲的交换、卑鄙下作的势利心计，云罗能不生活在梦魇里，能不绝望么？相比《罗密欧与朱丽叶》纯洁坚贞的爱情，影曼与罗密欧合二为一的身心自然成了云罗理想的爱人。况且影曼是这样地坚强可靠："世上事就在人为，我们怎不能永远在一块呢？你看小学堂的教习陈婉真同 Miss Chu 不是住在一块儿五六年了吗？我们俩难道不可以学她们吗？你别死心眼往一处想，我想我爱你的程度比任什

---

① 凌叔华：《凌叔华文集》，北京燕山出版社 2001 年版，第 55 页。

② 同上书，第 58 页。

么男子都要深，都要长久，你一定明白吧？你当嫁给我不行吗？"① 真是惊世骇俗，大胆质疑传统世俗的婚姻结构，早早地为女同性恋争一正大光明之地位。

暑假让她俩南北分离，江浙战争使邮件阻隔，影曼寄出数封信，而仅收到云罗一封回信，影曼"把信纸放在唇上，含泪连连吻它"。不等开学，她就回到学校，然而直到开学后，仍不见云罗的倩影。一天黄昏，影曼偶然听到几个女生的闲聊，方知云罗已经做了别人的新娘！"漂亮，新官人得意……新娘子笑"这些话语让"她扑撞一声就跌倒在地"！她的眼前发黑，时而是云罗哭丧的脸，时而穿戴成新娘子笑微微的……幸而晕厥是片刻之事，她还是醒过来了！而没有像男作家杨振声的《她为什么发疯》那般发疯了。杨氏文本"疯的太匆促"，而凌叔华的文本杨振声则感叹"写出的又细丽，又亲切"。行文美感固然是凌叔华的长处，但也因了毕竟是女性，对女性心理的揣摩终究准确许多。杨氏文本"她为什么发疯"，没理清发疯缘故，对云罗突然结婚变成了一种道义背叛，而凌氏文本因前文的铺垫成功，云罗的结婚就成了母命兄求的牺牲品，所以，到影曼的突然晕厥和终于醒过来就戛然而止，也是合情合理，且发人深省的。

张爱玲的遗稿《同学少年都不贱》这部中篇小说，其中就有 20 世纪三四十年代一所教会女校女生性心理的多面展示。女生之间相互倾慕：矮小苍白瘦弱丑小鸭般的赵珏曾暗恋比她高两届的女生赫素容，为她演讲的风采而痴迷，为她晾在廊上的衣服而陶醉，与她散步时，则觉得迷离恍惚了！以至赫素容毕业时，赵珏送给她一对昂贵的银花瓶。但赫素容自己却有一同性女友郑淑青。而"大奶子"恩娟则暗恋芷琪，且念念不忘。但赵珏和恩娟的同性情谊又一直贯穿岁月！女校女生们旁观者清，热情促成这一对对——将她俩强行拉到曼陀罗花径上散步的景象，与庐隐、凌叔华、丁玲笔下的女校情景何其相似乃尔！可见其时女校同性恋风气之盛长达几十年，成为一普遍现象。赵珏以为，同性恋的价值高于异性恋，异性恋只是为了传宗接代，而同性恋才是真正的心心相印。这大概也反映了其时女校女生的普遍心理认同。半个世纪后的新生代女作家的认同与前辈可谓一脉相承，她们同样认为同性之爱才是情智相偕的，是剔除了男性与对男性欲望的女性乌托邦。

据张爱玲自己回忆——五十年代就已写出初稿，此后屡经彻底改写，才在 1978 年前后交付发表的《相见欢》中，荀太太和伍太太之间深厚的姐妹

---

① 凌叔华：《凌叔华文集》，北京燕山出版社 2001 年版，第 60 页。

情谊贯穿岁月，是因为婚姻状态的困窘、家庭气氛的近于窒息，使她俩只要见面就有说不完的话，尽管津津乐道的多是重复的话题，但乐此不疲，是精神互慰的"相见欢"。

她们是时代的苦闷者和绝望者，对异性的失望，对世俗婚姻的恐惧和绝望，使长期以来被遮蔽和被否定的生命的青春欲望涌动起来，她们试图以同性之爱来抵御孤独、驱逐苦闷和寻觅希望，这是于异性拯救之外的另一条同性救赎之路，而不仅仅是个人性取向的选择问题，有着对传统性别秩序的反抗。如西蒙娜·德·波伏娃所言："女人不是天生的，是后天形成的"，那么，女同性恋是否也可看成并非绝对天生的，而有着强烈的后天形成因素呢？是长期以来的菲勒斯中心社会逼成的呢？是女性对抗男性化世界的一种策略呢？

二　抽刀断水水更流

以丁玲为标志的中国现代第二代女作家崛起于一个更混乱的战争频仍时代，"五四"不只是落潮，而且已相隔二十几年了。这一代女作家虽然并未直接接受"五四"新文化运动的洗礼，但是，哪怕经过了几代人，"只要还有心理学家荣格（Jung）说的所谓民族回忆这样东西，像'五四'这样的经验是忘不了的，无论湮没多久也还是在思想背景里"①。女性作家之间的姐妹情谊如血脉相传，代代相继。

庐隐的"悼文"《丁玲之死》于国民党反动派的白色恐怖中写出刊出，已足见庐隐不畏险恶的真情实意。在不足 500 字的短文中，庐隐初见丁玲后的感觉是"有点不平凡"，后读到《莎菲日记》则印证了她"对于丁玲的猜想到底不错"。而且"她的印象直到如今，依然很明显地在我心头"。再三表达了对丁玲的认同和欣赏。"最近忽听到丁玲被捕失踪，今又在《时事新报》上看到丁玲有已被枪决之说"，庐隐竟疾呼呐喊："如果属实，我不禁为中国文艺界的前途叹息了。不问丁玲的罪该不该死，只就她的天才而论，却是中国文艺界一个大损失。"②痛惜之心，溢于言表，姐妹情谊，何畏风险。

8 年 9 个月之后，丁玲在得知萧红去世后所作《风雨中忆萧红》，其姐妹情谊之真挚，那种彻骨的悲凉浸透字里行间，几乎让人窒息。文章落款处

---

① 张爱玲：《张看·忆胡适之》，经济日报出版社 2002 年版，第 183 页。
② 钱虹编：《庐隐选集》，福建人民出版社 1985 年版，第 39—40 页。

为"1942 年 4 月 25 日"，丁玲在延安写成。此时延安正经历中国共产党历史上第一次大规模的整风运动。《风雨中忆萧红》写于延安文艺座谈会召开前夕。

这时的萧红已孤独地葬于香港浅水湾丽都花园前的海边坟地 3 个月 3 天了，"太平洋战争爆发中，萧红病重卧床，无法转移，恳求好友骆宾基将她送往上海许广平先生处，可那样的时局，何能如愿？况且许广平于 1941 年 12 月 15 日被日本沪西宪兵队逮捕，受尽酷刑。1942 年 1 月 19 日，医院中萧红已不能说话，唯在纸上写道：'我将与蓝天碧水永处，留得那半部'红楼'给别人写了。''半生尽遭白眼冷遇……身先死，不甘，不甘。'这是一个能写能画的天才奇女，是一只大鹏金翅鸟，可惜，如她自己所叹：女人的天空是低的！大鹏金翅鸟，被她的自我牺牲精神所累，从天空，一个筋斗栽到'奴隶的死所'上了！22 日，萧红去世，年仅 31 岁。果真与蓝天碧水永处。"①

这时的丁玲已抵达延安 5 年多了。1936 年 9 月 18 日在党组织的营救下，她终于从南京国民党的软禁中逃脱，辗转到达延安，同年 11 月"中国文艺协会"成立，丁玲担任该协会主任。延安给她的最初印象，"老年也好，中年也好，总之，他们全是充满快乐的青春之力的青年"②！而今，却"仿佛要来一阵骇人的风雨似的那么一块肮脏的云成天盖在头上"，"世界上什么是最可怕的呢，决不是艰难险阻，决不是洪水猛兽，也决不是荒凉寂寞。而难于忍耐的却是阴沉和絮聒"③。难道说这是政治风雨的暗喻与象征么？此时，她已于 1941 年 4 月底，调到党中央机关报解放日报副刊《文艺》任主编了，为何身心的疲惫跃然纸上，难道思想又经历了一次深刻而痛苦的变化么？

1942 年 5 月 1 日下午 2 时在延安文抗作家俱乐部举行了萧红追悼会，丁玲在会上致了开会词。6 月 15 日《谷雨》1 卷 5 期初刊《风雨中忆萧红》。

此文是借题发挥？借回忆之酒杯，浇胸中之块垒？是有感而发？同为女性，同经坎坷曲折，同难为世人认知和理解，甚至还要遭受怀疑中伤乃至戮尸？都有。所有的积郁如同山洪暴发、火山喷突，在笼罩的"风雨中"从

---

① 胡辛：《最后的贵族·张爱玲》，台湾国际村文库书店 1995 年版，第 161 页。

② 丁玲：《我怎样来陕北的》，香港大公报，1940 年。

③ 丁玲：《风雨中忆萧红》，《谷雨》第 5 期，1942 年延安出版。

"忆萧红"的口子冲决而出。

这是一篇奇文。一奇回忆少感触多，二奇忆萧红却牵扯众男，三奇人称突兀转换。应该说这是丁玲有意而为之，写作空间的压抑与内心情感的奔腾在貌似信马由缰、跌宕起伏中获得酣畅淋漓又曲折委婉的美学意义。

《风雨中忆萧红》全文 2700 字不到，相关具体忆萧红的文字不足千字。前文下笔千字皆谈风雨阴霾心境感受，谈活着的冯雪峰和死去的瞿秋白，而他们与萧红并无甚直接关联，这才笔锋转至"今天我想起了刚逝世不久的萧红"；后文 700 余字又是大发感慨，谈到已逝的鲁迅先生和未死的胡风，他俩倒是给《生死场》作序写跋者，但丁玲之意并不在此。"心事浩茫连广宇"，写此文者与读此文的人，都有着心潮激荡的感慨万千。丁玲将姐妹情谊超越了性别的界限，物以类聚，人以群分。这几位男性，鲁迅是认可丁玲和萧红才华的精神导师，1936 年 10 月 19 日病逝于上海寓所；瞿秋白是丁玲的入党介绍人，1936 年 6 月 18 日，被国民党杀害于福建长汀西门外罗汉岭下；冯雪峰是丁玲曾经的精神恋人和文学创作助推人；胡风亦是丁玲信赖的朋友；纵然每人经历不同，成就大小不等，但历史证明他们有着伟大的人格，是敢讲真话的勇士。弱女子萧红在丁玲眼里："她的说话是很自然而真率的。我很奇怪作为一个作家的她，为什么会那样少于世故，大概女人都容易保有纯洁和幻想，或者也就同时显得有些稚嫩和软弱的缘故吧"，因而，"我们都很亲切，彼此并不感觉到有什么孤僻的性格。我们尽情地在一块儿唱歌，每夜谈到很晚才睡觉。当然我们之中在思想上，在感情上，在性格上都不是没有差异，然而彼此都能理解，并不会因为不同意见或不同嗜好而争吵，而揶揄"①。

这种感觉，萌生于两位伟大的女作家历史性相见相识的时刻，那是在 1938 年春寒料峭的山西。1 月间，萧红同萧军、聂绀弩、艾青、田间、端木蕻良，应李公朴邀请赴民族革命大学任教。不久，丁玲带领着西北战地服务团，也从潼关来到了临汾，大家挤住在一起，丁玲与萧红几乎是"零距离"朝夕相处。但这恰恰是萧红情感最痛苦最脆弱的时刻，两萧情感面临分崩离析，丁玲可以说耳闻目睹两萧的争吵，"骤睹着她的苍白的脸，紧紧闭着的嘴唇，敏捷的动作和神经质的笑声，使我觉得很特别，而唤起许多回忆"②！是否可以这样说，丁玲从眼前的萧红忆起了昔日的蒋冰之，或者说她笔下的

---

① 丁玲：《风雨中忆萧红》，《谷雨》第 5 期，1942 年延安出版。

② 同上。

莎菲？丁玲是理解并认同萧红的。2月，日寇攻陷太原之后，兵分两路向临汾进军，民族革命大学决定撤退，萧红、端木蕻良等决定随丁玲率领的西北战地服务团去西安，而萧军则"由山西省临汾县随着民族革命大学队伍出发，经过了襄陵—乡宁—吉县以及我后来独自渡过黄河经过延长而达延安为止，约及一个多月的时间过程"①，接下来萧军又从延安到了西安。没想到两萧在西安的重逢却是最终的分离！这时的丁玲与萧红，"在西安住完了一个春天。我们痛饮过，我们也同度过风雨之夕，我们也互相倾诉。然而现在想来，我们谈得是多么地少啊！我们似乎从没有一次谈到过自己，尤其是我。然而我却以为她从没有一句话是失去了自己的，因为我们实在都太真实，太爱在朋友的面前赤裸自己的精神，因为我们又实在觉得是很亲近的。但我仍会觉得我们是谈得太少的，因为，像这样的能无妨嫌、无拘束、不须警惕着谈话的对手是太少了啊"②！萧红没有去延安，而是随端木蕻良赴武汉举行婚礼，尔后，南漂、南漂。居香港的萧红也曾寄信给白朗："我的心情永远是如此抑郁……如今我却感到寂寞！在这里我没有交往，因为没有推心置腹的朋友。"③但是，丁玲与萧红"分手后，就没有通过一封信"！倒是端木曾给丁玲去过几次信，在端木最后一封信告知萧红因病始由皇后医院迁出时，丁玲就有一种不祥的预感："有一次我同白朗说：'萧红决不会长寿的。'"撼人心魄的是接下来的话语："当我说这话的时候，我是曾把眼睛扫遍了中国我所认识的或知道的女性朋友，而感到一种无言的寂寞。能够耐苦的，不依赖于别的力量，有才智、有气节而从事于写作的女友，是如此寥寥啊！"④这一段丁玲发自肺腑的话语，其撼动力不仅至今不减分毫，而且随着岁月而增重。此后，人称突兀转换："鲁迅先生的'阿Q'已经在被那批御用文人歪曲地诠释，那么《生死场》的命运也难丁决定就会幸免丁这种灾难的。在活着的时候，你不能不被逼走到香港；死去，却还有各种不能逐出的污蔑在等着，然而你还不会知道：那些与你一起的、脱险回国的朋友们、还将有被监视和被处分的前途。我完全不懂得到底要把这批人逼到什么地步才算够？"⑤这个"你"，似指萧红，又不尽然，两位女性知友仿佛又在风雨中互诉衷肠，仿佛合二为一，谁说她们"相交太浅"呢？

①　萧军：《从临汾到延安》，山西人民出版社1983年版，第1页。

②　丁玲：《风雨中忆萧红》，《谷雨》第5期，1942年延安出版。

③　白朗：《遥祭》，引自王观泉主编：《怀念萧红》，东方出版社2011年版，第114页。

④　丁玲：《风雨中忆萧红》，《谷雨》第5期，1942年延安出版。

⑤　同上。

丁玲在《风雨中忆萧红》里的愁云怨绪、柔肠寸断、纠缠着自己的心灵，触动细微的神经，欲说还休又到底是一吐为快的情感，应了"冰冻三尺，非一日之寒"这句话。

丁玲的姐妹情谊，还可追溯到她早期小说《暑假中》（1928）。暑假中仍寄居于私立女校的一些女教员们，因寂寞与空虚，原就以情人相称且情感上互相依恋的嘉瑛与承淑、德珍与春芝这两对时而快乐嬉笑，时而拥抱亲吻，时而斗气争吵，时而嫉妒吃醋，掀起小波小澜。而丁玲以敏锐的女性目光，觉悟出"这勉强安慰自己的感情关系，并不能满足那真正的欲望"。她们对异性之爱的向往并未泯灭，即便自封为独身主义者的志清，对那些为人妻为人母的同学也生出羡慕来。然而，何处去觅理想的男性呢？同性友爱实质折射出知识女性对理想的异性之爱难以求的缺憾和哀伤，同时也显示了知识女性不再为取悦于男性而成为相互争斗的群体，因而，同性间的相互慰藉是女性不愿沦为男性欲望的客体对象的反叛。女性的姐妹情谊成为了对男权社会无声的抗议。出路何在？当这些年轻女子精神无处可逃时，幸而暑假结束了，新学期的忙碌又使一切如常了。

如果说《暑假中》，丁玲是以一个旁观者的姿态剖析女性之恋的缘由和实质意义，那么，《韦护》（1930）这部革命加恋爱的小说就将自己深深地投入进去了。这部小说中韦护与丽嘉的原型就是瞿秋白与王剑虹，丁玲曾有一段时间对瞿秋白很不理解，认为自己的女友王剑虹的死应归罪于瞿秋白的不负责任，因为是瞿秋白将肺病传染给了王剑虹的。从这一点来看，丁玲对王剑虹也的确是姐妹情深。《韦护》里的丽嘉和姗姗皆才华横溢，两人既相互欣赏，又深知彼此的缺点。当韦护为了革命离开丽嘉时，正是姗姗的友情给了寂寞无助的丽嘉以抚慰和鼓励，方使沮丧的丽嘉振作起来，姐妹情谊使女性不再仅仅将两性之恋作为情感的唯一，在两性之恋遭遇挫败时同性相互慰藉有力地帮助女性确认了自身主体意义。

但这寻寻觅觅的一页早已在严酷中翻过去了。"时代已经非复少年时代了，谁还有悠闲的心情在闷人的风雨中煮酒烹茶与琴诗为侣呢？或者是温习着一些细腻的情致，重读着那些曾经被迷醉过被感动过的小说，或者低回冥思那些天涯的故人？流着一点温柔的泪，那些天真、那些纯洁、那些无疵的赤子之心，那些轻微的感伤，那些精神上的享受都飞逝了，早已飞逝得找不到影子了。"①

---

① 丁玲：《风雨中忆萧红》，《谷雨》第 5 期，1942 年延安出版。

《三八节有感》则铿锵有力，掷地有声。不吐则已，一吐为快！痛快痛快，痛而快哉！该文写于 1942 年 3 月 8 日三八节清晨，发表于 3 月 9 日的延安《解放日报》"文艺"副刊。比《风雨中忆萧红》早 1 个半月。

2600 余字的《三八节有感》第一句有感反诘："'妇女'这两个字，将在什么时代才不被重视，不需要特别的被提出呢？"正是江山易改，本性难易。原本以为抛却已久的"莎菲女士"的女性意识，不想在光明的延安又按捺不住地宣泄出来。在丁玲眼里，延安也无非是这样，性别差异女性歧视即使在解放区里仍是难以消弭的症结："各种各样的女同志都可以得到她应得的非议。这些责难似乎都是严重而确当的。"她将非议归结为几点：结婚、生孩子和离婚。"女同志的结婚永远使人注意，而不会使人满意的"；"不结婚更有罪恶，她将更多的被作为制造谣言的对象，永远被污蔑"。生孩子而被逼着自己带的，"定可以得到公开的讥讽：'回到家庭了的娜拉。'而有着保姆的女同志，每一个星期可以有一天最卫生的交际舞。虽说在背地里也会有难比的诽语悄声地传播着，然而只要她走到那里，那里就会热闹，不管骑马的，穿草鞋的，总务科长，艺术家们的眼睛都会望着她。这同一切的理论都无关，同一切主义思想也无关，同一切开会演说也无关。然而这都是人人知道，人人不说，而且在做着的现实"！离婚的问题大约多半都是男子提出的，"离婚的口实，一定是女同志的落后"；假如提出离婚的是女同志，"那一定有更不道德的事，那完全该女人受诅咒"。延安的女同志又何尝逃离出了男性中心的窠臼？爱情、婚姻、家庭又何尝不是女性面临的焦虑的永恒的母题？此文并非浅表层面的对男女仍不平等的批评，而是深刻认识到妇女解放是比阶级解放还要艰难的历史课题。丁玲以敏锐的现代女性意识的眼光和浓烈的姐妹情谊为女性呐喊，身为女人的丁玲，自言"我会比别人更懂得女人的缺点，但我却更懂得女人的痛苦"！妇女主体意识始终没有从她的心田清空，眼下再次苏醒，在这一年的三八节清晨，警醒女人们："世界上从没有无能的人，有资格去获取一切的。所以女人要取得平等，得首先强己。"如何强己？她提出四点：第一，不要让自己生病。第二，使自己愉快。第三，用脑子。第四，下吃苦的决心，坚持到底。生为现代的有觉悟的女人，就要有认定牺牲一切蔷薇色的温柔的梦幻。没有一个人能比你自己还会爱你的生命些。没有什么东西比今天失去健康更不幸些。这些话语即便到了 21 世纪第一个十年，对于女人，仍然是何其诚恳真挚又实际的金玉良言！

这一年的早春，延安文化艺术界分外活跃，讽刺画展、墙报、针砭时弊的系列短剧纷纷推出，解放日报副刊主编丁玲率先发表《三八节有感》，接着签发了王实味的《野百合花》等文章。正是这篇口无遮拦的《三八节有感》和签发《野百合花》惹出大祸！3月31日《解放日报》改版、4月1日文艺专栏停刊，尽管毛泽东为她解围，认为："丁玲同王实味也不同，丁玲是同志，王实味是托派。"丁玲也不知道她已内定为"延安时期暴露黑暗派的头头"，但是她已敏锐地感到政治的"风雨"！而她被软禁的经历由康生重新作为历史污点问题提出又引发争议，虽然其时中组部部长陈云亦认为她的自首传说并无证据，但是丁玲满心的委屈苦痛是难以释怀的，所以，才有了痛定思痛的《风雨中忆萧红》！也正因为丁玲经历了太多的跌宕起伏和精神折磨，写作对于身为女性的她来说，犹与生命意义等同，成为心灵的慰藉和姐妹扶助的支柱。

《我在霞村的时候》——作者对被凌辱遭非议受歧视的年轻女性贞贞倾注的姐妹真情亦是沉甸甸的。贞贞——作者可能花了心思取这个名字，一个失去了贞节的女子，还奢谈什么贞？然而二律背反恰恰是所谓贞节失去之后的坚贞。

《我在霞村的时候》写于1941年初，发表于同年6月的《中国文化》第3卷第1期，后收入1944年桂林远方书店出版的同名小说集。

一般认为《我在霞村的时候》的意义在于贞贞这一形象，但我以为，另一意义更为重要，那就是第一人称"我"这位女干部或曰就是作者丁玲本人对无论是真实的或艺术的贞贞这一人物的宽容、同情、理解和并不遮遮掩掩的敬意。就如丁玲在《三八节有感》中所感言的："她们不会是超时代的，不会是理想的，她们不是铁打的。她们抵抗不了社会一切的诱惑，和无声的压迫，她们每人都有一部血泪史，都有过崇高的感情，（不管是升起的或沉落的，不管有幸与不幸，不管仍在孤苦奋斗或卷入庸俗），这在对于来到延安的女同志说来更不冤枉，所以我是拿着很大的宽容来看一切被沦为女犯的人的。"①。

贞贞因了不甘沦落——反抗父母包办的婚姻，不甘嫁给米铺的小老板，而甘愿与自由对象夏大宝——躲去天主教堂，就这一会儿工夫，遇上了日本兵，被掳去当了随营妓女——陷落于无穷的屈辱与苦难中，"得了一身的病"，还蒙受村里人们的非议和歧视！

贞贞的自我救赎之路是与游击队取得联系并向他们提供情报，"一个秋

---

① 丁玲：《三八节有感》，延安《解放日报》"文艺"副刊，1942年3月9日。

夜，她忍受着疾病的折磨，为送情报摸黑路来回走了三十里"。贞贞后来回到村里治病，又被派去沦陷区执行任务；尽管出生入死，但是她收获的仍是歧视和非议，"尤其那些妇女们，因为有了她才发生对自己的崇拜，才看出自己的圣洁来，因为自己没有被人强奸而骄傲了。"① 年深月久的封建意识的浸淫中，女性的姐妹情谊分崩离析，哪还有什么女性的群体意识群体的凝聚力呢？唯独"我"对贞贞"因为懂得，所以慈悲"。一方面，"我"对贞贞有着启蒙者的"居高临下"的同情理解，另一方面，对不幸又自尊的贞贞又有着分明的"仰视"之态。当夏大宝出于负疚要求娶贞贞时，却遭到贞贞断然的拒绝。贞贞决定去另有一番新气象的地方，去治疗去学习，"我还可以重新做一个人"。这当然是一条光明的尾巴，但是，丁玲笔下所投入的情感和寄予的希望，绝对不会比对梦珂、莎菲和后来的黑妮要少！贞贞形象有着女性生存价值的锥心叩问和更为广泛的社会意义的艰难追询，男权文化中根深蒂固的封建意识并没有在阶级斗争乃至民族战争中得到彻底推翻。对丁玲女性写作立场的批评和对丁玲历史问题的纠缠不清反反复复，难道她能不感受到政治缘由之外的男性中心社会对女性的不公正歧视吗？作家对她笔下的女性形象，无论是对莎菲、丽嘉、贞贞抑或《在医院中》的陆萍，其姐妹情谊，无不溢于言表。女性之间必须相互认同、相互理解、相互扶持、相互鼓舞，才能在女性生存环境依旧险恶的男性中心社会走出重围。这种选择的本身其实也是对男权文化的一种抵制和反抗。

抽刀断水水更流。

三　姐妹们手拉手

当《红色娘子军》闪亮银幕，"古有花木兰，替父去从军；今有娘子军，扛枪为人民"的歌声将战争年代革命的姐妹情谊响彻时代；当《舞台姐妹》将姐妹与革命的关系演绎为跌宕起伏的成长的故事时，姐妹情谊的母题却从文学作品中淡出。直到20世纪80年代初，才又一次浮出历史地表，并成为新时期女作家喜爱的主题之一。

1981年，张洁的中篇小说《方舟》第一个扬起了"姐妹情谊"的风帆，那时的张洁，虽然还沉湎于"爱，是不能忘记的"柏拉图式的男女精神恋中，男性神话尚未从她的心头幻灭，但是，耳闻目睹女友们的情感灾难、婚姻陷阱和事业阻力，不由得为三位知识女性梁倩、荆华和柳泉声泪俱

---

① 丁玲：《丁玲文集·我在霞村的时候》，北京燕山出版社2001年版，第308页。

下地吼几嗓子，也许在男性中心社会的汪洋大海中，构造纯女性的纯精神关系的"方舟"，即便不能颠覆男性神话，但精神方舟的"女性乌托邦"毕竟给了处处碰壁乃至走投无路的姐妹们一席遮风挡雨相互慰藉之所。

　　如果说高干女儿梁倩因父亲遭厄运牵连进监狱，"反动权威"之女曹荆华下放到大森林，为了养活父亲和妹妹，无奈嫁给一工人，这些是政治的原因，时代的错误；那么，父亲官复原位，梁倩出狱后终于能自己导戏且视作品为自己儿子般宝贝却又处处受掣，徒有一双沉重的翅膀，名存实亡的丈夫白复山死皮赖脸纠缠不休，以他们的儿子要挟她，还诽谤她的事业，造谣惑众，这就只能归咎于"你将格外地不幸，因为你是女人"了！曹荆华饱受丈夫的老拳，是因为"不贤不惠"，虽然挑水和泥抹墙缝打家具啥都干，但不再行居家过日子，又居然敢做了人流，那简直就是"大逆不道"！离婚后终回到北京，终在辩证法唯物主义理论研究方面冒尖，但接踵而至的批判，刀条脸的欲置于死地而后快，在政治因素之外，还有就"因为你是女人"！比起梁倩和曹荆华，"小有姿色"的柳泉的不幸更纯粹是女人的不幸。她那锱铢必较、每夜都要做爱否则就"蚀了本"的物质丈夫，分明是奴役女性的意志使然；离了婚的柳泉"才离虎穴，又进狼窝"，频频遭遇魏经理的性骚扰；最后在梁倩的奋力帮助下，借调到外事局，可又被政治恶棍谢昆生要弄，幸亏外事局主任朱祯祥火眼金睛查清真相，更兼一副菩萨心肠，柳泉才拿到一纸 20×27 公分调令，这也是《方舟》中唯一的一抹亮色。

　　尽管皆有"巾帼不让须眉"的气概，尽管皆是名副其实的知识精英，可有什么用？面对依然是男性中心的社会和文化语境，她们无论是在事业，还是婚姻家庭中皆败下阵来，焦头烂额！她们沦落到无家可归或曰有家难回的境地，谁来救赎？惟有姐妹情谊。三位女性"一块念过小学，又考上同一所中学，只是在念大学之后，才各奔东西"，因情境所迫被逼无奈，不得不打一场场身败名裂的离婚仗，荆华和柳泉住进了梁倩的单元，三颗伤痕累累疲惫不堪的心灵需要疗救，女人的心的团结，才能抵御男性社会的形形色色的攻击和欺凌，方有一休憩的空间，让姐妹情谊相濡以沫，舔干伤口的血，同舟共济，以利再战。然而，她们共同打造的精神的诺亚方舟又能行多远呢？左邻右舍无事生非的怀疑，风言冷语唾沫星子欲淹没"寡妇居"，何来"俱乐部"？她们的情感世界在内外夹击中千疮百孔哀痛欲绝，然而，没有了事业，她们也就丢弃了自强，又何来自信自重自尊？也就没有了精神生命。事业，唯有事业，才能支撑她们继续前行。的确，为了事业，为了自尊自强，她们付出了太大的代价，经济的独立、政治的解放的确是妇女解放的前提和基础，但仅仅有此是远远不够的，女性自身以及社会对女性独立意识和价值认定更是妇女解放的重要标识。也许在事业与婚姻家庭之间，现代女性们永远只能是熊掌与鱼难以兼顾的两难境地。

从《方舟》来看，张洁笔下的姐妹情谊已极自然地向兄弟豪情靠拢，她们为现状所迫也是自觉地丢弃了传统女性的甜润柔媚，梁倩从工作间的隔音玻璃照见自己的影子是"苍白、干瘪，披头散发，精疲力竭，横眉立目"，一副呆若木鸡一点也不讨人喜欢的样子！曹荆华虽然有两条有力的胳膊，能上山砍树，能自己打家具，但是，一到阴天下雨，她的腰部就僵硬得像一根木头棒子，疼痛异常。"医生说过，她将来有瘫痪的危险——腰椎骨类风湿"。曾经小有姿色的柳泉，而今"仿佛一张没人精心保管的古画。被虫蛀损了，也被温度、湿度、酸碱度都不合适的空气剥蚀得褪了颜色"！她仨都会抽烟，梁倩张嘴便能骂人，像闯荡江湖的侠客。但这种异类的姐妹情谊现实社会的容忍度到底有多大？又能解决多少实质性问题？掩卷静思，如果梁倩没有一个好爸爸，她仨能有这"寡妇居"单元吗？柳泉能借调到外事局吗？如果没有支部书记安泰的理解、欣赏和保护，荆华能逃脱批判吗？如果没有外事局主任朱祯祥的拔刀相助，柳泉又岂能如愿以偿？他们可都是有社会地位能够力挽狂澜的男性呵！而且一个是老爸，一个是离了婚的老男，还有一个幸亏有个贤惠的也有姐妹情谊的妻子，否则寸步难行！所以，本质上并非姐妹情谊在救赎，这是怎样的欲说还休！

提笔于1983年一个多雨的春夜的《四个四十岁的女人》，是年近四十的胡辛的处女作。在张洁之后，同样触及到女性独立和姐妹情谊这样一个敏感又前卫的话题。经王蒙老师发现并鼎力推荐，获1983年全国优秀短篇小说奖。改编成电影、电视剧，入电视大学的教材，翻译介绍到日本、美国，"四个四十岁的女人"仿佛总也不见老。这是否折射出这部小说所涉及的母题有着永恒的意义呢？柳青、钱叶芸、魏玲玲和蔡淑华这四个自小勾肩搭背要好的女同学，仿佛是命运的故意安排，分别二十年后的一个黄昏，她们在省妇女保健院邂逅！刹那间，她们都认出了对方，谁说十年离别两茫茫呢？那种旁若无人的雀跃那种狂叫，印证着姐妹情谊的不弃不灭。而每个女人的倾吐，都能得到同伴的理解，蔡淑华的烦恼、魏玲玲的"闲愁"、钱叶芸的遇人不淑的痛苦，尤其是柳青的土气、木讷和病痛，让她们几乎是撕心裂肺却又不能流露。知根知底，知己知彼，心心相印，虽说岁月改变人，但烙刻进少女记忆的真情从来都未曾泯灭。《四个四十岁的女人》在寻视女人的爱情、婚姻、家庭和事业的答案而不可得的同时，在那一个夏夜短暂的时空里，姐妹情谊弥漫并营造了真诚的氛围。

1990 年由百花洲文艺出版社出版的《蔷薇雨》，可谓是"写足了女人"，它借故乡红城湖井巷陌，编了一纸"真真假假姊妹风流惘惘情"。徐家七姊妹的血缘亲手足情的姐妹情谊，既有知识女性老大希璞、老三阿玮、老四瑶瑶、老七七巧这四个大学生之间的文化认同与差异，也有因时代耽搁成为没文化的老二希玫、老五勺子、老六小玑之间的盘根错节之情，还有有文化没文化之间的碰撞。在物欲横流，一切向钱看的纷繁世事中，依然残存着纯真又炽烈的血缘姐妹情谊。七巧与三姐希玮之间的姐妹情及其与凌云的种种纠葛爱恨交织，好比在六眼井、三眼井、大井头转了个磨磨圈，最终还是以"姐妹情谊"战胜"男女之爱"而告终。

池莉的小说雅俗共赏，而且多部改编成影视剧，走进千家万户。这种得到社会各阶层的持久的欢迎的状态，乃至有人以为池莉在性别书写上采取了中庸之道，然而写于 1999 年的《小姐，你早》却让人大跌眼镜。这部小说全然站在女性主义的立场上，对背叛女性、背叛婚姻（还是不谈爱情）的"衣冠禽兽"（看似体面，却跟保姆都上床者）的男人给予了痛快淋漓的斥责和致命的打击，很久以来没有读过这般痛快的文章，这般简单明了的报复！姐妹情谊的振奋出击，比起《紫色》来有过之而无不及。女人们走到这一步，就不只是清醒，对男人不再抱任何的幻想，而且还要让他们为其背叛、厚颜无耻、张狂轻薄等付出绝对沉重的代价。女人们相扶相携走到这一步，再也没什么感伤、颓败与迷惘，尽管你在阅读时会清醒地认识到：瞎编。可你领情，你愿意生活中出现这样的情节，因为这是使在情感、婚姻中遭受种种失败和磨难的女性为之振奋的小说。小说尾页有这样一段故事梗概："事业有成——温柔雅致——青春靓丽，三个截然不同的女性却遭遇了被男人欺骗、抛弃、玩弄的共同命运，对男人的失望和愤恨使她们走到了一起，结成温馨的姐妹情谊，她们互相安慰，互相扶助，互相支持，终于走出男人的伤害，重建崭新的生活。"是的，这的确是一篇姐妹情谊的直白小说。虽然是因"色情"起事，但绝对没有一丝一毫的"色情"，整篇慷慨激昂，三个女人的结为同盟，使的"阴谋诡计"却分明是光明磊落的色彩。这样的谋划和战斗不亚于历史上男人们的战斗，而且颇具创新意识。相信这部小说能为大多数女读者拍案叫绝，而让大多数男读者不可思议。《一冬无雪》把赞美女性的主题上升了一个高度。一个被称为武汉市妇科手术"金手"的女医生，却在家庭和单位里处处遭遇不幸：做大学教授的丈夫为了传宗接代，竟亲自劝诱妻子"借种"，当借种生下的不是男儿是女孩时，丈夫就把全部脏水都泼到妻子身上；而在医院，她的认真和敬业，反而给自己招来了"失职致人死亡"的罪名，锒铛入狱。小说不仅为这样的女子鸣不平，而且又一次表达了依靠"姐妹们"的力量为女人伸张正义的观念。小说中的"我"以一种姐妹的火热心肠为同学和同事四处奔走，终于在法律面前讨回了公道。小说通篇洋溢着一股不让须眉的女人的豪侠之气，读来令人荡气回肠。

或许，面对强大的仍不见动摇的男性菲勒斯中心体系，面对男性的另一种张狂的堕落与背叛，面对女性无法突围的困境，女性别无选择，只有携起手来，让姐妹情谊温暖一颗颗千疮百孔的心，让姐妹情谊给男权中心以猝不及防的勇猛出击。这真是女性生机盎然的斗志，虽然极有可能仍是理想的乌托邦。

这些文本传达出的于女性姐妹情谊的产生和维系方式与男性有着完全不同的独特性，它显示出只属于女性文化内部的新的价值和认知标准，有别于男性的以政治、权利、欲望、理性为代表的人际关系标准而趋向于一种自然的、艺术的、情感的、非功利的真诚标准。因此，我们还不能忽略的是这种依据女性文化标准建立的女性之间相互依赖的关系对于女性共救和建立女性精神家园的重要性。

第三节　"女儿国"的瓦解与重建

一　"弟兄们"酒醒何处？

四海之内皆兄弟，其实，四海之内又何尝不是皆姐妹呢？与张洁的《方舟》的姐妹情谊一脉相承又大相径庭的也不乏其作。

徐坤的《相聚梁山泊》（1998）以不无嘲讽但并不辛辣的笔调描摹了一场短暂的九女"满庭芳"聚会图，可只因东道主柳芭的大情人一步跨进，虽然很快退出，但就一瞬间，让忘乎所以的新女性回归传统小女人，所谓的女性联盟坍塌成碎砖片瓦。

柳芭闯荡国外，"离婚、结婚，结婚、离婚不停地折腾，终于熬出个可以在两个不同国度之间自由往来的身份，做起沟通两岸三地及其北美之间的伟大生意"。也就是她一声呼唤，来了手帕交"我"（阿妙）、搞电影的、诗人、画家、搞妇研的等八位粉黛裙钗，于是一桌子的姹紫嫣红，仿佛要举行女同志成立大会似的。也就在觥筹交错，酒过三巡，菜过五味中，九女皆放浪形骸，称兄道弟，"都忙着兄弟一家亲，忙着兄弟一堂春"，在酒汪汪的幸福中九女皆有壮志断腕般的豪情！满庭芳变为梁山泊，柳芭成了水泊梁山聚义时的宋江或晁盖女大哥！奇哉怪哉！要知道，婚姻之外，柳芭在这座城里埋设了十来个男性暗哨为她跑龙套，"真正的情人皮肤内里深层有过激烈碰撞大概数目保持在四五个"。就这么一个善于跟男人放电的主，陡然间却有了跟同性方面的性趣，为什么？用柳芭的名言回答："一个成功的男人背后必定站着一个全力支持他的女人，而一个成功的女人背后必定站着无数个伤透了她心的男人。"那么，柳芭终于成了"看破男人红尘，惊回首，到同性族群中来释放体能，寻找生命原点"的"变性的鱼"。在座的众位女兄弟大碗喝酒，大块吃肉，相亲相爱，相怜相恤，是否有着相同的情感创伤痛楚都需要疗救呢？她们言语举止的豪放"变性"，是对男性的羡慕模仿"恨今生非男性"？抑或是对男性的拒绝、轻蔑乃至敌视呢？

然而，最高潮时也是最凄凉，就在她们酒酣耳热"兄弟"情谊义薄云天之时，一个高大俊朗的男士一步跨进包厢，"女大哥"柳芭沙啦啦的磁性嗓子立马变得娇滴滴，而众女兄弟也在伟男含情脉脉顺时针旋转一圈中丢盔弃甲，不，片甲不留！刚才那份女性主义的豪情立马土崩瓦解，体无完肤。当伟男退到大堂等候，众女兄弟也全像泄了气的皮球，两秒钟的寂静后，伸懒腰、打哈欠，就像流行感冒传染似的，于是离席，于是，不忘给大情人行酒汪汪的玫瑰色的注目礼，九女皆回归为争相献媚取宠的媚态狐狸。所谓"兄弟"情谊、女性联盟，不过是作秀给女性自己看看而已。自古至今，女人何来梁山泊的营寨？姐妹情谊即便"变性"为"兄弟"情谊，在男权文化传统中就能生存下去？梁山泊的好汉非男性莫属。当女性酒醒重新回到现实生活中，"明儿我还要起早"、"老公出门没有带钥匙"等琐琐屑屑就将其女性神话破裂乃至瓦解，化装成男性的姐妹情谊根本不能当做长久的精神支柱，说什么兄弟相见恨晚，道什么兄弟来日方长，赞什么兄弟坚如磐石，颂什么兄弟亲密无缝，全都是自欺欺人的痴话、傻话、呆话！当然，话说回来，所谓的真正的兄弟情谊也一样千疮百孔，再说，世上除了女人就是男人，女人的独立又能独立到哪里去呢？

建立在纯粹精神上的姐妹情谊在现实物质社会生活中，犹如以卵击石，结局无非是头破血流。女性乐园的当代神话难以谱写更难以为继。

姐妹情谊"变性"为兄弟情谊之乌托邦构想，1989年王安忆就有中篇小说《弟兄们》。王安忆笔下的三个侠义女子，彼此有结成心灵交流的姐妹同盟的需求，本来是支撑女性自我意识，但在男性中心社会中，自觉地硬是要称兄道弟，向男性化看齐，原以为建构起牢不可破的兄弟情谊，却在丈夫的一句话、儿子被摔了一下中迅猛地崩溃。所以，与其说是以对男性称谓的借用僭越来对男权进行某种意义上的颠覆消解，不如说是姐妹情谊男性化的可悲可叹！东施效颦，画虎类犬，自取其辱。

"在学校里的时候，她们有兄弟仨，分别为老大、老二、老三，将各自的丈夫称作为老大家的、老二家的、老三家的。她们是这一班上惟有的三女生，可是样样事情都做得比男生出色。"① 所谓的"出色"，是反传统女性规范的，诸如宿舍最脏、吃完饭不洗碗、洗过澡的衣服不洗、早上起得比最懒的男生还要迟等等。她们做派豪放奔腾、举止言谈皆刚强果断，三人一宿舍，肝胆相照，宛若"吃大块肉喝大碗酒"的梁山泊好汉一般，有的是弟兄们的情谊。她们兄弟仨各来自上海、南京和苏北的铜山县。老大家的在上海做工人，老二家的在东北当营长，老三家的是县文化馆的干事。以至她们"家里的"来到学校，都成了她们"兄弟情"的多余的"插足者"一般。这样的兄弟情谊维系到毕业。学校方面打算在她们仨中留一个，这说明她们在学业上是拔尖的。留谁？兄弟情谊根本不把这当做考验，老大老二毫不犹疑将这条出路给了老三，因为这对家在县城的老三来说，可谓到了人生的转折点了。问题却出在夫妻情上，老三"家里的"坚决不同意老三留校，因为她"家里的"觉得跟了女人走路，说话再也说不响了。老三到底是女人，掉过头来跟了"家里的"回家了。兄弟情谊眨眼间就瓦解了。这样的"弟兄们"的情谊，按传统观念的推断，当比姐妹情谊牢固不知多少，谁知也这般不堪一击。她们仨一旦分开，那份豪情和坚韧即化作游丝，若有若无了。故事如若到这里，留下的是感叹，绝非震撼。故事却在老二经历了许多个有油有盐却无滋无味的日子后，在一个夜晚决定要生个孩子后，第二天当老二走向她的办公室时，却从她的位置上站起了一个人——阔别多年已挺着大肚子的老大！兄弟情就这么由游丝又续了下去。为了忘却的纪念，她们不再称老大老二，而是喊老李老王。老李老王的兄弟情又如火如荼地继续着。当老李分娩后，老王无比热情地去到老李家，全身心投入为老李母子服务，这一度使老李的丈夫感动不已，但时间一长，老李的丈夫觉得这么个似乎疯狂的女人搅得他家不得安生了。老李老王依旧浑然不觉，这兄弟情谊还真经得起考验，就在这时，她们聊得忘却一切时，忘却了婴儿车里的小宝宝，小宝宝被摔了一下——幸而没有摔成重伤更没有摔死，但从这一瞬间起，"兄

① 王安忆：《王安忆自选集》第二卷，作家出版社1996年版，第464页。

弟"情谊即刻被摔得粉粉碎！哪怕是以兄弟情谊的准则来建构姐妹情谊，解构起来也是太容易了，也许，因为毕竟还是女人？身处婚姻的女人，丈夫怎么也还是她的天；身处家庭的女人，儿子毕竟是她的命，或比她的命还重大。传统的烙印要从女人心上完全磨灭，难。

王安忆在《弟兄们》之后的六年，写了一部中篇小说《姊妹们》，从书名来看，像是金童玉女一般，主题的确仍是一样，即姐妹情谊，但又是风马牛不相及的。仿佛王安忆在城市知识女性之间纯精神关系不堪一击后，将探索的目光转向农村的姊妹们那一段短暂纯洁的时光，在一首首淡淡又浓浓的乡情民俗的歌谣中，在一幅幅浓墨重彩又轻描淡写的农村女子的彩墨画中，王安忆在追忆，在思考。她对农村姊妹情的不加掩饰地高度礼赞，虽然仅仅是她一厢情愿的乌托邦式寄托，其对纯真纯洁的农村姊妹情谊进行了过滤式的美化也是显而易见的。

《姊妹们》落款处标明"1995 年 11 月 23 日一稿，12 月 18 日二稿"，似乎可以这样认定，是王安忆告别了上山下乡的知青生涯 20 多年后再对知青岁月的回望中沉淀后的升华。这部不到 3 万字的中篇以第一人称"我"为叙事人，但事实上"我"与王安忆可能是重叠的，近乎散文式的结构和碎片式的事件连缀，其真实感力透纸背；而"我"的感叹，可以让人窥探青年王安忆当年的真实感受："我们庄是我从不回首的村庄，我对它谈不上一点喜欢。它远离都市，又远非自然，它世故的表情隔离着我的心。像它这样走过漫长历史的村庄，于人于事都有着深思熟虑，内外分明，利弊也分明。它决称不上淳厚质朴，它甚至对我这一个孤独的外乡人，要紧关头也使了心计。可是我挑不出姊妹们一点错处，我真是挑不出姊妹们一点错处。任何时候，哪怕我咬着牙，赌咒发誓地要离开我们庄的当儿，一想起她们，心就陡地酸楚起来，她们一点都不能叫人生怨，她们是多么多么地叫人心疼。"[1] 这样发自肺腑的感受很难将其归入虚构。所以，说到"我们庄的姊妹们"，"我"简直是口舌生津，如数家珍，很是投入。这是作者在艰难伤痛的下放岁月中既作为亲历者又作为旁观者感受到的姊妹情的朴素的温馨。

"我"在小说中多次强调"姊妹们"的界定："我们庄，称没出阁的姑娘为姊妹"。"大约在 17—21 岁这段短暂的时光"。"之前还是孩子，称不上姊妹，之后，便是婆婆家的人了。""这日子是短暂的，因是短暂，人们似乎便容忍她们可以任性。"短暂的花一般的少女时代呵！

---

① 王安忆：《姊妹们》，上海文学，1996 年第 4 期。

　　先说美的追求。"我们庄"的姐妹们"对美的认识知识分子化了"！最出色的两个姐妹是独立不羁的刘平子和小瑛子，最有个性，心气很高，思想大胆，有创造力。刘平子用麦秸编戒指，一件斜襟瘦腰裉子，硬是穿出了新潮！读过几年书的小瑛子，更是追求个性，一件标新立异的毛蓝大衣，更是显示了她的奔放和活跃。孙侠子则选择通常做夏天衬衣的薄削的人造棉，而且是白底黑花做蒙袄衣，尽管不合时宜，但确实与众不同，令人触目。即使是不愿出嫁、出嫁后患有精神病的大志子，也煞是欣赏"我"送她的一段灰绿色的朝阳格府绸，说要用来做件城里人穿的"小袖子"衬衫。对生活的有热情，让她们现代、脱俗，"洋乎"。"由于她们是格外奔放和活跃的一类姐妹，婚后的生活于她们也许更加困难。她们那种生气勃勃的样子，不论怎么说，都是具有着极大的美感，令人难以忘怀。"①

　　再说姐妹们对待人情世故。"我"这个外地人列举的仍是琐琐屑屑的事例，但是，"说起来都是小事，可从小事也能看出道理"。如"我"在孙侠子家搭饭，却带馍给小瑛子吃，孙侠子妈不乐意，可孙侠子却十分仗义给"我"解了围；如"我"等招工直等到绝望，大雪已经遮盖了回上海的路才不得不回上海时，是孙侠子和大志子帮"我"扛着行李送进城搭船，她俩只穿着单鞋，却为"我"在前边蹚路，大雪纷飞，满天阴霾，她们头上肩上都盖了雪，鞋也湿了，可是她们脸上并没有愁苦的神色。如小辫子这个小时就死了父母亲的小姐妹，脾气虽有时倔得很，但硬是留给"我"一刀肉，生生坏了……如此等等，姐妹们真的是很"侠义"，所以"我"考证姐妹们以"侠"为小名或大名，可能是来自"份"或是"霞"之音，"可所有会写字的姐妹都认定是'侠'"。一个"侠"字，能让人浮想联翩，如果说"千古文人侠客梦"，那么千古姐妹也有人生这一短暂时光在做着"侠"梦。

　　"我"继而分析姐妹们为何在此时段充满了人性人情的光辉？"我"认为正因了时光短暂而得到各方面的悉心悉意的呵护，才使姐妹们有了温良和善的性情，看人看事才看到好的一面，再以好的一面去对待，才能柔和地看待艰辛的生存环境，才会在艰辛的磨压中，仍结出天性最好的果实和仁厚的同情心。

　　所以，说婆家是姐妹们的大事。但是，又要对自己的婚事充耳不闻，由家里安排，这是庄里的规矩。富农的女儿铁嘴，俊俏，能干，能放大刀割麦

———————————

①　王安忆：《姐妹们》，《上海文学》1996 年第 4 期。

子，说话机智，有超人的才华，但虽如此，却硬是让成分耽误了她的婚事。但外来户女儿小勉，当未婚夫提了营级后要退婚时，她冲破禁忌，毅然上门去力争，并开始学认字，遇事有主见、敢于把握自己的命运。她之所以能够沉着应战，是因为有强大健全的心智作实力。而要把姊妹的纯洁和童贞挽留到最后一刻，真的是"无可奈何花落去"的心情。大志子到了出嫁时刻却怎么都不肯出门，直挨到天傍黑。她把一庄媳妇姊妹的眼泪都哭下来了。外面的世界对于她们遥不可及，但这种宿命并不能消除她们对外面世界的憧憬，她们虽然走不远，可其实最了解世界的大和茫然。但姊妹们又是务实的，都看重嫁妆，因为系着她们在婆婆家的尊卑荣辱，也决定了未来家庭的财富基础。即便父母都是农村干部，自己又中学毕业的宗明子也不例外，在她曾祖母的丧事上，仍饶有兴趣地站在丧棚下欣赏并划算着她准备要下哪几幅帐子。当然，一旦她们出嫁成了人家的媳妇，尤其是生了孩子后，她们就又有了一次脱胎换骨。

所以，姊妹们的姊妹时代，无论是她们悲哀还是快乐，甘心牺牲还是追求幸福，都给风光枯乏的我们庄增添了一股妩媚的生气；而姊妹们的羞怯、自爱、克己、友爱，是我们庄的人性最自由和最美丽的表达。

王安忆就是这样用汩汩流水似的讲述、轻灵而温和地表达了在眼里心中的"姐妹情谊"，都言张洁较之王安忆要偏激愤然，但是，我们恰恰在张洁凝重悲怆的《方舟》中读到这样一段话语："上哪儿再找回那颗仁爱的、宁静的心啊，像初开的花朵一样，把自己的芬芳慷慨地赠给每一个人。像银色的月亮一样，温存地罩着每个人的睡梦。"[1] 王安忆的《姊妹们》正是在找回初开的花朵、温存的银月，她试图在对抗的性别秩序中寻找探索女性最原始最温柔的姊妹情谊，充满了温和完美的理想主义色彩。

2003 年 3 月 17 日杀青于上海的《姊妹行》就不同于温情脉脉的《姊妹们》了。如果说姊妹们就好像麦子一茬一茬地生长似的，那么，新千年的又一茬麦子绿了，这一茬的新麦是怎样的呢？王安忆的心里该有一股悲悯乃至哀恸的感觉了。

分田和水是一对非血缘的姊妹，分田去部队探望未婚夫，她邀了比她小两岁的水一道去，却一不小心就遭歹人拐卖！被拐卖到穷乡僻壤的无奈和被解救的偶然，印证人世间的险恶，诈骗无处不在！更要命的是，姊妹所在的村子与丁玲笔下的霞村毫无二致，谁也不相信分田能保持住贞洁，谁见着她

---

① 张洁：《张洁文集·方舟》第一卷，作家出版社 1997 年版，第 247—248 页。

都有种异样的眼光；那部队里的孩子竟也义正词严地与她分了手；更令人不可思议的是被拐的水的家里人根本不愿去找水，而且说嫁到哪都是嫁。最终是分田以她的大无畏的精神和执拗终于单枪匹马地"解救"出了已生了小孩的水。她们不再回家乡，而是登上了去上海的火车，然而，大都市上海会给她们带来美梦么？小说就此落幕。比起《姊妹们》，《姊妹行》沉重得多且更现实得多，但充溢《姊妹行》推动姊妹行的到底还是很不现实的姐妹情谊。看来，王安忆对农村的姊妹们深藏于心的认同和敬重，一直不改。

王安忆还有一部长篇小说《上种红菱下种藕》（2002），仅书名而言，似充满了江南采菱起藕的诗情画意，其实不然，耕种时代的田园风光已渐行渐远，市场经济大潮的席卷，使先富起来的江浙农村代之以暴发式的资本积累的粗糙过渡，依旧温馨人心的是书中姐姐妹妹的纯真细腻不乏闹别扭起矛盾的情谊。以儿童文学起家的王安忆驾轻就熟地以 9 岁女孩秧宝宝（夏静颖）的眼睛和心初涉人世一年整！因父母外出经商，秧宝宝离开了家乡的老屋，寄居于并不遥远的华舍水镇顾家，顾家三代同堂，但在这部长篇中善国画的顾老师、儿子亮亮、女婿小季这三个男性皆被淡化，而女儿闪闪、媳妇陆国慎与秧宝宝的情感虽不过杯水风波，却是一唱三叹、令人回肠荡气。李老师的女儿闪闪性格如电闪，一开始就让秧宝宝难以接受，但她喜欢她的儿子小毛；这家的媳妇陆国慎可能因为同是"外来人"，加上性格温和又坚定，首先赢得了秧宝宝的喜欢；然而，好景不长，秧宝宝因愤怒陆国慎的"背叛"——只不过女孩觉得陆偏向闪闪而已，就不再同这位大朋友说话！这对忘年姐妹情谊写得特别细腻感人，陆国慎住院保胎后，秧宝宝从老屋公公那里要到了 9 个小母鸡的头生蛋，悄悄地巴巴地送到医院，叙述却突然中断，仿佛加进了侦破元素，后来才知秧宝宝没有见陆国慎，陆国慎是从纸盒上的字破译出送蛋的女孩，后来陆国慎在秧宝宝脸上冷不防亲了一记，是最动情的和解；秧宝宝为陆的女儿钩了一顶小线帽，也是写得一波三折，最后秧宝宝离别李老师家匆匆将帽子放在小囡身旁，无限怅惘又无限动容。秧宝宝与闪闪的情谊则是因了闪闪的正直在社会上碰钉子后秧宝宝对她的敬仰，那闪闪辞职开一方小艺术店的甜酸苦辣使秧宝宝初涉人世也初识人世，心甘情愿做闪闪的"小丫头"！这是忘年交式的姐妹情谊，亦是女孩成长路上的好引导。反过来神秘风流的黄久香对秧宝宝和蒋芽儿也是不可抵御的魅惑，两个女孩对艳丽的黄久香的崇拜和追慕，是别样的姐妹情谊，亦不能用"误导"两字草率定性。

秧宝宝与同班女生蒋芽儿、张柔桑的三角小姐妹情谊则写得生动可信，可以让所有女性无论城乡老少怦然心动，因为太真实了，是你的今天或昨天历经的同性感情故事。秧宝宝的左右摇摆和情不自禁，张柔桑的高傲和恨铁不成钢，蒋芽儿的猛攻软缠乃至死乞白赖，使这几个女孩的姐妹情谊充满了张力，即便尘埃落定，秧宝宝终究与蒋芽儿要好，但也还有张柔桑教秧宝宝钩织婴儿帽的生疏的亲切，更有蒋芽儿在失去猫们后的孤独变态中，秧宝宝对她的全心全意的"救助"，真是惊人闪亮的一笔——大人都难以做到的，秧宝宝以姐妹情谊做到了。女孩比大人单纯得多也高尚得多，姐妹情谊不是按照条件去寻找，而是心与心的呼唤。

当然，这份认同和敬重，也不仅仅是对农村姊妹们，对女性市民之间的姐妹情谊，王安忆也怀着真诚细细咀嚼回味。在《长恨歌》中，王安忆娓娓道来上海弄堂里的小姊妹王琦瑶的或旖旎或平淡的四十年的情与爱，王琦瑶夺魁的偶然又必然，曾经沧海难为水的淡定与躁动，风情万种不灭的神采与往事随风的怀旧怅惘交织，在世态炎凉中城市女儿家从青春到衰老直逼死亡就这样奏出一曲千回百转的"长恨歌"。这其间，王安忆对女人之间从小到老惺惺相惜的姐妹情谊荡漾在第三人称全知视角的叙述里。

王安忆浓墨重彩地描述了城市女儿的小姊妹情："王琦瑶和王琦瑶是有小姊妹情谊的，这情谊有时可伴随她们一生。无论何时，她们到了一起，闺阁生活便扑面而来。她们彼此都是闺阁岁月的一个标记，纪念碑似的东西；还是一个见证，能挽留时光似的。她们这一生有许多东西都是更替取代的，唯有小姊妹情谊，可说是从一而终。"①

王琦瑶能脱颖而出，缘出丑女吴佩珍。如若不是吴佩珍的表哥在片厂做照明工，王琦瑶就不会有片厂的试镜之举，吴佩珍是将片厂当作一件礼物一样献给王琦瑶的。虽然试镜失败，但导演介绍她去程先生处拍照，正是"沪上淑媛"的封面照，让女校学生王琦瑶誉满上海，才会演绎"上海小姐"的传奇。但王琦瑶与吴佩珍的一段小姊妹情谊终结得也真是莫名其妙，就因为吴佩珍亲眼目睹了王琦瑶的试镜失败？不可理喻。但解放前夕，吴佩珍嫁了人，且随夫家去香港前夕找到爱丽丝公寓落魄的王琦瑶，劝其跟她一起走的举动终归还是感人的姊妹情。

王琦瑶与蒋丽莉的小姊妹情则有着畸形的变异历程。王琦瑶被选为"上海小姐"，蒋丽莉功不可没。蒋丽莉出身富裕的工厂主家庭，但家庭破裂，父亲娶了小，母亲愚钝哥哥孤僻，蒋丽莉情感寄托于哀情小说，再痴心

---

① 王安忆：《王安忆自选集》第六卷，作家出版社 1996 年版，第 21—22 页。

于程先生，可程先生却喜欢王琦瑶。上海解放时，蒋丽莉的情感转向革命，退学到纱厂当工人，后当干部，并嫁给了纱厂的山东人军代表，生了三个孩子。于是十多年来小姊妹断了往来，过着截然不同的生活，再续姐妹情是因为蒋丽莉填写入党申请表履历时要王琦瑶做一证明人。偏偏姊妹情又纠结着程先生！1965 年蒋丽莉得了恶瘤绝症时，不见程先生，只见王琦瑶，去世前一周，小姊妹翻看旧时蒋丽莉为程先生所作的爱情诗大笑大哭的一场真让人肝胆俱裂。印证：爱，是不能忘记的；姊妹情虽谈不上患难与共相濡以沫，但也是真心对真心，斩不断，理还乱的。

王琦瑶与严家师母的中年姊妹情谊，就更见平淡的家常气了。城市沟缝里的街坊，并非志同道合，因为她俩都无"志"可言，但绝对是情趣相投。都有"落毛的凤凰不如鸡"的失落，藏着一些断枝碎节让她俩感到可亲可近。有芥蒂，有嫉妒，有防备，但愈是不欢而散，愈是有下一次的相见欢。

当然，王安忆设置于农村少女时段和城市女性市民间的姐妹情谊，不见得能让读者信服，更多的是作者一相情愿的理想乌托邦而已。

而这种发自女作家内心似一相情愿的理想乌托邦，其实在萧红断肠前的《呼兰河传》中"野台子戏"这一章也曾有缠绵的描述和展示。《呼兰河传》通篇浸淫着黑色幽默的智慧和荒诞，还有女性生命底色的荒凉，惟有对祖孙情和姊妹情的描述真诚又理想。出嫁了的姊妹们，看野台子戏让她们有回娘家再见面的机缘，再见面时表面上不见亲热，似乎还显冷落，但这仅仅是外表，她们的心里，早已沟通了。"每个回娘家看戏的姑娘，都零零碎碎的带来一大批东西"。那是送给姐妹们的礼物，比如"一双黑大绒的云子卷，是亲手做的。或者就在她们的本城和本乡里，有一个出名的染缸房，那染缸房会染出来很好的麻花布来。于是送了两匹白布去，嘱咐他好好地仔细地染着。一匹是白地染蓝花，一匹是蓝地染白花。蓝地的染的是刘海戏金蟾，白地的染的是蝴蝶闹莲花。"[1] …… 只等回来一两天后的夜深人静时，轻轻地从自己的箱底取出来，摆在姐妹的面前。

这真是让姐妹们一半清醒一半醉的时分。

二　女人最大的敌人是女人

西蒙娜·德·波伏娃曾一针见血地指出："在卖俏和爱情方面，每一个女人尤其把其他一切女人都看做敌人。""事实上，女人被她最要好的女友

---

① 萧红：《呼兰河传》，黑龙江人民出版社 1979 年版，第 48 页。

出卖，这个主题并不仅仅是文学上的老生常谈；两个女人越是要好，她们的二元性就越是危险。女友被邀请以恋爱女人的眼光去看看，以她的心、她的肉体去感受一下；于是这个女友被那个情人所吸引，被勾引她朋友的那个男人弄得神魂颠倒。这个女友认为她的忠诚很好地保护了她，使她能够自由约束自己的感情，但她也讨厌只扮演次要角色，于是不久她就准备屈服了，准备献殷勤了。许多女人一旦恋爱，就开始谨慎地回避密友。这种矛盾心理使女人几乎不可能十分信任她们之间的相互感情。男性的阴影总是遮天蔽日地悬在她们头上。即使他没有被提及，圣约翰·佩斯（St. John Perse）① 的这行诗也是适用的：'太阳虽未被提到，但他的存在就在我们之间。'"②

曾被冲浪于文学评论的顶峰或被捧杀或被骂杀的卫慧，出道之初有短篇小说《床上的月亮》（《芙蓉》1997 年第 4 期），倒是挺耐人寻味的。因为这篇小说仿佛是为西蒙娜·德·波伏娃的上述话语作了一注释。月亮是张爱玲小说惯用的带点偏执的意象，卫慧继承祖奶奶辈流淌于笔下。她将月亮视为夜晚的腹部深处一个孤独的梦境，"每个人都只有一个属于自己的月亮"，只有这冰清玉洁的月亮是你的忠诚的影子伴你入眠，只有岿然不动的月亮见证着欲望燃烧成灰烬。"在张猫的潜意识中，它始终是一种守责的见证者，什么事都逃不了这只疏而不漏的天眼。"张猫与小米是有着血缘亲的表姊妹。毕业于上海的名牌大学的外地女生张猫，不屈不挠地留在了上海，几番跳槽后在一家唱片公司做临时企划，舅舅的女儿小米中学都没读完，亦辍学来上海闯荡。马儿是有妻室的男人，却是张猫的情人。张猫可能做梦都不会想到，小米偷了马儿，且怀上了马儿的孩子！虽然马儿胳膊上的"烙刑"让她玩笑般脱口而出："别告诉我，这是——小米干的。"真是命定的劫数。小米却因为老马不相信是他的孩子，纵身跳上窗台，在如水的月光中坠楼而亡！

丁玲的《我在霞村的时候》中村里的一些妇女们，竟然以贞贞被日本鬼子糟蹋过来反衬自己的圣洁，且引以为骄傲，这不仅仅是封建愚昧在作祟，而且是女人对不幸女人的幸灾乐祸，对此，丁玲是无比痛心的。

铁凝的《大浴女》在演绎女性之间的姐妹情谊和异化为"敌人"关系方面亦见深刻。尹小帆对嫡亲姊姊尹小跳的情感疯狂掠夺令人不可思议，而

---

① ［法］西蒙娜·德·波伏娃：《第二性》，陶铁柱译，中国书籍出版社 1998 年版，第 617 页。

② 同上书，第 616—617 页。

尹小跳与唐菲、孟由由之间非血缘的小姐妹情谊则地久天长，虽然有尹小跳对唐菲的利用，但尹小跳的自责无疑使姐妹情谊更见纯净。

最凄惨的是张爱玲《十八春》(18年后删减并改名为《半生缘》)中曼桢曼璐同胞姊妹之间的恩恩怨怨。顾家原是清白之家，父亲一死，大女儿曼璐只有辍学做舞女；二姑娘曼桢则在厂里写字间工作，以养活一家三代。曼璐与远亲张慕瑾本有婚约，沦为舞女后她主动解除了婚约，嫁给了吃交易所投机饭的暴发户祝鸿才，祝鸿才发迹后百般虐待曼璐，曼璐畏惧遭抛弃仍百般顺从，得知祝欲霸占曼桢时，曼璐强烈反对，但是张慕瑾的到来并移情于曼桢时，曼璐认为妹妹糟蹋掉了她人生中唯一剩下的这点回味。出于嫉恨，她成了丈夫奸污妹妹的帮凶！其实，曼桢已婉拒了张慕瑾，她与沈世钧倾心相爱，而姐姐毁了妹妹的一生。曼桢被幽禁九个余月，直到生下儿子才得以逃脱。但为了从死神手里夺回儿子她到底还是嫁给了祝鸿才，却仍遭尽百般折磨！亲姐是亲妹悲惨人生的始作俑者。这悲剧不仅仅是时代的，也不仅仅是原罪的，更多的是产生于生存所带给女性的深层的恐惧与不安。因而会有"女人最大的敌人便是女人"的结论。

张洁痛定思痛写《无字》，对女性之间的情感与《方舟》相比，作了一个180度的大转弯。在这部半自传体的长篇小说中，外祖母墨荷、母亲秀春、女儿吴为这三代女性史的展示铺陈中，叙述者从性别的抗衡到同性的不可靠，发出如是感叹："阶级之间的斗争也好，国家之间的战争也好，政客之间的钩心斗角也好，个人之间的血债也好……总会有个尽头。杀了，剐了，抢到手了，胜利了……也就了结了。女人之间呢？自1879年的娜拉出走到现在，女权主义者致力于男女平等、妇女解放的斗争已经一百多年，可谓前仆后继。岂不知有朝一日，真到男女平等、妇女解放的时候，她们才会发现，女人的天敌可能不是男人，而是女人自己，且无了结的一天，直到永恒。"[1]

仅从《无字》中外祖母墨荷所受的同性的虐待来看，大家闺秀出身的她，下嫁到一穷二白的叶家，虽不打不骂，给饭吃，给衣穿，但小姑姐和婆母的不分昼夜发号施令的折磨却是令人发指的！"闹得墨荷放下簸箕拿起筲"，"喂了一天的猪，喂了一天的鸡，做了一天一大家子的饭，刷了一天一大家子的碗，缝补了一天一大家子的衣服、鞋、袜以后"，还"得服侍婆婆抽烟"，"一直抽到三星上来"。张洁用了一句极其深刻的话来形容，墨荷

---

[1] 张洁：《无字》第一部，人民文学出版社2010年版，第94页。

到了叶家，叶家的女人就上升为地主了。

三　从自恋到以女性为镜

西蒙娜·德·波伏娃在《第二性》中指出："拒绝把自己变成客体，并不总是女人转向同性恋的原因。相反，大多数女性同性恋者都想开发她们女性气质的宝藏。愿意变成一个被动客体，并不是说就要完全放弃对主观性的权利要求：女人希望以这种方式，在自己是一个物的表面下，达到自我实现；同时，她也会试图通过她的他性，她的相异性去发现她自己。她在独自一人时是不能真正形成双重自我的。"①

陈染在《私人生活》中诗性地提到禾才是属于倪拗拗内心的"一座用镜子做成的房子，我在其中无论从哪一个角度，都可以照见自己。她身上所有的空白都是我的沉默，她的喜悦在我的脸上总是映出笑容"②。她们都喜欢离群索居，都喜欢伊蕾的诗，都喜欢谈论小说，更喜欢谈论一批优秀的女作家，她们的爱是有着浓浓的自恋成分的。

陈染的《破开》是"我"与殒楠的双声，也可以说互为镜子。虽然"我"生活在连太阳都弥漫着功利之光的北方 N 城，殒楠生活在南方茶褐色的柔情之乡，但是她俩的额头长得很相像，也就是说思想的前廊、精神大厦的门堂大同小异。正因为如此，她们棋逢对手，天作地合。她俩一南一北在电话中磋商建立一个真正无性别歧视的女子协会，以打破源远流长的男性一统天下的规范和准则。这个协会抛却女人"第二性"境地，而叫做"破开"——这既是本文的题目，又是宣言式的直接点题。通篇双声充满女性的自强自信，充满论战式的智慧，还兼嬉笑怒骂皆成文章，这篇声讨男性中心的檄文一针见血指出"性沟，是未来人类最大的争战"，"性别意识的淡化才是人类文明的一种进步"。

双声认为将繁衍当成人类结合的唯一目的太具功利性，实质上亲和力不仅体现在男女之间，更体现在同性之间，尤其是女性之间，这是女性之间长久以来被荒废了的一种生命力潜能。所以，"我"更相信与殒楠之间的姐妹情谊一点不低于爱情的质量。

这种姐妹情谊的考验发生在一场奇异的"空难"中。在千钧一发中，

① ［法］西蒙娜·德·波伏娃：《第二性》，陶铁柱译，中国书籍出版社 1998 年版，第 475 页。

② 陈染：《私人生活》，作家出版社 1996 年版，第 140 页。

殒楠说出："你是我生活中所见到的最优秀、最合我心意的人，你使我身边所有的男人都黯然失色"！"我"却来不及说出，在訇然巨响中进入天国，遇到一位老妇人，劝她回到人间照顾母亲，陪伴殒楠。她说："你们要齐心协力，像姐妹一样亲密，像嘴唇与牙齿，头发与梳子，像鞋子与脚，枪膛与子弹，因为只有女人最懂得女人，最怜惜女人。"并给了她一串晶莹的石珠。却原来"空难"只不过是一场梦！终于，"我"对殒楠大声说出："我要你同我一起回家！我需要家乡的感觉，需要有人与我一起面对世界。"奇异的是老妇就是殒楠13年前去世的母亲，更奇异的是"我"的衣兜里果真有一串石珠，小说既有《红楼梦》"游幻境指迷十二钗"的影子，拉美魔幻主义色彩，还像个穿越剧，老妇人告诫说："当它们一颗颗单独存在时，与遍地丛生的石子毫无二致，但是倘若把它们串在一起，这些特殊的石子便会闪烁出迥然相异的光彩"。然而，本文结尾，石珠在掏出时落于地，只见一堆洁白的小牙齿似的石珠滚落一地！难道象征着姐妹们难以串在一起，所谓的姐妹情谊只不过是说说而已，所以，"我的舌头僵在嘴唇里像一块呆掉的瓦片一样"。

《无处告别》中缪一、黛二、麦三这三个好看女子之间的"姐妹情谊"像面镜子，折射出姐妹情谊的牢靠与瓦解共存。这三个女子并没有血缘关系，但是她们曾经格外地要好，好得使男人们插不进来，她们曾发誓不嫁男人，曾"为悠长无际的天宇所感动，为对方的人格力量和忧伤的眼睛所感动，泪水情不自禁漫漫溢出"，"这需要她们彼此互相深刻地欣赏、爱慕、尊重和为之感动。同时还要有一种非精神化的自然属性的互不排斥甚至喜爱。"[①] 这种情感可以发展得相当深刻、忘我，富于自我牺牲，因为"性别立场、角度以及思维方式、感知世界的方式，都更为贴近"[②]。但同时却又脆弱得一触即溃。所以，她们之间最不稳定和最牢靠的东西就是信赖。

凄艳而诡秘的缪一为了从边疆小镇调回北京，跟了权势者"谁谁的儿子"，同居—怀孕—结婚；麦三则爱上了曾执著追求黛二的记者墨非，迅速结婚后却又游戏般闹离婚；只有多愁善感、孤独傲慢的黛二依旧孑然一身，为出国舍弃了工作，回国后却还得曲线谋工作，缪一能借助公公"谁谁"帮她吗？事情并非水到渠成，因为"谁谁"的家还欠着一次"探望"呢！尽管黛二曾为缪一冒名顶替做了婚前体检，那又怎样呢？在这个物质化的世

①　陈染：《潜性逸事》，河北教育出版社1995年版，第261页。
②　陈染，萧钢：《另一扇开启的门》《花城》1996年第2期。

界里强大的物质力量顷刻间就将所谓的姐妹情谊击碎，一切时过境迁，姐妹之间已生出强大的隔膜与疏远，一切陌生遥远起来，这个世界不过是各种各样的利用，就是在利用和被利用的平衡中运转而已！黛二深感到自己被姐妹友谊的信仰愚弄了，哪还有什么姐妹情谊呢？但同样麦三的丈夫墨非与黛二之间真诚的暧昧又是怎么回事呢？所以，作者借黛二发出感慨：与同性朋友的情感其实是一种极端危险的力量，犹如玩火。黛二重温自己在夜梦中最常出现的几个景象：第一个场景是独自在荒凉的沙漠，第二个场景是在拥挤不堪的楼群之间被人追赶，第三个场景是一两只颜色凄艳、阴暗的母猫永远不停地绊她的脚。"黛二小姐冥冥中感悟到，那无尽的沙漠正是她的人生；那拥挤的楼群正是纷乱的情场；那凄厉的艳猫正是危险的友情。"①

姐妹情谊一样无处逃遁，永远无处告别！

林白的《一个人的战争》开篇点题首尾呼应："一个人的战争意味着一个巴掌自己拍自己，一面墙自己挡住自己，一朵花自己毁灭自己。一个人的战争意味着一个女人自己嫁给自己。"与其说展示的是女主人公多米与南丹的同性恋，不如说是多米的自恋。因为多米与南丹的情感也充满了梦魇的恐惧，而自恋是女性自我欣赏，自我肯定，是女性保持精神层面独立的一种姿态。她们以此来对抗男性世界的一以贯之的对女性的偏见和歧视。

林白早在《回廊之椅》、《瓶中之水》、《致命的飞翔》等本文中表现的其实也不尽是女同性恋的性心理和性关系，而主要是女性之间在精神上的依恋。即使是一个女性对她人或自身身体的欣赏，有涉及身体情欲的成分，可说是对女性生命力的一种呼唤，对女性性权利的一种自由选择，对女性心灵的另一种揭秘；但更重要的是女性精神层面的相互支持，像陈染一样，通过对姐妹情谊的心理剖析，探讨了这种自我心灵需求的内蕴、矛盾性及不稳定性等更为深入的方面。

林白的《回廊之椅》以第一人称的旅途见闻中偶遇一神秘老太，回叙20世纪40年代末云南水磨镇章家大宅院里丫头七叶与三姨太朱凉生死相依的故事。故事的主线貌似一反革命政变，即原本是共产党高级参议员的章孟达，密谋反革命暴动，阴谋败露，结果变为阶下囚，并被枪决于湄公河边。但实质上是姐妹情谊的表述，不知亲生父母的七叶14岁跟了朱凉，两人似"一见钟情"，七叶对朱凉忠诚无比、敬仰无比、深情无比，乃至直面肌肤；在审讯科长单独审问朱凉的深夜，执拗地守候在外的她，在灯光熄灭的刹那

---

① 陈染：《潜性逸事》，河北教育出版社1995年版，第289页。

间，狂喊朱凉，因而"解救"了朱凉；主仆俩在揭发章孟达的狂潮中保持缄默，但毕竟大势已去，朱凉将章孟达藏枪最多的地点告诉了七叶，以使七叶"有功"；章孟达兄弟被枪决后，只有朱凉带着七叶去为他们收尸；朱凉后来神秘失踪；半个世纪过去，七叶对朱凉的思念依然刻骨铭心。在这部小中篇中，既有悬疑小说《吕蓓卡》、电影《蝴蝶梦》中女管家对吕蓓卡的依恋的影子，又有希区柯克《精神病患者》中人形标本的细节，但是毕竟洋为中用，是中国特色的姐妹情深。朱凉与七叶的故事，反衬了章孟达骨肉兄弟间的无情无义，揭发检举章孟达的恰恰是他的亲弟弟章希达，而这里边是否夹杂着弟弟对朱凉的暗恋呢？同样，审讯科长陈农对朱凉的暗恋和黑夜里的轻举妄动，似乎又联系到中国历来的"女人是祸水"的命题。而作者无论是对刚从省城大学毕业的章希达，还是由叔父资助才读了书的陈农，都以居高临下的审视对他们不屑一顾，惟有朱凉的美丽和沉静，七叶的忠诚与深情，让她怦然心动又悚然心惊。如果说朱凉使七叶的生命有了一个新纪元，忘却从前和忽略以后，那么，作者笔端又何尝不是如此呢？

比起《回廊之椅》，《瓶中之水》更正视姐妹情谊自我心灵的需求和脆弱、不稳定乃至不堪一击。开篇即引用超现实主义诗人艾吕雅《情人》中的诗句："她正站在我的眼皮上/她的头发夹在我的头发中/她的颜色和我的眼睛一样/她的身躯是我的一只手/她完全被包围在我的阴影中/好像一块石头衬着蓝天"。是否可以这样说，此诗实在是吻合意萍与二帕的同性之恋。单亲家庭的二帕性情古怪，1978 年出人意料地考上了一家财经学院，毕业后顺理成章地分在了一家银行工作，到现在已整整 8 年；既无男性朋友也无女性朋友，就像日后意萍对她的鉴定："你属于那种叫问题儿童的孩子。"她下班回到宿舍爱长久地站在黄昏时的镜子跟前，看到一种由于深受创伤而获得的美感在闪动、凝固，沉浸于自恋之中。二帕偶尔从什么报刊上看到一位年轻的时装设计师陈意玲的照片，久久审视后决计改行做时装设计师。奇异的是，她在一次会议上见到陈意玲的妹妹——晚报女孩陈意萍后，"意萍就像一支拉满弓的箭，这支箭充满意志和力量，它呼啸着，一路发出响声和光芒，它非要击中二帕的心脏，二帕碰到这支箭，无处逃遁，轰然倒地"[①]。这于二帕是一种生疏的侵略式的友谊。二帕有目的却更是稀里糊涂地为艺术学院工艺美术系的有妇之夫老律讲师堕了胎！敏感的意萍对她说："二帕，

---

① 林白：《子弹穿过苹果》，河北教育出版社 1995 年版，第 48 页。

作为一个女人，不要把自己不当回事，有些事情，真的是不值得。"① 她俩生疏了，意萍与男青年碰碰谈朋友，满心的不愿。当二帕与意萍再度邂逅，并肩骑着车穿过宽阔的广场时，不是和好如初，而是"感到了最珍贵的东西就在她们心里，她们的心里满满的，脚下轻盈如飞！"② 她俩都从来就没有真正爱过男人，因而，意萍激越地阐释她们追求一种比友谊更深刻的东西，就是爱一个人，这个人不管是男是女，只要彼此能激发出深情，彼此动心，彼此欣赏。但当意萍因为男友碰碰追逼着她要结婚时，二帕的几句大实话却招来了意萍侮辱性的词语："二帕，你听着，你没有资格跟我谈什么心的问题，我从心到脚指甲比你纯洁得多。"③ 从此分道扬镳，两个女人的心灵都从此枯萎了，永远不再！二帕真个是二怕。

　　林白的《致命的飞翔》也是女性名副其实的致命的飞翔，"飞翔是妇女的姿态——用语言飞翔也让语言飞翔。我们都已学会了飞翔的艺术及其众多的技巧。几百年来我们只有靠飞翔才能获得任何东西。"④ 小说中电视剧制作中心的楚楚动人的女编辑李芮以叙述者的身份展示自己作为官员情人的性感受与生存困惑。另一个不生存于同一时空的女人北诺也从她断断续续的叙述和想象中浮出水面，北诺亦向一个有权势的秃头男人出卖肉体，最后她在不堪承受的性压迫中举起刀杀死并肢解了秃头男。如此激烈的对性压迫的反抗，真谓之致命的飞翔。李芮与北诺互不相识，但林白以复调式叙述让她俩互为一面镜子，映照出女性的备受屈辱与不平的生存困境，以及不乏惨烈的悲剧命运："有一些女人就要从镜子里出来了，她们最英勇最活泼，因此最美丽，她们的身体触碰到镜子冰冷的表面，我听见了吱吱的声音，这种声音灼伤着她们的皮肤，灼痛着她们的眼睛，但我们最后听见乒的一声，镜子在空中舞蹈着，破碎在地上"⑤ ……所以，也不只是"我"与"她"，而是女性的"我们"。也如同林白在《瓶中之水》里的"我"第一次不期而遇二帕，是隔着茶色玻璃看到的"她脸上的线条、高突的颧骨、丰厚的嘴唇以及她单眼皮的大眼睛真实地出现在我的眼前"⑥，"我"明白她也许正是

　　① 林白：《子弹穿过苹果》，河北教育出版社1995年版，第66页。

　　② 同上书，第75页。

　　③ 同上书，第84页。

　　④ ［法］埃莱娜·西苏：《美杜莎的笑声》，引自张京媛《当代女性主义文学批评》，北京大学出版社1995年版，第203页。

　　⑤ 林白：《林白作品精选》，长江文艺出版社2007年版，第98页。

　　⑥ 林白：《子弹穿过苹果》，河北教育出版社1995年版，第44页。

"我"。只有"我"才会对二帕如此珍惜，如此充满激情。

在新的历史语境和文化语境中，女小说家们是否还能寻觅到承载姐妹情谊的"方舟"？还仅仅是永远的理想乌托邦？如若方舟的确存在，那么在现实的长河中它是否载得动这沉重之情，又能航行多远？在依旧是男性中心文化的天空下，女性能相依相守，构筑一个抵御男性文化、颠覆性别秩序、冲决社会规范的女性同盟吗？

应该正视的是"姐妹情谊"作为女性主义理论和批评的基本原则，其动因来自女性作家、批评家争取女性团结以获得力量的愿望，也基于现实中女性四分五裂难以团结的实际，所以"姐妹情谊"对于女性的话语言说和实质性解放都具有重要意义。如男性学者所指出："正是点出了父权制这个共同的靶子，女权主义者超出了种族、阶级、社会制度的分隔，建立了以妇女为本体的统一战线，并把通行的观念和习俗统统作为值得怀疑的男性价值体系。这种性别路线不仅是女权主义的组织原则，而且是把每一个妇女从家庭和男人的关系中分离出来的号召，是促使妇女形成社会群体的姊妹情谊。"①

尽管人们尤其是男人们对这种"姐妹情谊"很不以为然，认为是女性主义者空想的虚无缥缈的理想主义，这种姐妹情谊即使在女性知识精英阶层也很难以实现，更不要说达到团结一致，所谓姐妹情谊只不过是女性主义的理想乌托邦而已。的确，张爱玲曾语：同行相妒，女人与女人是同性，自然相妒。还有更尖刻也更深刻的近乎哲理之语：女人最大的敌人是女人。但如果掉过头来看男人的世界，兄弟情难道又是先天的、乐观向上的、牢不可破的吗？一页页历史翻过，在男人们纷纷扰扰争权夺利的世界里，大至皇室里血淋淋的皇位之争夺，小至家族中财产的分割，褒义的阶级兄弟情，贬斥的闯荡江湖讲哥们义气的行帮黑道，又能看到几分男性兄弟情的纯真牢固呢？但是我们是否以此来嘲笑推翻"团结"二字呢？或许正因为此，人们对兄弟情谊、姐妹情谊尤为向往和珍惜呢？

女性与男性是不同的，既有先天的生理的不同，更有几千年来的菲勒斯中心而造成的男女的后天的不同。弗吉尼亚·伍尔夫曾强调说，妇女的小说与男人小说的差异是由于他们主题的不同。"首先，他们之间存在着大量的、明显不同的经历；而本质的区别并不在于男人描写战争而女人描写生孩子这一事实，而在于每一性别的作者皆表现自身。无论是男是女，只要看一

---

① 康正果：《女权主义与文学》，中国社会科学出版社1994年版，第4页。

看作品开头的几句就足以判断作者的性别……"① 伍尔夫的话语道出女性姐妹情谊存在的先天基础，先天的生理的和后天的男性中心社会几千年打造出的"第二性"，使女人们的心较之男女之间更有相通的可能和必然。

是否还应该这样说：女同性恋的漫漫历史的另一端，应该有着母系社会的荣耀和自主，有着母权制被颠覆后女性的反奴役的抗争，有着它特殊的苦痛和意义，有着连续的历史统一体。我们不必对"姐妹情谊"抱悲观之态，也不要认为这种情谊只不过是云端里遨游的精神乌托邦，姐妹情谊不仅是女性们为之奋斗的目标，而且是实际生活中已然存在的真实，哪怕它离团结一致的目标相距遥遥！

① 米歇尔·巴勒特弗：《弗吉尼亚·伍尔夫：妇女与小说》，引自〔英〕玛丽·伊格尔顿编《女权主义文学理论》，湖南文艺出版社 1989 年版，第 395 页。

第七章

让人们听到你的身体

　　肉体与灵魂、或曰身体与思想，一直是人类备受折腾乃至折磨的终极命题。亚里士多德在《论灵魂》中说："灵魂是使人成为人的东西。"然而君不见，鲁迅先生《祝福》中的祥林嫂在生命之灯熄灭前夕还极秘密似的切切问"我"：一个人死了之后，究竟有没有魂灵的？可见"肉体与灵魂"绝不仅仅是属于哲人或宗教的思考。千百年来，人们总是试图将两者剥离，让肉体留在欲望的尘世享受又磨难，而让灵魂升华于天空翱翔，然而两者却实在是难分难舍。用"一个硬币的正反两面"来比喻显然太蹩脚，但形而下的生存与形而上的精神实在是难以剥离。食色性也、饮食男女、七情六欲等绝非单纯的身体问题，道德情操、理想抱负、审美接受等也不可能拒绝身体。朱熹倡导的"存天理、灭人欲"与其说是文化与生命的对抗和选择，不如说是思想与身体的牺牲与抗衡；"身不由己"是身体对思想的反动，也是思想嫁祸于身体的遁词。

　　身体毕竟是生命的证明。尽管臧克家有诗言："有的人死了，但还活着；有的人活着，却早已死了"。德国哲学家梅洛庞蒂在《知觉现象学》中对身体的认识是"身体取代思想主体的认识论至上性，身体是我们在世界中存在的关键，是我们直觉被设定的关键。也是我们获取经验和意义能力的关键"[1]。"人类的意义和审美的意义只有通过感性肉体的本体论中介才能得到自我揭示。"[2] 所以，身体的重要不是纯粹的精神所能完全取代得了的。身体不仅仅指生理层面的肉体，而是身心二元对立的超越，也就是带着灵魂的身体，身体具有生存本体论的意义，灵魂渗透在身体之中。

　　人皆有的或淡或浓的自恋情结即是对身体的珍视。希腊神话中的美少年纳西索斯会为水中自己的倒影爱慕不已，以致憔悴身亡，化为水仙花。惠特

---

① ［美］理查德·沃林：《文化批评的观念》，商务印书馆 2000 年版，第 171 页。
② 同上书，第 172 页。

曼亦有诗句："我愿意走到林边的河岸上／去掉一切人为的虚饰／赤裸了全身／我疯狂地渴望能这样接触到我自己。"但指认的皆为男性身体。几千年男性中心社会对"女性身体"的指认却是纯粹具体的又含混暧昧的。在男人眼里，"唯一适合女人的就是做个纯粹的肉体。"① 父权制文化秩序中的女性永恒地处于被看的位置，按照男性审美规范的框架，"看"中便有美丑之分。《诗经·卫风·硕人》："手如柔荑，肤如凝脂，脸如蝤蛴，齿如瓠犀。巧笑倩兮，美目盼兮。"是女性身体的具象描摹。宋玉《登徒子好色赋》中言："东家之子，增之一分则太长，减之一分则太短；著粉则太白，施朱则太赤。"李延年的《北方有佳人》："北方有佳人，绝世而独立。一顾倾人城，再顾倾人国。宁不知倾城与倾国？佳人难再得！"给读者留下了无限的身体之美的想象空间。男性对女性身体的描绘：从心灵之窗眼睛到真正的心房的颤抖，从手的灵巧笨拙到腿脚的匀称罗圈，以至颈脖、腰肢、皮肤、肌肉、血液等，文学的描写比解剖学还要精细无数。丹凤眼杏仁眼葡萄眼三角眼眯眯眼，希腊鼻蒜头鼻鹰钩鼻，樱桃口丰阔唇性感嘴，糯米牙珍珠齿黄板牙，天鹅颈蛤蟆脖，水桶腰杨柳小蛮腰盈盈一握，纤纤十指老茧满掌，锄头脚灵秀脚，剥壳鸡蛋黄脸婆等等，文学页面上比比皆是，至今已觉不新鲜了。从文学到影视，再从影视到文学，男性的笔墨与镜头直指女性身体的性敏感区部位，或曰向禁区进军，堂而皇之的《丰乳肥臀》成为纯文学书名，不要以为男性的凝视是女性崇拜——生殖崇拜的回归，史前时代早已一去不复返了。西蒙娜·德·波伏娃在《第二性》中一针见血地指出："因为屁股是身体神经最少的部位，那里的肉体是无目的的证据。东方人对于肥臀大乳女人的爱好也有类似性质。他们喜欢让这种可笑的脂肪大量增生，它的活力不靠任何设计，除纯粹存在没有任何含义。"② 女性的身体对女人而言，最重要的用途似乎成了"以美好的身体取悦于人"，这真是女性生命蚀骨的痛楚和悲凉。

　　所以，在男性中心社会中，女性的身体只是用以建构男性主体性的场所，成为一种不是主体性的物的存在。因此尽管父权制文化秩序关于女性身体的代码系统丰富多彩，但都只不过是"空洞的能指"，真正的女性身体始终是历史与文化的缺席者，这也正是菲勒斯中心体系得以长期统治的缘由之

---

　　① ［法］西蒙娜·德·波伏娃：《第二性》，陶铁柱译，中国书籍出版社 1998 年版，第 237页。

　　② 同上书，第 184—185 页。

一。因而，女性应该拿起笔，"写吧！写作属于你，你自己也是你的，你的躯体是你的，拿着吧"。①

第一节　身体写作溯源

20 世纪初，弗吉尼亚·伍尔夫以女性的目光关注文学作品中的女性身体，经由 60 年代西蒙娜·德·波伏娃的倡导，再经露丝·依利格瑞和朱丽娅·克利斯蒂娃的发展，到法国埃莱娜·西苏在《美杜莎的笑声》中首次提出这一概念："写你自己，必须让人们听到你的身体。只有到那时，潜意识的巨大源泉才会喷涌。我们的气息将布满全世界，不用美元（黑色的或金色的），无法估量的价值将改变老一套的规矩。"②

女性"身体写作"浮出水面，惊世骇俗。

自 20 世纪 80 年代以来，西风东渐，中国女性写作逐渐成为一种"显学"。在女性写作的诸母题中，到 1990 年代以后，"身体写作"遂成为跨世纪的热闹。中国女性"身体写作"一般认为始于林白、陈染们的"私人化写作"，她们借鉴西苏的身体写作理论，在本土播种育秧，似已悄然成气候；但遗憾的是卫慧、棉棉们"跑调走腔"的变异，并与商业"卖点"的一拍即合，成为欲望化狂欢式的"风景"，将身体写作引向误区，在喧哗与骚动中已见荒芜；到木子美的《遗情书》惊曝网络，以至宿命地实践了致命的飞翔，身体的狂欢已成为过街老鼠，为官方和民间所不容。中国的"身体写作"突兀地来不及落幕便落荒而逃。

这里边，有望文生义的误读、有男性中心的拒斥，也有女性自身的局限，"身体写作"这一富有刺激性的词组，主谓结构？偏正结构？联合结构？倒装？何以等同"个人化写作"、"私人化写作"乃至"下半身写作"？五花八门、甚嚣尘上，身体写作似乎变成了性器官或干脆生殖器官的性写作了。是误入歧途走火入魔？是将错就错的商业炒作？哭笑不得的尴尬无奈中"身体写作"的辨析更显得尤为重要。

关于西方女权主义理论中的"身体写作"理论，有女性主义理论研究

---

① ［英］玛丽·伊格尔顿主编：《女权主义文学理论》，湖南人民出版社 1989 年版，第 359 页。

② ［法］埃莱娜·西苏：《美杜莎的笑声》，黄晓红译，引自张京媛《当代女性主义文学批评》，北京大学出版社 1992 年版，第 194 页。

的男学者指出，其本意"并非直接用一种身体语言或姿态去表达或诠释意义，而是只用一种关于'身体的语言'去表达女性的整体的、对抗逻各斯中心主义的全部体验。"① 这是一种文化策略，在于强调"妇女必须把自己写进本文"，"嵌入世界和历史"，以对男性中心社会父权制文化秩序进行解构和颠覆，是有其先锋意义的。

这是对的，但是，不必避讳女性以身体写作女性身体，因为即便如此，又何罪之有？恩格斯指出："妇女的皮肤是历史发展的，妇女头发是历史发展的，如果把她身上一切历史形成的东西一起统统去掉，在我们面前所呈现的原来的妇女，还剩下什么呢？干脆地说，这就是雌的人类。"② 人的自然属性中已然包含了社会历史内容。

这时候，回过头去思考，才发觉林白、陈染身体写作的革命性与严肃性。其实我们还可以溯源而上，从中国第二代女作家丁玲的《莎菲女士的日记》中寻觅到女性写作对身体感觉苏醒的端倪，从萧红的《生死场》看见写作女性身体的悲恸与惨烈，从张爱玲笔下女性身体"一寸寸都是活的"、苏青的"月经、生育、哺乳"的描述了然身体写作贯穿女性的日常生活！相隔四十年后，翟永明们用诗句叩醒了女性复又沉睡的身体，王安忆、铁凝则将女性的目光注视女性的身体，王安忆的"三恋一岗"和铁凝的"三垛一门"，在女性写作中勇敢地撞开了"性爱"禁区。此后，才有林白、陈染们的冲锋陷阵的飞翔，再到世纪之交的狂欢式的变奏变异以至轰然坠毁，可感、可叹、可惜……但不管怎么说，中国女作家的身体写作并非无源之水、无本之木。市场经济、商业卖点一时间毁了"身体写作"，而对身体写作的探研以拨乱反正的意义就更见其重要了。

一　从裸体艺术说起

对"身体写作"这一概念，人们一般溯源于有阿尔及利亚出身背景的法国女权主义理论家埃莱娜·西苏身上，认为她是首创。

然而，人类对身体的写作或创作却几乎伴随着人类的诞生。从史前艺术中法国拉赛尔的执牛角的女裸像、奥地利威林多夫女神像、我国最早的生殖神——青海乐都县柳湾三坪台出土的母形裸体人像来看，都是明目张胆地冲

---

① 林树明：《身/心二元对立的诗意超越——埃莱娜·西苏/女性书写论辨析》，《外国文学评论》，2001 年第 2 期。

② ［德］恩格斯：《致保尔·恩斯特》，引自《马克思恩格斯全集》第 37 卷，人民出版社1988 年版，第 407 页。

着身体——尤其是女性的身体而为的。"为人们最熟知的威林多夫的维纳斯就是这一时期（第一繁荣期）的作品。它是一件夸张了乳房和腹部的石灰石女像。孟通裸女是由滑石雕刻的女头像，也特别夸张了乳房和阴部。布桑波利女神是一个用象牙雕刻的女头像，在西伯利亚马尔泰和中俄哥斯丁基及瓦工利诺发现的骨、牙女像近二十件，其造型特点大都与上述者相同。"①

　　远古社会的初民们无法释开生命之谜，凭着直观的现实，以为生物的大量繁殖能够刺激人类的繁衍，而人类的生殖更可以诱发生物的丰茂。这种心态的积淀，便产生了一系列的图腾崇拜仪式，原始艺术古代文学中便以生殖女神为爱神和美神，它积淀着人类有史以来的经验和感情最深层的部分。这种母性文化，大约与老子"贵柔守雌"的主张有着共同的东西，养育万物的母性文明（玄牝之门）是绵绵不断的，不管多么雄刚都保持着一种温柔的女性态。

　　陈醉在《裸体艺术论》中写道："史前的雕刻、洞穴壁画和岩画等等不但逐渐被后人用作远古历史的见证，而且还被视为可供审美的珍贵艺术。……人，以其来到世上的本来面貌，通过原始人类的简朴思维凝固在远古的艺术上——人类最早表现自己的艺术就是裸裎袒露的，而且，蕴涵其中的单纯而强烈的情感也有如他们的身躯一样地赤诚坦荡。后来，随着时间的推移，人类进入了文明，创造了更为丰富的艺术，表现了更为复杂的情感内容，这，就是狭义的艺术。"②

　　乾陵的传说似印证的也是对女性身体的崇拜。中国第一个女皇帝武则天起名"曌"，这字便是武则天自己造出来的，日月共存天空，其宇宙主宰感，不可谓不恢弘，但是，那矗立乾陵的"无字碑"，却是天地间女性无言的沉默，身为皇帝又如何呢？也许，女皇武则天早已了悟历史容不下女性的声音吧。关于乾陵，也有着种种神秘又神奇的传说。人们说，那是一个赤裸着身体的巨大的女人，坦然地仰卧于天地间。你不信？当人们驾着飞机俯瞰乾陵时，果然如此。仰卧大地的女人长发飘飘，脸部安详，高耸的双乳，丰腴的双腿，乾陵原来是坤的领地，这一领地仿佛是以无言的生命之躯默默地与男性历史对话，似乎女性也只有身体这一最后的领地还可以表征出其性别身份。

　　女性身体仿佛只有作为图腾或化为山川才得以留存和流传，却难以回归

① 邓福星：《艺术前的艺术——史前艺术研究》，山东文艺出版社 1986 年版，第 52—53 页。
② 陈醉：《裸体艺术论》，中国文联出版公司 1987 年版，第 1—2 页。

民间俗世！17 世纪才华横溢的荷兰画家伦勃朗就因为给他的第二任妻子画了一幅硕大的裸体画而被教会谴责为"罪恶的生活"，他可怜的妻子则被教会严厉驱逐！天才画家最后贫病交加去世，葬于阿姆斯特丹城西教堂一个无名墓地中。18 世纪中国曹雪芹在《红楼梦》中倒是借贾宝玉的视角对大观园众姐妹身体审美，即"女儿是水做的骨肉"，"凡山川日月之精秀，只钟于女儿，须眉男子不过是些渣滓浊沫而已"！但这样的男性写作毕竟是凤毛麟角。

至 20 世纪 60 年代，西蒙娜·德·波伏娃的《第二性》其中就有以激情描绘女性肉体："芬芳和色彩讲着神秘的语言，但有一个词发得特别响亮：这就是生命。生存不只是城市案卷里记载的抽象命运，而且是富有肉感的未来。拥有身体不再是令人羞愧的污点；在女孩子于母亲面前予以否认的欲望里，她可以认出那在树木中升腾着的生命；她不再是不幸的，她自豪地宣布自己和树叶、花朵有血缘关系；她揉碎花冠，知道有一天一个活猎物会塞满她的手心。肉体不再是一种玷污：它意味着快乐和美。在与大地和天空的统一中，少女是那飘逸的芬芳，是那给万物以活力，激荡万物感情的一缕生机；她也是植物的每一枝丫枝；她是植根于土壤和无限意识的机体，她是精神又是生命；她的存在和大地一样是专横的、胜利的。"①

然而，女性身体对于女人绝非永恒。"这也是女人的最大欺骗性，她的最大不忠：就是说，是生命本身的最大欺骗与不忠——生命虽藏在极有滋力的形式下，却始终受年老和死亡酵素的侵扰。男人对女人的使用，毁坏了她最珍贵的魔力：她背着沉重的母性负担，失去了性魅力；即便是不育，失去魅力也不过是个时间问题——一旦女人变得年老体衰和丑陋不堪，她会令人望而生畏。据说她会像植物那样凋谢和枯萎。"②

西蒙娜·德·波伏娃对身体——女性的身体的理解太透彻了，充满了诗意的悲怆。

二 别无选择的书写策略

1990 年代初，埃莱娜·西苏的女性主义身体修辞学理论译介进中国。她的《美杜莎的笑声》既是关于女性写作理论的论述，又是女性写作实践

---

① ［法］西蒙娜·德·波伏娃：《第二性》，陶铁柱译，中国书籍出版社 1998 年版，第 419—420 页。

② 同上书，第 187 页。

的典范之作。《美杜莎的笑声》从性别角度揭示女性写作的特殊含义，女性的身体被看成与女性的主体具有统一性。"身体写作"概念由此产生，身体写作理论方历史性地出场。

由女性自己把身体带入本文进而带向历史与文化的空间，这是具有性别意识形态的一种女性写作方法和策略，也是女性一种别无选择的书写策略。因为，菲勒斯中心语言系统千百年来已成坚不可摧的垄断系统，女性用这样的语言写作是无济于事的。"妇女必须通过她们的身体来写作，她们必须创造无法攻破的语言，这语言将摧毁隔阂、等级、花言巧语和清规戒律"。[①]

西苏关于身体写作的表述与女性主义前辈伍尔夫是一致的，她们洞察女性写作在男性中心社会和文化传统中遭遇重重阻力，浩瀚的文学史其实是一部男性文学史，女性观点的缺失，使女性的生命状态没有得到出自女性自我的真实表达。身体写作在于反抗现实的遮蔽。在西苏的眼里，女性的身体就是女性的生命。"听听妇女在公共集会上的讲话吧（如果她还没有痛苦泄气的话）。她不是在'讲话'，她将自己颤抖的身体抛向前去；她毫不约束自己；她在飞翔；她的一切都汇入她的声音，她是在用自己的血肉之躯拼命地支持着她演说中的'逻辑'。她的肉体在讲真话，她在表白自己的内心。事实上，她通过身体将自己的想法物质化了；她用自己的肉体表达自己的思想。"[②]

西苏以热情、激昂的言词指出，身体写作是颠覆性的，它具有火山爆发一样的能量，它将带来对旧的、阳性形式所支撑的"规矩方步"的翻覆，它将"扬长一笑，打破一切'真理'"。由于女人在菲勒斯象征秩序中，是"他者"中的"他者"，西苏因而转向女人的身体、她的力比多、她的欲望、她的想象，从中寻求身体写作的动力与源泉。在西苏看来，身体写作为妇女锻制了一件反对男性中心主义的武器，使她们以笔为旗，浮出历史的地表。西苏的身体写作理论一经提出，很快得到了女性主义的热烈回应，很多女性主义理论家作了进一步的发展和阐述。

当然，面对复杂的历史语境和社会文化语境，西苏再次表述了身体写作的性别意识："我从未敢在小说中创造一个真正的男性形象，为什么？因为我以身体写作，我是女人，而男人是男人，我对他的快乐一无所知，我无法

---

① ［法］埃莱娜·西苏：《美杜莎的笑声》，黄晓红译，引自张京媛《当代女性主义文学批评》，北京大学出版社 1992 年版，第 201 页。

② 同上书，第 195 页。

写一个没有身体没有快感的男人。"①

　　也许不无偏激，但是，矫枉必须过正。审视几千年来的男性中心的写作传统，如列维·斯特劳斯所言："女人是差异的生产者，是客体，永远是意义的承担者而非生产者。"② 女性要想成为文化的生产者，要想表达自己，不可能依靠历史、文化、社会经验而写作，女性只有以女性的切身感知、以女性对历史的独特的体验，来揭穿男性的虚伪与偏见，从而颠覆传统对女性的种种不真实的界定和表达，为女性参与建构历史作出努力。在以埃莱娜·西苏为代表的后现代女性主义的身体修辞学中，女性的身体被看成与女性的主体是有统一性的。通过身体写作是女性写作的一种解构策略，因为无历史、无记忆是女性写作本真性的首要前提。要想摧毁菲勒斯中心语言体系，颠覆、重写历史原有的句法学，创造一种属于自己的无法被攻破的语言。身体语言成为她们拒绝男性话语写作的手段。

　　所以，在西方女性主义理论中，"身体"对于女性而言，绝非一纯粹的肉体，而是"一种文化符号，一种知识的形态或范畴，一个交流与象征的系统"③。"身体写作"的要义强调的是写作过程的女性视角和女性立场，是女性独有的对生活的认知和感受方式，是强调女性写作对以往历史和文化遮蔽的那些历史和文化内涵的新的发现和叙述，是历史中的无可替代性，是对菲勒斯中心社会历史元叙事的颠覆和反叛，认为女性的私人化叙事并不比历史化的宏大叙事差。"身体写作"在西方女性主义者那里，是站在女性立场的对男性话语遮天蔽地的反叛和突围，其意义和内涵是积极进取的，绝对不仅仅是女性的生理性感受，更不仅仅是对女性身体器官的纯粹感受；当然，也不讳言和排斥这些感受。因为身体既是女性生命的切肤的感性体验，又是女性生命的心灵空间，是物质与精神的统一体，是用以争取女性独立意识的武器。其实对于男性而言，又岂非一样呢？舍勒就说过："身体是一个作为生物存在的人和具有丰富心理内在的存在（身体心灵）的表达域。"④

　　西苏在《美杜莎的笑声》里说："通过写自己，妇女将返回自己的身体，这身体曾经从她身上收缴去，而且更糟的是，这身体曾经被变成供陈列

---

　　① ［法］埃莱娜·西苏：《从潜意识场景到历史场景》，引自张京媛主编：《当代女性主义文学批评》，北京大学出版社 1992 年版，第 232 页。

　　② ［美］特雷荷·德·劳拉蒂斯：《从梦中女谈起》，王小文译，《当代电影》1988 年第 6 期。

　　③ 林树明：《消费文化中的女性身体》，《洛阳师范学院学报》2005 年第 6 期。

　　④ M. Scheler：《作为身体生物的人之生物本体论》，刘小枫：《个体信仰与文化理论》，四川人民出版社 1997 年版。四川师范大学学报（社会科学版）总第 128 期。

的神秘怪异的病态或者死亡的陌生形象，这身体常常成了她的讨厌的同伴，成了她被压制的原因和场所。身体被压制的同时，生活、呼吸和言论也就被压制了。"① 西苏看到了几千年来，女性"失语"的原因在于"失身"，即女性一直以来，没有面对自我的文化，生活在一片黑暗之中。"男人对妇女犯下了滔天罪行，他们阴险凶暴地引导妇女憎恨自己，与自己为敌，发动她们的巨大力量与自己作对，让妇女成为他们男性需要的执行者。"② 男权文化把妇女的自我意识遮蔽了，特别是在对妇女身体上，更是附加了沉重的镣铐，女性身体的本来面貌一直是男权话语下扭曲的想象物或者是一个历史的缺失。正是在这个意义上，西苏举起了书写女性身体的旗帜，为的是扭转女性失语、失身的文化和政治困境。

女性主义创作的目的，归根到底是在价值、心理和审美上自主地发现确认女性性别自身。当然，这种自我封闭的自由，也容易落入自恋状态："顾影自怜——四肢修长，身材窈窕/臀部紧凑，肩膀斜削/……/我是我自己的模特/我创造了艺术，艺术创造了我"。

第二节　身体感觉的苏醒

一　备遭践踏的北国女性

早在埃莱娜·西苏身体写作理论在中国土壤播种之前，20 世纪三四十年代本土就已萌生出身体写作的荆棘树，那是萧红的《生死场》。从现有资料来看，尚无萧红生时阅读过弗吉尼亚·伍尔夫著作的记载，也就是说她可能根本没有接触过西方的女权主义理论，但是，我们从《生死场》中分明看见自觉的性别意识、自觉的性别视角和独特的女性话语，看见女性身体写作的先锋性光芒。

今日，重读《生死场》，依然会随之而战栗且震撼，更有一种蚀骨的痛楚，那就是"北方人民"这一统称中的"女性"的痛楚、女性身体的痛苦——萧红早早地将她那女性视点悲悯地落在了底层女性的身体上，用自己备受摧残的女性之身体写作更为悲惨的平民女性牲畜不如的卑微身体！

---

① ［法］埃莱娜·西苏：《美杜莎的笑声》，黄晓红译，引自张京媛《当代女性主义文学批评》，北京大学出版社 1992 年版，第 188—211 页。

② 同上书，第 191 页。

　　《生死场》里，萧红以敏锐的感知在"打鱼村最美丽也最温和的女人月英"的身体上烙刻下女性生命的不堪一击！时间从生到死，往常"生就一对多情的眼睛"的月英，患了瘫病后，她的身体器官变成了什么样子？"白眼珠完全变绿，整齐的一排前齿也完全变绿，她的头发烧焦似的，紧贴住头皮。她像一头患病的猫儿，孤独而无望。"① 家中原本最贫穷，起初，她的丈夫也算尽点责任，以后便彼此不相关联。"她的腿像两双白色的竹竿平行伸在前面，她的骨架炕上做成一个直角，这完全用线条组成的人形，只有头阔大些，头在身子上仿佛是一个灯笼挂在杆头。"② 当王婆为她擦臀部下时，竟掉下一些蠕动的小蛆虫！这样冷静乃至冷酷的女人身体的描写，令人毛骨悚然、不寒而栗。生，也在地狱中的女人呵！在这个"生不如死"的女人身体面前，说什么"红颜命薄"，道什么"女人如蔷薇转眼就凋零"，都显得无足轻重。三天以后，月英的棺材葬在荒山下。从鲜活到腐败，从生到死，肉体昭然若揭着女性灵魂被肢解的蚀骨痛楚，月英惨不忍睹的境况固然是疾病和贫穷惹的祸，但她丈夫的冷酷的态度不是更令人发指么？他并不是个坏人，是个种菜卖菜为生的农人，但见妻子快死了，竟用砖依住她！于是，排泄物淹浸了那座小小的骨盘，发出难忍的气味！女性的肉体一旦失去青春和健康，不能成为建构男性主体的场所，不能担当物化的繁衍工具时，那么，在男性眼里，"不仅是无魅力的客体——她们还引起夹杂着恐惧的仇恨"③！如果我们将瘫病的男女掉个位，在宗法制的乡村，月英能对丈夫这般残忍地折磨吗？她敢这般明目张胆地虐待他吗？如花的女性生命，这般惨烈地凋谢和枯萎。

　　"人类的意义和审美的意义只有通过感性肉体的本体论中介才能得到自我揭示。"④ 在《呼兰河传》中，叙述者以一个四五岁女孩的视角，用素朴生动的短语勾勒出老胡家的小团圆媳妇的体态：12 岁的女孩，却长得十五六岁那么高，脸长得黑糊糊的，笑呵呵的；头发又黑又长，梳着快到膝间的辫子；坐到那儿坐得笔直，走起路来，走得风快；见人一点也不知道羞，头一天来到婆家，吃饭就吃三碗！健康的身体和单纯的心魄触犯了封建传统给小团圆媳妇打制的框架，违背了几千年传下来的习惯规范和压制的生活状

---

　　① 萧红：《生死场》，黑龙江人民出版社 1980 年版，第 39 页。

　　② 同上。

　　③ ［法］西蒙娜·德·波伏娃：《第二性》，陶铁柱译，中国书籍出版社 1998 年版，第 187 页。

　　④ ［美］理查德·沃林：《文化批评的观念》，商务印书馆 2000 年版，第 172 页。

态，况且她还有种本能反抗的"邪劲"。所以，婆家要灭绝她的身体本能，婆婆用针刺她的手指尖，用烙铁烙她的脚心，大腿则被拧得像一个梅花鹿似的青一块、紫一块！婆家还屡屡请大神压邪，全村则看热闹。最奇的一次跳大神的绝招是镇压身体——她婆婆喊着号令当众扒光她的衣服，将一丝不挂的她扔到盛满滚烫的热水的大缸里！尽管小团圆媳妇本能地反抗，逃命似的狂喊，可又怎扛得住众人七手八脚搅起热水来频频往她头上浇？当身体的挣扎声嘶力竭，倒在大缸里昏过去了，大神却仍不放过她，打鼓、喷酒、针扎手指；及至醒来，又重演此幕，直闹到三更天才散了场。她婆婆后又到扎彩铺去扎了一个纸人，烧"替身"以赶鬼。小团圆媳妇也在一个冰天雪地的冬日被残忍折磨而死，与月英死亡的季节相同。这一幕幕闹剧惨剧，既是以一个四五岁女孩的充满稚气的直观视角，又是漂泊异乡的作家本人以含泪之笑的回望视角，在这天真懵懂与辛辣幽默双重视角的女性身体写作中，"她的肉体在讲真话，她在表白自己的内心。事实上，她通过身体将自己的想法物质化了；她用自己的肉体表达自己的思想"[1]。从而深刻揭示出传统恶俗对女性生命的无视和蹂躏，折射出女性现实生存的悲惨且麻木的处境。

　　女性的身体决定女性不同于男性的生命状态，月经、痛经、妊娠、流产、生育、绝经等是女性独有的身体感觉和经历，也是女人们在劫难逃的生死场！这是没有如此亲历的男性作家难以书写出真实之感的。

　　萧红生活的时代，生育是件颇危险之事，女人的生产，也就是女人的生死场！她在《生死场》里将其称之为"刑罚的日子"。对五姑姑的姐姐生产过程，萧红可谓浓墨重彩，宛若一出另类惊悚剧，因为太可怖太疯狂便又太可笑。产妇已不能坐稳，在卷起了席子的草上爬行；而接生婆说会"压柴"，把柴草卷起就让产妇在扬着灰尘的土炕上爬行。"光着身子的女人，和一条鱼似的"。从黄昏到天亮，女人被折磨得死去活来，家人开始预备葬衣了。这时刻借酒装疯的丈夫冲了进来，可恶可恨地用长烟袋掷向她、将一大盆水泼向她！"大肚子的女人。仍涨着肚皮，带着满身冷水无言的坐在那里。她几乎一动不敢动，她仿佛是在父权下的孩子一般怕着她的男人。"产婆强推着她走走，"她的腿颤颤得可怜。患着病的马一般，倒了下来。"就在大家都以为她必死无疑、拖着她站起来时，孩子掉了下来，"女人横在血光中，用肉体来浸着血"。哪有什么"太阳出世"的振奋和喜悦？只有女性

---

　　① 〔法〕埃莱娜·西苏：《美杜莎的笑声》，黄晓红译，引自张京媛《当代女性主义文学批评》，北京大学出版社 1992 年版，第 195 页。

身体如此脆弱又如此坚韧的战栗和慨叹。

金枝、王大姑娘、二里半的麻面婆子、渔村的李二婶子都经历过"刑罚的日子"。还像个小女孩的金枝的生产也是可怖的，就要临盆了，丈夫成业还要跟她温存，接生的王婆警告她"危险！容易丧掉性命！""在乡村，人和动物一起忙着生，忙着死"。① 而女性的生命，从一出生起就遭遇轻贱，金枝的丈夫成业那么轻易地就把吃奶的女儿活活摔死！三天后，乱坟岗子上的女婴早已被狗扯得什么也没有了。

写足了农妇的《生死场》，掩卷叹息，你会发觉，萧红的叙事文句简单得通篇皆为短语，朴素得甚至有稚拙之感，但那新鲜的修辞、越轨的笔致酿成她叙事的特殊魅力；同时又有着分明的震撼力，印证了父权制文化秩序中，"身体作为'女性的象征'被'损害、摆布，然而却未被承认'。但是，在此同时，它'终于还是保持了完整和真实，以致能发表有效的政治批评……'因此，躯体这万物和社会发展的永恒源泉被置于历史、文化和社会之外"②。

相隔 8 年的另一部小说《呼兰河传》，对女性身体与生育的生死场的铺陈则更见内敛和无奈。最后的第七章回忆磨倌冯歪嘴子和王大姑娘的故事，以女童的视角见证王大姑娘的两次生育。爬满黄瓜藤蔓的小窗掩饰着磨房的秘密，寒冬腊月面口袋下颤抖的母女在祖父的同情下终死里逃生；但正因了生育，原本被街坊邻人夸奖的王大姑娘的身体遭到全面颠覆，本被大家夸为"又高又大的大葵花"、能说能笑很响亮、大眼睛膀大腰圆带点福相的她却成了一无是处的坏女人！第二次生育后，她一天比一天瘦，一天比一天苍白，在一个冷清寂寞的夜里，她于产后死了。"传说这样的女人死了，大庙不收，小庙不留，是将要成为游魂的"③。这种蚀骨锥心的痛不是呼天抢地可以了得的，哪怕有冯磨倌的爱的护佑，但因不为传统因袭所容，一样生无立锥之地，死后仍为游魂！

女性被社会摧残和男性摧残、女性相互摧残和自我摧残的结局，萧红仍以女孩的听闻为果，那是东大桥下每当阴天下雨便哭泣的冤魂屈鬼。小团圆媳妇的灵魂则变了一只哭哭啼啼要回家的很大的白兔，只要有人搭理，白兔擦擦眼泪，就不见了；若没有人理她，她就哭到鸡叫天明。真是满目荒凉。

---

① 萧红：《生死场》，黑龙江人民出版社 1980 年版，第 56 页。

② ［英］玛丽·伊格尔顿主编：《女权主义文学理论》，湖南人民出版社 1989 年版，第 359 页。

③ 萧红：《呼兰河传》，黑龙江人民出版社 1979 年版，第 212 页。

女性冤屈的倾诉的要求是这样廉价，可有多少人在认真地倾听呢？"回家"——难道不是萧红本人当时的心境和心声吗？尽管对荒凉的家是爱恨交加的。

当身为女人的萧红，徜徉于中国女人的血泪哭泣浸透的时空长河里，以女性身体感知写作女性身体，真是严肃又严酷！其直面女性痛苦的身体有着前卫的勇猛和先锋性的决绝，以对男性中心社会父权制文化秩序进行解构和颠覆。

二 南国直白的身体写作

如果说萧红在身体写作中，是以客观的冷峻、主观的炽热，在冰火交融中写出底层妇女身体的苦痛、屈辱和无奈；苏青则可称为平民化的身体写作，她笔下的身体感觉平实得多，也感性得多，对性欲、情欲的直白爽快，令人咋舌，却并无邪恶。

她移动标点，擅改圣言为："饮食男，女人之大欲存焉"！实乃痛快淋漓。又言："婚姻虽然没意思，但却也能予正经女人以相当方便。"苏青之前，怕没有哪个女性如此自嘲过。"心想你们这批不自尊重的女人呀，少了个卵，便自轻视自己到如此地步了。"其哀其怒化作了性别"国骂"。

对六人居的女大学生宿舍坐马桶也不放过："登其上者左顾右盼，谈笑甚乐，睡者既不顾饱嗅臭气，坐者又何惜展览臀部。"（《女生宿舍》）

对性的诱惑力认知："也要遮遮掩掩才得浓厚。美人睡在红绢帐里，只露玉臂半条，青丝一绺是动人的，若叫太太裸体站在五百支光的电灯下看半个钟头，一夜春梦便做不成了。"（《论离婚》）

对女性独有的"月经"的感受："我敢说一个女子需要选举权，罢免权的程度，决不会比她需要月经期内的休息权更切……我并不是说女子一世便只好做生理的奴隶，我是希望她们能够先满足自己合理的迫切的生理需要以后，再来享受其他所谓与男人平等的权利吧！"（《第十一等人——谈男女平等》）

对自古以来女人不能说出口的"性欲"，她却口无遮拦："性欲是人人有的，但是女人就决不肯承认；若是有一个女人敢自己承认，那给人家听起来还成什么话？"（《谈女人》）

至于男女的"性"关系，她在《谈性》中大胆直言："我以为性是一种艺术，而谈性却是一种科学"，"其实我以为只有真正有爱情的性生活才可以使人满足，而且任凭有真情也得惜福，别朝朝暮暮混在一起，因为刺激过度便麻木了"，"就是为肉体的快乐着想，我也主张须看重精神恋爱。"

　　苏青在自传体小说《结婚十年》（正）这部发行了18版的畅销小说中，虽不似苏氏散文中那种直言不讳地宣泄，但其细腻的女性身体真实感受一样引起天下为妻为母的共鸣。

　　写女主人公苏怀青"爱的饥渴"："于是我怀春了，不管窗外的落叶怎样索索掉下来，我的心只会向上飘——飘到软绵绵的桃色云霄……我需要一个青年的，漂亮的，多情的男人，夜夜偎着我并头睡在床上，不必多谈，彼此都能心心相印，灵魂与灵魂，肉体与肉体，永远融合，拥抱在一起。"①虽不像《蛾》中的女主人公寂寞中的呼喊那么急迫："我要……！我要……！我要……呀！"但一样袒露女性隐秘内心对情欲的渴求。无论是委婉抒情抑或直露表白，都与传统淑女形象大相径庭，这是苏青的过人之处，敢于与男性比肩而立。郁达夫在《沉沦》中并不避讳赤裸裸的性表白，那么，女性为什么不能以"情与性"作为两性相爱的基础呢？女作家为什么不能对其淋漓尽致地展示和叙述呢？谁没有欲的要求和爱的渴望呢？

　　但是，在男性中心社会，女性与男性的比肩而立只是女性一相情愿的梦想。不用等男性来点醒，女性身体的感受已让女性梦醒了。苏怀青自言："结婚真没有多大意思，说到两个人的心吧，心还是隔得远远的；说到男女间快乐，一刹那便完了，不过十分钟，却换来十月怀胎，十年养育的辛苦。"②

　　苏怀青生孩子时身体的感受太具体了，坐卧不安、苦痛难言、身不由己："这样一次又一次地迸着，也不知过了多少时间，在我已有些迷惘，连恐惧悲哀的心思都没有了，只觉得周身做不得主，不知如何是好。痛不像痛，想大便又不能大便，像有一块很大很大的东西，堵在后面，用力迸，只是迸不出来。白布单早已揭去了，下身赤露着，不觉得冷，更不觉得羞耻。"③

　　没有"太阳出世"的神圣崇高感，没有生命链条环环相扣的激越澎湃感，没有理性的思索更没有哲理的升华，有的只是实实在在的女性"身体写作"，生过孩子的会情不自禁点头：的确是这样的。即便在当今，女人生育不再如赴"生死场"般惨烈，但那种对自家身体做不了主的尴尬和苦痛、

---

①　苏青：《结婚十年》（正），上海书店出版1948年版，第30页。
②　同上书，第57页。
③　同上书，第51页。

刻骨铭心的性别独有的体验，"生儿后方知母痛"，女儿家就这样经炼狱而成为母亲。

生育之后是抚育，哺乳是母亲的义务。在《结婚十年》中，苏青自然而然地写到苏怀青的乳房的变化，从未被孩子吸吮过的"生乳头"一经孩子吸吮，虽不像分娩时生命甬道的撕心裂肺般的痛苦，但是，亦伴随着疼痛和鲜血：女儿"吮起来实在痛得很的。而且她似乎愈吮愈紧，后来我真觉得痛彻心肝，赶紧把它扳过来，看看上面已有血了。"① 在避孕科学知识尚未普及的年代，喂奶是行之有效的避孕法宝。所以她不由得问自己："我不知该怎样对待自己的丈夫才好？想讨好他吧，又怕有孩子；想不讨好他吧，又怕给别人讨好了去。我并不怎样爱他，却也不愿意他爱别人；最好是他能够生来不喜欢女人的，但在生理上却又是个十足强健的男人！"② 苏青以一以贯之的详尽琐屑甚至显得啰唆的白描手法给以展示，敢想敢说、直截果断、锋芒毕露、毫无避讳。女性的觉醒、迷茫、焦虑纠缠一处。恰如张爱玲评说苏青："一个直截的女人，谋生之外也谋爱，可是很失望。"③

苏青比丁玲的《莎菲女士的日记》走得更远却又似乎更近。"近"指的是苏青笔下的女性并非全然的布尔乔亚式知识女性，追求着爱的诗意和欲的纯真，她们更多的是家常气，在中国房屋"一明两暗"的明间的庸常中生活，既有着处世的实在和热闹，又有着为女人的无穷琐屑和烦恼。"远"指的是她比丁玲笔下的莎菲更直截了当逼视女性的生理欲求，其言说之大胆不亚于郁达夫笔下《沉沦》的男主人公。苏青的写作顾审视女性身体的存在，直面女性的生理和心理状态，在女性身体深切体验中叙述，前无古人。因而让读者瞠目结舌，冲击并颠覆了男性中心社会中对女性身体一相情愿的虚构的话语系统。女人正是有了这样的身体经历和切肤的感觉，方明了女性身体在男性中心社会只是用以建构男性主体的场所，只是物化的繁衍工具！苏青说白了："这个世界是男人的，只有男人可以享受爱，爱就是促成交合时还能够助兴的东西，男人到了中年后渐渐明白过来了，觉得它太麻烦费时，要讲究享受还得另外用一种东西来代替它，这种东西便是钱，钱在男人手里，谁能禁止他们同时大量的或零碎的一个个买爱？"几十年后，埃莱娜·西苏的身体写作理论似乎成了苏青身体写作的注释。西苏不无偏激地认为文学史

① 苏青：《结婚十年》（正），上海书店出版 1948 年版，第 55—56 页。

② 同上书，第 77 页。

③ 张爱玲：《张爱玲文集》第四卷，安徽文艺出版社 1992 年版，第 239 页。

因女性视点的缺失，并没有再现女性真实的自我，女性的生命状态不是出于女性自我的真实表达，而是男性中心写作传统对女性的误解与歪曲。事实上，月经、痛经、怀孕、流产、人工流产、生育等女性独有的身体感觉和经历，是男性文本男性话语常常忽略或轻视的，即便触及也如隔靴搔痒。当然，也还有一些写得极棒的，如《静静的顿河》中写葛里高利的妻子娜塔莎人工流产的场景，撕人心肺；《灵旗》中写女人生孩子如太阳出世也极诗意澎湃。而苏青的身体写作既不同前者的凄惨，又不同后者的激越，那渗透于话语的性别意识在对女性生理、心理的感觉和经验的展示中，不仅是对男性写作传统的背离和叛逆，而且是对女性生命的正视，是对女性现实生存处境的痛惜的折射。因而，苏青早在 20 世纪 40 年代就超前地对女性身体淋漓尽致地展示了，对男性叙事中女性虚构的解构，大胆挑战男性中心社会，并于女性身体的真实感受来建构女性生命史，自"五四"以来一代又一代的女作家群的"他视"与"内审"之间真正进到了女性身体的写作。也许苏青本人并不自觉。所以，将一往无前地逼视女性身体的苏青称为本土式"身体写作"先驱，当是名副其实的。

对于苏青的评价，男性女性便有着很大的不同。

20 世纪 40 年代就有些人斥苏青的文章为色情作品、性诱惑，因而苏青是性贩子、是文妓，进而已经做了妓女，而且是劳合路上的夜莺都不如的，再进而恶形恶状，说她缠过脚，夏着童装，冬穿大红大绿，犹如唱梨花大鼓的女人……这是因为苏青不讳言谈性，且如此口无遮拦与千年传统礼教对女性的世俗规范实在是背道而驰，逆耳刺耳，为社会无法容忍。即便是公允的谭正璧，在《论苏青与张爱玲》中，虽觉得苏青胸襟开阔、气概无畏，但对苏青赤裸裸地直言性欲、月经、生理需要，却不敢恭维。他认为在苏青似乎成了四川菜和味用的"辣火"，每菜必用，则感到肉麻了。

而自诩懂得苏青的张爱玲却认为："苏青最好的时候能够做到一种'天涯若比邻'的广大亲切，唤醒了往古今来无所不在的妻性母性的回忆，个个人都熟悉，而容易忽略的。实在是伟大的。她就是'女人'，'女人'就是她。"[1]

孟悦、戴锦华在《浮出历史地表》中对苏青的《结婚十年》则给予了高度评价："一个血水浸染，烈火新腾的时代阴影里，解开了庐隐们至死无奈的历史与文化的新女性之结。《结婚十年》是《庐隐十年》的延续。是女

---

① 张爱玲：《张爱玲文集》第四卷，安徽文艺出版社 1992 年版，第 231 页。

性赤裸的呈现单纯的执著中宣泄着悲愤与指控。"①

庐隐的清坚决绝、悲怆独语，丁玲的狂放傲立、卓尔不群，萧红的寂寞苦痛、诗情短语，张爱玲的华丽荒凉、没落贵族情怀；苏青她都没有。苏青和苏青的故事皆无传奇。她拥有的是真实琐屑、素朴直率、坦白直言、嬉笑怒骂、怨天尤人、大胆辛辣、呼天抢地，虽掏心掏肺对己对人，但既让男性读者读来自觉没颜落色，又让女性读者读时猛觉心惊肉跳，一言以蔽之，既得罪了男人又不讨女人喜欢。

况且，苏青与大汉奸陈公博的一段交往以及在日伪时期的一些挂职，如上海特别市政府专员、中日文化协会秘书等，使她在抗日战争胜利后，被指斥为"汉奸文人"。尽管她仍呼天抢地为自己辩解，但直到司马长风撰写的新文学史，仍将她放到汉奸文人之列。所以，即便她浑身是嘴为普通女人诉说，普通女人们怕也难以引她为知己。

至此，苏青所开创的"身体写作"便画上了句号，前无古人、后无来者，长达40余年。

第三节 性爱的城乡文本

20 世纪 80 年代被称为文学的新时期，随着政治气候的转变，又一代女作家群涌现出来，女性的自我意识渐渐复苏，当然，进程是缓慢的，只是在宏大主流模式叙事中搭载朦胧的女性意识、女性价值和女性精神，并非自觉的性别意识、有意的性别视角和独特的女性话语。

但其中已有对女性身体的关注。如叶梦的成名作——散文《羞女山》，对资水边一座陡峭如削，状如裸女的峰峦细腻展示：

> 她那线条分明的下颌高高翘起，瀑布般的长发软软地飘垂，健美的双臂舒展地张开，匀称的长腿，两臂微微弯曲着，双脚浸入清清的江流。还有，她那软细的腰，稍稍隆起的小腹和高高凸出的乳峰。……我似乎感觉到了她身体的温馨，看得见她呼吸的起伏。
>
> 她莫不是女娲么？
>
> 也许，她在炼石补天之后，又不弹辛勤地捏着小泥人儿。她累了，

---

① 孟悦、戴锦华：《浮出历史地表》，河南人民出版社 1989 年版，第 227 页。

便倚着山岗睡了，多么惬意哟！

　　也许，会有人抱怨她仰天八叉地躺在那，未免不成体统，未免不像一个闺阁，未免太不知羞。但她为什么要怕羞呢？那是一个洪荒太古的年代，天刚刚补好。人，还没有呢！是她创造出了人类，她是一位博大宽宏的母亲。她裸着身子睡了，怎么会想到要害羞呢？她又怎么会想到：在她捏出的小泥人繁衍的人群里，会有那么一班道学家，居然忌讳她裸着身子，居然还嫌她的姿态不合乎《女儿经》的规范。①

　　此后，叶梦系列散文将女性出生、初潮、初吻、初夜、初媾、妊娠、分娩、哺乳、养育、衰老、死亡——女性生命的奥秘和创造史写了个淋漓尽致。被称为"开始得最早也是走得最远的女性之谜的探索者"。

　　胡辛的《我的奶娘》开篇即引用了徐晓鹤的诗《奶》："无数的梦/无数的梦/衔着胸间的江河/手的拍打/心跳的切分音符/太阳/从两座山峰中升起。"小说的结尾写了奶娘的干涸了的奶：

　　　　入棺前，要为奶娘擦洗身子。金宝媳妇虔诚地打好清泉水，欲上前给奶娘换衣服时，我拦住了她："请让我来吧。"

　　　　我轻轻地、轻轻地解开了她的布扣子，一件缀着补丁的土布衫子，不是贫穷，而是节俭。袒露的胸膛上刀疤依旧，而触目惊心的是——奶！

　　　　我童年梦中的莲蓬般香甜的奶，疏疏地爬着细细的青色血管，流淌着甘美乳汁的奶啊！

　　　　消逝了！消逝了……只留下一片荒凉的、干瘪的、迷蒙的、收割了的秋后的原野。

　　　　平坦的胸脯，粗糙的、皱巴巴的皮上缀着片片褐色的寿斑，爬着蚯蚓似的僵硬的青筋，只有那紫黑色的奶头，骄傲地耸立着，还证明着昔日的青春。

　　　　乳汁干涸了，慷慨地湿润了多少生命呢？

　　　　我的头脑已不再思索，只是机械地接过金宝媳妇递过的衣裤，一层一层地穿着，土布衬衣贴肉、再是一层又一层的绫罗绸缎、丝棉袄裤、的卡、凡尼丁、毛华达呢……奶娘一生，从未这样铺张排场过，这是小

---

① 叶梦：《中国当代散文史》，人民文学出版社 2003 年版，第 284 页。

辈的心意吧。①

　　这是怀着敬与爱抒写的女人的哺育生命的"奶"，坦荡荡的枯萎了的女性身体器官，没有一丝欲念！女性书写不仅仅是黑色墨汁的流淌，"这种保持活力和赋予生命的水，同时也是作为作家的墨汁、母亲的乳汁、妇女的鲜血和经血"。②

　　如果说叶梦、胡辛还在女人身体的抒写中寄寓了宽厚深邃的母爱，那么，翟永明1984年《女人》组诗的横空出世则不同，已转向对女人自身探寻。在长诗的序言《黑夜的意识》中，她宣告女性作为一个主体的存在："我们一生下来就与黑夜维系着一种神秘的关系。一种从身体到精神都贯穿着包容在感觉之内和感觉之外的隐形语言，像天体中凝固的云悬挂在内部，随着我们成长，它也成长着。对我们来说，它是黑暗、也是无声燃烧着欲念，它是人类最初同时也是最后的本性，就是它周身体现出整个世界的女性美。"③

　　20世纪90年代初，中国美术馆举办过的一场女性画家画展，观众走上二楼，扑面而来的是一排数张几乎一模一样的硕大的水粉画，题名：玫瑰门。真个是触目惊心，因为，它们的确是娇艳的盛开的放大了的玫瑰，同时，它们又让你不得不感到震惊，因为它们的确酷似放大了的生理卫生图——那是女性诞生生命的甬道！

　　玫瑰门！是这样的玫瑰门。

　　有位男小说家在他的小说里感叹过：人不如花，花是这样骄傲地展露着它的生殖器官。

　　画展中还有一小小的铜雕，一个坐着的疲惫的大肚子孕妇，其裸露的大肚子一样触目惊心。题曰：苦差。

　　也不知女画家是否受铁凝的《玫瑰门》的影响？至少也是心有灵犀一点通吧。

　　铁凝的"三垛一门"（《麦秸垛》、《棉花垛》、《青草垛》、《玫瑰门》）、王安忆的"三恋一岗"（《小城之恋》、《荒山之恋》、《锦绣谷之恋》、《岗上

---

　　①　胡辛：《我的奶娘》，《百花洲》1986年第6期。

　　②　［法］莉迪亚·库尔提：《书写妇女，书写身体》，《文化研究》第2辑，天津社会科学院出版社2001年版，第112页。

　　③　翟永明：《黑夜的意识》，引自《磁场与魔方——新潮诗论卷》，北京师范大学出版社1993年版，第141页。

的世纪》）几乎同时聚焦性爱，在透视情与欲的撕掳纠葛中，女性作为欲望主体浮出历史地表，在对女性的性别境遇生存体验及性别身份的自我指认中，终为性别本体的复归发出生命的呐喊，实乃惊世骇俗。

中国现代女作家的"身体写作"之一脉细流终悄然穿越时空，又汩汩流淌于当代女性文学身体写作的探险路上。

一　等闲识得春风面

王安忆在与陈思和这两个 69 届初中生的即兴对话中坦言："如果写人不写性，是不能全面表现人的，也不能写到人的核心，如果你真是一个严肃的、有深度的作家，性这个问题是无法逃避的。"[①]

1986 年一年中，王安忆一口气推出三部中篇小说《荒山之恋》、《小城之恋》和《锦绣谷之恋》。《荒山之恋》中金谷巷的女儿和大提琴手的以情死为结局的婚外情故事，写性写身体虽不多，但毕竟将"性"意识堂而皇之引入文学殿堂并成为焦点。难怪王安忆从一稿到定稿，竟花了六年之久！性意识作为核心话题的自觉禁区闸门一旦冲开，真个如洪水猛兽不可阻挡了。《锦绣谷之恋》从一稿到定稿，只用了 15 天，知识女性庐山笔会上的即兴式的混沌的婚外情，一次性过后难思量。也并无性事描摹，但女编辑出轨之缘由，是因为婚姻"早已将对方拆得瓦无全瓦、砖无整砖，没有一点隐讳、秘密可言。"夫妻彼此消失了性的吸引，是身体的性麻木。《小城之恋》不同，一改"雨，沙沙沙"的小资女性的清纯朦胧和淡淡幽伤，其张扬的审丑意识和性欲本能，就这样突兀地进入当代文学并被聚焦，其叛逆性和先锋性一时间让评论界和读者难以作出及时反应。

性意识作为一个核心话题，被提上文学的议事日程。闸门一旦打开，就没有谁能够找到合理或不合理、道德或不道德的界限。

与其说这是一部写性欲的小说，不如说这是一部典型的关于青春发育期的"身体写作"，或直接曰"肉体写作"。18 岁的丑男"他"与 14 岁的丑女"她"，在小城的剧团里，"一早一晚的，练功房里常常只见他们两人"——想是别人都"抓革命"去了，这对无足轻重的男女便还原为"伊甸园"里本初的一个男人和一个女人。历经 5 年的变态两性吸引，"他"与"她"在高大的景片遮蔽里，在前台轰轰烈烈的歌舞中，力大无穷的他扳过她的头，

---

① 　王安忆、陈思和：《两个 69 届初中生的即兴对话》，《上海文学》1988 年第 3 期。

扳过她的脸，"他的嘴找到了她的嘴，几乎是凶狠地咬住了，她再不挣扎了"。① 于是，生命的勃发、青春的骚动、情欲的宣泄，使这对丑男丑女的身体变得容光焕发：她前所未有的面色姣好、眸子黑亮、嘴唇鲜润、气色清朗、头发浓黑浓密、皮肤细腻光滑如丝绸。身体线条柔和。他也消了疙瘩，浅了疤颜，脸色清爽，五官端正。

两性生命的原始力的奔腾冲决了所有阻碍，性欲的缓解使荷尔蒙匀衡，身体由丑变美，信然。但"食色，性也"，饭是餐餐要吃的，性也伴随着身体的发育没完没了。只要没人，他们便如胶似漆，再也分不开，双方的肉体都有着无法克制的需要。故事却没有落幕，乘着黑夜偷偷摸摸的身体的合二为一带来欢乐的激动，也带来欢乐的痛苦和恐惧的罪孽！他们又故态复萌、故伎重演，只是比以往更酷烈："单独在一起的时候，身体以强烈的排斥为吸引，如同搏斗似的，互相抵抗，谁都不愿撤离，撕扯着，纠缠着，直至筋疲力尽，然后便是温情脉脉的亲爱，亲爱过后，又是搏斗。"②

她认为她得了什么不治之症了，却又不能为第三个人知道，她真不明白，人活着是为什么？难道就是为了这等下作的行事，又以痛苦的悔恨作为惩治。不争气的是她的身体。她的身体背离了她的灵魂，如痴如狂地渴望着与他的身体接触，摩擦，即使是疯狂的受虐，也在所不惜。

作者止不住在文本中发议论："那样的罪恶，就好比是种子，一旦落了土，就不可能指望它从此灭亡。他们处在一个蒙昧的时期，没有一位先行者来启开他们的智慧。"③ 事情远非如此简单，无论官方民间，皆认同"百善孝为先，万恶淫为首"。"淫"与"性"在中国传统封建文化中常常合二为一。当然，对男性网开一面，一夫多妻合理合法，还是财富的象征；拈花惹草是男性享乐的权力，甚至可褒义为"风流"。作为男性欲望所指的女性，只能含羞含蓄地让男性泄欲和做传宗接代的工具；"淫妇"者，可就只有千刀万剐一条路了。所以，正经人家的女性从少女到老妇，"性"是羞于启口之事。《小城之恋》中的"她"即便文化程度低，也有着备受煎熬的灵魂，集体无意识使然，因为"她"可归属于无廉耻之心的"淫女"。

结尾戛然而止。在成功地举行"告别仪式"后，她怀孕了，她不顾一切地生下了罪孽的结晶，竟是一对龙凤胎！她始终不说出孩子的父亲是谁，

① 王安忆：《王安忆自选集·小城之恋》第二卷，作家出版社1996年版，第196页。
② 同上书，第198页。
③ 同上书，第203页。

她做了文工团的守门的传达，抚育着这双儿女长大，听他们牙牙学语喊妈妈。从 12 岁到 24 岁，母性让她脱胎换骨，升华为一个"正常的女人"。这样的结尾，也许真实的原型，但却不是普遍中生出的典型，是作者一相情愿的理想化结局。但不管怎么看，"她"的充满青春骚动的欢乐和痛苦是真实的，她的性本能的淋漓尽致的宣泄和放纵，哪怕让人觉得扭曲乃至变态，还是可信的，她的灵与肉的永无休止的交锋是让人同情和理解的。反过来看，"他"的肉体与灵魂的感觉如同隔靴搔痒，"他"的"有家却无法认同"的消沉结局却缺乏可信度，这个既好赌又嗜酒的男人很可能得过且过，却不会如此沉溺于往事而不能自拔！男性与女性生命成长、深层的生命体验、性爱成熟的身体经历和精神生长是完全不同的，智慧若王安忆者亦不可能窥破男性的心灵。

  1988 年王安忆捧出了滚烫的《岗上的世纪》，赤裸裸的性力量依旧有着惊世骇俗的震撼。王安忆自己说："《岗上的世纪》可以和《小城之恋》一块看，它显示了性力量的巨大，可以将精神扑灭，光剩下性也能维持男女之爱。"[①]

  是的，《小城之恋》与《岗上的世纪》写的都是非常岁月的彻底的性爱，爱恨交加如胶似漆如梦似醒。只不过前者故事是小城男女的肉欲的煎熬，后者时空为农村女知青和生产队长的欲火炽燃。前者从肉欲的撕掳拼搏至巅峰跌归庸常生活，后者却从肉欲的利用、背叛到抛却一切恩怨走向两性身体合二为一的和谐。都是两个人的战争——两性身体的战争。

  《岗上的世纪》总共三章，第一章、第二章标题一样：大杨庄，第三章为"小岗上"。从篇幅来看，"小岗上"不足 1/5。女知青李小琴下放在大杨庄，为了回城的招工指标，主动撩拨"世袭"般的小队长杨绪国"上钩"。而"得手"的杨绪国却出于真诚和狡黠的缘由，实际上要了李小琴，没得到招工指标的李小琴在凄厉里哭号了几天后，将杨绪国告发。这本是一个非常敏感又苦涩的题材，非常岁月，女知青在农村遭遇的性侵犯者是必须绳之以法的，而女知青为了结束农村的苦难生涯，以程度不同的性交易换取回城的招工指标也是并非罕见的社会现象。如果故事到"大杨庄"就结束了，也就是当年知青史的一段"伤痕"记录，历史的反思而已。但是"小岗上"偏偏又让虽批斗却终宽大释放的杨绪国"舍生忘死"不顾一切找到了已迁到小岗村的李小琴，不是报复，不是忏悔，仅仅是肉欲的思渴，于是李

---

  ① 王安忆：《从现实人生的体验到叙述策略的转型》，《当代作家评论》1992 年第 2 期。

小琴将杨绪国藏匿于她的小屋七天，上帝造人用了六天、最后一天歇息，他们却整整七夜肉体合二为一，第七个繁星满天的月夜，"他们从容而不懈，如歌般推向高潮。在那汹涌澎湃的一刹那间，他们开创了一个极乐的世纪"①。真是不可思议！但王安忆偏偏化腐朽为神奇。

《岗上的世纪》将可怜也不无可鄙的李小琴和可恶也不无可怜的杨绪国还原成原始态的女人和男人。

杨绪国为李小琴的肉体惊艳："你这妮子，是怎么长着的啊！"面对月光下的路旁大沟里、青草鲜花上的她的肉身，他束手无策，像一条断了脊梁的狗！但终在大雪夜南湖的场屋的麦秸堆里，他们的肉体像鱼一样钻进钻出后，她成了他的活命草，他重新地活了一次；而他也像她的活命水，"她的身子就好像是睡醒了，又知疼，又知热；她的骨骼柔韧异常，能屈能伸，能弯能折；她的皮肉像是活的，能听话也能说话；她的血流动，就好像在歌唱，一会儿高，一会儿低，一阵紧，一阵舒缓。"②当她到城里的五七办公室告他奸污女知青，公安警察开着吉普车拿了铐子来铐他的那夜，他还是进了李小琴的土坯屋，他们居然还冲动地干了那好事。"她的肌体如凝冻的流水，就在他触到她的那一霎，融解了。他禁不住地叹息：多好的身子啊！"③"生命如水在体内交流，发出响亮的咕噜噜的水声，翻滚着洁白如雪的泡沫"④。身体热烈地交战，终合二为一，不知道这身体谁是谁的。

在小岗庄，第一夜，在新鲜的芋片堆上；第二夜，在灶前的烧草上；第三夜，在凉凉的槐花的雪白花瓣上；第四夜，做爱后梦见儿子；第五天，是雨天，于是不分昼夜在凉席上做爱；第六夜，是破损的凉席上的销魂动魄，第七夜，盛宴后在油灯摇曳中，"激情如同潮水一般有节奏地在他们体内激荡，他们双方的节奏正好合拍，真正是天衣无缝"⑤。所有的思怨情仇、荣誉毁辱，全都过去了，欺骗背叛之后竟然还有忘乎一切的和谐统一！

显然，《岗上的世纪》是性爱乌托邦。不说杨绪国没有绳之以法，而且是在"严打重打"的日子里是否真实？爱得有所附丽，性爱更是如此。没吃少喝的，哪来的永不衰竭的激情？而且是必须付出大量能量的性爱？但就这么一个非常岁月中近乎陈词滥调的故事，却开凿出另一扇窗，从这扇窗里

---

① 王安忆：《王安忆自选集·小城之恋》第二卷，作家出版社1996年版，第391页。

② 同上书，第349页。

③ 同上书，第371页。

④ 同上书，第373页。

⑤ 同上书，第391页。

而不是窗外，窥探一个女人和一个男人在封闭的天地是否能有另一个"创世纪"？在纯粹的性关系中，人究竟能行多远？究竟是谁拯救了谁？

二　石破天惊逗秋雨

南忆北凝，双峰并峙。北方的佼佼者铁凝则于 1986 年推出了《麦秸垛》，1988 年推出《棉花垛》和名声大噪的《玫瑰门》，皆毫不含糊地写性，写身体，写两性关系。1995 年的《青草垛》有点偏，用的是魔幻现实主义手法，这最后的"一垛"与王安忆的《锦绣谷之恋》一样，像是中国人的传统嗜好，要配齐"三垛"似的。也许"三垛一门"写得太认真，尤其是《棉花垛》还很严酷，留下太多的哲理思考和太深的寓意。所以，一片赞叹，连王安忆"三恋一岗"遭遇的质疑都未曾有过。

"北铁南王"——"三恋"是小城性爱种种的小提琴协奏曲，"三垛"则是乡村性爱种种之苍凉二胡曲；《玫瑰门》的城市女人走不出"玫瑰门"性征，哪怕不屈不挠折腾着变异，《岗上的世纪》的女知青和农民小队长却仅仅凭借性爱创了世！

铁凝书写的"性"角度的切入，其背景是苍茫浓郁的男性中心传统文化，其土壤是坚硬深厚的传统文化对女性禁锢千年的积淀，女性悲剧命运、女性心理的视畸形为正常，周而复始，一代一代又一代轮回不已，成为历史与文化的宿命，奈何！

王安忆则以南方的热辣细腻的笔触，深入男女两性世界，悉心探究性角色异化与女性身份迷失的微妙、复杂的原因。而铁凝以北方式的冷峻，从两性关系、女性性心理揭示深刻的社会历史积弊，忧虑女性性别悲剧。传达出对女性灵魂的拷问，揭露其灵魂深处的病灶，希望她们摆脱传统文化和历史宿命。

麦秸垛、棉花垛、青草垛，皆是乡野平淡无奇的风景，有着大自然鲜活多彩的气息，有着农村人家平实温暖的气息，还有着人与自然狂野的原始生命力的奔腾。

"当初，那麦秸垛从喧嚣的地面勃然而起，挺挺地戳在麦场上……似一朵硕大的蘑菇"，"后来，过了些年。春天、夏天、秋天的雨水和冬天的雪……那麦秸垛湿了又干，干了又湿，却依然挺拔。四季的太阳晒热了四季的生命，麦秸垛晒着太阳，颜色失却着跳跃。"①

---

① 铁凝：《铁凝自选集·告别伊咪》，作家出版社 1997 年版，第 314 页。

棉花垛呢？"这里的人管棉花叫花。种花呀，摘花呀，拾花呀，掐花尖、打花杈呀。……""这里的花有三种：洋花、笨花和紫花。""花地像大海时，花主们会喊当村的闺女媳妇来摘花。花地里的摘棉花的女子，一朵朵托进倚在肚子上的棉花包，棉花包越来越鼓，一地大肚子，互相笑，媳妇们互相指着：几个月了？还不吃一把酸枣儿？"①

《青草垛》写的是茯苓庄的故事。茯苓和青草是茯苓庄的两大宝，家家院里都晒着茯苓，家家房前屋后都有一两垛草。茯苓卖钱换粮米；烧火、铺坑、喂牲口乃至盖房都需要草。"青草垛垛起来，高过低矮的石头院墙，高过栅栏门、丝瓜架，有的还高过屋檐。从山上往下看，茯苓庄的房子倒成了草垛的点缀。"村里的女孩的名字多带有茯呀苓呀，村里的男孩名字便都叫草，后来村里来了位能人指点，说百姓本来就是草民，于是《青草垛》的主人公（叙述者）就有了大名一早。这样看起来，青草垛说的是男人的故事，其实还是男人眼里的女人的故事。茯苓庄的"大模糊"大婶，这绰号女性生殖器外形之谓也。刚死了丈夫和孩子，于是就奶大刚离娘肚就没了娘的一早。尽管如此，她与一早的爹还是恪守礼教，没凑到一处。一早与青梅竹马的十三苓两情相悦，在青草垛里留下了太多的美好回忆，但是十三苓独自到北京闯荡，结果却沦落成了个精神病患者回乡，只知道傻吃，变得肥胖不已。一早更是伤感。在大模糊大婶的张罗下，一早娶了五苓，新婚第三天，一早去山里收镐把儿，结果遇大雨，车翻人亡。他的灵魂飘飘回家，因别人看不见他也听不到他的声音，所以，他见着了许多人间污浊，既有底层人淫乱的性交易，更有道貌岸然者的荒唐无耻。思前想后，为了给大模糊大婶和十三苓"报仇雪恨"，他运用"鬼"的身份，把这些个贪官污吏、红男绿女的比基尼、短裤、裤衩、裤头、长裙全扒掉，让它们在空中飞舞。然而，当他回到家门前时，却发现已是鬼的他再也进不了自家的门了！他进到青草垛，因为他的动作使青草垛如撞了鬼似的挪动，于是，他的大模糊婶、爹爹、五苓等齐心协力点燃了青草垛，他在火里扑腾，像只火鸟，当心脏也被大火烧成一个火团儿的时候，他也不知自己的去向了。

当然，麦秸垛、棉花垛、青草垛终归经不起老，它们在日子的流逝中，很快就没颜落色，于是，新的麦秸垛、棉花垛、青草垛又一个个戳了起来。一年又一年，一代又一代。

麦秸垛、棉花垛、青草垛里，留下了太多太多的性与爱或性与无爱的

① 铁凝：《铁凝自选集·告别伊咪》，作家出版社1997年版，第384页。

故事。

《麦秸垛》里的沈小凤与陆野明有性无爱，杨青与陆野明有爱无性。沈小凤后来离开了端村，谁也不知她后来怎么样了？也没谁去细打听。杨青与陆野明呢，只怕永远也不可能把沈小凤从记忆中抹去，当他们又调回到同一个城市时，依然若即若离，也不知这是否叫做天长地久？还是应了民间流传的几句话："妻不如妾，妾不如嫖，嫖不如摸不着"！呜呼，情与性，还真个是越说越糊涂的事。

《棉花垛》写得更冷峻透彻，在平和与战争年代里一个花地里女人身体的故事，这别样视角的透视实在是寒意冷冽。

仿佛是一种命定，女人与花当是不解之缘，棉花地棉花垛也真的纠葛着女人的命运。花地里摘花的女人是劳作女人，但长得好看的米子不摘花。她嫌摘得多、工钱少，嫌花碗儿刺她的手。因为她有"身体"本钱："明眉大眼，嘴唇鲜红，脸白得不用施粉"，"身穿紧身袄，钟一样的肥裤腿，臀部却包得紧紧的"，这样的女人，可以用性交易轻而易举换来各色花。每年当花主们在花地里搭起窝棚浇水守夜看花的时节，正是这种女人钻窝棚挣花的"好日子"。米子一夜钻几个窝棚，为的是多挣花，当然，这花杂。花虽杂，穿着藕荷小袄、黑薄棉裤、头上蒙块绿白羊肚手巾的米子却依旧能用她好看的身体娇嗔地卖得好价钱——男孩国的爹就这般心甘情愿。这种"性买卖"，一个愿打一个愿挨，女性不觉可悲，反觉得漂亮的身体是性资本，比花地里劳作的女人们轻轻松松就赚了钱！这是不自觉又自觉的女性性别悲剧，有其深厚的文化土壤和历史渊源，男性中心社会的标准和价值观就是男性以钱以暴力更以权势对女性进行性奴役，而女性"习惯成自然"，遂成为历史的性别惰性，潜移默化，根深蒂固，难以自拔。性爱已失去男女在爱情基础上获得强烈的肉体和精神的交融的真正意义，而异化为一种获得必要生活资料的手段，一种为生存而委身于男人的有悖于人性的变相卖淫。

米子到底出嫁了，到底生下个女儿，小鼻子小眼儿，不如她好看，就叫小臭子。十岁的小臭子爱跟比她大五岁的乔玩。乔是个漂亮女子："胸脯早早发了鼓，屁股和从前也不一样了，腰却显出细来"，"细眉下面的黑眼总是很亮，脸很粉，连牙都显白"。有一回，乔、小臭子和十岁的男孩老有玩了次"性游戏"，懵懵懂懂的。再过了六年，小臭子有种像种，后半夜扛回来的花包，像母亲米子当年一样杂。历史的性别惰性成了集体无意识，于岁月流逝中浸淫为又一代女性的自觉行为，如若岁月平和，小臭子不过是她母亲米子的轮回而已。

　　但是，战火烧进了棉花地，日本鬼子占了保定府。当年的国当了青联抗的抗日干部，动员老有爹在村里办起了夜校。乔和小臭子参加了夜校。不久，乔也当了脱产干部。小臭子却早靠上了邻居秋贵，娶了媳妇的他能为她买葱绿毛布褂而已。这时秋贵已成了小汉奸，去了代安警备队当班长，代安临着封锁沟。鬼子开始扫荡，封锁沟很难过去，国和乔做小臭子的工作，小臭子找到秋贵，还真帮了几次忙。如果故事到此结尾，小臭子不过是丁玲笔下的"霞村的贞贞"，空留慨叹，因为注定没有名分。

　　但《棉花垛》故事还在继续，鬼子很快觉察了，一番恐吓，小臭子便倒了向，很快出卖了乔。乔被捕了，被成群的鬼子糟蹋后，还被从裆里挑开开肠剖肚，还用刺刀在胸脯上一边旋出一个碗大的血坑！鬼子的凶残令人发指，乔牺牲得是这样惨烈！

　　事情当然败露了，于是国办小臭子的案子，将她带到敌工部听审。一路行至棉花地时，小臭子的身体却给了他无法扼制的诱惑："裸露着的甩动着的两条胳膊。一件天蓝布衫紧勒着腰，沿腰皱起几个横褶儿。国想，都是这件布衫瘦的过，也许是小臭子的肉瓷实，是瓷实，屁股也显肥，走起来一上一下，两边不住倒替。"[1] "小臭子还是小鼻子小眼，可胸脯挺鼓，正支着衣裳，一个领扣没系，惹得人就想往下看。国想，要是再上手给她解开一个呢，人距离人本身不就不远了吗？"[2] ——"怒从心头起，恶向胆边生"，他在花垄里干了她！而死到临头的小臭子却以为"逢凶化吉"了，事毕，国向她举枪时，她哆嗦着说："不是刚才还好好的，把你好成那样？"[3] 国却没有犹豫，将她就地枪决了。因为遇到办案对象拒捕、逃跑或赖着不走时，可以就地枪决。故事却仍没有结束，这事在天知地知之间，还有一个正在高粱地里锄草的老有尽收耳中。

　　又过了四十五年，已是厅级干部的老有在软卧车厢遇见一个人，他觉得此人正是国，可对方无论他如何试探都不搭腔。故事的结局呈后现代叙事的开放状，故事的答案也觉暧昧。国何罪之有或何错之有？处决叛徒，天经地义，他只是在处决前因男性的性本能而冲动了一把，并非强暴，小臭子心甘情愿地"奉献"身体，以为是在做一场保命的性交易；在男人，是为性诱惑还是对性惩罚？欲说还休。

---

①　铁凝：《铁凝自选集·告别伊咪》，作家出版社 1997 年版，第 436 页。

②　同上书，第 439—440 页。

③　同上书，第 441 页。

"女性作为文化符号，只是由男性命名创造，按男性经验去规范，且既能满足男性的欲望，又有其消除恐惧的'空洞'的能指"。① 女性在集体无意识中陷入了无休止的生命、命运的悲剧性轮回中。

在《玫瑰门》中司猗纹性心理畸变，以肉身对庄家疯狂报复的情节用笔干脆利索、犀利深刻。司猗纹裸体攻击庄老太爷这一场"玫瑰之战"美丑交融，言简意赅，意蕴无穷。月夜中司猗纹仅裹一件睡袍进了公公的房间——

> 她的睡袍早已从她的肩上滑下来。她赤条条地亮着自己，单把那块黑对准他的眼睛——她的第一个姿态。
>
> 这第一姿态果真使庄老太爷大为惊恐——他被吓着了。
>
> 美从来都是恐怖的，人大都无法承受这美的恐怖。……但那个沉甸甸的清香的身体却把他整个儿地覆盖了。
>
> 她压迫着他，又恣意逼他压迫她。当她发现他被惊吓得连压迫她的力量都发不出时，便勇猛地去进行对他的搏斗了。那是蓄谋已久的策划，那是一场恶战。……
>
> 许久，当她认定她的目的已经达到她再无什么遗憾时，才下了床向他投过一个藐视的眼光。她像逃脱厄远一样地逃脱了这个房间，也许那不是逃脱，是凯旋。②

司猗纹的生命欲念在备遭蹂躏后，化羞愧为报复，化忍受为爆发，化煎熬为疯狂。司猗纹以天塌下来都不怕的勇猛，以女性肉体的裸呈对庄老太爷来了个性施虐，对庄家来了个乱伦亵渎的狂想，岂不知更是对女性肉体的自我虐待。这种变态的疯狂的确颠覆了传统概念的妻性和母性，然而，绝对不能改变女性自身的命运，她走不出女性历史的宿命。司猗纹的悲剧，说到底她仍然臣服于男性中心文化传统，并没有挣脱女性对男性身心依附的历史惰性，仍迷失了女性身份。正如作家陆星儿所说："置身在男人的世界里，受制男人对女人的审美取舍，要求、标准，很容易使女人按男人的眼光修正自己。其命运还是落在男人的态度的，开脱不出一个真正的自己。"③

---

① 张慧敏：《寻求自我的艰难跋涉》，《东方》1995 年第 4 期，第 57 页。

② 铁凝：《铁凝自选集·玫瑰门》，作家出版社 1997 年版，第 209—210 页。

③ 陆星儿：《心灵与文学相伴相辅》，《文学评论》1992 年第 1 期。

　　与王安忆相比，铁凝偏重于展现在女性被压抑扭曲或放纵宣泄中，女性生命所遭受的戕害以及女性存在的历史扭曲。正是通过质询女性身份的迷失，演绎女性悲剧宿命轮回，她们的展示和思考多从社会文化历史层面切入，觉醒的女性意识如春雷滚过天际，独立的女性话语正在逐步形成，她们是中国当代女性文学的领头雁，为女性文学的健康发展夯实了基础。

第四节　沉重的翅膀能飞多远

　　如若以性别和性意识的视角来观照现当代文学发展流脉，那么，在时间长河中若隐若现的身体写作终于在20世纪90年代得到"发扬光大"，身体性几乎成为了女性写作反叛姿态的焦点。

　　伊蕾在《流浪的恒星》中吟唱："请不要忘记有一颗流浪的恒星/它的肉体被囚禁/它的灵魂将终身流浪"；在《草坡上的小巢》中吟唱："让我的灵魂睡去/让肉体睁大眼睛。"女性身体写作的警觉溢于言表，在男性中心压抑的时空中，挣脱肉体的灵魂的飞翔当是虚幻的；而肉体睁大眼睛，哪怕灵魂睡去，也是觉醒的。这既是反叛，更是对女性生命欲求的唤醒。

一　致命的飞翔

　　林白、陈染为代表的私人写作呈现出最鲜明的身体写作姿态。其姿态迥异于20世纪80年代女作家群正派正经的元叙事，不再为男女性别的差异能否在同一地平线上起飞而苦苦思考，她们以自我身体最隐秘的感受经验叩问作为性别个体的女性深层的意义，遂将女性写作拓展与延深入一个崭新的想象空间，让女性生命之躯大胆地飞翔。

　　林白有诗篇《玫瑰，玫瑰，在一切之上》：玫瑰，玫瑰/我在黑夜里看你/你是一切的阴影/比黑夜还要黑//你黑色的火焰/蜷曲而坚硬/犹如马的鬃毛/在草原上飞奔/从黄昏到黎明//从黄昏到黎明/是挣扎还是舞蹈/起伏的曲线/短暂的飞翔/向下流动的血液/来自梦中的呼吸。这真是诗意盎然的玫瑰门！

　　不再遮蔽性话语的"身体写作"成了林白、陈染这一支脉女性写作的重要路径。打破男性单一线形逻辑，用女性发散思维的表现形式，细致描述女性躯体，经由身体而感知隐秘的欲望，表达女性生命体验，从而确立女性独立性别精神立场。这种大胆的对女性性别生命的关怀无疑是对旧有的性别秩序、性别规范与道德原则的挑战和颠覆，构成了对主流叙事话语的反叛。

不必讳言，林白、陈染的身体写作直接受西方女权主义身体写作理论的影响，留下了以理论指导创作实践的印痕。但是由于她们绝非冲着商业利润而秀，乃是一种以飞蛾扑火般的勇气，用自传体的形式书写身体，所以，她们是女性文学史上富有革命意义的创举，可以与郁达夫之《沉沦》媲美。

林白以一种绝对的女性视角和对女性身体的极端关注进行写作："在这个时代我们丧失了家园，肉体就是我们的家园。"这种貌似对物质层面的强调，实质上是对男性世界的绝望的同时，把女性自己的身体意义提升到了精神家园的层面。

林白写作《一个人的战争》时为而立之年，在叛逆对抗的焦虑中她清坚决绝地将自己封闭起来，她的作品呈现她自身生命主体的时间。"一个人的战争意味着一个巴掌自己拍自己，一面墙自己挡住自己，一朵花自己毁灭自己。一个人的战争意味着一个女人自己嫁给自己……"① 在这颇富哲理的经典言语中，"战争"这一阳刚气的男性动名词赋予女性，具有震撼意义，透视出女性肉体与灵魂在成长期的焦灼和冲突，但这正是一种女性挣脱桎梏的飞翔，如同林白所言："个人化写作是一种真正生命的涌动，是个人的感性与智性、记忆与想象、心灵与身体的飞翔与跳跃，在这种飞翔中真正的、本质的人获得前所未有的解放。"②

陈染也是中国文坛最先进入"身体写作"的女作家之一。她以诗意化的笔触表达年轻女性对自己的身体的感受，这种表达突破了女性对自我身体的道德忌讳，陈染在《私人生活》（作家出版社 1997 年版）中即大胆地表现女性对身体与心灵的相互倾慕的同性恋心态。

《一个人的战争》的女主人公多米 3 岁失去了父亲，母亲经常不在家，多米对自己的凝视和抚摸令人难以置信地很早就开始了，在幼儿园里，仅仅五六岁。与其说是自恋，不如说是雅克·拉康"镜像阶段"理论的新的阐释，自我认同的同时，还有儿童性心理的正常萌动。

陈染的《私人生活》的女主人公倪拗拗也是从小父爱缺失，与群体不相容，落落寡欢，也是打小时起就对自己身体特别敏感和关心，对同性肉体欣赏和崇拜。

《一个人的战争》中，多米感兴趣乃至崇拜的是女人，她说："我 30 岁

---

① 林白：《一个人的战争》，作家出版社 2009 年版，第 1 页。

② 林白：《记忆与个人化写作》，《作家》，1997 年第 7 期。

以前竟没有爱过一个男人"。因为在她的眼里："女人的美丽就象天上的气流，高高飘荡，又象寂静的雪野上开放的玫瑰，洁净、高级、无可挽回；而男性的美是什么？我至今还是没发现。在我看来，男人浑身上下没有一个地方是美的，我从来就不理解肌肉发达的审美观！"[①] 多米沉迷镜子，更对镜中的自我沉迷，她"最喜欢镜子，一镜在手握，专看隐秘的地方"。表现了女性自恋自慰的身体欲求。

《私人生活》里的倪拗拗亦迷恋照镜子，观照审视自己的身体，进行自恋性的诗意表达，镜子成了女性认识自己身体，直面日常被忽略的自我身体的真实，并替代男性角色，因而男性遭遇删除。

有强烈的身体认同的女孩多米，长大后常遇到麻烦，一遇到麻烦就想逃避，一逃避却总是逃到男人那里，结果是出现更大的麻烦。自我认同与依附男性在她的体内分裂对峙、矛盾妥协，因为她根本逃脱不了男性社会的主宰力量。她也只有盲目地在轮船上轻易地委身于第一个来和她搭话的男子，她无穷无尽爱的男人却轻易地就抛弃了她，始乱终弃，最后为了在京城生存，她只有把身体嫁给了一个老头。她如幽灵一般，"无论她是逆着人群还是擦肩而过，他人的行动总是妨碍不了她。她的身上散发着寂静的气息，她的长发飘扬，翻卷着另一个世界的图案，就像她是一个已经逝去的灵魂。"[②] 倪拗拗亦如是，独自一人出走并令人匪夷所思地把贞操给了自己并不爱的人，而自己所爱的人离己而去，她成了"零女士"，最后进了精神病院！

她们的矛盾和悲凉结局是必然的："这个女人在镜子里看自己，既充满自恋的爱意，又怀有隐隐的自虐之心。任何一个自己嫁给自己的女人都十足地拥有不可调和的两面性，像一匹双头的怪兽。"[③] 这样，让我们回眸《回廊之椅》中的"我"对大学热气腾腾的澡堂的感觉："每每想到那个赤裸的处所，总有一种见着了可怕东西的魂飞魄散的恐惧。这种可怕的东西是什么？是美，还是自身？"隐蔽与敞开就这样矛盾着又统一着。

陈染的作品更富哲学思考。她希望自己"具备理性的、逻辑的、贴近事物本质的能力"，不仅用皮肤、而且"用脑子"写作。[④] 《私人生活》中的倪拗拗似乎天生任性和偏执，她的"私人生活"更是一种自己对自己的"战争"。她给自己的胳臂和腿分别取名为"不小姐"和"是小姐"。自己体

① 林白：《一个人的战争》，作家出版社 2009 年版，第 23 页。
② 同上书，第 182 页。
③ 同上书，第 183 页。
④ 陈染：《私人生活》，作家出版社 1997 年版，第 264 页。

内"有两个相互否定的人打算同时支配我","我是我自己的陌生人",①
"黛二毕竟是黛二,天塌下来靠脑袋顶,无论如何没必要靠屁股。""她深信
女人是用情绪思索,男人是用屁股思索。"她对男人看得很透彻:"这时候,
她把天底下所有的男人全部去粗取精、去旁除杂,只剩下男人身上那个关键
的家伙———一枝填满火药的枪。"因而"黛二深知阻碍她拥到他怀里的东西
并不是那些黑毛毛,这只是说得出来的东西,说不出来的才是真正的障
碍。"但她到底走不出两难境地:"收敛或者放弃自己的个人化,把生命中
的普遍化向外界彻底敞开大门,这就等于为自己的生存敞开了方便之门;而
反过来,就等于为自己的死亡敞开了大门"。② 于是她像希腊神话中推石上
山的西西弗斯那样,在无效又无望的孤独绝望的劳作中永无尽头!女性的心
灵和身体难道就是这样成长成熟的吗?

　　这种无所顾忌的表达冲破女性身体的道德禁忌,从纯粹的精神乌托邦走
向物质层面,颠覆传统男性文化在身体向度上的主宰地位,让历史叙事忽
略、遮蔽和压抑的女性的私人生活浮上页面。陈染、林白在审美追求上典雅
高贵,语言把握上清丽灵动,阅读其作,绝无淫邪之感。同时,也使她们的
创作不见市场轰动,与大众读者是有距离的。

　　到了《万物花开》、《妇女闲聊录》,林白豁然开放。但诚如她自己所
言:《一个人的战争》与《妇女闲聊录》是有一致性的,前者是我和内心的
另外一个自我的对话,是垂直的;后者是我和外界的对话,是横向的。

　　《一个人的战争》对"自恋"的描绘诗情洋溢:"冰凉的绸缎触摸着她
灼热的皮肤,就像一个不可名状的硕大器官在她的全身往返。她觉得自己在
水里游动,她的手在波浪形的身体上起伏,她体内深处的泉水源源不断地奔
流,透明的液体渗透了她,她拼命挣扎,嘴唇半开着,发出致命的呻吟声。
她的手寻找着,犹豫着固执地推进,终于到达那湿漉漉蓬乱的地方,她的中
指触着了这杂乱中心的潮湿柔软的进口,她触电般地惊叫了一声,她自己把
自己吞没了。她觉得自己变成了水,她的手变成了鱼。"③

　　《万物花开》中对新婚蜜月的描绘则别开生面,女性身体成了名副其实
的"万物花开":

　　① 　陈染:《私人生活》,作家出版社 1997 年版,第 255 页。

　　② 　同上书,第 73 页。

　　③ 　林白:《一个人的战争》,作家出版社 2009 年版,第 183—184 页。

　　木床在温红的光中看到新娘的身体，像一截长莲藕，半截南瓜，两只白梨，人的身体原来跟瓜果也差不多。胡萝卜、大白菜、佛手、半开的石榴、微红的樱桃、一半又一半的苹果、流汁的密瓜，喘息在它们的内部一阵又一阵地升起，半透明的液汁像风一样鼓荡，它们你追我赶，你挤我压，它们跑着跑着就收不住脚，呼拉一下流到了体外。

　　混杂着各种瓜果气味的液体既新鲜又香甜，还略有一点豆腥味。樱桃变得更红、坚硬、挺立、微颤，新郎的鼻子靠近它，嘴唇微开，散发着热气。石榴已经完全裂开，变成一朵暗紫色的花，带着暗紫色皱折的花瓣，吸取所有的光线，同时散发腥甜的香气。

　　所有的花都开了。

　　肉体湿润温热，四肢张开，搂抱翻滚冲撞俯仰起伏。木床发出了声音，床单被子枕头全都喘息着使劲，男声和女声从花的深处、从暗紫色的皱折、从骨头、汁液、血、毛发一阵阵升起，在床的上方紧紧缠绕。

　　如果不是新婚蜜月，木床上的声音就远没有那么好听。在人的一生中，好的东西总是很少，多了就不好了，就像扯坨粑，每天都吃还有什么吃头。①

　　《万物花开》更多的段落和言语则直截了当写性。万物开花、油菜花地、公狗母狗、长着獠牙的公猪、麻雀、蚂蚁，乃至公凳母凳，二皮叔与母猪，大头与小母牛妞妞。《妇女闲聊录》被林白称为生长《万物花开》的土地，若称之为中国农村女性生活调查，倒也无大碍。这部作品为社会最底层的进城做保姆的农妇木珍的绘声绘色的闲聊，既无苦大仇深的控诉，也无痛心疾首的追悔，更无怨天尤人的哀叹，乡村的人，就这么"活着"，生老病死、七情六欲、赌博斗殴、偷鸡摸狗、打情骂俏、起起落落，这里都有，就是罕见生死恋！日复一日的生活是这般无奈却又不无奈，持久顽强不无惰性却又分明生机勃勃，这就是人性的生存情境？民俗风情与斩草却未除根的封建迷信杂乱一处，无法分开；农村的陈旧陋习与时代的洪流悄然流进形成的变迁，想不变也难。《妇女闲聊录》还因其如同美国黑人女作家《紫色》般的文体和语体，让人见到林白的另一面。

　　的确，人不如花，花是植物骄傲地展览着的繁殖器官。在史前崇拜中，性与繁殖、丰收也密不可分。性原本是人类的自然属性，但同时打上了道

---

　①　林白：《万物花开》，人民文学出版社 2003 年版，第 49—50 页。

德、伦理、文化、心理等社会属性的烙印。说人之所以为人，不同于动物，是因为人是有感情的动物。感情是形而上的，性是形而下的，为情就不应该放纵性，不应该如动物般无所禁忌，所以，性的禁忌是人类脱离动物、走出自然的重要条件。

　　由此来观照《万物花开》和《妇女闲聊录》，男男女女都很放松，或曰放纵。如同林白在后记中所言："在恒久的日常生活里，大多数人就是那些随意生长的树木花草，它们漫无际涯，迎着灰尘和废气，在被污染的水和沙尘暴中。"超生女三躲去广州"打工"，打了两次胎，她妈理直气壮："被人日怎么啦，女人生来就是被人日的，谁的逼能日出钱来谁就狠，……挣了那么多钱，打两次算什么，哪个女的不打几次胎，双兰还打了九次胎。""有个女的嫁到我们村，她要跑，也不用离婚，就从男家跑到另一个男的家住下来，这个男的怕她再跑，赶紧去领结婚证，结果还是跑掉了。"……这些乱七八糟的男女关系真是满村垃圾碎片，也如同林白所言："这些碎片，既是我们的身体，也是我们的心灵。"① 但问题是，难道说这就是充满活力的健康身体和快乐的心灵吗？即使是眉飞色舞滔滔不绝"闲聊"的木珍，何尝又是健康的快乐的呢？固然，她的口若悬河的"闲聊"的确充满了生命的原始力的奔腾，乡野风俗民情仍然牵扯着漫漫历史的另一端，可毕竟还是让人欢喜更让人愁的。木珍自说是王榨村喜欢看书的三个妇女之一，她的亲属当村干部的有之，她的丈夫小王还有一门绝活。木珍出门赚钱，回家过年，还要给另有女人的老公发钱！她也打麻将上瘾，饭都得小王端到牌桌上才吃！无论是大赌小赌，如此成瘾，其实也是农村精神生活苍白单调的表现。农村的赌博、紊乱的男女关系，女的为生存挣钱，男的是男性中心传统文化的集体无意识，也还是乡村精神生活枯燥乏味之故。为了舞龙灯，动辄打架，打架真是那么好玩吗？莫把愚昧当精华！有评论家引福柯语录：性"批判古代的秩序，揭露虚伪，歌颂直接的和实在的权利。它让人向往另一座城市。"王榨村女人的身体便成了抵抗的唯一资源，这种说法似不妥，因为实质上受伤的还是女人！看起来鲜活生动，生机无限，似乎天乐地乐人乐，万物开花喜洋洋，但是，王榨村的人与畜忙忙碌碌于种种性事，使人不得不联想起萧红的《生死场》——人与畜忙着生忙着死的生机勃勃和麻木不仁！

　　还必须看到的是，满纸"逼逼螺螺"肆无忌惮的性描写，这虽然是除了

---

　　① 林白：《林白作品精选》，长江文艺出版社 2007 年版，第 313 页。

体面人在体面场合的禁忌之外，无论城乡，人们表达喜怒哀乐的不文明语，但在这两本书中如此大张旗鼓，也是让人骇然的。固然是女性作者冲决一切束缚表达罗网的勇气和黑色幽默（因为男性作家比这粗鄙的或以 X 替代的书写早已有之，源远流长；"牛逼"词语已登大雅之堂了），但是，太过于铺张于书面，触目惊心，从审美角度来看，痛快淋漓中总还有点不好意思。

　　林白走出了自我幽闭，也淡化了原本的诗意。她曾解释《子弹穿过苹果》的命名是因为看到一幅高速摄影的题名，这幅画，"我始终辨认不出子弹，也看不出苹果，我眼前是一片浑然的青色，像美丽的火焰"①。其实，她的前期作品就给人这样的感觉。

　　前期的林白对身体写作的意义早了然于胸。短篇小说《日午》中，县文艺宣传队主角姚琼的身体被舅舅和郭大眼捆绑着蹂躏着。她住在沙街舅舅家的小阁楼，舅舅整日用一根铁把绞黄麻绳子，粗鄙不堪，却跟姚琼有暧昧关系；而县革委会副主任郭大眼亦对姚琼垂涎三尺。舅舅可看作是父权加夫权的符号，郭大眼则是在那一非常岁月政权加神权的符号，无语失声的姚琼最终神秘地淹死于沼气池，被水泡得像石灰一样白的尸体，还穿着一只白色凉鞋，是维护心灵的最后的纯洁？曾经，"姚琼全身赤裸地站在屋子中间，她单腿直立，另一条腿扬起，超过腰的高度，同侧的手抚着膝盖上方，这是一个练功的姿势……天窗把一束正午的阳光从姚琼的头顶强烈地倾洒下来，把她全身照成半透明，身上的汗毛被阳光照成一道金色的弧线，一种逼人的赤裸裸的美"②。姚琼的裸体以压倒一切的力量进入不满 10 岁的偷窥女孩眼里，许多年后，"我"仍感叹："摧毁了我对别的女人包括我自己的身体的欣赏，我相信我此生再也不能看到如此精美绝伦的裸体。"当姚琼堂堂正正立于屋中央时，"墙角有什么动了一下，我看出那是一个人，郭大眼，他穿着衣服，坐在角落的板凳上。"③虽然穿着衣服的男权象征以淫威邪恶地将女性置于被看的位置，但他终究是卑劣渺小的，只能龟缩一隅仰视赤裸裸的女性身体。

二　商海的堕落

　　鲁迅先生曾言："一见短袖子，立刻想到白臂膊，立刻想到全裸体，立

---

① 林白：《子弹穿过苹果》，河北教育出版社 1995 年版，第 350 页。
② 林白：《林白作品精选》，长江文艺出版社 2007 年版，第 196 页。
③ 同上。

刻想到生殖器，立刻想到性交，立刻想到杂交，立刻想到私生子。中国人的想象惟在这一层能够如此跃进。"①

在仍然是男性中心社会的今天，张扬女人身体，哪怕写作者再三强调身体写作非"肉体写作"，小心翼翼、聪慧灵动地将性描摹得超凡脱俗，但一不小心仍会堕落"男权文化"的陷阱中；而不顾一切有意迎合消费性"卖点"的商业写作本身就是与"男权文化"的共谋，但从另一视角来看，倒也是另一种进攻式的策略，不讲策略的策略，虽然这样的冲锋陷阵从表象来看首先是以女性尊严的沦落为代价的，不过，现而今尊严不尊严又算什么呢？

棉棉、卫慧们的身体写作"闪亮"出场实乃"雅俗共赏"，既得到评论界的或追捧或棒喝的热闹式评点，又大获不同凡响的市场价值，甚至形成她们特色的"品牌"效应，形成一道跨世纪的风景。木子美的"后来居上"有点让人瞠目结舌，九丹的海外艳丽的沉沦史却又带来另一轮冲击波，伴随着福柯性学译介的推波助澜，身体写作似乎正在形成新千年后现代消费社会中的流行潮。

她们是 70 后，是新新人类，卫慧自言："70 年代出生的人是第一批没有文革记忆的人，第一批在市场经济发展中成长起来的人。他们代表着一种全新消费文化的开始，代表着一种多元社会意识的开始，是中国新人类的开始。生于 70 年代的人与上一代间的代沟是前所未有的大。"②

有论者认为卫慧的长篇小说《上海宝贝》作品，"概而言之，《宝贝》的问题不在其羞羞答答的商业写作，而在于它其实是一次缺少商业道德的用文字进行的假唱。在这个文本里没有生命的投入，没有关于现代时尚生活的真实表现，唯有虚张声势的作秀，这让它散发出一种令人恶心的卑劣与丑陋。"③ 犹如棒喝，似无关性事，但性事的虚假、矫揉造作是"假唱"的"主旋律"。而对棉棉却有着较高的评价："就'身体写作'所要求的通过最内在并最真实的躯体反应来表现生命的颤动与精神的呼吸而言，棉棉无疑是兑现了的。这让她凭借着一种'拾遗补缺'的特色，幸运地成了当代中国小说家里表现生命的流浪意识与青春迷惘的最佳歌手。"④ 姐姐辈的陈染则评价说："棉棉们的小说有她们所处的青春期必然存在的问题，但又的确使

---

① 鲁迅：《鲁迅文集》第 3 卷，人民文学出版社 1996 年版，第 533 页。

② 《我的禅》出版发行卫慧纽约专访实录。

③ 徐岱：《边缘叙事——20 世纪中国女性小说个案批评》，学林出版社 2002 年版，第 354 页。

④ 同上书，第 362 页。

我感到震惊，也使我感到以往我所熟悉的一些作家们的煞有介事和老气横秋。"①

　　无论优劣长短，她俩毕竟还是殊途同归。她们都不仅不讳言"性"是身体写作，反刻意张扬之，还有那么一点洋洋自得。卫慧自称以"女人特有的敏感、性感和伤感"写作："我写女性情感小说，性当然不可回避。很多女性是在性的觉醒中得到了女性身份的觉醒的。"② 棉棉则在作品中说："我告诉我自己：你可以做一名赤裸的作家。""我说我想找到一种离身体最近的写作方法……我把自己带到了写作的路上，接着才明白这并不能让我平静。为了温柔的怜悯，干我吧！"卫慧干脆让这位女作家赤身裸体地在家里写作，"为了精妙传神地描写出一个激烈的场面，我尝试着裸体写作，很多人相信身体和头脑之间存在着必然的关系"③。

　　也有论者指责卫慧棉棉们互相抄和自己抄自己，这里且不去论证曲直是非，但大情节相似小细节雷同倒也是客观存在，如若是纯属偶合的话，那也只能说她们作为同代生活的阅历生活的圈子大同小异罢了。相比而言，从棉棉的作品中感觉她的生活面似乎要深广一些，感受要真实真切些，而卫慧比较"端"，要虚情假意些。但《上海宝贝》里几个复旦学生，虽着墨不多，但栩栩如生，跃然纸上。

　　棉棉的《糖》中，"我"（这个女子叫红？还是白粉妹？）和西班牙混血儿赛宁，带着破碎家庭阴暗的童年记忆相爱，他们"啃老骨头"，过着寄生虫生活，自娱自乐，不相信任何传媒，不愿走进社会，也不知道该怎样走进社会。赛宁是吉他手，后堕落成瘾君子，一受刺激就搞毒品或者女人。"我"则酗酒。酒精和毒品让生活走入极端。他们相爱么？男的说：恋爱就像跳进了大海，谁都会怕。女的说：爱是什么？太多的残酷藏在爱的背后。爱情是一种毒素。在他们的生活圈子里，有小猫大猫，南京牛肉面和她的潮州男友萝卜，调酒师小虫，大龙，高中同班同学奇异果和同性恋者苹果，纽扣、小妖怪，浑浑噩噩，醉生梦死，有时还有打打杀杀的暴力，但也不乏温情和真情，小虫被怀疑染上艾滋病的一大段是"正人君子"领域罕见的忘我的友情。还有"我"的唯一的未婚夫谈谈及四角恋中的落花与流水。还有生活在最底层心甘情愿无穷动做"鸡"的麻木又

---

① 陈染《声声断断》，作家出版社 2000 年版，第 235 页。
② 卫慧：以"女人特有的敏感、性感和伤感"写作——卫慧答记者问，新浪读书。
③ 卫慧：《上海宝贝》，陕西旅游出版社 2000 年版，第 130 页。

享受的小上海、丑陋的夜美丽，从油田来的小鸽子、万恶滔天的姑爷仔（鸡头）、毒贩子、假钞制造者、吸毒者、一夜暴富终暴死的小西安，似在验证"资本的原始积累都是罪恶的"真理。棉棉运用视角变换人称不变、回叙中穿插错叙顺叙，辗转反复、远兜远转话又说回来，终首尾呼应，让读者跟着她"没完没了地进入令人晕眩的虚无"之中，让我们对并不了解的世界作了惊鸿一瞥。

卫慧的《上海宝贝》大同小异。女孩倪可与两个男人的情欲与性欲的故事。中国男孩天天有着"婴儿般纯洁眼神、天才般智育和疯子般爱情"，但却是个性无能者；公马般的德国男人马克则有着"一双美得邪气的蓝眼睛，一个无与伦比的翘屁股，和大得吓人的那玩艺儿"，他们之间的性欲如同火山爆发，直到马克奉调回德国前夜，做爱做到"最后连用润滑剂也都觉得疼痛难忍了。他像个野兽一样毫不留情，像个战士一样冲锋陷阵，像个歹徒一样弄得我酸痛不已。"然而，"生活对于她永远是一把随时会走火会死人的欲望手枪"。这一女两男的情与性的故事，逃离不了丁玲的《莎菲女士的日记》的套路，可又没有丁玲的横空出世的力度和女性思考的深刻，说到底卫慧笔下情与性的炫耀多于爱与痛的思辨。"在很多思想解放了的女人眼里，找一个倾心相爱的人和一个能给她性高潮的男人是私人生活最完美的格局。……她们把打开生活秘密的钥匙放在枕头底下，她们比50年前的女性多了自由，比30年前的女性多了美貌，比10年前的女性多了不同类别的性高潮。"是吗？不敢苟同。卫慧借可可自言"我从自己身上找到了这个身为女人的破绽。"陷入了性伴侣的爱欲陷阱，"他从我的子宫穿透到了我的脆弱的心脏，占据了我双眼背后的迷情"。《上海宝贝》的生活圈子里还有初恋情人复旦丑矮男，第二个男人广告公司的叶千，表姐朱砂，女编辑邓，教父，绿蒂酒吧同事蜘蛛，北京摇滚乐手朴勇，化妆师双性恋者飞苹果，从良妈咪富孀马当娜和她的男友阿Dick、警察马建军，天天的母亲康妮，西班牙男人胡安等等，虽然有种种像是极富刺激乃至疯狂的场面的铺陈，但因为没有真正的生命的投入，又不讲究谋篇布局，所以，这些人物大多呈行尸走肉状。

她们的作品皆有很多刺激眼球的概念，频频地做爱、乱搞男女关系、滥交、性饥渴、性无能、性障碍、性能量、性高潮、比性高潮还过瘾10倍、我至今看到过的最小的男性生殖器、大得吓人的玩意儿、女性性用品、一夜情、感官惊悚、放纵的呻吟和肉的撞击、在和不同的男人性交过程中学习，"新中国变性手术第一人"等等，这些如若作为生理卫生常识，倒也无妨，但又不科学不准确；而用纯文学语言或粗犷或细腻描绘之，就产生了奇异的惊悚效果。她们也都喜欢写床、浴室、浴缸、抽水马桶，白肚皮、足部按摩加红酒、扔掷与坠落的姿态，坠落的底层就垫着没完没了的、湿漉漉的欲望。她们直言不讳："肉体上的温存和疯狂虽然比起精神来要低贱得多，是的，我没说错，是低贱，可是比起荒谬的感情游戏来，却是美好纯洁上百倍。"① 这应该就是一朵朵毒之花。

早在 1997 年卫慧于《芙蓉》上发表的《床上的月亮》里的女张猫男马儿，就全是动物性："马儿扒光了自己，再动手收拾她的肢体。身体膨胀着，感官惊悚起来，一切都像向日葵般全面打开了，吸吮着的是似火似冰的触击。""在放纵的呻吟和肉的撞击中，张猫觉得他们就像一对真正的狗男女那样体味着无耻而至高的欢乐。"如若将这种动物性的描写与萧红的《生死场》相比较，高低优劣不言而喻。

棉棉、卫慧倒也并非全然没心没肺，她们的作品中，破碎、碎片频频出现。"我的生命从一块碎掉的玻璃开始，我的妈妈把这些碎掉的玻璃一块一块拼贴起来，现在这件事由我来继续做，我想我会顽强地把这一件事做下去。因为我的爱就是一房间的碎玻璃。"② 正是，"那些话语里埋藏着哲理的碎片，比夜色更闪烁比真理更真。"

九丹的《乌鸦》（2001）一出版就贬褒不一，有肯定赞叹其写作态度真诚深刻，直面女性生存现状和人性深处之丑恶，亦遭批评斥责，认为其扭曲女留学生形象，以偏赅全，夸大其词；但无论褒贬，都搅起了一时的"乌鸦热"倒也是不争之事实。《乌鸦》写的是一群到新加坡闯荡的中国年轻女性生存状态，她们为了眼前的生存：每月的租房费、吃饭费、学费等等，为了能获取绿卡，定居于这座花园国度，煞费苦心，不惜以身体为资本，出卖人格与尊严，屈辱地寻觅并依附当地有权有势的男人，但事与愿违，结果往往是身体与心灵的双双坠落。沦落为显性或隐性的妓女，这些妓女被当地人称之为"小龙女"。而这个名称本身就是对龙的中国的年轻女性的侮辱。

从《乌鸦》里的王瑶可看到张爱玲《沉香屑·第一炉香》里葛薇龙的影子，麦太太则相当于葛薇龙的老姑妈这一角色，只是时代虽然向前行，但物质生活却呈倒退之嫌。张爱玲以精致的语言写出了 20 世纪三四十年代所

---

① 卫慧：《我是一枝烟》。

② 棉棉：《糖》，陕西旅游出版社 2000 年版，第 386 页。

谓上流社会的荒凉的性交易，九丹则赤裸裸地呈现了 20 世纪 90 年代海外留学女生的凄惨的性交易。这群为获得身份而实质已迷失身份、没有根的漂者的悲苦已从身体里渗透进姹紫嫣红的艳丽的故事中。

《乌鸦》毫不避讳写性。女主角海伦（王瑶）先是不择手段地在茫茫人海中逮到一个新加坡男人，她慷慨献身大学老师李私炎，以为结婚在即，李却是个有妇之夫！再铆上有权势的 60 岁老人柳道，却原来是个性无能者，她却仍深爱他，是为了绿卡抑或恋父情结使然？都有吧。柳道爱她吗？或许。但他殴打海伦时决不心慈手软，他还需要很多很多的年轻女人围绕在他的身边，这也是一种变态。被新加坡恋人甩了的芬死乞白赖插了进来，也不知海伦为何难以忍受，她干脆栽进夜总会为了钱大卖！钱却不好挣，当小芳邀她为两个日本嫖客服务时，不想一嫖客兽性大发，竟然以烟头烫她们的裸体，是虐待狂还是赖嫖费？两女人分文未得，只有仓皇逃跑，否则小命难保；Taxi 进夜总会被移民司查获只得凄凉归国；海伦亦步后尘，为了能留下，差点跌入黑道，最终要了柳道的命，与芬也拼个鱼死网破。而芬的历程与她也是大同小异，为了个新加坡的穷恋人流产差点送了命，可人家还是甩了她。对于这些女人而言："签证是我们身体之外的一种生物，我们看不见它，它也看不见我们，但是一旦爬进我们的身体，它就能改变我们的肤色，我们的性格，它还能改变一个人的灵魂。你知道吗？新加坡把我们这些从中国来的女人叫做小龙女，小龙女就是妓女。但是我想，只要成为有钱人，只要换了身份不回去，被叫做什么又有什么妨碍呢？只是当一些女人真的实现了她们的梦想成为有钱人或者成为这里的老婆时，别人也就忘了她们曾是小龙女，久而久之，就连她们自己本人，也真的认为她们不再是中国人了。"

《乌鸦》中的柳道曾发狂地喊叫："为什么？为什么？搅得我生不如生、死不如死。你们这些女人那么荒唐，包括你们的哭泣、害怕、恐惧、欲望，你们到哪里，哪里就有灾疫。"难道说罪过在女人？"因为骗男人钱的事情在整个大地上像野草一样无止无境，永远没有终结，犹如人类绵长的诗歌"吗？其实，尽管"小龙女们"在骗男人的钱，但最终受欺骗受损害受侮辱的还是"小龙女"们。

一些身体写作者高高扯起自传半自传体的广告旗帜进行兜售，如若读者天真地当真，以为她们只是超大胆勇猛的话，那读者肯定犯傻了；如若社会以她们的书成为了男权文化消费的狂欢式热点，其作品中的女性成为被窥视把玩和意淫的对象，那么，她们的书或干脆就是她们成了消费的对象，那么，社会更犯傻了！人家早就声明："小说里的爱情只是小说里的，与我自己的生活没有太大关系。"①

究竟谁消费谁呢？

她们多有大学以上的学历，即便没有，她们肯定也已博览群书，通晓古今中外，且将文学艺术熔于一炉，爵士摇滚印象画派都有涉猎，是高智商的女知性。透彻张爱玲语言的诱惑力和市场效应，因而传承了张氏的视点关注及语言的华丽旖旎，而且比张氏富有粉红色的幽默和恶搞技艺，说到底一切只不过是适应市场卖书的策略而已，你要什么我写什么，什么流行写什么，什么时髦写什么。所谓时尚，说到底不过是流行一阵子的事，机不可失，时不再来。她们既爱惜自己的翼毛，更爱惜自己的身体，对男性和男性世界的了然比老中年女性要透彻得多，因为她们生长并成长于物质时代，一切都很现实，不相信什么理想、爱情、坚贞之类的鬼话。

棉棉在《糖》中表达："上海女孩喜欢把性当成武器，她们通过性要其他的东西，她们善于压制自己对高潮的渴望。她们要什么呢？要她们眼里的西方。或者她们要一个绿色的本。而老外男人要什么呢？他们要一片金黄色的丝缎般的皮肤和一张看似无辜的中国宝贝的脸。"卫慧则早在《妖精开花》中就有过赤裸裸的表白："稿费其实是体现作家尊严与价值的最直接的方式。""写作（除了那些白痴式写作）催人老，而女人又能有几个花样青春呢？""所以当仁不让地要更多。""我们都想恶狠狠地赚一笔钱，然后环游全地球。"四年后，卫慧在她的又一部长篇小说《我的禅》发行答记者问时言："一个被称为'美女作家'和'身体写作'的首席代表的女人，着华服游地球一圈后又反过来归依了中国传统文化，写了本用禅命名的书，难道还不够疯狂吗？""以前我为写作可以付出一切，写作高于生活。但现在，我的生活远高于写作，尽可能丰富多彩而有意义的生活，是我这一世的终极目标。"现在的情形当然是不同了，"那些版税可以让作者游手好闲到老死为止"。

木子美却是个异数。她有着飞蛾扑火的勇气，可是，很不值。如果网上所言属实，她的人生遭际是值得同情和关注的。这位中山大学南方文学社的第一个剃光头的社长，仅仅这样子放浪不羁，无非特立独行的小小表征而已。说是她遇人不淑，爱上一个不该爱的男人，失身怀孕，独自堕胎而自暴自弃。如果她用这本《遗情书》玩世不恭地"控诉"一把，那么，她真的

———————————

① 卫慧：《卫慧文集》，陕西旅游出版社 2000 年版，第 3 页。

有点犯傻了。在男性中心社会里，你公布所有和你睡过觉的男性的真名实姓又能怎样？对女人而言，你是自甘堕落、自取其辱；对男人而言，毕竟是私生活小节，况且是群体，"集体受骗"而已。木子美被千夫所指，斥责为性饥渴，又说性冷淡；性事日常化中性廉价零售，为了洗个热水澡，就把自己的身体卖一次，名副其实贱卖，读来不是悲凉，而是悲惨。

身体写作的先锋性与严肃性同在，有着女性生命的共鸣与感受，身体写作的亲历性表现在年轻的萧红的笔端，即以女性身体的感性体验，了然中国女性尤其是底层女性生存困境的严酷，且伴随着永恒的灾难。她自觉地用女性的视角来看女性，以笔书写女性生存的血泪浸透书页，在男性话语的世界用碎片的拼贴强撑起一个女性话语的新空间。萧红正是以女性的文化立场和话语方式来表达对父权制文化的抗辩，表达其人文的终极关怀。

从她的文本可了然身体的重要不是纯粹的精神所能完全取代得了的。身体不仅仅指生理层面的肉体，而是身心二元对立的超越，也就是带着灵魂的身体，身体具有生存本体论的意义，灵魂渗透在身体之中。

萧红写作《生死场》前，已与父亲决绝，懵懂地未婚先孕又遭未婚夫抛弃，有过第一次生育、做了母亲，孩子却不知所终！可想见其笔端凝聚着历经孤独奋斗、情感受伤等持续不断的折磨中女性个体生命的彻骨的体验。而当寂寞的她在香港写作回忆性的《呼兰河传》时，已经历了第二次生育，却依然没有留住孩子——孩子三天后死了！王大姑娘产后无声无息的死亡结局仿佛成了萧红的谶语。女性的生命、女性的肉体，有着太多的苦痛和不堪！

女性唯一拥有的身体空间，在岁月和男性的摧残中，又何来完整性和可靠性？威廉·布莱克说："时间是一个男人，空间是一个女人"；露丝·伊利格瑞则言："女性总是被当作空间来对待，而且常常意味着沉沉黑夜（上帝则是空间和光明），反过来男性却总是被当作时间来考虑。"① 女性写作只能直面女性痛苦的身体空间。生活中的细枝末节、日常熟视无睹的现象、被淡化被忽略被扭曲的原本应当是大事而变成小事的女人的事，譬如性事、生育、哺育等等。萧红关注这些。萧红的散文化的小说，浸透了萧红对女性身体亲历的深切感受而生发的对种种生活细节片断的回忆缀连。其"身体写

---

① ［法］露丝·伊利格瑞：《性别差异》，朱安译，引自张京媛主编《当代女性主义文学批评》，北京大学出版社1992年版，第374页。

作"蕴涵又迸发出对女性生命的呐喊、挣扎和无奈。中国女人的血泪哭泣已浸透了时间的长河。

31 岁生命之花即凋败的萧红本人身体状况是怎样的呢？许广平先生对她的第一印象是："中等身材，白皙，相当健康的体格，具有满洲姑娘特殊的稍稍扁平的后脑，爱笑，无邪的天真，是她的特色。"然而，很快，满洲姑娘"面色苍白，一望而知是贫血的样子"，才二十几岁就有"花白头发"了，时常头痛，据说还有一种"宿疾"——"每个月经常有一次肚子痛，痛起来好几天不能起床，好像生大病一样"；"不相称的过早的白发衬着年轻的面庞，不用说就想到其中一定还有许多曲折的生的旅程"①。许广平的感叹是同为女性的身体的认知！

萧军在《萧红书简辑存注释录》亦写到萧红的身体："她的头，她的胃，她的肚子……总在折磨着她。精神矛盾也总在折磨着她……总括起来，这全是由于长期生活折磨，营养不良……种下的病根（贫血），再加上她先天的素质也不好（据说她母亲是肺病死的），而又不喜欢做体力运动，于是就成了恶性的循环。再加上神经质的过度敏感，这全是促成她早死的种种原因。"② 男性的萧军作了社会的、阶级的、她者的分析，却忽略了来自男性（包括他自己）的原因。萧红的身体经受的种种病痛的折磨中，"我似乎注定了要一个人走路！"③ ——当是最可怖的孤独和寂寞。

粗枝大叶的萧军也承认：他是健牛，萧红则是病驴。于是感叹健牛和病驴共拉一辆车，不是拖垮了病驴，就是要累死健牛！很难两全的。并认为"同病相怜"的前提是"同病"！当时和后世的人们多感叹两萧的分手，殊不知，萧军与萧红之间无法消弭的距离，实质上是男性与女性迥异的空间差异。侠义的萧军尚且如此，更不用说颇为自私的男人了。

萧红那渗透于话语的性别意识在对女性生理、心理的感觉和经验的展示中，不仅是对男性写作传统的背离和叛逆，对男性中心社会的挑战，对男性叙事中女性虚构的解构，而且是对女性生命的直面正视，是一种女性生命史与女性真实身体的崭新建构。

女性身体写作和写作女性身体，真是严肃又严酷呵！作为女人的萧红，她的女性写作，在战火纷飞的大时代里的确呈疏离状态，呈显其独特的个体

---

① 许广平（景宋）：《追忆萧红》，文艺复兴第 1 卷第 6 期，1946 年 7 月 1 日。

② 萧军：《萧红书简辑存注释录》，黑龙江人民出版社 1981 年版，第 101 页。

③ 聂绀弩：《在西安》，上海文化供应社 1948 年版。

性和私语性，也许于主流话语而言是边缘叙事，但是，在岁月长河的淘洗中，她对女性生命尤其是女性身体的极端敏感、真心关注和深切拷问，却越来越显示出其重要性和深刻性。

同代女性作家，萧红前有丁玲、后有张爱玲、苏青，皆对女性身体极端敏感、真心关注和深切拷问，应该说各有千秋。但因各自身处的社会环境、文化语境的差异，她们所描摹叙述的女性对象是迥异的，叙述主体的立场、视角和情感是不尽相同的，语言的风格亦各具特色，但从女性生命力透纸背的"对于生的坚强，对于死的挣扎"的深刻挖掘，从以客观的冷峻、主观的炽热，在冰火交融中写出底层妇女身体的苦痛、屈辱和无奈，从"女性作者的细致的观察和越轨的笔致"的"明丽和新鲜"来看，萧红当属第一。无论是回到文本还是直面她的坎坷人生，她都是歌德所言的"永恒之女性，引领我们飞翔"。

在男性中心社会中，男性"为他出世前的住处创造出无穷无尽的替代物，从地球深处到辽阔的天空，他一而再、再而三地抢夺着女性的空间"①。而由女性自己把身体带入文本进而带向历史与文化的空间，这是具有性别意识形态的一种女性写作方法和策略，也是一种别无选择的书写策略。因为，菲勒斯中心语言系统千百年来已成坚不可摧的垄断系统，女性如依旧用这样的语言写作是无济于事的。"女性的文本必将具有巨大的破坏性。它像火山般暴烈，一旦写成它就引起旧性质外壳的大振荡，那外壳就是男性投资的载体。别无它路可走。假如她不是一个他，就没有她的位置。假如她是他的她，那就是为了粉碎一切，为了击碎惯例的框架，为了炸毁法律，为了用笑声打破那'真理'。只这一次她在象征中燃亮了她的足迹。"②

跨越千年，对女性"身体写作"的回眸，既有真诚的执著的女性独立意识的寻觅，也有女性自身写作的异化变态，还有对传统男性中心视点的窥视欲求的迎合，如火如荼的商业炒作把女性当作一道欲望化"风景"。如果说现代女作家无意识写作中的先锋意识的中断，到王安忆铁凝义无反顾的续上，再到林白、陈染承载着思考之重的致命的飞翔，皆为形而上的精神探索；但到了卫慧、棉棉们时，她们生长于消费时代，其性卖弄、性狂欢，有哗众取宠之意，少实事求是之心。身体写作遭遇一次次有意无意的误读、误

---

① 〔法〕露丝·伊利格瑞：《性别差异》，朱安译，引自张京媛主编《当代女性主义文学批评》，北京大学出版社1992年版，第378页。

② 〔法〕埃莱娜·西苏：《美杜莎的笑声》，黄晓红译，引自张京媛《当代女性主义文学批评》，北京大学出版社1992年版，第203页。

写和异化，是一个人的战争独立的寻觅抑或两性世界危险的游戏？是"肉体渴望来自另一个肉体的战栗的激情，灵魂渴望来自另一个灵魂的自如的应和"抑或"肉体与灵魂的双双坠毁"？

我们不能避而不答。

第八章

审丑：从内容到形式的另一种叛逆

爱美之心，人皆有之。

在我国的甲骨文中，就已经有了"美"字。老子、庄子、孔子、孟子、荀子等诸子百家都从各自不同的哲学观点阐述过美学；在西方，从古代希腊、罗马开始，以著名的哲学家柏拉图和亚里士多德为代表，就留传下一些关于美学的文本和残篇，至今，关于什么是美，什么是美的本质，美学的内容，美学的形式等等，古今中外，可谓学派林立，众说纷纭。柏拉图认为美的本质是："这种美是永恒的，无始无终，不生不灭，不增不减的。"① 马克思说："社会的进步就是人类对美的追求的结晶。"契诃夫说："人的一切都应该是美好的：心灵、面貌、衣裳。"托尔斯泰说："人不是因为美丽才可爱，而是因为可爱才美丽。"奥斯特洛夫斯基说："人的美并不在于外貌、衣服和发式，而在于他的本身，在于他的心，要是人没有内心的美，我们常常会厌恶他的外表。"②

如同"真"与"假"相对，"善"与"恶"相对一样，"美"与"丑"相对。即便没学习过美学理论的普通人，对美丑亦能有个基本区分。然而，问题绝对不是如此简单明了。审美观念有高级和低级之分，有原始与文明之别；在历史长河中，也有畸形的乃至残酷的审美观，比如中国古代妇女的缠足，法西斯用人皮做灯罩等；还有文学艺术皆有审美/审丑现象，罗丹就说过："艺术所认为美的，只是有特性的事物。特性是任何自然景色中最强烈的'真实性'：美的或丑的，也即所谓'两重真'。因为外表的真，传达内心的真。"③ 又言："在艺术里人们必须克服某一点。人须有勇气，丑的也须创造，因没有这一勇气，人们仍然是停留在墙的这一边。只少数人越过墙到

① ［古希腊］柏拉图：《柏拉图文艺对话集》，人民文学出版社 1980 年版，第 272—273 页。

② 转引自秦牧《论爱美》，《南风》1981 年 12 月 1 日，收入《中国新文学大系》（1976—1982）散文卷。

③ ［法］葛赛尔：《罗丹艺术论》，傅雷译，中国社会科学出版社 1999 年版，第 50—51 页。

另一边去。"①

回到女性和女性写作，有位伟人说：男子最珍重的品德是"刚强"，而女子是"柔弱"。其实，柔弱并非女子最珍重的品德，只不过是女子的所谓天性、局限性而已。那么，"女小说家只有在勇敢地承认了女性的局限性后，才能去追求至善至美"？固然，从某种视角看来，局限性即独特性。

回过头去看女性写作的审美定式与审美趋向，中国女性文学从两千年前那遥远又幽闭的小径蜿蜒而来，受压迫最深重的中国女性，也是受封建礼教文化禁锢最牢固的女性。浩若烟海的中国古代文学中，女性作家寥若晨星，唐朝女诗人鱼玄机就有"自恨罗衣掩诗句"的叹息。可以说，在男性中心社会地禁锢和规范中，中国女性写作文本特色的确多为柔弱之美。从源头或悲凉无奈的"候人兮猗"或掷地有声的《载驰》，于家门于国门，中国女性吟唱声皆倾注着正统之美。即使刚烈的《载驰》，"陟彼阿丘，言采其蝱"、"我行其野，芃芃其麦"，也可窥见许穆夫人心田柔弱的一隅。更不用说，"昨夜雨疏风骤，浓睡不消残酒，试问卷帘人，却道海棠依旧。知否知否，应是绿肥红瘦。"这一词章，才女李清照的纤弱、敏感尽蕴于这幅浓浓淡淡的彩墨画中。几千年的封建社会，寥寥无几的女性作品，对男性中心社会约束女性的传统规范皆没有太大的越轨，最多也只是边缘状态。哀怨、缠绵、凄婉、忧伤的闺怨情愁中，仍做到了悲苦中留有温柔，幽愤怨懑时亦不失敦厚。但是，中国古代文学作品中的女性形象却偏偏能从柔弱中张扬出刚烈，《氓》中弃妇悔恨中的豁达溢于言表，《孔雀东南飞》中的刘兰芝如蒲苇纫如丝，窦娥喊冤对天誓愿何其惨烈，杜丽娘生生死死为一个"情"字，秦淮歌妓李香君血溅桃花扇悲壮撼人，更不用说《红楼梦》中呼之欲出的形形色色的女性形象了。女子的身与心似乎融汇着北国的豪放与南国的婉约，柔弱妩媚与刚烈倔强矛盾又统一着，成为了中国女性的共性，又分明突出各自鲜明鲜活的个性。

当秋瑾以巾帼英雄之态横空出世时，她的光华照耀出中国一群男性的没颜落色。而她，在作为一个革命者身份的同时，还是一个女诗人女作家，在她的诗句中直白"女权"二字，其诗格文风，已见刚强雄健，但还是符合中国传统美学规范的。

1949 年，中华人民共和国成立，大陆女性作为中国人民的一部分，站

① 《罗丹在谈话和信札中》，载《文艺论丛》第 10 辑，上海文艺出版社。引自刘东：《西方的丑学——感性的多元取向》，四川人民出版社 1986 年版，第 404 页。

起来了。站起来的中国女作家，因"时代不同了，男女都一样。男同志能做到的事，女同志也一样能做到"，她们的写作，如若考虑性别，那简直是不可思议之事。于是，杨沫、草明、茹志鹃等把心血笔墨皆泼洒于"外在世界"，讴歌工农兵，她们忘却了自身的"内在世界"，失落了其女性世界。但是，即使在她们的貌似无性别烙印的作品中，仍潜意识地流泻出女性柔弱的美感。当然，必须正视的是，这种女性作品中的纤柔秀丽的女性美，并非先天性的，而是传统美学规范对女性一以贯之的苛求、锻造使然，久而久之，似乎成了女性的集体无意识，成了审美"第二性"框架！或许这也可看成在男性中心社会中女性写作的一种叙事策略。当女作家们冲破重重封锁欲进入男性世袭的写作领域时，试想想，无论是男性写作者抑或广大的男女读者们，在突兀和新奇的同时，他们不约而同对女作家的写作风格有性别的要求和认可，那就是她们必须有别于男性写作，她们不能僭越，只应该叙写小题材，身边事、儿女情；她们应该懂规矩，文笔秀丽细腻、温文尔雅，即便稍有出格，也只能是在边缘地带小心翼翼地探头探脑而已。否则，就是对传统和规矩的冒犯，必将被驱逐。

　　但是，不管怎么说，审美与审丑说到底是事物的两面，是一对永恒不分离的孪生姐妹。因此，自新时期以来，一群老中青女作家勇猛地翻到墙的另一边，审丑之花不是独自开放，而且绵延成花浪在风中此起彼伏。

第一节　"恶之花"繁衍的土壤

一　丑学西风二度吹

西方有丑学。

美与丑是一枚硬币的正反两面，是一堵墙两边的风景。丑伴随着美自始至终都是客观存在的，并不因你的规避而蒸发。当然，"美与丑从来就不肯协调，"但又分明是"挽着手儿在芳草地上逍遥"①。歌德曾说过："我们称为罪恶的东西，只是善良的另一面，这一面对于后者的存在是必要的，而且必然是整体的一部分，正如要有一片温和的地带，就必须有炎热的赤道和冰

---

① 刘东：《西方的丑学——感性的多元取向》，四川人民出版社 1986 年版，第 213 页。

冻的拉普兰一样。"①

　　以《恶之花》为代表作的波德莱尔被称为丑艺术的真正宗师。维克多·雨果称《恶之花》"'灼热闪烁，犹如众星'，阿尔弗莱德·德·维尼看到的分明是'善之花'。埃德蒙·谢雷却只闻到了令读者掩鼻的'臭气'"②。

　　波德莱尔于 1821 年 4 月 9 日出生于巴黎，那时，他气质高雅的父亲已年逾 60，而母亲只有 28 岁。他 6 岁时父亲去世，不久，母亲就匆匆改嫁于奥比克上校。在缺失父爱，母亲忧郁的环境中长大的波德莱尔，又面临着被专横的继父指向循规蹈矩的官场之路，强烈的"审父意识"、敏感天性和对自由的向往，迸发出强烈的反抗精神。他不好学习，却喜欢到巴黎的穷街陋巷逛悠，目睹人生的悲惨。后来，他离开家庭，带着亲生父亲留下的一笔遗产过着放荡生活。他说："做一个有用的人，我一直觉得是某种丑恶的事。"③ 他蔑视世俗，蔑视功利，在酒、鸦片与女人之中放浪形骸，感受"污秽的伟大，崇高的卑鄙"。1857 年 6 月，波德莱尔的诗集以《恶之花》的怪异书名出版。在《恶之花》的题词中，他称这部诗作是"病态的花"——在污秽、邪恶的生活土壤中开出的艺术之花。"忧郁诚挚的观照中/心变成自己的明镜/真理之井/既黑且明/有花白的心在颤动/有地狱之火在讥刺/有火炬魔鬼般燃烧/独特的慰藉和荣耀。"④ 波德莱尔自言："在这本残酷的书里，我放进了我全部的心，全部的温情，全部的信仰（改头换面的），全部的仇恨。"波德莱尔在论戈蒂耶的论文中指出："丑恶经过艺术的表现化而为美，带有的韵律和节奏的痛苦使精神充满了一种平静的快乐，这是艺术的奇妙特权之一。"⑤ 波德莱尔的忧郁源自其个性气质，但更是现实所致，波德莱尔时代，发现"上帝死了"，时代苦闷焦灼，人类无依无靠。孤独绝望空虚使诗人灵魂"像没有桅杆的破船，在丑恶无边的海上颠簸漂荡"。1867 年，46 岁的诗人生命的油灯为忧郁熬尽而死。

　　而卡夫卡则被誉为丑小说的鼻祖，这位出生犹太商人家庭的奥地利小说家，生活在奥匈帝国行将崩溃的时代，又深受尼采、柏格森哲学影响，其小

---

①　《欧美古典作家论现实主义和浪漫主义》第 2 辑，中国社会科学出版社 1981 年版，第282 页。

②　[法] 夏尔·波德莱尔：《恶之花》，译评郭宏安，漓江出版社 1992 年版，第 3 页。

③　同上书，第 14 页。

④　同上书，第 102—103 页。

⑤　同上书，第 50—51 页。

说《变形记》、《城堡》、《审判》等都用变形荒诞的形象和象征直觉的手法，表现被充满敌意的社会环境所包围的孤立、绝望的个人。卡夫卡用独创的奇特的反艺术的丑表象，触目惊心地描绘了人世间的丑。此后，"卡夫卡热"经久不衰，"异化"了的荒诞的政治、荒诞的自然、荒诞的家庭、荒诞的人自身！西方丑小说家的反理性的直觉和梦魇般的表象与理性毁灭后的西方社会心理的灰暗是共鸣的，他们把人生和其生存的环境视为阴森、畸形、嘈杂、血腥、混乱、肮脏、恶心、苍白、扭曲、孤独、冷寂、疏远、荒凉、空虚、变态、怪诞、无聊和绝望等等。

"现代派在思想内容方面的典型特征是它在四种基本关系上所表现出来的全面的扭曲和严重的异化；在人与人、人与社会、人与自然（包括大自然、人性和物质世界）和人与自我四种关系上的尖锐矛盾和畸形脱节，以及由之产生的精神创伤和变态心理、悲观绝望的情绪和虚无主义的思想。"①

早在20世纪二三十年代，西方的丑学先驱们就深刻影响了中国象征派。无论是美学观念、思维方法，还是表现技法方面，这"一株分别善恶的树"，将种子播撒到了东方。第一个中国现代派诗人李金发就直言"波德莱尔是我的名誉老师"。亦受西方现代哲学和日本新感觉派影响的中国新感觉派施蛰存、穆时英、刘呐鸥等，在他们的艺术视野中也将都市变异变形纳入成为新视觉，借以展示个体的人在都市生活的挤压中扁瘪异化为断裂的碎片，形成了独特风格之流派。

随着"五四"的披荆斩棘，涌现出的中国女作家群体代代相继。第一代女作家群中的庐隐怀念"海滨故人"解构"象牙戒指"，虽然"她发明了，或者如果她没有发明，发展和使用了一种适合于她自己的句子，我们不妨称它为女性性别心理的句子。它比旧的句子更富有弹性，可以拉得很长很长，挂得住最细小的微粒，也容得下最模糊的形状。"② 她是那样地苦闷，甚至不无偏激地寻觅有别于男性的女性话语，虽然见晦涩，但对传统规范的柔弱文风并无根本的决裂；大家闺秀冯沅君的叛逆精神与书香书卷气形成别样的张力，是"五四运动之后，将毅然和传统战斗，而又怕毅然和传统战斗，遂不得不复活其'缠绵悱恻之情'的青年们的真实的写照"③；冰心温馨地平衡女性和男性的两个世界，融东西方文化集传统现代于一身，塑造新

①　刘东：《西方的丑学——感性的多元取向》，四川人民出版社1986年版，第138页。

②　［英］玛丽·伊格尔顿：《女权主义文学理论》，湖南文艺出版社1989年版，第394—385页。

③　鲁迅：《鲁迅全集》第六卷，人民文学出版社1998年版，第244—245页。

型的中西合璧的现代"贤妻良母"；凌叔华以婉约精致勾画出世态的一角，高门巨族的精魂；她们的文风绝无对传统文风的颠覆，她们"期待的明天"充溢着真善美；谢冰莹的"从军日记"和"女兵自传"，虽是火辣辣的倾诉，痛苦的爱折磨着白薇却又成就着她的事业，而爱的解脱竟然成了她文学生涯的落幕，"打出幽灵塔"却终究是"悲剧生涯"；湘女丁玲笔下充满叛逆性格的莎菲们更是女性的独语，女性与政治唯有她自始至终身体力行，可作为"湘人不倒，华夏不倾"的一个印证；她们的文本从女性性别出发，有着冲决封建樊篱的挣扎与呼喊，也有着审美视阈的尝试突围，但是到底没有太偏离传统打造的基本模式，怎么也驱散不尽柔弱哀愁，哪怕是悲愤的呼喊亦为纤弱缱绻的心声。倒是"呼兰河畔"的萧红虽走不出"生死场"，但刺向天空的钢戟，在阴霾里闪烁着的光芒，是民族的刚性也是女性的钢性，是审美的柔光更是审丑的逆光，她不为传统婉约所制约禁锢，为女性真实的生存困境从悲泣到呼号呐喊，在审美选择上勇敢又泼辣地"翻到墙的另一边"，对审美呈现出一种颠覆和挑战状。张爱玲却在"有太阳的地方使人瞌睡，阴暗的地方有古墓的清凉"处，用华丽的审丑揭穿了人世间没有爱，"苍凉的手势"，留下彻骨冰寒的伤感，让闭锁狭隘的女人天地颠覆了柔弱美感；苏青的叽叽喳喳，"它是一种妇女的句子，但只有在作家描写妇女的心灵时，它才是妇女的，它既不得意，也不用害怕，她会在她的性别心理中发现任何东西。"① 虽然各个不同，但女人写女人是刻骨铭心的。对女性生存境况的关注，对女性独立意识的寻觅，对女性命运的焦虑……执著中的迷惘，迷惘中的执著，形成女性文学特有的艺术张力，烙刻下中国现代文学史页无法抹去的风景。

20 世纪 80 年代中期，随着改革开放的深入，西方文化、哲学思潮又一次涌入本土，波德莱尔及其"恶之花"也再度风行中国文坛，奇异的是，这一回，审丑意识与审丑现象却在女作家作品中大行其道，方方力作《风景》，篇首即引波德莱尔《风景》中诗句："……在浩漫的生存布景后面/在深渊最黑暗的所在/我清楚地看见那些奇异世界……"其文本真个灵动运用了丑学。当然，这与西方女权主义理论的译介进入分不开，当代女作家们的主体意识空前觉醒，从渴求"一间自己的屋子"到走不出的"厨房"，从"女人最大的敌人是女人自己"到"姐妹情谊"，从"爱是不能忘记的"到走过爱情的"无字"，从"在同一地平线上"的抗争到"双性同体"，女作

---

① 　[英] 玛丽·伊格尔顿：《女权主义文学理论》，湖南文艺出版社 1989 年版，第 395 页。

家文化性格日趋敏锐、泼辣和开放，咄咄逼人的锋芒早已代替了温情脉脉的秋波。与之相适应的审美体系自然又必然地要求既具先锋性，又富嬗变性。"恶之花"已悄然绽放于女作家文本中，她们对社会多元化复杂性的认识逐渐深化，对人生人性思考的穿透力度也日益增强，在拷问社会、反省自我的路上作出一次次的文化寻觅和探险。

二　翻到墙的另一边

谌容曾说过："我想怎么写就怎么写。白描，推理，荒诞、讽刺，意识流，黑色幽默，魔幻现实，只要适当，统统拿来。"① 小说技巧，的确是人"巧"出来的。

当然，东方不同于西方，当代中国更不能与今日西方混为一谈。但是人类既有共性，丑学也就不只是西方的"专弊"。既然荒诞的和异化的是客观存在的，那么荒诞和异化的手法和形式才更适合其展露；既然真善美与假丑恶的对抗无处不在无时不有，那么，将假丑恶的本质挖掘出来，当是作家的神圣职责。况且，我们这古老文明的土地上也曾有过疯狂的变态的扭曲的梦魇的荒诞的十年，用审丑框架似乎更有利于负载这丑恶的十年。况且，只有正视人世间的丑和恶，才可能为人生找到积极的真实支点。因此，正视并重视女作家作品中的审丑意识、审丑观念、审丑趋向及实质，便成为当代文学不可回避的一个论题。

到了20世纪八十年代新时期的春天，在经历了伤痕文学、反思文学和改革文学后，女作家们从单纯政治模式走出来，着意于艺术经验的更新和艺术自身的探索，又一次以春潮汹涌涌般的群体面貌掀起了20世纪的第二次浪潮。乍一看，探索的主题如同"五四"前后的女作家们那样，依旧是爱情、婚姻和人生，但却又有别于前一次，终于告别了那个唯爱的封闭世界。她们的视界不再苦苦留恋以往的男性世界而转移到她们自己的事业上，哪怕付出的代价是巨大深重又痛苦的。尤其让你不得不惊叹的是，竟然有一批中老年女作家们，纷纷"翻到墙的另一边"，一改清丽婉约之文风，那份粗犷、那份犀利、那份突兀狂放，那份公然对传统的叛逆让你不由不惊咋。而她们，却不管不顾，非要到墙那边探个究竟！也带领着读者一览其时颇稀罕的审丑现象。

---

① 盛英：《新时期：女性文学繁荣与发展的黄金时代》，中国女性文学新探，中国文联出版公司1999年版，第11页。

　　刘索拉的《你别无选择》凭借黑色幽默的审美格调被誉为新时期现代派小说的开山之作。但窃以为开审丑意识先河的当推宗璞的《我是谁》。宗璞率先把西方现代派荒诞、变形的手法引入小说。文本中极有成就的女教授面对那悬挂在暖气管上的丈夫，她的精神分裂了！她奔出门外，往事历历，时空交错，互不连贯地一幕幕闪过，剪贴出她与丈夫的人生。我是谁？我是谁？……她投身湖内。我变"非我"，这与西方丑小说家所描绘的"异化"了的自我是有所不同的。前者是在非常岁月人格被野蛮摧毁后的失重迷惘导致崩溃，而后者则是现代西方世界里日益膨胀的物的世界中人如何失去自身而成为非人。在《我是谁》中宗璞以冷峻的笔调打开了中国知识分子封闭的内心世界，昔日那个《红豆》的痴情忧伤不乏柔弱之美的故事淡化了，"紫罗兰瀑布"的美感凝滞了，只给人极其锥心的痛感，惊悚后的深思内省。

　　茹志鹃以她那支女性特有的细腻秀丽之笔，竟然在枪林弹雨腥风血雨的战地图景上绽开了一片洁丽芬芳的《百合花》。然而《剪辑错了的故事》却犀利深刻、大刀阔斧地对一个荒诞的年代进行反思，那无情的淋漓尽致的揭露，入木三分的剖析，似乎没有百合花的雅致和清香了，但小说中表现出来的审丑现象却使人不能不钦佩这位女小说家先于男作家的勇气、胆识和寻觅新的审美框架的敏锐。

　　随即，残雪作品以其触目惊心的姿态傲然于初春的原野。仿佛不甘人后，王安忆的"三恋一岗"又让评论界和读者群瞠目结舌，爱情？爱情！爱情原来是这样的？爱情又为什么不能是这样的？以后有张洁大刀阔斧、粗粝无情地将那"不能忘记的爱"解构得一塌糊涂，如同将旧痕新伤全撕开为血淋淋的一片。谌容似早就有两手：一手以女性柔弱秀美的笔触描绘《人到中年》，呼唤《永远是春天》，而另一手便以轻松、戏谑、诙谐、幽默直到荒诞的艺术框架构筑另一类审丑意识强烈的作品，诸如《真真假假》、《太子村的秘密》等，至《减去十岁》已达到炉火纯青。作者用轻松却顶真的口吻描述了一个荒诞而真实的社会现象。是玩世不恭的喜剧？是瞎胡闹的闹剧？是刺心的悲剧？不是以一言能蔽之的。读者亦在审丑想象中进行了再创造，思忖慨叹品味中，不知是酸是涩是苦是辣是麻还是痛？总应该有点振作吧。再后来，不少女作家艺术触角由清纯走向复杂，她们没有宣言，却不约而同地告别淑女形象，抛弃了先前的诗意风格，一改缠绵悱恻为锋芒毕露，手执真实、深刻、犀利的解剖刀，横冲直撞剜出人间假丑恶。这是怎么啦？是繁茂兴盛？抑或荆棘丛生？是以恶抗恶自己也不得不恶？抑或依然的冰清玉洁？

这种审美倾向的质地嬗变，这种女性叙事策略似没商量地转换，这种对传统审美规范地背叛和颠覆，对审丑意识地张扬，一改女性集体无意识中的柔弱天性，而这恰恰是女作家们视野更开阔、智慧更成熟、女性自信、自立感更强烈的表现。

第二节　锥心刺骨的罪与罚

所谓审丑，当指审美的不和谐、不快感和痛感，"如果说美的本质是人的本质力量对象化的肯定形式，那么丑则是人的本质力量对象化的否定形式；如果说美是合规律性与合目的性的统一，那么丑则是合规律性与合目的性的背离；如果说美是真的主体化善的客体化，那么丑则是假的主体化恶的客体化"①。

在中国现代女作家文本中，萧红和张爱玲的写作最富有女性的质地，却又最别于一般女性的写作。她们与众不同。细细品来，她们的写作皆采取了审丑策略，并非预谋，只因天生是作家。她们文本的审丑现象又分明不同，张爱玲的语言和技巧依旧清丽婉约乃至华丽旖旎，她精确精致细腻舒缓地展露的是人性的丑与恶，"生命是一袭华美的袍子，上面爬满了蚤子"②，让人浑身不适，满是咬噬性的烦恼；萧红的女性"越轨的笔致"，则以简朴无华的短语装载"女人的生与死"一起坠落深渊，令人触目惊心、毛骨悚然。

一　女人与动物生死轮回

说不尽的《生死场》，道不完的《呼兰河传》！萧红这两部小说是中国现代文学史的极宝贵财富，无论从哪个视角，无论以哪个母题来探研发掘，皆意蕴无穷。

写足了农村女人的《生死场》，可谓本土身体写作的先锋本文，同时，也可称审丑意识的先锋本文。萧红的《呼兰河传》，比起《生死场》的触目惊心，要和缓优美许多，但是，本文中年女性的回望视角和女童独到的视角交叠刻画的一幅幅故乡风俗画，将纷繁杂陈的民俗事象在"美善的背景上

---

① 陈望衡：《论丑》，引自《美学新潮》第 3 集，四川省社会科学院出版社，1987。
② 张爱玲：《张爱玲文集》第四卷，安徽文艺出版社 1992 年版，第 18 页。

镶嵌着丑恶"，抑或在"丑恶的现状中镶嵌着美善"①，硬是将两者天衣无缝地融合。萧红以纤纤女性之手开创了女性乡土文学的先河，当是现代文学史中唯一可称之为乡土小说家的女性。她与同代男性书写的乡土文学不同，既不过分强调阶级的对立，更不以对人性之"美"的依恋遮蔽对乡土之"痛"的体验和展示。她以女性的目光透视沉淀的历史——民俗社会面面观，既有冷峻如刀之眼，看出世俗的愚蠢和丑陋；又充满着爱心和善意，发掘生命中的智慧和美丽之光。

　　萧红的审丑取向其一表现为女人生育的牲畜化。萧红的身体觉醒直面底层劳动女性，她以冷峻的惜墨如金又入木三分的叙述，表达出女人身体独自承受的无尽的痛苦和无边的灾难。胡风在《读后记》中曾将《生死场》与肖洛霍夫《被开垦的处女地》相提并论："《生死场》的作者是没有读过《被开垦的处女地》的，但她所写的农民们的对于家畜（羊，马，牛）的爱着，真实而又质朴"，"蚁子似地生活着，糊糊涂涂地生殖，乱七八糟地死亡，用自己的血汗、自己的生命肥沃了大地，种出了粮食，养出畜类，勤勤苦苦地蠕动在自然的暴君和两只脚的暴君的威力下面。"② 那么，将《生死场》与加西亚·马尔克斯的《百年孤独》比较看，萧红始终将女人的生与死与动物的生与死交替着描述，融汇在一处讲述，比马尔克斯将毫无节制的情爱与动物疯狂繁殖"魔幻"结合起来写的那份直觉和敏锐，早了近半个世纪！

　　生育的女人比动物还要丑陋、卑贱！五姑姑的姐姐、金枝、麻面婆、李二婶子的生育与狗们猪们的生育交错一处。在扬着灰尘的土坑上，赤身的女人爬在脏兮兮的土炕上苦痛不堪，像一条鱼！受罪的难产的女人被冷水从头浇去，又宛如进了蒸笼，她的腿颤颤的站不住，像患着病的马一般。孩子生下来后，"女人横在血光中，用肉体来浸着血"。这个女人竟然还是从地狱里活转过来，比牲畜还要卑贱的女人到底比牲畜还要健旺？

　　《生死场》第六章"刑罚的日子"开端，在五姑姑的姐姐生产之前，萧红以貌似不经意的笔调写道："房后草堆上，狗在那里生产。大狗四肢在颤动，全身抖擞着。经过一个长时间，小狗生出来。"③ "暖和的季节，全村忙着生产。大猪带着成群的小猪喳喳的跑过，也有的母猪肚子那样大，走路时

---

① 胡辛：《乡土·民俗·小说家》，《创作评谭》1992 年第 2 期。

② 萧红：《生死场》，黑龙江人民出版社 1980 年版，第 120 页。

③ 同上书，第 52 页。

快要触着地面，它多数的乳房有什么在充实起来。"① 五姑姑的姐姐不如牲畜的生产之后，萧红又如是描述："四月里，鸟雀们也孵雏了！常常看见黄嘴的小雀飞下来，在檐下跳跃着啄食。小猪的队伍逐渐肥起来，只有女人在乡村夏季更贫瘦，和耕种的马一般。"② 还是这一章的结尾，萧红言简意赅地写了二里半的麻面傻婆娘生产的闹剧和因小产快死了的李二嫂，但皆"化险为夷"："等王婆回来时，窗外墙根下，不知谁家的猪也正在生小猪。"③

"在乡村，人和动物一起忙着生，忙着死……"，乡村女人，真的像牛马一样，"在不知不觉中忙着栽培自己的痛苦。"

她笔下女人的生命困境揪心揪肺，尤其是揪女人的心肺。女人的生存境况比同时代的男人硬是糟糕千百倍！与其说萧红是"凭个人的天才和感觉在创作"（胡风语）的一位女性，不如说她是以女性生命的切肤感觉在创作的女性。

萧红的审丑取向其二表现为女人生命的动物化。

萧红笔下，是有意还是潜意识，几乎处处用动物来比喻女人们，像母熊，像耕种的马，像灰色大鸟，像猪，像爬虫，像猫头鹰，像鱼，像瘦鱼，像老鼠，像狗，像患病的猫……"农家好比鸡笼，向着鸡笼投下火去，鸡们会翻腾着。"④ 并非轻蔑，也绝非居高临下的悲悯，而是身居其间、发自内心的荒凉和无助。

在"生死场"来回走的女人们，无一不丑陋，一两个原本美丽姣好者，只消几番风雨，要么没颜落色，要么形如枯槁，惨不忍睹！赵三的老王婆不仅是村里村外女人们的主心骨，也是全书唯一有英雄气概的抗日女人，她阅历广，有决断，她是庄上忙碌的接生婆，敢为瘫痪的月英鸣不平，恨地主，恨鬼子，从出场时的五十岁到历经十年，萧红对这位正面人物形象动作的笔触始终是"丑"的：夜间她总是坐在喂猪的槽子上，讲着以前3岁的女儿从草堆上摔到铁犁上惨死的景象，"在星光下，她的脸纹绿了些，眼睛发青，她的眼睛是大的圆形。……邻居的孩子们会说她是一头'猫头鹰'，她常常为着小孩子们说她'猫头鹰'而激愤"⑤；"她的头发恰像田上成熟的玉

---

① 萧红：《生死场》，黑龙江人民出版社1980年版，第52页。

② 同上书，第54页。

③ 同上书，第120页。

④ 同上书，第11页。

⑤ 同上书，第7页。

米缨穗，红色并且蔫卷。"① 王婆赶着老马进"私宰场"，"她颤寒起来，幻想着屠刀要像穿过自己的背脊"②；王婆因儿子被枪毙了就服毒自杀，但死而生还，人们以为是死尸还魂，丈夫赵三"把扁担压过去，扎实的刀一般的切在王婆的腰间。她的肚子和胸膛突然增涨，像是鱼泡似的"③；繁星的夜中，王婆为李青山组织的"义勇军"集会站岗，"她是个守夜的老鼠，时时防备猫来"④。历经过太多的苦难的她，目睹女人们还不如忙着生忙着死的动物们！也就在忙着生忙着死的日子里，她也老了。

打渔村最贫穷也曾经是最美丽最温和的月英患上瘫病后，成了一只孤独而无望的患病的猫儿，眼睛变绿，前齿也变绿，头发烧焦了一般，彻夜惨厉呼号，直至死亡。李青山的老婆李二婶子，生得这般瘦，腰，临风就要折断似的，但她的奶子就像两个对立的小岭那么高，她一胎胎怀，一次次历经死与生。

金枝也曾是好看的，有着一双油亮亮的黑辫子，可是，她被福发的侄儿成业诱惑着、挟掳着，也走进了河沿的高粱地里，她怀孕了！她只有嫁过去，丈夫对她，非打即骂，她诅咒丈夫，与别的村妇一样。

福发的妻子在福发眼皮子底下，像小鼠似的。当年，她像金枝一样被福发诱惑着坏了声名，不得不嫁给福发，这才知晓"男人和石块一般硬"。"场院前，蜻蜓们闹着向日葵的花。但这与年青的妇人绝对隔碍着。"⑤ 金枝的母亲是丑陋的，她的"上唇特别长而且唇的中央那一小部分尖尖的，完全像鸟雀的嘴"⑥，金枝采摘了没熟的柿子，"母亲像老虎一般捕住自己的女儿。金枝的鼻子立刻流血"⑦。成业被鬼子杀害后，金枝勇敢地走进都市，可羞恨又让她回到了乡村，然而母亲拿着金枝带回的一元票子，就快乐得不能自制了，催女儿住一夜明日就走！

二里半的麻面婆是丑陋的、愚蠢的，手上粘满泥浆，汗水如珠如豆浸着她的每个麻痕，活像一只母熊，说话则发着猪声，她的性情不会抱怨，说的尽是惹人发笑的傻话。后来，她和儿子罗圈腿都被鬼子杀害了。

---

① 萧红：《生死场》，黑龙江人民出版社 1980 年版，第 12 页。
② 同上书，第 29 页。
③ 同上书，第 64 页。
④ 同上书，第 85 页。
⑤ 同上书，第 18 页。
⑥ 同上书，第 23 页。
⑦ 同上书，第 24 页。

北村的老婆婆打19岁守寡拉扯大的儿子打鬼子牺牲了，她"比一条疯牛更有力"地找李青山哭闹拼命："李青山……仇人……我的儿子让你领走去丧命"，她带着孙女菱花悬梁而死，"三岁孩子菱花小脖颈和祖母并排悬着，高挂起正像两条瘦鱼"①……

这些老少女人们，似乎没有阶级觉悟、不明民族大义，其实不然，正是如此真切的描摹，更深刻地展示了处于社会最底层的劳苦妇女们身上的多重压迫、奴役和蹂躏。女人，笼罩着永恒的灾难与不幸。

当然，《生死场》里对正面男性形象，如领头抗日的李青山和赵三，也没有作丝毫"高大全"式的美化，相反写出了他们的缺陷和个性。尤其是对二里半的"审丑"处理，反而更觉真实深刻可信。《生死场》首句是："一只山羊在大道边啮嚼榆树的根端。"山羊是丑陋的，黏沫流涎在胡子和羊腿上；榆树是丑陋的带着偌大的疤痕。这是二里半家里走失的老山羊，瘸腿的二里半与丑老山羊情深谊长，难舍难分。十年后，李青山率男人们出征前，宣誓时原本要宰杀二里半家的老羊祭奠，但二里半还是找了只公鸡来替换；又一个五月节，二里半临行前夜，提起菜刀，要杀死老羊。但到底还是下不了手，他拜托赵三养着，跟上李青山去打鬼子。"二里半不健全的腿颠跌着，远了！模糊了！山岗和树林，渐去渐远。羊声在遥远处伴着老赵三茫然的嘶鸣。"②

老山羊使《生死场》首尾衔接，又贯穿始终，人与动物，多灾多难。

萧红的审丑取向其三是身体写作的黑色幽默化。

有学者指出萧红小说散文化抒情特质中的讽刺性，窃以为是中国式的黑色幽默。"黑色幽默"是20世纪美国文学的重要流派，"是一种绝望的幽默在文学上的反映，它试图引起人们的笑声，作为对生活中显而易见的无意义和荒诞的最大的反响。"③20世纪60年代海勒的小说《第二十二条军规》为其代表作。而萧红的《生死场》和《呼兰河传》等却早早地浸淫着黑色幽默的智慧和荒诞，强化了女性生命底色的荒凉。

生活中的细枝末节、日常熟视无睹的现象、被淡化被忽略被扭曲的原本应当是大事而变成小事的女人的事，如生育、哺育、养育、居家过日子、疾病等等，萧红关注着并展示着。萧红笔下生发的对种种生活细节片断的回忆

---

① 萧红：《生死场》，黑龙江人民出版社1980年版，第111页。

② 同上书，第119页。

③ 修倜：《当代中国电影中的黑色幽默》，《电影艺术》2005年第1期。

连缀，在淡淡浓浓的抒情之外，还有非常强烈的黑色幽默性。

学者多注目《呼兰河传》开篇的大泥坑不动声色的反讽，殊不知《生死场》早已有黑色幽默元素。"五姑姑的姐姐"生育的荒唐闹剧，那个酒疯子红脸鬼丈夫每年见妻子生产就要这般闹，真叫人啼笑皆非！即便在强悍的王婆身上，亦不妨幽她一默。经历过多样人生的她一样无视生命，遇上难产妇她就拿钩子菜刀将孩子从娘肚子里搅出来；见平儿偷穿爹的大毡靴子在雪地里玩，她竟一阵风般扑了上去扒下，让赤脚的平儿走在雪上，好像走在火上一般不能停留！当然，无论是谁家的孩子把爹爹的棉帽偷着戴起跑出去的时候，妈妈皆要追上打骂夺回来，"农家无论是菜棵，或是一株茅草也要超过人的价值"。

到了《呼兰河传》，农家的"钱比命金贵"的价值观则演绎得无比幽默，何况小小的身体器官！虐待小团圆媳妇且置她于死地的婆婆不仅不是一个坏人，相反，她是为了"拯救"小团圆媳妇！她花了不少钱接大神驱鬼、寻偏方、抽帖儿，其中被所谓的云游真人诓骗了五十吊钱，萧红接着不厌其烦用了1800字写这五十吊钱的不凡来历及与她手指的故事：这是她出城去到豆田里拾黄豆粒，一共拾了二升豆子卖的几十吊钱，而有一棵豆秧刺了她的手指甲一下，当夜指甲就肿成了茄子似的，再几天，已经和一个小冬瓜似的了，连手掌也无限度地胖得像大簸箕似的！好像一匹大猫或者一个小孩的头似的！历经手指从茄子—小冬瓜—大簸箕——匹大猫或者一个小孩的头似的变化，熬到"这手要闹点事"时，万不得已才花三吊两吊钱买二两红花酒搽搽。让人忍俊不禁又悲叹不已，女性自己对自己的身体也是悭吝且糟践的！对自己的儿子也同样暴虐，因他踏死了一个小鸡仔，她就打了他三天三夜，因为一个鸡仔就是三块豆腐！诸如一吊钱买豆腐，十吊钱养鸡、喂鸡、卖鸡蛋、拿鸡蛋换青菜之类民间故事的嫁接，将这些女性思维的荒诞谬误表达得淋漓尽致，反衬出她们对待生命的漠视和亵渎。

小团圆媳妇肉体被用热水洗澡至死的这一极端愚昧恐怖的场景，萧红用一个小女孩好奇的视角造成间离效果，尚未涉世的女孩懵懂无知，用她的眼睛看愚妇及其热心善良的"帮凶"们的极其真诚的表演，场景叙事的冷静客观与众愚妇的兴味盎然的投入形成强烈对比，在残忍和荒诞中，呈现出绝望的幽默。

萧红的女性写作是超时代的，她的身体写作和审丑形式尤见先锋性，她的不被理解的寂寞仿佛成了女性的宿命。外界评价的起伏跌宕姑且不论，三郎也好，D·M也罢，抛开情感、责任上的是非不说，他们与萧红朝夕共处的日子里，是从未将萧红的写作看得太重的，萧红以"妻性"曾为他们誊抄过稿子，在他们可能都认为是理所当然的吧。三郎认为萧红写得不深刻，D·M 则给予轻蔑。这，只能说是性别视野局限了男性。

二　买卖场中的南国玉体

1942 年 1 月 22 日，31 岁的女作家萧红孤独地死于沦陷后的香港。这一年，在香港是从未有过的寒冷的冬天。此时，21 岁的张爱玲正就读于香港大学。历经围城 18 天的磨难：曾躲在宿舍的最下层——黑漆漆的箱子间里，听头顶上的机关枪声像荷叶上的雨；曾和同学们立在摊头上吃滚油煎的萝卜饼，且步行十几里为的是吃到一盘昂贵的冰淇淋；看到的是人们急急忙忙结婚、恋爱……难道说"去掉了一切的浮文，剩下的仿佛只有饮食男女这两项"？因战争无法完成学业，张爱玲乘海轮回到上海。她似不知道，浅水湾坟地近丽都花园的海边，又添了一家新坟——女作家萧红孤独地长眠于此。

张爱玲大红大紫于上海滩。身处热闹中的她，却说："如果我最喜欢用的字是'荒凉'，那是因为思想背景里有这惘惘的威胁"。① 张爱玲以旁观者的婉约却不无讥诮地抒写女性"美好的身体"形形色色的"买卖"。她喜欢连绵淫雨、喜欢月亮。不管窗外的月亮窗外的风雨怎样变幻，不管窗外民国替代清朝，军阀来来去去，乃至日寇蹂躏，水深火热，窗里的女人们总是做着情爱的梦。《第一炉香》中山腰梁太太的白房子，《倾城之恋》中顽固用着老钟的白公馆，《金锁记》中民初式洋房的姜公馆，《琉璃瓦》中川嫦的卧房、姚先生的家，《封锁》中封锁期的电车车厢……出演的是情爱与婚姻的哀乐戏剧。而一切之上，却有一只瞧不见的巨手张开着，不知从哪儿重重的压下来，压痛每个人的心房。

没有爱！人世间没有爱。张爱玲文本，是废墟上的罂粟花？是摧枯拉朽的杜鹃花？是或珠光宝气或鬼气森森的男女间的小故事小戏剧？是人性情欲的撕掳拼搏？生命图案的描摹和探索？哪年哪月，哪里去寻"死生契阔，与子成说。执子之手，与子偕老"？男人与女人，便一寸一寸陷入习惯的泥沼里。哪怕不结婚，不生孩子，避免固定的生活，也不中用。孤独的人有他们自己的泥沼。这世上，哪一样感情不是千疮百孔的呢？

张爱玲对女性身体的极端敏感、真心关注和深切拷问，不亚于萧红。但因所处地域环境的不同，家庭教养的不同，成长经历的不同，接触交往的对

---

① 张爱玲：《张爱玲文集》第四卷，安徽文艺出版社 1992 年版，第 138 页。

象不同，故叙述主体所关注、描摹的人物事件迥异，语言风格迥异，但皆深刻透彻。

张爱玲的身体觉醒关注的多是城市中产阶级女人，如葛薇龙、王娇蕊、孟烟鹂、白流苏、殷宝滟等，间或也落笔于底层妇女，如曹七巧、霓喜、阿小等。张爱玲对前者"取悦人"的美好身体和后者直接连接"活命"的身体，有宽容有悲悯，张爱玲以为："现代人多是疲倦的，现代婚姻制度又是不合理的。所以有沉默的夫妻关系，有怕致负责，但求轻松一下的高等调情，有回复到动物的性欲的嫖妓——但仍然是动物式的人，不是动物，所以比动物更为可怖。还有便是姘居，姘居不像夫妻关系的郑重，但比高等调情更负责任，比嫖妓又是更人性的。走极端的人究竟不多。"① 于是，张爱玲多跳出此界，以旁观者的视角，轻喜剧的笔调来写都市中产阶级的女人或男人的身体，处处是调侃、揶揄、快乐的讥诮、中国式的幽默，"毋庸讳言——有美的身体，以身体悦人；有美的思想，以思想悦人。"② 真是一针见血。

张爱玲以淡淡笔触几番描绘自甘堕落的上海女孩葛薇龙的"手"：第一次与乔琪乔握手时，生出"爱"——"薇龙那天穿着一件磁青薄绸旗袍，给他那双绿眼睛一看，她觉得她的手臂像热腾腾的牛奶似的，从青色的壶里倒了出来，管也管不住，整个的自己泼出来了。"③ 而商人司徒协在轿车里当着梁太太的面送给她一只手镯时："说时迟，那时快，司徒协已经探过手来给她戴上了同样的一只金刚石镯子，那过程的迅疾便和侦探出其不意地给犯人套上手铐一般。"④ 虽是手铐，她到底心甘情愿地往里钻。阴历三十夜她与乔琪乔逛湾仔，那里人山人海，什么都有卖。"可是最主要的还是卖的是人。在那惨烈的汽油灯下，站着成群的女孩子，因为那过分夸张的光与影，一个个都有着浅蓝的鼻子，绿色的面颊，腮上大片的胭脂，变成了紫色。内中一个年纪顶轻的，不过十三四岁模样，……冻得直发抖。因为抖，她的笑容不住地摇漾着，像水中的倒影，牙齿忒楞楞打在下唇上，把嘴唇都咬破了……"⑤ 这群丑陋却可怜的下等妓女与貌似高雅实则可鄙的葛薇龙的不同在于，她们将身体"零售"，而她将身体"批发"罢了。

① 张爱玲：《张爱玲文集》第四卷，安徽文艺出版社 1992 年版，第 180 页。
② 同上书，第 74 页。
③ 同上书，第 24 页。
④ 同上书，第 30 页。
⑤ 同上书，第 48 页。

　　《红玫瑰与白玫瑰》中的红玫瑰王娇蕊，她的心是一所公寓房子。她在男人眼中是从异乡到异乡的火车上的女人，虽萍水相逢，却是可亲的女人！她的泼辣的生命力和魅惑力，在"好男人"佟振保的眼里心里，那发育旺盛的身子"一寸寸都是活的"，是"热的女人，放浪一点的"女人，"她穿着一件曳地的长袍，是最鲜辣的潮湿的绿色，沾着什么就染绿了。她略略移动了一步，仿佛她刚才所占有的空气上便留着个绿迹子。衣服似乎做得太小了，两边进开一寸半的裂缝，用绿缎带十字交叉一路络了起来，露出里面深粉红的衬裙。那过分刺眼的色调是使人看久了要患色盲症的。"① 真是一寸寸都是活的女人的肉，美文写淫邪。

　　对"给人的第一印象是笼统的白"的孟烟鹂，张爱玲对其"幼小的乳"不吝笔墨："她是细高身量，一直线下去，仅在有无间的一点波折是在那幼小的乳的尖端，和那突出的胯骨上。"② 佟振保动心的正是那"幼小的乳"："她的不发达的乳，握在手里像睡熟的鸟，像有它自己的微微跳动的心脏，尖的喙，啄着他的手，硬的，却又是酥软的，酥软的是他自己的手心。"③ 但好景不长，这一点点"少女美"在佟振保习惯了之后，她变成了一个很乏味的妇人。孤独的她得了便秘症，张爱玲便不厌其烦地专注于她的白皑皑的肚子和变幻无穷的肚脐眼，将苍白的女性生命坐在马桶上一连几个钟头自审："白皑皑的一片，时而鼓起来些，时而瘪进去，肚脐的式样也改变，有时候是恬静无表情的希腊石像的眼睛，有时候是突出的怒目，有时候是邪教神佛的眼睛，眼里有一种险恶的微笑，然而很可爱，眼角弯弯的，撇出鱼尾纹。"④ 这一凸一凹，很是黑色幽默，受过高等教育的女性又如何？除了自怜自艾，她还能做什么呢？

　　《红玫瑰与白玫瑰》中有一段为评论家忽视了的话："男子憧憬一个女人的身体的时候，就关心到她的灵魂，自己骗自己说是爱上了她的灵魂。唯有占领了她的身体之后，他才能够忘记她的灵魂。"⑤ 何其犀利。

　　男人虽放荡过，但社会会认为情有可原。"第二天起床，振保改过自新，又变了个好人。""仿佛他这人完全可以一目了然的，即使没有看准他

----

① 　张爱玲：《张爱玲文集》第二卷，安徽文艺出版社 1992 年版，第 143 页。
② 　同上书，第 159 页。
③ 　同上书，第 160 页。
④ 　同上书，第 167 页。
⑤ 　同上书，第 147 页。

的眼睛是诚恳的，就连他的眼镜也可以作为信物。"① 他在浴室洗脚，"一条腿搁在膝盖上，用毛巾揩干每一个脚趾，忽然疼惜自己起来。他看着自己的皮肉，不像是自己在看，而像是自己之外的一个爱人，深深悲伤着，觉得他白糟蹋了自己。"② 这般细腻生动的男人洗脚揩干脚指头的描写，将男人的自恋跃然纸上，让人哑然失笑。

无独有偶。这样的男人，短篇小说《殷宝滟送花楼会》中大学教授罗潜之亦别无二致。他曾留学美国，教授莎士比亚的戏剧，妻子扁薄，孩子几个。在给女中学生殷宝滟补课的三年中，他疯狂地爱上了这位校花，只不过不称之为红玫瑰，而是"我坟墓上的紫罗兰"！罗潜之不停地与妻吵闹，且殃及孩子们。又过了三年，罗潜之终于吻到了"坟墓上的紫罗兰"，而且她的嘴成了他所有苦楚解脱的答案。他不停地折磨妻子与孩子，自己却也瘦如竹竿了，而同时，并不妨碍多产的妻子肚子里又有了 3 个月的胎儿。离婚么？这回是殷宝滟不能嫁给他！因为殷宝滟得待价而沽。这回张爱玲不是对男人的脚趾而是对教授眼睛工笔加写意描摹："如若除下眼镜来，眼白眼黑给人的感觉是在眼皮的后面，很后很后，一种异样的退缩，是一个被虐待的丫环的眼睛！"③ 明明是教授"贪嘴"，却反而表现得可怜巴巴，这也是一种自怜自恋。

张爱玲对出身低贱的霓喜却如是描绘："能勾魂摄魄的沉甸甸的大黑眼睛，碾碎了太阳光，黑里面揉了金"，充满了女性生命的活力。当然，姘居多次孩子一群最终遭英国人汤姆生抛弃时，她 38 岁了，她去到他办公处哭闹时，"霓喜忽然觉得自己的大腿肥唧唧地抵着写字台，觉得她自己一身肥肉，……汤姆生的世界是浅灰色的浮雕，在清平的图案上她是突兀地突出的一大块，浮雕变了石像，高高突出的双乳与下身！"④ 她只不过是单纯的肉，女肉，至此，已失却对男性的魅惑力了。

张爱玲与萧红一样，也常以动物形容女人。《连环套》里，六十开外的霓喜，仍身手矫健，又稳又利落，像一只大猫！"是一只洗刷得很干净的动物的气味。人本来都是动物，可是没有谁像她这样肯定地是一只动物。"⑤《桂花蒸·阿小悲秋》中的上海洋人家的苏州娘姨丁阿小，"她去烧菜，油

---

① 张爱玲：《张爱玲文集》第二卷，安徽文艺出版社 1992 年版，第 133 页。
② 同上书，第 169 页。
③ 同上书，第 162 页。
④ 同上书，第 231 页。
⑤ 同上书，第 176 页。

锅拍辣辣爆炸，她忙得像只受惊的鸟，扑来扑去。"①　洋主人半夜到厨房里取冰块，电灯一开，"卸了装"的阿小瘦小如青蛙似的，两只苍蝇叮叮的朝灯泡上撞；《红玫瑰与白玫瑰》中的孟烟鹂的身体，则"像一条蚕"！无论是蛮荒世界的女人还是所谓上流社会的女人，无论是吃着榨过油的豆饼还是精饲料，活着，就是这样的不明不白，猥琐、难堪，失面子的屈服，一幅人生猥琐图，一切都是亵渎，说到底是凄哀的。但她们到底都是一寸寸都是活的身体的女人。

第三节　当代女性的别样审丑

一　初春原野上的残雪

"诚如夏洛特·英尼斯所言：她是'出自中国的最为现代的作家'。'残雪在中国现代文学中是一个异常。……毫无疑问，就中国现代文学水平来看，残雪是一种革命'"②。学者戴锦华言："残雪并非外星异物或天外来客，她是中国文学对七八十年代之交 20 世纪的欧美文学破堤而入的最初反馈。但与其说是西方现代派文学造就了残雪，不如说是现代主义的写作方式应和了残雪的生命经验与文学想象；被现代主义文学所陡然拓宽的文学视野，对残雪说来，便是生命与想象的幽闭空间'剪开了一扇天窗'。"③　残雪的审丑意识比任何一位女小说家强烈得多浓郁得多也偏执得多。

1983 年残雪在长沙《新创作》杂志上发表处女作《污水上的肥皂泡》，这篇不足三千字的短篇小说让人毫无觉察地"沉浸在一盆污水中可能藏有的脊梁骨和大腿之间，可以将它的剧毒渗入平凡的怯懦和冷漠以及无法抑制的相互仇恶之中；它还可以像狗的狂吠一样止也止不住，围观者越多它就越起劲，跳而怒叫，还要咬人，咬得血淋淋的还撕下一块块肉。"④

1985 年，王蒙主编的《人民文学》上发表了她的《山上的小屋》，这

①　张爱玲：《张爱玲文集》第一卷，安徽文艺出版社 1992 年版，第 194 页。

②　[美] 夏洛特·英尼斯《〈苍老的浮云〉英文版中篇集前言》，收入萧元主编《圣殿的倾圮——残雪之谜》，贵州人民出版社 1993 年版。

③　戴锦华：《残雪：梦魇萦绕的小屋》，《南方文坛》，2005 年第 5 期。

④　残雪：《在幽冥的王国里》附录，封底，引自唐俟《残雪评传》，民族出版社 2000 年版，第 138 页。

冬末早春残雪气息的文字细雨，更结结实实地触目惊心！《山上的小屋》中的"我"，疑惧重重，家中毫无亲情和温暖可言，家里人总惦记"我"的抽屉，急欲窥探"我"的隐私，"我"不停地清理抽屉，可抽屉永生永世也清理不好；母亲的眼"恶狠狠地盯着我的后脑勺"，每夜在井中打捞又打捞不着什么的父亲的眼"是一只熟悉的狼眼"，妹妹的眼则"变成了绿色"；满屋天牛乱飞，就是窗子也"被人用手指捅出数不清的洞眼"。在无数充满嫉恨和敌意的眼的生存空间里，你能不竖起每根汗毛时时处处事事警觉？猜疑、窥视、恐惧、威胁压迫着你、包围着你，山上的小屋又如何？你无处可逃遁。

1986 年《中国》发表了她的六万字小说《黄泥街》，这是怎样的一条街？黄色的尘埃蒙着人影、躺着的老乞丐、黑色的烟灰、死尸、乌鸦、臭水塘、猫尸鸟尸、老鼠咬死了一只猫、蟑螂蛐蛐疯狗、吃蝇子、粪便马桶、垃圾堆下的死婴、喉咙里发出一声雄鸡的啼叫、背上流猪油、夕阳、蝙蝠、金龟子、酢浆草、老屋、烟云般尘埃中隐约跳跃的小蓝花、死鱼般的眼珠、像猿猴般吊在酒店前枯树上的守望者……今年是哪一年？你是不是上头派来的？就是地底下也发出怪异含混的嗡嗡声……是这样的黄泥街！无怪乎美国学者布瑞德·马罗惊叹："残雪拥有这个星球上最灿烂、最生动、最抒情、最精致、最能打动人的幻想力……没有任何读者能够从她那强有力的幻想梦境中挣脱出来而不受伤害，她的作品既是美丽的又是危险的。"[①]

毋庸讳言，读残雪的小说，令人瞠目结舌乃至毛骨悚然，恶心不已。残雪颠覆了人们自欺欺人的所谓安居之地，让你直面空荡荡、糊搭搭、脏兮兮的真实世界。这，不仅仅是一种一反清丽秀美的传统尺度的女性书写，而且是对整个传统审美观念的背叛和挑战。鲁迅曾言："譬如画家，他画蛇，画鳄鱼，画龟，画果子壳，画字纸篓，画垃圾堆，但没有谁画毛毛虫、画癞头疮，画大便，就是一样的道理。"[②] 按常识常理常情，鼻涕、大便、毛毛虫诸类，是不能入画的，也不便入文本。但残雪却没有囿于传统美学所规定的圈，而偏偏带点恶作剧似的把鼻涕、大便、癞头疮、毛毛虫泼墨于字里行间。她像一个野泼的顽童，极其乐于撬开人的心灵和赖以生存的环境的垃圾堆，把它们掀播开来，不仅观见那些五颜六色变异的肮脏物，还让你嗅到那

---

① 残雪：《在幽冥的王国里》附录，封底，引自唐俟：《残雪评传》，民族出版社 2000 年版，第 138 页。

② 鲁迅：《鲁迅全集》第六卷，人民文学出版社 1998 年版，第 598 页。

无法忍受的混合的恶臭。可你掩卷之余，却不得不承认她的作品不仅刺目刺鼻而且更刺心！残雪用她那颗女性敏感细腻的心为我们展示了那个荒诞时代的丑和恶——没有安全、没有归属、没有光明、没有温暖、没有爱，只有猜忌动乱黑暗冷酷和仇恨。

这些灰的色调、怪的形象、丑的感觉、冷的氛围、痛的恐惧，就是人赖以生存的环境——畸形的病态的社会。而人呢，人人都缺乏安全感、行动诡谲、神态乖戾、互相戒备、互相撕咬，以至在梦中都惴惴不安，这是一些精神变态失常者吗？是，又不是。你在惊悚刺心之后，你在震撼于她的夸张荒诞的手法之余，你会说：她写得太真实了。那是我们走过的昨天——疯狂的十年。是的，残雪的作品诚如她这笔名：残雪是孤独的、冷寂的、战栗的、丑陋的、绝望的。然而，残雪之后是春天。残雪笔下的疯狂的十年的描写，其更深层次的象征和隐喻作用，已令伤痕小说不可同日而语。

但是，如果仅仅把审丑意识局限于扭曲的年代，那是不够的。事实上，现实生活中，丑是大于美的，唯美纯美是根本不存在的。而且，有时丑往往反映了事物的本质。正如罗丹所说："自然中认为丑的，往往要比那认为美的更显露出它的'性格'，因为内在真实在愁苦的病容上，在皱蹙秽恶的瘦脸上，在各种畸形与残缺上，比在正常的相貌上更加明显地显现出来。既然只有'性格'的力量才能造成艺术的美，所以常有这样的事：在自然中越是丑的在艺术中越是美。"毕加索也曾经说过："我从来就不知什么是美，那大概是一个最莫名其妙的东西吧？"艺术与文学是相通的，而文学是人学，人，又正如狄德罗所说："说人是一种力量与软弱、光明与盲目、渺小与伟大的复合物，这并不是责难人，而是为人下定义。"况且人还是很矫情的。所以审丑意识不能仅仅停留局限于某一时期中。残雪用她犀利的笔，采用荒诞的手法，对人性恶做了深入细致而全面的挖掘，并把它放大，将其伪装完全撕去，把人灵魂深处的肮脏之物完完全全袒露出来，让人们清醒地认识自身的缺陷，这是极有认识价值和现实意义的。

残雪展露的是人的不能自拔的灵魂。《苍老的浮云》（1985）楮树上的大白花含满了雨水，香气里有股阴沟水的浊味儿，更善无在香气中做着梦；他的老婆慕兰却偷偷地将大白花钩下来，捣烂，煮在菜汤里，喝了整夜打臭屁。隔壁窗户里探出张瘦脸——那是虚汝华，两家做邻居已八年。虚汝华的丈夫老况则在半夜里也"嘣隆嘣隆"吃蚕豆安眠。虚汝华婆婆煞有介事出现。街上的老鞋匠耳朵里长出香桂花。更善无竟然与虚汝华做了相同的梦：梦见暴眼珠的乌龟向他们的房子爬来，暴雨将门前院子冲成泥潭，而乌龟总也爬不出来。虚汝华一次收到扔过来的纸团、装着死雀的信封——"请不要窥视人家的私生活"。更善无还害怕麻老五这滚来滚去的肉团，而麻老五最终被截肢了，坐在破藤椅上对他号叫。当夜，更善无梦见自己赤身裸体倒在荆棘上！虚汝华已将自己封闭了三年零四个月，两个月零二十天没吃任何东西，她梦见父亲在天井里摸索滑溜的墙壁绕圈子，指甲深深地抠进青苔里面，可患白内障的他却觉得自己在沿着一条笔直的、黑暗的通道不断前行。母亲住的老公馆爬满了一种绿色的毛毛虫；纱窗上的破洞，麻雀鱼贯而出；死了的母亲在呻吟，石磨碾碎了母亲的肢体……虚汝华已经变得像干鱼那么薄，胸腔腹腔几乎透明，隐约可见纤细的芦秆密密地排列着。一切不可思议、不能自拔。唉，难怪哲人帕斯卡尔言："人是一根能思想的芦苇"①！

　　长篇小说《突围表演》（1988）和《思想汇报》（1991）中，残雪走得更远。有人竟然在五香街上 X 女士的雪白的墙上用炭笔画了个男性生殖器，X 女士则跳上长条桌，公然对着五香街全体居民演讲两性问题！其实，开场锣鼓早已敲打。五香街上的性文化是人人暗中关注的头等大事，那关系到传宗接代、关系到人的尊严、面子和人格，关系到秩序的维系和巩固。因而保持贞洁又富于性感的寡妇便成了五香街的精神领袖。X 女士自己则每日在屋里脱光像小娃娃一样对镜蹦蹬两小时！轰轰烈烈的恶作剧闹剧由此开场，一片嘈杂，一街混乱。这是怎样的"突围表演"?！思想汇报，这个词组，对于中国四十岁以上的人而言，可说耳熟能详。人，能将自己心灵深处的东西抛出一览无余么？"我"是工业部认定的发明家，可是邻居一是个爱管闲事且不屈不挠的老头，邻居二是个理论家，他认为"我"在衣着上不检点，大不如另一个同行发明家，那人才时髦。于是无聊纠缠无休无止。然而，决定是否来一场彻底的思想汇报且作出策划和部署的竟是一位食客！人的存在的确存在荒谬和无奈，人生是痛苦的，而且这种境况很难彻底改变，因为人性的弱点很难根除，人也难彻底解决心灵矛盾。在短篇小说《天窗》里，一个被家人"全体遗弃"了的火化场烧尸工，他专注的竟是"被死人骨灰养殖的葡萄"的"舞蹈"！

　　西方的卡夫卡在《变形记》、《城堡》、《审判》等名篇中，已用他独创的反传统的审丑意识和技巧，触目惊心地描绘了西方"异化"的政治、家庭和人本身的丑。《变形记》里的小职员萨姆沙突然变成一只使家人都厌恶的大甲虫；《城堡》中的土地丈量员 K 在城堡面前欲进不能，欲退不得；

---

① ［法］帕斯卡尔：《帕斯卡尔思想录》，刘烨译，中国电影出版社 2005 年版。

《审判》中的银行职员约瑟夫·K莫明其妙被捕，又莫明其妙被杀害；卡夫卡寓严峻于荒诞，融深思于幻觉，"他给予人的，不是信心，而是灰心；不是陶醉，而是惊怵；不是温暖，而是凄凉；不是满足，而是幻灭；不是进取，而是沉沦……一句话：不是美，而是丑"①。卡夫卡所描绘的表象世界，貌似平淡、累赘，但始终是摆不脱的梦魇的苦痛，人与人之间无法理解、无法沟通；在现代西方人茫然失措的恐惧心境中，世界的印象便是冷漠、阴沉、荒诞。残雪直言不讳她受到西方现代派的影响。她坦言，她创作最关键最直接的影响是80年代西方文学的引进，不过她也只喜欢卡夫卡、博尔赫斯、贝尔特的《等待戈多》，还有伍尔夫。萨特开始也喜欢，看多了，就觉得一般了；但是，她非常喜欢波伏娃的《第二性》。她说："我从小就喜欢看书，看了很多古典小说。关于现代派文学，因为在中国很少翻译，所以没有机会接触。到了70年代末，中国也终于翻译现代派文学了。但那时我二十七八岁，看了也不太懂。然而，即使不懂也坚持看，大约在三十岁左右，有一天突然有了一种非常亲切的感受，突然理解了。那是一种冲击性的变故，突然感到倘若那样，自己也能写，并且能够用一种与他们完全不同的方式表现出我自己。"② 一位西方评论者感言："中国女人写的这些奇妙的使人困惑的小说，跟同时代的中国文学的现实主义，几乎没有关系。实际上，它们令人想起的是，艾略特的寓言、卡夫卡的妄想、噩梦似的马蒂斯的绘画。"③ 可以说，残雪对现代主义的吸收已经从艺术技巧的借鉴进入到哲学意识的认同层面了。正如学者林丹娅所言："她曾经就是用这种知音级的同好解读了卡夫卡的《城堡》、《审判》等小说，的确令读者领略了作家深入人类灵魂曲折隐晦处'侦探'所带来的泼辣的惊险。也正由于此，我们才在那种状态下接触了常态里所未能接触到的。具体的'细节'在观照生活的层面上焚烧，抽象的'人物'在哲学思考的层面上涅槃，这几乎是残雪所有小说的长跑技巧。"④

　　残雪徜徉在自己精心营造和建构的梦魇般的世界里，绿豆苍蝇、蚊子、死鱼的眼珠、蟑螂、蛇、老鼠、蜈蚣、一窝一窝的蛆，厕所、粪便……敌意是无处不在的眼睛，诅咒如苔藓蔓延，恶毒的梦呓在雨水和潮湿的垃圾中流淌，这是一个让人作呕和窒息的世界，人怎能不孤独不痛苦？残雪对传统精

---

① 刘东：《西方的丑学——感性的多元取向》，四川人民出版社1986年版，第228页。

② 戴锦华：《残雪：梦魇萦绕的小屋》，《南方文坛》2005年第5期。

③ Charlotte Innes，美国《纽约时报》，1989年9月24日。

④ 林丹娅：《在她们与作品之间》，《当代作家评论》2000年第3期。

神的摧毁，对传统的价值、道德观念和理想信念中的劣质东西的无情揭示，对传统审美的反叛，对传统阅读接受者心理期待的解构和破坏，其先锋性超越性中的确具有其危险性。同时，在恶心、痛感的阅读恐惧中，必然有"这是怎样一位女性作家"的追问。

但是，如果人们第一次见着她，会像第一次读她的作品一样目瞪口呆！她是那样的柔弱无助！那样的善良稚拙！单薄苗条的身挑，就像狂风中刚栽下的一株幼树，让人猛醒，这就是"弱不禁风"，且平添怜惜。像婴儿般柔顺的"童发"裹着一张轮廓五官都纤细的女孩的脸，不是涉世未深，而是从未涉世。一双眼，神不见炯炯，力不觉穿透，可正视，可交流，她倒有几分怯怯。像张爱玲一样，她也是极怕见人的，极怕热闹的，她拥有她自己的世界。然而，她绝不拒人于千里之外。又让你吃一惊的是，她的谈锋极健，可她的声音语调又是很形象的淙淙泉水，湘地尾音的湘地泉水，压根没什么咄咄逼人。她是女性的。她的言说是细雨的舞蹈，这种舞蹈，在有的人眼里灵动神秘，而有人觉着是可怖的"恶声"，王蒙则以为："残雪的小说与其说是恶声，不如说是'弱声'，是一纤细的弱者的哀鸣。堆砌小小的可厌的词儿的只能是弱者。"[1] 这对她的言说的定位可谓准确。她也总觉得王蒙身上有她父亲的影子，特别是读了《组织部来的年轻人》之后，就更有这种感觉。当年她的父亲任湖南日报社社长时，四十出头，也被错打成了右派；母亲同被错划为右派，翌年发配到衡山县大浦公社种田。父母其实皆为纯粹的马克思主义者，在什么样的逆境中从不抱怨，从不放弃信念。也许，这种透明纯粹的小环境给残雪提供了一个视点，仿佛跳出了水的鱼，看到了水里鱼的真实，那是眼明心酸的视点。残雪的外婆也是湘地女子，生了 11 个女儿，只活下残雪母亲一个。她像旧时山地里聪慧的老女人一样，喜欢讲古、讲鬼、信迷信，会治病、爱山林，她带大残雪姐妹，也许这种"巫"早已潜移默化于残雪的血液里。残雪小学毕业即失业，在一家街道工厂什么工种都干过。结婚生子后夫妻俩开了家裁缝店。成名许久后，才关了小店。也许，从小瘦弱又特敏感且怕见人的她因为人生的丰富阅历，才对人性深处的东西如此了悟。

也许有人会说，残雪的写作并非女性特质，可残雪自己回答得好："法国的女权主义者克里斯蒂就从女权视角推荐我的两篇作品。我天生中有种独

---

① 残雪：《蚊子与山歌》（王蒙《读〈天堂里的对话〉》，中国文联出版社 2001 年版，第 354 页。

特的个性，这就必定会成为女权主义者。"①

审丑只是审美的艺术手段，审丑的终极归宿是审美。罗丹说过：人须有勇气，丑的也须创造……只有少数人越过墙到另一边去。残雪率先勇敢地跨到了墙的另一边。在对人性"丑"与"恶"的正视和解剖中，将升华为对"美"和"善"的向往和追求，残雪自信地认为，她的作品"通篇充满了光明的照射"，"激起我地创造的是美丽的南方的骄阳。正因为心中有光明，黑暗才成其为黑暗。"

当女人冲决千百年男性中心对女性的规范和防范，拿起了手中的笔进行女性书写，世人即对女性书写有了限制性地审美规范和审美期待，似已溶为女性书写的生物属性，然而，在残雪纤细而灵巧的手中得到彻底地解构和反叛，残雪毫不留情地撕碎人类之丑陋形貌，直揭人性深处阴暗龌龊之心理，以先锋前卫姿态颠覆几千年男性中心社会的审美机制！让人大惊失色却终拍手称快！

学者戴锦华以为："尽管残雪是新时期以来中国女作家中为数甚少的坦承自己是女权主义者的一个，她以自己特有的那种看似鲁莽、实则颇为反讽的口吻写道：中国男性原本是孱弱猥琐的一群。在残雪的作品中，她间或对故事中的女性角色赋予更多的认同与空间，前期出现在残雪作品中的众多女性多少沉缅冥想、同时瑟缩于惊怖，渴望着毁灭、击碎，却更深地隐藏于幽闭之中的特征。"② 又言："或许正是由于残雪对微观政治与权力的彻悟，笔者难于在狭义的女性书写的层面上去阐释残雪。可以说，残雪并非狭义的女性/女权主义者。尽管她在迸发期的惊世骇俗的作品间或是女性的生命体验与独特视角使然。"③

残雪自言："作为处在末世文化中的一名女性，我有可能以特殊的方法来进行最彻底的反叛与突围，有可能进行真正的、全新的创造。"④ "这正是残雪作品原本潜在携带着、间或来自女性生命体验的文化僭越力量。"⑤

①　胡辛：《追求一种特殊的美——残雪访谈录》，《文学报》2000 年 5 月 18 日。

②　戴锦华：《残雪：梦魇萦绕的小屋》，《南方文坛》2005 年第 5 期。

③　同上。

④　残雪：《诗意的痛苦：叩问灵魂》，《江南》1999 年第 1 期，第 53 页。转引自林丹娅《在她们与作品之间》，《当代作家评论》2000 年第 3 期。

⑤　戴锦华：《残雪：梦魇萦绕的小屋》，《南方文坛》2005 年第 5 期。

二　撕碎爱，也撕碎自己

费尔巴哈指出：爱就是成为一个人。那么，人的一生如若没有真正爱过，就没有成为人？可能没有如此绝对，但是，一定是终生大憾。所以，爱情是文学艺术永恒的主题，无论是喜是悲还是悲喜交加，都给人带来永恒的美的享受。

1979年，42岁的张洁以《爱，是不能忘记的》给我们带来伊甸园的清凉和心痛。走过浩劫十年，历尽创伤的心田，依然有着柔软敏感的一隅，撒播爱也承受爱。虚构与纪实交融，那是从血液里潺潺流淌出的诗情与唯美。"世界呀，我爱过了。"钟雨的埋藏在心底的汹涌的最深沉的爱的冲动，让多少老少女人流下了心痛的泪水；而钟雨仰慕的老男人的背影，给了多少在"山重水复"爱之路的女人们以慰藉，终归还有这样高尚又深沉的男人呵。都说四十不惑，惑也不惑？

然而，二十年逝去，背影却消逝了，如若消逝得无影无踪，那留下的也不过是一声叹息；残酷的是，背影转过身来，并且推成特写，让我们看到的是，这一个并不比我们周遭的凡胎肉体高尚和深沉，反之，还多了几分难言的苦涩。

是社会历史性的急遽嬗变？是商品经济大潮卷起了另类价值体系？是我们在得到从未得到的同时又丢弃了不应该丢弃的？抑或作者将自己的理想光环强加于理想对象？是自己的视角失真而非别人改变了模样和心肠？错？错？错？莫。莫。莫。

错误和挫折教训了纯真又善良的女人，告别唯美抒情而走向冷峻的审视，审视别人也审视自己的心。所有的情感都撕扯得粉碎，在撕碎昨日的爱的同时，也撕碎了今日的自己！

其实，1980年代末期，张洁就以《他有什么病》使人瞠目结舌！仿佛一夜之间，从审美翻墙而入审丑且大打出手。机场医院浴室斗室会场，医生胡立川把钱包扔进痰盂而把烟头装进裤袋，身为医学士者却为新娘的处女膜向法院提出诉讼，请病假不上班却终日为人打家具，为救孙子补鞋匠烧了100张大团结，猥琐的"喂"和他的口出狂言的女儿，长期患精神病的被选为省科协主席，提出质疑者竟反被视为神经病……走马灯似的人物来去匆匆，我有病你有病他有病我们大家都有病，正常的反常的，传统道德的逆反的疯狂的愚钝的过敏的痴呆的野蛮的文明的全搅和一起构筑成总体象征的"共时态"的病！夸张变形放大荒诞到给读者以极强的刺激，而作者却是一个冷静的"旁观者",痛定思痛的"局外人"。这样,就把更为犀利尖刻冷峻的矛头直指民族的惰性和国民劣根性。而这种劣根性积淀了深重顽固的"惰力",使之视丑陋凶恶荒诞为自然,从而泰然处之麻木不仁!《他有什么病》则如同一针强刺激的清醒剂,暴露现实人生中习以为常的行为和心理畸变,令人惊骇恐惧出一身冷汗:是梦幻是现实?是荒诞是严酷?而审丑意识的潜在功效,也正在于此。自然,《森林里来的孩子》那如泣如诉的长笛声远逝了,那《谁生活得更美好》、《含羞草》的纯理想主义色彩黯然了,那《爱,是不能忘记的》优雅之至的抒情生硬了,那《方舟》、《祖母绿》的悲壮淡化了,但却让人隐约又分明悟到:沉重的翅膀如何能腾飞?[1]

从此,张洁横下一条心走向审丑的极致,仿佛是一沉到底,从世俗人生中发掘异化和荒诞,剖开了人类天性的卑微、无耻、冷漠、邪恶的本相,为了以毒攻毒,除了淋漓尽致宣泄和抨击外,在语言表达上,则从泼辣尖刻"沦为"粗粝鄙俗,什么"三八"、"嗅了嗅几个臭胳肢窝"、"寻了一番花,问了一番柳",谁说不能登大雅之堂?将对现实人生的否定与批判置于审丑的形态之下。人性太多弱点!人生太多变幻!人,常常难以把握自己。然而宣泄、愤恨,狂怒,又如何?进入20世纪九十年代后,《世界上最疼我的那个人去了》,因为母亲的辞世,她有的更多的是女性生存的无奈和悲凉。

张洁的审美观的嬗变其实是有清晰的过程的,《方舟》无论是对姐妹们形象不得不"男性"化的书写,还是对男性卑鄙性的展示都已见审丑倾向;《祖母绿》是对男性失望乃至绝望的平和的回眸;《红蘑菇》则将处处算计你的高智商的男人进行丑的揭露,女性已在噩梦中疯狂;《无字》,让女性在现实中疯狂。从刻骨铭心的"爱"到锥心蚀骨的"痛",女人将生命燃烧为灰烬。爱过、恨过,仍痛着,又能怎样呢?

爱有多深,恨就有多深,爱恨交织。如若心如止水,还有什么爱恨呢?

审美审丑,一枚硬币的正反面。审美不审丑,其审美必有虚拟性乃至虚假性;审丑意识强烈者,唯美之心是之。

三 把情爱的外衣剥下

如果说,从《爱,是不能忘记的》到《无字》张洁以不顾一切的真挚疯狂颠覆爱情,那么,王安忆的《荒山之恋》、《小城之恋》、《锦绣谷之

---

[1] 胡辛:《当代女小说家的审丑意识》,《江西大学学报》1988年第3期,《高等学校文科学报文摘》1989年第1期转载。

恋》和《岗上的世纪》，这"三恋一岗"，却是对自古至今吟唱的爱情进行荒诞的解构和实质的回归。

王安忆的《荒山之恋》比《小城之恋》下笔要早六年，《荒山之恋》一稿为1980年3月，二稿为1986年4月；不知是慢功出细活的磨炼，还是中间生出了一些什么障碍，《小城之恋》一稿与二稿只相隔22天，可见其决断。其实，《荒山之恋》是一个并不稀罕的婚外恋悲剧，柔弱无主见的大提琴手与泼辣的金谷巷的女儿间的婚外情，在大提琴手妻子的隐忍宽容、金谷巷丈夫凶暴的打击下却没有瓦解，大提琴手跟着金谷巷的女儿，到荒山以死殉情。七天七夜以后，一群度假的学生把一山的野鸟都惊飞了，"在一片草丛里看见了四只交错在一起的脚，于是，便惊弓之鸟似的，大喊大叫奔下了山。"① 结尾若恐怖片，却仍给人爱的荒凉之美感，并未将爱之凄美解构殆尽。

《小城之恋》却完全颠覆了爱情美感，连肉感之美都丝毫未存，代之以丑感。作者以审丑视角叙写小城剧团舞蹈队的"她"与"他"的肉体的相互吸引，拒绝"你是那倾城倾国的貌，我是那多愁多病的身"式的古典搭配，开卷便是"她"与"他"仅两年功夫就练坏了体形成了畸形："她"越练功越肥，"他"越练功越瘦小的。她"一身上下没有肌肉，全是圆肉，没有弹性和力度"，"腿粗，臀圆，膀大，腰圆，大大的出了差错。两个乳房更是高出正常人的一二倍，高高耸着，山峰似的，不像个十四岁的人"；他的"身体不知在什么地方出了问题，不再生长，十八岁的人，却依然是个孩子的形状，只能跳小孩儿舞"。然而，日复一日、月复一月、年复一年，"没有前途"的她们却不得"不间断地练功，是想停也停不了。一旦停了下来，她会越发的圆胖肥硕，而他身上是连一分膘也不敢长的，横里多一分，竖里便更短了一分。他们只有这样苦苦地练下去了。"他们与自己的身体较劲，没完没了、无穷无尽。

若将"她"与"他"的年龄与文本中"多事之秋"比配着推算，故事的时间段约为1970年至1982年。但作者却把时代背景往景深处推，且模糊化；还滤干净了"她"与"他"的社会性，因为丑陋，即便是勤于练功，也与"建功立业"绝缘。

最初是相互身体的"气息"吸引："她"嗅着"他"身上有股西瓜味儿，他则觉得"她"身上有股蒸馍味儿；再是皮肤的吸引："他"白生生

---

① 王安忆：《王安忆自选集》第二卷，作家出版社1996年版，第166页。

的，却布满了蚊子叮后留下的褐色的小疤；"她"黑黝黝的，却光洁得连个针尖大小的斑点都没有。他们相帮着练功，"他"帮"她"开胯，"她"帮"他"拉韧带。等到"他"的"脸上与周身都起着茂盛的青春痘"时，正是"他"用过的塑料桶里残存的颗粒状皮屑引起"她"的厌恶和莫名的躁动；"他"则在帮这如"熟透了的果子"的"她"开胯时，身体的接触引发内心的骚乱，彼此却以不相干的声嘶力竭的吵骂得以宣泄，似乎必经暴风骤雨才有温情的和解，但接下来又是反目为仇的莫名的撕掳，直至舞蹈队的干预强行让他们"手拉手"："他再没像现在这样感觉到她的肉体了，她也再没像现在这样感觉到他的肉体了。手的相握只是触电似的极短促的一瞬，在大家的哄笑中，两人骤然甩开手逃脱了"[1]。但一切周而复始，吵骂—撕掳—平复—吵骂—撕掳……后来，21 岁的"他"好不容易有了个"小红军"的角色，然而"他"的沉重却使全团的男演员无法承受，偏偏在"她"与"他"练功时，"她"承载起"他"！于是他的胸脯感觉到了她厚实的背脊，他的膝头觉出了她努力活动的腰，他的手觉出了她浑圆结实的肩头和粗壮的脖子，他的鼻子觉出了她脑后盘起的发辫的触碰，带着一股浓郁的油汗气息；而她，"那一夜晚的感觉倒是常常在温习她的身体，使她身体生出了无穷的渴望。……莫名的渴念折磨了她，她无法排遣……"

终于出轨了，到了人前，不仅以污秽的语言相骂，而且忘情地肉搏："她的臂交织着他的臂，她的腿交织着他的腿，她的颈交织着他的颈，然后就是紧张而持久的角力，先是她压倒他，后是他压倒她，再是她压倒他，然后还是他压倒她，永远没有胜负，永远没有结果"[2]！他们成了怎么也拉扯不开的两匹交尾的野狗，成了流言中的"分洪闸下打得吱吱叫的男鬼女鬼"！他们为在小城和南下演出的别处小城难以找到交媾之所而焦躁万分！尤其是"她"为在黑夜的河堤、群蚊轰鸣的土屋、乡场的草垛的苟合而羞愧万分，为那一份肮脏的欢情而自惭形秽得想一死了之！

畸形的肉体产生了畸形的爱恋，这爱这恋赤裸裸完完全全由"性"来扭结，他与她的懵懂的近乎动物本能的原始的性冲动是炽热迅猛的，他与她渴求、焦虑、自责、挣扎，却又无法抗拒，于是有了你撕我打的暴力宣泄，有了怨、恨与"爱"的交织，有了无爱的性欲中最后的平静和沉沦。她做了母亲，似乎是母爱浇熄了那多年来折腾"她"的那团欲念的烈焰？她不

---

① 王安忆：《王安忆自选集》第二卷，作家出版社 1996 年版，第 182 页。

② 同上书，第 217 页。

明白她已净化，周遭的人也全然无知。阅读到此的我们却难以平静，仍有一种难以透气的窒息的压迫，那卷尾的宁和只是将你的心掏空，剩下茫茫的荒凉。人说，"他"与"她"是"文革"中扭曲了的人性、扭曲了的爱情、扭曲了的人生。是，但不仅仅是。这无名无姓的"他"与"她"酿就这出小城之恋的漫漫阴影，仍是"存天理、灭人欲"的漫漫阴影？是生之艰难爱之糊涂的寻觅与徘徊迷惘？面对"异化"了的少男少女，要醒悟的东西太多太多。《锦绣谷之恋》又是一出婚外情，没有审丑，写得朦胧恬淡，像庐山常见的来来去去的浓雾淡云一样，很是适合城市里的中年知识分子的心境，无论男女。一个中年女编辑与一个中年男作家在庐山短短的十天里的恋情，是一见钟情？是性的吸引？是情的渴求？应该是两个家庭对日复一日已没有养分的荒凉的熟地的偶尔冲动的背叛而已。

　　"三恋"的恋情都关系到性，王安忆以女性的眼睛沉静地审视婚姻/性爱中的男人与女人，在漫长的男性中心社会里，女人沦为男人泄欲和生育的工具，似永恒地匍匐于男性足下，任其宰割。男性长期居高临下的地位，其集体无意识便始终是以征服女人而获得自我价值确认的，在性方面，更是如此。男性通过女性实现自身的价值，女性因为缺乏独立性而成为性的符号和工具。既要花容月貌、婀娜多姿的身体，又得循规蹈矩、温良贤淑，还必须忠贞不渝、守住贞节。几千年来的传统文化中的女性便在男权价值的刻度中打造，这是男性对女性性别角色的期望、规范和改造，是自以为无数次的谎言终于变成了真实的谎言。王安忆轻而易举地将谎言还原为谎言。"三恋"中无一例外都是阴盛阳衰，皆是女的引导男的走，《锦绣谷之恋》要淡一些，但从叙述重心来看，仍是落到女编辑身上。这是有悖传统的性别秩序的，王安忆正是从性爱的角度解构了传统的性别秩序。在她的笔下，性爱（如果还有爱）中男女角色错位，传统的男女秩序被颠覆了，女性牵引着男性，而且，将男性重新塑造。

　　《岗上的世纪》则走得更远，可谓直奔性主题。《岗上的世纪》中的知青李小琴和生产队长杨绪国，一个为了能招工离开乡村；一个则为了"到嘴的肉哪有不吃之理"？各自怀着赤裸裸的现实利益接近对方，在李小琴眼里，杨绪国是面目模糊的，只是她要用性来达到交换的对象而已；杨绪国则像传统的男人一样"来者不拒，多多益善"。在他们的七天七夜与世隔绝的性生活中，在无休无止的性战争中，性成了她与他的纽带，也成了交换的砝码，恐惧、不安、侥幸和希望在岗上的小屋里起起落落，在实在又具体的两性关系中，李小琴是否如愿以偿？杨绪国又是否能成人之美？这种性交易或曰性游戏关系的确是自私至极、毫无廉耻可言，然而，当"假戏真做"时，却分明有一种原生态的回归、原欲世界的回归，到底包含了人类的基本情感的需要，所谓"食色，性也"。这些都不须作太多的理性的探究和分析，都不重要了，七天七夜，上帝创造世界也只有六天六夜呵！

在"三恋一岗"中，"性不是别的，乃是性本身。作者每每把性视为一种本体、一种存在、一种核心、一种动源来描绘，来审视性本身，看它到底是什么"。① 王安忆并没有过多停留在对"性爱"的渲染上，而是探究并揭开性爱在人类经验里所有的神秘面纱，她笔下女性拥有神秘巨大的性爱能力，扭转乾坤，像情爱一样。性爱更是两性之间的事，女性并非完全处于永恒的被宰割的位置。这样，王安忆将几千年传统社会传统道德传统观念传统美学在性爱上的附加物剥离开来，将几千年男性权威社会施于女性的无数谎言、虚构与话语进行解构，突破了由女性自己表现女性性爱意识的禁区，具有鲜明的先锋性和崇高性，尤其是与张贤亮的《绿化树》、《男人的一半是女人》、贾平凹的《废都》、陈忠实的《白鹿原》等相比，王安忆表现得真诚轻松，手起手落间，解构了男性的神话。

从《雨，沙沙沙》到《小鲍庄》，到《荒山之恋》、《小城之恋》、《锦绣谷之恋》和《岗上的世纪》，王安忆从清纯走向成熟，她自己也说过："我写小说最根本的变化是由自我倾诉到创造存在物的变化。"② 在男性中心历史文本的岁岁年年层层遮蔽之中，女性不过是漂浮模糊又空洞的能指，王安忆的文本如钢戟，戳穿了男性的谎言阳谋。

四　直面玫瑰门的美丑

铁凝与王安忆，一北一南，但创作之起步和变化，却有着相似的路径。都从儿童文学起步，都以清纯唯美起家，都历经了由清浅到深刻的渐变，由审美到审丑的嬗变。

铁凝与王安忆，都自觉以人性视角进行创作，铁凝说过："人性结构的丰富性给文学带来了说不尽的视角，也许我们只找到了万分之一。我们应该力求发现得更好。"③《玫瑰门》第一稿杀青于1987年12月初，1988年7月29日六稿毕。八个月改了六稿，不可谓不勤快。《麦秸垛》（1986）《棉花

---

① 邵建：《从情到欲：还原的实验——论王安忆〈岗上的世纪〉等性爱小说》，《钟山》1989年第4期。

② 引自盛英《中国女性文学新探》，中国文联出版社1999年版，第36页。

③ 同上书，第16页。

垛》（1988）《青草垛》（1995）在玫瑰门前后及中间穿插。

　　"三垛一门"写身体、写性，《哦，香雪》大山褶皱里只停一分钟的小站，用鸡蛋换铅笔盒的香雪上哪去了？《没有纽扣的红衬衫》中小姑娘安然早已混沌不清了，《麦秸垛》里的杨青和沈小凤，一个为情一个为性，为情的难道真的比为性的纯情？《棉花垛》中为娘的米子以性换棉花，为女儿的小臭子一样以性做交易，这里面仅仅是丑与恶？《青草垛》里的大模糊大婶、十三苓既不丑更不恶，为什么青草垛不能给她们以情与爱的庇护？铁凝大胆地从性的角度去展露女性欲望的世界，以自审的深度去考察女性本体生命的冲动和压抑。

　　《玫瑰门》这一题目就有几分野泼几分浪漫，女人生命欲望的具像隐喻？其实，戳起的麦秸垛、新的旧的麦秸垛，摘花时的花海、摘花女倚在肚子上隆起的大棉花包，戳起的青草垛、新的旧的青草垛等等，无一不与性有关，从《玫瑰门》到《青草垛》，玫瑰却变成大模糊了。

　　《玫瑰门》中的三代或四代女人，让人评说最多的是外婆司猗纹，无论是从外孙女眉眉的视角还是从叙述者的视角来看司猗纹，她从大家闺秀到怨女再蜕变成恶妇直至老巫婆式的符号，历经由美到丑，由善至恶的叛逆过程，这期间有抵牾有煎熬有自渎，但其性心理终走向乖谬和反常的变态。铁凝已在文本中明白无误地宣称："在毒水里泡过的司猗纹如同浸润着毒汁的罂粟花在庄家盛开着。从此她不再循规蹈矩、矫揉作态地对待自己，她经常用她那个习惯了的姿势大模大样地把自己劈在床上。她觉得这是世界上最自然的姿势，这姿势有着一种无可畏惧的气势，一种摄人魂魄的恐吓力量，它使那些在做爱时也不忘矫揉作态的预先准备好优美动人姿势的女人黯淡无光了，这种女人也包括了从前的她自己。"① 她是绽放本土的恶之花，玫瑰成了罂粟花。

　　此类恶之花并非专属女性。司猗纹去看被她暗中陷害的同父异母的妹妹时，"眉眉看见姨婆胸膛上满是疤痕，深紫色发亮的皮肤上蜿蜒着皱褶，像人手随便捏起来的棱子。左边的乳房上少了乳头，像肉食店里油亮的小肚。"② 而这惨不忍睹之状是姨婆的亲生儿子业伟干的！姨婆说："业伟为了证明是我诬赖他，也是为了表示跟我划清界限，就把半锅热油泼在了我心口。那天我正打算炸茄荚儿，半锅热油就坐在炉子上。他小时候我不叫奶妈

---

① 铁凝：《铁凝自选集·玫瑰门》，作家出版社1997年版，第208页。

② 同上书，第227页。

喂，都几岁了还叼我的奶头。现在他把它给烫掉了。"① 非常岁月，恶之花遍地开放。

　　竹西则是另一类知识女性"恶之花"。富有性感美的健康的女医生，嫁给灵与肉皆怯懦的庄坦，他性事上的疲软症让丰乳肥臀的竹西深感失落，她捉洋拉子越发凶猛，让那带刺的小东西蜇她、刺她，仿佛在皮肤红肿和痛痒中重新获得人生。"回到家来她流浪着。夜深人静时她侧耳倾听顶棚上老鼠们的奔跑和嬉戏"②。于是她生出要用捕鼠夹歼灭它们的宏大愿望。有一天她逮着一只灰黄皮毛的肥硕老鼠，"发现这是一只即将临盆的母鼠。她没有像往常那样将它扔进院里的垃圾桶，她决定把它割开。她每天都用手术刀割人，男人，女人，老人，小人。人的所有部分她都明悉得如同眼前的茶壶茶碗。如果割人是出于工作需要，像当今所说的'救死扶伤'，那么面对手中的母鼠便是发自内心的欲望，不为别的只是要割"③。于是，她面无表情专注地割着母鼠，书桌上飞溅起深红色血迹，手背上也盛开起血的礼花——庄坦吓得目瞪口呆。"她小心翼翼地找到它的子宫，像眼科主刀大夫解剖人的眼珠那样把它剖开，将胎儿们一个个排列在一张白纸上。那是五六颗嫩粉色的小东西，它们像什么？对，像花生米。"④ 性无能的庄坦何能承受？他终因过度惊吓而死！死在厨房里一只沸腾的小锅前，其实锅里是竹西煮的五香花生米，他把它们当成了母鼠子宫里最初的鼠——"他的意识又分明告诉他，这不仅仅是竹西的切割，这就是他自己本身，就是他和它们正一起在锅里争先恐后地翻滚"⑤！庄坦死后，她与邻居革命大妈的儿子大旗从肉欲的吸引到缔结婚姻，结束无爱的婚姻又与叶北龙交往。一块肥沃的土地却无人耕耘，欲望的不满足衍变为苦闷的流浪和寻找宣泄口，这——解构了传统道德和传统文学视野里的好女人形象，也许，这种不同以往的对女性的认知方式和价值标准还值得探讨，但是毕竟打开了一扇新的窗。

　① 铁凝：《铁凝自选集·玫瑰门》，作家出版社 1997 年版，第 227 页。
　② 同上书，第 279 页。
　③ 同上书，第 280 页。
　④ 同上书，第 280—281 页。
　⑤ 同上书，第 284—285 页。

第四节 生存风景与年轻的心

一 布景后的生存风景

方方的《风景》（1987）被称之为一篇以武汉三镇为背景的，描写市民底层文化心理和尘世沧桑的小说。并指出其"无疑义地使人们明白了改革的必然性和迫切性。"我却以为其旨意并非如此，至少没有这般直露。她以审丑意识表现异化的家庭异化的社会异化的人。不是吗，题记即引波德莱尔诗句为小说破题。小说前后照应。前有："七哥说，生命如同树叶。来去匆匆，春日里的萌芽就是为了秋天里的飘落。"结尾亦强调："七哥说生命如同树叶，所有的生长都是为了死亡。殊路却是同归。"既然如此，七哥的人生哲学是："又何必在乎是不是抢了别人的营养而让自己肥绿肥绿的呢？"文本展示和阐释的正是如是风景，就像七哥北京大学同窗苏北佬说的"换一种活法"。"七哥说怎么活？苏北佬说干那些能够改变你的命运的事情，不要选择手段和方式。七哥说得下狠心是么？苏北佬说每天晚上去想你曾有过的一切痛苦，去想人们对你低微的地位而投出的蔑视的目光，去想你的子孙后代还将沿着你走过的路在社会的底层艰难跋涉。"① 苏北佬娶了身患骨癌的女清洁工，半年不到她离世了，苏北佬却赢得了他所要的新的活法——"她给苏北佬带来的花环却依然栩栩如生大放异彩"。《风景》的主人公（如果有的话）七哥在娘胎即受贱视，出生于 13 平米的小破屋里儿女像猪狗一样挤着，他只能睡在床底下。辱骂作贱殴打伴随着他。下放到山村患梦游症的他孤零零就是一棵鬼。但码头工人的后代和"鬼"的恐怖让山村急急地推荐他上了北大。是苏北佬让他顿悟：不能再寂然活着，必须去寻找和创造捷径的机缘。他抛弃教授的女儿，穷追一没有生育能力且比他大 8 岁的高干女儿，"七哥觉得把情欲看得很重是低能动物的水平"，"七哥的目的在于进入上层社会，做叱咤风云的人物，做世界瞩目的人物，做一呼百应的人物。七哥想将他的穷根全部斩断埋葬，让命运完整地翻一个身。七哥想拯救自己。"② 从此七哥从体态到心态与前相比都判若两人。家里人对他，嘴脸也起了或巨大或细微的变化。七哥却依然感到孤独、畏烦、恶心甚至恐惧。

---

① 方方：《风景》，《当代作家》1987 年第 5 期。
② 同上。

"七哥说谁是好人谁是坏人直到死都是无法判清的。七哥说你把这个世界连同它本身都看透了之后你才会弄清你该有个什么样的活法。① 他难道看透了吗？即便风景，不也是变幻无穷才是最美丽的吗？

在叙事手法上方方率先将故事叙述人"我"定为"鬼"——仅在人世活了15天的小八子，埋在他们家板壁屋子的窗下——只是冷静而恒久地去看山下那变幻无穷的最美丽的风景。当然，13平米河南棚子里的动静亦尽入眼底耳中，所以，此全知视角并不同于传统的全知视角。在叙事策略的选择上方方大胆解构了对无产阶级先锋人物形象的塑造，代代为血性码头工人的家庭，却充溢着贫穷肮脏、专横粗野、卑鄙无耻、毫无人性与温情！父亲是老码头工人，"打起自己的妻子和儿女像喝酒一样频繁且兴奋"。但视"读书"为大敌却又能在关键时刻见义勇为。母亲淫荡又坚贞："跟男人说话老使出一股子风骚劲。她扭腰肢的时候屁股也一摆一摆的像只想下蛋的母鸡。母亲的眼光很独特。从那里面射出来的光能让全世界的男人神魂颠倒。"大哥与邻居大嫂通奸，竟为母亲所炫耀。二哥苦恋失恋最后自杀。三哥对女人持顽固的变态地恨。四哥是哑巴。五哥六哥这对孪生兄弟自小是一对坏种。打架骂人偷盗玩女孩无恶不作。直到各自娶了老婆添了儿子才走上正轨，五哥是建筑队的泥瓦工，六哥是运输公司汽车修理工，后下海也成了万元户。小香大香则狼狈为奸以折磨七哥为乐事，大香的丈夫是个木匠，生了三个儿子；小香嫁了个无业游民，只因生了个女儿，竟被丈夫卖到河南，逃回家乡后嫁了个菜农，有一女二子。她俩最终要巴结七哥，叙姐弟之情！《风景》读来很不轻松，满纸荒唐事，欲哭却无泪。同一屋檐下，巴掌大的地方，血缘亲的父母兄弟姐妹之间竟然充满了弱肉强食的恶斗，恨不得你吃了我，我吞了你！更不消说家门外的社会了！灰心、惊怵、凄凉、幻灭、沉沦，都有一点。当然，七哥小时和够够的友情，二哥对教授儿子杨朗一家的崇拜追慕乃至对杨朗的偏执的爱，是小说中温馨的柔光，可够够被火车碾死，"铁轨纠缠一起又分离开来，蜿蜒着扭曲着延伸向远方。七哥不知道它从何处而来又将指向何处。七哥常想他自己便是这铁轨般的命运。"文革毁了一切，二哥割腕自杀时留下的最后一句话："不是死，是爱……"，尽管杨朗亦不过是用贞操换生存的并非圣洁的女人，但仍有凄美之感。在生存丑态的夸张描绘中，甚至从"小畜生对老畜生的感情"中，从"没火车叫他是睡不着觉"，"住楼房沾不到地气人要短寿"等情状话语中，我们还是读

① 方方：《风景》，《当代作家》1987年第5期。

到人们对人世间爱地执著追求。在小八子这阴魂冷漠地叙述的结尾，却有如火如荼地感叹："我知道我再也不可能和父亲母亲一起了。二十多个幸福的岁月，我享受到了无比无比多而热烈的亲情之爱。那温暖的土层包裹着我弱小的身躯。开放在这热土之上的一串红火一般的艳丽。火车雄壮地隆隆而过，那播洒的光芒雪亮地照耀父亲的小屋。很难想象没有父亲这小屋会是什么样子。"① 仅仅是反讽吗？在沉重的感喟中有着温抚的同情更有深刻的鞭挞，终究还给了人温暖、信心、希望和进取。

三年后，同居武汉的池莉的《你是一条河》与《风景》可谓并蒂"恶"之花，她们都将笔触伸向腌臜却肥厚的底层土壤，只是方方的立意高雅但笔力粗略了一些，池莉从母性切入且细腻些，也就讨巧些。30 岁就成了寡妇的辣辣也是"恶之花"，她既用生命、性和血维系众多儿女地存活，又对儿女非打即骂，施行种种虐待；她既是泼妇恶妇，又分明是烈女孝妇；既体现了女性承受灾难的坚忍顽强，又折射出她依然是男权社会的牺牲品乃至共谋者，其形象真实而丰富，变幻却可测。

方方的《风景》显示了女性写作的创造力，驾驭人物群像及其生存背景的气魄和智慧，这似得益于她在上世纪七十年代当过码头装卸工的不平常的生活阅历，但这只是细枝末节，关键的就像斯妤所言："女性的直觉有多么敏锐，女性的颖悟有多么充沛，女性的意志有多么坚定；女性的思维，当她们思索起来，将多么深入浅出，直抵本质；而女性的想象力、创造力一旦迸发出来，又是多么丰饶而绮丽。"②

而斯妤自己"翻墙"本领亦好生了得。在散文领域妙笔生花的她，1993 后翻越到小说创作，而且出手不凡。她的中篇小说《出售哈欠的女人》（1995）可看成是寓言体小说，也可看成荒诞小说或当今的穿越剧。

从前有个女人，又长又瘦状若鸵鸟，没名没钱，没过去没未来，在山乡间也许活了三百年，她什么都不会，连天的哈欠也打了三百年，她就像梦一样模糊，像风一样飘忽不定。可一不小心迷路来到了城市，遇到了一个男人，她含糊其辞地管他叫"呜喂"，而他误听成她叫"冯美友"。于是这个鬼男人别出心裁，控制她开了个"出售哈欠"的公司。居然大受欢迎。心生嫉妒的某公司财务女总管阿明在购买哈欠后，竟然无暇嫉妒了；第三师范学院的美女林老师哈欠连天后居然抵挡了老男人领导的纠缠；而第三个购买

① 方方：《风景》，《当代作家》1987 年第 5 期。
② 斯妤：《作为另类》，《当代人》1998 年第 9 期。

哈欠的女人是"本世纪最后十年中国大地上最卑贱也最自得的女人之一"小蝉，原名秋芳，她用哈欠恢复了她赚钱的工具——性功能！哈欠还可遥控对手的荣辱沉浮！前四个购买哈欠的皆为女性，可谓都市商业社会中不同层面女性生存状态的多方位解剖，直逼社会弊端人性之恶，深挖奥妙无穷的生命科学。在巨额利润滚滚而来的高峰状态中，贪欲永远填不满的鬼男人打鬼主意将女人售给某大公司，而他作为哈欠女人的老板得利50万元。谁知懵懂愚蠢、混沌无知的哈欠女人却来了个颠覆，她也掌握了城市世界的游戏规则：曾经受控于他的她，转换成指挥并控制鬼男人的女老板了，她卖掉了他！当鬼男人孜孜以求的东西她都拥有了时，她却不快乐："晚上，万籁俱寂时，出售哈欠的女人开始回想往事。古老的记忆像水一样漫上她的心头。两百年，三百年以来的情景突然历历在目。那种像水一样流淌滚动的感觉于刹那间弥漫了她的五脏六腑。她觉得惬意极了，美妙极了。她很奇怪这种妙不可言的感觉竟然是久违了的，竟然已经好久不曾出现了。"① 她终于将钱呀首饰呀这些身外之物全抛弃，"身着破棉败絮的冯美友最后念叨了一遍'冯美友'这个无意中得到的名字，并以此作为和这个她误入、盘桓了十来个月的城市告别，然后，她再次和衣躺到床上。这回，她可不是在做出售哈欠的生意了，她要做一次深长的睡眠。她希望经过这次绵长醇厚的睡眠，一觉醒来，她已经回到她的出生之地，回到她那可以如水一样流淌滚动的故乡了。"② 而与此同时，鬼男人和冯姓保镖却正在为钱呀首饰呀像两只野狗般撕咬得难解难分。斯妤自觉的女性意识融会进对人生荒诞与人性荒谬的审丑思考中，嘲谑怪诞中见凌厉深刻，平铺直叙中有着充沛的想象和张力，令人震撼。然而，如此理想的结局，恰恰是作者的一相情愿，此理想只是一种想象，乃至幻想，折射出女性对现实的逃避，对现实世界的无能为力。物欲横流的商业社会中，面对利欲，女人与男人不会有太大的不同。

二　恶丑之花烂漫绽放

90年代还有一批更年轻的女作家以其各自独特的先锋面孔，将男性精英传统文化各个解构，她们贯注新鲜血液于恶之花中，她们似游戏般轻松自如地便翻到墙的另一边，其审丑现象很是夺人眼球。

徐坤的《女娲》除了名为女娲之外，通篇无一处说到女娲。难道说李

①　斯妤：《出售哈欠的女人》，《作家》1995年第8期。

②　同上。

玉儿便象征着那造人的女娲？像，也不像。李玉儿确实如同生育机器，一年年造人不已；但李玉儿的卑贱、屈辱、无奈和不必隐讳的"丑"与"恶"，似应与女娲绝缘。女娲者，乃世人心目中伟大高尚的人类之母也！李玉儿是对女娲形象的解构？徐坤自己就认为李玉儿这一母亲形象在于"来解构一部生生不息的民族历史"。

　　徐坤，其文如人，才华横溢、纵横捭阖，那倾泻而出的机智与幽默让你忍俊不禁，甚至捧腹大笑。她的作品一反女性柔弱之特征，嬉笑怒骂、调侃风趣，妙趣横生，以游戏化的方式更多的是对男性传统文化和所谓精英权威形象的解构，给人的视觉以巨大的冲击力。她绝不是女人写女人的专门干活，她写男人们，可真叫写绝了。比"女人写写女人"更显露出女性主义的锋芒。

　　《先锋》中"呈前卫状、做先锋科的"的"废墟画主们"，"是一群没有行过割礼，或割过以后又顽强再生"者，"裆里的活儿给焐得一阵一阵地发炎"。画家撒旦的作品《存在》——一个四方形的巨大的金属画框，被捧为"先锋"之作，成为"国家特一级先锋画家"，没想到时过境迁，没了显眼的位置，《存在》也就失去了存在的意义，撒旦背着《存在》从凡俗尘世到空门修行又被拉回俗世，于十年后以《存在》改制《活着》，制造出后卫后先锋高潮，但这"鸡巴玩意儿"终于飞了出去，被一个下夜班回家的人捡到，内侧边缘刻了两行小的字迹："我要以我断代的形式，撰写一部美术编年史"，拾者百思不得其解，终于把它改造成为洗衣机和电冰箱的托架，还因此获得专利发明奖。《梵歌》中王晓明博士振振有词地说道："历史，历史是什么？历史就是卢舍那大佛嘴里的两颗虎牙，我想安就安，说拔就拔"，就这般写出的历史电视剧会是怎样的呢？《热狗》中的理论家是那么自命不凡，但亦不过拜倒在女演员"小鹅儿"的石榴裙下，为小鹅儿写真集写评论吹捧，到头来不过是被"小鹅儿"玩了一把……徐坤文本中所展开的光怪陆离的男性文化世界里，知识分子不无迷乱的状态、在现实世界中找不着自己位置的尴尬处境，乱糟糟、闹哄哄，辛辣、尖锐、荒诞，又不乏幽默和"喜剧感"。

　　这，恰如王蒙的评价："这是又一代作家。比我们'后'多了。当然比夏衍、冰心、巴金、曹禺更'后'多了"。她"描写的对象是硕士博士研究员教授……在徐坤的《白话》里，九十年代的上山下乡不再是正剧也不是悲剧，不再是讽刺型的喜剧，只剩下了调侃，彼此彼此，无悲无喜。她的《先锋》与《斯人》等写尽了一代学子又想往前追又没有多少本钱，又想出人头地又找不到门路，又想'领导世界新潮流'又举步维艰一锅稀粥……想这想那一事无成的尴尬处境"。徐坤"虽为女流，堪称大'侃'；虽然年轻，实为老辣；虽为学人，直把学问玩弄于股掌之上；虽为新秀，写起来满不论（读吝），论起来云山雾罩天昏地暗，如入无人之境。"① 这是因为"当男性不断地在绿茵场和边境线上疯狂较量他们的膂力，并在一切有女观众列席的场合不停地运用他们所学到的书本知识进行'主义'与'易主'的斗嘴论争的时候，对人类精神沉思冥想的读书写作活动真的就只成为'三两个女人的事了'。女性以其边缘人的旁观者姿态，厕身于现实的躁动与喧嚣之外，用其理性的警醒和智慧的清冽，不断地给竞技场上表演的人们投以冷眼与热哄，同时也更加执着、深沉地考究有关这个世界人类生存的形而上学之谜。"② 陈染笔端的黛二小姐是那样纤弱典雅，可一样语不惊人死不休。她的目光则将现实生存一一穿透，同性女友的情感实质是一种极端危险的力量，而天下所有的男人呢，她也"去粗取精"得只剩下"一枝填满火药的枪"！何处有爱？一切的一切都洞穿，剩下的只有绝望的孤独。

这些年轻女作家在修辞上已积淀了反传统的审美经验，她们的审丑与残雪的恶心感窒息感不同，如王蒙先生指出的，她们的题名，如《白话》、《猫知道》、《尼主》、《一条名叫人剩的狗》、《招安，招安，招甚鸟安》、《另一只耳朵的敲击声》、《假想的心爱者在禁中守望》、《时光与牢笼》、《秃头女走不出来的九月》、《麦穗女与守寡人》、《凡墙都是门》等等，怪怪的，但能咀嚼出哲理性。《嘴唇里的阳光》大胆炽烈，原来爱的气息也像阳光一样亮堂温暖，蕴涵着独特的女性经验。许多女作家文本中女主人公的名字也"超凡脱俗"：撒旦、鸡皮、鸭皮、屁特、巫女、秃头女、麦穗女、守寡人，邸红、多米、七叶、二帕、嘟噜、羽、金乌、若木、玄溟等等，仿佛要将以往文本中和现实生活中的凡俗名字一刀了断，标新立异于世间。

尽管女作家们以风卷残云般的气势，在内容与形式上对传统美学进行颠覆和解构，恶之花跨世纪绚烂绽放，但必须看到的是，女作家们的审丑并非完全彻底的解构消解，"意思是在揭出病苦，引起疗救的注意"③，其精神走向始终没有脱离责任、人道、真诚和爱等人文精神内核。

究竟怎样定义人？难道人真的一半是天使、一半是野兽？真的是一个矛

① 王蒙：《后的以后是小说》（《热狗》序），徐坤：《热狗》，中国华侨出版社1996年版。

② 徐坤：《双调夜行船——九十年代的女性写作》，山西教育出版社1999年版，第57页。

③ 鲁迅：《鲁迅全集》第四卷，人民文学出版社1998年版，第512页。

盾的复合体？人性中存在着真与假、善与恶、美与丑，即便不从哲学的层面去考量，就是人自身在成长处世中难道不常为此而纠结吗？从文学艺术层面来看，有时候，丑往往比美更能反映事物的本质，"审丑者在与'丑'相遇的瞬间，产生的并不是'物我同一'的体验境界，而是一种要'物我越加分离'的冲动。'丑的厌弃'，是在审丑者一下不能进行这种分离而必须正视之时产生的情绪和心理乃至生理的波动——这种波动的特点是：审丑者清清楚楚地意识到'自我'的在场，而且就是'自我'的一种感受。"① 因而，文学家艺术家应该有勇气从审美翻越到墙的另一面审丑。

　　没有勇气翻过墙到另一边去的文学艺术家们怕只能停留在一元的单向度的唯美的狭圈中孤芳自赏了，而加强审丑意识，至少为自己从感性和理性方面都拓展了多元化审美视阈。值得欣慰的是，当代女小说家们正在纷纷进行这种大胆而成功的"翻越"，这是当代女小说家日臻成熟的标志之一。因而对当代女小说家的审丑意识作审慎的思辨，对其文本作追踪的评述，把二元化的世界激烈冲突积淀于自身，借此建构充满冲力的主体性，由有限向无限上升，少点柔弱，多点刚强，这也是女性在苦难中的挣扎、抗争、超脱乃至升华的一条路径。她们不仅超越了自己，也超越了历史。这些作品把对人生对情感的深邃的思索上升到哲学的高度，同时又为自己在形式和结构上都有所创造，丰富了艺术内涵，给文本赋予了经久不衰的象征性和寓言性。戴锦华指出："女性在今日文化中遭遇的是镜城情境，在男性文化之镜中，她要么是花木兰化妆成男人，要么就是在男性之镜中照出男人需求的种种女人形象，是巫，是妖，是贞女，是大地母亲。只有在女性自身体验的忠实写作中，才能打破所有镜子，让它成为哈哈镜。"②

　　无论是审美抑或审丑，可贵的女性写作亦如黑夜里河道上点燃的航标灯，稀稀落落、影影绰绰，却硬是给了黑夜里摸索前行的寂寞女性以温暖。

　　当代女作家群代代相涌，以觉醒的生命意识去叩击聆听女性生命之门，以文化探险的勇气和智慧去探索女性生命的奥秘，去挖掘女性生命的潜质潜能。从爱情、婚姻、家庭、事业的永恒母题到新女性谱系的建立到姐妹情谊的发掘，到躯体写作的惊世骇俗，到女性审丑意识绽开的恶之花……女性写作在不再空白之页上直逼女性生命的源头、岁月流程和终极意义。

　　当代女作家的作品也绝非等同于"产房、卧房、厨房"的絮絮叨叨，

① 吴炫：《否定主义美学的可说性语言》，《求是学刊》2000 年第 3 期。
② 戴锦华：《镜城突围——女性·电影·文学》，作家出版社 1995 年版，第 173 页。

但是，生孩子依旧可以理直气壮地宣称：绝非小事！一些女性作品亦磅礴豪迈得像上了男人们驾驭的乘风破浪的船，但是否会让人频频回首那越来越渺茫的家园？什么时候，女人能颇有实力地宣告：我是人，和男人一样的人。做到从女人到人的超越，已然将千百年的女性歧视女性自卑傲然踩于脚下？或许亦只不过是种过敏性的自尊，掩饰着并没有消逝的自卑？女人们决不甘女性的声音淹没于男性的话语中，她们当仁不让地"如何在主流文化的框架结构中，发出我们特别的声音，使之成为主体文化的大'合唱'里的一声强有力的'独唱'，……这将是一个最人文主义的、最全人类的问题。"①

男女都一样，不会是遥远的梦，但也决不会已成了现实。还是女人写写女人吧。福克纳曾说过："文学要比人们想的简单得多，因为可写的东西非常之少。所有感人的事物都是人类历史中永恒的东西，都已经有人写过。如果一个人写得很努力，很真诚，很谦恭，而且下定决心永远、永远、永远不感到满足，他会重复这些感人的东西，因为，文学艺术像贫困一样会自己照料自己，会跟人分享面包的。"②

这一点，男女绝对都一样。

---

① 陈染、萧钢：《另一扇开启的门》，《花城》1996年第2期。
② 参见陶洁《论雅俗共赏的福克纳年会》。

第九章

中国电影中的女性与女性电影

1924 年，匈牙利电影理论家贝拉·巴拉兹指出，电影重新唤起人类"看的精神"——"纯粹通过视觉来体验事件、性格、感情、情绪，甚至思想"，使"人又重新变得可见了"。①

电影洞开了一扇扇重现世界的窗口，似乎留住了那原本"一去不复返"的时空！这一扇扇窗口为有限生命的人类丰富了自然和物质世界的图景，更重要的是，电影让人们看到了人的内心，无论是编导的揣摩、演员的表现抑或观众的观看和感悟，将以往的"过眼烟云"凝固成流动的永恒。

而自从电影诞生以来，女性形象已成为银幕上常看常新永看不厌的一道道亮丽风景。法国著名导演特吕弗说："电影是女性的艺术。"② 当是充满了善意的赞美之词。

的确，回眸百年银幕，多姿多彩的女性形象给人们留下了难以忘怀的印象和追思。谁能忘却《魂断蓝桥》、《乱世佳人》中的费雯丽，嘉宝与《瑞典皇后》，奥黛丽·赫本与《罗马假日》，英格丽·褒曼与《卡萨布兰卡》……好莱坞的女明星就是夜空中璀璨星星让人们仰望赞叹。而没有女性形象的电影寥寥无几，《阿拉伯的劳伦斯》、《撒哈拉大沙漠》、《沙漠追匪记》等成功影片屈指可数。诚如冰心所说：世界上若没有女人，这世界至少少了十分之五的"真"，十分之六的"善"，十分之七的"美"。③ 然而，自母权制被颠覆以来，女性在男性中心社会里一直处于从属地位，男权话语一统天下，女性没有话语权，女性的生存没有历史，女人没有真相，何以能在电影银幕上统领风骚，成为百年"主角"？电影中的女性形象究竟在多大程度上还原了女性生存的真相？关于女性的表述又能有几分真实？

---

① ［匈］贝拉·巴拉兹：《电影美学》，中国电影出版社 1986 年版，第 26 页。

② ［法］特吕弗语，引自张广昆《中国男导演眼中的女性形象——谢晋、凌子风、白沉、张艺谋创作比较谈》，《电影艺术》1993 年第 6 期。

③ 冰心：《关于女人》后记，天地出版社 1943 年版。

很少有人去专注执著地思考这个问题，电影的商业性娱乐性让人们在"看"中得到快感和满足就行了。直到 1973 年，女权主义电影批评家劳拉·穆尔维发表《视觉快感与叙事性电影》一文，人们似乎才从熟视无睹中猛醒：所谓好莱坞经典电影，其实是通过女性的银幕影像地制造，有力地维护了男性社会的秩序，使女性永远处于从属的"被看"的被动位置上。[①]

似石破天惊，将人们熟视无睹之观影现状一针见血地戳穿。

虽然克拉考尔也认为："明星是根据需要定做出来的。要解释他对观众的魔力，就必须承认那是因为他的银幕形象满足了当时很普遍的某些愿望——跟他所表现的或暗示的生活方式有联系的某些愿望。"[②]

但是，男性与女性的视角毕竟不同。劳拉·穆尔维是从女性的视角去思考，她认为："在一个由性的不平衡所安排的世界中，看的快感分裂为主动的/男性和被动的/女性。起决定性作用的男人的眼光把他的幻想投射到照此风格化的女人形体上。女人在她们那传统的裸露癖角色中同时被人看和被展示，她们的外貌被编码成强烈的视觉和色情感染力，从而能够把她们说成是具有被看性的内涵。"[③]

"好莱坞风格（包括一切处于它的影响范围之内的电影）的魔力充其量不过是来自它对视觉快感的那种技巧娴熟和令人心满意足地控制。"[④] 好莱坞的视觉快感模式和叙事成规，即是为了将女性形象永置于"被看"的位置，满足观众，尤其是男性观众"看"的本能欲望，这种控制形成了视觉秩序。也许，这种批评方法不无偏激，但你得承认不无道理。

固然，谁也不可能处于绝对的看或被看的位置。人活在世上，无时无处都处于看与被看中，恰如卞之琳的《断章》所言："你站在桥上看风景/看风景的人在楼上看你/明月装饰了你的窗子/你装饰了别人的梦。"但关键是看与被看的心理姿态，是平视、仰视还是俯视？这折射出是平等对视、敬重崇拜还是轻蔑猎奇。

还有，关键的关键是：几千年来的男性中心社会已剥夺毁灭了女性"看"的本能！女性习惯于"被看"的位置。如果说"几千年来，妇女都好

---

① 汪流：《中外影视大辞典》，中国广播电视出版社 2001 年版，第 40 页。

② ［德］齐格弗里德·克拉考尔：《电影的本性——物质世界的复原》，邵牧君译，中国电影出版社 1981 年版，第 127 页。

③ ［美］劳拉·穆尔维：《视觉快感与叙事性电影》，周传基译，引自李恒基、杨远婴主编《外国电影理论文选》，上海文艺出版社 1995 年版，第 567—568 页。

④ 同上书，第 564 页。

像是用来作镜子的，有那种不可思议的微妙力量能把男人的影子反射成原来的两倍大。"① 那么，偶尔僭越抬眼的女性，在男性这面镜子中，瞥见的是自己模糊而渺小的身影，那绝对不止缩小两倍。社会生活中的女性长期生活在男权社会显性隐性的"看"的目光下，种种的清规戒律把女性牢牢锁住，从呱呱坠地起便在男性铸造的框架中忍气吞声、小心翼翼地成长，变成男性社会所期待的女人。波伏娃的《第二性》喊出："女性不是天生的，而是生成的。"② 男女两性固然在先天的生理方面有着不可逾越的差异，但是，女人成为"第二性"，是男性主宰女性顺从的后天"教化"而成，就像龚自珍《病梅馆记》中的"病梅"一样。

在女性成长的历程中，"被看"是一种尴尬，亦是一种可悲的"幸运"，是形成她们整体性格的内驱力。没有"被看"，女性将作为一个"○"的形象被压迫到真正的无，不留下一丝痕迹。而有了"被看"，她们给看者的印象将成为她们一生成败祸福的缘由，当然，自古红颜多薄命，红颜祸水，女性又成为男人们亡国丧家的借口和他们历史罪证的挡箭牌。女性生活在看者的目光中，女性的命运也掌控在看者的手掌心里。"她承受视线，她迎合男性的欲望，指称他的欲望"。③ 于是，她们丧失了自我，有的只是给看者的欲望的需求。这就是千百年来女性成长生存的真相。天长日久，一代一代又一代，女性对此似乎早已习焉不察了。但电影银幕的出现，在光电的聚焦下，这种被看地位被无情地突显出来，女性们的被看更是无处遁逃了。

"主流电影的实体，以及电影在其中有意识地演变的成规，描绘了一个密封的世界，它无视观众的存在，魔术般地展现出来，为他们创造了一种隔离感，并且激发他们的窥淫的幻想。此外，观众厅中的黑暗（它也把观众们隔绝开来）和银幕上移动的光影图案的耀眼光亮之间的极端对比，也有助于促进单独窥淫的幻觉。虽然影片确实是放映出来准备给人看的，但是放映的条件和叙事的成规给观众一种幻觉，仿佛是在看一个隐秘的世界。"④

是的，在电影院这一黑漆漆的空间，一排排的观众仍有隔离感和安全感，每个人的目光都对准闪亮的银幕，从银幕上所看到的女性形象被编码成

---

① ［英］弗吉尼亚·伍尔夫：《一间自己的屋子》，文化生活出版社 1947 年版，第 143 页。

② ［法］西蒙娜·德·波伏娃：《第二性》，陶铁柱译，中国书籍出版社 1998 年版，第 309 页。

③ ［美］劳拉·穆尔维：《视觉快感与叙事性电影》，周传基译，引自李恒基、杨远婴主编《外国电影理论文选》，上海文艺出版社 1995 年版，第 568 页。

④ 同上书，第 565—566 页。

强烈的视觉和色情感染力，极具被看性的内涵。一黑一亮的环境，又激发了观众的窥视的欲望，把他的幻想投射到照此风格化的女人形体上，电影成就了男性的白日梦。银幕上的女性形象便成了男性欲望的被看对象，成了众多男性目光的欲望对象；而女性形象，本身只是一个空洞的能指符号，一个永恒的客体。

父权社会的集体无意识就这样结构了电影的形态。

第一节　性别视角中看与被看的风景

一　伦理整合家庭重建的女性符码

毛泽东在《湖南农民运动考察报告》中指出："中国的男子，普遍要受三种有系统的权力的支配，即：（一）由一国、一省、一县以至一乡的国家系统（政权）；（二）由宗祠、支祠以至家长的家族系统（族权）；（三）由阎罗天子、城隍庙王以至土地菩萨的阴间系统，以及由玉皇大帝以至各种神怪的神仙系统——总称之为鬼神系统（神权）。至于女子，除受上述三种权力的支配以外，还受男子的支配（夫权）。这四种权力——政权、族权、神权、夫权，代表了全部封建宗法的思想和制度，是束缚中国人民特别是农民的四条极大的绳索。"[1]

杰克·贝尔登在《中国震撼世界》中也写道："三千年来，中国的政治权力始终与对妇女的控制有着密切的关系。……中国宗法社会也植根于家长的地位，以及它作为物质财产源泉的妇女的占有……妇女当奴隶，成为私有财产和统治阶级传宗接代工具的地位，不仅对总的中国社会，甚至国家结构，下至农村、上至朝廷，都产生了影响。……中国妇女的地位低下，不仅给妇女本身带来可怕的结果，同时也造成社会上人与人之间各方面的关系遭到破坏……"[2]　处于社会最底层的女性，诚如戴锦华所说："女性在我们这个社会中，从古至今是处在被看的位置上"[3]，"女人仅仅是男人文化、心

① 毛泽东：《毛泽东选集》第 1 卷，人民出版社 1960 年版。

② ［美］杰克·贝尔登：《中国震撼世界》，引自周晓明《中国现代电影文学史》，高等教育出版社 1987 年版，第 215 页。

③ 戴锦华：《犹在镜中——戴锦华访谈录》，知识出版社 1999 年版，第 199 页。

理、生理，或者说男性目光的对象，一个永恒的客体"。①

　　中国电影又何能逃出好莱坞的视觉快感模式和叙事成规？如果说诞生于1905 年的中国第一部电影《定军山》，是没有女性的舞台，但有"商人之先觉者"② 之称的任庆泰（字景丰），他最初考虑的仍是商业经营。很快，由小麻姑扮演的《纺棉花》（1908）搬上银幕，接下来，梅兰芳主演的《春香闹学》（1920）、《天女散花》（1920）中的人间天上的"女性"形象夺人眼球，可以说无声电影时代的电影经营者多为纯粹的商业运作，以盈利为最终目的。女性形象伴随着商业运作自然而然地出现于银幕，当然，其中也不排斥融汇着男性电影人对女性的同情和声援。

　　1913 年中国民族电影事业的开拓者郑正秋、张石川导演的第一部短故事片《难夫难妻》，是中国故事片摄制的开端，首开家庭伦理剧之先河。"从媒人的撮合起，经过种种繁文缛节，直到把互不相识的一对男女送入洞房为止。"③ 角色皆由男性扮演。同年，曾在上海经营过亚细亚影业公司的美国人布拉斯基出资并提供技术，由在香港"人我镜"剧社的黎民伟以华美影片公司的名义拍摄的短片《庄子试妻》中，黎民伟的妻子严珊珊在剧中饰演了配角"扇坟"的使女，成为中国第一个现身银幕的女性。如果说《难夫难妻》只不过初具家庭伦理剧的雏形，那么，历经《黑籍冤魂》（1916）中一个家庭在鸦片的毒害下由兴到衰的悲憾、《劳工之爱情》（又名《掷果缘》，1922）一对年轻男女向家长争取爱情的喜闹，再到《孤儿救祖记》（1923）中一个家族十年的变迁，已发展成为典型的家庭伦理剧。剧中女主角余蔚如的饰演者王汉伦成为中国银幕第一个女主角演员，也成了大众眼里认同的"贤媳／良母"形象。余蔚如在夫亡的悲痛中，又受人中伤离间，被公公逐出家门，忍辱负重生下遗腹子余璞，含辛茹苦十年培养儿子成才，最后还救了公公性命和家产，最后真相大白，以大团圆结局。

　　《玉梨魂》（1924 年郑正秋改编，张石川、徐琥导演）改编自鸳鸯蝴蝶派鼻祖徐枕亚的同名长篇小说，小说中，"发乎情、止乎礼"的年轻寡妇白梨影因郁郁寡欢而亡，何梦霞的新妇也难产而死。电影却有着光明的结局：书生何梦霞投笔从戎、离家出走，梨娘死后，何梦霞新妇筠倩带着梨娘的遗

　　① 戴锦华：《犹在镜中——戴锦华访谈录》，知识出版社 1999 年版，第 199 页。

　　② 《北京电影事业之发达》，《电影周刊》第 1 号，1921 年北京出版；引自李少白《影史榷略——电影历史及理论续集》，文化艺术出版社 2003 年版，第 258 页。

　　③ 钱化佛口述：《亚细亚戏公司的成立始末》，引自程季华《中国电影发展史》，中国电影出版社 1963 年版，第 18 页。

书和孤儿千里迢迢寻找夫君，两人终相拥和好。《歌女红牡丹》（1931年洪深编剧 张石川导演 胡蝶主演）中京剧女艺人红牡丹对无赖丈夫的折磨虐待忍气吞声，丈夫卖女儿失手杀人被关进监狱后，红牡丹仍想方设法救他出狱！精诚所至，金石为开。她的丈夫终于被感动了。

白梨影、筠倩也好，余蔚如、红牡丹也罢，她们的隐忍，她们的忍辱负重，都是为了丈夫、为了儿子，为了家族，一言以蔽之，为了男性，为了男性社会而活着，才能活出个样儿，善始方有个善终。这些银幕之花，再现了代表男性铸造的传统妇女观的女性总体形象。在男权统治的社会下，她们无一能逃离悲剧的人生命运。悲苦无着，孤立无助，她们的历尽磨难修成正果，绝非强者，而是灵魂的弱者。女性沦为男性的附庸，是男性中心社会手中的女性木偶，是按照男性话语方式、男性道德范式、男性审美标准，约束、规范、扭曲出来的第二性，否则便无立锥之地，女性仍是无足轻重的、被忽视的，是真正的缺席者。

纵览横观近百年的中国家庭伦理剧，已然成了中国电影乃至今日电视剧一以贯之的重要类型剧。在中国早期电影的家庭伦理片中，女性多是苦情中的悲剧旦角，是伦理整合家庭重建的符码。通过伦理地再次整合、家的重新建立，稳固了危机中的社会秩序；即便涉猎爱情，亦通过青年男女伦理地结合，完成了秩序的延续。同时，以塑造和强化女性的悲苦形象来赚取观众同情的眼泪而获得票房号召，也是中国早期电影不言而喻地叙事和商业策略。女性身体和精神的双重悲苦被展示在银幕上，在男性欲望和部分女性漠然地观看下，成为流泪的风景、叹息的对象。

二　男性援助中的女性放逐与逃离

1925年，由南星影片公司的谢采真自编自导自演了一部电影故事片《孤雏悲声》，谢采真成了中国电影史上第一位女导演，为女性与电影的真正结缘揭开了序幕。同年，长城画片公司摄制的故事片《爱情的玩偶》上映，该片的编剧濮舜卿是导演侯曜之妻，她成了中国第一位电影女剧作家。

遗憾的是，1949年前的中国电影中女性导演、编剧仅此而已，在中国第一代、第二代中寥若晨星，实属凤毛麟角。女摄影师更是百年空缺。女性在电影领域，除了银幕之花大放异彩，其他的仍处于边缘位置，难以与男性抗衡。那么，中国男导演镜头中的女性形象能超越男性视角么？西蒙娜·德·波伏娃曾引用17世纪一个不出名的女权主义者普兰·德·拉·巴雷的话："男人写的所有有关女人的书都值得怀疑，因为他们既是法官，又是诉讼当事人。"① 所以，西方女权主义者认为，任何男性作家对女性命运的叙述，客观上都不能超越其男性的视角，那么，中国男导演镜头中的女性形象能超越男性视角么？应该是亦不容乐观的。但同时必须承认的是，对中国女性深受社会与家庭压迫和折磨的生存困境，不少进步男导演是真诚同情的，他们深恶痛绝恶势力，深情呼唤"新女性"的诞生。然而，由于性别的隔膜加上多灾多难的民族所处的社会环境，三四十年代中国电影中的女性形象很快与反帝反封建等重要社会历史问题融合一处，在强调女性视角的同时实际上又放弃了女性视角的强调。从左翼电影《三个摩登女性》、《女神》、《新女性》、《丽人行》等皆可见一斑。

1933 年，《三个摩登的女性》（田汉编剧　卜万苍导演）由联华公司出品，吹响了左翼电影运动第一声号角。影片叙述"九一八"事变后，东北姑娘周淑贞偕老母从沦陷区逃难来到上海，她那从未谋面的未婚夫已逃婚出走。周淑贞到沪后自强自立，做了一名电话接线员。在"一·二八"上海抗日前线救护工作中，她不畏艰险一马当先抢救伤员，偶遇一男明星，才知晓正是"逃婚"出走的未婚夫张榆。而此时小有名气的张榆，已经历了两个"摩登女性"的情感纠葛。一个是热情女性虞玉，不想转眼已成富翁妇，实是一追求享乐的堕落的资产阶级女性；另一影迷陈若英，则殉情自杀，实是一爱情至上、空虚绝望的小资产阶级女性而已。张榆面前的周淑贞，自食其力，理智、勇敢，在罢工斗争中，张榆终于与周淑贞走到了一起。田汉以周淑贞为新女性样板——只有像周淑贞这样自立自强，"才是当代最摩登的女性"。

然而，1934 年蔡楚生执导的《新女性》，却给了"此路不通"的回答，留给人们的是"天绝人之路"的悲憾。片中的女主角韦明是一个受过高等教育、追求独立自主的新女性。她违抗"女性是弱者"的传统定律，要自己主宰自己的命运。追求自由婚姻，却应了始乱终弃，留下女儿这一苦果；独立谋生，却因抗拒好色奸商而遭到学校的解雇；洁身自好，却为救重病女儿不得不"卖身"，恰恰落到色狼奸商手中，再次抗拒，招来的是小报记者的造谣中伤！上下求索、屡屡抗争，却不得不以屡战屡败而告终。无路可走，只有自杀！从最初清坚决绝的抗争到绝望再到生命最后的呼喊："我要活——"是一个新女性对社会地血泪控诉。该片上映后，居然引起小报记者的聚众抗议，真是荒唐又可怖。更令人可怖的是，片中韦明的经历和结局，很快成为阮玲玉人生结局的预演！这个被称为"中国的嘉宝"的伟大的女演员，重蹈韦明的覆辙，于 1935 年"三八"节服毒自杀，结束了她年仅 25 岁的年轻生命，留下"人言可畏"之遗言。无论剧内剧外，女性的抗争、沦落和绝望实际象征了"新女性"一样逃离不了"被放逐"的悲惨命运。"似乎在这一类电影中，在可以被看作为中国女性主义话语的目标与超越性别特殊性的某种统摄一切的、宏大的、国家的、集体斗争的语言两者之间有着一种含混（ambiguity）和令人不安的张力。"①

　　歌女红牡丹的遭际，女教师韦明的悲剧，与三十年代电影明星阮玲玉、周璇等的人生真相交错交融，难解难分。即便有所谓进步男性的援助，也只不过是纸上谈兵而已。

　　"新女性"尚且如此，更不用说《神女》（1934 年吴永刚编导）中为了儿子的妓女、《小玩意》里做玩具的叶秀秀大嫂和《马路天使》里的歌女小红、妓女小云等生活底层之女性了。

　　《丽人行》（田汉编剧　陈鲤庭导演）呈现给观众的是又一组"三位丽人"，恰如片头字幕所言："田汉先生塑造三个摩登女性，她们身世不同、生活悬殊，仿佛互不相干，可是她们呼吸在同一时代，分担着中国妇女的重重困难，并且承当着一个民族的劫运。"故事发生在 1941 年，苦难的时代。当想做太太而不得的若英、遭日寇强暴又被丈夫误会的女工金妹想走绝路时，女革命者李新群来到她们的身边，向她们伸出了救助之手，三丽人终坚强地挽起臂膀，面对冷酷的现实。

　　然而，这种姐妹情谊又能如何？再加上男女爱情又能如何？君不见《十字街头》（1937 年沈西苓导演）结局一行年轻男女手挽手在十字街头激情徘徊？

　　女性，依旧没有同盟。

　　阮玲玉和她所饰演的电影角色已然成为中国现代女性的象征。这是个真实的答案，在男性虚拟的援助中，女性依旧遭受放逐的命运，无处逃离！

三　男性者终究难以超越男性视点

　　视角即聚焦，"聚焦就是视觉与被'看见'被感知的东西之间的

---

①　鲁晓鹏：《中国电影史中的社会性别、现代性、国家主义》，《民族艺术》2000 年第 1 期。

关系"。① 按照热拉尔·热奈特的观点，视角分析的是决定投影方向——即通过选择或不选择一个限制性"视点"调节信息的人物是谁的问题。②

第二代导演蔡楚生和费穆可以说是中国电影史上的两座至今也难以逾越的高峰，蔡楚生的《一江春水向东流》和费穆的《小城之春》这两部电影作品历经岁月长河地淘洗，愈显现其永不褪色的光华。但他们超越了男性视点吗？

《一江春水向东流》（1947 年蔡楚生、郑君里编导）由联华影艺社和昆仑影业公司出品，主演有陶金、白杨、吴茵、舒绣文和上官云珠等。

故事发生在抗日战争岁月。上海纱厂夜校青年教师张忠良与善良的女工素芬相恋结婚，儿子出生于"芦沟桥事变"，取名抗生。日寇进犯上海时，张忠良积极抗日，参加救护队，并奉命撤出上海，这一别竟是八年离乱！历经九死一生的张忠良来到重庆，生存无着，竟拜倒在坏女人王丽珍的脚下，自此，灵魂腐败堕落，醉生梦死。而素芬母子与婆婆这祖孙三代从上海逃难到乡下，公公被日寇吊死，叔叔离乡抗日，三人又辗转回上海，历尽生死折磨。居棚屋，婆母跌伤脚，素芬去给人帮佣，儿子做报童，但仍在苦难中等待胜利的一天。这一天来到后，张忠良做接收大员回沪，却住进汉奸温经理的公馆，且将温太太作为秘密"接收夫人"。等到在温公馆为王丽珍接风的酒会上，在温家帮佣的素芬看见了——离别八年的丈夫！张忠良也认出了素芬！王丽珍大吵大闹大撒其泼，并寻死觅活，素芬还能怎样呢？即便张母和儿子站在张忠良面前，他也回不到从前了。伤心欲绝的素芬奔跑到黄浦江边，儿子抗生追到了她，可是，她还是把儿子支开，纵身跳了黄浦江！留下的是儿子撕心裂肺的哭喊声，婆母也赶到了，只有哭着喊：天啦，这世道还有没有公道啊——张忠良也来到了江边，可是，他又能怎么样呢？江边停着的小轿车上，王丽珍无情地按响了催命的喇叭……无尽的江水滔滔流去，江面上重又回荡起那悲怆的歌声：问君能有几多愁，恰似一江春水向东流……

《一江春水向东流》是名副其实的悲怆史诗，其中八年抗战大背景地铺垫和渲染很是到位，富有浓烈的纪录色彩。素芬一家的悲欢离合镶嵌其中，其磅礴雄浑之气势与细腻曲折家庭变迁浑然一体。这部电影被称为由家庭伦

① ［荷］米克·巴尔：《叙述学：虚实理论导引》，谭君强译，中国社会科学出版 1995 年版，第 114 页。

② ［法］热拉尔·热奈特：《叙述话语 新叙述话语》，王文融译，中国社会科学出版社 1990 年版，第 126 页。

理剧走向了社会剧的升华，由一个家庭的遭际折射出"八年离乱"和"天亮前后"社会各阶层之状态，震撼了千万观众的心田。蔡楚生毕竟深得第一代编导郑正秋之真传，学于郑又高于郑，将社会问题、个人遭际、荣耀毁辱、情感变异与家庭伦理道德、人性的温暖或沉沦结合，以此替代形而上的思考和批判的电影叙事，是很符合中国民众传统的观赏习惯和审美期待的，因而具有很强的煽情效果。《一江春水向东流》刚在上海上映，便出现了"成千上万的人引颈翘望，成千上万的人涌进了戏院的大门"①的沸腾景象，从 1947 年 10 月到次年 1 月，连映 3 个多月，继《渔光曲》（1934 蔡楚生编导）之后，再次掀起社会热潮，创造了国产影片卖座的最高奇迹。当时官方的"文化运动委员会"也授予这部影片 1947 年度"中正文化奖"电影奖金牌。

但是，这部史诗作品仍是难以超越的男性视点。在艰难的非常岁月，弱女子素芬的肩头，毅然决然地扛起了国难家仇的重担，她能面对日寇的令人发指的暴行活下去，能挺直腰杆解决衣食无着的困窘活下去，能在狂风暴雨中独自支撑上有老下有小的破屋活下去，这本是柔弱女性的"强硬"写照，但是，面对负心丈夫的背叛，却如此不堪一击，只有一死了之？为什么？难道说八年腥风血雨中，全是这个男人"每当月圆的时候，我就在想着你"（张忠良台词）这句话给了她无穷的力量？显然，太夸大了这份"爱情"，或曰男人的作用。况且，她的儿子抗生还十分懂事，还需要她这片绿荫。但悲剧结局势在必然，这是"被看"聚焦之需要——好女人理当"殉道"，也可美其名曰：悲剧，是把有价值的东西撕毁给人们看。美丽、善良、忠贞、坚韧、完美的素芬应该是节烈"殉道"的。导演和观众都不去思考素芬自杀的动机可靠否？值不值？有无意义？电影文本的意义何在？被看的焦点再度落在吞噬了素芬女子的一江春水上，不尽江水承载着女人的千古悠悠之愁与恨。

反过来，王丽珍这个交际花女人就坏得很彻底了，引诱霸占了别人的丈夫，非得闹出人命还不善罢甘休，这么狠、毒、恶，令人发指。真应了"世上最毒妇人心"这句话了。

于是，在一个好得完美的女性符号和一个坏得彻底的女性符号之间的男主角张忠良，就有了逃遁之所。他之所以堕落，与社会，与这个坏女人王丽珍分不开；况且他对素芬，还有"愧疚"之意，甚至还有点难弃难舍之意，

①　蔡洪声：《创造奇迹的大师——简析蔡楚生的创作道路》，《当代电影》2004 第 4 期。

看他那万不得已的焦头烂额的模样，只是奈何不了这个坏女人王丽珍！一个堕落腐败的男人形象就这样解脱了被万众唾骂的窘境。谁也不去追究他人性中的罪恶因子在怎样的土壤里萌生，以致走上堕落、腐败，且不认妻儿和白发老娘的不归之路的。伟大的蔡楚生也难以完全超越男性视点。

1948 年，费穆导演了《小城之春》。今天，《小城之春》仍以其清新隽永的民族风格博得电影人极高的评价和赞赏，半个世纪后，田壮壮重拍《小城之春》（2002），可看作是对前辈费穆的致敬。

《小城之春》讲述的是抗战结束后的江南小城的故事，一幕"发乎情而止乎礼"的不浓不淡的情感悲剧，这在中国尤其在非常岁月中是常遭遇的，自古至今，因为战乱、变故、谋生等缘由而离散，使有情人生离如死别，待到数年乃至数十年后的邂逅，真个是如梦如幻，亦真亦假。已经失去的爱能否失而复得？抑或再遭遇一次重创？谁知道呢。费穆"化腐朽为神奇"，镜头聚焦死水一般的小城死水一般的戴家，当春风吹绿野草杂树时，医生章志忱的出现犹如一石击破水中天，他既是戴礼言的同窗，又是玉纹失散的初恋之人！戴礼言与玉纹的夫妻情、玉纹与志忱的旧爱新生、妹妹戴秀对志忱的爱慕等纠葛一处，于无声处听春雷，有的是灵魂深处的苦苦挣扎，而没有谁对谁错的判决。费穆以娴熟的电影语言对人物内心深处的痛捕捉准确、深刻而细腻；对画面则以中国传统美学进行写意处理，古老的城墙、破败的小庭院、灰色的书屋中，却有着虽杂乱却生机不死的杂花乱草，有着娇柔挺拔的兰花和小盆景，有着波光粼粼河面上的泛舟；黑夜的压抑感与释放感，月光的柔媚与冷漠；长时值的摇移镜头与丰富的景深镜头相得益彰；人物内心的激烈冲突，演员形态动作的沉稳缓慢等等，营造了"古老中国的灰色情绪"，构成了对人物心境的象征，从而表达了那个时代知识分子面对抉择的煎熬苦痛和无从选择。从影片开始时出现的老城墙到片尾的老城墙，这种好莱坞式的叙事结构和镜头语言上的封闭型的循环，从终点又回到了起点，是人性的徒劳地苦苦挣扎。被称为诗情电影，当之无愧。

但是，在这里要说的是，影片仍然是男性视点，何故？影片的最大冲突发生在戴秀生日之夜，志忱和玉纹借酒消愁，酒酣人醉，旧情难抑。这一夜，恰因警报而熄灯，在这个小城的无灯之夜，外在世界全隐遁了，只有心灵与心灵的对话。是酒醉的玉纹主动到志忱住的书房中，主动倾诉了自己的情感；而章志忱，不仅坐怀不乱，而且坚拒了玉纹的爱，这让玉纹伤心却又深感内疚。这样的处理，既不合情更不合理，玉纹善良温存，一直默默承受死水般的生活，她并不是一个大胆勇猛的女性，况且毕竟身为人妻人嫂！主动的应该是单身医生章志忱，走南闯北，沉稳细心，从他一边婉拒戴秀的追求，一边尽量让戴家欢快，便足以见他城府之深、爱玉纹至深，导演却硬要把酒醋的他处理成清醒的抵御者，真是作秀，真是败笔，这是导演的男性视点使然。为了使这个进退维谷的男人保持完美的君子形象，不惜让善良无助的玉纹疯狂一把，仿佛果真"荡妇有节烈一刻，贞女亦有淫荡一瞬"似的。

劳拉·穆尔维说："电影为女人的被看开阔了通往奇观本身的途径。电影的编码利用作为控制时间维度的电影（剪辑、叙事）和作为控制空间维度的电影（距离的变化、剪辑）之间的张力，创造了一种目光、一个世界和一个对象，因而制造了一个按欲望剪裁的幻觉。"①

倒是《太太万岁》（1947 年张爱玲编剧 桑弧导演）是一部从女性视点出发的喜剧电影。无他，因为编剧是女作家张爱玲。

太太陈思珍，可谓八面玲珑，事事乖巧，丈夫、婆婆、娘家，仿佛是她人生中看不见硝烟的战场。丈夫懒惰、娇气、无用，却又自视极高，太太陈思珍看在眼里放到心里，对外却处处替丈夫遮掩还吹嘘不已；婆婆骄横、独断专行，其实遇事又无主见，太太陈思珍心知肚明，不仅不顶撞反抗，反而事事顺着婆母，讨其欢心；娘家吝啬无比、父亲视钱如命，她又岂能不知？但太太陈思珍却硬是心甘情愿替娘家撑足面子。在太太陈思珍的斡旋下，悭吝的父亲终于拿出一笔钱来资助女婿办了一家公司，也是时来运转，丈夫居然发财了，太太陈思珍总该过上几天舒心的日子吧，哪知丈夫一阔脸就变，竟然与一个年轻的交际花混在一起！太太陈思珍这回可是忍无可忍了，她一面打散这对野鸳鸯，一面决心与丈夫离婚。可就在此时，她的丈夫生意赔了老本！面对霜打的茄子般的他，太太陈思珍又能怎样呢？她到底下不了这个"离"的决心，只得再帮丈夫了！这样的太太，你说她中庸之哲学、处世之圆熟，忍辱负重、顾全大局，未免太抬举了她；说她虚伪、狡诈，成天戴着面具，算计别人还算计自己？这未免太冤枉了她。你说她的内心能不苦痛？她的情感能不在这些大大小小地咬噬中变得千疮百孔？她的生命就这样一寸寸地磨蚀，这样的太太，能不喊一声"万岁"？这是喜剧，喜剧中却让人发出说不清道不明、模糊又清晰的一声叹息。

女人的心事，到底是女人懂得。

"当妇女作为作家进入创作表现过程时，她们也就进入了一个用特殊方

---

① ［美］劳拉·穆尔维：《视觉快感与叙事性电影》，周传基译，引自李恒基、杨远婴主编《外国电影理论文选》，上海文艺出版社 1995 年版，第 575 页。

法铭刻妇女神话的历史。"① 信然。

纵览 1949 年前中国电影中的女性和创造这些女性形象的女明星,与劳拉·穆尔维解析好莱坞女性形象和女明星被当作景观置于观看的中心位置相比较,情况要好得多,因为毕竟有左翼电影的巨浪翻腾,但即使如此,也很难超越男性视点。其风靡一时的女明星阮玲玉、胡蝶、徐来,陈燕燕、王人美、袁美云等,她们形象的打造是通过被动性的被观看,以形象各异的类型化、装饰时尚化、银幕内外真真假假的绯闻等建构而成,她们各自拥有众多的"追星族",既成就了票房,又在某种程度上成了男性欲望的指称。作为客体满足着男性看的欲望。作为银幕上被表达与被隐瞒的对象,她们仍然是无言无奈的。

第二节　子非鱼,焉知鱼之苦乐?

一　奏响时代最强音的女性

1949 年 10 月 1 日,毛泽东在天安门城楼向全世界庄严宣告:中华人民共和国成立了!从此,中国人民站起来了。在翻身的锣鼓和欢快的秧歌中,中国女性倍感激越和骄傲,因为几千年以来,女性蜷缩于历史的地表下,即使是五四惊雷让她们浮出历史地表,也很难与男性比肩而立。而今,站起来了的中国女性,在社会主义建设高潮中,纷纷走出家庭,社会不再拒绝女性,女性与男性一样,享有同工同酬的生产、劳动权利,在创造物质财富的生产实践中,女性成为自食其力的劳动者,在消解性别中女性获得了一定的经济权,这是女性自立自信自爱自强的独立基础,没有经济基础,一切均为空中楼阁,可望而不可即。经济独立是女性权利、女性价值得到保障和实现的基础。毋庸置疑,这是新中国以消解性别解放女性的重要表征,"迄今为止,中国仍是妇女解放程度最高,女性享有最多的权利与自由的国度之一"②。

同时,中国电影出现了崭新现象:女性形象在男导演的电影中以不同于

---

① 〔英〕朱丽亚·斯温蒂斯:《维多利亚时代中写作和工作妇女》,剑桥大学,1985;引自范志忠《寻找被逐者的精神家园——试论新时期中国女性电影的文化意蕴》,《当代电影》1994 年第 6 期。

② 戴锦华:《雾中风景》,北京大学出版社 2000 年版,第 89 页。

以往银幕女性而奏响了时代的最强音。

《白毛女》中的喜儿（田华饰）比《渔光曲》里的小猫（王人美饰）遭遇的苦难要深重得多，其性格也坚韧得多，并获得了解救；《南征北战》中的女村长赵玉敏（张瑞芳饰）、《渡江侦察记》中的刘四姐（李修君饰）比起老版《花木兰》，已脱下了乔装男性的战袍，呈现"不爱红妆爱武装"的女革命者形象；《青春之歌》中的林道静（谢芳饰）走出了《新女性》韦明（阮玲玉饰）的困境死境，在革命的洗礼中脱胎换骨；《李双双》中李双双（张瑞芳饰）爽朗的笑声取代了《小玩意》里叶秀秀大嫂（阮玲玉饰）凄厉的哭喊；《沙家浜》中的阿庆嫂（洪霞飞饰）智斗胡传魁和刁德一，《杜鹃山》中的柯湘（杨春霞饰）改造土匪成革命队伍，好生了得……这些银幕之花，新鲜强健，英姿勃发，让人耳目一新。这是自 1949 年—1979 年这段特定的历史段落中，男导演镜头中女性形象、女性叙事的重要表征，但是，我们还要看到的是，随着时间的推移，银幕女性从表象到实质呈现着愈演愈烈的中性化、阳刚化、男性化的趋向。如果说在《白毛女》的女性叙事中尚有被欺凌的喜儿怀孕症状，有她为逃脱黄世仁的谋害躲到山里，在风雨中产下死婴的悲惨画面，伴随着复仇的歌声撼人心魄，那么此后的电影，生育、经期、哺乳期等女性独特的性别特征和生命体验基本绝缘于银幕，仿佛成了羞于启齿的不健康的东西；两性之情也日趋淡化，到了八大样板戏电影中，女性形象基本上是"孤家寡人"，有家庭者也绝对"不谈爱情"。

性别被消解了，女性、男性一个样。然而，消解性别并不等于获得了真正的性别认同。只强调男女都一样，而不强调男女还有不一样的一面，这依然是对女性性别特征的漠视乃至抹杀。回溯历史，早在"五四"知识精英的现代认同中，女性解放便与男性主体的民族国家话语纠结一处，男性的现代性认同与对女性的性别想象处于历史同构性。女性解放中的公共性被凸显，而"女性"则被忽略。所谓银幕之花并非本质存在的实在女性主体，而是作为男性价值对象的客体。1949 年后的男导演镜头对女性的叙事愈演愈烈，彰显的仍是女性意识与国家思想相交融的一面，男女都一样，实际上是女性失去了自己独有的性别表征性别意识，这也是男性视角对女性解放的另一个极端标准。女性只能集体服膺在象征男性力量的符码下，处处以男性为参照系、为楷模重塑自己，成为男性主体的话语资源和阐释空间。中国女性以牺牲性别意识为代价走出家庭走向社会与男性并肩而立，在参与"男主外"的同时仍然肩负"女主内"的传统重担，其踉踉跄跄追赶着早走了千年的男性，能追上吗？女性并没有与男性一样拥有同样的天空，更没有在同一地平线上开始携手并进的新的历史征程。

二　"圣女"与大地之母

解放后众多的中国男导演中，没有谁像谢晋那样，始终为银幕女性倾注了真诚和崇敬！

谢晋是伟大的，他从中国第二代导演的视阈中走出，成为第三代导演的中流砥柱，横亘第三、四、五代导演的黄金岁月，且与孙子辈第六代共享阳光。如此旺盛的创作精力和绵延力，让人叹为观止。如果说蔡楚生深得郑正秋伦理剧之真传，且升华为社会剧，那么，"50 年代之后继承郑正秋、蔡楚生这一电影传统的代表人物，当数谢晋"①。的确，中国电影史中，电影大师代代传承、彼此交相辉映。谢晋继往开来，将家庭伦理情节剧的类型模式投放到大时代大政治背景中，从家庭的变异折射出时代的主旋律；这种"政治伦理片"的谢晋模式得到官方和民间的认可与欢迎，遂成为正统的中国电影主流类型。其女性叙事多以博大的爱化解政治的沉重苦难，其女性形象不分城乡老少，无论文化高低，多闪烁女性、特别是母性之光，与道德之光融合为精神之光。谢晋很可能从未涉猎女性主义理论，但是，他的电影却纷纷演绎了女性主义理论的几大母题：独立意识、母女关系、姐妹情谊，更不要说爱情、婚姻、家庭的关系了。

《女篮五号》（1957）是一部饶有情趣别具一格的体育片。为国争光打篮球，新旧社会两重天。影片的主角是女篮五号林小洁，但是故事的主体是教练田振华（刘琼饰）与小洁母亲林洁（秦怡饰）的悲欢离合。如果说女篮五号的成长故事动人，田振华在赛场内外的爱国主义精神撼人，那么林洁对田振华的不变的爱的光辉却有着另一种温暖。作为配角的林洁戏份不多，年轻时与田振华的相拥，被父亲——崇洋媚外的球队老板活活拆散的苦痛，被迫嫁作商人妇受尽欺凌，抱着襁褓中的女儿雨中出走，别离二十年后在空旷的球场看台上，田振华终再握林洁之手，两人相拥，恰被闯进的小洁看见，她高兴又害羞地咬起了手帕。不多的画面却使观众无不为之动容。林洁的女性之光使小洁的亮度黯然不少。那个时代编导对田振华与林洁的爱情处理是很干净的：田振华一直独身，在他的培养下女篮五号林小洁茁壮成长，球技进步，还改正了一些个人主义思想，小洁对田教练似有一种特别依恋的

① 罗艺军：《我的同路人》，引自杨远婴主编《华语电影十导演》，浙江摄影出版社 2000 年版，第 43 页。

父女之情——但是，他绝非小洁的生父！通过回叙才知道，解放前田教练是一名出色的篮球主力队员，在一次与外国球队的比赛中，对老外奴颜婢膝的球队老板要田振华主动输球，田振华不为老板地威胁利诱所动，为祖国的荣誉打争气球，球打赢了，却被老板指示的黑社会毒打成重伤，还强行拆散了他与林洁这对恋人，自此天各一方。小洁由母亲林洁独自抚养成人。影片的母女情深温馨细腻，而历经磨难的田振华不仅得到了不是血缘却胜似血缘的女儿的爱，还找回了当年的初恋。好女人终究是事业男性休憩的宁静港湾，哪怕姗姗来迟。体育片的爱情也还是以政治/伦理为内核的。

20 世纪 60 年代，"不忘阶级苦、牢记血泪仇"，"忘记过去就意味着背叛"，"念念不忘阶级斗争"、反修防修提到了"天天讲、月月讲、年年讲"的日程上。《红色娘子军》（1961）高奏的是时代的主旋律。可看作一部经典教材，其意义与解放初期的《白毛女》一样重大。影片展示了苦难岁月里奴隶女性吴琼花翻身求解放的历程和思想的升华。被南霸天关进水牢的丫头吴琼花（祝希娟饰），不屈不挠，一次次逃跑，一次次受尽折磨，但她仍发誓：打不死就要跑！在被化妆成富侨商的洪常青（王心刚饰）解救后，在洪的指引下投身革命，参加了海南岛红色娘子军。洪常青正是娘子军连的党代表，琼花后成为侦察队中的一员。她对他的感恩之情中潜藏对异性的崇敬和爱慕，但在那个时代，为了人物形象的纯洁性和高尚性，她与他之间只是很纯净的同志情，虽然在洪常青壮烈牺牲的那场戏中，琼花的情感像火山一般爆发。历经血与火考验的琼花最终成为娘子军连新的党代表，这也可以说是对洪常青的纪念：挥泪继承烈士志，誓将遗愿化宏图。这部电影如同主题歌所唱："向前进向前进，战士的责任重，妇女的冤仇深。古有花木兰，替父去从军；今有娘子军，扛枪为人民。"铁骨铮铮的花木兰式的女英雄成为一代人所崇敬的对象。但影片同样涉及女性主义的母题：独立意识、姐妹情谊等，只是"阶级斗争"、"革命道路"遮蔽了琼花生存、反抗以及娘子军连姐妹关系的女性视点而已。

《舞台姐妹》（1965）从片名来看，就是姐妹情谊的主题。越剧是中国戏剧中的璀璨之花，京剧中男饰女、女亦饰男，男饰男、女饰女也很普遍；唯有越剧，一度绝对地清一色女性演员，剧中所有角色，不分男女老少，都由女演员装扮，是民间姐妹情谊团结的需求，是强烈的独立女性意识的张扬，还是为了"票房"，个中意义，值得探究。《舞台姐妹》中的春花（谢芳饰）和月红（曹银娣饰）是一对原本患难之交的越剧小姐妹，月红父亲邢素梅——她俩的师傅告诫她们"认认真真做事、清清白白做人"，但在成长的道路上因各自的追求而分道扬镳。春花跟着党走，公演《祥林嫂》；月红则沦为唐老板太太，又被抛弃。解放后，春花找回月红，这对舞台姐妹又歌唱于江南水乡。非常有意思的是，编导在这部影片中将启发春花走上革命之路者安排为女记者江波，合理合情，无瑕可击。但是，解放前舞台姐妹的"决裂"却不合情理。邢素梅邢月红父女俩是挣扎于社会底层的"处处无家处处家、年年难唱年年唱"的戏班子人，而且极富正义感，父女俩曾不顾一切搭救逃跑童养媳春花；而当恶霸倪三企图抢走月红时，是春花奋不顾身拼死相救，以致自己被警察抓住绑在大石桥头带枷示众；月红又唱戏筹钱去救春花，跪在关帝庙前唱化缘戏时被地痞的铜钱砸得满脸鲜血；当邢素梅含恨去世后，这对没有血缘的姐妹被班主相逼去大上海无偿唱戏还债……这对舞台姐妹在受恶霸、地痞、警察、班主的欺凌中一直生死与共，真是患难之交。当姐妹俩于上海滩名声大振时，春花依然故我，月红却贪恋起钱财，并与春花反目，这不能让人信服，虽然人是会改变的，女人也不例外，但是月红的骤变缺乏变异的土壤和自身的缘由，剧中之所以变，主题先行需要使然。

　　在"拨乱反正"、"改革开放"的新的历史时期，谢晋电影反思灾难性历史，以"悲歌"形式，推出了《天云山传奇》（1980）、《牧马人》（1981）、《芙蓉镇》（1987）系列。从表象来看，《天云山传奇》的主角是"纯得像水晶一样"的错划右派罗群（石维坚饰），《牧马人》的主角是出身不好贬为牧马人的许灵钧（朱时茂饰），《芙蓉镇》的主角之一是落魄潦倒的小知识分子秦书田（姜文饰），都是在历届政治运动中蒙受不白之冤的受难男性；但是，这三部电影皆由完美的女性支撑，心甘情愿"伸头戴枷"的冯晴岚（施建岚饰）、从四川逃荒过来的农村姑娘李秀芝（丛姗饰）和出身不好的胡玉音（刘晓庆饰），三位女性为受难男性撑起了一片天空和绿荫，治疗他们的创伤，抚慰他们的心田，以期他们重振雄风。的确，"对男人来说，她代表着丰腴的土地，滋润的琼液，有形的美丽和世界的灵魂。在她的怀抱里，男人得以再生。"[①]

　　如果说《天云山传奇》、《牧马人》中的好女人还只是配角的话，到了《芙蓉镇》，胡玉音至少是与秦书田平分秋色的女主角。在这三个女性形象的身上，谢晋将他心目中的理想女性还原到极致——母性之光大放异彩。其实，这在他的《啊，摇篮》中已见端倪。

　　《天云山传奇》中被错打成"反革命"的罗群（石维坚饰），失去了政

---

①　［法］西蒙娜·德·波伏娃：《女性的秘密》，中国国际广播出版社 1988 年版，第 204—205 页。

治前途失去了恋人宋薇（王馥荔饰），被发配到农村又病倒了时，谁也忘不了在风雪交加的天云山上，冯晴岚拉着载着昏迷的他的板车在山路上艰难前行的镜头！为了他，她舍弃了一切，像俄国十二月党人的妻子跟随丈夫发配到茫茫的西伯利亚一样，她也跟随罗群到了农村，教村小，过着贫困农妇一样的生活！是她给了罗群一个家，一个简陋逼仄却遮挡风雨的家，她的无私忘我的爱如良药医治着男人破碎的心，她爱罗群。然而，罗群爱她吗？罗群爱的是宋薇，罗群对冯晴岚有的只是感激感动感恩，而不是两情相悦之爱，这对冯晴岚是不公平的，但罗群接受了，接受的是升华了的或曰变态了的母爱。就像MTV《懂你》所唱的："依偎在你温暖寂寞的怀里/多想告诉你/你的寂寞我的心痛在一起"，她把爱全给了他，也把世界给了他！当罗群平反复出之时，冯晴岚像绝大多数一辈子操劳的母亲一样，颓然倒下，并没有得到爱的回报。这就是让人心怵心酸的母爱。

　　《牧马人》中的许灵均，海外的生父给他带来灭顶之灾也给他带来飞来的"幸福"。在没有前途的日子里，万念俱灰的他甚至有了轻生的念头，可小小年纪的秀芝却是乐天派，是她给了他活下去的勇气和力量，是她给了他一个家，心灵手巧，"养什么，成什么"，在她眼里，"只要你高兴，我什么苦都能吃"，还给老许生了个儿子清清，张爱玲曾说："再坏的女人心底也有一点地母的根芽"，而好女人秀芝则是地母的化身。张贤亮有小说《男人的一半是女人》，这里要说的是，许灵均的第二次生命是农村女人李秀芝给的。小女子一样闪烁母性之光。"故母氏又可比于陶人，盖磁土性柔，可随意操作，可为碗碟，亦可为盆杯。是在陶人之手耳。"[1]

　　《芙蓉镇》里卖米豆腐的芙蓉仙子胡玉音，美丽善良、勤劳朴实、正派开朗，但美丽和出身都给她带来灾祸，初恋之人黎满庚无情地抛弃了她，老实巴交的丈夫桂桂死了，虽命运多舛历尽磨难，可她始终"活下去，像牲口一样活下去"。"文革"时，当她与落难书生秦书田走到一起后，被批斗扫马路，却仍在一个无人的清晨挥动扫把跳起了华尔兹！这真是大地之母，无论多少苦难，风刀霜剑严相逼，她都能承受，一样春华秋实，母性之光与精神之光的融合，温暖着身处严冬的人们。

　　当然，坏女人则是丑恶的化身。在《天云山传奇》中，没有坏女人，宋薇是善良美好的，她的错只是太单纯而已；《牧马人》中也没有坏女人，农村老太太都亲切无比；到了《芙蓉镇》，可有个坏得彻底的女人，那就是

　　① 陈钱爱琛：《贤母氏与中国前途之关系》，《新青年》2卷6号，1917年第2期。

"运动分子"李国香，成为"文化大革命"运动残酷的执行者的代指。谢晋镜头中的坏女人，仅此一人而已。

　　谢晋电影叙事往往以伦理冲突来结构戏剧冲突，用煽情场面来设计叙事高潮，以道德典范来完成人格塑造，落到实处，则以有个好女人的"家"作为缝合主流叙事的乌托邦策略。这个"家"如避风躲浪的小小港湾让气息奄奄的男人休养生息，这个"家"又如一叶扁舟载着多灾多难的男人继续在狂风恶浪中虽无比艰险却始终不沉没地前行。这一个个好女人的生存和苦斗，无一不是为了男人的需求，她们心里只装着男人！将谢晋电影中的这些好女人视为"一些情感和道德的代码，是男人们精神上的守护神。"①，也并非完全的贬义。歌德在《浮士德》曾言："永恒的女性，领我们飞升。"②

　　问题是，这一个个好得完美无瑕之女性只是男性镜头（视点）一相情愿的理想女性，女性只是反映男性欲望的一面镜子，是从男性的需要建构女性、用男性权威话语来叙写女性的新贤妻良母。由此根本上造成了对女性欲望的误解和扭曲，填充的是男性对女性的欲望和道德甚至贞节观的规范。2006年的《云水谣》，刘恒编剧的原剧本中的王碧云到底嫁给了孟小路，并生有一女孟小芮，这是很人性化的；但是导演尹力将刘恒的剧本作了一实质性地改动：王碧云终身不嫁，只有一侄女王小芮"穿针引线"，王碧云便成了新型的"贞女节妇"。可见贞操观的"洁癖"何其根深蒂固，即使优秀的男导演，也跳不出几千年铸就的窠臼，而压根没想到应掉个位以女性视点对女性进行观照，站在女性立场去考虑女性个体生命的经历和真实的情感体验。也难怪，女性的生命体验只有女性才有体验生命的切肤之痛！

三　男性欲望的舞蹈

　　在"双峰并峙"的第五代领军人物张艺谋与陈凯歌的电影叙事中，陈凯歌在对中华文化的阐释中始终未能聚焦女性，《黄土地》中的翠巧，《霸王别姬》中的菊仙，乃至《无极》中的满神，皆为苍白迷蒙、指代含混的"虚焦"女性符号。秦人张艺谋不同，从独立执导的第一部电影《红高粱》起，就展现了他戴着"女性视角"的镜头观。此后，不改初衷，女性形象一直是张艺谋电影故事中不可或缺的浓墨重彩之符号，成了张记电影的烙印。

　　《红高粱》中不甘命运摆布的九儿偏激出格，《菊豆》中的小镇女人为

─────────────

① 屈雅君：《女为悦己者容——关于男性电影的女性批评》，《当代电影》1994年第6期。

② ［德］歌德：《浮士德》，钱春绮译，上海译文出版社1982年版，第737页。

乱伦何其惨烈，《大红灯笼高高挂》中成群妻妾争风吃醋折腾个没完没了，《秋菊打官司》中讨个说法的农妇秋菊倔强执著，《一个都不能少》中的代课小女子魏敏芝也是"一根筋"，《我的父亲母亲》中的母亲招娣往事并不如风，《幸福时光》中的盲女单纯却不简单，《英雄》中的女侠飞雪艳如桃李、冷若冰霜、情炽如火，《十面埋伏》中的舞伎小妹百媚千娇、侠骨柔肠，《满城尽带黄金甲》中骄横寂寞的王后情欲撕掳成血河，《金陵十三钗》将秦淮河畔的妓女们点石成金……张艺谋的电影世界里不能没有女性。

这里，我们要说的是张艺谋电影中张扬女性"狂欲"的几个文本，从《红高粱》到《菊豆》、《大红灯笼高高挂》，再到《十面埋伏》直至《满城尽带黄金甲》。

在《红高粱》、《菊豆》和《大红灯笼高高挂》这女性三部曲中，张艺谋的目光深情回望并不遥远的从前，以电影重现并关注中国女性的生存历史及其与命运的撕掳拼搏，在一个个女性的命运故事的铺陈中，这个男人以他的视点去表现被封建观念传统秩序压迫扭曲的中国女性，"女人不是人"的实质和"女人也是人"的呐喊，在庭院深深里，在乡间染坊里，在夕阳如血的摆动的红高粱里！

张艺谋导演处女作《红高粱》（1987）"以关于欲望的语言取代了对语言的欲望"。① 如果说莫言的小说以男性视角，展现了"我爷爷"、"我奶奶"的生命故事；那么，张艺谋《红高粱》中的镜头却处心积虑改换成"我奶奶"在"看"：九儿初嫁，在轿内就不安分，撩开轿帘看轿夫生命力的奔腾，哪怕颠轿颠个天旋地转。路遇打劫的，正是九儿"看"轿夫余占鳌，给了他力量，杀死了打劫的；还是九儿的"看"，在三天回娘家的日子里，两人终于野合于高粱地。是女性的生命欲求压倒了一切，是女性的主动给了男性之力量。那一望无际的十八里坡的高粱地，绿如波涛，红若残阳，伴随着激越高昂的唢呐声。那片砍倒高粱成圆形的场地是极具象征隐喻的祭坛，是女性的自然欲求冲决一切向男性的祭献，周遭高粱随天旋地转而翻滚，狂放恣肆、酣畅淋漓，张艺谋的镜头爆发出女性生命赤裸裸的欲求，神圣又疯狂，惊世骇俗。然而，果真是女性视角？非也。女性九儿只是满足了男导演和观众的观看期待，仍只是一个"被看"的客体。而且，是男性导演从男性性别出发，自以为是地过滤并诠释出来的女性，是男性希望的而不是女性真实的符号，说这只是"一些本能和欲望的符号，是男人们肉体上

---

① 戴锦华：《雾中风景》，北京大学出版社 2000 年版，第 45 页。

的承欢者"①，也许有点过激，但从真实地传达出女性的情感体验和女性的心灵之声来看，实在距离遥遥。

电影《菊豆》（1990）比起刘恒原著《伏羲伏羲》，淡化且弱化了"侄子"天青的主动性，极力强化的是菊豆的主动与狂欲。固然，哪里有压迫，哪里就有反抗，作为生育工具的菊豆在杨家受尽了年老体衰性无能的杨金山的非人虐待和蹂躏，叛逆和反抗是必然的，但不必把这位农妇演绎成天青性的引领者。杨家大院、染坊、染池，状如瀑布的染红染黄的布匹，与其说是美感，不如说是触目惊心，当菊豆与杨天青不顾一切相拥时，菊豆的脚有意无意踩到了机关，高悬的染布猛地哗啦啦跌落染池，真是赴汤蹈火般的勇猛和灾难！她与天青生下了儿子天白。等到杨金山死去，这乱伦的一对在"七七四十九回挡棺"的丧葬仪式中碾碎了灵魂，也许会有重生。但杨天青正是被亲生儿子小天白推入染池活活淹死的，童年的眸子燃烧的是仇恨。绝望的菊豆将房子点上大火，那长长的从横梁上挂下来的染布，在火中缓缓飘舞。或许，这就是狂欲乱伦的下场？女性的悲剧由女性自编自导自演，不可逆转？

《大红灯笼高高挂》（1991）中的颂莲是个高中生，电影一开始时她即嫁到陈家做四姨太，她自己走上门，与接嫁轿子背道而驰，这是象喻，也是反讽，既然当小老婆，还要什么轿子不轿子，是一种对命运的认同又不甘。她到了陈家后，一切叙事就局限在这座封闭的古老的建筑里，作为封建父权夫权的代表陈佐千老爷从不露面，偶尔显形，也是模糊至极，但他的威严和专横无时不有、无处不在。影片极力渲染"点灯"、"上灯"、"封灯"仪式。妻妾门前一排排大红灯笼，"上灯"即"宠幸"，"封灯"即"打入冷宫"。"上灯"之争，是男性霸权淫威下女性之间的明争暗斗，可怖又可哀！在四个大小老婆"争风吃醋"的屋子里，颂莲一样大打出手，假装怀孕、整死小丫头、告发三姨太的偷情、想博得大少爷的同情乃至"爱情"……但当一切都落空，她被"封灯"了，三姨太也被活活打死后，她清醒了，也疯了，"这个家里的人，什么都像，像狗，像耗子，就是不像人！"她在"大红灯笼高高挂"却分外死气沉沉的陈家大院终喊出："你们杀人！"唱京剧的三姨太像她一屋的红、蓝、黑、白四种颜色的京剧脸谱一样，张扬的是泼剌剌的个性和宁死不屈地抗争。可根深蒂固的封建男权统治坚不可摧，任何一个女性个体反抗在它面前都太渺小微弱单薄，随时在一句"封灯"中

---

① 屈雅君：《女为悦己者容——关于男性电影的女性批评》当代电影，1994 年第 6 期。

灰飞烟灭。当然，影片强化和清晰的是女性的争风吃醋相互杀戮，淡化模糊的是男性的挑拨离间和借刀杀人。

值得一提的是，张记女性三部曲中，《红高粱》的底色调是奔放热烈的红色，《菊豆》的底色调是阴暗沉郁的蓝红色。《大红灯笼高高挂》中的红色在陈家大院的幽蓝灰暗中则红得刺目、怪异，色彩绝不仅仅是对客观世界的客观反映，色彩流泻着导演的主观化的情感，成为影片中富有寓意走向的意象。

到了《英雄》（2002），张艺谋更以色彩说话：黑色、红色、蓝色、绿色、白色，皆赋予灵性和种种意象。女侠飞雪（张曼玉饰）空灵飘逸，却又敢爱敢恨，为爱的嫉恨杀人，为义求崇高杀人，既超凡脱俗，又分明大咬人间烟火。四个不同版本的关于残剑（梁朝伟饰）和飞雪的故事，服装与背景从红色的温暖热烈到蓝色的宽厚忧郁到绿色的激荡浪漫到最后白色的绝望，分别用情杀、假死、殉情和殉义描述了她与他的最后结局。在这般变幻的另类重复讲述中，残剑和飞雪的性格也在变幻中无比丰富又无比矛盾着。

到了《十面埋伏》（2004），张艺谋视点中制造的女性狂欲在数字化技术中重演。说的是唐大中十三年的事儿，牡丹坊舞伎小妹（章子怡饰）被奉天县刘捕头（刘德华饰）怀疑是飞刀门帮主柳云飞的女儿——飞刀门是反朝廷的，朝廷令奉天县剿灭之。飞刀门帮主柳云飞已战死，但奇异的是，飞刀门却没作鸟兽散，反而势力见长，于是奉天县命刘捕头和金捕头（金城武饰）在十天内将飞刀门新帮主缉拿归案——刘捕头便设计将小妹拿下，押入天牢，又由金捕头化名随风大侠夜间劫狱救出小妹，再随小妹逃离，以查出飞刀门行踪。没想到，小妹亦是为寻找杀父之仇人而扮成舞伎的。刘捕头（刘德华饰）、金捕头（金城武饰）与牡丹坊舞伎小妹（章子怡饰）的恩怨情仇、设计与反设计、真戏假做与假戏真做，纠结难解。从天牢劫狱到风餐露宿日夜兼程，小妹与金捕头之间竟然碰撞出爱情的火花。星月之夜，两人终究在漫山遍野花海草地上滚做一团的影像，已成燎原之势。更出乎人意料的是，暗暗跟踪他们的刘捕头也不顾一切地爱上了小妹！可以说花海相拥图像是《红高粱》中九儿与余占鳌野合的翻版，只是全然没有原创性了，多了狂欲的渲染、多角的驳杂和色彩的艳丽夺目，却少了女性仪式般的庄重和出自生命深处的悲凉。

《满城尽带黄金甲》（2006）展现五代十国乱世一隅。一禁军都尉领兵造反自立为王（周润发饰），为政治利益，弃发妻（陈谨饰）而留儿子元祥（刘烨饰），续娶梁国公主（巩俐饰）为后，又生下二子元杰（周杰伦饰）

和三子元成（秦俊杰饰）。王称霸欲望沟壑难填，神出鬼没东征西伐欲称霸，寂寞的王后竟与王前妻之子元祥私通，无所不知的王便以慢性毒药欲置她于死地。元祥却移情宫娥蒋婵，殊不知蒋婵的生母正是自己的生母！王后眼见性命和情欲即将失去，决心鼓动亲生儿子元杰起兵政变，于是，重阳佳节成了血溅宫廷之夜。全死光了，只留下霸道的王。王后与《雷雨》的繁漪似一符号，却实在不是同一符号，她比繁漪贪婪，比繁漪有野心，比繁漪疯狂，是一个肉欲性欲情欲权欲永远填不满的女人，这个女人成了个狂欲至极的女人，因而观众对繁漪的同情和理解不可能倾注到王后身上。至于那个蒋婵，已然没了《雷雨》中四凤的淳朴和清丽，也只有袒胸露背的肉欲，窃窃地与皇后争风吃醋而已。观众只是被满城满宫用黄金（钱）堆起来的奢靡布景搅得眼花缭乱，还有结尾那首与厚钱铺出来的华丽电影不相称的带淡淡伤感的流行歌曲！的确是视觉夜宴，但是，都是钱做出来的，只有钱的味道。满目男人女人的欲望，尤其是女人的欲望、女人的狂欲。爱比恨更冷酷，更凶残。不叫"阴谋与爱情"，应该叫"阴谋与性欲"。

真糟糕。

固然，"食色，性也"，但是，张氏银幕女人强烈的"性欲"狂舞以丰富多彩的镜像语言赤裸裸展示叙述时，是很难得到女性观众的认可和认同的，因为这与女性生存的历史与现实境况背道而驰，男女婚恋关系中，男性多处于"选择"地位、女性则处于"被选择"地位，西方爱情格言为：男人是"我要"，女人却是"他要"。这自然是不公平的，也是女性独立意识应该颠覆的，但是，变成"性诱惑者"，只能使女性的处境更为悲惨。

当然，话还得说回来，张艺谋和张艺谋的电影对女性的一份真诚和敬重是不可抹杀的。也许，他试图通过影像去追寻从漫漫历史的那一端艰难走来的女性的屐痕，在透视和抚摸屐痕中斑斑血迹中试图诠释和张扬女性创世纪的博大之爱，在他的影片中，女性也的确都比男性勇敢顽强、锲而不舍，尽管承担着比男性多得多的压迫和欺凌，但依然不回头地前行，有一种不计后果的执著和决绝。

张艺谋也承认他有执著的个性："这的确与我个人有关系，我大概是一种比较执著的人，有着陕西人的个性。……我喜欢这种个性，……每个人物吸引我们的就是那种不回头的精神，对于这种精神来说，结果不重要。"[1]但是，男人毕竟不是女人，生理不同、心理不同，几千年积淀的集体意识不

---

① 张艺谋：《〈我的父亲母亲〉创作谈》，《当代电影》2000 年第 1 期。

同，生存的现状、思维习惯不同，所求所需不同……男性与女性的隔绝，使他和他的影片决非真正的女性视角和女性的表述，他同样无法破译女性生存的真相，无法正确阐释女性经验，无法真正理解女性的心理和生理事实。"这些渴望与压抑的故事，将典型的男性文化困境移置于女性形象，女人又一次成了男人的假面"。①

女导演黄蜀芹也说："中国男性导演的电影塑造出来的女性，要么是男人们的附属或是起抚慰作用的，是幻想主义的，影片中经常出现这样的台词：我们女人命真苦啊。这种影片都是男导演塑造出来的女性形象。"②

杨远婴也认为："中国艺术史中的女性典型常常带有很大的虚伪性，比如青年女子主动调情，正好是男性逃脱奸淫罪责的遁词；脍炙人口的英雄母亲是为权势者布道。"③

四 说不尽的"胭脂扣"

美国女权主义电影理论家克莱尔·庄斯顿言："女性形象始终在电影里充当着神话学意义上的符号，即她在影片叙境中的符号价值（表象之为能指，类型意义之为所指），将在男权神话，或曰建立在性偏见之上的意识形态的意义层面上第二次被'榨干'或'抽空'（叙境中的符号/类型之为能指，神话素/意识形态之为所指），以填充、负荷特定的意识形态意义于其中。"④ 中国男性导演所创作的影片中的多数女性形象也难以逃脱这种只承担意义而不创造意义的"符号"命运。他们以男性的自我需要为中心，以男性对女性的虚幻想象或欲望来建构女性形象，他们不可能跳出男性中心的窠臼。大陆男导演如此，港台男导演也不例外。吴宇森的暴力美学自然让女性"靠边站"，侯孝贤的长镜头影像叙事中，女性永远是配角，都在做着《童年往事》中奶奶坐上人力车就能回故乡的梦；李安的镜头千回百转，已伸进男性的中枢神经，无论是"父亲"辈还是"男同性恋者"，但是女性只能是不讨人欢喜的配角，《饮食男女》里的老父亲，一压群芳，三个女儿和寡妇母女五个女人的戏份敌不过一个老父亲的深度！李安实质上也并不了解

---

① 戴锦华：《不可见的女性：当代中国电影中的女性与女性的电影》，《当代电影》1994 第 6 期。

② 钱国民：《黄蜀芹创作心理初步考察》，《电影艺术》1988 第 11 期。

③ 杨远婴：《女权主义与中国女性电影》，《当代电影》1990 第 3 期。

④ ［美］克莱尔·庄斯顿：《作为反电影的女性电影》，引自鲁妮《境域之中——西方女性主义电影理论综述》，《上海文论》1992 年第 4 期。

女性，女性为细枝末节的非理性感动不可重复更不可理性化，以至于在改编张爱玲的《色，戒》时他将"买戒指"瞬间细节变成情节，多次出现，铸成对女主角的错读。

但也有例外，关锦鹏的女性电影则是另类。

关锦鹏，他用男性的眼睛，换位女性视角，把对女性的切身感受和悲悯情怀投射到电影中的女性，在他的镜头叙事中，女性角色成为叙述的主体，而不是被看的对象，不是男性的点缀和陪衬，女性的人性内蕴和价值尊严都得到了应有的尊重。

《胭脂扣》（1984）一反香港"鬼片"类型和"风月戏"模式，真诚地对一个风尘女子如花无爱的绝望和无意义的殉情进行了悲剧言说。"如花"是女性代码——女人如花花似梦。这个女人如《聊斋》中的女鬼，视情胜过性命；却又是现实中的女人，痴痴地等待到的是情的不堪！似人是鬼的如花，在20世纪30年代和80年代的时空中如梦如幻、飘忽穿插，寻寻觅觅，却原来双双殉情的"痴心爱人"十二少仍浑浑噩噩赖活着。问世间情为何物？"生死相许"的只是女人！对男人而言，如果原是一件华丽外衣，时间终将"情"变为破烂。导演的立场和情感是鲜明的，既无保留地将男性置于"被看"的位置，展露了男性在"情"上的背叛和不负责任，是对男性中心意识的批判；亦无保留地将同情与悲悯融入女性生命流程中，在如花身上，寄寓了女性生命和爱的尊严。

《阮玲玉》（1989）的女性意识可谓登峰造极。从历史与现实、老电影与现场还原、饰演者（张曼玉）与当年阮玲玉的同代人的多向交流、套中套中套这三层套的纵横交错的结构中，开掘出女性独有的生命与情感体验。关锦鹏通过对大量的珍贵影像历史资料的占有和使用，力图还原一个真实女性生命的阮玲玉，她的生活与悲剧被导演的艺术想象与历史还原演绎得逼真而感人。也使观众对阮玲玉死因有了更深层面的认识：把救赎的希望寄托在男性身上等于自杀！阮玲玉的一生，是一次对"女性历史"的"个人化"叙述，达到了女性视点叙述的诗学境界。这部人物传记片是关锦鹏电影创作的最高峰，是一部关于女人的电影、关于电影中女人的电影、关于饰演电影中女人的女人电影，其内涵和意义太丰富了。阮玲玉作为女性的性别悲剧，阮玲玉所饰演的形形色色的女性形象的悲剧，阮玲玉作为公众人物——女演员的悲剧融合一处，是性别的悲叹，是历史与文化的悲情，更是女性生命"个人化"叙述的悲号。

这以后，关锦鹏电影的女性意识似有所淡化。在对张爱玲《红玫瑰与白玫瑰》（1994）的改编演绎中，他不同于此前对女性命运的思考和男性中心意识的批判，而是将对男女两性关系的审视趋于复杂化，似乎对男女两性世界的欲望撕掳有着更为复杂的把握和欲说还休的体味。

然而，随着《蓝宇》（2001）的面世，关锦鹏的"同志"情怀告白天下："以往我拍的所谓女人戏，很大程度上也是一种同志创作。不过是把同性的幻想转化到异性恋的角色关系上，我觉得这方面，我是颇为独一无二的。"① 所以，"关锦鹏其实是以女性形象，求证男性导演自身的阴性气质和同性恋取向"②。因此，与其说他是以自己的生命流程感知隐秘的女性生命体验，不如说是从银幕女性中寻求自我性别认同角色。此后，《长恨歌》（2005）虽力挺王琦瑶之上海女性形象，但反响平平，是否渐渐失却导演心中常驻的那份女性悲剧诗情？

性别之别，如鱼饮水，冷暖自知。子非鱼，安知鱼之苦乐？

第三节　犹有花枝俏：在迷茫中坚守自我审视

朱丽亚·斯温蒂斯认为："当妇女作为作家进入创作表现过程时，她们也就进入了一个用特殊方法铭刻妇女神话的历史。"③ 西蒙娜·德·波伏娃在她的名著《第二性》中则说："在人类经验中，男性有意对一个领域视而不见，从而失去了对这个领域的思考能力，这个领域就是女性的生活经验。"④ 因此，女性的意识、女性的生存、女性的心理、女性的追求在男性作品中都不可能获得源于真实生命感受的表达，要完成这些专属于女性性别的表达，只有对女性生存有着切肤之痛的女性。

女性电影，普遍认为是由女性执导，处理女性议题并且具有明确女性意识的电影。而女性意识，具体到影片中，包括两个层面的含义：一指影片文本中应蕴涵和体现出女性独立自主、自强自重的精神气质和男女平等、互敬

① 蓝宇：《关锦鹏的同志写作》，《香港电影面面观》，香港艺术发展局2001—2002年版，第63页。

② 傅莹：《性别身份——论关锦鹏的另类镜像》，《当代电影》2006年第4期。

③ ［英］朱丽亚·斯温蒂斯：《维多利亚时代中写作和工作妇女》，剑桥大学1985年版，第35页。

④ ［法］西蒙娜·德·波伏娃著：《第二性》，陶铁柱译，中国书籍出版社1998年版，第53页。

互补的平权意识；二是指影片文本不把女性置于男权文化的视域之下，成为男性的"色情奇观"，而是力求刻画和呈现女性自身的命运遭际、价值观念和心理特征的形象塑造意识。①

简言之，女性电影，当是由女性执导、对男权文化视域"色情奇观"进行颠覆与解构，重新建构女性独立价值追寻的电影。

一　无法遮蔽的性别

1949 年以后，新中国的妇女，如同毛泽东所言："时代不同了，男女都一样。男同志能做到的事情，女同志一样能做到。"② 中国电影界还真的改写了中国影业 44 年仅有一位女导演的历史。自 19 岁起就投身影业的王苹、自 16 岁起就参加革命的董克娜行进在时代的洪流之中，成为中国与第三代优秀男导演比肩而立者。在性别消解的年代，她们与男导演一样，自觉地把自己的艺术创作融会到时代的讴歌中，用影像来参与时代书写的使命，表述的是主流意识形态的主题。她们心甘情愿抛却了自己独特的性别体验。但是，女性生命的底色，一不小心便在题材选择、切入视角、声画语言上显影，呈现出与男性迥然不同之特色。

《柳堡的故事》（1957）是王苹继 1956 年导演了《冲破黎明前的黑暗》后的又一部作品，距今已整整半个世纪，老去了的二妹子却在一代代观众的心中永不老，伴随着《九九艳阳天》的歌声。在革命战争的岁月里，一部表达军民鱼水情的战斗片子里，一个年轻的军人和农村姑娘二妹子的说又不能说、忘又不能忘、欲说还休的缠绵情感表述得如此行云流水，如此打动人心还没落下批判的结局，在"不谈爱情"的五六十年代的中国影坛，不能不算是个奇迹。应该说，这是无法遮蔽的性别作用，女性的真切细腻所造就的和煦之光。

《永不消逝的电波》（1958）是一部特殊的革命历史题材影片，其创作有真实的生活原型李侠。王苹满怀着革命之情回顾革命战争之一种——地下斗争的严酷和智慧，在没有硝烟的地下斗争的严酷战场上，共产党人以大无畏的英雄主义精神和智慧迎来胜利的曙光。《永不消逝的电波》中也有着王苹对她和丈夫宋之的在上海从事地下工作的个人体验的真情回顾。尽管影片展现的是敌我对抗、剑拔弩张、生死搏斗的地下斗争氛围，但女性导演还是

① 郭培筠：《女性意识的擅变——新时期女性电影创作管窥》，《内蒙古社会科学》1995 年。

② 《毛泽东思想胜利万岁》，毛泽东 1964 年 6 月畅游十三陵水库时对青年的谈话，第 243 页。

用她的镜头疏针细线地缝织了男革命者李侠和女工何兰芬因革命需要扮成"假夫妇",从相识到相知、相爱,终成"真夫妇"的经历,白色恐怖中这个原本作掩护的家便在紧张的缝隙间有了宁静而祥和的若干片刻。这,既真实温暖,荡漾着人性的光辉,又表达了革命者对爱情和家庭一样珍惜。揪人心肠的紧张的叙事中仍有一份女性的从容镇定,女性导演的精神体验就这样悄然留下雪泥鸿爪,也给叙事带来一张一弛的变幻。

《霓虹灯下的哨兵》(1964)拍摄于"千万不要忘记阶级斗争"的岁月。表现的是建国初期特定历史时期国民党特务试图对我解放军连队腐蚀和解放军连队反腐蚀的斗争。这是一个严肃又严峻的政治题材,王苹却做到了"负重若轻",选择"黑不溜秋的靠边站"的农村战士陈喜与农村姑娘春妮的爱情关系的变化、还有童阿男事件为主线来讲述故事,把家庭伦理和社会政治相结合,展现建国之初阶级斗争的复杂性。农村女青年春妮的美好心灵和淳朴爱情也在女导演的镜头下得到温暖细腻的表达。

董克娜的《昆仑山上一棵草》(1962)在表达对"默默奉献者"礼赞的同时,恰恰礼赞了"默默奉献"的小草般的女性平凡的生命。"没有花香,没有树高,我是一棵无人知道的小草",那时候,影片演绎的便是"小草"的主题。在茫茫的昆仑山脉有个接待来来往往车流的小站,小站里有个默默无闻为大家服务的惠嫂,她是昆仑山上一棵草。上海女青年李婉丽毕业分配到昆仑山,从她的眼睛来看惠嫂——女人的人生就这样度过?后半段则是惠嫂自己的回顾,人生的意义就在这棵草上。小草喻指女主人公惠嫂,一棵小草的生命在磅礴的昆仑山脉——在这宏大的社会背景之中何其渺小,然而,小草的绿意也是生命的意义。虽然影片仍是主流意识形态的宣传,但在潜意识中,女导演独特的女性生命体验还是情不自禁地流露出来。聚焦女性,以女人的视角来观察、以女性的话语方式进行叙事,惠嫂以妻子、母亲的符号,李婉丽以女儿的符号,以女人心灵的对话进行叙事,显示了女导演对女性人生的个性化思考,这种叙事在宏大的时代话语中显得柔弱,但恰恰是文本女性化的体现。20世纪80年代,董克娜又相继导演了《第二次握手》(1980)、《明姑娘》(1984)、《相思女子客店》(1985)《黄土坡的婆姨们》(1988)等,目光仍然注视着女人们。

概言之,中国第三代导演中的女性可称为新中国新一代女性导演,她们的影片创作和当时所有的艺术作品一样,是时代精神、政治话语呼唤的产物,艺术作为党和政府的宣传喉舌的政治教化作用被提到无与伦比的高度。但是,客观上,她们的性别潜意识、独特的性别体验不可避免地渗透进她们的影片作品，虽然并不是真正意义上的女性电影，甚至尚无自觉的目的性的女性表达，但是，无法遮蔽的性别特质、特征，还是烙刻进她们的电影作品。时隔多年，蓦然回首，女性之光仍在依稀的灯火阑珊处。

二　第一部女性电影：《人·鬼·情》

20 世纪 80 年代以降，随着女性主义理论译介在中国的迅速传播、女性主义理论研究骤然兴起和女性文学创作繁荣发展，一批女性导演也跃跃欲试，热切地希冀打破男性视点内在化的传统叙事模式，用一种崭新的女性视点来进行电影叙述，她们有意识地调动自己的女性生存经验和切肤感受，自觉地用镜头表达源于生命深处的女性意识，在影片创作中注入女性的声音，并对整个女性性别存在进行思索，创造一种不同以往的"女性电影"模式。这便是"把非常岁月荒废了的时间夺回来"的第四代导演中的女导演群。问题的关键不在于作为女性导演能否表达，而是这种表达是否源自女性的本己经验。黄蜀芹《人·鬼·情》的横空出世宣告了女性电影在中国的真正出现。

1995 年 4 月 2 日，黄蜀芹导演在南加州大学电影系举行的座谈会上的发言中说——她希望在自己的电影中表现女性的视点，就像在通常有南北方向的窗口的房间里开一面朝东的窗，那里也许会显露出不同的风景。①

戴锦华说："黄蜀芹的《人·鬼·情》，正是在这种意义上成为一部极为有趣的女性文本。从某种意义上说，它是迄今为止中国第一部，也是唯一一部'女性电影'。"②

关于《人·鬼·情》何以为真正意义上的女性电影的阐释已经很多很多，我们则想从以下三方面进行补充梳理：

第一，《人·鬼·情》将现实生活中真实的女性的人生经历、女性生存经验艺术化地搬上银幕，并且当事人亲自出演，这不能不说是中国女性面对全球的大胆言说。该片以著名河北梆子演员裴艳玲的真实经历为原型，讲述了一个以扮演钟馗而饮誉海内外的京剧女艺术家秋芸的情感生活，我们不必去辨析影片中哪些情节是原型的原汁原味，哪些是经过嫁接了的，哪些是纯属虚构，因为秋芸这一形象并非著名演员事业成果的展览，而是通过这一女性形象的成长故事，时时处处折射的是现代女性生存和文化的困境，是以往

---

① 引自戴锦华《雾中风景》，北京大学出版社 2000 年版，第 169 页。
② 同上书，第 168 页。

中国女性"打落门牙往肚里吞"的属隐私范畴的个人情感波澜，但是，女导演的镜头不说谎，原型女演员在银幕上成功地塑造了沉甸甸的钟馗形象。这种勇气和深邃是女性生命深处爆发的呐喊。

第二，《人·鬼·情》真实地不留情地将所有男性放在了"被看"的位置。秋芸的生父遭遇秋芸和观众的两看：一次是在云遮月的禾场上与秋芸生母偷情时的模糊后脑勺特写，一次是秋芸成名后回到家乡，在小饭馆里看见他囫囵吞面条的后脑勺特写。此后脑勺与《大红灯笼高高挂》中陈佐仟的模糊身影迥然不同，后者是无处不在无时不有的男性的淫威，前者是羞愧难当，无颜面对亲生女儿。与秋芸青梅竹马的男孩二娃，当女孩生母的耻辱牵连到秋芸身上，男孩子们群起攻之时，她指望二娃的呵护，二娃不知所措后却迅猛地抛弃她还殴打她！这绝非小孩个人品性的问题，而是千百年男性心理积淀的无意识抬头，"朋友似手足、妻子如衣服"，况且你还是这么一件污秽之衣！男性靠不住，哪怕小男孩。女孩的眼望向天空，切入的是舞台上钟馗嫁妹的画面，但很快戛然而止；小秋芸下决心唱戏后，养父无奈让她苦练基本功，苦累至极她倒下了，云端又接上一幕钟馗嫁妹，只唱一句："山道崎岖路迢迢"；秋芸在县剧团演出大出其彩后，接下来又是钟馗嫁妹；是张老师发现了她是棵好苗子，在男妆的秋芸进女厕所受到众人辱骂时，他挺身而出呵护她，为她解难；当张老师选中她去省戏校，养父独自出城门回家时，渐行渐远的背影中，钟馗嫁妹又接上了——这妹子似乎是永远也嫁不出去了！张老师教给她技艺，使她很快在省剧团崭露头角；是张老师让她情窦初开，懂得爱与被爱的感觉；然而，恰恰是这个张老师，在行政命令、社会舆论和世俗偏见的罗网中，携妻和四个孩子匆匆逃离秋芸。舞台上暗算秋芸的钉子扎进秋芸的手掌心，更扎进了她的心！男人靠不住，哪怕他看起来应该靠得住。

秋芸的丈夫不见其人不闻其声，丈夫的话语是通过女人的转述，这个男人嗜赌如命，债台高筑，全无责任感和事业心，还要对秋芸百般刁难，"演女的，不放心；演男的，嫌丑"，这个缺席的符号比陈佐仟还要糟糕，没有任何优势但仍要骑在女人的头上，是女人挥之不去的噩梦。

贯穿影片始终的秋芸的养父当是个好男人，是秋芸唯一的精神支柱。起初，他坚决反对秋芸学戏，怕她重蹈妻子覆辙；但一旦秋芸选择了戏剧，上戏校遭遇闲言碎语跑回家来时，他将女儿打将回去，为的是让她成才；秋芸唱出名后，他无限欢欣，女儿的成就似乎让他找到了自己存在的意义。但是，这一个男人是被男性中心社会所放逐了的男性，妻子的叛逃是男性中心社会男性的奇耻大辱，在世俗偏见的压力下活着的这类男人，内心是苦痛的，"但在父权制的社会中'女人'并不是完全都是女性，那些地位低和年幼无权的男性也是被当作女人对待"①。如同被放逐的屈原以香草鲜花自诩一样，他们的地位与女性相差无几了。秋芸养父能感触到女儿的艰难，但同时因为性别的隔膜，他并不完全懂得女儿心中的痛苦！

第三；《人·鬼·情》给了女性获得独立的答案，那就是全靠自己救自己。影片不厌其烦地将拉康的镜像理论还原为一次次照镜和镜中影像。根据拉康的镜像理论，小孩子半岁到一岁半时就会在镜子前获得自我主体的意识，照镜子本身就意味着自我主体的确认。影片开篇即是秋芸照镜子的背影，当镜头对准镜子中反射的秋芸的正面形象时，观众看到的是一张被五颜六色的油彩抹成丑陋不堪的钟馗的脸。影片结尾，秋芸独立自强，说：我嫁给了舞台！无须讳言，她在事业上是成功的，但一样如同第一个用白话文写作的陈衡哲笔下的洛绮思，拥有了自己的事业，却失去了爱情。秋芸有了展示自己才华的名副其实的舞台，也有了社会的地位和公众的承认，但是，依旧没有爱，没有男女之爱。钟馗是爱妹妹的，但是这个钟馗恰恰是她自己所扮演的，片尾秋芸的侧面与钟馗的侧面合二为一，是否成了自欺欺人？非也。"从来就没有什么救世主，也不靠神仙皇帝……全靠我们自己！"《国际歌》早就唱出了答案，女人如何能将救赎的希望放在男人身上呢？能救女人的还是女人自己！是"黄蜀芹将这种寻找自我、背叛父权社会的女性意识真正发展成为话语的第一人"②。

如果将20世纪80年代末中国第一部女性主义电影《人·鬼·情》与20世纪30年代中国第一部有声影片《歌女红牡丹》相比，既能找到女性生存困境的胚芽，更能寻觅到女性价值追求中的螺旋式的升华，很难很难，但毕竟在进步。

欲哭却无泪，呐喊却无言。戏梦人生中，苍凉与悲怆中透出的是人世的沧桑无奈。

三　觉醒后的寻寻觅觅

第四代导演中的女导演群，当属中国第二代女导演。她们在与男导演一

---

① 康正果：《女权主义与文学》，中国社会科学出版社1991年版，第44页。

② 张莹：《女性：生存与文化的困境——黄蜀芹电影作品论》，《四川师范大学学报》2001年第5期。

样热衷于思索"作为历史人质的个人"价值和命运的同时，也在清晰又迷茫地重建银幕上的女性形象。张暖忻、黄蜀芹、史蜀君、王君正、王好为、鲍芝芳等皆以无须隐晦的勇气和智慧，试图解构以男权为中心的传统文化观念体系，探索女性自我意识，寻找属于女性的真正生命视野。她们镜头中的女性形象丰富多彩，有立体感，也往往成为她们自己的观点的代言人。这些女性形象既不同于男导演镜头中不是"圣女、地母"型，就是"荡妇、妖女"型的"两极形象"；也不同于第三代女导演镜头中终归较概念化平面化歌颂型的革命女性形象，虽然，这一代女导演群尽管尽心尽力、自觉自愿地在影片中以觉悟的女性意识表述女性的人生、女性的生存，灌注进女性的情感体验，但是，即使是几千年的男权中心的枷锁一夜之间砸了个粉碎，女性自身的集体无意识也会使女性手足无措、惶惑茫然！况且，依然生活在男性中心社会中。这群女导演在她们的作品中，大多自觉不自觉中会出现视点混乱的现象，一不小心便重新坠入男性视点对女性的审视，偏离女性主体性地叙事，仍然由传统男性视点左右着她们的叙述，女导演和她们影片中的女性形象就这样跌跌撞撞地在"看"与"被看"的夹缝间冲撞成长。

张暖忻是其中的佼佼者。她既以《电影语言的现代化》（与李陀合著）树起第四代突围戏剧化传统风格、回归电影本体的艺术追求旗帜，又以其电影《沙鸥》（1981）、《青春祭》（1986）等实践诗意现实主义，并在有意无意间开中国准女性电影风气之先。

《沙鸥》是张暖忻的心声。国家队女排运动员沙鸥腰部重伤，面对组织上让她离队休养的决定，面对母亲催促她与多年恋人沈大威结婚的恳求，她却"爱荣誉胜过生命"，发誓："不打成世界冠军绝不结婚"！沈大威是登山运动员，理解她并支持她；组织上也批准她出国参赛，她顽强地与伤痛作斗争，刻苦训练，然而，中国队与世界体坛毕竟隔绝多年，冠军丢了，在归国轮船上，她将银牌痛苦地投进大海！而更大的痛苦已尾随着她：沈大威在登上珠穆朗玛峰后返回基地途中，遇雪崩而牺牲。突如其来的灾难让我们的主人公无须再选择，她一无所有了。叙事至此，在一个为国争光的主旋律中，内核仍是女性在事业与婚恋家庭两难选择中的无奈。从"五四"运动一声春雷将蜷缩在地心的女人喷出历史地表，至半个多世纪后，这仍是一个困扰女性人生的两难选择的难题，是鱼与熊掌不能两全的选择，而沙鸥更惨，因为她连选择权都没有了。这个有着强烈事业心的独立自强的女性，渴求问鼎事业最辉煌的高峰得到社会的认可和实现她女性的个人价值；社会对女性宽容度接纳度的增加，男性的观念进步使女性的选择成为可能；然而，一切徒劳，女性的天空依然是低的，而不仅仅是天灾人祸所致，影片凸显了女性独立价值追求如山崩地裂般的艰难。但影片的叙事却出现了峰回路转的重生，沙鸥徘徊圆明园遗址，面对民族的耻辱柱，重新振作起来，返队当了教练，并得到韩医生的爱情表白。数年以后，中国女排终获得世界冠军，已经瘫痪坐在轮椅上的沙鸥在疗养院从电视里目睹这一瞬间，不禁热泪夺眶。沙鸥走出了两难境地，但也抹去了女性角色的独特思考，在象征性的国家民族荣誉中灵魂得到栖息。

　　此后，张暖忻在《青春祭》中，女性独立意识和对文化传统的思辨再次交融。被人赞叹为"诗一般柔和明丽深情无限"①的影片中，张暖忻借蛮荒之地——傣族山寨这个纯天然的自然场景来展开故事，寄寓她的女性性别之思。汉族女知青李纯着灰布衣裤插队到傣族山寨，这身抹去男女之别的灰布衣裤在"灰蚂蚁"的世界是麻木的，然而在山寨秀丽的自然风光和多彩的筒裙中，却很是扎眼！在民风民情诱引下，李纯终于脱下灰布衣裤，换上了用床单裁成的筒裙，戴上了漂亮的耳环，找回了女性爱美的本性。女导演聚焦傣族女性对美的热爱和追求，聚焦原生态的、女性性别特征的东西。而当李纯女性意识苏醒、穿上筒裙，成为"傣家竹楼里的人"后，女导演却又借李纯的主观镜头，对现代文明与原始蛮荒的对照进行审视。两个迥然不同的男性进入李纯的视野：房东大哥身披虎皮，粗鲁憨厚，拦路示爱，原始生命的美与蛮荒部落的粗鲁在他身上都体现得淋漓尽致；而与之相对的是理性深沉的知青任佳，知识渊博的他以启蒙的姿态开导李纯，含蓄理性、文明教化是这位知青的特征。李纯在这样两个男性之间审视，实际上是对人类文明开化与原始蛮荒的社会历史文化的反思。最终，任佳葬身泥石流，李纯考上大学告别傣族山寨重新回到现代文明的怀抱，这在历史文化的选择上是对现代文明的肯定，但同时于女性自身而言，也意味着女性要获得独立解放，就必须在对现代文明的追求中，让女性意识由自发到自觉，成为女性生命的自觉阐释和追求。

　　两部电影都运用了女性叙述人进行女性故事的叙事，女性不再是被讲述的客体，而是采取了一种女性"说话"的立场，打破了传统男权中心规范中必须以男性作为话语主体的神话。尽管在女性的叙述话语中难免夹杂着男权中心的"语词"或"语调"，但"女性声音"作为影片的结构者和推动者，以女性视角来引导、评说和阐述一切，其本身就已经表明了女性的主体

---

① 倪俊：《当代中国女性导演及其电影研究》，《戏剧》2000 年第 3 期。

地位和叙述能力。当然，我们不能说女性叙述视角就一定是女性视点，但没有女性叙述视角必定没有女性电影。

懵懂摸索中的中国女导演与西方女性电影的激进、毁灭快感式不一样，她采取某种温和的、甚至很不彻底的叙述方式来结构影片文本，这是国情使然，也是女性叙事策略使然。

史蜀君的《女大学生宿舍》（1983）、《失踪的女中学生》（1986），《女大学生之死》（1992），则将镜头聚焦女学生，关注女性成长故事。《失踪的女中学生》指涉女中学生早恋这一敏感的社会问题。已然走过青春岁月的女导演以诗一般的镜头语言描绘了女中学生王佳单纯美丽的初恋之梦，含苞未放之奇葩，有惜别的慨叹、逝去的同情，但是，代沟与主流话语的制约，决定了导演不可能走得太远，只能以过来人的理性和镇定，在对少女王佳的初恋寄寓同情的同时，仍不忘记以"母亲"的身份承担教育者的职责，失踪的女中学生还得回归社会为她指定的适当位置。女性导演既在影片中渗透着身为女性的独特性别体验和思索，但又往往与主流意识形态话语混合，致使女性意识的表达朦胧迷茫。

本来，导演王君正试图走进《山林中头一个女人》（1987）的内心世界，她借一个当代戏剧学院女生林楠为毕业创作进到大森林搜集素材的所见所闻，来寻觅和还原山林中女人的生命体验。但非常遗憾的是，当林楠采访到一辈子伐木的老倪头时，叙述视点即变成了老年男性对往事的回首：他与柔弱的妓女小白鞋真心相爱，打算攒够了钱第二年春天为她赎身，没想到小白鞋被恶霸蹂躏而死！女性叙事人则成为旁听者或虚设。接下来视点又转为"客观"的叙事，讲的是在妓院干粗活的丫头的故事，她胜过男人的力气和自作主张让男人们望而生畏，得到"大力神"的绰号，然而，当她无可救药地爱上了林区男人小勃带后，心甘情愿地被他榨干血汗，小勃带却嫌妓院女人不能生育，花钱娶了农村女秀女，秀女却又逃离，这时，大力神毅然决然进山林，还跪下对天盟誓要与小勃带成家立业、养儿育女——这就是"山林中头一个女人"！老天，女人活成这样，再肥沃的土地转瞬也变为荒漠，"大力"又有何用？这种混乱的视点，实质上是突围中的重陷围城，女性自己放逐了女性话语，女性自己埋葬了女性意识，可能还不知不觉。

无独有偶，鲍芝芳执导的影片《金色的指甲》（1988），从片名来看，时尚前卫，女性的金色的指甲在电脑键盘上起伏，但金色的指甲能敲击出怎样的新意呢？影片中，所谓女性意识的寻寻觅觅却充满了矛盾与迷惘，一团乱麻般地无处告别。剧中四个女性皆不安分，皆为爱痛苦并为爱苦斗着。年

轻的曹玫爱上了有家室的祝大同；两个离婚女人——沈修文已是插足的第三
者，苏亚芬则想再度建立安稳家庭，有能力的丑女俞晓云力图以事业成功来
找到好男人……女人呵女人，想的是男人，念的是男人，她们的痛苦和苦斗
无一不是为了得到男性地承认和青睐！女性并没有走出依附男性的传统观
念，尤其是影片"皆大欢喜"结局，更是对女性意识地贬斥和放逐，男性
秩序依然固若金汤，女性意识瞬间地清醒后很快又自觉地迷失，"她们的影
片常以一个不'规范'的、反秩序的女性形象、女性故事始，以一个经典
的、规范的秩序/道德/婚姻情境为结局"。① 循规蹈矩方是"正道"。

　　崛起于 1980 年代中期，以张艺谋、陈凯歌为旗帜的第五代导演群中，
张扬个性、才气逼人的女导演，如胡玫、刘苗苗、李少红等，是第五代不可
忽略的女性的另一半风景，可称为第三代中国女性导演。

　　胡玫无疑是非常优秀的一个。独特的家庭人文背景和曲折的生活经历
使她对女性的生存遭遇有着特殊地感悟。因此，她作为导演出手的处女作
《女儿楼》（1984）较早地正面描写了女性的欲望，表达了独具个性的女
性意识。影片讲述十年动乱中，纯真的 15 岁少女乔小雨有幸参了军，成
为山区野战医院的护士。这期间她与患者丁蠹之间产生了爱情的火花，然
而，严格的军纪和领导的告诫成了隔绝的高墙。虽然剪不断理还乱，终究
还是快刀斩断情丝，乔小雨被埋葬了的初恋如阴翳笼罩着她的成长。许多
年后，当她顺应世俗，准备与一个并不相爱的人结婚时，结婚前夜，她到
底选择了逃离。这仍是一个事业与爱情婚姻两难抉择的母题。影片的叙述
是女性化的，"有意识地表现了一种社会禁止的情欲和浪漫主义的爱情以
及由国家所支配的主体之间的分裂"②，但毕竟是探索之初，女性生存境
遇、爱情失落的主题融会进个人与集体的大主题中，女性意识的张扬并不
理直气壮。

　　当然，女性导演并不意味着女性意识，更不必然代表女性电影，中国女
性主体性的认知必将是一个漫长曲折、也许还充满误读的艰巨过程。对此，
美国女权主义电影理论家卡普兰一针见血地指出："中国妇女的根本问题似
乎不是走进社会生活——工作的权力，同工同酬（西方女权主义者五六十
年代和七十年代所关心的问题），而是作为一个新的、没有充分表述过的问

---

　　① 戴锦华：《雾中风景》，北京大学出版社 2000 年版，第 155 页。

　　② ［美］E. 安·卡普兰：《令人困惑的跨文化分析：近期中国电影中妇女的地位》，引自
《当代电影》1991 年第 1 期。

题，那就是对主体性的认识。"①

女导演中曾有一种矫枉过正的说法："在这个男性长期占统治地位的社会里，男性有着天生的优越感，女性则长期处于依附地位。她们只是把希望寄托在男人身上，男人一旦抛弃了她，她的精神世界就会崩塌。女性为什么不站起来自己改变自己的命运呢？我喜欢拍那些孤军奋战的女性，那些在双倍的艰难中奋斗的女性。我反对女权，但追求女性在人格尊严上的平等。我希望职业女性既要当好妻子和母亲，还要干好自己的工作。虽然这是不容易的，但女性往往有令人惊异的坚韧，可以做得到。"② 这段话的前半部分体现了女性独立意识，但后半部分则矫枉过正，这种对女性的双倍要求，实际上是另种奴役，它是男权社会中"男女都一样"对女性的更为苛刻的要求，如若女性认同这种男性社会的新女性标准，那无非又多加了一道绳索，这实质上也是一种可怖的认识上的局限性。

"男女都一样"——表层来看，是女性与男性比肩而立，但深层中却是对女性的双倍要求，既拥有事业，同时还必须是贤妻良母！如若女性认同这种男性社会的新女性标准，那活得会更累！

第四节　跨越千年的迷惘中的执著

20 世纪 90 年代，市场经济商业大潮汹涌澎湃，"中国的消费文化基本发展成型，大众文化成为人们主要的文化需求"③。时代语境的剧烈变化，使曾经风靡一时的文化探索历史反思已然退潮，在后现代的时代语境下，消解了时间，解构了意义，放逐了严肃的理想和人生追问。女性基于自己的性别的生命思考和探问而形成的女性意识隐退又模糊了，黄蜀芹慨叹："商品社会，是一个女导演的困境。80 年代，全社会陷入一种文化反省时期，《人·鬼·情》得以产生，这是那个特殊时代才有的产物。到了 90 年代，中国刚刚进入商品社会，商品经济正是一个生机勃勃、欣欣向荣的上升时期，在这种时候要反对这种男权的东西，反对这种文化根本不可能。现在根本不可

①　[美] E. 安·卡普兰：《令人困惑的跨文化分析：近期中国电影中妇女的地位》，引自《当代电影》1991 年第 1 期。

②　杨树根：《梅花香自苦寒来》，《电影通讯》1999 年第 6 期。

③　洪子诚：《中国当代文学史》，北京大学出版社 1999 年版，第 386 页。

能再拍《人·鬼·情》这样的影片。"①

　　然而，事情的发展就这样充满悖论：一方面商品经济的大潮冲击女性意识，使其探索难以为继；另一方面，商品经济大潮又繁盛了女性题材，借"女性"性别进行各类炒作，成为商品大潮中一个个"卖点"，"美女作家"、"美女画家""美女主持人"等等，广告、商品、文化传播重又把女性放置在一个更显眼的"被看"的位置，成为商品大潮中最抢眼的消费品，成为种种性别奇观，既赢得众多异性窥视的目光，又让不少年轻女性以为一条捷径在眼前！这对于严肃深刻的女性意识探索，无疑是个巨大的挑战。而于女性电影，"导演的人格素质是一个至关重要的因素；文化语境对电影本文制作的影响是支配性的。"②

一　山重水复疑无路

　　必须正视的是，大势所趋，女性独立意识悄然流失和消解于女导演的女性题材的电影中，尤其是繁华都市白领丽人形象的塑造。秦志珏的《独身女人》（1991）中的欧阳若云是一个在商品大潮中奋力拼搏的女性。人到中年，遭遇离异，带着儿子独自生活；但在事业上，任中美合资海伦时装总公司经理的她，可是一个呼风唤雨的女强人，面对市场疲软的严峻局面，她不畏艰难，开拓进取，用智慧和毅力披荆斩棘，再造辉煌。这仍是一个女性在婚姻家庭与事业夹缝中两难探索的故事，但是，为了吸引观众眼球达到消费的快感，影片拍得热闹花哨，女主角的表情、眼神、姿态、装扮迎合当今崇洋心态，她与六个男人的情感故事，配以浪漫休闲的美丽风光和场景烘托，一样契合人们消费的目标和时尚。欧阳若云则冷艳孤高、颐指气使，似乎满银幕的男人都拜倒在她的石榴裙下，难道女性从柔弱奔向专横就是独立的标志？女性，在都市消费面前迷失了自己。

　　鲍芝芳的《奥菲斯小姐》（1995）片名英译汉文相夹，"奥菲斯"（office）——办公、办公室，亦很符合当下都市消费的话语形态。三个写字楼的白领丽人阿蒙、咪咪、燕燕，走出了家庭，却没有走出男人的偷窥视线，而她们自己呢？对待恋爱婚姻，一无例外地以男友为标杆，把谈论比较各自的男人的价值当作自己女性价值地确认，全无自己作为女性的人生价值和人生追求。她们虽然身体走进了象征现代化的工作领域——办公室，但在女性

---

① 杨美惠：《追问自我——黄蜀芹访谈录》，《电影艺术》1994 年第 5 期。

② 郭秉刚：《略论中国女性电影的可能性》，《影视论谭》1995 年第 3 期。

精神层面，与封建社会里"夫荣妻贵"的女性价值标准实在是百步笑五十步的倒退。

《画魂》（1993）是黄蜀芹的又一力作。她说："我喜欢表现的中国妇女形象，是那种从自己的坎坷经历中渐渐认识到自己的存在价值的女人。《人·鬼·情》中秋芸，从'女人是祸水——我演男人——我嫁给了舞台'，《画魂》中的潘玉良，从女人是千人骑的东西——女人为妾——女人是有独立价值的大写的人。随着剧情的发展，她们渐渐演变着自己的价值观，树立起了独立的人格力量。我的女主角们都不是天生的叛逆者，她们都生长在传统社会，她们有传统的依附感，特别是有传统的向往——嫁个好男人，向往好归宿。她们的幸运仅仅在于不得不选择生还是死的时刻，她们选择了生——女性人格的尊严与独立。"①

作为女性导演，黄蜀芹关注的是在现实生存的炼狱里，女性独立人格和尊严的获取。然而，遗憾的是，《画魂》却没有比《人·鬼·情》走得更远，相反，亦被消费大潮消费一把，影片中一次次出现的在浴室在画室的女性裸体，原本是凸显女画家潘玉良对艺术的执着追求，却被沦为该片粗俗的看点，吸引着男权主体视线下的窥视欲望。谁会去深思潘玉良从娼妓、小妾到女画家的角色的转换这传奇一生的血泪之恨与憾呢？她的经历，"充分暴露了父权社会在性和生育方面对女性的奴役……铭刻了父权制度下女性的最深最隐秘的痛苦。"② 应该说，潘玉良的身世、个性和业绩，作为女性生存的艰苦跋涉，承载着最深厚的真实的"女性主义"色彩的正面价值，与《人·鬼·情》中的秋芸一样，《画魂》中的女主角也是生活在男性社会边缘并屡遭放逐的命运悲惨的女性，但是，《画魂》并没有成为《人·鬼·情》的姊妹篇，既是女导演"为了追求大票房，努力往商业上靠"③ 的失策，也是当下消费社会娱乐文化的共谋所致。

李少红，作为一名女性导演，一度被称作"成功地抹去了自己的性别特征的女导演"，对此，李少红认为"对女性意识不能从外部做强行的规范。作品中的女性意识不在于描写的对象是不是女人，它应指创作者看待事物的思维方法和视角是女性的"④。《红粉》（1994）似乎是一份高分答卷。苏童原著的极度个性化为女性主义表述提供了可行性蓝本。《红粉》中的秋

---

① 黄蜀芹：《女性，在电影业的男人世界里》，《当代电影》1995 年第 5 期。

② 倪骏：《当代中国女性导演及其电影研究》，《中央戏剧学院学报》2000 年第 3 期。

③ 杨美惠：《追问自我——黄蜀芹访谈录》，《电影艺术》1994 年第 5 期。

④ 张卫、应雄：《走出定势——与李少红谈李少红的电影创作》，《当代电影》1995 年第 4 期。

仪和小蓴是江南某城喜红楼里的两个妓女，秋仪可谓妓女中的"烈女"，虽干这种营生，却很看重与嫖客老蒲的男女之情；而小蓴好逸恶劳、贪图享受。解放后，喜红楼被封，妓女们被送到改造营。秋仪即跳窗逃离，小蓴则在改造营寻死觅活。逃离的秋仪无路可走，找到老蒲，老蒲黏黏糊糊，蒲母看不起秋仪，秋仪便出家当了尼姑。却又发现自己已怀上老蒲的孩子，只得还俗，再找老蒲，却发现老蒲正要与从良的小蓴结婚，她送去一把不无恶意的伞，无奈中仍决心生下这个孩子。婚后的小蓴仍旧好吃懒做，老蒲养不起她，竟然贪污公款！老蒲偶然得知秋仪怀孕了，非常内疚。贪污之事败露后，老蒲被枪毙，小蓴后悔莫及。秋仪、小蓴先后生下老蒲的孩子，秋仪的没活成，她想领养小蓴生的，小蓴起初不肯，但到底跟了个男人去北方，把儿子给了秋仪。这两个生活在社会最底层、性格迥异的边缘女人的故事，李少红走出把女人作为群体形象的定式，而用女性视点去细腻反映这两个女性生命个体的存在价值，反映两人各异的复杂的个性状态和面貌，并不只是仅仅为历史和社会而存在。这种以个性创作完成了女性叙事和女性意识的表达，深入灵魂、栩栩如生，因个体的亲历中呈现的多元和歧义性，是对主流历史中的中心化和一元化倾向的悄然消解和改写。

二　另辟蹊径的探索

当商品经济大潮惊涛拍岸，刚抬头的女性意识遭到无情冲击的同时亦是大浪淘沙的机遇。一批女性导演仍坚持着个性独具的女性书写，坚持用影像来传达她们自己独特的性别体验，她们的影片也许够不上完整严肃意义上的"女性电影"的高度，她们自己也并不大张旗鼓地举起"女性电影"的大旗，然而，在九十年代消费娱乐压倒一切的语境下，她们确实显示了几分不媚俗不逢迎的胆量和决心，带给电影中的女性表达另一种可能。李少红之外，刘苗苗、宁瀛等也是这批女导演的中坚力量。

1962 年出生于宁夏大漠旷野的刘苗苗是北京电影学院 78 级年龄最小的学生，她却以《马蹄声碎》（1987）、《杂嘴子》（1992）、《家丑》（1993）等，成为 78 级电影星空中一颗耀眼之星。

1987 年，25 岁的女性拍摄 52 年前的长征途中 8 个女兵的小故事：1935年红四方面军在撤退时为阻追敌，命团长陈子昆炸毁百川大桥，他正要下令点火时，一群身负重物疲惫不堪的女兵却出现在桥头——原来是运输营女兵班的 8 个女兵。在这样酷烈的境况中，团长与女兵少枝也擦出了彼此好感的火花，团长追问她名字时，她却缄默不答。后团长在一次战斗中牺牲。女兵班执行任务回来时，却发现部队已撤走，在班长冯贵珍的带领下，她们不屈不挠地追赶部队。风餐露宿、饥寒交迫、野菜充饥，最后只得将羊皮袄煮着吃，但是，她们始终没有丧失革命理想和信念，在荒野夜间的篝火旁，仍动情地唱着山歌。漫漫长路，小华子和隽芬为寻找食物被洪水吞没，少枝也倒在了茫茫草地，弥留之际，她喊出："我叫少枝——"是对已去世的团长的回答。饥饿、疾病和死亡如影随形，但5位女兵终于追上了大部队。马蹄声碎喇叭声咽，女性的雄关漫道一样真如铁！《马蹄声碎》并没有从正面去表现战争，但8个女兵苦难历程中的理想之光、战争中女性性别地失去和女性的内心冲突，等等，都让人深思战争与人的命运、女人的命运。

刘苗苗对女性生存有着自己独到的理解，她说："我的作品都是先正视残酷现实，从来也不粉饰现实；然后告诉别人不要绝望，要咬牙坚持。从来也没有救世主。你的救世主就是你自己。"[1]

《杂嘴子》讲述的是一个西北农村男娃在家庭遭遇重大变故时艰难成长的故事。9岁男娃名叫民生，外号杂嘴子，多嘴多舌，童言无忌，爱说真话。杂嘴子哥哥群生带着未婚妻燕麦私奔，燕麦爹马六却闹着要燕麦退婚，杂嘴子脱口说出实情，惹出大祸，马六对群生大打出手，母亲责骂杂嘴子，但燕麦还是留了下来；村里的娃欺负杂嘴子，孩子头典典却对他说出了自己的身世。吉祥村是非不断，母亲责罚杂嘴子在寒风中受冻，杂嘴子也成了村里大人小孩发泄的对象，他只有不说话，变得傻傻呆呆的，心里却捉摸着说谎话报复别人一把。后来，群生在窑里被炸死，燕麦选择回了娘家。杂嘴子长大后，到底成为全村第一个考上大学的人。在这个男娃的故事中，无奈的母亲、嫂嫂燕麦、典典的生母丑娘，几代女性的悲凉命运在挣扎中循环往复。这部影片带有刘苗苗的亲身感受，她说："在我9岁失去父亲以后，就感觉不到男人在我生活中的意义了。"这种刻骨铭心的人生体验一辈子也抹不去。

《家丑》与其说讲述的是江南水乡朱家当铺父子的故事，不如说是丫环阿芳一生的悲剧。天生丽质的阿芳自小与田七一起卖到朱家做牛做马，雇工田七原准备攒点钱就带着阿芳私奔，可老板朱华堂交给他一把库房钥匙便立马叫他背叛了誓言、背叛了阿芳。阿芳既遭遇少爷朱辉正无端的调戏，又被老爷纳为小妾，为的是朱辉正成了纨绔子弟，他还想生个儿子继承家业。父子间的矛盾级级上升，为报复父亲，儿子竟诱骗阿芳使之怀孕，父亲开枪打

---

①　沈芸：《刘苗苗访谈录》，《当代电影》1993年第2期。

伤儿子，自此儿子失踪。数年后，混进政界的朱辉正仍竭尽手段搞垮父亲，已当朱家义子的田七忍无可忍，打死了朱辉正，朱华堂也在田七面前死去。此时的田七可不是什么正义感使然，他早已变得比朱家父子更阴险毒辣。人性是如此丑且恶，可怜的阿芳当然只有选择一死了之。

年轻的刘苗苗对人性的了解是这样的透彻，但是，并不缺少抚慰的情感，她说："我的电影比别人多点什么，多的就是抚慰。"① 以她女性独特的感悟"抚慰人的心灵"。

宁瀛也是李少红、刘苗苗等的学友，她曾留学意大利且师从著名大师贝尔托鲁奇，北京三部曲《找乐》（1993）、《民警故事》（1995）和《夏日暖洋洋》（2000）不负众望。

宁瀛陈述："十年来，我所面对的这座城市——北京，一直在经历着令人目眩神迷的变化。我第一次尝试在银幕上表现北京是 1992 年的《找乐》，那是一部探讨逝去的传统的喜剧作品。1995 年，通过黑色幽默的《民警故事》，我把视角聚焦于新浮现的现实及面对它们时所面临的困境。而在《夏日暖洋洋》这部新作中，通过一个年轻匆忙的出租车司机的视角，用一种类似于狂想曲的形式，去表现巨变对于人们生活的深刻影响以及新一代青年人中正在蔓延的困惑感。当我回头再看这三部影片时，它们已然构成了一个三部曲。《找乐》中的祖辈、《民警故事》中的父辈和《夏日暖洋洋》里的儿女辈，三代北京人在二十世纪末九十年代的生活面貌。"②

非常有意思的是，宁瀛的"我爱北京"三部曲反映的是三代北京人在二十世纪末九十年代的生活面貌，主角皆为男性，但是，女性意识却力透纸背，不，力透银幕。

《找乐》中没有女性出场，影片聚焦一个老年京剧票友俱乐部的银发族，演绎他们的没故事的故事。老韩头是京剧院看大门的，退休后心头空落落的，终与公园墙下一帮退了休的唱戏老票友聚到一处过戏瘾。由他发起，且不辞劳苦东奔西波，成立起老年京剧俱乐部。又为参加春节庙会，俱乐部赶排《凤还巢》，结果什么奖也没拿到。老韩头仍热心不减，而且在考勤等问题上严格要求大家，其实既然退休了，还有什么权利可言？大家不满则溢，老韩头一气之下，摔门而去。然而，漫无目的地游荡后还得走向老哥们

---

① 沈芸：《刘苗苗访谈录》，《当代电影》1993 年第 2 期。

② 影片《无穷动》导演宁瀛及作品介绍，http：//ent. sina. com. cn 2006 年 02 月 17 日新浪娱乐。

儿。这部影片的女性视角体现在将摄影机镜头对准置于"被看"的一群男人，他们既是年老体衰者，镜头又始终未见与他们有什么瓜葛的女性，唯一的一位年轻男性又有生理缺陷，所以，至少可将他们看成已无两性关系之优势的男性群体。他们移情京剧，比赛又遭失败。这群男性一点也不比女性优越！男性权威的消解，是这部影片另辟蹊径突显女性意识的表达。所以有人称"影片《找乐》是九十年代女性电影作品异军突起，充满革命性的一页篇章。"① 雅克布斯曾指出，"如果女性主义批评只针对女性作为对象的文本，可能会陷入理论上的矛盾，因为它所关注的不仅是性别差异，而且是性别创作的问题。女性创作表明的应不仅仅是'文本中的性别'，还是'性别的文本性'。在父权话语中和借用父权话语，性别差异可以成为建造一种无性别区分的力比多的前提"。② 《找乐》正是如此。

《民警故事》是部充满原创精神的警察电影，没有犯罪没有破案，也没有"今天我休息"式的民警，德胜门的民警们平时没什么威风之事，直到有一天，疯狗在管片儿里咬伤了一个醉鬼，为了保障人民的安全，民警杨国立受命清除管片儿内一切宠物。片警和片儿里的普通居民便有了种种故事，或喜或悲，终转向荒诞。

《夏日暖洋洋》中德子是个年轻的北京出租车司机，追随着他的出租车，我们仿佛穿越了整个北京城的大街小巷，生活就像一张张撕下的的士车票，遇到的人经过的事似乎都随风而去，但当乘客是女性时，他则希冀种种传奇发生，几小时或几天，形形色色的女性与他一起走过北京暖洋洋的夏天。这座巨变的城市既亲近，又变得陌生。

如果说用女性视点女性意识来解析"北京三部曲"还有那么一点远兜远转甚至牵强附会的话，2005 年，宁瀛完成的故事片《无穷动》，那可是毫不掩饰的女性视点，如宁瀛自己所言："我需要把镜头插到人的胃里去拍摄。"③

《无穷动》里没有一个男性，有的是四个"成功"的女性。这样的女性电影并非宁瀛首创，但是，还没有哪部中国电影将女性的欲望毫不伪装如此赤诚地袒露！从除夕到春节，整个故事就发生在一个封闭的四合院里两天半的时间中，起因是时尚杂志出版商妞妞发现丈夫有外遇突然离家出走，为顺

---

① 邓晓川：《中国八九十年代女性电影的叙事策略》，《北京电影学院学报》1998 年第 1 期。

② 同上。

③ 中国导演公社网：《无穷涌动的创作欲望——宁瀛访谈录》，2007 年 2 月 27 日。

藤摸瓜，她请来三位女友到家里过春节，因为她们都曾与妞妞的丈夫有过情感纠葛。从表象来看，三位女友也都是事业成功的自信的现代女性：浪漫的时装模特琴琴、房地产经销商夜太太和才貌双全的艺术家拉拉。妞妞既怀疑她们，她们又的确是妞妞的好友，信赖与背叛难解难分。在同一屋檐下的面对面中，脱下成功自信的外衣，每个女人面对真实的自我，将涌动内心深处的欲望体验一泻而出，前世今生、苦乐情仇，是无法解开的扣。女人们的谈话中既充满了女性的自嘲、更有对男人的讽刺，皆毫不留情。

宁瀛对片名的解释是："无穷动"原本是古典音乐里指从头到尾贯穿急速节奏的一种音乐乐曲的名称。用这个名字，就是讲女人那种无穷涌动中的内心欲望，写的是她们生活中那些跟过去没有解开的扣。影片剪辑完成以后，我忽然想起过去拉提琴时候的一些感受，就冒出这么个想法，把一个音乐上的名词作为影片的片名。①

这部影片对男性中心社会的颠覆性意义，还在于有意解构男性制造女性认同的审美标准和定势。与当今银幕荧屏铺天盖地推崇的时尚青春美女背道而驰，《无穷动》以四个青春逝去、谈不上世俗漂亮的文化女人占据银幕，恣肆汪洋地说谈"食色，性也"，真有惊天动地之感。这几个活生生的女人，她们成熟，凝聚了几代人的历史和经验，她们自信的谈吐轻易地就颠覆了劳什子的世俗"美与丑"的标准。谁有权利界定我们的丑与美？这对于男性文化所铸造所认同的女性表象是一种轰毁的快感。

影片结尾谜底出来了：妞妞丈夫与年轻漂亮的女性出了车祸，从高速桥上翻下，两人当场死亡。男人倒是无可救药地认定了女性只有青春是美丽的。

四个女人走上公路，无穷无尽。

也是 2005 年，女导演徐静蕾推出《一个陌生女人的来信》，该片根据奥地利作家茨威格经典同名小说改编。小说是一个女人的凄婉无望的情爱故事，一个女人一生中的 24 小时决定了或曰毁灭了她的一生，只因为她"无怨无悔"地爱上了一个男人，而这个男人的人生压根就没有"责任"二字，爱就是性，如同喝光一杯水，连杯子都扔了。主题是关于女性与男性对于"爱"的截然不同的观点和行为。如果说原著有着对女性在情爱上的执著无望却九死无悔地感叹、对男性水性杨花不负责任地谴责，那么，在小徐的影片和她的宣言所表达的"信息"，却成了：我爱你！但和你没关系。真是少

---

①　《宁瀛导演访谈录》，《北京青年报》2005 年 11 月 8 日。

不更事的女孩任性的撒娇。果真这样，那么，男性，无论老少善恶，真是喜上眉梢，念一声阿弥陀佛了，太巴不得了。小说故事已然过时，如果说它在今天还有意义的话，那就是告诉我们，几十年前的女性中的确有这么纯净的简单的爱，更不要说百年前了。中国从古至解放初，就有过大量的"离婚不离家"的悲剧女性，你能说她们仅仅是封建意识，没有对她们的男人的单相思？男性倒也还有为了这样的女性而灵魂忏悔的时刻。但是我们要说的是今天，这样的男人绝对没有，这样的女人或许还有，但寥寥无几，寥寥无几者仍在做梦，所以，无论是男女，只会给她们一个字：傻。

　　在跨越千年的世纪之交中，在商品经济大潮已让每一个男人女人都不可避免地"湿身"之时，女性导演的女性意识表达有迷失，却也有斩钉截铁的一往无前。也许，中国女性导演影片中女性意识的表达不可能获得西方女性电影那种激进、毁灭性的快感，但是，她们仍用她们的女性生命和女性智慧艰难又俏皮地在银幕上作出一次次的努力，表达了商品经济大潮中难能可贵的女性意识探索和生命之思。

　　中国电影已历经百余年，中国女性浮出历史地表也同样走过近百年的历程。中国电影从拒绝女性，到男性导演镜头下的女性被看，在出自同情与救援的"被看"中，她们是善的化身、美的女神、爱的天使；在猎艳奇观的"被看"中，她们是性的符号、欲的指代。但无论怎样的"被看"，正如戴锦华所指出的那样，"在男性文化之镜中照出男人需求的种种女人形象，是巫、是妖、是贞女、是大地母亲。只有在女性自身体验的忠实写作中，才能打破所有的镜子，还女性一个天然真相"[1]。从解放后女性导演的浮出水面，拍摄与男人一样的影片，到女性导演认知女性性别，拍摄女性电影；女性编剧、女性导演、女性演员三位一体的有意无意的联盟，影视界的女性开始关注一个女人的命运应如何摆脱男性中心的阴影而成为一个精神意义上的独立女人。如若没有电影内外的女性，尤其是女性导演对女性出于生存的切肤之痛地女性表达，电影中女性的形象塑造永远只能是女性生存的假象。作为女性导演，当她们获得了用镜头来表现女性生存的时候，她们必然在影像中倾注了更多的性别体验、情感体验和生命思考，必然最大限度地去思索和表达女性在男性中心社会里的迷茫、痛苦和压抑。是的，女性导演的摄像机，在对自己性别审视的同时，也积极地审视自己的对立面——男性。这是一种主

---

　　① 戴锦华：《犹在镜中——戴锦华访谈录》，知识出版社1999年版，第210页。

动，尽管女性"被看"意识是难以走出的思维定式，而"看"的视线又是如此的迷雾重重。

尽管路漫漫其修远兮，但女性不会空叹："上穷碧落下黄泉，两处茫茫皆不见。"女性会坚定地称："吾将上下而求索。"

女性解放独立依然是任重而道远。当然，世界上除了女性就是男性，离开男性，女性独立的路又能走到哪里去呢？让我们再引卞之琳《断章》作结：你站在桥上看风景/看风景的人在楼上看你/明月装饰了你的窗子/你装饰了别人的梦。让"看"/"被看"之间不再有轻视与侮慢，只是在美景与美梦之间自由飞翔。

后 记

　　并不夸张亦不无骄傲地说，敝人是当代中国女性文学创作和女性主义理论研究较早的一批女性先锋中的一员，属于不老不少不美不丑类。然而，无论是在作家圈还是学术理论圈，我皆处于边缘状态，与作家与学者也皆呈若即若离状。

　　是偶然也是必然，我误打盲撞进女性主义疆域。那是 1983 年春，具体是 3 月 8 日下午，江西省商业学校为表对妇女节的祝贺，放假半天且发给一张电影票，我校女教师便倾巢而出至人民电影院看《人到中年》，观时热泪盈眶，回来路上叽叽喳喳，感慨万千。我则夜不能寐，挥毫写下了小说《四个四十岁的女人》。

　　当时，的确没有什么女性意识女性主义这样的观念，孤陋寡闻的我，可以说闻所未闻。但是，女性生命在现实社会中的种种不公平的体验，对我来说却不是什么鲜见之事。《人到中年》中的男女主角在现实中应是掉位的。于是，有一种呐喊，源于生命本真的冲动；有一种无奈，植于碰壁后的悲凉；这是真的。

　　1983 年冬在男编辑周榕芳的扶植下，《四个四十岁的女人》在《百花洲》上发表，还附有葡萄藤下四女子的插图；1984 年春，在文坛泰斗王蒙老师的鼎力推荐下，荣获 1983 年全国优秀短篇小说奖。普通女人的我崭露头角，得益于人类另一半的伯乐的援手，我从不敢忘恩负义，因而不可能做一个彻底的女性主义者。我始终悲观地认为：世上除了女人就是男人，女人的独立又能独立到哪里去呢？但我的个性又是很刚烈的，绝对不讨人喜欢，尤其不讨男人喜欢，不过我这辈子压根儿没动想讨谁喜欢的念头。话说回来，那时节的评奖是很有权威性的，也相对纯洁高尚，所以一直珍贵到如今。

　　获奖后，江西大学一马当先，把我的档案抢先调进，这样，紧接着的江西省人民出版社如旋风般的大扩建，我便无缘进入，不然，我想我会成为一位好编辑的。然而，历经头尾四年的延宕和等待，我才于 1987 年夏调入江西大学中文系，在写作教研室干活。有了创作经验和声名的我，自然颇受学生欢迎，那时候也很作兴讲座，当然没有讲课费，我的几次讲座可谓人山人海，空前绝后，因为那是对文学复兴的狂热时期。有一次在教学大楼 407 大教室的讲座，居然走廊里挤满了人，讲台上挤满了人，连面临高空的窗台上都挤满了人，以至于将两扇窗都挤掉坠落楼下，实在是热烈的恐怖。但那时浑然不觉，讲者昂然，闻者激然，那当是文学在 20 世纪最后的辉煌。

　　当时，江西大学在全国也算是率先进行文理工渗透教学改革的高校，理工科要求选修文科的课，我向全校开出一门《中国女性文学研究》课程，没想到，选修者有好几百，而且，男生的数量成压倒优势，这倒使我有点瞠目结舌。面对黑压压的一群人，我幽它一默：你们——你们这些男生听清楚，我这是中国女性文学研究，不是女性生理研究呵！哄堂大笑。却有一男生机警俏皮答曰：老师，我们很清楚，但是女性文学研究，肯定跟女性心理研究有关。回答如此到位，也是让我始料未及的，后来，才知晓该男生是计算机系的。可见工科生的文学感悟力不见得比文科生差。

　　1993 年学校拿到现当代文学硕士点，中国女性文学研究很快成为该点的研究方向之一。20 年来，以女性主义理论为依据进行中外女性文学女性影视研究的毕业论文亦有三四十篇。2003 年我硬是以"双手劈开生死路"的勇气，率领寥寥数人拿下了江西高校第一个广播电视艺术学硕士点，走的是学术研究与电视实践相结合之路，在重理论轻动手的今天，我们仍旧以艰苦奋斗的精神结出了累累硕果。中国高校第一、第二部自编自导自演自摄制的长篇校园青春剧《聚沙》和《沙之舞》就是出自我们的双手。那可是获得国产电视剧发行许可证并在中国教育电视台、江西电视台五套播出过的呵。另主创的电视系列片《瓷都名流》、《瓷都景德镇》、《红绿辉映井冈山》、《千里踏访颂师魂》等亦在省级以上电视台播放，颇获好评。看起来，我与女性写作和女性主义理论研究似渐行渐远，其实不然，如果没有女性独立意识自强不息精神的支撑，没有女性主义理论清晰深刻的剖析，我不可能在极其艰难遭遇轻蔑的状态下仍将校园青春剧和地域电视片进行到底，在"没有钱是万万不能"已成真理的当下，我们创造了不大却也不算太小的奇迹。文学和影视创作于我虽不像双翼振飞，但到底像"马之双骖"，或前或后，互相推进。也许在大众文化的电视剧中，我的女性意识比之小说《四个四十岁的女人》、《蔷薇雨》等淡化了，但我已将冲锋陷阵的过程融化进生命的肌理中。我常笑说，我们不知猴年马月才能进入快乐的奋斗阶段，但是，艰苦奋斗了千年的女性集体无意识却正呈现人的生命力，所以，奔七十的我才有了生命的三度春。

在我门下，已毕业的现当代文学硕士生有 22 名，广播电视艺术学研究生有 63 名，繁忙的教学，辛苦的指导，风风火火的实践创作，我就像神话中的西西弗斯，永无止境地将巨石滚上山巨石又滚下来……我所完成的巨额工作量使我想起了 20 世纪 50 年代走在时间前面的劳动模范王崇伦，我比周遭的作家在创作之外不知辛苦多少倍，以至我看到一部名为《求求你表扬我》的电影时，不觉发出会心的幽默一笑。或许这是我自找的，有什么办法呢？教师的天职仿佛化成了生物属性，融进血液中了。虽然我的学生有忠诚的也有叛徒式的，有事业有成的也有默默无闻的，有情感浓烈的也有平淡无奇的，做老师的都这样，只问耕耘，不问收获。

本来，创作和研究是两条不同的路，但身在高校，科研任务如山压人，不得不研究，但我不喜理论的枯燥文风或玄而又玄的卖弄，总记起域外学者评陈平原教授的话：他写的论文像金庸的武侠小说一样好看。信然。

戴锦华说，我之所以采取女性主义立场，首先出自于我自己的女性生命体验，一些女人才可能体验的切肤之痛。而且，在今天愈加机构化的全球学术市场中，女性主义是保有了最多活力与个人生命体验的领域之一。

我想，我亦如此。

本书原副标题为"中国女性文学热点透视"，但看看现状，热点不热，似乎有点烤焦了，不是有焦点访谈栏目么？故改成焦点透视，聚焦这些母题，或许对女性主义理论和女性创作更有亲和力。

感谢中国作协理论批评委员会、创研部、中国当代文学研究会中国女性文学委员会、中华文学基金会等在五年一次的中国女性文学奖的评选中，给了我三连冠殊荣。我是很看重这个奖的，在此感谢历届组委会的辛勤运作和不懈努力。

创作在我是副业，教学才是正业。自豪的是我率寥寥几人的小团队，硬是五次获江西省优秀教学成果奖（一、二、三等皆有），2005 年曾由省里推荐到教育部参加国家优秀教学成果奖评比。论著论文也曾两次获得江西省社科优秀成果三等奖；何静的论文获 2008 年金鹰奖评论三等奖，论著获江西省高校社科优秀成果三等奖。虽等级不理想，但我想，这不正是女性从底层奋斗自强不息的态势吗？

这本女性书主要由我的助手何静女士整理并提炼我的年年翻新的讲稿所成，力求深入浅出，有所新得；本书中相关拙著的评析亦由她撰写。在此，一并感谢我的女学生王小娥、郭敏秀等。她们在无权无势的我身边长达几年乃至十余年不等，在职称职务上不仅没获丝毫倾斜，还遭遇莫名的烦恼，但她们泰然处之，我想，这也与女性独立精神的滋养不无关系。

　　本书出版得到南昌大学科研处、教务处和"211"工程创新人才培养经费等资助。

胡　辛

于壬辰年谷雨前